雕开睡眼

穹庐传 [三]

姜兆文 著

纷繁乱世中精彩演绎着一出
荡气回肠的史诗大戏
原始风情下纵横交织出一段生死悲欢的儿女情长

内蒙古文化出版社

图书在版编目(CIP)数据

雕开睡眼 / 姜兆文著. - 呼伦贝尔:内蒙古文化出版社,2018.2
ISBN 978-7-5521-1418-8

Ⅰ.①雕… Ⅱ.①姜… Ⅲ.①长篇小说-中国-当代 Ⅳ.①I247.5

中国版本图书馆CIP数据核字(2018)第029494号

雕 开 睡 眼

姜兆文 著

责任编辑	姜继飞
出版发行	内蒙古文化出版社
	(呼伦贝尔市海拉尔区河东新春街4付3号)
印刷装订	三河市华东印刷有限公司
开　本	710毫米×1000毫米　1/16
印　张	26.75
字　数	411千字
版　次	2018年2月第1版
印　次	2020年6月第2次印刷

ISBN 978-7-5521-1418-8
定价：65.00元

写 在 前 面

我早就渴望出个全集,对写作生涯作个总结。但又知道,我此生只从事长篇小说创作,全集只能是长篇小说的汇总。这在小说界虽说未必绝无仅有,毕竟少之又少。但内蒙古文化出版社丁永才编审告知,决定给我出全集,这令我喜出望外。

原以为这事很简单,但干起来却很不简单。特别是重新排版后的校对,既繁重,又需细心和耐力。结果,我的家人(妻子傅玉玲、儿子姜耆、儿媳胡小丹、女儿姜睿、女婿苏舟、孙女姜思齐、外孙女苏乔)都加入到这项单调乏味和令人生厌的工作中。特别要提到的是我的儿子姜耆。他才华出众、为人厚道,操作电脑的水平出类拔萃。他的文字功底甚至在我之上。为了我的全集早日问世,他决然放弃了自己宏伟的写作计划。有时为了一个词、一个字的妥帖,不仅要看原书、原稿,甚至翻遍辞书。这使我的全集少了许多遗憾之处。有这样的好儿子,是上天对我的眷顾,我期望他陪我到终老。可是,上天却又在我感到我的儿子如此宝贵的时候,把他夺走了!竟让我这年近八旬的白发人哭送四十四岁的黑发人!呜呼哀哉!痛杀我也!痛杀我也!……

在我的全集付梓之际,我要感谢儿子为我做过的一切,愿他的在天之灵安息。

我还要再一次表达对内蒙古文化出版社和丁永才先生的诚挚的谢忱。没有他们的努力和心血,便不会有我这部全集作为厚礼送给爱子姜耆,送给朋友,送给世人!

姜兆文
2017 年 10 月 31 日于海拉尔

内 容 简 介

　　三部曲长篇小说《穹庐传》是一部恢宏壮丽的史诗性作品。这是它的第三部。小说以1904年日俄战争为背景,以格力图尔、科尔丹、乌日娜金三个主人公之间剪不断、理还乱的爱情为主线,在充满传奇色彩的情节演进中,塑造了众多性格鲜明、血肉丰满的人物形象。义薄云天而骁勇剽悍的格力图尔,满怀爱国之心而行为却一错再错的科尔丹,美丽多情而命运多舛的少女乌日娜金,辍学而毁家纾难的少年英雄张榕……都给人留下深刻的印象。

　　小说结构如百川归海,经纬如织;抒情性语言与精彩的议论交相辉映,读来如饮醇醪。

人　物　表

（以出场先后为序）

丹 赞 尼 玛——图什业图王府西协理。系业喜海顺王爷之叔祖。曾为其子争袭王爷宝座而遣人行刺业喜海顺。

业 喜 海 顺——图什业图王府末代王爷。素有抱负。在东协理博克拿多挟制下,其理想和才智均不得施展。

福　　　　晋——业喜海顺的结发妻子。系肃亲王的小妹妹。貌美,温柔,有才智。

库　　　　玛——业喜海顺的贴身侍从。

科　尔　丹——本书主人公之一。图什业图王府财务梅伦。曾镇压牧民起义,后被政敌博克拿多逐出王府。东渡日本国留学。日俄战争时弃学回国,参与抗俄救国运动。

井 户 川 田——日本间谍。少佐。日俄战争结束前,自杀在被击毙的未婚妻河原美惠子身边。

嘎 吉 玛——丹赞尼玛的儿媳。与丹赞尼玛私通。貌妖冶,有心计。

王 世 祺——盛京(奉天)提法使。后为营救抗俄义士张榕而舍家弃官。

王 绍 祖——王世祺之子。原义和团小首领,后参加白狐军抗俄救国。

格 力 图 尔——本书主人公之一。图什业图王府牧民起义首领,失败后,率残部隐遁白狐山。后参与抗俄斗争,成为白狐军大智大勇的统帅。

白 音 达 赍——破产台吉。曾领导一场大规模反清起义。在本书中,这场起义正处于准备阶段。

乌 日 娜 金——本书主人公之一。牧民起义女首领。才貌双全。原是格力图尔的未婚妻,后爱上科尔丹,在感情和道德的交锋中投河自尽。

奈 曼 乌 勒——牧民起义首领之一。双目失明后,以说书来糊口。后在寻找格力图尔途中,死于俄军炮口下。

索 伦 扎 鲁——牧民起义首领之一。后沦为日俄双重间谍。不知所终。

乔本三太郎——日本间谍头子。

河原美惠子——日本女间谍。井户川田的未婚妻。后死在博克拿多的枪口下。

古 斯 克——丹赞尼玛派出暗杀业喜海顺的刺客。

包 斯 尔——善良纯朴的牧人。

菊 花——奈曼乌勒的情人。后嫁给包斯尔。

博 克 拿 多——图什业图王府东协理。老奸巨猾。

张 榕——抗俄反清义士。曾在家乡兴京组建关东独立自卫军。后与格力图尔合璧。

吴 景 瑞——原义和团小首领。后为格力图尔部下。

巴音赛克图——格力图尔的朋友和副手。有勇有谋。

陶 克 陶 呼——郭前旗无职台吉。历史上对此人评价不一。

增 祺——盛京将军。东三省总督。

索拉吉辽夫——公开身份是俄国驻华使馆商务参赞,实际是俄国间谍头子。后死于白狐军枪口下。

将 军 夫 人——增祺的结发妻子。深明大义。多次帮助抗俄义士脱险。

乌 泰——郡王。科右前旗扎萨克。投靠俄国。力主蒙藏独立。

丁 开 峰——抗俄反清义士。抗俄铁血会首领。

刘 弹 子——草泽英雄。后参与抗俄斗争。

马 玉 昆——日俄战争期间,清廷派驻非战区辽西备战军队的统帅。

1

公元1903年(光绪二十九年)盛夏的科尔沁草原,照例炎热难当。牧人们虽然都把帐幕搭在河湾或高阜处,却依然逃脱不了从草地、从天空滚滚而来的热浪的袭击。

但是,西协理①丹赞尼玛突然离开图什业图王府,经过整整一个黑夜的行程,把多年闲置不用的轻便帐幕扎到一百里外的霍林河边,可绝不仅仅是为了找一个稍稍凉爽的地方暂避一下热浪的锋芒。如果避暑,那么,王府里任何一个房间,都比帐幕更为合适。

显然,他此举隐藏着远比避暑重要得多的内容。

还是在五天前,他获悉业喜海顺王爷自日本国抵达大连港的准确日期和返回图什业图王府的路线,便毫不犹豫地下了孤注一掷的决心,把他策划已久的行刺计划付诸实施了。他派出的杀手,是他不惜重金蓄养几年的死士,不仅体健身轻、武功卓绝,枪法也是百里挑一,弹无虚发。即使业喜海顺有所戒备,能躲过此人铁钳般的手掌,也难逃枪膛里瞬息飞出的弹头。杀手上路之前,曾慷慨激昂地表示,完成使命之后,将吞舌而死,以报主人的知遇之恩。丹赞尼玛甚为嘉许,亲手奉酒为之壮行。

他把行刺地点定在洮南,这也是经过再三斟酌的。首先,杀手是一个身材高大、面皮紫黑的蒙古人,说不得半句汉话,无论在大连还是奉天,都会惹人注目。设若有人盘查,势必败露而前功尽弃。更何况,在大连或奉天,业喜海顺肯定要和一些大人物有所交际,甚至有大批官员迎候在码头或车站,那个勇武有余而机变不足的杀手是很难有接近业喜海顺的机会的。在洮南就不同了。首先,在那里,到处都是成群结队的蒙古人。不要说皮毛商行、

---

① 各蒙旗中王爷之下仅次于东协理的行政长官。

饸饹馆，就是大饭店和高级客栈也常有有身份的蒙古人惠顾。在这些穷的、富的或高的、矮的蒙古人中，谁会疑心有哪一个是带有特殊使命的呢？其次，业喜海顺到了洮南，只剩下最后一天的行程，即使早有戒备，绷紧了四五天的神经此时也必然有所松懈，刺客是最容易下手和获得成功的。

总之，在丹赞尼玛看来，他的计划周密得涓滴不漏，成功的希望可说是百分之百。想到他所设计的血腥的一幕和随之而来的辉煌前程，他兴奋得久久不能平静，甚至产生一种放声狂笑和手舞足蹈的渴望。他的儿媳，俏丽而且绝顶聪明的嘎吉玛，深知公爹在老辣沉稳这个官场所必备的素质上，远远没有达到炉火纯青的地步，让他在等待行刺结果的五天时间里，做到平心静气、安之若素是不可能的，因此劝他暂离王府，到一个僻静处熬几天，以免在政敌博克拿多以及众同僚面前暴露心迹，落得个前功尽弃甚至丢掉身家性命的下场。丹赞尼玛对儿媳嘎吉玛历来言听计从，这次当然也不例外，何况他确实认为嘎吉玛言之有理。

就这样，丹赞尼玛带着十几个亲近的仆从，来到了霍林河边。

他的帐幕搭在一带峭岸的上边，四外如果有风，都可以不受阻拦地吹送过来。白天，他袒露着毛茸茸的胸脯，在掀起幕裙的帐幕里面西而坐，一边听着河水的流淌声，一边饮用冰镇的酸奶子。两边总有几个小妾轮番给他扇扇子和驱赶蚊蝇。那些身强力壮的男仆，或者在帐幕四周担任护卫，或者到几十里外的林子里替主人捕获可口的野味。

丹赞尼玛现年六十二岁。从四十岁便发福的身体，一直没有消瘦下去的迹象。他的胸膛高高隆起，腹部垂下的肉块，少说也有三五十斤，令人想起大腹便便的安禄山。他有一个向前翘起的大下巴。他的额头很窄，却异常高。灰黄色的小眼睛和朝天的矮鼻子都集中脸部中央的凹陷处。如果从侧面看他头部的剪影，那实在酷似一柄月牙铲。这副面孔在四五年前曾令人感到和善和忠诚。而如今，和善和忠诚却被越来越显油腻的肥肉遮掩得无影无踪了。在那油亮的面皮里总像藏着点儿什么。是什么呢？也许是残忍，也许是狡诈，也许是贪婪，也许是野心，但绝不会是和善和忠诚了。

是的，和善和忠诚对于丹赞尼玛来说并非本性上的因素，而是如同匕首和弓箭一样，根据需要临时取用和随手抛却的物件。当专横跋扈、凶狠残暴、令人不敢仰视的色旺诺尔布桑保亲王在造反牧民威逼下引带自决以后，它们已不具有存在的价值，因而弃之如敝屣是十分合理的。

而且,照如今的丹赞尼玛看来,连以前对色旺诺尔布桑保的唯唯诺诺、额首低眉甚至退避三舍,也是先人和历史的错误。当年完全可以由他而不是与他年龄相仿的堂侄继承王位。那样,他就无须去作附庸,更无须在晚辈的颐指气使下窝窝囊囊过了那么些年低首下心的日子。照他看来,只有他和他的子孙才有资格在科尔沁草原随心所欲、自由自在地生活和耀武扬威地占有金碧辉煌的图什业图王府。然而,令他抑郁不平和怒火攻心的是,恰恰是德能均属末流的色旺诺尔布桑保在扎萨克和盟长的宝座上享受了整整一生的荣耀,他作为叔父,却仅仅勉强获得受着堂侄和东协理双重压迫的第三把交椅。而且,在事实上,他这个西协理几乎是个形同虚设的闲职。色旺诺尔布桑保从未喊他一声叔父或在军政要务的决策上征询他的意见;梅伦以下的僚属们也没谁向他请示什么或称他一声西协理大人。他差不多成了一个多余的人。他感到悲哀、愤懑、恚恨不已,面对威严赫赫的王爷和趋炎附势、独握权柄的东协理,又自知无力抗争,只能暗自诅咒命运和躲在房间里与酒为伍。有一天,他喝得酩酊大醉,跑到大殿搅了王爷的宴会。他怎样闯入殿门,胡说了哪些浑话,他自己永远回忆不起来了。但是,色旺诺尔布桑保勃然大怒的可怕样子,他整个后半生都不会忘记。第二天,他被告知,王爷准他"归家养病",何时复职,王爷自有明谕;然后,不由分说,被胡乱塞到车上,运出王府大门。结果,五年过去了,不知是王爷把这位叔父遗忘了,还是认为他的病情没有好转,召他复职的"明谕"始终没有送进他的毡帐。他终于明白了,色旺诺尔布桑保虽未正式宣布罢免他的官职,但事实上,已把他永远赶出了王府。他气得七窍生烟,恨得咬牙切齿。为了发泄这气和恨,他不顾家人反对,甘冒祸灭九族的危险,暗设祭坛,日复一日、年复一年地为这个六亲不认、心狠手辣的堂侄祈灾,翘盼这个暴虐的王爷祸祟连踵、不得善终。

也许是丹赞尼玛虔诚而不懈的祷告真的"感动"了上天,三年前,额勒瓦奇尔的造反队伍占据了王府,色旺诺尔布桑保悬梁格葛庙。消息传来,丹赞尼玛额手称庆,大宴三天,自此,他舒眉展眼,喜气洋洋。他确信,这是他蛰居五载、日夜祈祷理应获得的报偿,入主王府的机会正大步向他走来。因为他有充分的理由预料,光绪帝闻听自己的姑父被暴民逼死,定要龙颜大怒,立即发兵剿逆,额勒瓦奇尔是闹腾不了几天的。那时,科右中旗王爷宝座空着,光绪帝势必要册封一个承袭爵位的人。根据朝廷有关亲王爵世袭罔替的条例,当由已故王爷的世子继位。可巧的是,色旺诺尔布桑保虽妻妾成群,却未留下一颗亲王的种子。因此,光绪帝又势必在色旺诺尔布桑保的族人中挑选一个合适的继位者。那么,这个百年不遇的好运会落在谁的头上呢?论年龄和辈次,丹赞尼玛已无此机缘。但他的儿子毕力图可是色旺诺尔布桑保的同宗近支中唯一的堂兄弟,既具备受封资格,又无竞争者。这个事实,不仅东三省总督增祺将军一清二楚,连光绪帝也是了然于胸的。因此,毕力图王冠加顶岂不是顺理成章吗?当然,他本人不能昂首天外地登上王爷宝座固属憾事,心里多多少少感到些不自在,并暗自哀叹自己实在是生不逢辰,每一步都踩不到点子上。但他继而细细琢磨一番,又觉得不该有此慨叹。因为这未来主宰王府的毕竟是自己的儿子,而不是别的什么人。若是把对堂侄的妒恨转嫁给亲生儿子,在情理上是无论如何也说不过去的。他劝说自己达观一些,尽量宽慰自己和努力进行自我克制。虽说光宗耀祖、荫庇后世的美名连同令人艳羡的王爷宝座,一股脑儿落在毕力图手中,但他作为未来王爷的尊翁,不是同样可以名扬四海、彪炳史册吗?更何况,毕力图是个绣花枕头,徒有其表,其实是个废材,不要说文韬武略,就连传宗接代也须老子暗中代劳。如此看来,日后王府的权柄还不是事实上属于他丹赞尼玛吗?

想到这里,丹赞尼玛又只剩下了高兴。

但是,丹赞尼玛绝非初出茅庐的天真无知之辈,一高兴起来便忘乎所以,甚至把可能遇到的困难和该干些什么都置诸脑后。他很快冷静下来,并意识到,死坐在毡帐里静候佳音是不行的。他是官场老手,谙熟满蒙爵位的继承法,知道像毕力图这样非嫡系的袭爵人,不仅要具备令其他人望尘莫及的条件,还必须有副盟长和东三省总督代已故的无后亲王向理藩院呈递的奏表不可。设使这些大人物从中作梗,定会造成意想不到的麻烦。因此,他的当务之急乃是尽快打通关节,而且要不惜血本。他毫不怀疑,只要有足够的银两,怎样的高官显宦也会为己所用。果然不出所料,代理盟长扎赉特王和盟务帮办达尔罕王都表示"届时定当效力";虽然叩见增祺将军费了不少周折,半年后才获得机会,却得到了一个异常满意的答复:"图什业图王爵非毕力图莫属。"

至此,丹赞尼玛才算彻底放心。他自信该做的全做了,而且十分漂亮,剩下来只需等待册封毕力图的圣旨了。他盼望这个辉煌时刻尽早到来。在他的想象中,他俨然已是图什业图王府的真正主人了。他时常倒背双手站在毡帐前,面对绿浪翻涌的辽阔草原,顾盼自雄,并一次又一次地演练以全新的身份重返王府时器宇轩昂的架势和对属下发号施令的凛凛威仪。

然而,丹赞尼玛怎么也没想到,他足足等了一年才终于出现在门前的锦衣信使,呈递给他的却不是皇帝册封毕力图的诰命轴子,而是图什业图王府新任王爷业喜海顺的"恭请太翁大人即复西协理之职"的手谕!

这纸"王爷手谕"无疑像一声晴空霹雳,险些把丹赞尼玛炸昏过去。他泥塑木雕一样僵立在那里,发紫的嘴唇不住点儿地抖动,说不出一句话。过了好半天,他的四肢和思维才恢复了固有的功能。他望着纵马驰去的信使,困兽般悲愤地狂吼一声,跺着脚把手中已经捏皱的那张白色纸扯得粉碎,使劲儿抛洒到雪地上,并恶狠狠地吐了一口。那样子,好像业喜海顺本人在眼前,他也会抓到手中扯得粉碎,然后抛到地上并恶狠狠地吐上一口。是的,业喜海顺算个什么东西?怎么会轮到他来当王爷?论辈次,他虽名为色旺诺尔布桑保从子,论服属却远多了,哪里比得上毕力图?再说,有谁不知道,这小子是靠一张巧嘴,才赢得福晋拉什曼都克欢心的;又有谁不知道,拉什曼都克早就失宠,色旺诺尔布桑保从未承认业喜海顺为正式养子,更未册立他为继位人。这样一个既非王孙公子,又非王爷近支族人的臭小子,凭什么越次承袭王爵?朝廷法典何在,天公地道哪里去了?而且,扎赉特王、达尔罕王和增祺将军是些什么东西?礼物收得痛快,说话却不算数,简直是一群言而无信的骗子!

丹赞尼玛这样在心里狂暴地发泄一通之后,丝毫没有轻松下来,胸中的怒火反而愈燃愈旺。因为他越骂越觉得自己是被人残酷地戏弄了,越骂越明确地意识到他面对的是一个无法挽回的败局。想想看,他能去找那些出尔反尔的亲王和将军当面理论和索回几乎是一生的积蓄吗?不能;他有让皇帝收回成命的回天之力吗?没有。这样的结局,如何能让丹赞尼玛不愤怒欲狂呢?他只觉得整个身体都变成了一团烈火,烧得他四肢搐动、头晕目眩,烧得他直想扑向雪野放开喉咙使劲儿吼叫。

后来,他真的扑向雪野了,却一声未能吼叫出来。

第二天,他清醒过来,也安静多了。他又不言不动地躺了一天后,陡然从皮褥上跃起,命令守候在身边的嘎吉玛去喊毕力图立即套上马车,送他去王府复职。行前,嘎吉玛询问公爹是否又有了什么新主意。他只回答了一句:"拉什曼都克是再无第二个养子与毕力图争锋的。"嘎吉玛心领神会,没再往下问。

是的,丹赞尼玛决心除掉业喜海顺。但他知道,虽然行刺是夺取王爷宝座的终南捷径,同时也是身寄虎吻般的险事,稍有疏漏,就会招致灭顶之灾,绝不能草率行事。而且,这种事在王府里干是不明智的。王府里耳目众多自不必说,据他复职后细心观察,业喜海顺又似乎有所戒备,异常谨慎。也许业喜海顺自觉羽毛未丰或者因为盟长印信已经转移到达尔罕王手中,科右中旗在科尔丹治理下早已是一个升平世界因而他无事可干,他总是深居简出,即使偶尔步出王府大门,也从不走得太远,且总有一个名叫库玛的十分精明的近侍形影不离。所以,丹赞尼玛必须耐着性子等待时机。

半年的时间过去了。

有一天早晨,丹赞尼玛和博克拿多按着惯例,率领众臣僚到正殿去朝见王爷。王爷的高背靠椅却依然空着,而往常这个时候,业喜海顺早就端坐在那里等候臣下们的拜见了。正在人们疑惑不解的时候,通往后殿月门的厚重的门幔被挑开,娉娉婷婷走出一个绝世的美人。此人正是一个月前下嫁业喜海顺的皇姑——肃亲王最小的妹妹。人们在刹那间的惊异之后,同时俯身喊道:"给福晋殿下请安!"年轻的福晋一边说道"免礼",一边雍容大方地走到王爷宝座旁边,停下脚步后,说出如下令所有人大吃一惊的话来:"王爷殿下已于午夜离开王府,去日本国参观万国劝业博览会。因走得匆忙,未及向各位辞行。殿下让我转告各位,他出国期间,王府内一切职司概仍其旧。自明晨起,暂停列班点卯。"福晋说完,微微一笑,回转身姗姗而去。博克拿多早已气得唇颤齿锉,他歪着缺了一只耳朵的头,瞪着已停止抖动的门幔,半天才从齿缝中挤出一句话:"荒唐,太荒唐了!"然后,飞身走出殿门,命人去追回擅作主张的王爷,但是,连他自己也明白,这肯定是徒劳的。对业喜海顺突发异想和暗度陈仓,丹赞尼玛也非常恼怒,如果王爷东交日本,势必失欢俄人,这对他丹赞尼玛,像对博克拿多一样,也是十分不利的。为此,他曾想主动打破与博克拿多之间有如寇仇般的僵局,共同商讨一个对策,以便应付可能出现的不利局面。但他终于没有这样做。因为他猛然意识到,业喜海顺偷偷出访日本,恰好为他提供了一个釜底抽薪的机会。既然是秘密出行,就不会带着大批扈从人员,在其往返途中行刺,是最容易得手的,而且,谁也不会怀疑是他丹赞尼玛派出的杀手。当然,丹赞尼玛也看出,业喜海顺是很谨慎的,把出行的消息封锁得如此严密,说明业喜海顺未必没把可能有人行刺这一因素考虑在内。同样,业喜海顺也不会把归期和路线事先通报给王府里的任何人。这就是说,行刺之举只能安排在业喜海顺自大连登陆到返回图什业图王府的这段路上,而且,必须在事前就探得业喜海顺的准确归期和路线。

总之,这是一个千载难逢的天赐良机。这个机会的前一半显然已不可复得,这后一半是无论如何也不能再丢掉了!他准备为此花掉一年的俸银。

但是,企图获得被有意封锁的消息,谈何容易!业喜海顺远在日本国,和国内任何人都无联系,他丹赞尼玛又没有日本朋友,临渴掘井现交一个已来不及,交得上也未必有实用价值。那么,到哪里和找谁去打听呢?他即使有一座金山在那里可以任意取用,又有什么意义呢?总不能公开张榜,悬赏购买他急需获知的消息吧。看来,金钱也并非总是万能啊!丹赞尼玛预感到,他又要白欢喜一场了。

所谓老天不负苦心人,正当丹赞尼玛望洋兴叹、焦虑万端的时候,突然驾临图什业图王府的索拉吉辽夫提出要和他单独会晤。他原以为这个身为俄国驻华使团商务参赞而实际上是一个异常神秘人物的索拉吉辽夫是来向他讨还欠债的,可索拉吉辽夫对债务的事只字未提,却单刀直入地谈起业喜海顺赴日访问一事。他说,业喜海顺接受日本的邀请是对俄国极不友好的行为,俄国是不允许这样的人继续留在王爷宝座上的。并主动提出,如果丹赞尼玛决心除掉业喜海顺,他将提供业喜海顺回国的准确的日程表。这真叫踏破铁鞋无觅处,得来全不费功夫。丹赞尼玛如何能不兴奋得摩拳擦掌呢?

2

　　索拉吉辽夫究竟是怎样获悉业喜海顺回国的日期和路线的,我们暂时还不得而知,但他的情报却准确得分毫不差。业喜海顺正是在他计算好的那个日子抵达洮南府的,又正是在日本人山田开办的大和旅馆下榻的。

　　其实,业喜海顺抵达洮南时还不到中午。如果他马不停蹄地赶路,完全可以在当晚享用妻子给他摆上的接风宴。他不是不急于返回图什业图王府,也不是不思念和他刚刚度完蜜月就分别这么久的清丽娇艳的爱妻。

　　但他还是决定在洮南过夜。

　　首先,这是他在日本动身前就计划好的,日本朋友早已通知大和旅馆准备了客房。他如果越门而过,不仅有拂人家的盛情,还会留下言行相悖的话柄。其次,或许也是更重要的,他明确地感觉到,他的行程越临近家乡,心情也越是难以克制地激动,好像在他的胸膛里暗藏着一座大海,在汹涌暴涨,不扼腕击节、仰天长啸就无法宣泄似的。这实在有失他举止安详、超然物外的常态。因此,他极需一段时间稳定和调整自己的情绪,以便能神情自若地踏进王府大门,不至于让那些工于察言观色的官员特别是两位都想控制他的协理一眼就看出他已不再是以往的业喜海顺王爷了。

　　的确,在将近两个月的时间里,年轻而英俊的业喜海顺王爷一直处于有生以来最强烈的兴奋之中。他一踏上日本国土,便立即感到,他置身到一个与家乡和祖国完全不同的新鲜世界。在大阪和东京等地参观旅行的所见所闻,更无一不在撞击和洗涤着他的灵魂。他万分惊讶地发现,号称天朝的大清帝国已被仅一衣带水之隔的小小日本抛下十万八千里了!他悲伤,痛苦,焦躁,想捶胸顿足地大哭一场。同时,在他心里,对自己的民族朦朦胧胧地产生了一种使命感。他终于没有在日本土地上洒下眼泪,而是下了拯救民族的决心。他不相信,曾经几乎征服了整个世界的大蒙古民族,就不能再一次重振雄风！他觉得自己正在脱胎换骨，就要踏上人生的新起点了。

坐在大和旅馆豪华客房里的业喜海顺，回忆上面一段在日本的非凡经历和难于表述的巨大收获，如何能不心潮奔涌、热血沸腾啊！

退一步讲，即使日本之行毫无收获，那么，仅仅从他作为长期受制于人的傀儡王爷，竟能破天荒地行使了王爷的权力，自主地决定出国行动这件事本身，就足以令他欢欣鼓舞、振奋不已了。这无疑在告诉他，只要他愿意，只要有勇气，他是可以做自己的主人的。

不用说，这个具有里程碑意义的事件已深深刻入业喜海顺的生命和心灵的史册了，其中任何一个哪怕十分微小的细节他也永远不会忘记的。

现在，当乘风破浪的轮船和奔腾呼啸的火车已在他身后渐渐退去，明天，更将辞别市声喧嚣的洮南府，重新置身在荒僻的草野和一潭死水般的王府，他怎能不感到正有一个巨大的令人窒息的氛围向他压来，又怎能不再一次忆起促使他混沌乍开并立志一展宏图的那件事的全部经过呢？

业喜海顺清楚地记得，那是一个半天红霞的美好傍晚。他和妻子陪拉什曼都克福晋共进晚餐后，回到他们自己的寝宫。这是他每一个漫长日子里唯一感到人生快乐的时刻。白天，他端坐在正殿里王爷的高背靠椅上，看着东协理博克拿多旁若无人地发号施令，他自己则只有点头称是的份儿，那实在是一种比遭受酷刑还要难受的折磨。被他召回的丹赞尼玛，对他也毫无感情，在博克拿多面前，总是不置一词，似在冷眼旁观，更使他感到孤立无援，心同死灰。他希望白天尽量短暂，盼望黑夜尽快到来，以便在雪肤玉貌、温柔和顺的妻子身边，使白天的痛苦获得暂时的忘却。他喜欢凝视妻子明亮深情的眼睛，喜欢聆听妻子清新悦耳的声音。只有这时，他才感到生活中还多少有点儿值得依恋的东西。业喜海顺还逐渐发现，肃亲王的这个小妹妹，不仅天生丽质，浑身透着一种不容亵渎的高贵，而且熟读经史、博古通今，聪明机智、善解人意。她从不因自己是皇姑而凌驾在丈夫的头顶，也从不触及王府大权旁落去增加丈夫的苦恼。但是，每当丈夫需要做出重大决策却又委决不下时，她又总能提出独特的最后证明是正确的见解。在业喜海顺眼里，她已成了不可缺少的好内助、好参谋了。这是闲话，暂且按下。

话说业喜海顺和妻子回到寝宫，刚刚坐到椅子上端起茶杯，便见守在门外的女仆进来禀道："王爷殿下，库玛有事求见。"

库玛是业喜海顺的贴身侍从和事实上的保镖。自业喜海顺完婚后，这

9

异常亲密的主仆二人再不能像以前那样朝夕相伴了。如果没有要紧的事，他是绝不会在晚上到寝宫来求见的。所以，业喜海顺立即说道："让他进来。——唔，等一等，你先回到自己房间休息，有事会召唤你的。"

女仆答应一声退了出去。库玛随后走了进来。

"给王爷殿下请安，给福晋殿下请安。"

"免了。有什么话，你就说吧。"

"殿下还记得今天上午一个自称李福财的人请求接见的事吗？"

"那个汉人珠宝商？当然记得。我不是让你去把他打发走吗？"

"是的。殿下让我转告他，对他把被窃的已故王爷的珠宝收购并保存到现在的一番厚意深表谢忱，但王府财力困乏，暂时难以赎买，请他自便。"

"我说的是实话。东西二协理也未表异议。不过，那个珠宝商怎么说？"

"他说，他原以为只要提到已故王爷的遗物，殿下肯定会立即召见他并给他一个单独会面的机会。"

"只要提到……单独会面……"业喜海顺沉吟地重复着库玛的话，似在品味着这些听来极平常却肯定有所暗示的词儿。片刻后，他突然挑起紧蹙的眉头，诧异地扫了福晋一眼，向库玛问道："你是说，他的目的并非出卖已故王爷的遗物，而是让我和他单独会面？"

"殿下猜中了。"

"他……不是珠宝商？他究竟是什么人？"

"他是不是珠宝商，奴才现下还不知道。但他的名字不叫李福财，而是乔本三太郎。"

"日本人！"

"是的，殿下。"

"他想和我单独会面！"

"是的，殿下。"

"一定有很重要的内容！"

"是的，殿下。"

"他还……没走？"

"是的，殿下。乔本先生希望能在行前得到殿下明确的答复。"

"那么——库玛，我去见他，还是请他来？"

"都不行。乔本先生说，殿下不是一位很自由的王爷。而且，殿下既已当众宣布拒绝他,私下里会面就更会引起猜疑,因为他可以想象,王府里耳目一定不少。"

业喜海顺无限悲哀地叹口气,轻声说道:"他说得很对。"略微停顿后,又抬头问道,"可是,让我答复他什么?我们连见也没见着!"

库玛说道:"乔本先生让我把他要说的话转达给殿下,而且——"库玛说着,从怀里掏出一张对折的长方形硬纸片,递给业喜海顺,"他让我先呈上这个请殿下过目。"

业喜海顺接过来的是一帧印刷精美的请柬。封面是富士山和樱花叠印的彩色图案,闪闪发光。翻开后,首先映入眼帘的是汉字手写体的"业喜海顺殿下"几个字,下边全是夹杂着汉字的日文,密密麻麻一大堆。业喜海顺是无法看懂的。

"可惜我不认识。"业喜海顺说道,"为什么不用蒙古文?"

"是日文吗?"福晋问道,站起身走到业喜海顺跟前,"如果是日文,我可以替你翻译过来。"

业喜海顺把请柬递给福晋,不无惊讶地问:"你懂日文?"

福晋答道:"我们家没谁不懂日文。哥哥有个日本朋友叫川岛浪速,是我们的日文老师。"

"你可真不简单!我学会了汉文,就觉得已经很了不起了。你却掌握了满、蒙古、汉、日四种语言!你怎么不早告诉我?"

"这算不了什么,谁都可以学会。令我高兴的是,它今天竟能派上用场,为殿下服务。——还是让我把这封请柬的内容读给殿下吧。"

"读吧,读吧。我洗耳恭听。"

福晋念道:"'图什业图王爷业喜海顺殿下:殿下少年英俊、雄才大略,为人可比管鲍,为政不让桓文;吾人闻之已久,悚佩莫名,恨未一见耳。今敝国大阪于五月七日有万国劝业博览会盛举,届时将荟萃世界各地之英才,同赏当今人类科技之精品。想殿下励精图治,以振兴民族为己任,定不肯错失开阔视野、广交豪强之良机也。今函告殿下,并以日本国政府名义敬请殿下东渡观光,一可深敦大和满蒙之睦谊,二可同寻共存共荣之途径。借此机缘,有幸一接神宇、对床秉烛,亦吾人之夙愿也。专此肃布,敬祈照鉴。福岛安正顿首再拜。年、月、日。'"

福晋一口气读完请柬后,业喜海顺摇摇头说道:"好长的请柬!日本人也这样啰里罗唆地咬文嚼字！"

　　福晋把请柬合起放在茶几上，说道："他大概是想尽量把话说明白和使殿下产生去日本的兴趣。"

　　"而且，"业喜海顺接着说道，"邀请我去参观博览会，原是光明正大的事，为什么偏要采取这种神秘的形式？"

　　"殿下别忘了，东西两位协理都喜欢同俄国人交往，听说这两个人从俄国人手里借了不少外债。"

　　"日本人也知道吗？"

　　恭立一旁的库玛说道："殿下，乔本先生说，他和福岛安正对这里的情况了如指掌。"

　　"是这样……那么，福岛安正是什么人？"

　　"乔本先生说，福岛安正是日本国政府要员，少将衔。"

　　"军人！……唔，当然，这并不重要。问题是，日本国政府为什么偏偏给我下请柬？总不会把所有王爷全请去吧？"

　　库玛答道："乔本先生说，只请了两位王爷。"

　　"两位之中就有我这个傀儡王爷！你们不觉得奇怪吗？——对了，库玛，你刚才好像说，除了请柬，乔本先生还有话要你转告？"

　　"是的，殿下。乔本先生说，两位协理大人不会同意殿下出访日本。殿下行前不要透露消息。宣布接受邀请和启程应同时进行，断不可给两位协理留下设置障碍的时间。殿下一到大连港，安全即由日本方面保证。"

　　"想得真周到！可是，他凭什么确信我一定会接受邀请呢？"

　　"乔本先生说，出访日本是殿下走向自主的最合适的起点，殿下是不会放弃一试锋刃的机会的。"

　　"把我看得如此透彻！——不过，你说的都是乔本先生的原话吗？"

　　"在所有关键之处，连乔本先生的用词，奴才也不敢稍加改变。"

　　"那么……你和乔本先生早就认识吗？"

　　"奴才和乔本先生素不相识。"

　　"也就是说，乔本先生并不了解你。"

　　"但他相信，只有奴才可以把他的话原原本本转达给殿下，而且绝不会泄露机密。"

　　"你这话就更加费解了。"

"殿下,乔本先生不了解我是事实,但是,有一个他很了解的人告诉他,库玛是可以信任的。"

"这个人是谁?难道是……科尔丹?"

"正是科尔丹梅伦,殿下。"

"真是他!"业喜海顺倏然站起,看了一眼和他同样吃惊的福晋,在地毯上飞快地走了两个来回,然后站在地当中,用力挥了一下胳臂,兴奋中隐隐含着悲怆地说道:"当然是他,还会是别人吗?他失踪快一年了。我相信他还活着,相信他不会沉沦下去。他说过,他要寻找一条拯救民族的道路。如果他不去日本,反而不合情理了。"他似乎旁若无人地自言自语,又猛地挥了一下胳臂,"是的,我一开始就应该猜出,这一切都是科尔丹安排的!"

"殿下,"福晋关切地说道,"你该喝口水润润嗓子。"

"是啊,好像有一团火在燃烧。"业喜海顺说着,接过福晋递过来的水杯一饮而尽,然后用发亮的眼睛紧紧盯住福晋,"你为什么不问问我是否接受邀请呢?"

"这要殿下自己拿主意。而且,殿下好像已经做出了决定。"

"但我很想听听你的意见,你的判断总是非常正确的。"

"非要我说吗?"

"是的。你说吧。"

"如果殿下决定去日本,我是不会反对的。"

"明白了。谢谢你。……对,我们一起去,给你补上蜜月旅行!"

福晋优雅地笑了笑说:"我也很想和殿下同行,但我还是留下为好。"

"为什么?"

"想必殿下早已看出,由于殿下有意疏远,博克拿多对殿下的好感已荡然无存;殿下的叔祖父丹赞尼玛更怀有异心。这两个人在争夺权力上势不两立,在反对殿下与日本人交往上却肯定是一致的。我担心迟早有一天他们会联手对付殿下。我们都走了,肯定给他们制造接近的机会。但是,我留下,也等于殿下在。他们不能不考虑我有一个权倾朝野的肃亲王哥哥,因而有所顾忌。殿下以为我说的有无道理呢?"

"是的,很有道理……"业喜海顺愤懑地说道,怫然咬起嘴唇,刚才眼里曾一度闪动的亮光也黯淡下去。"很有道理……"他又喃喃地重复了一遍,并慢慢转过身,把似乎凝结的目光久久地停在正面墙上一幅中堂画上。这幅画,是擅长丹青的妻子根据他的授意而作,阴霾的天空下,一只似睡非睡、似动非动的苍鹰蹲踞在怪石嶙峋的崖顶。当时,妻子问他其间有无特殊含义,他回答说,好像在什么地方见过类似的画,只是很喜欢,并无特别的寓意。后来,他自己又写了一副"马思边草拳毛动,雕盻青云睡眼开"的对联配在画的两侧。这时妻子又说,寝宫里顶好悬挂一幅色彩鲜艳的画,而这幅两人戏称为"睡鹰"的画过于阴沉了。他没有同意。但从此,他不再于寝宫接见任何属下或来客。见过这幅画和对联的,除了库玛,便只有几个不懂画、不识字的女仆了。

　　福晋见业喜海顺心绪烦躁的样子,以为是自己刚才的话刺伤了他,便柔声问道:"是我的话使殿下不快吗?"

　　"不。"业喜海顺说道,并没改变姿势,"我只感到自己多么可悲!不能做自己的主宰,甚至不能给妻子一个自由自在、无忧无虑的生活……"

　　"殿下,"福晋说道,"如果这一切都是现成的,我反而会觉得并不可贵。"

　　业喜海顺被福晋的话感动得热泪盈眶。他猛然转过身,一把抓住福晋的双手,颤抖着声音问道:"你……真是这样想吗?"

　　"真是这样想的,殿下。我盼望享用你经过奋斗所获得的东西。"

　　"我会的,福晋。我发誓,我一定要争取到这一切!相信我吗?"

　　"我相信。真的,殿下,我相信的。"

　　"谢谢你。有你的支持,我会信心百倍。"

　　"我将永远属于殿下身外的一分力量,尽管它微不足道……"

　　"不,福晋,你已成为我生命中最宝贵的部分了!"

　　"殿下!"福晋哽咽着说道,"你的话使我想痛痛快快哭一场。今天是我成为殿下妻子后最快乐的日子!"

　　"我也一样,福晋。"

　　"但是,殿下,眼前你更该仔细想想,如何迈出这关键的第一步。"

　　"第一步……"业喜海顺沉思着说道,慢慢松开福晋的双手,在地上踱了几步。"是的,我必须勇敢地迈出这第一步!"他坚定地说道,走到库玛面前,"库玛,你可以去给乔本先生一个明确答复,说我已经愉快地接受了邀请。"

　　库玛看了看墙角的落地钟,说道:"现在是八点钟。我和乔本先生约定,如果到九点钟我还不去见他,就说明殿下已做出了肯定的答复,他便可以乘夜凉启程了。"

"那么说,你也预料到我会接受邀请?"

"不,殿下。这事只有两种可能。至于殿下做出怎样的抉择,奴才是绝不敢妄加判断的。"

"但是,如果我的答复是另一种可能呢?"

"那样,奴才也就无所忌惮,第二次经过王府庭院去打发走乔本先生了。"

"原来如此!你办事可谓谨慎之至。"

"奴才不能看不出,王府的局面是容不得奴才举措失当的。"

"库玛,你真是个难得的好帮手。"

"殿下谬奖了。"

"和我一起去日本吧。"业喜海顺说道,又转向福晋,"有库玛在我身边,你会更加放心的。"

福晋点头道:"这也正是我想要说的。"

"不谋而合!就这么定了。"

"谢王爷殿下和福晋殿下的信任。"

福晋盯着兴奋中的业喜海顺,犹豫了一下问道:"殿下是否已经考虑到以什么方式离开王府了?"

业喜海顺笑道:"看来,我们又想到一处并且担心着同一个问题。"

"也就是说,殿下也以为乔本先生建议的方式不太把握,对吗?"

"他对我的处境还是估计不足。我一旦公布了去日本国的决定,东西二协理肯定都要竭力反对,并设置种种障碍,使我的愿望终成泡影。"

"殿下所虑极是。"

"库玛,"业喜海顺突然转向库玛说道,"如果我们的行动需要秘密进行,你能为此做出必须成功的安排吗?"

库玛略一思忖,毫不含混地回道:"能的,殿下。"

"今天夜里怎么样?"

"可以的,殿下。"

"你认为什么时间最合适?"

"午夜前半小时。"

"时间足够了。我们就分头准备吧。——福晋,明天你可以宣布我的去向,两位协理准会惊讶得目瞪口呆!"

15

结果,便出现了我们前面讲述的众臣僚面面相觑而两位协理气冲斗牛的场面。

当然,这个场面,业喜海顺并没有看到,返回王府前,也不会有人向他做一番描述。但他完全可以想象得到。每次设想这个场面,他都忍俊不禁。甚至在到了日本国大阪,专程从东京赶来迎接他的福岛安正少将又匆匆从旅馆拜辞之后,那个对他来说还纯属虚构的场面又一次生动地出现在眼前,他依然控制不住自己的感情,竟笑出声来,弄得正襟危坐的科尔丹和垂手而立的库玛都有点儿莫名其妙。

科尔丹说道:"殿下一定想起了什么可笑的事?"

"是的,可笑,非常可笑。"业喜海顺显得轻松自如并掩饰不住兴奋地说道,唇边依然荡漾着笑意,"请你猜测一下,科尔丹,当博克拿多和丹赞尼玛突然听说我已踏上东渡日本的路,会怎么样?是呆若木鸡呢,还是暴跳如雷?你能想象得出吗?"

"能的,殿下。"科尔丹答道,却没有笑。

"你不觉得那是个非常可笑的场面吗?"

"的确是个可笑的场面,殿下。"

"可你……我预料你会开怀大笑呢。"

"殿下,这件事不仅仅有可笑的一面。"

"我明白。"业喜海顺收起笑容说道,"还有可怕的一面。"

"是的,殿下。两位协理在呆若木鸡和暴跳如雷之后,都会变得双倍的恶毒。"

"尤其是——博克拿多!"

"是的,殿下。"

"他是绝不愿意看到手上的玩偶变成能思考能自立的人的。"

"所以殿下的处境会更加艰难。"

"是更加险恶!"业喜海顺说着慢慢站了起来,流溢着英气的脸上除了愤然之外,又渐渐显出一副刚毅和决然的神情,他紧收眉宇,凝视着随后站起身来的科尔丹,接着说道,"不过,我现在已是势成骑虎,绝无退路了。所谓置之死地而后生。这,也是你安排我来日本的一个主要原因吧?"

科尔丹诚恳地微微一笑,说道:"我把殿下推上了虎背,殿下后悔吗?"

"不,我感谢你。对于我,要么豁出性命去争得一个名副其实的王爷的全部权力,要么一辈子俯首帖耳、任人摆布。我注定要选择前者,因为,我不愿意浑浑噩噩度过有限的人生,不愿意在身后留下尸位素餐和混世魔王的骂名。但这需要一个开端,一个只能成功不能失败的开端。是的,科尔丹,恰恰是你,使我得以跨出了关键的第一步。"

"不,殿下,我只是穿针引线而已。殿下能跨出这关键的第一步,最重要的还是殿下自己的决断和勇气。"

"决断和勇气……这对我也许并不困难。"

"殿下的才智也是绰绰有余的。"

"你没听懂我的意思,科尔丹。才智也好,决断和勇气也好,我虽属平平之辈,但应付这种夜遁般的举动还是够用的。不,我指的不是这个。我不能总这样偷偷摸摸地干。"

"当然不能。自今而后,殿下同博克拿多和丹赞尼玛更多的将是正面较量。"

"这可要困难得多,只怕我这点儿勇气和才智很快就不敷支用了。"

"殿下应该有信心。因为这次初战告捷无疑说明了,只要殿下愿意,只要有勇气,殿下是可以做自己的主人的。"

"对于初战告捷的人,渴望和奋力争取的是最后胜利。但是,这最后胜利对于初战告捷的人,也许永远如隔岸观火一样,可望而不可即。"

"殿下对前途是不该如此悲观的。"

"除非你……"

"除非我?——殿下的意思是……"

"科尔丹,也许我不该刚一见面就向你提出要求,但是你和我一样清楚,等待我的是怎样的局面。我只是一个人,他们却是一群。古语道:单则易折,众则难摧。我是多么需要气味相投的伙伴啊!如果你能……如果我请求你和我同返图什业图王府……"

"殿下!"

"你当然可以拒绝我。因为我无权对你下命令。一想到你蒙受不白之冤被逐出王府而我作为王爷却未能伸出援救之手,心中就涌起难以排解的负疚之感。我对你只有还不清的欠债,没有向你索取的资格……"

"不,殿下。我虽然游学日本,但还是殿下的臣民。至于说到我被逐出王府一事,殿下没有任何责任。那时,正值博克拿多瞒天过海之后独揽大权之时,岂容殿下置喙?殿下能不避风险对我私访并有意留下库玛,已实属不易。这对我无疑是一种鼓励,否则,我早就捐弃这微贱之躯了。我只能感恩图报,怎敢有怨望之心呢?"

"你的宽宏愈加令我不安。但往者已矣,来者可追,让我们重新开始吧。我们俩在一起,肯定会有一番作为的。"

"我又何尝不希望如此呢?"

"那么,你是答应了?"

"令我抱憾和倍感惶悚的是,我只能违拂殿下的感情了,至少暂时不行。"

"为什么?"

"我不想在我的生命中再增加一次半途而废的记录。"

"你是舍不得在学业上做出牺牲。"

"我说的不是学业,殿下。"

"那会是什么使你对草原失去了吸引力呢?"

"没有任何力量能抵消我对草原的渴望,即使在梦中,我也听得见她对我的召唤。但是,殿下,不久前,我结识了一群新朋友,从此,我的生命和自由不再属于我自己。"

"……明白了。你把自己拴在了另一架战车上了,对吗?"

"但是,我迟早是要回到草原,回到家乡的。"

"看来,我暂时只好孤军作战了。……不过,既然你有更远大的抱负,我也不便勉强你了。"

"请相信我,殿下。我的任何抱负都基于对草原对家乡的热爱。"

"我相信,科尔丹。"

"谢谢殿下。"

业喜海顺和科尔丹见面的第一次谈话就这么结束了。

后来,在科尔丹和科尔丹的新朋友井户川田的陪同下,业喜海顺与福岛安正举行了正式会谈。福岛安正答应给图什业图王府派遣一名经验丰富的女教师,帮助业喜海顺办学校。业喜海顺希望再增加一两个名额。福岛安正说,只能派一名,不能增加了,并表示了歉意。在回旅馆的路上,科尔丹说道,如果业喜海顺觉得只有一名日本女教师不够,他可以推荐一名能胜任愉快的才女。

"我们家乡还有这样的女子？她是谁？"

"乌日娜金。"

"好熟悉的名字。"

"她曾参加过造反队伍。"

"是这样！……"

"殿下以为不合适吗？"

"我想……不过,你和她……"

"她救过我。而且……"

"我明白了。你喜欢她,对吗？"

"是的,殿下。我爱她。她很值得我去爱。"

"她也爱你？"

"我不知道,殿下。但我相信,会有那么一天。"

"既然如此,我该信得过她。我将让她在王府为你保留她的贞操。"

"谢谢殿下。"

"我怎么去找她呢？"

"这无须殿下亲劳贵体。我给她写一封信。她能否在看到我的信后去拜见殿下,也决定了我是否还应抱有希望……只是不知道她能否收到我的信。"

听着他们对话的井户川田说道："信的事就交给我去办吧,我在贵国公主岭和洮南都有朋友,保证不会误事的。"

科尔丹说道："这样最好。那就拜托了。"

这以后,业喜海顺和科尔丹又做了几次很融洽的长谈,不必尽述。

结束了在日本国的参观启程回国时,科尔丹和福岛安正都到码头为他送行。

业喜海顺感到一切都那么令他高兴。

但他不知道,他一踏上国土,便时时处于生命之忧中了……

3

丹赞尼玛来到霍林河边已是第五天了。

按照他的精确计算,这一天将成为业喜海顺的忌日。他预料,用不到半夜,业喜海顺在洮南客栈遇刺身亡的消息便会震动整个图什业图王府。说不定这会儿业喜海顺已血染纱帐了!他似乎正目睹着杀手蓦地腾跃而出,渴血的匕首寒光一闪,业喜海顺便惨叫一声,胸口血流如注地瘫倒在地。这令他惬意的一幕,不断地重演着,时时交叉和重叠在一起,甚至他自己也弄不清,眼前究竟有多少匕首闪着寒光,业喜海顺究竟死了多少次!有时,他也尽量把这一幕当作已经过去了的情节,促使自己置身于下一幕的演出。是呀,业喜海顺命丧逆旅后,王府里会出现怎样的场面啊!两代福晋悲痛欲绝、号啕大哭自不必说,连博克拿多也会如丧考妣甚至失魂落魄的。这个不可一世的家伙能在王府为所欲为,不就是靠着业喜海顺是他扶上台的吗?这回,他可不会再有第二个业喜海顺了。从此之后,权倾王府的可要轮到他丹赞尼玛了!

是的,在丹赞尼玛心里,吉星正冉冉升起。

这样的日子,让丹赞尼玛再坐在帐幕里平静地啜饮酸奶子,显然是做不到的。他需要拢住心猿意马,需要平抚剧烈跳动的胸口,否则,他自己也担心会在这伟大时刻即将来临时兴奋得窒息过去。他突然想到垂钓,便命令两个贴身小童拿着渔具和阳伞,扶他到河边去。他希望云水之乐能使他的心沉静下来。

丹赞尼玛坐在一块被炎阳烤得烫人的青石板上,刚刚向水面甩下钓钩,便有一个人在帐幕跟前跳下疾驰中迅即停下的坐骑,并一面擦汗一面径直朝丹赞尼玛走来。由于丹赞尼玛和两个小童都全神贯注在小小的鱼漂上,加上河水喧嚣,竟对身后的动静毫无觉察。

来人是容貌出众、高胸丰臀的嘎吉玛。此刻,被汗水浸透的肉红色绸袍紧紧贴裹在身上,脸上红扑扑的依然带着细汗,愈加显得曲线毕呈和娇艳动人。

"公爹。"她以天然柔美的声音叫道,随便屈了一下膝。

两个小童猝然一惊,回头见是嘎吉玛,连忙垂手恭立,同时叫道:"少奶奶!"

丹赞尼玛也听到了嘎吉玛的声音,却没有回过头来。一来是他太胖,每一个动作都要耗去很大力量,从不肯轻易改变一下身体的姿势;二来也有意想让儿媳看看他在本该焦躁不安的时候有多么沉稳和消闲,简直称得上指挥若定、稳操胜券的将军。所以,他只是问了一声:"你来了,嘎吉玛?"他的声音很细,又有点儿沙哑,说明他的音带发育不完全。他说话时,好像喉头里有一只小手,把声音攥住了,人们听到的是从那只看不见的紧握的小手中费劲儿挤出来的那部分。他问完上面那句话,眼睛仍旧盯着脚下的河水,那河水由于炽烈阳光的映照,荡着银亮的细波,也煞是好看。

嘎吉玛听清了丹赞尼玛的问话后,轻声回答道:"是,我来了。"心里对公爹的冷淡十分不满。

"你来了,很好。——唔,等一等,好像咬钩了。——见鬼!这河里的鱼都跑到哪儿去了?"丹赞尼玛又费劲儿地把钓钩甩到河水里。过了一会儿,好像忽然想起了身后的嘎吉玛,便接着说下去:"嘎吉玛,你今天能来,真是太好了。你一定有什么事吧?让我猜猜,猜猜……对,你是来告诉我,毕力图趁我不在家,又逼你给他赌本,对吧?"

嘎吉玛看出丹赞尼玛在故意做戏,甚感不满地瞪了一眼,说道:"你猜对了,公爹。但是,这种小事和我下面要禀告的一个重要发现相比,简直是轻微得不足挂齿了。"

"唔,是什么事情如此重要呢?——莫作声,莫作声。——来吧!"丹赞尼玛说着,笨拙地甩起钓钩,一条赤色鲤鱼竟真的被他钓上来了。他显得异常高兴:"嘎吉玛,我们今晚可以喝鱼汤了。还有比这更惬意的事情吗?——你刚才说什么了?你好像说有一件重要的事要禀报,是吗?"

"是的,我是这么说的,公爹。不过,你顶好丢下钓竿,暂时忘掉晚上的鱼汤。因为我要说的事情,比鱼汤重要得多。它会使你大吃一惊,甚至整宿整宿不能入睡。"

丹赞尼玛不由得浑身一抖,他扔下钓竿,先把两个小童喝退,然后侧过脸,盯着嘎吉玛问道:"你是不是想吓唬我?"

"我可没这个闲心!"

"那是什么事?和……和行刺有关吗?"

"和行刺倒毫无关系。"

丹赞尼玛舒了一口气,放心地说道:"是这样……你可真会开玩笑,我还真吓了一大跳。"

"玩笑?我来和你开玩笑?"

"别把我当娃娃耍,嘎吉玛。我是个老狐狸呢。除了行刺的成败,还有什么事能让我整宿整宿不能入睡?——唔,当然,当然,"丹赞尼玛说着,微微一笑,眨了眨色眯眯的眼睛,伸出胖得难以合拢的手在嘎吉玛微微鼓起的小腹上拍了拍,"除非是想你,整宿整宿难以成眠。"

嘎吉玛没有躲避,也没有推开丹赞尼玛不肯安分的手,心里却不能不升起一股强烈的厌恶之感。她和公爹几次交媾,虽说心甘情愿,但也实在是出于不得已。她结婚三年多,肚子里始终没有任何动静,毕力图骂她是一匹骟马,她骂毕力图是一头羯羊。但她确信自己一切都很正常,是毕力图根本不具备使女人怀孕的能力。丹赞尼玛似乎也看出来了。四个月前,丹赞尼玛对嘎吉玛说:"好儿媳,毕力图就要坐上王爷宝座了,你就是嫡福晋。你可别像拉什曼都克啊。我是急于看到有一个小王爷在眼前跑来跑去呢!"嘎吉玛涨红脸说:"这能怪我吗?我总不能败坏家风去找野汉子啊!""当然不能,当然不能。"丹赞尼玛连声说道,"唉,毕力图不中用,太不中用了!可是,总不能让我们家族从第一代王爷便香烟断绝啊!我也不想让毕力图再娶二福晋三福晋什么的,娶多少也没用,他是天生的废料。对此,他本人却不知道。所以么,这事……我看……我是可以帮忙的……你说……嗯?"嘎吉玛当时气得真想扇公爹一个耳光,但仔细想了想,似乎也别无良策,所以,当天夜里丹赞尼玛钻进她的被窝时,她没有拒绝,更没有声张。此后,丹赞尼玛尽量寻找机会去"帮助"儿媳。虽然由于丹赞尼玛老态龙钟,又胖得肥猪一般,心有余而力不足,总是草草收场,没给嘎吉玛带来丝毫快感,但说也怪,几次过后,她竟发现自己已经珠胎暗结了。经常到外边吃喝嫖赌的毕力图怎么也猜不到是他老子在越俎代庖,还以为自己的媳妇大有长进,突然恢复了女人的功能呢。不过,淫欲被扇得火焰般炽烈的丹赞尼玛再也难以找到发泄的机会了。

今天可是个难得的机会。炎热的天气早已使他的下体躁动不安,行刺业喜海顺即将大功告成又使他的情绪异常好,一个美妙的年轻女人的肉体更近在咫尺撩拨他,他如何能克制住疯狂的淫念啊!他的手和他的心越发不能安分了。

但是,嘎吉玛对他的挑逗毫无反应,而且,正凝视着他的眼睛里充满了严肃和恼怒。这使他骤然一抖,明白嘎吉玛到此确实要报告什么重要的事,他立刻松开正用力抓下去的手,慢慢垂落回自己的身边。

"嘎吉玛,"丹赞尼玛声音颤抖地说道,眼睛询问地怔怔地盯着嘎吉玛,"你究竟带来了什么坏消息?"

"你现在想听了吗,公爹?"

"当然。你快说!"

"但是,公爹,我得先警告你。我当时同意接受你的帮助,可没答应做你的姘头。你已经太过分了。从今天开始,你要收敛一些,别再梦想我还会顺从你。"

"嘎吉玛,你这是……"

"能保证吗?"

"好,好。我保证,我保证就是。"

"记住,你能保全面子,你的家族就保全了荣誉。如果弄得大家都知道你一人独创了两代王爷,你和你的子孙就只剩下了耻辱!"

"行了,嘎吉玛,我已经做了保证。还要我发誓吗?"

"那倒不必。你即使对我再有所期望,也是白搭。——好了,我们还是来谈正题吧。"

"谈正题,谈正题。你说吧,我听着。"

"你还记得那个叫王世祺的人吗?"

"怎么不记得,盛京提法使嘛。我去找增祺将军,还亏得他的引见呢。很好一个人嘛。"

"好人?这回可恰恰是他给我们造成了麻烦!"

"怎么回事?"

"他放走了格力图尔。"

"格力图尔?那个行刺扎布曼都后来又和额勒瓦奇尔一起造反的小

23

子？"

"就是他。"

"他还活着？"

"何止活着？还要卷土重来呢！"

"你这都是从哪儿听来的？是说书人编出来的故事吧？"

"你大概忘了，我的表哥就在王世祺手下做事。他昨天来看我，说格力图尔获得自由后便去投奔卓索图盟一个叫白音达赉的人，发誓在拉起队伍后打回老家来。"

"有这等事！王世祺怎么会放了这个十恶不赦的罪犯呢？"

"这我却没问。总之他是放了，为什么放，对我们已无关紧要。"

"是呀是呀，说得对。不过……嘎吉玛，我怎么看不出这事和我们有什么关系？"

"看不出来？"嘎吉玛略带讥诮地说道，"除非你不想让毕力图当王爷！"

"什么！不想让毕力图当王爷？"丹赞尼玛愤愤然并掺杂着疑惑地说道，"你说我不想让毕力图当王爷？你这话……"他说着费劲儿地扬起胳臂，本想挥动一下增加语言的表达效果，但他的声音和胳臂都骤然停下了，从震惊的眼睛和紧蹙的额头看得出来，他似乎已经明白了嘎吉玛带来的消息究竟意味着什么。"等一等，让我想想，想想……"他多少有点儿惭愧地轻声嘟囔道，胳臂却依然停在空中，那样子好像在对嘎吉玛说："先别作声，先别作声。"片刻后，他终于用力挥下胳臂，咬了咬肉感的嘴唇，半恼怒半自责地说道："天哪！我真笨，怎么没想到这一点！看来，毕力图坐上王爷宝座的第一件事，就是全力抓好防务，准备对付成千上万的亡命徒的攻击。"

"问题是，只怕来不及了。"

"来不及？为什么？——唔，对了，嘎吉玛，格力图尔被放出多久了？"

"那还是去年第一场雪的时候。"

……

1

  嘎吉玛谈到的去年的第一场雪,准确地说应该是去年的第一场大雪。在那之前,科尔沁草原和东北各地都相继落了几场清雪,既无碍于车行马驰,也没给人们的生活带来麻烦,过后也就被忘得一干二净了。而经历过那场大雪的人,是一辈子都会记忆犹新的。那是一场罕见的暴风雪,在长城以北的广阔的大地上,整整肆虐了三天三夜。田野里尚未打净的庄稼茬儿、草原上足有两尺高的枯草甚至河边略微矮些的灌木丛,全被厚厚的积雪掩埋得无影无踪。对农户还可以称为瑞雪,预兆着来年的丰收;对牧人则无疑是场白灾,宣告着牛羊的死亡。对城市人来说,当然算不上灾难,但也绝非喜讯。至少,它给人们造成许多不便和困难。不少忘了"有备无患"这句古训的清贫人家,无以为炊,望炉兴叹,一夜熬过去,早起的第一件事,便是爬出窗子,除掉封住房门的山坡一样的积雪,以便风雪一住,就能跑出去筹集粮草。就连不愁柴米油盐的富户豪门,拟办的公务和相约的诗酒酬答,也一概暂停,躲在屋宇下,耳听风雪敲窗,与家人向火枯坐。

  奉天城也不例外,只不过是风势已稍减而已。

  奉天城里身居提法使高位的王世祺,当然是既无冻馁之忧更无清雪之劳的。他有满仓满廪的酒肉米面可供挥霍,有亦壮亦勤的男女仆从可供驱使。雪再狂再久,又有何惧哉!他还巴不得这场把人逼进暖阁成一统的暴风雪无休无止地继续下去呢。那样,他就可以摆脱世事的纷扰,伴着绕膝嬉闹的女儿和才貌绝世的夫人,共享天伦之乐,过上几天舒心日子了。的确,他并不舒心。几年来,生死荣辱都曾亲身经历过,以他的卑微出身,官位已升到极限,财产也超过了欲望,他已再无追求。除了闯荡江湖的儿子不肯回到身边外,也没有称得上遗憾的事了。就像一个长途跋涉的人,到达目的地并长吁一口气后,势必会产生疲劳感一样,他经过大半生挣扎、苦斗,也觉得精神和体力都快耗尽了。但又不完全一样。长途跋涉后的疲劳,是伴随胜利后的欣喜和宁静舒适的——这,他却没有;或许有过,也稍纵即逝了。因为在他从哲里木盟凯旋并被加官晋爵后,几乎立即意识到,奉天城已不再是炎黄子孙的天下。俄国人在这里为所欲为。他们说要在城里驻军,大批荷枪实弹的哥萨克便开进城区;他们说清军应该滚到城外,旗军和新军便得去郊外露宿。连增祺将军都要唯俄国人之命是听,他这个小小保安官又如何能自作主张、独立行事呢?盛京衙门已名存实亡了!他不明白为什么会这样,更不明白朝廷怎么会容忍!他看得出,增祺将军也很不痛快,常常毫无来由地发火。他记不清受了多少次冤哉枉也的呵斥了。他理解增祺将军的心境,并不怨恨。可是,那个一头黄色卷毛的俄国领事和时不时便来奉天的从无笑容的索拉吉辽夫,也三番五次来找他的碴儿,横眉立目地大声责骂,他已感到难以忍受了。对俄国人,他天生就有点儿憎恶,现在,这种憎恶更是日甚一日。然而,增祺将军警告他,朝廷有旨,不能开罪俄国人。他的憎恶又只能埋在心底,只能在心底任意发酵膨胀,不敢爆炸出来。他怎能不感到强大的压抑和难耐的气闷啊!同时他还发现,在他的下属特别是军队中,和他同样甚至更强烈地憎恶俄国人的,是大有人在的。这些人骂大鼻子,骂朝廷,也骂他和增祺将军。对此,他是屡有所闻的。他同情,不怪罪,更没理由去责罚。但他却不能表露心迹,去公开表示支持。如果再一次降下纵容罪,可不会有再一次戴罪立功的机会了!他又如何不愧怍万分和徒唤奈何呢?

是的,在生活的夹缝中苦熬日月的王世祺,是不会舒心的。他厌倦了不舒心的生活,更厌倦了不舒心的官场。

所以,他宁愿让这世界在永无休止的暴风雪中死去,而他,则在只有女儿和夫人陪伴的房间里直坐到终老。

但他怎么也没料到,在这场把穷人和富人、好人和坏人一律赶进四壁的暴风雪中,正有一个袒露胸膛、手持利刃的年轻人,跪在他的大门前,声称如果王世祺不出来见他,就用匕首豁开自己的胸膛。

"哪儿来的大胆狂徒?!"王世祺拍案而起,不胜其烦地叫道。

进来报告的守门人擦了一把脸上的雪水,回道:"大人,在下带着几个人一直不停地清除大门外的积雪。又是风,又是雪,天又大黑,不知怎么,就突然冒出这个……大胆狂徒来。……"

"把他赶走！"

"赶不走啊，大人。"

"你们都是死的吗？"

"大人，他说，只要我们走近他，他就——自杀！"

"敲诈！——他要多少钱？"

"他说，他一分钱都不要。"

"那他捣的什么鬼？来寻衅吗？"

"他说，只求大人一见。"

"我不见！"

"他会自杀。"

"他自杀好了，关我什么事？"

他的夫人卓雅（她早已不用春兰这个假名了）起身说道：

"世祺，这个人要见你，一定是有事的。"

"这种要求接见的方式我也能接受？"

"你还是去见一见好。"

"而且，又是这样的鬼天气！"

"这说明事情一定不小，或许是件大冤案。"

"是的，大人。"进来报告的守门人接过卓雅夫人的话头说道，"这个人说，只要说出他的名字，大人是会立刻见他的。"

"是吗？"王世祺冷然一笑，"他的名字对我有如此的威力？真是太狂悖了！去告诉他……"说到这里，突然停了下来，脸上的恼怒和讥诮的表情随即幻化成凄楚和疑惑，"除非……难道……"他沉吟地自言自语着，似乎想起了某件异乎寻常的事，或者产生了某种异乎寻常的预感。瞬息后，他又突然把异样的眼光投向守门人，似急切又似胆怯，似追问又似试探地问道："他叫……他说他叫什么名字？"

"大人，他说他叫王绍祖。"

"真是他！"王世祺抖着嘴唇说道，险些晕过去。

卓雅夫人则压抑地叫了一声"天哪"，便跌坐到椅子上。

王世祺迷惘地看了卓雅一眼，对守门人怒喝道："混蛋！为什么不早说？！——这个逆子！我恨不得……——还不赶快带路？！要冻死他的！"他真有点儿语无伦次了。他一边喊，一边忙乱地披上狐裘，随着不知所措的守门人跑出大厅。

惊魂甫定的卓雅,略一思忖,疲软地站起来,嘱咐了不谙世事的女儿两句,也随后追了出来。

…………

冬日苦短。加上浓云四合,雪花旋飞,虽然刚刚是下午四点多钟,整个奉天城已是漆黑一片了。

在王世祺官邸虎座门楼的飞檐下面,照例悬挂着一对写有"提法使王"字样的红色圆形的大灯笼。风是旋转的,红灯笼也是时前时后、时左时右地摆动。幽暗的红光挣扎着投向门前的有限的范围,阶前的随清随积的雪是幽暗的红色,跪在雪地上袒露胸膛的模糊人形是幽暗的红色,且在忽明忽暗地流动,使人想到血,想到裂腹剖心迸溅出的血。

王世祺见状大惊,自知出来得迟了。他凄惨地叫道:"绍祖!……"便要冲向台阶,扑将过去。

"是我。"那人冷然说道,"别过来!"这是紧接着的一句不容违抗的命令。

王世祺一震,收住了脚步。从随风声传过来的因寒冷而略显颤抖的语音,他听得出来,那人确实是王绍祖,而且,还没有豁开胸膛。

"绍祖!儿子……"王世祺的眼里分明已含着眼泪了。

"看来,你还想要儿子。"

"想要,我想要的!是你……"

"是的,是我不愿意!"

"那你回来干什么?又想折磨我一次吗?"

"不。我来和你谈判。"

"谈判?儿子和父亲谈判!"

"现在还很难断定,这是不是一场父子之间的谈判。"

"那么……好,就算这样,也不能在风雪中谈判啊。穿好衣服,随我进去。否则你会冻坏的!"

"就在这里。这是我早已选定的方式!"

"你!你要让我发疯了……"

"或许未必。"

"你冻得快说不成话了!"

"是你在延宕时间。"

躲在王世祺身后的卓雅,呜咽着说:"让他……快说吧。"

"夫人,今天的事和您无关,回去吧。"

"天哪,'夫人'!——你听他怎么称呼妈妈?"

"他还没承认你是妈妈!绍祖,有什么话快说,我……听着!"

"提法使大人,那个被你关押的格力图尔还没有处死吧?"

"如果……已经处死了呢?"

"我现在就死在你的门前!"

"不!他……没有死。活着,他活得很好。"

"放了他。"

"可以。起来同我进去。这好商量。"

"现在就放。"

"这……"

"我估计谈判会失败。"

"绍祖……"

"听着,提法使大人,条件很简单,放了格力图尔,我永远回到你们身边。要他,要我,快选择,趁着我还有足够力量豁开胸膛!"

"绍祖!你这是为了……什么?"王世祺气得咬牙切齿。

"没有多少时间了,大人!"

"世祺!"卓雅抽泣了一声,乞求道,"我们不能再失掉儿子了。你就答应了吧!答应了吧!"

王世祺咬了咬嘴唇,陡然转向身旁的人:"诺日布,快去把格力图尔带来!"

诺日布就是嘎吉玛的表哥,一直在王世祺手下当差,眼下已是一个小头目了。他答应了一声,飞身向院内跑去。

不大一会儿,格力图尔被领出大门。

看得出,格力图尔在被监禁期间并没受到皮肉之苦,除了脸色稍显苍白外,身体依然很壮实,眼睛依然很有神。也许正是由于长期幽闭的机会,得以对自己的经历做了无数次回顾和思考,悟出了许多原来未能悟出的道理,使他那双单纯的无所畏惧的眼睛里,透露出前所未有的新内容,像是玩世不恭的诙谐,又像是愤世嫉俗的尖刻,像是生死无畏的冷漠,又像是混沌乍开的醒悟。究竟是什么?也许什么都是,也许什么都不是,也许竟是别的什么,这是说不清的。总之,他刚一露面,必然会令人忆起他的爸爸桑布,尽管这是很朦胧且多少带着点儿惊疑。

王世祺当然没有闲心去观察一下格力图尔的眼睛有什么今昔的差异;王绍祖隐约看到了,又无暇去研究一番这种变化的因由。卓雅倒是紧紧盯着格力图尔,但她此刻所能想到的是:"亏得这个人还活着!"头脑里别无所有了。

已经站到红灯下的格力图尔,先是如同局外人一样,巡视了一下眼前的情景,但当他依稀看到雪地上跪着一个袒胸握刀的人影时,他立刻就明白那是谁和为什么会有这样一个场面了。"是……绍祖?……"他喃喃自语道。

王世祺愤然并略显不甘地叫道:"你自由了!为了换回我的儿子。"

"绍祖——"格力图尔狂呼一声,泪如泉涌,飞下台阶,用力扶起王绍祖,随手替他裹好衣襟,使劲摇着他的肩膀,"你为什么这样干?为什么这样干?这是不值得的!"

王世祺说道:"是不值得,你是不配的!"

格力图尔怒目回首道:"也许我不会让你捡这么个大便宜!"

"格力图尔,"王绍祖哽咽着说,"这已是既成事实。何况,这很值得,非常值得的。"

"你做出了保证?发誓了吗?"

"发誓了。我不能翻悔,也不想翻悔。从此刻起,我不再是你的兄弟,是这所院子里的儿子、大少爷了!"

"不!你永远是我的好兄弟。可你……是个傻瓜,你干了一件多么蠢的事呀!"

"格力图尔,原谅我……"

"我不原谅!是的,我不原谅!"

"我是想说,这是我早该干的一件事。可我,来得太晚了!"

"绍祖!你在胡说些什么啊?"

王世祺看到这两个人旁若无人地只顾交谈,厉声喝道:"格力图尔,你该滚蛋了!——绍祖,随我进去。"

"等一等!"王绍祖说道,"这会儿不行。而且,别那么凶!"

"你要出尔反尔吗?"

"不会。我只是还有话对他讲。"

"那就快讲。讲吧!"

"我首先要对你说,我们的谈判结束了,我感谢您满足了我的条件,爸爸。"

爸爸!

王世祺喉头一热,险些号啕大哭起来。他有多久没听到这个从男子汉儿子的嘴里喊出的字眼了!"爸爸!……"谁也没有听到他嗫嚅的嘴唇正在念叨着这个宝贵的字眼,似要把它含在口中、吞咽到肚腹一样。

"还有,"王绍祖继续说道,"请爸爸送给格力图尔一副雪橇,准许我把他送出城去,我们边走边谈。如果不放心,可派人跟着我。"

王世祺知道拗不过儿子,无奈地说道:"都依你,但我要亲自去。"

王绍祖带着怜悯和自责的苦笑道:"其实您没必要冒此风寒。不过,去吧,爸爸,我不反对。"

王世祺转向诺日布命令道:"去把雪橇套好赶来。套两架。快!"

等雪橇停在大门前时,王绍祖扬脸对如在梦中的卓雅柔声说道:"妈妈,您穿得很单薄,进去吧。请妈妈放心,我一会儿就回来,侍奉您一辈子的。"

卓雅早就力不能支,依在跟出来的女仆身上了。听了王绍祖的话,热泪如河水一样涌流而下,她异常费力地点着头,一个字也说不出来,搐动的嘴唇上带着一丝喜悦和凄楚的微笑,看不出喜悦多些还是凄楚更多些。

毕竟母子连心,王绍祖见状也不由得鼻子一酸,珠泪飞溅了。……

雪橇开始在厚厚的积雪上滑行。

这是一支怪有趣的队伍。

王绍祖和格力图尔走在前面,边走边谈。他们身后是两套马的雪橇。赶雪橇的是诺日布。王世祺则坐在雪橇里,眼睛始终盯在王绍祖的脊背上。雪橇后面还连着另一架空雪橇。

王世祺想得很周到。王绍祖在往返途中是跑不掉了。如果儿子这次又是得而复失,那可要他的老命了!

在缓缓的行进中,王绍祖讲了两件事。这两件事的任何一件,都会使以往的格力图尔暴跳如雷、狮吼虎啸的。

第一件事——

那还是在天冷之前,班卡妈妈带着致命的创伤在公主岭智劫囚车救出了被解往奉天行刑的王绍祖。之后,他们率领着已经无力再同哥萨克周旋的王绍祖的人马,拟去东辽河与班卡的残部会合,然后联络准备起义的破产台吉白音达赉,组建一支新的兵强马壮的队伍,以求东山再起,像"忠义军"和"义和团"那样,轰轰烈烈干一番"抗俄反清"的事业。然而不幸的是,班卡妈妈壮志未酬,还没到四平,便因刀伤枪伤同时发作,死在旷野。在那里,他留下追赶他的王世祺的马车,载着班卡妈妈的尸体,领着残兵败将,像出丧一样,沿着偏僻小路,最后抵达了东辽河。他本想按着班卡妈妈的遗命,立即去约见白音达赉,但他耳畔总是萦绕着班卡妈妈临终前的最后的声音:"乌日娜金……我的女儿,我多想看你一眼啊!"这是奔波苦斗了一生从未体会到人生快乐的刚强的班卡妈妈留给世界的最后一句话,也是她终生的遗憾,唯一的遗憾。这是极简单的一句话,这是极卑微的一个祈求,无论是对苍天还是对人间。可是,这极简单的一句话、极卑微的一个祈求,饱含着几多悲切、几多凄楚,饱含着几多辛酸泪、几多慈母情啊!它震撼着大地,震撼着天宇,更震撼着王绍祖的心灵。他无法求得安宁,不能宽恕自己。因为没能把乌日娜金带回到母亲的身边,没能让班卡妈妈临死前看上女儿一眼,全是他的过错。他对不起班卡妈妈,对不起乌日娜金妹妹,他是死有余辜的罪人啊!而且,班卡妈妈已死,又从王世祺口中获知格力图尔为了救他而自投罗网,双目失明的奈曼乌勒生死未卜,剩下乌日娜金孤零零一个人,在这个险恶的大千世界,可怎样生活,怎样逃避无时不有无所不在的灾难啊!他再也不敢想下去,再也不能心安理得地等待下去了。他决定推迟同白音达赉见面的日期,先去寻找乌日娜金。他把为数不多的弟兄草草安顿一下,便只身北上了。他先到了不久前还是义军营寨的二龙山。他就是在离山脚不远的地方送别乌日娜金的。他从山脚开始,冒着随时都会碰到清剿义军残余的哥萨克骑兵的危险,沿着去洮南城的方向,一路仔细地搜索过去,见村必进,逢人必问,两天的路程,他走了足足十天。直到住进洮南客栈时,还是一无所获。他猜想:"也许乌日娜金获悉二龙山的义军被哥萨克打散,她在东三省又走投无路,因而回到草原去了。果真那样就更糟!乌日娜金能去多伦村吗?不能。她甚至不会留在哲里木盟。要是去广袤无垠的草原寻找一个很可能已隐姓埋名的少女,不是有如大海捞针般困难吗?"王绍祖这样想着,开始失去信心了。天公又不作美,几场清雪过后,气候渐冷,看密布的乌云,听刺耳的风声,显然要有暴风雪来临。而他还只穿着无法御寒的单衣。他感到为难,躺在客栈的暖炕上翻来覆去,怎么也睡不着觉。到了后半夜,

离开睡眼

王绍祖突然想起,乌日娜金曾与科尔丹的母亲和妻子在突泉西郊的一所房子里住过一段时间,三个女人相处得很融洽。她会不会在那里暂住呢?不用说,她会受到欢迎和保护。但是,以乌日娜金倔强高傲的性格,又未必能委屈自己去投靠摧毁了义军的科尔丹的亲人。不过,既然想到了这个去处,又不很遥远,哪怕希望渺茫,也该去看看才是。这样,他便当即收拾行装,抱着试一试的心情,顶着风雪,连夜向突泉镇驰去。天亮时,他到了突泉西郊。他很轻易便找到了那个小院落。他把坐骑拴在一棵杨树上,推开角门,踏进院去。此刻雪已住,风未停,地上只有很薄一层雪。他轻轻走过去。在他已相当接近依然紧闭的风门时,里面传出说话声。他毫不怀疑,说话的人肯定是科尔丹。如果仅仅确信这一点,他会立刻拉开风门,欢呼着冲进去的。他对科尔丹有一种不容怀疑的好感。但他不单听出了语声,同时还分明听到了令他必须收住脚步的话:"……你的到来给了我多么大的快乐!我一直是爱着你的呀!……"王绍祖感到来的不是时候,站在那里进退维谷。一刹那后,他却在心里猛然叫道:"不对!这哪里像丈夫同妻子在调情?如果不是他的妻子,那个女人又是谁?'你的到来……''你的到来',这是什么意思?难道是……"他不敢再想下去了,他被自己突如其来的想法吓得心惊肉跳。"不!"他和自己抗争道,"乌日娜金怎么会?这不可能!"然而,愈是想尽力排除那种可怕的预感,便愈是要放纵一睹真相的渴望。好在风门有几处裂缝,使他终于看清了里面的情景。果然是科尔丹,果然是乌日娜金!科尔丹用力搂着乌日娜金,不停地说着(王绍祖的耳朵在这一刻失灵了),乌日娜金的泪脸紧紧贴在科尔丹的胸膛上,嘴唇和嘴唇在接近……他不能再看下去了。他倏然直起身,闭上双眼。他明白了,乌日娜金和科尔丹热恋上了!此刻,他脑海里向自己发出的任何提问,他都找不出答案。"我该怎么办?是容忍、赞赏,还是愤怒、反对?怎么向格力图尔交代?怎么向班卡妈妈的亡灵交代?可是科尔丹没有资格做乌日娜金的丈夫吗?乌日娜金不能选择科尔丹为情侣吗?那么,我有责任帮助他们重新组合一番吗?我有权利干涉这一切吗?天哪,我这是怎么了?头脑里翻江倒海,眼前迷蒙一片。这世界真如班卡妈妈所说,又要混沌了吗?"王绍祖不敢再想下去。他只觉得浑身颤抖,灵肉离异,也许再有一刹那,就会颓然倒在地上。他艰难地转过身,趔趔趄趄跑出角门,爬上马背,不辨方向地落荒而逃了。直到他又回到东辽河,他才终于回答了自己提出的问题:"是的,我容忍了,虽然不知道是否正确……"他也感到放心,他确信,以科尔丹的为人,他是会很好地爱护乌日娜金的。但在他心里总有一种如丝如缕的遗憾排遣不开,至于是为乌日娜金、为格力图尔抑或是为自己,他就搞不清了……

"我回到东辽河后,立即去法库会见白音达赉。"王绍祖开始向格力图尔讲述第二件事,"在法库城外的一座山上,有座不算很大的神庙。住持是位仙风道骨的长者,除两个贴身男童外,所有徒弟都是妙龄少女。据说那位道长会一种刀枪不入的法术,只有处女才能修炼成功,吸引了不少女孩子。白音达赉和道长是好友,让我到神庙和他见面。白音达赉不算很魁梧,但很矫健,嗜酒如命,喜欢女人。性格倒异常爽快。一见面,他就哈哈大笑道:'难怪巴兰森格(他不知道班卡妈妈的真名)夸他义子出类拔萃呢,一看就知道与众不同嘛!'

我急于跟他谈正事,便说道:'山虎大叔(班卡妈妈让我这么称呼他),妈妈临终前……'

'巴兰森格的死,我听说了,真可惜。——请说下去。'

'巴兰森格妈妈叫我来投靠您。'

'她说过。人马带来了吗?'

'现在?不,没带来。'

'你来投石问路,对吗?'白音达赉又是一阵大笑,'你很精明呢。'

'我总得……'

"不必解释。精明是优点嘛。——你们还有多少人?'

'两千左右。'

'不对,是一千不到。当然这也不算少,对我很有用,尽管是残兵败将。'

白音达赉的话叫我很不高兴,但又不能否认他说的是事实。我停了一下问道:'山虎大叔,你对我们将做怎样的安排呢?'

'指什么?驻屯粮草还是官位职权?'

'就算二者兼有吧。'

'妙哉斯问也。'他咬文嚼字地说道,'看来,你也是个很直率的人嘛。'

'我们之间没必要绕弯子。'

'对极了!我喜欢这样谈话。那么,我就来直率地回答你的提问吧。上千人的吃住,又不是三天两后晌,无疑是个难题,但硬着头皮也得想方设法解决,以你的精明劲儿,不会猜不到,如果这种事你问了我才想到,不是太晚

了吗？至于官位职权，眼下倒是个很难又很不难的问题。如果巴兰森格健在，她亲自带人来，就好办得多，我可以让她坐第一把交椅。对你，这就难了。'

'山虎大叔，我可从来没想过什么第一把第二把交椅！'

'那么是第三把？第四把？还不是一样！我倒以为你更适合给朝廷做官。'

'您……这是什么意思？'

'你知道我为什么迟迟不行动吗？这不是小孩过家家。没有绝对成功的把握，我绝不肯轻举妄动。用人就更是如此。对你的出身背景我是知之甚详的。'

'出身背景？难道巴兰森格妈妈……'

'她说过，说过。她说，她是绝对相信你的。但她不在了。'

'您……'

'我问你，满人夺过你爸爸的官位吗？没有。汉人占去过你家的土地吗？没有。可我全摊上了！我再问你，我去劫夺俄国人的军火库——这是我起事要办的第一件事——你赞成吗？你当然赞成。但是，我起事后，见官即杀，不论满汉，你赞成吗？这就未必。总有个兔死狐悲、物伤其类的难题嘛！而我，怎么也不能让你屈就十夫长那样的小官职啊！'

我气得说不出话。我当时的脸色一定是惨白的。

他紧接着又说道：'我不谨慎是不行的。你说，眼下为什么没有一个人去告发我？因为抓不住把柄，知道告发也没用。我表面上安分守己，与人联络的这座神庙也无可挑剔。滴水不漏，其奈我何！'

这分明是在警告——或者是忠告吧！他何以对我有如此成见，我怎么也捉摸不透。但我却能得出一个结论：对这种人，无论是解释还是发誓，都没有用处。

我站起身，决定告辞：'感谢您接见我。我不虚此行了。'我毫不掩饰内心的怨恨。

白音达赉没有站起来，微微一笑说道：'其实你想说的话还没都说出来。'

我胸膛里确实堆积了无数激烈的话想一吐为快，但井蛙岂可与语海？所以我讥诮地说：'您又猜错了。'

35

'我错不了。你心里在说,你白音达赉可别想获得这一千人马了,对不对?'

　　我没有回答。他是永远不会想到比一己之利稍大一点儿的问题的。

　　'对此,我一点儿也不担心。我花费了不少时间,去分别会见巴兰森格留在辽河两岸的部下。我给他们吃,给他们喝,他们也答应跟我干。'

　　我差点儿喊叫起来。他竟钻了巴兰森格妈妈的空子!我们全被他戏弄了。

　　'当然,'他根本不在乎我此刻的表情,继续说道,'他们不想拆帮。在可能的情况下,我也不想勉强他们。只是……对了,巴兰森格还有个女婿,叫格力图尔吧?巴兰森格的人都知道他。我很了解他的身世。我年轻时,见过他的爸爸桑布。他在他出生的地方已无牵无挂。如果是他……如果我是你,就把这一千人马给他,自己回家去做少爷。——你看,我够爽快吧,简直是竹筒倒豆子嘛!'

　　'我……明白了!'我愤怒但更多是悲哀地说道,结束了这次会见。我明确意识到,在这个世界,我已是个多余的人。除了到奉天把你换出来,我别无选择……"

　　王绍祖讲完了上面两件事后,停了一会儿说道:"我要讲的,就是这么多,完了。"

　　格力图尔点点头。

　　"现在轮到你说话了。"

　　格力图尔又摇摇头。

　　"为什么?为什么一句话也不说?"

　　"因为,"格力图尔终于说话了,眼睛却依然凝视着前方,"我无话可说。"

　　"可你总得让我知道,我讲的两件事你究竟怎么看?是对还是错?哪件对,哪件错?比如说,乌日娜金……"

　　"绍祖!请不要再向我重复那件事!我求你!!"

　　"懂了。"王绍祖叹口气道,"我料到你会恨我……"

　　"我没有理由恨你。这是实话。我只是不愿意……算了,别说它!"

　　"那么,你……"

　　"绍祖,我知道我该怎么办!"

"好吧,我不说了。但我还得问一句,我们离开后,你打算先去哪个方向？是突泉,还是法库？"

"这还用说吗？法库！我不会让班卡妈妈的人马被那个白音达赍白白拿过去的！"

"斗他并不容易。"

"他迟早会明白,斗我也不容易。"

"你……有把握吗？"

"只要原来人马不拆帮。"

"是的,这异常关键。"

"他别想要我的人,我也不要他给我补充的人。我可以跟他合伙干,好了,就一起干下去,不行了,各干各的。"

王绍祖舒了一口气,说道:"真有你的！——就这样,我们分手吧。我既然已做了儿子,就得想到慈母心了。"

就这样,格力图尔驾着雪橇飞驰到法库,成了白音达赍的合伙人。至于那场在东盟历史上必然要爆发的大规模起义何时爆发,我们只能拭目以待了。

5

丹赞尼玛听完嘎吉玛的讲述后——她当然不可能像我们在前边介绍的那么详细——说道:"格力图尔去法库已经半年多了!"

"是这样。"嘎吉玛说道,擦了擦脸上的汗水。

"你的表哥——诺日布吧?"

"是的。"

"他没再听到格力图尔的消息吗?"

"您还想知道什么?"

"比如,他和白音达赉搭起伙没?他们目前干起来没?总共有多少人马?等等。"

"诺日布怎么会知道这些?知道不知道又有什么关系?格力图尔至少还有一千人马,与这里有深仇大恨,这才是关键。"

"说得对。就是说,他随时都可能出现在我们面前。"

"所以,等毕力图被册封为袭爵人再做准备就晚了。即使皇帝的圣旨明天就到,也无济于事。别说毫无威望的毕力图一时难以左右王府局面,就是公爹你,作为三朝重臣,对旗卫队恐怕也指挥不灵吧?何况,皇帝的封典少说也得半年以后。"

"有道理,嘎吉玛,很有道理。"

"还有,公爹你想,要是业喜海顺横尸洮南后,科右中旗紧接着一场战乱,会出现怎样的后果?不仅爵位归属问题变得复杂甚至无限期推迟,毕力图又是军职,能不参战吗?枪子儿可不会因为谁是未来的王爷而绕开他。"

"是呀是呀,可是,嘎吉玛,你看……我们该怎么办呢?"

"想办法别让格力图尔的队伍打回来。"

"想办法?什么办法?谁不知道,格力图尔是个异常固执的家伙,下决

心干的事，谁也阻止不了。对这种人，金钱和说客都没有用。"

"所以，只能像对付业喜海顺那样对付他。"

"遗憾的是，我只有一个杀手，而且只能使用一次。"

"杀手我已经找好，只是他要价太高了。"

"要价高无所谓，我可以去找俄国人借款。有了爵位还愁还债吗？可这个人是谁？"

"包斯尔。"

"那个捡了个老婆的穷小子！"

"正是他。"

"听说那个女人原是那个刀斧余生的瞎说书人的老婆。"

"所幸的是包斯尔和那个女人并不知道奈曼乌勒还活着，而且离他们只有百里之遥。"

"那个女人叫……"

"菊花。"

"很好听的名字。"

"人也十分漂亮。"

"是吗？"

"又漂亮又温柔，就是犯病时也惹人疼爱，令任何铁石心肠的男人神魂颠倒！——你好像对此很感兴趣，公爹？"

"你这是说到哪里去了，嘎吉玛？"丹赞尼玛嘟哝道，显得很不自在，一脸的尴尬相，"我只是想……只是想请问这一切……这一切同格力图尔有什么关系？"

嘎吉玛轻轻哼了一声，讥诮道："几天后，我们派出包斯尔，把菊花作为人质放在你跟前，你一定会很高兴吧？"

"嘎吉玛！……"

"放心，我会这样安排的。"

"你怎么了，嘎吉玛？咱们不是在商量正经事吗？"

"你的心思有一大半不在正经事上。"

"胡说！简直是……冤哉枉也嘛。好了，嘎吉玛，你就快说吧，包斯尔为什么能为我们所用。"

"你早就应该这么问，而不是关心名字是否好听。"

丹赞尼玛含混不清地咕噜道:"好刁的……女人!"

"你说什么?!"

"我……好像并没吱声而在等着你说话呀。"

"那你就听好吧,公爹。你刚才问包斯尔为什么能为我们所用,这才是真正的关键之处。我们总不能花了大钱,又担心这个人担负不了我们交给他的使命。"

"非常正确。"

"公爹大概也知道,包斯尔为了医治菊花,欠了一屁股外债,他一辈子也还不清,而且需要更多的钱。"

"这我信。只是,他出卖年轻的生命,就为了医治一个疯女人?"

"这个疯女人对包斯尔来说,比他自己的生命珍贵千万倍。"

"无奇不有!难以理喻……"丹赞尼玛说着,卷起舌尖"啧啧"两声。

"你和你的儿子都理解不了。——当然,光这一点是不够的。还有更重要的一点,包斯尔恨格力图尔,切齿痛恨!"

"是这样……可是为什么?他们之间有什么宿怨吗?"

"当然有。"嘎吉玛说道,又揩了揩脸上的细汗,"这是一个很长而且十分生动的故事。"

"你打算讲给我听吗?"

"可惜,我今天只能讲个大概。"

"这样最好。不过,你要把关键之处都交代清楚,否则我还会提出一大堆问题的。"

"试试看吧。首先,你得相信,公爹,世上的确存在像包斯尔这样痴心的男人,尽管你觉得难以理喻。他收养菊花不久,便堕入情网而不能自拔了。他对这个疯女人百依百顺,这个女人的每一句话,他都当圣旨去执行,像忠心耿耿的奴隶对至高无上的主人一样。直到今天,他也没有改变初衷。但他始终没能成为菊花的丈夫,因为他看得出,菊花的心里只有一个男人,这便是奈曼乌勒。当他听说奈曼乌勒还活着,便发誓要帮助菊花找到奈曼乌勒。在充满险恶的长途跋涉中,他获悉奈曼乌勒溺水而死,害死奈曼乌勒的人便是格力图尔!他不敢把这一事实告诉菊花,却焚香立誓,一旦打听到格力图尔的下落,便去亲手宰了这个恶人。只是从那以后,菊花的身体一直不好,他一步也不敢离开。"

"所以他直到现在还不知道奈曼乌勒仍然活在世上,因而仍然把格力图尔当成害死奈曼乌勒的凶手?"

"这正是我们可以利用的一点。"

"而且时间性很强。"

"是的。等包斯尔获悉奈曼乌勒还活着的消息,他对我们就毫无意义了。"

"总的来看,倒是合情合理。"丹赞尼玛说着,捻着胡须沉吟了片刻,然后仰脸盯着嘎吉玛问道:"你是怎么知道包斯尔曾发誓要杀死格力图尔的呢?他本人对你讲的吗?"

"大约三个月前,一个替包斯尔借钱的人对毕力图讲了这件事。毕力图当笑话讲给了我,我也当作笑话丝毫没放在心上。等我表哥告诉我,格力图尔在半年前获得了自由,我才猛然记起包斯尔。我当即找到包斯尔,他向我证实了他确实立下过誓言,并且至今未变。"

"原来是这样。那么,嘎吉玛,我相信了。只是……"

"公爹还有什么不放心的吗?"

"嘎吉玛,你觉得包斯尔有成功的把握吗?格力图尔可是一头公牛啊!"

"是的,面对面搏斗,包斯尔肯定不是格力图尔的对手。但他们认识,包斯尔有条件麻痹对方而采用偷袭的办法。当然,这种事,成功和失败的可能性几乎是相同的。我们希望成功,又不能不做失败的准备。为此,我已想好了一旦失败的补救措施,但这需要公爹使用一下西协理的权力。"

"说得具体一些。"

"把乌日娜金抓进牢房。"

"这……嘎吉玛,你的用意我是能明白的。这也不失为一步妙棋。不过,据我所知,乌日娜金已不在咱们中旗了呀!"

"也许是上天有意安排,两个月前,乌日娜金又回到突泉西郊那座小院,而且还带着半死不活的奈曼乌勒。"

"真的?"

"不会有半点儿差错。"

"是你亲眼……"

"比我亲眼所见还要可靠。因为我表哥恰巧是取道突泉来看我的。"

"是诺日布,就不会错了。"

"去把乌日娜金抓来,把奈曼乌勒送上西天……"

"而且,让包斯尔尽早出发!"

"就是这样。"

"可是嘎吉玛,全旗人谁不知道,业喜海顺有过命令,对参加过暴乱的人一律不再追究,如果我调动旗卫队……"

"为什么要惊动旗卫队?你不是有侍卫吗?让他们秘密行动不就行了。在突泉办这种事,比在草原上容易多了!至于说到业喜海顺的命令……公爹,你对行刺业喜海顺失掉信心了吗?"

"失掉信心?——见鬼!我怎么突然忘了,明天,在这个世界上已不存在什么业喜海顺了!嘎吉玛,你可真是个非凡的女人,不仅料事如神,还足智多谋。有你这么一位机变百出的福晋,毕力图可以稳坐王爷宝座了!"

"公爹多想想获得王爷宝座以前该干的事也许更有意义。"

"嘎吉玛,一切都按你说的办。我这就派人去逮捕乌日娜金和——嘎吉玛,你是说弄死奈曼乌勒?"

"必须弄死他。即使不考虑包斯尔,也不能让他活在世上。这个人迟早是个祸害。"

"好,这样又干净又利索!嘎吉玛,快扶我起来。要办的事情这么多!等业喜海顺一死,我们会更忙呢!……"

半小时后,丹赞尼玛派出去的两个侍卫已纵马飞奔在去突泉的道路上了。

6

人类有许多发现,但任何发现都比不上圆周率的价值;造物主(或上帝,或自然界,随你把它称作什么)对人类有许多启示,但所有启示加在一起,也抵不上圆周率给人类的伟大启示。

众所周知,人类在自然界获得无与伦比的价值,是因为有思想和感情。有思想,才能对万物做出判断和表述;有感情,才使万物有了可爱和可憎之分别。这是构成人类的诸多因素中最关键和最活跃的因素,它不仅使人类不断进步,也使人类社会变得绚丽多彩。但是,就像圆周率绝不会存在最后一位数字,人类的思想和感情也永远不会有个精确值。因而,人类企望自己的判断和表述与万物的真谛毫厘不爽,企望自己的爱憎好恶无懈可击,在事实上是绝无可能的。如果有那么一天,有一个奇人竟然填上了圆周率最后一位数字,那无疑将是宇宙完结的时刻。同样的,如果有那么一天,人类竟然发现自己的思想和感情可以做到绝对精确,人类本身也势必不复存在。除非在母体中就被输入既定程序。但那已不再是人类的后裔了。

是的,人类最活跃的因素是思想和感情。思想和感情的活力和生命力的源泉则是永恒的不精确和无止境的变幻莫测。

这便是小小的圆周率给人类的巨大启示。

设使人类不仅能认识到这一点,并能以此指导言行、诱掖后世和编织人类社会,就必将使人类自身更合于自然,生活得更自由和真正超脱了,那该何等之好啊!

可惜的是,人类远没有成熟起来。人类中强者和弱者的分野还如此明显,少数人对多数人的统治依然被看作天经地义。少数强者又总是自命不凡,确信自己随时随地萌发的意念都是颠扑不灭的真理,蛮横地责令多数弱者以他的思想为程序和框架,并根据自己的爱憎好恶,给人们的感情结下一道道藩篱。毫无疑问,人类中一部分甚至是寥寥无几的垄断了思想和感情的随意性的人,在用他们的手扼杀着全人类的思想和感情,这又是何等违反自然、何等之可悲啊!

真正可悲的当然不是那些依据随意性设计着"独此一家"的思想和感情程序的少数强者,而是那些错误地以为自己的肉体只不过是性别不同、形象有差的躯壳,须由强者去填充相同的思想程序和感情程序的多数弱者。他们或者心甘情愿或者迫不得已地接受了这个事实,却几乎无一例外地确信非此便离开了人间正道,而那与生俱来的天性必须竭力抑制乃至彻底抛弃。可以说,他们的存在似乎不是为了表达他们本身的价值,而是为了证明畸形的人类社会的合情合理。结果,他们成了可悲的牺牲者的同时,也不自觉地充当了人类思想和感情的扼杀者的帮凶,甚至为了被涂上一层熠熠光辉成了捧月的众星而沾沾自喜。

但是,正如石隙中的小草总要挣扎着向上生长一样,在事实上,人类的天性从来没有也永无可能被彻底泯灭。只是由于自觉的和不自觉的扼杀力量过分强大,又缺少必要的营养和阳光,使它显得憔悴而苍白,甚至濒于枯萎。憔悴而苍白也好,濒于枯萎也好,并不说明它已死亡或必然死亡,恰恰相反,说明它的活力还没有消失殆尽,一旦具备了条件,还会生机盎然的。因此,在人类心甘情愿地或迫不得已地接受被强行输入的思想和感情程序时,同样毫无例外地保留了一种天然的反驳力量,即使是朦胧的或者软弱的。他们中的绝大多数也许直到最后一息才会顿悟,意识到自己完全忽略了和根本无视于自身的天然的反驳力量,竟然容许自命强者的他人和自命弱者的自己联手扭曲乃至扼杀了从造物主手里接过来的宝贵的生命!但他们的顿悟显然为时已晚,只能把终生的遗恨带进坟墓了。这便造成了死者的落下帷幕的悲剧。也有少数的人,由于他们的不同寻常的特殊经历,或者幸运地受到某种点化,较早地意识到自己可能是被愚弄了,人类的天性在他们身上有了苏醒的迹象。但人为的思想框架和感情藩篱所形成的世俗力量强大到无以复加的程度,即使略略尝试一下冲决而出的可能,也会碰得头破血流;更何况,连他们自己也常常怀疑这种尝试的合理性,怀疑自己被"魔鬼掏去了心",使这种尝试或者带有不可克服的疑惑和柔弱,或者宁肯让它蜕变成只能偷偷地啮食自己灵魂的没有胆量付诸实践的虚妄的愿望。结果使自己在外部威压和内心搏斗的双重压力下,陷入比终生混沌的人更深的痛苦中而难以自拔。这便造成了生者的正在演出的悲剧。——我们下面马上要讲到的本书中的女主人公乌日娜金，就是其中的一个。

我们前面提到的死者的落下帷幕的悲剧和生者正在演出的悲剧，它们的存在无疑将是永恒的。这里说的永恒，与人们在任何其他场合所说的永恒一样，都是有限的永恒。也就是说，只要人类还继续生存在宇宙中，只要人类还没有成为按既定程序生活的机器人，那么，这种悲剧和由此造成的人类的痛苦便是不可避免的。随着人类文明的不断进步，或者说随着人类的天性不断回归本源，这种悲剧总的趋势也肯定是越来越少，只是永远不会减少到零。比如今天，这种悲剧特别是死者的落下帷幕的悲剧就已经不多见了。未来会怎样呢？也许继续减少，也许回升，这是很难预测的。

但是本书所讲述的故事，不是现在，也不是未来，而是二十世纪初叶这个刚刚成为历史的过去。

如果我说二十世纪初叶是一个极特殊的时期，想必读者诸君不会反对。因为我们都知道，那个时期的人类社会几乎是一种癫狂状态。人类的私有制孕育出来的野心和占有欲达到了无以复加的程度；新与旧、彼与此的角斗如火如荼；数以千万计的英雄人物和数以千万计的狂徒争先恐后地破土而出……这一切搅得世界混乱不堪、瞬息万变，搅得芸芸众生善恶难分、无所适从。我们姑且不去论及在这世界一派混沌中，人类同时经受了一次严峻考验，之后势必会开出一个新天地。我们只想说，处于这个时期的人类，无一例外地都带着悲剧色彩。我们也可以说，这个时期是人类思想和感情悲剧的最密集的时期。而乌日娜金的故事只不过是这些悲剧中极平常的一个悲剧。笔者只想告诉人们曾经发生过这么个故事，如实讲来而已，绝不敢如一些作家常常自诩那样，说自己讲述的故事隐藏着某种深刻的寓意。

在本书第二部结尾处，我们曾经讲到，乌日娜金孤身一人重返哲里木盟科右中旗，偶遇哈森，受其临终委托，在突泉西郊那个我们多次提到的小四合院里，救活了濒于死亡的科尔丹。两颗由于各自原因变得同样孤寂和同样破碎的心，在绝无身外事干扰的几乎封闭的小天地里，出于人类求生求助的本能和施惠施怜的天性，互相交流、慰藉，毫不吝啬地给予和毫无挂碍地接受，不断接近和会合，终于碰出了爱火。这爱火来得太突然，也太炽烈，更有一种无须否认的合理性。在巨大快乐的晕眩中，两个人都似乎意识到，只要他们自己不去抗拒，他们准会被烧成灰烬并组合和升华出一个更高境界的新生命。这新生命的绚丽的光环如此诱惑他们,使他们忘记了依然笼罩在头顶的痛苦、艰险甚至全部的过去。可是,正当这新生命准备在烈火中诞生的时候,乌日娜金突然不胜恐怖地退却了。她发现了一双喷射着愤怒和谴责光芒的眼睛,倏地从幻梦中醒来了。如我们前面所述,乌日娜金看到的是王绍祖的一双实实在在的眼睛。但在当时,无论是乌日娜金本人,还是热烈拥抱着她的科尔丹,都确信那双眼睛是格力图尔的,而且,绝不会是一双真实存在的眼睛。

这就更加百倍的可怕!

因为,乌日娜金从这双误认为是自己灵魂幻化出的眼睛里,胆战心惊地看到了神佛的惩戒恶行的劈空落下来的巨掌,同时无地自容地惊悟到背叛情侣、改变初衷的卑鄙无耻和不可宽恕。而科尔丹,则从乌日娜金灵魂的震颤和感情的溃败中,无限悲哀地认识到,他还远远没有成为乌日娜金心中唯一的男人,并为自己不合时宜的粗鲁和盲动而羞愧难当。结果,这两个有充分理由和条件踏上生命新起点的少男少女,却在不同内涵的负疚和相同内容的不甘心的巨浪冲击下,痛苦万分地又唯恐避之不远地朝相反方向逃开了。

科尔丹走了。照他自己的话说,他要走得很久,很远。他将勇敢而果断地去追求他的希望。乌日娜金知道科尔丹去寻找什么,也知道他一定是向东向日本走去了。

后来,乌日娜金也走了。她选择了恰好在西边的家乡的草原。她觉得突泉西郊的小四合院是通向地狱的大门,必须尽快离开,永远不再回来;而且决心把它连同科尔丹彻底忘却,终生不再忆起。但她临行前,却鬼使神差地把科尔丹留下的短信揣入怀里,连她自己也不明白为什么要这样做。

我们知道,决心并不一定总能左右人的行动。有时正好相反,理智所下的决心越大,感情产生的对抗也越强烈。乌日娜金便是如此。她决心要忘掉那座小四合院,而那座小四合院却以越来越清晰的形象、越来越高的频率出现在她的眼前和睡梦中;她更下决心要忘掉科尔丹,但科尔丹清癯苍白的脸,充满梦幻、渴望的眼睛,有时激昂有时悲愤的声音,以及绞尽脑汁的思索、焦躁不安的徘徊和时而茫然四顾不知所措、时而孤立无助心灰意冷的可怜样子,却总是交替地追随着她,不厌其烦地重现着,甚至一起蜂拥而至,紧紧地包围着她,使她透不过气来。

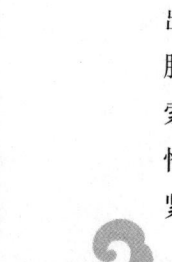

乌日娜金逃离那座小四合院，原是希望从可怕的感情旋涡中挣脱出来，求得灵魂的宁静。然而，她的身体逃开了，她的心却未能获得一时一刻的安宁！

是的，她忘不了小四合院，更忘不了科尔丹。小四合院的每一个角落，和科尔丹共度的日日夜夜的每一个细节，都深深刻在她的心灵上甚至变成她生命的一部分了。她终于明白了，她的决心也好，所做的努力也罢，只不过是毫无意义的自我欺骗和徒然的挣扎，她的心依然丢在小四合院，或者说被科尔丹带走了。而且，随着时间极其徐缓的流逝，她竟然一天比一天更渴望重返那座小四合院，梦想当她奔进堂屋时，科尔丹正张开双臂等在那里……

毋庸讳言，乌日娜金强烈地爱上了科尔丹。

意识到这一点，对乌日娜金并不轻松。准确地说，当她迫不得已地决定不再继续欺骗自己并准备心甘情愿地迎接科尔丹对她感情进攻的瞬间，眼前也曾出现一片光风霁月，心房也曾产生过快乐的颤动，整个生命也似乎荡漾在五彩缤纷的柔波之中，但这足以令她春心勃动和欣喜若狂的一切存留的时间太短暂乃至稍纵即逝了。与此同时，她明明白白地感到，她正被面目狰狞的魔鬼导引到通向地狱的大门，只要她再向前跨出一步，势必要跌入万劫不复的罪恶的深渊。结果，在心里潜滋暗长和终于爆发的爱情，给乌日娜金带来的不是轻松和喜悦，而是犹豫、矛盾、痛苦和恐怖。乌日娜金本是个有主意有决断的姑娘，可这回，她主宰自己的能力却完全失掉了。陷入这种进退维谷、不知所措的痛苦得不能自拔、恐怖得心惊肉跳的窘境，在乌日娜金的感情历程上，实在是一个前所未有的新颖而奇特的记录。

我们有充分的理由说，乌日娜金在此前整整二十年的感情历程，每一步都是畅通无阻和顺理成章的。比如，她从小和父亲相依为命，幼小的心灵里肯定有一个未曾公布出来的誓言，那就是，一辈子陪着可怜的父亲，她的爱，除了父亲，谁也休想分去一点一滴。她那时还没听过"天经地义"这个词儿，但她想的准是这个意思。当她十六岁时，春心骤然萌动，她的爱开始一分为二，并毫无顾忌地增加着格力图尔一边的分量。没人指责她。她也不认为伤害了父亲，因为她相信这应该是合情合理，有如水向东流一样自然的，是自己变成大人的标志。再比如，牧民造反后，在一段不短的时间里，能引起她渴想的人只剩下了格力图尔，他们之间的爱情几乎到了水到渠成的阶段。

可是突然间,她的心里爆发了对母亲的思念,感情的天平迅速地呈现出对格力图尔不利的趋势,这对情人渐渐变得陌生起来。乌日娜金并不像格力图尔感到这是可怕的迹象,反倒认为是自己思恋母亲的天性的复苏,是理所当然和无可非议的。至于她和格力图尔之间因为什么拉开了距离,爱情的纽结为什么会松动,根本没必要大伤脑筋去思索。她的爱全归她自己所有和归她自己支配,分成两份也好,增加哪一份的分量也好,别人是无权干预的,并且同样没有伤害任何人。总之,乌日娜金在感情上的分合起落,完全是顺乎自然的,没给她造成痛苦。她对自己处之泰然的态度丝毫不觉得怪异,甚至因为意识到自己正在成长和走向成熟而兴奋不已。

然而,当她的感情和科尔丹的感情碰撞并发展成恋情时,问题就复杂多了!

对乌日娜金个人来讲,科尔丹究竟算不算是仇人呢?她虽然不像过去那样可以毫不犹豫地做出肯定的回答,或者说,她开始怀疑这种回答的准确性,但有一点,她是无法否认的,那就是,她的可怜的爸爸的惨死以及她本人的许多不幸,都是扎布曼都造成的。而扎布曼都是科尔丹的爸爸!她,乌日娜金;科尔丹,仇人的儿子——这就是她同科尔丹之间既简单又明确的关系!这种关系说明什么呢?是否说明,她同与自己有杀父之仇的扎布曼都的儿子也理所当然是不共戴天呢?她同样也不能斩钉截铁地做出肯定或完全相反的回答。而且,她和科尔丹之间的接触还有一些很特殊的内容。在扎布曼都要把她扒光衣服冻死以及后来决定把她当作礼物送给色旺诺尔布桑保王爷的时候,都是科尔丹出面甚至冒险救了她,并把她放在科尔丹的母亲斯琴的保护之下,使她不仅摆脱了厄运,还从不识之无的文盲变成了能读能写的才女。如此看来,科尔丹对她又是恩重如山的。这无疑使乌日娜金和科尔丹之间的关系变得又复杂又模糊起来。乌日娜金或许曾想把与她有着仇深似海的扎布曼都同恩重如山的科尔丹截然分开,不受干扰地恨其所恨,毫无顾忌地爱其所爱。这显然做不到。扎布曼都和科尔丹毕竟是父子,在乌日娜金心里,不让这两个形象纠缠在一起,几乎是不可能的。当然,如果仅仅需要乌日娜金对这对父子的优劣做出判断,她不会感到为难,这两个人的所作所为是有目共睹、自有公论的;同样的,如果仅仅需要乌日娜金对科尔丹感恩图报,她也不会感到困难,何况,她救活了科尔丹,已没有欠债了。可事情偏偏不这么简单。她面对的,既不是如何判断此人的优劣,也不是有无欠债,而是该不该去爱这个人!事实上,她已经爱上了这个人,这是乌日娜金自己也否认不了的。在明确了这一点之后,突然跳出个该不该爱这个人的问题,并且绞尽脑汁也找不到答案,使她深深陷入犹豫、矛盾和残酷的心理搏斗之中,她如何轻松得了,又怎能不寝食俱废、心乱如麻呢?

不仅如此,还有一个格力图尔呢!

她必须承认,她曾没有半点儿虚情假意地爱过格力图尔。他们的家长和义军统帅额勒瓦奇尔都曾打算为他们举行盛大婚礼。如果不是因为旁生枝节,她早就成为格力图尔的妻子了。赞美这一对天造地设的情侣,并确信他们迟早会偕老百年的人,何止千万!即使她和格力图尔一辈子都无缘成为夫妻,分别孤孤单单地熬尽生命,人们照样会赞美他们至死不渝的爱情,只是外加叹惋而已。人们不正是这样赞美爱情和贞操的吗?但是,如果乌日娜金抛弃了格力图尔,感情另有所属,这些人又会怎么想、怎么说呢?不会有人理解她,不会有人同情她,更不会有人支持她。恰恰相反,鄙视、唾弃,恶言垢语,猥辞谑浪,会如翻江倒海般劈头盖脸地倾泻而来。所谓人言可畏,众口铄金,尤其作为一个女人,一旦被人指着脊背斥为朝秦暮楚的荡妇、人皆可夫的淫女,还有何脸面苟活于世?想到这些,乌日娜金仅仅矛盾、犹豫已远远不够,她已被地狱般的恐怖氛围紧紧包围住了。

与此同时,她对自己也开始不理解,感到陌生,甚至产生了怀疑。她凄惨而惊骇地暗问自己:"是命运给我的磨难不够,非要再给我安排一次更痛苦的轮回呢,还是我乌日娜金原本就是品格低下、灵魂充满罪恶的坏女人呢?"对自己的询问,她一个字也回答不出,反而使原来的恐怖无限度地增加着分量。在五内焦灼、心胆俱裂的痛苦而惶恐的挣扎中,她一次又一次地呼唤着:"是鬼迷了我的心窍,还是身陷噩梦?快来人叫醒我,快把我从魔域中拯救出来吧!我的力量已耗尽,再也坚持不住了呀!……"

形影相吊、举目无亲的孤寂生活加上混乱不堪、纠结难分的心理搏斗,把乌日娜金折磨得痛不欲生。在略微清醒的时候,她想到了死。既然人生只有摆脱不开的孤苦和化解不了的矛盾,还有什么值得留恋呢?

可是,令乌日娜金感到万分奇怪和自怨自艾的是,每当她酝酿好了一死的决心,准备捐弃肉体,求得灵魂的安宁时,她准会想到突泉西郊的那座四合院,准会不由自主地摸出那封折痕已快断裂的科尔丹留下的短信。而且,死的决心随即动摇乃至完全丧失了。她不知道那座四合院和那封短信何以具有如此巨大的顽强的力量,不知道这种力量究竟说明了什么。其实,她能知道,只是不敢知道,她愿意知道,只是害怕知道,或者说,她已经知道,只是不想说知道。但有一点她是清楚的,她发现自己并非不留恋生活和生命,她发现自己还非常软弱。

从客观上讲,乌日娜金活下去并不困难。虽说美貌是一种潜在的祸患的根苗,但草原上的人都知道她是谁,有些人不忍心招惹她,更多的人不敢招惹她,几乎所有人都害怕接近她。她也并不害怕,她怀里有支小巧的手枪,枪里装着子弹,即使是一支空枪,也足以使那些怀有歹心的人望而却步甚至掉头鼠窜。她身边还带着为数不少的通宝和值钱的首饰,维持她一个人三两年的生活是绰绰有余的。

正是由于她没有衣食之忧,而且又很少有人雇她做佣工,她在太多的独处和太多的闲暇中,经受着太多的内心纷扰和太多的苦思冥想,积累了太多的哀愁和太多的忧惧。她几乎是日复一日地在心灵的苦海中浮沉,看不到彼岸,却更多地看到了地狱之门——突泉西郊的四合院,感受到不可抗拒的魔鬼的诱惑。

结果,在一个偶然的机会,她遇到了依然活在人世并经过艰难的旅途跋涉回到草原靠说书糊口的奈曼乌勒,便当即决定,带着历尽苦难、九死一生且创伤复发的奈曼乌勒住到突泉西郊的四合院里。她自己对这次举动做出不带私心的合情合理的解释,就是完全为了医治奈曼乌勒正在溃烂的创伤。可是,连她自己也知道,这是自欺欺人,是姑息自己的冠冕堂皇的遁词,因为她心里明白,她做出的决定,至少有一半是由于自己对那座小四合院的怀念。

对于乌日娜金,如果那座小四合院确实是罪恶的渊薮,那么,这一次,她是或多或少或清楚或朦胧地带着点儿自觉自愿重蹈覆辙的。

7

重返突泉西郊小四合院的乌日娜金一反以往对生活细节不太留神的常态,开始注意环境的清爽舒适和打扮的优雅整洁。经过她一番认真布置,屋里屋外焕然一新。她为自己购置了梳妆用品,还给奈乌曼勒换了新衣。与左邻右舍也有了有限度的来往。她当然没有忘记请医生治疗奈曼乌勒的伤痛。她觉得,日夜操劳给她带来了不小的快乐。

奈曼乌勒一直沉默寡言,并表现出对一切都十分冷漠。对乌日娜金为他所做出的安排,除了坚持要在夜深人静时自己换下脏衣以及医生诊治时不准乌日娜金在场外,全都不动声色地接受了。他对乌日娜金保有美好的记忆,虽然双目失明,乌日娜金的秀美的姿容也能异常清晰地浮现在他的眼前。他过去不止一次地说,乌日娜金是个无可挑剔的好姑娘。眼前,他却多少产生点儿反感,因为每当乌日娜金走近他,总是有一股引起他奇特骚动的香气扑鼻而来。他认为,乌日娜金实在不该涂脂抹粉,脂粉味只应属于那些贵妇、小姐和倚门卖俏的坏女人。说死他也不相信乌日娜金会变坏,要是有人说乌日娜金有意招蜂引蝶,他会毫不犹豫地同那个人决斗。不过,他总是感到有点儿惊异和不安,一个少女精心修饰自己是不会没有原因的,所谓女为悦己者容嘛。说乌日娜金为格力图尔打扮,又有点儿不合情理,眼下连格力图尔身在何方都不知道啊!那么乌日娜金为谁打扮呢?难道是格力图尔以外的什么人吗?奈曼乌勒很纳闷。但他毕竟是个聪明而细心的人,接近三十的年龄和远远超过同龄人的复杂阅历使他具备了丰富的人生经验,经过几次试探性的谈话,他终于发现了一些蛛丝马迹。他发现,每当谈起格力图尔时,乌日娜金总是不太起劲儿,甚至多少带点儿厌烦情绪地有意岔开话题,更不要说动情了;可是,一旦提到科尔丹的名字,乌日娜金的声音就带有温情和激动的韵味了,他痛骂科尔丹时,乌日娜金虽不反驳,也从不帮腔,他看不到乌日娜金的脸,却能想象出那张脸上此时一定流露着不满的表情。

奈曼乌勒明白了,准确地说,是他的记忆被唤醒了。因为,乌日娜金对格力图尔的感情日渐冷淡,他早有察觉,也从乌日娜金对科尔丹尤其是对科尔丹的母亲的好感中产生过可怕的预感。那时恐怕乌日娜金本人也对这种感情消长的暗流处于朦胧和不自觉的状态,他奈曼乌勒更难以洞见幽微,是不可能找到具体根据来证明自己直觉的确切性的。不错,科尔丹喜欢乌日娜金,这是许多人都看出来的;没有科尔丹的保护,乌日娜金至少已经死了两三次了,这也没谁不知道。但他绝不认为科尔丹想让乌日娜金做第二房妻子,尤其不相信乌日娜金会把好感发展成以身相许。这两个人无疑是生活在两个截然不同的世界,之间横着不可逾越的界河,能使两个人会合的第三世界是不存在的。这一点,科尔丹应该是心如明镜的,他喜欢乌日娜金也仅仅是对其美貌和肉体的渴望。那么乌日娜金呢?似乎也应该明白,或者说更应该明白,当年,百夫长杰尔登布和驿站长额勒吉卡不也都表示过对她的喜欢吗?科尔丹和这两个人没什么不同,只是手段更高明而已。而且,科尔丹在后来又成了屠杀起义牧民的刽子手,单从这一点,乌日娜金就只该保留切齿痛恨,因感恩戴德而产生的好感即使无可非议,在火与血的冲击下,也早该冰消雪化了。

然而,事实却并非如此。乌日娜金在谈到科尔丹时的异乎寻常的声音不是在说明她不仅不明白那些显而易见的道理,而且正在愚蠢地走进充满危险的感情魔域。

奈曼乌勒知道,乌日娜金纯洁得纤尘不染,不会在感情里掺半点儿假,她认为好的便由衷喜欢,认为坏的便不屑一顾。这样的姑娘,一旦爱上一个人,便肯定是实实在在的恋情,是极难回头的。如果她真的投入了科尔丹的怀抱,科尔丹的淫欲获得了满足,乌日娜金便彻底葬送了自己的青春和美貌,那时再后悔就晚了!

想到这些,奈曼乌勒不由得担心和恐惧起来。

奈曼乌勒一直像喜欢亲妹妹一样喜欢乌日娜金,怎能明明意识到她正走上错误和危险的道路而不管不问呢?可他又不能不同时产生一种自卑感。他已不再是以前那个受人尊敬的大哥,而是一个又瘸又瞎、傍人门户的残废,他有资格去指教在事实上是自己保护人的乌日娜金吗?他的话对于二十岁出头的乌日娜金会有多大分量呢?而且,他的想法是从与乌日娜金谈话里推断出来的,虽然他确信自己的耳朵对声音的判断不会有误,但乌日娜金毕竟没有说出爱科尔丹的话,由他奈曼乌勒挑明是不合适的。犹豫之间,又过去了十几天。等他终于下了决心,准备同乌日娜金推心置腹、直截了当地谈一谈的时候,却接连发生了几件事,每件事都令他目瞪口呆,连喘息都来不及,哪里还有详谈的机会,同时他也清楚地认识到,他即使大大提前这次谈话也没有意义,因为事情早已发展到无可挽回的地步了。

那时,奈曼乌勒的伤势已明显好转,可以在乌日娜金搀扶下拄着拐杖四处走动。他们从东向走到西向,又从屋里走到屋外。他触摸到各种家具陈设,闻到院内的花香,听到杨柳树叶微动所发出的细碎声音。当他们又返回到堂屋坐到八仙桌两侧的椅子上时,奈曼乌勒说道:"这房子和院子都很宽敞啊!"

"是的。"乌日娜金说道,"这是个有围墙的四合院。我们住在正房,东西厢房还都闲着呢。"

"这套住宅要值好多钱吧?"

"一定是。但我可不知道值多少钱。"

"那么,是花钱租下的了?"

"不。我们是不必拿房租的。"

"白住?为什么?"

"因为……这房子……"

"乌日娜金,你为什么吞吞吐吐?这究竟是谁的房子?"

"奈曼乌勒大哥,你放心住下去好了,没人收房租,也没人赶我们走的。"

"我要知道!"奈曼乌勒固执地说,从他脸上肌肉的搐动,显然已猜出了房子的主人,"是的,乌日娜金,我要知道有如此善心的房主是何许人!"

"大哥!……"乌日娜金满脸涨得通红,不知怎么回答。

"你不说我也能猜出来!我失掉了眼睛,可还没失掉记忆!当年你曾和另外两个女人……"

"是的,大哥。这座房子的主人是斯琴……"

"是科尔丹!"

"也许……这是一样吧?"

"那你为什么不直接说是科尔丹?"

"这房子是科尔丹买给他的妈妈和妻子的……"

"所以,更确切地说,房主是科尔丹! ——乌日娜金,你不该……你真不该把我带进这座院子!"

"斯琴和哈森都不在人世了。"

"科尔丹呢? 他也死了吗?"

"不,他……没有死,还活着。"

"就算他死了,他的阴魂也会在这里! 会讥笑地看着我又接受了他一次恩典! 你为什么不一开始就告诉我这是科尔丹的房产?"

"你会拒绝住进来的。那样我们就得花大笔的钱租房子,给你治病的费用就不充裕了。"

"我宁可病死在荒野! ——不过,乌日娜金,仅仅是这么一个原因吗?"

"我……我也找不到别的去处。"

"你对这所住宅有一种特殊感情吧?"

"特殊感情? ——是的,这里记录着我一年的生活经历。"

"更吸引你的是这里活动着科尔丹的影子!"

"大哥!"乌日娜金轻声叫道,脸上像燃起大火。

"不幸被我言中了吧?"

乌日娜金知道什么事情也瞒不过奈曼乌勒,也没有隐瞒下去的必要。最近以来,她甚至总想鼓起勇气,把她和科尔丹之间发生的搅得她内心骚动的事情,向奈曼乌勒和盘托出,好像胸膛里盛了太多太重的东西,不倾倒出来就无法轻松一样。特别是三天前,奈曼乌勒昼寝时,有人给她送来科尔丹的一封信,她一次又一次捧读之后,向奈曼乌勒一吐真情的渴望更变成一种迫切的实际需要了,如果继续拖下去,或许就再无机会了。这样一想,她便毫不犹豫地点点头说道:"是的,我不否认。"

"你不否认! 天哪……"奈曼乌勒颤声叫道,像悲叹,更像呻吟,那样子,就像他陡然听到一件令他震骇的事情,而不是早就预料到了。"我多希望是我判断错误,多希望你能做出相反的回答呀!"

"我不想自欺欺人,特别是在我尊敬的奈曼乌勒大哥面前。"

"可我实在不明白,你为什么会……会这样!"

"不知道。"乌日娜金掩饰不住内心慌乱地说道,"真的,我自己也弄不清为什么会这样。"

"你感到六神无主、举棋不定?"

"我害怕……"

"害怕?"

"非常害怕!"

"这说明,乌日娜金,你已经陷得很深了!"

"可能……可能是这样。"

"这是毫无疑问的。仅仅处于犹豫之中,就不会害怕。"

"你是说,我已经拿定了主意?"

"但是,你明明意识到这是个错误的主意,却又不愿或不敢承认,不愿或不敢改正,你怎能不产生恐怖感呢?"

"是这样。……不,不是这样的!天哪,我也说不清了……"乌日娜金早就料到这次谈话对她肯定是很艰难的,但怎么也没想到刚一接触主题,她的思绪便骤然陷入一片混乱,准备和斟酌了几天的话不知都躲到哪里去了,一时竟不知所云、语无伦次了。其实,奈曼乌勒说得并不错,这不正是她长期苦恼的症结所在吗?可她始而肯定,继而否认,终至于以一句自我挣扎的模棱两可的话做结,连她自己也觉得章法全乱了,因而暗自心惊,并赶紧咬住嘴唇垂下头来。

奈曼乌勒听出乌日娜金不是在反驳,而是同自己抗辩,便又紧逼地说道:"如果是举棋不定,只会产生苦恼;如果拿定了主意,又确信这个主意无可非议,便会轻松愉快,只需勇敢前行就是。可你说你非常害怕。你是这样说的吧?"

"是的。"

"你的害怕总不会毫无来由吧?"

"我承认你说得对……"乌日娜金显得疲惫不堪地说,略一停顿之后,又突然抬起头来,眼睛里满是求助的神色,"可是,奈曼乌勒大哥,请你告诉我,我真的错了吗?"

"大错特错!如果你确实爱上了……爱上了……科尔丹——我真不愿说出这个名字!"

"你恨他?"

"不该恨吗?"

"这……这不公平。"

"你好像把过去全忘了!"

"不,我没有忘。"

"那你就该记得当牧奴时的苦难和你爸爸的惨死。"

"但那不是科尔丹的过错。"乌日娜金的语气很肯定,她的思维显然已恢复正常,变得冷静起来了。

"是扎布曼都,对吗?这一样!"

"不一样。否则,你当年就不会主张额勒瓦奇尔做起义军的统帅。"

"他和扎布曼都早就分道扬镳。"

"科尔丹也和扎布曼都反目成仇了。"

"扎布曼都和额勒瓦奇尔只是兄弟,和科尔丹却是父子。父债子还,天经地义!"

"同胞尚可南辕北辙,父子为什么不能泾渭分明?"

"……就算……就算这些可以姑且不论,那么我问你,是谁请兵镇压起义队伍?是扎布曼都吗?"

"不是。"

"是科尔丹!仅从这一点,他就是我们——包括你乌日娜金——的不共戴天的敌人!"

"我也曾经这样想过。"

"曾经!"奈曼乌勒愤然叫道,"曾经这样想过?你分明在说,你现在已否定了这个结论。"

"我回忆过事情的全部过程。记得决战前,就在这间堂屋,我无意间听到科尔丹同斯琴的谈话,他说他的本意并不想杀掉一个人……"

"事实却是,我们无数兄弟姐妹惨遭屠戮,那血肉横飞的景象直到今天还如在眼前。"

"额勒瓦奇尔真不该让义军把王府当作大本营。"

"额勒瓦奇尔决策有错误,这不假,但这和科尔丹镇压义军不能相提并论。你想用我们的错误抹掉科尔丹手上的鲜血吗?"

"战事一开,科尔丹一个人的力量是控制不了局面的。"

"这同样开脱不了他作为刽子手的罪责。"

"他为了救活更多的人,做了很多的努力。"

"让我们这些劫后余生的人都来向他顶礼膜拜吗?乌日娜金,如果惨死的弟兄地下有知,你的话该令他们多么寒心!他们会谅解你吗?"

"他们并不理解科尔丹。"

"只有你理解！你何止理解，还想委身于他！你是科尔丹的辩护师和代言人了。你让我想起了那个甘心为奴的库玛！"

其实，没有奈曼乌勒悲愤的吼叫，乌日娜金也已经胆战心惊了。因为她上面的话刚出口，自己就猛地一抖，骤然记起她当年在这间堂屋同科尔丹的争论以及逃离说书馆前库玛的一番陈述。她今天不正是把科尔丹和库玛的话糅合到一起作为自己的思想来反驳奈曼乌勒吗？奈曼乌勒的话又不正是重复当年她对科尔丹的回击吗？"天哪！"她在心里悲惨地叫道，"我这是怎么了？我这是怎么了？难道我真的成了良心和苦难的同伴们的背叛者了吗？"过去，她未必没想过这个问题，或者可以说，她一直想着这个问题。可那时，她是集矛盾于一身，是同自己争论，是自己的理智和感情交锋，理智常常受压抑，感情常常被迁就，即使难分胜负，也总有一句"算了，不想它"轻描淡写地一笔带过，等待下一回合的几乎同样过程和同样不会有结果的角斗。眼下却不同了。她争论的对手不再是自己，而是奈曼乌勒。她既不能随心所欲地叫个不停，也不能做出含混不清的回答。按说这对乌日娜金不是坏事。她确实需要有这样的场面，使自己的灵魂进行一次切实的而不是躲躲闪闪的撞击，以便对自己的言行做出明确的而不是模糊不清的裁判，在取弃进退上做出明确的而不是模糊不清的抉择。但是，也许正如奈曼乌勒所说，她的感情已陷得很深了。她愈是觉得奈曼乌勒击中了要害，愈是觉得自己的辩解疲软无力和接近溃败，内心中深藏的反驳力量（或者说是对科尔丹祖护的愿望）便愈是强烈起来。奈曼乌勒显然在说她乌日娜金成了良心的背叛者和苦难同伴的背叛者，继续说下去，肯定还有一个爱情（或婚约）的背叛者。她听明白了。她也知道，这三条罪状中的任何一条都足以使一个人身败名裂，永生永世抬不起头来。她虽然还猜不出奈曼乌勒何以迟迟不涉及她和格力图尔之间由双方家长确定的婚姻关系，但仅仅前两项就已令她难以招架和毛骨悚然了。如果此时此刻的乌日娜金，能把奈曼乌勒鞭辟入里、无可争辩的话当作晨钟暮鼓，并使自己的恐惧感转化成猛可醒悟，那么，她就会结束这场久战难决的心理角斗，从痛苦的感情漩涡中抽身而出，重新恢复一个人们心目中完美可爱的乌日娜金的形象。叫奈曼乌勒并更多的人遗憾的是，乌日娜金没能做到这一点。正当她茫然无措并准备逼迫自己的思想向奈曼乌勒靠拢时，她紧抓胸脯的颤抖的手触摸到科尔丹的两封信，思想的脚步迅即停了下来,再也不肯前行了。她的脑海又全被科尔丹受难的苍白的脸和两封信中充满激情的话占领了!她几乎带着强烈自责在心里叫道:"科尔丹不同样是受苦受难的人吗?抛弃这样一个为民族自强而孤身苦斗的人不同样是没有良心吗?"结果,她非但没有完成这次涅槃,反而把自己又向科尔丹推进了一步。

　　奈曼乌勒无法猜出乌日娜金在短暂的沉默中思考的内容,却清楚地听到了乌日娜金深重的呼吸和手抓胸襟的窸窣声。他想起自己目前的处境,误认为是自己刚才的话是太直率太尖刻了,便垂下头,带着内疚说道:"乌日娜金,我说了那么多生硬而难听的话,你……生气了吧?"

　　乌日娜金抬起头,迷惘地看着奈曼乌勒,说道:"生气?不,我怎么会生气?"

　　"你的声音为什么突然嘶哑了?"

　　"我心里堵得慌……"

　　"我能理解,都怪我性子太急……"

　　"我不会怪罪你的,我只能怪自己。"

　　"不要太苦恼。一切还都来得及,你要慢慢地考虑。"

　　"我会的。"

　　"我相信你会想通的。"

　　"奈曼乌勒大哥,如果……如果我一旦干了错事,你会原谅你这个小妹妹吗?"

　　"为什么不呢?谁都免不了犯错误的。"

　　又沉默了片刻后,乌日娜金突然说道:"三天前,我接到科尔丹的一封信……"

　　"什么?!科尔丹的信?"

　　"是的。很长的一封信。"

　　"烧了它!毫不犹豫地烧了它!"

　　"我没有烧。"

　　"你……你不打算烧了它?"

　　"我希望你能知道这封信的内容。"

　　"不!我不想知道。而且,我能猜出信的内容。"

　　"我想,你猜不出。"

"那我也不想听。我劝你……劝你烧了它!"

"不。至少暂时不能。"

"看来,我刚才的话是白说了。他今天来封信,明天他本人就会来。"

"不会。他远在日本国。"

"日本国?这么远还写信,你居然还舍不得烧了,你很喜欢他的甜言蜜语吧?"

"他的信中没有一句是……"

"好了,我明白了,你是决心要嫁给他了。"

"这一点我自己也难以预料。但他信中让我做的事,我是没有理由拒绝的。"

"科尔丹听到你的话,会高兴得跳起来的!你……你不再是原来的乌日娜金了。"奈曼乌勒倏然跳起,一扭身向东间趔趔趄趄地走去,"天哪,我真没用,真没用啊!……"奈曼乌勒从来没有像今天这样感到自己的低能,一股无名的心火攻得他两个月的治疗前功尽弃。

乌日娜金也有点儿失魂落魄地走回到她居住的西间。

大约半小时后,乌日娜金突然听到堂屋里有异常的脚步声,她警觉地揣好手枪,走了出去。

是两个挎着长枪的蒙古人,显然是王府旗卫队的人。

"嘀!可真是个漂亮妞儿!"其中一个说道。

"那还用说?"另一个应和道,"当年在造反军里,就号称第一美女嘛。我这样的小卒子,可休想这么近地看上一眼。"

乌日娜金不耐烦地问道:"你们闯进来有什么事?"

"告诉你吧,乌日娜金。"第一个说话的人搭腔道,"西协理大人派我们把你送进王府。"

乌日娜金知道西协理丹赞尼玛是业喜海顺王爷的叔祖,但不知道这两个人之间的矛盾。她想起送信的人曾讲,根据时间推算,业喜海顺就在这几天返回王府。是不是业喜海顺让丹赞尼玛派人来寻找她呢?这倒是近情近理的。可是有一点她不明白,为什么派两个兵痞呢?这两个兵痞又何以没有和善的样子?

乌日娜金正在纳闷时,那个人又说道:"那个瘸鬼呢?"

那个曾经是造反军小卒子的人朝东间努了努嘴,他大概听到里面有声音。

乌日娜金听出那个人的话不对劲儿,有点儿发怒地问道:"你们想干什么?"

"我们西协理大人只要你,不要他!"

说完,这两个人不由分说,走过去踢开东间的门,并都举起枪,准备朝躺在炕上的奈曼乌勒砸去。

说时迟、那时快,乌日娜金迅即掏出手枪,只听"叭叭"两声,两颗子弹恰到好处地钻进两个高高悬在空中的枪托里,两个兵痞的手腕被震得一抖,两支枪都落到了地上,两张惊恐的脸转了过来。

"天哪,可真是好枪法!"那个第一个开口的人竟能在此时说了一句赞美的话。

乌日娜金说道:"听着,你们再敢胡来,下一颗子弹就会钻进你们的脑袋里。"

"不敢,不敢。"

"退到外边去。"

两个兵痞退到堂屋后,乌日娜金把两支长枪的子弹都退了出来。看了一眼仍然躺着的奈曼乌勒,返身走了出来,把两支空枪递给两个兵痞。

"现在说吧,你们究竟想干什么?"

"我……我不是说了吗,西协理大人要你去……"

"那为什么要对奈曼乌勒下手?"

"这……也是西协理交代的呀!"

"用意是什么?"

"不知道,这我们怎能知道?"

乌日娜金想了想说道:"我可以跟你们走,但不准你们动奈曼乌勒一指头!"

"可这……"

"否则,我也不去。你们就赶快滚开!"

"好好,我们答应就是。不过……"

"不过什么?"

"求你帮我们在西协理面前掩盖一下。"

"明白了。你们去到门外等着。"

两个兵痞背起空枪,乖乖走到角门外。

乌日娜金先是走出堂屋,隔墙喊过邻居,拜托他们暂时照顾奈曼乌勒,然后又回到东间,对奈曼乌勒说道:"刚才你都听到了,我必须跟他们去王府一趟。"

奈曼乌勒担心地问道:"你会有危险吧?"

"我想不会。"

"你可以不去。我们离开这个鬼地方。"

"躲是躲不掉的。而且,只要能见到业喜海顺,我就不会有危险。"

"这又是为什么?"

"一时讲不清。要不了几天我会回来看你的。"

"可我还会住在这里吗?"

"听我一句话,奈曼乌勒大哥,你至少先在这里住一段,把伤治好。当年你住在王府不也是理直气壮吗?这里你同样可以理直气壮地住下去。"

"这不一样啊,乌日娜金。"

"我理解。就算你为了我委屈一次吧。"

"那么,我刚才的话……"

"你永远是我尊敬的大哥,我没有比你更亲近的人了,你的每一句话我都会认真考虑的。"

"那……唉,好吧。"

几分钟后,乌日娜金已和两个兵痞走在去王府的路上了。

8

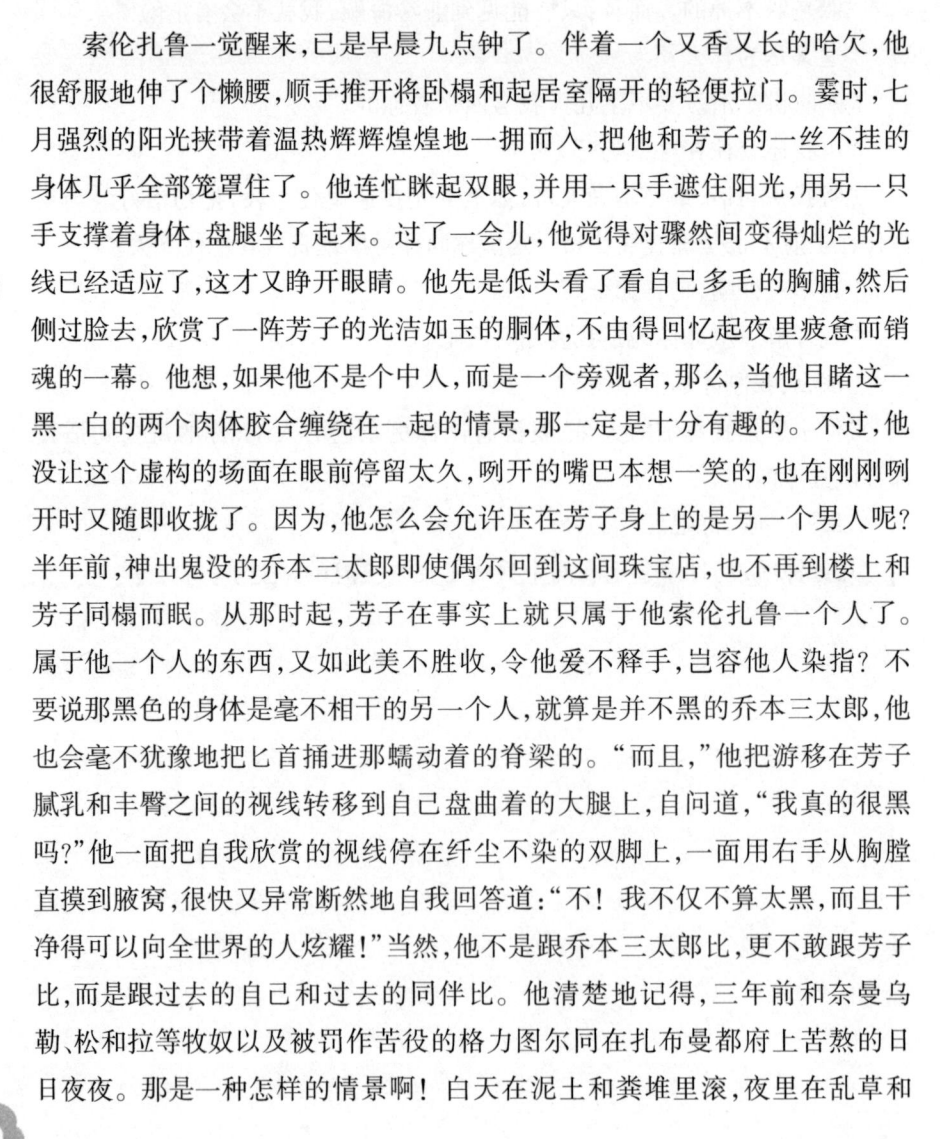

索伦扎鲁一觉醒来,已是早晨九点钟了。伴着一个又香又长的哈欠,他很舒服地伸了个懒腰,顺手推开将卧榻和起居室隔开的轻便拉门。霎时,七月强烈的阳光挟带着温热辉辉煌煌地一拥而入,把他和芳子的一丝不挂的身体几乎全部笼罩住了。他连忙眯起双眼,并用一只手遮住阳光,用另一只手支撑着身体,盘腿坐了起来。过了一会儿,他觉得对骤然间变得灿烂的光线已经适应了,这才又睁开眼睛。他先是低头看了看自己多毛的胸脯,然后侧过脸去,欣赏了一阵芳子的光洁如玉的胴体,不由得回忆起夜里疲惫而销魂的一幕。他想,如果他不是个中人,而是一个旁观者,那么,当他目睹这一黑一白的两个肉体胶合缠绕在一起的情景,那一定是十分有趣的。不过,他没让这个虚构的场面在眼前停留太久,咧开的嘴巴本想一笑的,也在刚刚咧开时又随即收拢了。因为,他怎么会允许压在芳子身上的是另一个男人呢?半年前,神出鬼没的乔本三太郎即使偶尔回到这间珠宝店,也不再到楼上和芳子同榻而眠。从那时起,芳子在事实上就只属于他索伦扎鲁一个人了。属于他一个人的东西,又如此美不胜收,令他爱不释手,岂容他人染指?不要说那黑色的身体是毫不相干的另一个人,就算是并不黑的乔本三太郎,他也会毫不犹豫地把匕首捅进那蠕动着的脊梁的。"而且,"他把游移在芳子腻乳和丰臀之间的视线转移到自己盘曲着的大腿上,自问道,"我真的很黑吗?"他一面把自我欣赏的视线停在纤尘不染的双脚上,一面用右手从胸膛直摸到腋窝,很快又异常断然地自我回答道:"不!我不仅不算太黑,而且干净得可以向全世界的人炫耀!"当然,他不是跟乔本三太郎比,更不敢跟芳子比,而是跟过去的自己和过去的同伴比。他清楚地记得,三年前和奈曼乌勒、松和拉等牧奴以及被罚作苦役的格力图尔同在扎布曼都府上苦熬的日日夜夜。那是一种怎样的情景啊!白天在泥土和粪堆里滚,夜里在乱草和

雕开睡眼

粪烟里眠,累得洗脸的力量都没有,哪里谈得上洗澡?手上是老茧,脚上是泥垢,浑身上下疙疙瘩瘩,无一处不散发着又酸又臭的味道。后来,他跟着同伴造反,甚至成为首领集团的成员,情形也没好多少。再后来,他窃夺了王府的珠宝,逃出被官军围困的王府,到突泉镇化装开了一家珠宝店,在担惊受怕的日子里,也只是每天能洗一把脸而已。直到他流落到公主岭,一下子成了沙俄和日本的双重间谍,并在一个偶然机会,以烈酒和项链为媒,破天荒体味到男女之间的快乐后,他的生活才算彻底改变了,或者说,他被彻底改造了。他不会忘记,乔本三太郎对他的偷香窃玉表示默许甚至鼓励之后,他准备第二次扑进芳子的卧榻时,芳子逼他脱光衣服,把他按进盛满热水的木盆,并用草刷打上肥皂把他身体的每一块都刷洗一遍。他疼得嗷嗷叫,一个劲儿告饶,芳子却直到完了也没有手下留情。事后,芳子对他说,他从此必须每天洗浴,否则,凭他身上的令人作呕的汗臭味,休想再和她睡在一起。索伦扎鲁照办了。芳子对他的命令有增无减。什么饭前洗手、饭后漱口了,什么晚饭不准吃葱吃蒜了,还有什么上床前要用一把蹩脚的毛刷蘸上不知何物的白色粉末在牙齿上蹭来蹭去了,都接踵而至。他也只好勉为其难,一项项照办了,否则,芳子就把脸一放,裹紧衣服,向内独眠了。说来也怪,一来二去,索伦扎鲁对这些课目渐渐习惯了,甚至觉得,没有如许多的程序,生活就不完整了。如此之故,芳子也更对他温柔有加、奉承服从了。总之,他不缺金钱,有着体欲融的美女相伴;他的身体又干净又光滑,处处流溢着高贵的上层人才有的如兰如麝的香气。这怎能和过去的索伦扎鲁同日而语,又怎能和过去的同伴相提并论呢?是的,他们——据说还活着的格力图尔以及不知是否还活着的奈曼乌勒,只合颠沛流离,东躲西逃,一辈子过着肮脏的牛马不如的日子,是永远也不可能像他索伦扎鲁一样跻身于扬眉吐气的高贵者行列的。

想到这里,索伦扎鲁高傲而夸耀地微微一笑,并俨然如高贵者那样,俯身在芳子沉睡中愈显娇艳的脸蛋上轻轻啜了一口,伸手扯过毛巾被,把侧卧着的雪白肉体的中间部位遮盖住,然后,极力克制着下体的骚动,亦如高贵者那样,慢慢站起身来,取下挂在壁间的睡袍穿到肌肉丰满的身上,一面结好腰带,一面跨出隔扇,登上木屐,随手拉合木门,缓缓走向沙发。茶几上,还有昨晚剩在那里的半杯清酒。他模仿着乔本三太郎,想使自己握起酒杯的姿势同样高雅。他几次学,却始终未能学得很像。这次依然故我,那拇指以外的四根指头,好像天然就分不开或有意作对似的,接受的是两两分开的命令,可一接触那细细的杯把,又自作主张地变成满把抓了。他气得连酒也没有喝,就没好气地把酒杯推到茶几最远的一角去了。刹那间,原本极好的心绪一下子变得极坏,甚至有些焦躁不安起来。

不过,使索伦扎鲁心绪突然变坏,绝不是因为没有学好握杯的优雅姿势,也不是因为一想到乔本三太郎就必然连带出芳子的最后归属的问题。前者根本就是个微不足道的事,握得优雅还是粗俗无关大局。乔本三太郎学会几天?连那套高脚杯还是他索伦扎鲁从俄国人手里拿回来的馈赠品呢。再说,有高脚杯在,有酒在,他不相信就永远握不优雅。至于说芳子,原本是归乔本三太郎所有,有一段是他和乔本三太郎平分秋色,这半年来,他基本是独占花魁。乔本三太郎是够大度了,在以后的日子里,乔本三太郎一旦熬不住,或许会有短暂的掠美之举,这当然会使他索伦扎鲁不痛快,表面上却也不能太小气。而且他确信,最终,芳子是非他莫属的。他正当壮年,气血两旺,床上功夫也竿头日进;乔本三太郎却已是一把干柴,心有余而力不足了:让芳子做出选择,他索伦扎鲁的优势是显而易见的。更何况,乔本三太郎在其国内必是妻妾成群,这样的高贵人物,是不会把一个官妓身份的女子带回家里。所以,从长远看,索伦扎鲁有理由在此事上持乐观态度而不必有前景黯淡之忧虑的。

那么,上述两个问题,索伦扎鲁是不是连想也没有想呢?当然不是。要知道,索伦扎鲁已今非昔比,在公主岭的繁华街面上,有谁不知道他是个腰缠万贯的富翁?有谁不知道他结交的都是外国阔佬?如此令人刮目相看的上流人,要是连高脚杯都不会握,甚至连女人也要和他人共用,岂不有点儿太寒碜吗?设使传扬开去,势必遭到世人的鄙视,还怎能仰首伸眉、谈笑自如地过日子?的确,握杯的姿势也好,芳子的最后归属也罢,是索伦扎鲁不能不想、一想起来就会怅怅然和愤愤然的问题。事实上,在他抓起酒杯的当儿,正是这两个问题搅得他心神不宁。只是当他又把酒杯放到茶几的时候,酒杯和芳子一股脑儿从脑海里逃窜了。因为在那高脚杯漾起的酒花里,似乎溅出两双眼睛,一双是乔本三太郎戏谑的眼睛,一双是索拉吉辽夫严厉的眼睛,使他猛然想起远比高脚杯和女人要严重得多甚至可以说与他的性命攸关的问题。

过去,索伦扎鲁也有过这种危机感。在很长一段时间里,他都担心会突然有一个枪口抵到胸前,像冬天里在火车站附近被班卡的枪口抵到胸前那样。但是半年前,班卡死了,格力图尔和奈曼乌勒也销声匿迹了,他的危机感也随即解除了。除了这几个人,没谁会来向他索命的。说到他既为日本人办事又为俄国人办事的双重间谍身份,对他也早已构不成威胁。日俄双方或者具体地说是乔本三太郎和索拉吉辽夫两人,都知道并默许了他做着一仆二主的行当。他们都认为这样或许对自己更有利,因为向对方提供假情报和获得对方的真情报同样有意义,而索伦扎鲁的特殊身份恰好可以同时做这两方面的贡献。事实上,他们都得到了不少好处,并都确信比对方占了更多的便宜。总之,双方都认为索伦扎鲁有可利用的价值,都需要他,而且没有人能取代他。另外,索伦扎鲁又生来狡黠机警、极善权变,弄虚作假原是行家里手,阴阳两套更是看家本领,要哄得双方都欢心,对他来说是驾轻就熟、绝非难事。他也的确干得极为出色,连他本人也常常赞叹自己的精彩表演。在双方之间往来行骗,这本身就有无穷的乐趣,又能从双方手里获得优厚的津贴,乐趣竟然有了报酬,何乐而不为呢?所以,索伦扎鲁是越来越习惯也越来越喜欢他所充当的角色了。如果日俄双方的间谍战照这样类同儿戏般无休止地继续下去,那么,他宁肯一辈子做个神秘而有趣的人物,周旋在乔本三太郎和索拉吉辽夫之间。

但是,突然间,事情发生了想也未曾想过的令他提心吊胆的巨大变化,把他预支给自己的好景一下子击得粉碎。

那是二十天前的七月二日,即东清铁路全线通车的第二天。傍晚的时候,索伦扎鲁和芳子正在濒河的珠宝店楼上起居室里叠股而坐,共饮清酒。从楼下传来开合板门的声音。两个人都知道,能从外面打开上锁的板门的不会是别人,一定是不知去什么地方逛游了足有半月之久的乔本三太郎。芳子赶忙从索伦扎鲁怀中跳起,趋至楼梯口俯身恭候。索伦扎鲁也老大不高兴地懒洋洋地从沙发上立起身来。

从楼梯上来的人果然是乔本三太郎。

必不可少的寒暄以及相继进行的宽衣和换木屐之后,乔本三太郎没像往常那样戏谑地说上一句"老朽又跑回来观战了",并紧接着开怀大笑一阵,而是态度极严肃地打发芳子到楼下去,他则径直走到沙发前坐下,斟上一杯清酒一饮而尽,然后头也不抬地猝然问道:"索伦扎鲁,你知道昨天是什么日子?"

"昨天？……昨天是东清铁路全线正式通车啊！到处张灯结彩，这有谁不知道？"

"干得漂亮极了！"

"谁？"

"俄国人。"

乔本三太郎说话的声音照例不太高，也不激烈。但索伦扎鲁还是从那张增加了不少皱纹的白皙的脸上读出了不甘、不忿乃至某种决心的内涵。他感到诧异和难以理喻。不错，他听说过俄国人要把满洲变成"黄色俄罗斯"，也知道日本人不愿俄国人获得成功。这两个国家似乎正在为此明争暗斗，并使他索伦扎鲁也在不知不觉中介入其中了。可他总觉得日本人多此一举。尤其说到眼前的事，俄国人修筑东清铁路，不是说清廷准许的吗？中国皇帝都准许的事，你乔本三太郎生的哪门子气呢？索伦扎鲁这样想着，不免在诧异之外又增加了几分窃笑。

乔本三太郎当然无法听到索伦扎鲁的内心独白，也没有抬起头来去研究一下唯一的谈话对象的表情。他不停地抚弄着手中的空酒杯，紧闭着嘴唇，显然是在努力稳定情绪和整理思路。过了一会儿，他放下酒杯，指了指沙发，示意索伦扎鲁坐下。待索伦扎鲁应命坐下后，他才接着刚才的话头说道："是的，俄国人是该庆贺一番了。"随即话锋一转，"索伦扎鲁，你知道这意味着什么吗？"还没等对方回答，他就自顾说了下去，"这意味着，从此之后，俄国人可以畅通无阻地把军队、弹药、粮草源源不断地运送到奉天、旅顺以及满洲的随便哪一个地方；也意味着，俄国人将占领整个满洲。可这是不允许的，大日本帝国不允许这样。满洲这块沃土，不应该成为'黄色俄罗斯'，而应该作为大日本帝国势力的一部分。因此，日俄之间诉诸武力、决一雌雄已势所难免。我国目前已拥有陆军十三个兵团，仅新建战舰就达一百零六艘，在国际上，又有英、美等国的支持。战争未起，我们就已稳操胜券。我有充分的理由确信，不出半年，满洲将是一片战火，我们日本国将在战火中把俄国人赶出满洲！索伦扎鲁，你知道我为什么把这些对全世界尚属绝密的内容告诉给你吗？第一，经过一年的合作，看得出你是可以做日本人的朋友的；深一层讲，你作为芳子的丈夫，已在事实上成为日本国的一员了，因此，我可以信赖你。第二，我想让你明白，追随必然的胜利者，才是你最聪明的选择。第三，我要让你知道，从现在起，你必须绝对忠实于日本国，执行我以

及芳子交给你的任何命令。当然,你不必割断同索拉吉辽夫的联络,而要利用这个条件,为日本国服务;不经我的允许,一个字都不能对他讲,从他那里获得的消息,要一个字不漏地向我和芳子报告。总之,你的一切言行必须对日本国有利,否则,会出现怎样的后果,你是能想得出来的。第四,我要告诉你,从明天开始,你需要牺牲点儿享乐的时间,由芳子教你使用收发报机,必要的时候,你将到我指定的某一个地方独立工作。我要说的就是这些。索伦扎鲁,我不想在最后说'你考虑考虑再回答我'这句话,因为你和我一样明白,你已经没有重新选择的余地了。"

乔本三太郎这一番滔滔不绝、铿锵有力且不容插嘴、不容置辩的话,直说得索伦扎鲁呆若木鸡甚至气断血凝。当此时也,他究竟是茅塞顿开还是如堕烟海,他自己也闹不清。他的肉体和思想似乎已经分离,前者如一尊泥胎定在那里动也不动,后者如一团蚊蚋旋转轰鸣不知所归。一时间,他开不得口,直到乔本三太郎又饮了一杯酒走到楼梯口喊上芳子,他也没能说出一句话来。

当天夜里,乔本三太郎照例到楼下打地铺。索伦扎鲁却再也无心与芳子颠鸾倒凤和香甜地躺躺入睡了。在辗转反侧中,他终于明白了一个问题,躺在身边的芳子绝不仅仅是个官妓,而他则因同这个女人的姘居被牢牢握进日本人的掌中了;他也意识到,从此之后,他的生活中不再仅仅有金钱、乐趣和女人了。

然而,事情还不是这么简单,也没有这样完结。除了乔本三太郎还有索拉吉辽夫,在某种意义上说,那才是他的第一主人。正是这个人,最早发现了索伦扎鲁的可用价值,并且,除了女人,投入的金钱和心血是远远超过乔本三太郎的。如果索伦扎鲁一下子倒向日本人怀抱,成了自己的敌对力量,索拉吉辽夫能够甘心吗?

果然不出所料。几天后,索拉吉辽夫陪同即将就任俄国远东总督的阿列克赛耶夫海军大将,巡视南满防务的途中,专程到公主岭,在护路哥萨克的一个戒备森严的房间,约见了索伦扎鲁,也向他说出了一番不容辩驳的话。这番话,如果除去立脚点,与乔本三太郎那番话可说是不差累黍。

索拉吉辽夫说,日本国占领朝鲜后一直对满洲虎视眈眈,对东清铁路全线通车后的局面绝不会等闲视之,日俄之间的战争可能猝然爆发。俄国当然不怕。在满洲的俄国军队有二十多万,旅顺口又是坚不可摧的海军基地,

67

日本人不论从陆地来还是从海上来,碰到的都是铜墙铁壁,更不要说俄国国内有上百万野战军可以朝发夕至,强大的波罗的海舰队随时可开到远东助战了。总之,战端一开,俄国无疑是胜利者。因此,索伦扎鲁从即刻起,必须完全站到俄国一边,左右摇摆不行,朝秦暮楚更不行,否则,就随时把他遣送到上帝那里去。

这下子,自以为精明盖世的索伦扎鲁,可着实感到智力匮乏、左支右绌,因而手足无措了。

索伦扎鲁无疑是最早听说日俄将开战的蒙古人。既然乔本三太郎和索拉吉辽夫都说这场战争在所难免,那就肯定要爆发了。如果索伦扎鲁还仅仅是扎布曼都老爷的牧奴,或者还仅仅是造反队伍的首领,甚至还仅仅是巫臣窃逃的珠宝商,那么,是否爆发这场战争,他是绝不会关心的。你们自己要打,那就打好了。你们在海上打,在陆上打,悉听尊便,即使把满洲变成焦土,彼得堡毁为瓦砾,东京夷为平地,和他索伦扎鲁有屁关系?大不了小孩拉屎——挪挪窝,躲开战火也就是了。可事实并非如此,他索伦扎鲁已不是局外人,或者说,比不是局外人更可怕。交战双方的关系是很单纯的,兵来将挡、你进我退而已。战场如此,间谍机关也是如此。索伦扎鲁的处境却要复杂得多。他属于日本人吗?是的,不敢说不是;他属于俄国人吗?是的,也不敢说不是。他是站在敌对双方的中间地带,要同时投给双方分寸一样的媚眼,而不是在旁边作壁上观。他还能像过去那样,在双方之间求得均衡,保持相等的距离吗?战端一开,就很难做到了。这就是说,他要继续做一个一身两任的间谍,就必然腹背受敌,脖颈被交叉套上两条绳索。只要他出现一个小小的差错,表明他稍稍倾斜,其中一条绳索就会被扯动,叫他一命呜呼!

那么,干脆舍弃一方是否明智呢?乔本三太郎和索拉吉辽夫都给他指明了这条道路。他自己也觉得这样似乎更好,只有他彻底倒向一方,就少了一个敌人,安全就有了一半保证。可这紧接着就又有一个选择哪一方的问题。强中更有强中手,他索伦扎鲁是宁肯给强者牵马坠镫,也不愿给弱者当祖宗的;胜者王侯败者贼,他索伦扎鲁是甘心为胜者效劳,决不肯替败者卖命的。现在摆在眼前的,一个是日本国,一个是俄国,谁是最强者,谁又是最后的胜利者呢?乔本三太郎说日本国无坚不摧,稳操胜券;索拉吉辽夫说俄国固若金汤,胜券在握。索伦扎鲁当然知道,一场战争,必有胜负,双方都是

胜利者是绝无可能的。要么日本人把俄国人赶出满洲,要么俄国人把日本人消灭在海上,如此而已,岂有他哉!究竟会是哪一种结局呢?也就是说,乔本三太郎和索拉吉辽夫的话,哪一个能兑现呢?这可难倒了聪明绝顶的索伦扎鲁了。要知道,一场战争能否打起来是可以预料的,可是,这场战争谁胜谁负能预料吗?不能确定谁胜谁负,索伦扎鲁又怎能做出正确无误的选择呢?

穿着睡袍、沐着阳光坐在沙发里的索伦扎鲁,想到上面的一切,心绪突然变坏甚至焦躁不安。

索伦扎鲁心里明白,他给自己开列的智力测验题还一时半会儿找不到答案,也没有人在客观上给他必要的提示。管他呢,反正乔本三太郎和索拉吉辽夫说的那场战争并非明天早晨就能打起来,他还有时间仔细琢磨。车到山前必有路嘛,抓紧时间享乐才是正理,何必成天拿这些鬼问题折磨自己呢?这样一想,他才长长舒了一口气,伸手又握起酒杯,把那半杯清酒倾进干燥的喉咙。在他将要放下酒杯时,无意间发现,他的手指居然握对了!他兴奋地咧嘴一笑。要不是恰在此时,耳边骤然响起一声断喝,他那声已冲到唇边的欢呼是不会吞咽回去的。

"索先生!日上三竿,还在赤身裸体,成何体统?"

索伦扎鲁眯着双眼,愕然地看着站在面前的乔本三太郎,心里好生纳罕,此人是什么时候上来的呢?而且,在其身后还隐着另外一个人。两个人脚踏木板楼梯的声音,他竟一点儿也没听到!惊诧之外,他又多少感到委屈,乔本三太郎的话也太过分了,他明明穿着睡袍,只是露着双腿而已,哪里算得上赤身裸体呢?更何况,当着客人面,这么大声呵斥他,不是有意给他难堪吗?

但是,他毕竟在该着装的时候依然穿着睡袍,在该开门营业的时候还待坐在起居室,乔本三太郎生气总还算有几分理由。所以,他没有顶撞,慢慢站起来,在嘴角做出一个歉意的微笑,说道:"您好,乔本先生。"他这时已能看到乔本三太郎身后的人了。是个年轻人,穿着很可体的汉人服装,头上戴着一顶鸭舌帽。眼睛黑亮,略带羞涩;面颊白嫩,微透羞红;薄唇浅髭,显出刚烈;厚胸细腰,见出威武;双手小巧,两脚纤细,又足以证明其轻灵。是一个女人气和男人气集于一身又两不相让、相得益彰的奇男子。乔本三太郎是从哪里弄来这么个俊俏得摄人心魄、威武得惹人注目的小伙子,并打算派什么用场呢？索伦扎鲁一边这么看着这么想着，一边忍不住问道："这位年轻的客人是？"

乔本三太郎当即打断了索伦扎鲁的话，没好气地说道："你就这一身打扮会客吗？腰带都要开了！——还不去穿上衣服？"

索伦扎鲁涨红了脸，赶忙抿住就要分开的衣襟，走到板门前推开一条缝，侧身挤了进去，随手拉紧了板门。片刻后，板门彻底打开，走出着好装的一男一女。

已经坐进沙发的乔本三太郎倏然跳起，几步跨过去，破天荒地打了芳子一记响亮的耳光，用日本话狠骂了两句。索伦扎鲁听得出来，其中一句是"他妈的臭婊子"，另一句却不会翻译了。但他有理由猜测，那句话一定和他有关，因为芳子一面高喊"嗨咿"，一面哈腰九十度之前，曾惊讶而怨恨地瞥了他一眼。这就使他想保驾也不敢了。

芳子被赶到楼下。气氛变得很紧张。

那个女人相的年轻男子对发生在眼前的一幕毫不理会，一副事不关己、高高挂起的样子。

乔本三太郎没坐下，也没让索伦扎鲁坐下，却回头问道："索伦扎鲁，你把业喜海顺王爷回国的日程安排告诉给索拉吉辽夫了，是不是？"

索伦扎鲁眨了眨眼睛，带着"原来如此，这算得了什么事，值得你大动肝火吗"的无所谓的样子说道："有这回事不假。可我告诉的那个俄国人不叫索拉吉辽夫，是叫……"

"波波维契！对吗？"

"对对，是叫波波维契。乔本先生，这个波波维契……"

"住口吧！"乔本三太郎愤怒地挥起手臂，差一点儿让索伦扎鲁的脸与芳子的配对，他咬牙切齿地攥起拳头，在索伦扎鲁的鼻头前威胁地晃了两晃，"你知道你干了什么事？！"

索伦扎鲁莫名其妙地歪起脑袋。

"你把我说过的话全忘了！"

"不，乔本先生。您说过的话我一句也没忘。至少我目前还不敢忘……"

"什么意思？"

"我的意思是，我没做什么错事，至少直到眼下还没有出现差错该受到阁下的责骂。阁下说过,我必须继续取得俄国人的信任。要取得俄国人的信任,我总得向他们提供点儿真实的情报。可是,涉及日本国或日俄双方争斗的事,又一个字不能泄露。那么我该向他们说什么呢?我能说:'大鼻子先生,小鬼子方面屙情报也……'"

"混蛋!"乔本三太郎喝骂道,斜睨了尚未通报姓名依然端坐在沙发的美男子一眼。

索伦扎鲁心里说道:"装什么文明!你骂芳子的话不比这难听?"嘴上却紧接着说道:"对不起。——是啊,先生,我说我没有任何情报可以提供,能过关吗?显然不能。而业喜海顺回国的事,与日本有什么关系?与日俄双方要开战有什么关系?我告诉给他们,可会损害日本国一根毫毛吗?"

"蠢猪!"

"你骂得毫无道理!"

"这说明你是双料的蠢猪!"

"阁下!……"

"听着,索先生!我现在就告诉你,为什么说你是头蠢猪!"乔本三太郎说着,向前逼近了半步,看不出是想从精神上挫败拿出打拳架势的索伦扎鲁,还是以此加重自己话语的分量,"所谓战争,绝非两个人面对面决斗,在瞬息间凭技艺和运气赌出胜负。它由大本营和战场、前线和后方、辎重和运输线、谍报和策反以及局外的朋友和敌人等等无数个环节组成,其中任何一个环节脱落,都有可能输掉全局!这些你懂吗?你应该懂,却没有懂!我再说得具体点儿。这场战争的战场无疑是在满洲。和满洲西界毗邻的是包括你家乡的东部各盟,它们和有可能成为决战战场的辽河平原几乎没有距离,在战略上和大本营、基地以及军需库有同等价值。对日本国是这样,对俄国人更是这样。所以,我们必须抓住任何机会、想尽一切办法,争取更多的蒙旗成为我们的朋友,而不致在战事一起,全都倒向俄国一边。我们已经有了一位王爷朋友,但这远远不够。不久前,我们恰巧又有了一个机会。游学日本国的蒙古贵族青年中,有一个叫科尔丹的人——此人你是十分熟悉的,对不?"

索伦扎鲁点点头。他外表显得安静多了,心里却开始不安起来。

乔本三太郎简要叙述了业喜海顺东渡日本的经历后,继续说道:"不错,福岛安正少将利用了科尔丹振兴草原的强烈而迫切的愿望以及政治上的幼稚。但日本国也做出了必要的牺牲,应许给业喜海顺王爷一些肯定能兑现的援助。这样,图什业图王府才终于有可能成为我们在东部盟市的第二个落脚点。可是正当我把一切细节都安排就绪的时候,你却干了一件可能使我们前功尽弃的蠢事!——这回,你该明白了吧?"

索伦扎鲁还是不太明白。他甚至认为,乔本三太郎同他说了太多的多余话。他迟疑了一下,说道:"可是,阁下,我只是向俄国人透露了他们迟早要知道的消息啊!"

"真是笨得出奇!时间常常比事实和行动本身更重要。只要业喜海顺安全返回王府,索拉吉辽夫就无可奈何了!"

索伦扎鲁身体一震,骇然道:"阁下是说途中……"

"是的,是途中!他们要在途中消灭我们的朋友!——你总算有点儿开窍了。"

索伦扎鲁明白了,他确实干了一件错事。他产生了一种绞索加颈并被拉紧的恐惧感,有点儿头晕目眩了。

"阁下,"索伦扎鲁负罪和胆怯地说道,"还能……还有补救办法,还能……能挽救吗?"

"很难说,业喜海顺只带着一个叫库玛的随从。……但是,我们必须做出应该做出的努力,为了大日本帝国的利益,也为了保住你的脑袋!"

索伦扎鲁差点儿冒出一身冷汗,骇然叫道:"天哪,业喜海顺明天抵达大连!"

乔本三太郎轻哼了一声说道:"如果索拉吉辽夫在大连或奉天动手,我们只能望洋兴叹,除非我们动用……但那等于牺牲我们一个兵团,那样代价太高了。是的,太高了!"

"那么,先生……"

"所幸的索拉吉辽夫是个精明人,他不会这么干。据我获得的情报,他不久前曾有过图什业图王府之行,并同西协理丹赞尼玛密切接触,之后便匆匆赶回北京了。我有理由断定,他除了有更重要的公务不便在满洲久留外,肯定是想利用丹赞尼玛的野心,制造一个业喜海顺因王位之争而丧生的假象,以掩世人耳目,避免东盟王公对俄国人产生戒心。而且,他能明白,在大连和奉天这两个遍布俄国人的城市有一位令人瞩目的王爷被刺身亡,俄国人是难以推脱干系的。因此,行刺的地点只能是洮南或奉天到洮南、洮南到

图什业图王府的途中。"

"先生分析得近情近理。"

"如果天遂人愿,我们制止这场行刺算是成功了一半。剩下的一半便用得着你了,索伦扎鲁。"

"我?……"

"你不想弥补过失吗?"

"那怎么会?可是,那个库玛是认识我的呀!"

"库玛也未必知道你窃逃的劣迹。再说,也无须你露面和同刺客搏斗,你也没有武功和勇气。"

"的确,的确。……那我……"

"你只需在奉天认出库玛和业喜海顺,指给一个人,然后和这个人一起紧紧跟定,直到这个人除掉刺客。"

"先生说的这个人……"

"就是这位河原君。——现在你们可以认识了。"

被称作河原君的人,正是坐在沙发上的美少年。他应声站了起来,向索伦扎鲁浅浅一笑,算是打了招呼。

"是……他?"

"他行不行,不劳你操心。你干好你该干的事就行了。而且,你要完全服从他。你未来的命运,将由他对你这次行动的评语来决定。"

"那……好吧,我照办就是。"

吃完早饭,索伦扎鲁便和河原出发了。

恰如乔本三太郎所料,他们在奉天看到了安全无恙的业喜海顺和库玛。他们一直尾随到洮南。

小小的洮南镇,这回可要大大热闹一番了!

9

洮南城系哲里木盟科尔沁右翼前旗即扎萨克图郡王的属地,因位于洮儿河南岸而得名。它南去奉天不足一千里,东距长春、北距齐齐哈尔均仅五百余里,实为交通要冲;更兼其地势险要,历来兵家必争,深受朝廷青睐。不久前,盛京将军衙门具文奏请于洮南设置府治,统辖包括我们多次提到的突泉(图什业图亲王属地)在内的五个县,只待光绪帝降旨实施了。

府治虽尚未实设,但无论官民,无论俄日,都知道这只是个时间问题,而且确信不会太久。因此,它的身价和吸引力骤然大增,豪门富户,满汉商贾,中外游客,南北艺人,乃至破产农民、赌徒无赖、求乞者、卖淫者,纷至沓来,辐辏云集,使这座四边均为五华里原本就很繁华的方城内,日趋人烟稠密、市声喧嚣了。可以预料,正在酝酿之中的四洮铁路洮昂铁路,一旦动工并告竣,那四堵城墙准会因为人丁爆满而被撑破的。

不用说,在这样一座吞吐四方诸色人等、商业化程度愈来愈高的城市里,餐饮业和住宿业势必要迅猛发展起来。而且,在最繁华的街道,总是要集中一些高级饭店和豪华旅馆的。坐落在戏园街的大和旅馆,便是这些豪华旅馆中数一数二又独具匠心的一座。

你不能不承认,大和民族是世界上精明的人种之一。他们无论干什么事情,都脚踏实地、丝丝入扣,既照顾眼前,又考虑长远,细密周全,无懈可击。所谓实至名归,功到自然成,是很少有失败的记录。从我们要描述的这座旅馆,对大和民族即可管中窥豹,可见一斑了。

戏园街无疑是洮南城最繁华的一条街。这条街上鳞次栉比的店铺,主人大都是很有来头的。除了几乎每晚都要悬挂"客满"牌的戏园门前有几个摊床,在别处,那些高声叫卖的小贩是没有存身之地的,与其他车马拥挤的大街和人头攒动的小巷相比,这里的嘈杂声反而要小得多。而逆旅中人是最讨厌这种嘈杂声的。大和旅馆距戏园一百米,想看戏的房客无远足之劳,不想看戏的房客也不会受到鼓乐的聒耳乱神。其西侧是几间绸布庄、故衣店、当铺和妓院;其东侧是几家珠宝店、钱庄、画坊和糕点铺;隔道相望的则是大饭店、俄国人和汉人的皮毛行以及一些档次较低的客栈和专营风味小吃的饭馆。客人们无论是买是当,是吃是玩,都极为方便。

总之,大和旅馆占尽了地利。日本人又很重礼仪,崇尚孔孟阳明,在孔孟之乡赢得人和自是不难。至于天时,与俄国人比当然望尘莫及,但他们自己以及某些知情人都确信,这种因慈禧太后的偏宠而造成的不公平的局面,是不会长久继续下去的。

一句话,大和旅馆买卖兴隆,前景乐观。

但是,大和旅馆的经理山田先生所考虑的可绝不仅仅是他的这所旅馆的今天和未来,而是整个大和民族在满洲的前途和利益。在前面的叙述中,想必读者诸君能约略猜出,一个和日本本土陆军总部以及高级间谍乔本三太郎都有着秘密联络的人,绝不会是普普通通的一介客商。事实上,他正是乔本三太郎的最亲密的伙伴和最重要的部下。只是因为乔本三太郎考虑到洮南城的重要地理位置,在战时肯定能发挥关键作用,才不容违抗地指示山田必须在一个可能不短的时期内,做一个谦恭和蔼、与人为善、不惹是非、不露峥嵘、奉公守法的旅店"老板",没有他的命令,切切不可有任何可能暴露身份的行动。山田很明白这样做的意义,因而奉命唯谨,不敢出现一点儿差错,连曾经很注意他并派人长期盯梢的索拉吉辽夫也因没发现丝毫可疑迹象而渐渐松懈,终至于放弃了继续调查。

那么,乔本三太郎为什么不把保护业喜海顺的任务交给山田呢?由山田去制止那场迫在眉睫的行刺,不是更方便、更有把握成功吗?但是,他不想这么干。保护业喜海顺固然意义不小,而保护山田则意义更大。失掉个"朋友"还可以千方百计去结交新的,失掉个重要助手就很难再找到合适的人选了。何况,山田一旦暴露,甚至哪怕仅仅被怀疑,他在洮南城倾注的心血也会付之东流了。所以,他宁可让山田对这件事一无所知,做个老老实实的局外人,在事发时去惊惶失措、目瞪口呆。唯其如此,山田才能绝对保住不问政治的客商形象,而业喜海顺的获救至少还有一半把握。这便是乔本三太郎在权衡利弊得失后得出的结论,也说明乔本三太郎确有过人之处。

以上闲话,暂且搁下。还是让我们回到故事的情节中来吧。

业喜海顺抵达洮南前的第四天,坐在大和旅馆接待厅柜台后的山田先生见一个彪形大汉走了进来,连忙站起,试探地用蒙古话问道:"先生可要投宿?"

"废话!"那人不客气地说道。果然是蒙古人。

山田一怔之后细细看去,见此人肩宽胸厚,目光粗野,似与他日常接触的蒙古人没有差异,但从脸色看,既不像操鞭旷野的阿拉特那么黑,也不像养尊处优的王公牧主那么白;衣着虽不甚华丽,质地却不错,上体也不会太久。鼓胀的胸襟说明他带着数量可观的纸的或金属的钱币。这一切,再参照他蔑视一切的高傲气度,山田先生有充分理由猜测,站在面前的蒙古人若不是习武喜猎的贵族子弟,便一定是刚刚发迹的暴发户。

这两种人,他都不能怠慢。

他随即问道:"先生要住几等房间?"

"废话!"还是那个词儿,声音却更高,外加一拍胸襟发出的金属铿锵声。

"当然,当然,是最好的房间。这还用说吗?——那么,一共几位呢,先生?"

"就我自己。"

"好,好。请教尊讳?在下好写店簿。"

"什么讳呀簿的!我要先看房间。"

"可以,可以,遵命就是。请随我来。"

山田毕恭毕敬地说完,又做小伏低地踅出柜台,把这位不好应付的不速之客让上楼梯。

楼梯又窄又陡,纯粹的日本风格。

楼上都是高级客房。看完了左侧的几间,客人又要看右侧的。

"非常抱歉。"山田鞠躬九十度地说道,"那边客房已经预定出去了。"

"全部吗?"

"是的,那四间是一套。"

"一套……四间?几个人?"

"据说只有主仆二人。"

"什么时候到?"

"说不准。也许是几天,也许十几天,也许竟不来。我们是按预定日期开始到退房止收费的。"

"先让给我,反正他们还没到。"

"原谅我不能从命。我们必须讲信誉的,先生。特别是对——实话讲吧,先生,预订房间的人是您的老乡,而且是一位了不起的大人物。"

"什么了不起?你不是要钱吗?我也有。"

"这不仅仅是钱的问题,先生。再说,刚才看的几间在洮南城也是很难找到的啊!"

"但在你这里却不是最好的!我不能容忍和我同住一个旅馆的人中有一个比我占据着更高级的房间!"

"我能理解。只是……"

"听着,山田先生,我不想难为你。但这套客房从你那位大人物退房那天起,算我预定了!"

"行,先生。"

"要交定金吗?"

"这却不必,我信得过先生。"

"就这样。再见。"

"请慢走。"

山田把这个没留姓名的"暴发户"一直送到门外。望着那渐渐远去的雄健的晃来晃去的背影,心里暗笑道:"这些蒙古佬,仗着有几个臭钱,便老子天下第一,不知道怎样招摇和摆阔才好了。那就请来吧,我会让你把身上的钱抖落得一干二净的。"但他却做梦也想不到,这个想摆阔的"暴发户",正是他准备接待的那位大人物的灾星,而且准备在几天后,在他楼上最高级客房制造一起凶杀案!

不错,这人便是丹赞尼玛派出的杀手。古斯克则是他势必载入史册的大名。

丹赞尼玛的确很有眼力。古斯克绝非那种四肢发达、头脑简单的粗人。他不仅巧妙地打探到业喜海顺将下榻的房间,出门后,为避免山田起疑心,走出很远也没回一次头,直到他确信山田不会看到他了,这才横过马路,走回大和旅馆对过,闪进那家大饭店,包了楼上一间临街的雅座,边浅斟慢饮,边仔细观察大和旅馆的环境以及那四间套房的一排窗子,并一遍又一遍推敲行刺的每一步骤。这之前,他还曾到城外溜达了一圈。他发现,南来的道路分岔太多,无法预料业喜海顺的马车会选择哪条道路,而且,到处是尚未收割的庄稼,隐蔽在这条岔道上,就看不到其他岔道驰过的马车,是便于逃匿而不适于行刺的所在。更何况,他虽然见过库玛,印象已非常模糊,业喜海顺连见也没见过呢!所以,他才确定在旅馆行刺,且必须闯进房间去动手才能万无一失。楼梯很窄,冲上去不难,跑下来却很难;窗子离地面不高,墙壁光滑,爬上去很困难,跳下来却不会有断腿的危险。行刺和逃走的路线全有了。——是啊,他为什么不能想到逃跑呢?行刺既然不难,业喜海顺身上又肯定有无价之宝嘛。所谓"吞舌而死",只不过是"壮哉斯言也"而已!

古斯克把一切都想好之后,便走出饭店,踅进附近一家不甚起眼的客栈,选定一间足以看清大和旅馆的房间住下,养精蓄锐,只待大显身手了。

三天以后的中午,大和旅馆楼上那四间套房的窗子一扇接一扇打开了,并隐约可见有人影走来走去。古斯克知道,业喜海顺已住进那套客房,日本女招待正忙着开窗通风和送茶送水。他看到有一个人走到窗口,但随即点点头并转身隐去了。这凭窗眺望街景的无疑是业喜海顺,劝他离开窗口的当然是库玛。看来,库玛很细心,业喜海顺也没失去警惕。他们刚到洮南,在一段时间内谨小慎微,事事留神,是古斯克意料之中的事。他原本也不想在这个时候动手。他经过几天观察,已经摸清,大和旅馆每晚都在准八点关门。那时,街上行人稀少,旅馆内也不会有很多人走动,业喜海顺和库玛也该昏昏欲睡了。只要他在接近八点时踏进旅馆,便算大功告成。他进入了最后的准备阶段。他一点儿也不紧张,在仔细擦拭短枪和匕首时,竟不成调地哼起一支淫荡的小曲来。

离开睡眼

初到洮南城的河原和旧地重游的索伦扎鲁,可不像古斯克那么轻松,更没有时间找个客栈去养精蓄锐。古斯克不仅知道要刺杀谁,这个人住在什么地方、什么时候会松懈下来使他有机可乘,甚至对设计好的行刺路线已经神游了无数遍,哪一步都有什么障碍和怎样克服,都了然于胸。这就有如一个百发百中的神枪手,猎物正大摇大摆地走近枪口,只差在瞬间扣动扳机了。河原和索伦扎鲁就大不相同了。他们只知道有人要行刺业喜海顺,可这杀手是谁、谁是杀手,叫什么、什么样,是男是女、是白是黑,是高是矮、是胖是瘦等等,都一无所知,更不要说这个人躲在何处、何时行动了。让他们漫无边际地去寻找并除掉这个虚无缥缈的杀手,可真像海底捞针,戛戛乎难哉了。他们又怎能不绷紧每一条神经弦索,时刻处于高度紧张状态呢?还不仅仅如此,就连他们有限的体力也消耗殆尽了。他们一辈子都不会忘记从奉天到洮南的目不交睫和人困马乏的奔驰。那个叫库玛的年轻人,不单是个神乎其技的驭马手,更是个世间少有的机灵鬼。他似乎发现了有一辆马车在跟踪,便摆起变幻莫测的迷魂阵来,一会儿催马狂奔,一会儿停鞭缓辔;忽而折向左边,忽而拐向右边;有时消失得无影无踪,又不知什么时候在哪条岔道上扬起烟尘。弄得河原和索伦扎鲁时而提心吊胆、忐忑不安,时而心急火燎、手忙脚乱。要不是索伦扎鲁也是个出色的驭手,他们早就被库玛甩到阴山背后去了。对这种俨然以追击者的身份去保护一个不知情的人的方式,索伦扎鲁实在难以理解,觉得这纯粹是在开玩笑,他满腹牢骚地对河原说:"这不是在捉迷藏吗? 我们为什么不可以明明白白告诉业喜海顺王爷,我们是来保护他的。因为有刺客!"河原严厉地说道:"一切按乔本先生的指示办。"索伦扎鲁不敢再说什么,只能把怨气继续发泄在水洗一样的马背上,心里骂道:"日本人有时也会蠢得像一头猪!"直到他们前面的业喜海顺的马车在疾驰中从洮南南门外不远处陡然转奔东边的时候,索伦扎鲁才恍然大悟:原来他们的跟踪,除了途中一旦出事时应急,还有一个对业喜海顺示警的作用。试想,如果行刺者躲在洮南,那么,业喜海顺的马车必经的南门附近,不是最合适的地方吗? 乔本三太郎的智慧毕竟高人一等! 那时,索伦扎鲁原想也跟向东边,河原却让他径直驶进南门。"为什么?"索伦扎鲁问道,"要是东门……""东门不会有危险。他们也未必就进东门。"河原解释道。索伦扎鲁依然坚持道:"他们也未必住进大和旅馆啊!"河原说道:"业喜海顺王爷是不会料到连他预订的旅馆也有人晓得。快进南门,大和旅馆附近隐藏着更大的危险。"大和旅馆离南门最近,他们当然比业喜海顺要先到。细心的河原带着索伦扎鲁走进去。从山田口中获悉,楼上的房间全空着,楼下的客人也都出去吃中饭了,楼上楼下只有几个日本女招待在收拾房间。河原又不着边际地搭讪几句,便和索伦扎鲁若无其事地退了出来,躲在几步远的绸布庄门前的进出人流中。如前所述,业喜海顺和库玛不久便安然无恙地住进那套预订的客房了。又是风平浪静! 索伦扎鲁嘟囔道:"真他妈怪事……"河原瞪了他一眼,轻声喝道:"别说话!"其实,他心里也感到困惑。后来,他们穿过马路,在大和旅馆对面的人行道上来回走了几遭,仍未见业喜海顺下榻的房间有什么异样。整个下午快要过去,他们也早已饥肠辘辘,便走进古斯克曾光顾的饭店,并同样在楼上要了一间雅座。索伦扎鲁边吃边问道:"河原君,我们为什么不在大和旅馆楼上租个房间?那不是更把握吗?""也许正好相反。""为什么?"河原反问道:"我们守在走廊吗?你真笨!"索伦扎鲁不服气地说:"我要是刺客,就住到楼上。""可惜,楼上全包出去了。""山田先生不是明明说有空房间吗?""你以为现在还有吗?"河原不耐烦地说道,"库玛一到,便无疑会全租下的。"他沉吟了一下又说道:"是啊,的确是怪事……""你说什么?"索伦扎鲁怪异地问道。河原放下筷子,自语似的说道:"如果刺客身在洮南城,他为什么不住到大和旅馆楼上呢?山田也并不拒绝任何想包租房间的客人哪!的确难以理解。也许……"他没再说下去,心里却在嘀咕,一路上平安无事,洮南城里也不见异常,大和旅馆楼上又全是空房间,难道根本不存在什么杀手,只是乔本先生庸人自扰、凭想当然杜撰出的一场虚惊吗?他也开始怀疑这次精心安排的行动的意义了。他当然想不到,不在途中行刺又不住进大和旅馆正是古斯克的精明之处。他更料不到,正是古斯克的精明之处,给他和索伦扎鲁几乎带来难以挽回的厄运。因为,在他们吃喝完毕,正要结账的时候,河原突然无意间瞥见,有一个脚蹬软底靴、穿着紧身服的大汉穿过马路,径直向大和旅馆快步走去。他大吃一惊,周身的血液都快凝固了,一刹那后,他颤声叫道:"糟糕!我们要误事了!"还没等索伦扎鲁反应过来,便掏出一大把银圆,往桌上一摔,拉着索伦扎鲁向楼下奔去,收账的堂倌瞠目结舌,不知道是天塌还是地陷了。跑到外面后,索伦扎鲁问道:"怎么回事?""他进去了!""谁?""废话!你从正门进去,直奔楼上。快!"索伦扎鲁一怔,惊问道:"我一个人?"河原又急又恼地喝骂道:"混蛋!来不及了!"说完推了索伦扎鲁一把,自己则直奔窗口的方向跑去,并麻利地戴好特制手套。此刻街上行人虽不多,但看到这两个人的奇怪举动,知道一定有一场热闹可看,便都迅速聚拢过来。

我们单说索伦扎鲁。他闯进大和旅馆的正门后,一眼看见山田先生正呲呲哈哈地撼动着刺透手掌并深入柜台的匕首,身后两个女招待蜷缩在墙角动也不敢动。山田见又来一条黑汉子,以为要重演刚才的一幕了,便忍着剧痛,哭丧着脸呻吟道:"大爷,我不喊就是。不喊……"说着把另一只手平平放在柜台上,紧闭双眼,做好了再受一刀的准备。索伦扎鲁连第二眼也没看,凭着一股急劲儿,几步蹿上楼梯。连他自己也没想到,怎么会无师自通地有了点儿轻功,楼梯竟然只发出了轻微的响动,甚至,他已经跑到那个敞开的门口时,似乎也没人听见他的脚步。但当他目睹房间里的情景时,自己

却吓傻了，站在那里再也动不得步。房间里明烛高照，圆桌上摆着酒肉碗筷。业喜海顺王爷和库玛举着手背朝外贴壁站着，一个凶汉用短枪枪口对着业喜海顺的脊背，另一只手正将从行囊中翻出的值钱物品塞入胸襟。他当然看到了索伦扎鲁。他阴冷地一笑，喝道："举起手走进来，站着别动！否则，我先打死你！怪你自己要来给王爷陪葬！"

索伦扎鲁乖乖服从了，心里骂道："河原小兔崽子，把我送进虎口，你倒溜之大吉了！"

恰在此时，只见窗口黑影一闪，紧接着一声枪响。

古斯克手腕一抖，短枪叮当一声掉到地板上。

索伦扎鲁喜出望外地喊道："好！"一步冲过去抢过短枪。河原也纵身跳入房间，熟练地把古斯克双臂扭结过去，眨眼之间已用绳索牢牢捆住了。

业喜海顺和库玛对瞬间发生的事情大惑不解，但见危险业已过去，都放下手缓缓转过身来。他们看了看一脸凶相的古斯克、背着脸的索伦扎鲁和正收起短枪的河原，一时不知说什么才好。

河原俯首道："让王爷受惊了。"

"谢谢你们救了我。"业喜海顺说道，向古斯克走了几步，"这位勇士，听你刚才的话，你是要刺杀我，而不仅仅是抢劫而已。对吗？"

"你说对了。"古斯克毫无惧色地说道。

"为什么？你为什么要这么干？"

"大丈夫受命恩主，不成功便成仁。砍杀随你，不用问了。"

此刻，外面嘈杂的喧闹声和喝道声响成一片。

河原说道："巡捕顷刻间就要到来。请殿下告诉他们，我们是殿下的保镖，对刺客，殿下要亲自审问。其他话，待巡捕走后再说。"

业喜海顺表示理解地点点头。

果然，不大一会儿，手缠毛巾的山田便领着巡捕走了进来。

打发走巡捕——准确地说是巡捕营的一位把总——并不太困难。按说，这虽然是未遂行刺案，但险些遭到刺杀的是一位王爷，毕竟算作要案；派出杀手的人，地位也绝不会太低，其中干系重大也是不待细说的。受理这样的案件，当然可以乘机敲诈发一笔横财，生命却也要担不小的风险，诉讼双方的任何一方都是不好惹的。而能得到好处的是上司和上司的上司，轮到他这个小小的把总，便只剩下残羹剩饭外加生命之忧了。所以，这位把总当

81

即同意由业喜海顺王爷把刺客带回图什业图王府审处。业喜海顺又拿出一大把银圆对把总表示慰劳,并说,外面的声音太吵人,请他把看热闹的人群驱散,把总于是很痛快地答应"愿为殿下效劳"。

"殿下,"把总毕恭毕敬地说道,"请问殿下何时启程,要不要小人领兵护驾?"

"谢谢你。不必了。"

"当然,当然。有这几位高手,殿下是不会再有危险的。"把总说完,又把身后的山田训斥了几句,便退出去了。

过了一会儿,河原俯窗望去,见人群已经散去,便回身走到业喜海顺面前,说道:"殿下,这个刺客是贵王府一位要员派遣的,审后便可知详情。在这里审还是回去审,请殿下自便。但我劝殿下要尽早启程,最好绕道而行。我相信,库玛在最后一段路上会干得更加出色。在下就此告辞了。"他的话使库玛很惊讶,但立即想起了跟踪的马车。

"等一等。"业喜海顺扬手道,"能告诉我是谁派二位来救我的吗?"

"不便奉告。请原谅,殿下。"

"那么……二位壮士可否留下大名呢?"

"小事一段,不足挂齿。况且来日方长,后会有期。请殿下保重。"河原说着,深鞠一躬,急趋至索伦扎鲁身后,"我们走。"

业喜海顺和库玛望着疾步走出房间的两位不留姓名的救命恩人,都感到有点儿奇怪。业喜海顺奇怪的是,这个从窗口飞进来的人不仅身材娇小、身手不凡,且俨然一副女人腔,究竟是男人还是女人呢?库玛奇怪的则是,那个始终不抬头、不说话的汉子实在酷似索伦扎鲁。

"难道……"库玛自言自语地说道。

"你说什么?"

"殿下,小人是说,那个粗壮的汉子很像索伦扎鲁。"

"索伦扎鲁是谁?"

"这说来就话长了。"

"那就以后再说。现在,我们该来和这位勇士说几句话了。"业喜海顺说着,走到桌子前,面对古斯克坐了下去。

古斯克确信必死无疑,也就什么也不在话下,迎着业喜海顺询问和探究的目光,直挺挺站在那里,大有一种敢作敢当、视死如归的劲头。

业喜海顺蹙了蹙眉头,突然问道:"你后悔吗?"

"后悔?我后悔不该贪财!否则……"

"贪财是个缺点,但恰恰是这个缺点,使你避免了一次错误。"

"错误?不!我只知道执行主人的命令。"

"这就不仅是错误。连自己执行的命令的对错都不去思考,那是愚蠢!"

"古人说,各为其主。我这是对主人忠诚。"

"你真可怜!"

"什么?可怜?!"

"是的,你被骗去了忠诚,自己却还蒙在鼓里。"

"我不承认,我的主人没有骗我。"

"这只能说明他骗术高明,你是双倍的愚蠢!"

"哼!我明白,你是想套出我主人的名字!"

"绝无此意。我看得出来,你不是卖主求荣的市侩和贪生怕死的懦夫。"

"那就别再啰唆,快动手吧!"

"你为什么一定要想到死呢?"

"因为我绝不会请求宽恕!"

"但我还是要宽恕你。"

"想用你的慈悲交换我主人的名字?"

"我什么也不想交换,包括你的名字。我只想让你认真反省一下自己的行为,从中悟出做人的道理来。"

"我要刺杀你,但失败了。除此,我什么也不想知道!"

"是不敢知道!"

"不敢?"

"对,不敢。你害怕弄懂了世人有善恶贤佞之分以后,摧毁了自己一击即溃的信念。"

"别人的善恶贤佞我才不管,我只求自己光明磊落。"

"助纣为虐也光明磊落吗?"

"你是不是想让我承认……"

"不是让你承认,是让你想!难道别人让你承认什么就承认什么,连想也不会吗?或许你真不会想!我问你,你的主使人为什么恨我?为什么要杀我?最终目的是什么?你问过吗?想过吗?肯定地说,没有。"

"士为知己者死,何须多问多想。"

"那你又怎能判定你的行为究竟是行侠仗义还是为非作歹呢?又怎能推知世人对你的评价是光明磊落还是不仁不义呢?"

"你……你不要说了!"古斯克像对业喜海顺愤恨又像同自己抗争地咬牙轻吼道,"你为什么要有意搅乱我的心?为什么不让我心无杂念地死去?你就痛痛快快给我一枪吧!否则,我就自己撞死!"

"最好的选择不是死,而是活着去用眼睛看、用脑袋想,找到一条重新做人的道路,虽然这样做有如轮回一般,比死还要痛苦。如果一死了之,那才是懦夫所为!你要想做懦夫,去死好了,但我不愿看到懦夫的尸体横在我的面前!——库玛,把他的绳子解开。把我给福晋买的礼物收回来,其他都不要了。"

库玛照办了。

业喜海顺看着陷入身心挣扎的巨大痛苦之中的古斯克,十分疲惫地挥了挥手说道:"你走吧……"

古斯克到底没有撞死案前,而是失魂落魄、趔趔趄趄走出房间,俨然一个梦游者。他在想什么,只有天晓得了。

古斯克行刺业喜海顺的结局是丹赞尼玛怎么也想不到的……

10

丹赞尼玛没料到的事情多着呢!

他固然没料到古斯克的行刺会一败涂地;他同样没料到,他花大钱雇用的第二个杀手竟去而复返;他更没料到,他的不争气的儿子企图强奸菊花而险些命丧黄泉。

按说,这一切都不该发生。这都怪他黔驴技穷,除了行刺,别无高招;更怪他在聪明过人但政治上毕竟尚属雏儿的嘎吉玛指点下,不合时机地提高了办事效率。

这话得从头说起。

大约就在业喜海顺抵达洮南城的时候,丹赞尼玛和儿媳嘎吉玛也驱车离开了霍林河。嘎吉玛认为时间还早,她的公爹没必要在光天化日和众目睽睽之下到王府招摇,待夜幕和晚凉降临时再去更为相宜。而且,也需要再见见包斯尔,让这个肯为菊花卖命的人尽早启程。反正他们的家离王府只有两小时路程,一切都来得及。这样,他们先驰回了早已变成砖瓦房的私宅。

丹赞尼玛肥胖无比,嘎吉玛又身怀六甲,加上天气暴热和马车一路狂奔,比及到得家门,这两人的衣服全湿透了,像从水里爬出来一样。他们争分夺秒换了干衣,翻箱倒柜凑足了钱,连仆人端上来的茶水也没喝一口,便去找包斯尔了。

正如嘎吉玛所说,包斯尔是天下少有的痴心男子。自从一个偶然机会救回濒于死亡的菊花,他的生命便与这个疯女人紧紧结合到一起了。他为这个女人究竟吃了多少苦,遭了多少罪,不仅他本人清楚,凡是认识他的人也都所见明知。人们说他太傻,实在没必要为一个不肯和他同床共枕的疯女人虚掷时光和浪费精神,纷纷劝他及早撒手不管,凭他的身体、相貌以及勤劳、和顺，找一个夜间可以拥进怀里并肯于给他生儿育女的俊俏姑娘，绝非难事。但这些出于好心的劝告，对他根本不起作用。他依然故我，心甘情愿地继续做菊花的奴隶和保护人，从未生出哪怕一丝一毫的厌烦情绪。而且，他绝不认为这是自讨苦吃，更不认为这是自寻烦恼；恰恰相反，他觉得，他能遇上菊花，是上天对他的眷顾，他能为菊花服务，是命运之神恩赐给他的机缘。在他看来，世上不会再有比菊花更漂亮更可爱的姑娘了。菊花也确实是又漂亮又可爱。她身材苗条，胸脯丰满；脸色白嫩，像雪一样纯洁；薄薄的单眼皮下闪动着一双童稚般单纯却又隐隐挣扎着流波的黑眸，仿佛在向人间表露着压抑的渴望、软弱的顺从和求助的哀告。这是一个不幸的弱女子温柔、淡然的惹人怜爱的奇特的美，它具有一种摄人心魄和令任何硬汉生出献身精神的非凡力量。正是这种力量震撼了包斯尔，义不容辞地担当起菊花的保镖。而且，菊花和一般的疯女人不一样，从不披头散发到处乱跑，却始终保持着固有的安详举止和难以克服的洁癖，每天都梳洗得干干净净，穿戴得整整齐齐，把她和包斯尔共用的陈设简陋的毡帐收拾得井井有条、一尘不染。没有包斯尔带领，她是从不走出毡帐的。每当有人来做客，她总是略显羞涩地垂下眼帘安静地坐在一旁。不知底细的人，是不会相信她精神失常的。她的身上还有一种纯属天然不带一点儿矫饰的母爱。她把包斯尔当成哥哥、弟弟甚至儿子，施放出催人泪下的爱心，常常告诫包斯尔别忘了洗脸，出门别粗心大意，万不可与赌徒流氓交朋友，还常常嗔怪包斯尔太过劳累和不爱惜身体，等等。这一切又使包斯尔感到生活的清爽以及母爱的温馨，感到菊花身上又有一种令男人不敢亵渎的神圣力量，而甘愿去充当唯命是听的奴仆。是的，连他自己也弄不明白，曾一度燃烧得火旺的亲近菊花的肉欲，怎么会在不知不觉中消失得一干二净。甚至，如果不是菊花一念叨起奈曼乌勒的名字就随之而来一阵令人揪心的抽泣以及有时梦幻般轻哼起那支唱了无数遍已经面目全非的情歌，那么，包斯尔肯定不会把她当成一个疯女人，而要当成是上帝派来净化他的生活和灵魂的天使了！对这样的女人如果萌生淫念岂不是天大的罪过吗？拒绝为这样的女人献身岂不是卑鄙自私的懦夫吗？

所以，嘎吉玛和他的交易没费任何周折便谈成了。他自知无力偿还外债，更无力筹措医治菊花的费用和保证菊花未来的吃穿用度，而且，他恨那个害死菊花丈夫的格力图尔。现在，有人愿意出一笔大钱，雇他去杀死格力图尔,既可以使菊花的后半生无忧无虑,又可以实现自己的誓言,所需付出的仅仅是自己一文不值的性命,何乐而不为呢?

但他却没想到,事情进展得这么快!

当丹赞尼玛和嘎吉玛走进他的毡帐时,他立即明白了,这一定是来催他上路的。这件事不能同菊花商量,甚至不能让她知道。为了不让菊花听到他们的谈话,包斯尔把丹赞尼玛领到不远处的朝鲁家。朝鲁是包斯尔信得过的朋友,曾几次替他作保借钱,菊花也夸朝鲁是个好人。他走后,难于独立生活的菊花也需要朝鲁的照顾。对这样的朋友没有什么可以隐瞒的,他和丹赞尼玛的谈话也完全不必闪烁其词。

"你是否已经下了最后决心?"

"君子一言,驷马难追。我不会翻悔的。"

"你今天就得上路。"

"太快了点儿。不过……行,我就今天上路好了。——钱带来了吗?"

丹赞尼玛递过钱袋。

"按着嘎吉玛和你讲好的,这是先付的一半,你点点吧。"

"不必。"包斯尔接过钱袋说道,从钱袋里抓出一些塞入怀里,剩下的全交给了朝鲁,"请朝鲁大哥代为保管。"

"这……"朝鲁显得有点儿犹豫。

"等一等,"包斯尔不容分辩地说,"我一会儿还有更多的话要对你说。"然后又转向丹赞尼玛,"西协理大人,那另一半……"

"放心,事成后我会交给菊花的。"

"不,交给朝鲁好了。你还须写个字据,签上你和保人朝鲁的名字。付款时也请朝鲁代收。"

"你想得很周到呢,心眼不少嘛!"

"我这是去死!……好了,快写吧!"

字据很快就写完了。朝鲁无奈,只好以保人身份签上名字,并收起字据。

"朝鲁大哥,"包斯尔说道,眼睛开始潮湿了,嗓子也有点儿哽咽,"菊花就拜托给你了。你能用这些钱医好她的病,安排好她的后半生,我在阴间也会感谢你的。"说完,向门口走去。

"你回去同菊花告别吗?"

"不。"包斯尔头也不回地说,"我还是这样走了……更好些。"

"包斯尔!"丹赞尼玛猛然想起什么,大声喊道,"不要取道突泉和洮南,要直奔高力板方向,路程要近得多!"

"知道了!"包斯尔没好气地说道,冲出门去。不大一会儿,便飞上马背,朝正南方向狂奔而去。

如果包斯尔真的按丹赞尼玛的命令直接南下,经高力板去辽河和法库,那么,就不会发生我们下面要叙述的情节,甚至真会杀死格力图尔也未可知。但他跑出几十里路之后,却突然改变了主意,回过头来向东北方向的突泉镇驰去了。因为他突然记起,南去的路他从未走过,听人讲,那条路很难走,不仅山高水险,还要经过一片沙漠和一带沼泽地。与其摸索着直接南下,实在不如绕道突泉和洮南更为顺畅。去突泉和洮南的路他闭着眼睛也走不错,这且不说,他也知道洮南到奉天的官道又平又直,人和马都不会受太大的委屈,而且所需时间未必就比直接南下更多。所谓将在外君命有所不受,选择哪条路还不是自己说了算,管他丹赞尼玛出于什么目的竟连方向也要指定呢。

就这样,包斯尔来了个一百八十度大转弯。结果,我们的故事发生了意料之外的变化。

这,也许是天意吧。

包斯尔自作主张地改变了方向,出于他的本心,当然不愿让丹赞尼玛知道,也不想碰上任何熟人。其实,在广袤无垠的草原上,这是很容易做到的。然而,他却偏偏碰上了两个熟人,这两个熟人又恰恰是丹赞尼玛的近身侍卫!读者诸君想必还记得,在图什业图王府到突泉的路上,有一个很陡的岗坡,不走到坡顶,是绝不会看到坡下的路的,当年,就是在这里,格力图尔进行了一次被自己挫败的复仇举动,使科尔丹有机会镇压了牧民起义并一直活到如今。今天,包斯尔也经过了这带岗坡。因为太阳已经落山,他以为路上不会再有行人,便放心大胆地向岗顶驰去。当从对面坡底升上来的三匹坐骑赫然出现在眼前时,他想回避也来不及了。他下意识地快马加鞭,从这三匹马旁边一掠而过,他毕竟看出了其中的两个人是丹赞尼玛的侍卫,那两个侍卫也显然认出了他,甚至隐约听到他们喊他名字的声音。看来,不停下马来打招呼和请求这两个人替他严守秘密是不行了,设使这两个人回去乱嚼舌头,让丹赞尼玛获知他擅自改变了指定的路线,说不准那个老狐狸会以此为借口拒付剩下的一半酬金呢,这不是弄巧成拙要吃个大亏吗?所以,他赶紧勒住马缰,掉头而回,准备违心地说几句好听话甚至拿出几枚银圆封住这两个人的口。

那两个侍卫似乎估计到包斯尔会回来,已经喊住坐骑,扯转马缰,等在路中了。第三匹马上的人对这次不期而遇显然毫无兴趣,虽然也停在路旁,却没有回过头来。在薄霭中,包斯尔依稀看出那是个女人。在这一瞬间,包斯尔心里产生了许多疑问:这女人是谁?为什么同丹赞尼玛的侍卫在一起?如果是相识的旅伴,为什么局外人一样冷漠地在一旁观看晚霞?如果是被看押者,又为什么没被捆住双手?不过,包斯尔急于赶路和尽快摆脱两个侍卫,对这些困惑不解的问题无暇探究个明白,反正与己无关,又何必费神呢?他收回视线,只对两个侍卫拱手道:"没想到会在这里见到二位官长。"

"我们也没想到啊!"侍卫中的一个笑道,"按说,这种时候,你正该在毡帐里,陪着那个只能看不能用的漂亮小姐啊!"

另一个装出一副严肃的样子,帮腔道:"是嘛,包斯尔老弟。你这么急如星火地要去哪里?把她一个人留在毡帐里可不安全啊!别自己没吃着,倒落入别人口里哟!"

包斯尔听得出来,这两个人是有意拿他寻开心了。可他哪里有这份闲心?他皱了皱眉头,忍住恼怒冷冷地说道:"我有急事要办,没有时间和你们开玩笑!"

"有急事?让我猜猜看。是那个……对!一定是那个小姐跑了,你去追她,对不对?"

"别胡说!"包斯尔喝道,"菊花是从不乱跑的!"

两个侍卫见包斯尔认真的样子,都忍不住哈哈大笑起来。包斯尔真想扑过去给他们几个耳光。可就在这同时,他发现那个女人肩头一颤,回过脸来惊讶地喃喃说道:"菊花!……"虽说此刻已是天光暗淡、薄暮朦胧,但包斯尔毕竟看出那女人的似曾相识的脸。至于这女人叫什么,在何时何地见过,他却一时回忆不起来了。

这时,那女人已随着坐骑整个转过身来。线条分明的脸,高鼻梁,眼睛深邃明亮,是一个远比菊花还要漂亮的姑娘!包斯尔顿时惊呆了。

那女人开口问道:"你就是那个救了菊花的包斯尔?"

包斯尔费劲儿地点点头,却未能说出话来。他在心里同自己抗辩道:

"你比菊花漂亮不假,但未必能像菊花那样温柔可爱。可你是谁?似曾相识,又像素昧平生。你为什么要同我搭话呢?是表示对菊花的关心,还是准备嘲笑我一番的前奏呢?你究竟是谁?……"

包斯尔一边想着,一边朝着那女人呆望,引得两个侍卫窃笑不已。其中一个带着明显的讥诮,笑问道:"老弟,这回可开了眼界对不?天外有天,人上有人嘛!你的菊花怎样?比下去了对不?"说完,两个人又是一阵淫荡荡的大笑。

包斯尔对这两个人的狂放和无礼并不介意,思索了一下问道:"她……是谁?"

"你真不认识?"

"是的,不认识。"

"这你就太孤陋寡闻了,怎么连这赫赫有名的马上女杰都不认识?"

包斯尔心头一震,惊问道:"马上女杰?"

"和你的菊花还是好朋友呢!"

"难道她是……"包斯尔沉吟着说,又突然转向那女人,"你是乌日娜金?"

那个漂亮的女人确实是乌日娜金。

包斯尔这回可明白了,他为什么第一眼就觉得这女人好像在哪儿见过。菊花曾不止一次向他描述乌日娜金的相貌,虽未曾谋面,那大概的样子却早就深深印在脑际了。

"你很聪明呢,包斯尔老弟。"那个开玩笑还没开过瘾的侍卫又挤眉弄眼地说道,"不过,你现在这样子要让菊花看到,准会吃醋呢。"

"而且,"另一个侍卫照例紧接着敲起边鼓,"你可得知道,这一个更是能看不能动的!"

乌日娜金满脸通红地怒喝道:"听着,如果再不闭上你们的臭嘴,我可就不客气了!"

"好好,不说还不行吗?干吗又大动肝火?我们没有一句话……没有一个字是伤害你的呀!……"

乌日娜金不再搭理那两个侍卫,盯着包斯尔说道:"看来,你就是我要找的那个包斯尔。"

"找我?"包斯尔愈感诧异地问道,"你说你要找我?"

"当然是找你,确切地说,正准备要找你。不过,请你先回答我几个问题好吗?"

包斯尔点点头。

"菊花一直和你在一起吗?"

"是的。"

"你们的日子还好吗?"

"很艰难,但很愉快。"

"她的病……"

"会好的。"

"你和菊花是否已经……"乌日娜金说到这里迟疑了一会儿,"也许我不该提出这个问题。"

"我明白你要问什么。"

"你是说你们……"

"我们始终像亲兄妹……但没人相信。"

"我相信。"

"真的?"

"你的眼睛告诉我,你是不会说谎的。"

"谢谢你,乌日娜金!……"

"我应该谢谢你,包斯尔。菊花姐姐能遇上你这样的好人,真是她的造化了。——不过,包斯尔,你这是打算去哪儿?去突泉吗?去干什么?是不是……"

"等一等!"站在一旁的侍卫出面干涉道,"我看你们也该适可而止了!"

"怎么,说几句话还不行吗?"乌日娜金生气地问道。

"西协理大人指示过不准你同任何人交谈。而且,你也亲口答应过的呀!"

"我答应过不假,可我同包斯尔交谈是你们引起的呀!"

"天哪!你这不是倒打一耙吗?"

"是我倒打一耙,还是你们无理取闹?等见了你们的西协理大人,让他评评理看。"

"得,得!我们承认怕你还不行吗?就算是我们招惹了你,理应给你补偿,你也说了好一阵子话了,也该扯平了。你就再高抬一次贵手,快跟我们

91

上路吧！"

"不行，我还有话跟包斯尔讲。"

"包斯尔老弟，"那个侍卫又转向包斯尔说道，"原想和你开个玩笑，哪料到半路杀出个程咬金，今天的事要让丹赞尼玛大人知道，我们可要倒霉了。"

包斯尔微微一笑说道："我不说出去就是，可你们也得保证别卖了我。"

"卖了你？"

"丹赞尼玛大人要是知道你们碰见了我，我可是要说实话的。"

"我们就说根本没见过你。"

"这就对了。"

"那你就扬鞭赶路吧！"

"让我想一想。"

"什么！还要想一想？"

包斯尔是要好好想一想。要知道，他得以同乌日娜金偶然相遇，完全是由于他下决心去和格力图尔同归于尽的南下途中突然改变了行程，而乌日娜金又恰恰是格力图尔的青梅竹马的恋人（如果他们还没有成为夫妻的话），这实在是巧得有点儿怪异。仅仅如此却也罢了，包斯尔不会在怪异之后再大伤脑筋，去探讨一番这次奇遇的后面有无鬼使神差，他赴死前静如凝脂的心海也不会被搅得翻波舞浪的。生活中毕竟充满了偶然的事件，生命的旅途也常常是无数偶然事件的轨迹，他当年巧遇菊花不也同样是出乎预料的吗？

但眼前的事情又恰恰不仅如此。在这次奇遇后的短短交谈中，他不但对从未谋面的乌日娜金萌生了一种敬佩和亲切混杂的奇特好感，而且，突然跳出一个又一个难以排解的问题，令他困惑和心神不定。

说起来，包斯尔对乌日娜金也曾偷偷产生过渴慕。在他还不知道世上有菊花这个姑娘时，就知道乌日娜金是闻名遐迩的女盗魁巴兰森格的独生女，知道她和格力图尔缠绵悱恻以及劫难连踵的恋情，还听说过许多有关她的催人下泪和令人瞠目的传闻。这一切，确实使包斯尔同情过、敬仰过，甚至渴望有机会一睹美丽、不幸、勇敢的乌日娜金的风采。但是，当他带着可怜的菊花，沿着科尔丹指示的道路去寻找奈曼乌勒，途中轻信了格力图尔的谎言，东去二龙山险些葬身兵燹，又回到和格力图尔偶然相遇的小河边时，他的心情完全变了。当地人告诉他，入冬前确曾有一个又瘸又瞎的人和一

位十分标致的少女在河边的草棚住过一段时间。有一天,来了一条脾气暴躁的壮汉(当然是格力图尔),这三个人好像发生了一场纠葛,此后,草棚再无人居住。后来,有人发现了被河水冲上岸的拐杖,并认出正是那个又瘸又瞎的人使用过的。听完这些讲述,包斯尔当即断定,住在草棚里的一男一女是奈曼乌勒和乌日娜金,并有理由确信,是格力图尔逼迫奈曼乌勒投河自尽的,乌日娜金即使不是同谋,也是事实上的帮凶!从此,他在心里为乌日娜金塑造的美好形象彻底毁灭了。纯洁的包斯尔当然不会把仇恨记在乌日娜金身上。在他看来,女人都天然具有一颗慈母之心,都值得同情,特别像乌日娜金这样经受过无数苦难的女人。乌日娜金是绝不会忍心害死一个残废的男人的,奈曼乌勒的死,纯粹是格力图尔的妒心造成的,全是格力图尔一人的过错。只是在这场悲剧中,乌日娜金也是必不可少的人物,再叫包斯尔维持原来的赞赏和仰慕是绝无可能了。而且,针对格力图尔,在心里酝酿和培植仇恨的过程中,对乌日娜金的恶感也不知不觉地开始有了萌芽的迹象,这种萌芽状态的恶感,日积月累,势必也会突变成仇恨,这是他想抑制也抑制不了的。

然而,当乌日娜金从天而降一样出现在眼前,他理所当然地应该即刻完成恶感的突变而燃烧起仇恨的烈火时,他却被这个少女身上的只有他能感受到的一种无形的异常强大的力量慑服了,不要说仇恨,连滋养了许久的恶感也冰消雪融了。是的,那双聪慧、真诚、无畏、洞若观火和时时流溢着关切他人的柔波的眼睛,敞开了任他徜徉和探索的窗口,使他看清了乌日娜金守正不挠的刚烈、不愧不怍的正直以及明察秋毫的眼力。从那张羞红的脸以及芳唇中吐出的有关菊花的带着温馨又毫无矫饰的话,不是更能看出乌日娜金的纯真和善良吗?包斯尔绝对不相信,这样的少女会干出损害他人的事情。

而且,从这次奇遇中,包斯尔还朦胧地意识到另外一个问题,这也许是更重要的一点。不管丹赞尼玛出于什么居心派人押解乌日娜金,都说明乌日娜金并没和格力图尔在一起。按说,在那条小河旁的草棚里,三个人都见面,奈曼乌勒投河后,乌日娜金和格力图尔肯定会从此双宿双飞,没有累赘地去享受男欢女爱的欢快,怎么竟一在天之南,一在地之北呢?这无疑说明,乌日娜金不仅不是格力图尔的帮凶,而且对格力图尔逼死奈曼乌勒的行为恨之入骨,毫不宽恕,不齿与这样的恶棍为伍,因而断然与其分道扬镳了。

如此看来，乌日娜金对奈曼乌勒的死没有任何罪责，他包斯尔虽说在心里已经对乌日娜金"从轻发落"了，却仍然大大冤枉了好人，是理应给予"平反昭雪"的。

能得出这样的结论，对包斯尔实在是意外的收获。他高兴极了，因为他终于找到了替乌日金娜开脱的理由。他可以在心里同时带着两个可敬可爱的少女的美好形象，平静地毫无遗憾地去赴死了。这样的死，是何等使人着迷啊！

那么，现在该怎么办呢？是扯转马头撒缰而去，还是对乌日娜金说点什么？他决定还是说点儿什么。乌日娜金不是说有话要问吗，怎么能不满足她却一走了之呢？而且，他还可以通过乌日娜金的陈述，验证一下格力图尔的罪行，他的行为就更无懈可击了。

包斯尔在瞬息想到了上面的一些内容，并迅速整理了一下思路，对那个刚刚说了"什么！你还要想一想？"的侍卫说道："不行，我不能立刻就走，我也有话要问乌日娜金。"

"包斯尔！你……你是想找麻烦吧？可别怪我翻脸不认人！"

"几句话，只要一会儿工夫嘛。"

"那也不行！"

包斯尔略一犹豫，从怀里掏出一把银圆塞到那个侍卫手里，说道："你们二一添作五，数数看，买个面子够不够？"

那个侍卫掂了掂手中叮当作响的银圆，心里高兴得直想笑，脸上却做出一副无可奈何的哭丧相，说道："包斯尔呀包斯尔，你这不是存心给我们哥儿俩找麻烦吗？真拿你没办法。好了，好了，有话就快说去吧。"

"你们站开点儿，我可不想让你们偷听我和乌日娜金的谈话。"

"满足你就是。不过，得快点儿，不能超过一刻钟！"

"我保证。"包斯尔说着，跳下马背，走到同时落地的乌日娜金跟前。

"他们为什么抓你？"包斯尔问道，他自己也没想到要用这句话开头，这是潜在地关心乌日娜金命运的自然流露。

乌日娜金完全能理解包斯尔的心情，带着谢意地微微一笑，说道："我也不知道。"

"可他们为什么没捆绑你？对你没有无礼的举动吗？"

"他们不敢。我身上带着枪。他们想搜去却没做到。他们是知道我的枪法很准的。"

"也就是说,你可以不跟他们走,也可以随时逃掉?"

"是的,只要我想。"

"现在就逃吧,我帮助你。"

"不,我不想逃。"

"我真不明白……"

"我本来就准备去王府的。"

"去自首?"

"不。谁都知道,业喜海顺王爷已经宣布对当年参加造反的人不再追究了。"

"你怎么能轻信这些?丹赞尼玛抓你,是不会有你的好的。"

"放心,包斯尔,不会有危险的,我心里有数。"

"为什么?"

"说起来话长。包斯尔,我们时间有限,还是谈点儿更紧要的事吧。请你告诉菊花……"

"请原谅,还是让我先问你吧。"

"也好,你问吧。"

"你能讲一讲……能告诉我格力图尔……他是怎么逼死奈曼乌勒的吗?也许……我不该这么问。"

乌日娜金略显惊讶地问道:"包斯尔,你不知道奈曼乌勒还活着?"

"你说什么?!"包斯尔不胜骇异地低叫道,险些晕过去。他一把抓住乌日娜金的胳臂:"你说他……奈曼乌勒还活着?你是这么说的吗?是这么说的吗?"

乌日娜金没有挣脱被包斯尔紧紧握住的胳臂,忍着疼痛,柔声道:"我想告诉你的就是这件事。刚才看你急匆匆向突泉跑去,还以为你已经知道了呢。"

"这怎么可能,怎么可能呢?……"包斯尔茫然不知所措地自语道,无力地垂下手来,好似陷入梦中,"这……怎么可能呢?人家明明告诉我,他投河了……"

"我也以为他死了。格力图尔更以为是自己无意中刺伤了奈曼乌勒,他引咎自责,连我也无颜敢见,就从此不知去向了。不久前我才知道,奈曼乌勒不想做我们的累赘,才制造了投河自尽的假象。"

"原来是这样……"包斯尔喃喃说道,猛然记起自己的使命,惊叫起来,"天哪!我真是最蠢的人!我险些成了不可饶恕的罪人啊!"

"你说什么,罪人?"乌日娜金大感不解地问道。

包斯尔没有听到乌日娜金的问话,自顾迅速地把满脸的恐怖变成满脸的愤怒,咬牙切齿地说道:"我明白了,丹赞尼玛为什么命令我直接南下,原来他也知道奈曼乌勒还活着,他是有意让我上当。可是,他没想到,好人总是有神灵护佑的。……菊花,可怜的菊花,"包斯尔说着,又变得神思绵绵、情真意切了,"我为你高兴,为你高兴啊!"说完,他的欢快的脸上已是热泪纵横了。

乌日娜金从包斯尔骤起骤降、忽愤忽喜的不着边际的自我发泄中,隐约听出这里面一定另有文章,而且与她和她所亲近的人有关。至于丹赞尼玛北派侍卫捉她乌日娜金、南派包斯尔之间有何联系,她还一时捉摸不透。但是看到包斯尔似悲似喜、亦癫亦狂的样子,她知道追问也没有用,便也不去追问,满腹疑云地等着包斯尔平静下来。

但是,让包斯尔很快平静下来是不可能的,甚至这一夜他也不能从癫狂状态解脱出来。此刻,他心里已没有了自己,只有菊花和奈曼乌勒,或者说,他已经散而复聚成菊花和奈曼乌勒的结合体。是的,让菊花和奈曼乌勒相会,这才是他真正神圣的使命,才是他灵魂升华的终点。这事要快,一刻也不能耽误。其他的一切,全不在话下了。他哽咽了一下,收住脸上的笑容,倏然把乌日娜金冰冷的手夺到自己滚烫的掌中,迫不及待又不容违抗地说道:"快告诉我,奈曼乌勒在哪儿?"

乌日娜金怔了一下,回答道:"我已把他安顿到突泉西郊,你会很容易找到他的。"她被包斯尔的真情所感动,鼻子也有点儿发酸了。

包斯尔二话没说,甩开乌日娜金的手,飞身跳上马背,狂吼一声"驾——",紧抖缰绳,向南奔驰而去。眨眼之间,已在十数丈远了。这时,他又突然在疯狂的马上回过头来。乌日娜金依稀听到他喊出下面的话:

"乌日娜金,格力图尔在法库……"

乌日娜金不由得心头一震,在这一瞬间,她全明白了。随即她忍不住哭了起来,但不是为自己和格力图尔,也不是为菊花和奈曼乌勒,而是为可爱的包斯尔……

现在,还是让我们跟上可爱的包斯尔吧。

我们知道,包斯尔南来北往,两次绕过家门,无疑缩小了他和菊花的距离,加上他的坐骑被驱赶得舍命狂奔,他回到自己的毡帐是要不了多长时间的。

可是,当他欣喜若狂地跳下马背,准备把这欣喜若狂全部与菊花分享的时候,猛然听到毡帐里传出菊花的求救声和一个男人淫荡的笑声。包斯尔立刻听出,这男人是丹赞尼玛的儿子毕力图。

原来,毕力图在赌场输得精光,丢盔弃甲地回到家里后,便听说包斯尔受父亲雇用,南下去刺杀格力图尔了。他心里一阵高兴,既不是因为他即将登上王爷宝座,也不是因为要除去一个隐患,而是因为他终于有机会在菊花身上发泄淫欲了。他见过菊花,觉得这个洁净漂亮又安静得有如大家闺秀一样的疯姑娘,比任何精神正常的狂浪女人更叫他动心,想起那副羞于见人的娇柔样子就馋涎欲滴。只是碍于菊花终日有包斯尔相伴,他无从下手,只能在可望而不可即的遗憾和愤然中把自己单相思的欲火煽得烈焰般炽热。这回好了,菊花身边已再无保护神了,他不是从此可以为所欲为了吗? 他耐着性子从中午熬到晚上,借故同嘎吉玛争吵了几句,装出赌气的样子走出家门,直奔菊花孤眠的毡帐而去。但毡帐里不是菊花一人,还有受包斯尔委托照顾菊花的朝鲁夫妇在场。毕力图早已欲火难耐,哪里容得局外人搅了他的好事! 他蛮横地让朝鲁夫妇马上滚出去,否则,就别想再有安宁日子。朝鲁夫妇明知道毕力图想干什么,也明明知道有责任保护菊花,但更知道与毕力图对抗是鸡蛋碰石头,是要倒大霉的,所以,只能充满歉疚地看了菊花一眼,赶紧退出毡帐了。菊花早就吓呆了,哪有力量反抗? 三把两把就被如狼似虎的毕力图扒光了。毕力图怕她挣扎和逃跑,还翻出一条绳子捆住了她的双手。毕力图不管菊花怎样苦苦哀求,一边瞪着红眼咧嘴淫笑,一边双手颤抖着解下上衣,脱掉靴子,去解裤带……

正在这时,包斯尔忽地一声闯了进来。他一眼看清了这可怕的场面,气得浑身战栗,满脸煞白,双眼火红。他野兽一样冲到毕力图眼前,从牙缝里怒喝道:"你这个畜生! 她有病!"接着,狠狠扇过去两个耳光。

毕力图一心只在菊花身上,哪里会听到有人进来? 加上两记霹雳一样的耳光,打得他晕头转向,简直不知道发生了什么事,双手却依然握在尚未完全解开的裤带上。等他眼前的火星消失,终于看清了来人的相貌时,才意识到大事不好,更明白在此刻他绝对不是包斯尔的对手,准备拔腿逃命了。可是,他还没动步,就见包斯尔已回身摸起一把板斧,朝他劈来。说时迟,那时快,他刚想说一句求饶的话,那板斧已带着一道寒光逼到眼前了。他飞快地退了一步,伸手去保护头颅,只听"嚓"的一声,随着他裤子的脱落,三根还没来得及冒血的手指同时落到地上。他狼嚎般叫了一声,情急生智地甩掉裤子,夺门而出,光着身子没命地落荒而逃。

包斯尔追出门去,直想把这个禽兽不如和死有余辜的恶棍一顿板斧剁成肉酱。刚追几步,却听到身后传来菊花凄惨而恐惧的呼唤声:"包斯尔——"他这才想起此刻更要紧的是去抚慰不幸的菊花,便收住脚步,望着渐渐被夜幕吞噬的一团白色,分辨出毕力图发狠地喊了一句"你等着,包斯尔"!他有生以来第一次骂道:"肏你八辈祖宗!"顺手举起板斧狠狠劈到拴马桩上,然后快步飞进毡帐。

菊花已挣扎着坐起,正试图把手腕从绳套中抽出。包斯尔赶忙扯过毛毯披在她的身上,又走到她的身后,侧过头,用手摸过去解开绳索。

菊花满脸委屈满脸泪水地看着包斯尔,抽泣了一声,说道:"包斯尔,你上哪儿去了?你真不该……不该把菊花一个人扔在家里呀!"

包斯尔用拳头捶着自己的头,蹲了下去,并悔恨交加地说道:"是我不好,全怪我呀!"

"再别丢下我,好吗?我怕呀!……"

"菊花,"包斯尔抬起头,担心地试探着问道,"毕力图没对你……他没把你给……"

"没有,没有。"菊花脸一红说道,"你不是把他打跑了吗?要是你晚来一步……"想起可能发生的事,她胆战心惊地拥紧毛毯。

"这就好。要不,我会悔死的。有我在,你就不用再害怕了。……"

沉默了片刻后,菊花突然扬起泪脸叫道:"包斯尔,你娶了我吧!"随即扑到大吃一惊的包斯尔怀里,酣畅淋漓地大哭起来,同时继续说着似乎犹豫了一辈子方才决定下来的真心话,"娶了我吧!我知道奈曼哥没了。娶了我吧。我一个人,别人还会来欺侮我的呀!娶了我吧,你就……娶了我吧!……"

"菊花,奈曼乌勒还活着!"包斯尔大声说道,倏然挣脱了菊花的搂抱,跳了起来。但是,只有他自己知道,在他说出上面那句话之前,确实曾有过一瞬间的迟疑。为此,他愧疚难当,想一头撞死。在以后的漫长岁月里,每当他忆起曾在这个不平常的晚上对险遭蹂躏和就要见到丈夫的菊花产生过瞬间的不洁的念头,就要脸红心跳,羞愧得无地自容。

话说菊花听到包斯尔说奈曼乌勒还活着,始而惊喜,继而疑惑,终至于黯然神伤了。她盯着垂手肃立的包斯尔,淡然一笑说道:"你在骗我。"

"我没骗你,菊花。奈曼乌勒就住在突泉。是乌日娜金亲口告诉我的。"

"乌日娜金?是她!"菊花这回可真有点儿吃惊了。

"我刚刚和她分手,是她把奈曼乌勒安顿到突泉西郊的。"

"真的?包斯尔,你真的没骗我?"

"真的没骗你,菊花,我发誓!"

"奈曼哥还活着,就在突泉……天哪,我这是在做梦吧?"

"菊花,快穿好衣服,我们这就去找奈曼乌勒。这里是不能久留的,也不能再回来了。我去鞴马,你收拾完就走。除了穿的,什么也不要带。"

大约十分钟后,包斯尔和菊花都已准备完毕。包斯尔牵着菊花的手走出毡帐,并把她轻轻扶上马背。包斯尔思索了一下,又走进毡帐,在里边点起一把火,这才又走出来跳上坐骑。两个人在大火的映照下,朝突泉方向奔去了。

因为菊花身体虚弱,又兴奋得不知所以,包斯尔没敢让坐骑跑得太快。但他估计,天亮前到达突泉西郊是没有问题的。结果,他们险些扑空。因为他们找到乌日娜金说的那个四合院时,奈曼乌勒已背起行囊拄着拐杖走出房门,正想离开这个只会带给他痛苦和愤怒的所在,到草原上去寻找自认已没有存在价值的生命的终点。

我们无须花费笔墨去描述这两个历尽磨难的苦命人的几乎失之交臂的突然重逢的场面。这是任何人都可以想象得出来的。只是有一点似乎需要特别交代一下,他们在亦惊亦疑、亦悲亦喜之后,刚想投入到对方的怀抱痛洒辛酸泪、悲呼苦命人的时候,两人全昏厥了过去,竟一滴眼泪未能流出,一个字未能喊出来。这就使站在一旁已变成多余人的包斯尔并不多余了,而且,他心里刚刚萌生的妒意也在瞬息间消逝得没留任何痕迹。他先是一步跨过去,把两个人同时揽进臂肘,使他们不至摔倒,然后小心翼翼平放到地上,再依次抱进房间放到炕上,垂手伫立一边,静等这两个人慢慢苏醒……

第二天,奈曼乌勒坚持要离开突泉,声称他永远不想再见到乌日娜金。

满脸欢喜的菊花也不问缘由,表示一切听奈曼乌勒的,即使把她带到十八层地狱也心甘情愿。她只提出一个要求,就是别丢掉世上最好的人包斯尔。奈曼乌勒略一犹豫便答应了下来。包斯尔已无家可归,并且看出这对不幸的恩爱夫妻确实需要他的照顾,也没有推辞。包斯尔告诉奈曼乌勒,格力图尔在法库或东辽河一带拉起了一支人马,准备大干一场,奈曼乌勒当即决定,三个人一起去投奔格力图尔。

睁开睡眼

11

丹赞尼玛是在朝鲁毡帐门前眼见包斯尔的坐骑在南边消失以后,才同儿媳嘎吉玛返回他们的邸宅的。做了这么多的事情,他实在感到疲惫不堪了。为了能精神抖擞地进入王府,一进门便倒头而睡。一觉醒来,夜色已经很浓了。他一边唤仆人准备酒菜,一边忙不迭地净面修须。仆人把酒菜摆上餐桌时告诉他,东南方向失火了。他微微一笑道:"好兆头!"便坐下去干了第一杯酒。他突然想起,临行前应该对从来不务正业的毕力图嘱咐几句,便命令仆人去把那位未来的王爷请过来。仆人很快回来禀告说,少夫人让他回老爷,毕力图天一黑就跑出去了,还没回来。丹赞尼玛骂道:"兔崽子!"扬头干了第二杯酒。

但马上又觉得失口了,心想:"骂王爷可是大不敬啊!"不由得缩起了脖子,却又忍俊不禁,呵呵笑了两声,随后干了第三杯酒。

三杯酒落肚,丹赞尼玛感到胸膛里掀起一阵热浪,这股热浪裹挟着他积攒了五天的兴奋,很快流遍全身,最后全部涌进膨胀的脑际。他快乐得有点儿晕眩了,竟拍着桌角哼起小调来。

"混账!"他对站在一旁窃笑的仆人喝道,"笑什么?"

仆人连忙俯身后退:"老爷好兴致。老爷唱得好。……"

"废话!——去叫人给我套车,快去!"

"遵命,老爷。"

仆人胆战心惊退出去了,嘎吉玛满脸怒容走了进来。

"嘎吉玛,又是谁……谁惹了你?"

"该去问问你的宝贝儿子。"

"他怎么了?"

"偷香窃玉不成,却让人家留下三根指头!"

"他……兔崽子！他又想……偷谁？"

"菊花！"

"一个疯女人，她这么厉害？"

"厉害的是包斯尔！"

"包斯尔！你说是包斯尔？可他……他怎么回来了？"

"你问我，我问谁？"

"天哪，简直把我弄糊涂了，这不是乱套了吗？——嘎吉玛，去把毕力图叫来，我要问个明白。"

"他正在床上打滚，像挨刀的猪一般哼叫着。想问，公爹就自己去。"

丹赞尼玛无奈地挥挥手，说道："算了。包斯尔的事以后再说，他跑不了。……嘎吉玛，你是说毕力图被咬……"

"是砍！"

"对。他就让人砍掉三个指头？"

"还嫌少吗？"

"不多。——唔，我是说，他能保住命就行。"

"公爹！"

"嘎吉玛，你我全明白，他是个废物，只求他留下个能说会动的躯壳。……"

正说着，仆人进来禀道，王府有信使求见。

丹赞尼玛精神一振，立刻忘记了三根指头的惨剧，命令仆人请信使速进。然后朝嘎吉玛做了一个不太雅观的鬼脸，好像在说："宝贝，看吧，好消息来了！"

王府信使走进来俯首道："给西协理大人请安！"

"免礼。"丹赞尼玛故作姿态地说道，"深夜来此有何公干？"说得抑扬顿挫，音调铿锵，有如舞台念道白。

信使回道："东协理博克拿多大人请西协理大人火速进王府，有要事相商。"

丹赞尼玛又是精神一振，喜形于色，他轻咳一声稳住情绪，问道："如此急如星火，可知是何要事吗？"

"小人不知。"

"好吧，我马上打点启程，你可先回。——来人，给信使赏钱！"

信使领过赏钱退出去后,丹赞尼玛再也无力控制自己了。他眉飞色舞,擦掌摩拳,不住点头说着:"妥了,妥了,全妥了!"

嘎吉玛冷冷问道:"公爹以为全妥了吗?"

"那还用说?为什么深夜要我进王府议事?为什么是博克拿多请我?这还不明白吗?嘎吉玛,我们大功告成了!"

"但愿别乐极生悲才好……"

"嘎吉玛,怎么可以说这样不吉利的话?"

"世事有如风云,变幻莫测,打算得再好,也免不了横生枝节,像包斯尔……"

"这个混蛋,我不放过他的。……不过,这毕竟是小事一段,同业喜海顺遇刺身亡相比,更显得微不足道嘛。"

"业喜海顺是否遇刺身亡,还需公爹到王府后才能确定。"

"你缺少信心呢,嘎吉玛。你高高兴兴地等着吧,不用天亮,我就派人把喜报给你送来。我现在就走。未来的福晋殿下,请再帮我穿一次官服吧。"说完挤挤眼睛,又呵呵笑了一阵。

大约两个小时以后,丹赞尼玛已经龙行虎步地进入图什业图王府大门,置身于第一进即王府宽阔的前院了。

前院内有人走动,却一个个都是蹑足噤声,肃穆紧张得有点儿反常,两侧的公事房、膳房和客房差不多全亮着灯,窗内人影幢幢,显得一团忙乱。这情景正是丹赞尼玛无数次设想过和渴望见到的。他确信,一切都已按照他的预想实现了。

第二进便是王爷的内庭了。正方形的庭院里,集中了王府的高大而豪华的主体建筑,正面是王爷视事的大殿,东西厢是两座偏殿。按原设计方案,两座偏殿均为藏娇之所。但已故亲王色旺诺尔布桑保有与臣下日夜宴享的怪癖,便将宠妃三福晋收进他连在正殿后面的卧室,把第一福晋拉什曼都克和其他诸福晋都赶到西偏殿,让东西协理和为数不多的几位幸臣搬进东偏殿,以备他不时招饮作陪之需。后来,在博克拿多辅佐下,业喜海顺受命登上了王爷宝座。这位年轻的新王爷却不喜宴饮。更主要的是博克拿多不愿让自己控制的傀儡王爷有太多的同其他僚属单独接触的机会,便执意把包括他自己在内的官员全搬到内庭外面的公事房里。从此,内庭里便只剩下业喜海顺、两代福晋和寥寥无几的近侍。寂静也就成了它难以改变的特点了。

　　此刻,丹赞尼玛眼前的王府内庭,依然异常寂静。但他一眼就看出,几乎所有殿门全敞着,里面灯火通明,透过真假珍珠掺杂着串起的门帘,隐约可见正殿的辉煌的吊灯下聚集了好多人。看来,这些人一定是专等他来商议业喜海顺的后事的。他的心欢快地咚咚跳将起来,似有冲出咽喉的架势。他劝说自己一定要镇静,并努力做出若无其事的样子。他半垂下眼帘,清了一下干燥得直冒烟的喉咙,缓缓走过平展的石板甬道,沉稳地拾级而上,准备开天辟地第一次不经通禀就跨入正殿大门了。正在这时,一个清秀的小门官不知从什么地方钻了出来,已抢先打起门帘,并拉长声喊道:"西协理丹赞尼玛大人到——"随着在眼前飞起的门帘,他骤然看到大殿正面的高背靠椅上坐着一个人,这人正是在他心里已经作古的业喜海顺。

　　丹赞尼玛一下子蒙了,眼睛里和脑袋里顿时都是一片空白。他用力闭了一下眼睛,希望刚才看到的一幕只是幻象,希望这个幻象尽快消失。然而,他再睁开眼睛时,那座位上的人还是笑吟吟的业喜海顺!

　　他知道全完了。所有的骨头全酥了。他本想返身逃窜,却不知怎么扑通一声跪在门外了,竟至带着哭声喊道:"小人死罪啊——"

　　业喜海顺朗声说道:"叔祖大人何须行此大礼?请起,请进!"

　　"他怎么还叫我叔祖大人?"丹赞尼玛想道,心里有点儿奇怪。但眼前的事情已不容他仔细琢磨,早有人走过来把他扶起,并搀着他跨进门槛。他整个是一种被人推向屠宰场的感觉。他站定了,头却不敢抬起,双腿依然觳觫不止。

　　"叔祖大人,"业喜海顺继续说道,态度很平静,谁也看不出他刚刚验证了在大和旅馆所做的推断,"您不必为没迎接我产生负罪感。这里的人和您一样,谁也料不到我会深夜返回王府,甚至没人知道我已从日本回国了。"

　　死神摩顶的感觉渐渐消除了,奇怪的想法却有增无已。这究竟是怎么了?推算起来,索拉吉辽夫提供的情报可说是准确到不能再准确了,加上古斯克超人的枪法、足够的精明和言出必行的豪气,实现计划应该说是轻而易举的事。然而,这个必死无疑的业喜海顺竟奇迹一样安如泰山地坐在眼前,笑容可掬地注视着自己。是业喜海顺防范严密,还是古斯克临阵怯手,抑或是真的"横生枝节"冒出个第三者从中破坏呢?总之,丹赞尼玛这回是彻底失败了,而且失败得有点儿蹊跷,令他如堕五里雾中,百思不得其解。但他

知道,正注视着他的,绝不仅是业喜海顺一人,还有肯定带着嘲弄眼神的两代福晋、东协理以及其他几位大小臣僚。他更知道,他此刻的样子一定是尴尬得又可笑又可鄙更令人生疑,如不自拔,是不会有人把他从这种难堪状态中解救出来的。也就是说,在业喜海顺说了上面一段话倏然停下来,大殿内呈现一片凝冻般可怕的沉寂后,他是不能在众目睽睽和明亮灯光的照耀下,就这么张口结舌地站下去的。他必须主动说点儿什么,以掩盖自己失败的悉恨、绝望的悲哀和命运叵测的疑惧所造成的复杂心理和同样复杂的表情。

丹赞尼玛不愧是官场老手,除了野心和残忍外,还有长期失意却不甘于现状的发愤以及屡遭凌辱后不顾廉耻的厚颜。虽说没少费劲儿,毕竟在嘴角拉出个生硬的微笑,并启动半麻木的唇齿说出下面的话:"殿下能平安返驾,我……嗯众臣僚就……就都放心了。"

业喜海顺问道:"叔祖大人一直很为我担心吧?"

"是的,殿下。那……还用说吗?"

"你对我一路顺风感到奇怪?"

"是……不!臣下是说,目前,盗贼蜂起,旅途中是隐藏着……隐藏着风险的。"

"而且,会突然跳出个手持利刃的刺客,对吗?"

"这……"丹赞尼玛恐惧得一阵战栗,不知说什么才好。

业喜海顺连忙说道:"叔祖大人眼下尽可不必担惊受怕,我不是毫发无损地坐在这里吗?别说旅途风平浪静,仗着诸位特别是叔祖大人的洪福,小王即使逢凶也定能化吉的。"说完,畅快地笑了起来。

这笑声又使丹赞尼玛感到屠刀加颈了。

但这还没有完。

"叔祖大人,"业喜海顺随着笑声的结束,乘胜追击般地说道,"我旅途中确有一些奇特的经历,您一定会感兴趣的。但您年事已高,并刚有车马劳顿,就请先去安歇,待有机会,我会单独讲给您听的。"

这显然是在向丹赞尼玛下"逐客令"和比驱逐更可怕的暗示。他的精神就要崩溃了,双腿疲软得险些颓然坐下去。他勉强振作一下,说了一声:"臣下告退。"便回过身跟跟跄跄走出殿门,心里在恨恨不已地说道:"他妈的,天不佑我,使我遭此惨败!更可恨的是古斯克这个忘恩负义的混蛋,准是失败后卖主求生,把我给抖搂出来了!"他梦游般勉强晃回他的公事房,对恭候他的属下无力地挥挥手,什么也没有说,径自走进内间躺到床上,死倒一样动也不能动了。

五天后,丹赞尼玛见业喜海顺既不召他进殿议事,也不找他讲述什么奇特的经历,不想在王府继续承受不生不死的折磨了,而且他也看出,即使业喜海顺不杀他,也不会再把他当成西协理。历史在无情地重演。他不甘心这种得不偿失的结局,野心依然难以泯灭,便在一天深夜偷偷逃离了王府,筹备进京控告的最后一招。在嘎吉玛的协助下,又演出了持续数年的热闹非凡和惊心动魄的情节,险些使业喜海顺陷入绝境。

话说业喜海顺赶走了丹赞尼玛后,又打发众臣僚回去休息,请两位福晋去他的寝宫等候,只留下东协理博克拿多一人。

"请坐。"业喜海顺恭敬地说道。

一直站在那里缄口不言和满脸乌云的博克拿多毫不客气地昂然入座。

沉默了一会儿后,业喜海顺说道:"您对我私自访日一定很不满意甚至震怒于胸吧?"

"说对了,殿下!"博克拿多突然爆发似的说道,几欲拍案大骂,"你干了一件有失检点、十分错误和引起众怒、后患无穷的蠢事!"

业喜海顺听得出,博克拿多的怒火和尖刻的语言肯定是经过了长期酝酿和多次推敲的。他表现得毫不介意,只是略带歉意地微微一笑,说道:"我深夜不告而辞,确实不该,在此向您谢罪。"

"岂敢!殿下羽翼已成,还把老朽看在眼中吗?"

"您的话令我十分惶恐。您对我如同再造的恩德……"

"恐怕早已忘得一干二净了。"

"不敢。要我发誓吗?"

"那么我问你,出国这样的大事,为什么自作主张?"

"我原是想求得您的允诺的。"

"可是怕我不准,对吗?"

"您会赞同的。"

"什么?"

"我确信这一点。"

"不,我不会的。"

"我只要讲明出访的内容和目的,您肯定会慨允。"

"你太自信了。你就说说你的内容和目的吧！"

"内容只有一项,参观劝业博览会,目的是开阔眼界和寻找振兴蒙古民族之方。我深知东协理大人孜孜以求的正是振兴蒙地蒙民,因而也就确信您不会反对我此行的。"

"这……"博克拿多一时无言以对,深感后悔不直截了当、长驱直入地训斥和震慑这个突然胆大妄为起来的小王爷,却问什么出访的内容和目的。这样的内容和目的还能说自己反对吗？岂不是虚张了半天声势,反落得个放虎自卫吗？但他又怎能甘心就此罢休而让业喜海顺轻易过关呢？他略一沉吟,又怒气未减地问道:"这就是你不同我商量的理由吗？"

"不仅如此。俗话道,患必防于属垣。我找您商量,就难免第三者听到。而我心里十分清楚,王府内的人,并非都如东协理大人一样真心希望我旅途平安的。"

"你是说有人会……"

"不是会不会的问题。我如此防范,还险些丧命刺客的枪口下。"

"会有这种事？……哼,我猜出来了,一定是……"

"东协理大人,事情已经过去,我们还是装作糊涂吧。捅开这薄薄的一层纸,未必有什么好处。况且,刺客已经逃遁。没有人证物证,主使人要死不承认,我们反而被动了。"

"这事我迟早要弄个水落石出的。"博克拿多说道,讥诮地一笑,心里却在想:"这小东西说不定是想编造个耸人听闻的故事引开我的思路,再左一个'我们'、右一个'我们'地搔我的痒,可我不是那么好哄的……"所以,他也不再深究行刺一节,拉回到原来的话题,突然问道:"那么,殿下所说的振兴蒙民之方找到了吗？"

"当然不虚此行。"业喜海顺说道,毫不掩饰心情的兴奋。

"请问其方若何？"

"兴教育,开民智。"

"在中国,这早已是陈词滥调。"

"在日本,我却不是听到,而是看到了兴教育、开民智带来的整个社会的繁荣。"

"也许还有纲纪荡然和社会动乱。"

"以学为政则政通,以学化民则民善①,怎么会纲纪荡然和社会动乱呢?"

"你该记得有一句古训:民可使由之,不可使知之②。"

"古人也说过,'建国君民,教学为先'③,可我们长期以来却只知道以食愈饥,忽略了以学愈愚④!这正是我们民族几百年来的悲剧!"

"可你,是在给自己制造新的悲剧。"

"您是说……"

"算了,我不想再和你争论。我问你,你是决心要兴教育、开民智了?"

"只要东协理大人支持我。"

"这并非是一朝一夕的事情。"

"甚至需要几代人的努力,但总得有人开头。"

"你的第一步打算是什么?"

"聘请教师,开办学校。"

"如果只是如此……还有别的吗?"

"这已经足够了。人的一生很有限,不可能完成太多的事情。"

"我倒以为,你还有比开办学校更重要的新想法。"

"我绝不敢有所隐瞒,请相信我,东协理大人。我知道,您能把我扶上王爷的宝座,也能……"

"好了,好了,你知道就行。"

"那么,东协理大人,您是答应了我的请求?"

"什么?"

"开办学校啊!"

"你想试就试一下吧。"

"谢谢您,东协理大人!"

说实话,博克拿多既没料到这次谈话的内容如此简单,更没料到这次谈话会在平和的气氛中结束。他原以为,业喜海顺出国两个多月,会变成一个完全不同的人,甚至想摆脱他博克拿多的控制。看来,他把业喜海顺估计过高了,或者仅仅两个月的时间还不足以重新塑造出新的业喜海顺。至于说

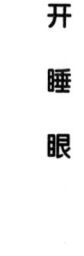

---

① 此句系业喜海顺对宋·苏辙《上高县学记》中"古者以学为政"的发挥。
② 语出《论语》。
③ 语出《礼记·学记》。
④ 语出汉·刘向《说苑·建本》。原文是:"人皆知以食愈饥,莫知以学愈愚。"

到开办学校,以他的本心当然是绝不赞成的。他认为,王府中他以下的臣僚以及草原上的阿拉特们的智力早已超过了需要,再去增加他们的聪明,不是更难驾驭了吗?当年一个科尔丹就使他感到难以对付和常常陷入剜肉补疮的窘境了,如果不是他有意把科尔丹放在身边并发挥了超人的才智,实在很难预料今日王府究竟是谁之天下了。设使再培植出一个甚至几个科尔丹,他博克拿多的前景还能继续乐观下去吗?不要说他已垂垂老矣,即使有双倍于当年的精力,去和一群初生牛犊争锋,恐怕也只能以惨败告终。那么,他为什么竟轻易让步,当即表示同意呢?因为第一,他认为,既然业喜海顺还没想到要从傀儡王爷变成自主王爷,就没必要让王府的臣僚们通过办学一事觉察甚至利用他和业喜海顺之间的矛盾;第二,他确信,在科右中旗办学比当年修造王府困难百倍,那些阿拉特衣食尚且左支右绌,哪个肯坐下来读什么"词头词尾"和"子曰诗云"呢?你业喜海顺就是有一百张嘴,只怕也难以说动这些坐惯了马背的人。

所以,莫如就让业喜海顺办去,就当作看他做一场游戏,等他玩腻了,或彻底失败后,定会无话可说和心灰意冷,并更快地成为第二个色旺诺尔布桑保的。

博克拿多这样想着,冷淡而讥诮地一笑,准备起身告退了。

"请等一等。"业喜海顺犹豫了一下说道。

"还有什么事?"

"您……不觉得丹赞尼玛刚才的言行有些失态吗?"

"哼,他就是这么个阴阳怪气的人。"

"他好像预料到我会在今天返回王府。"

"除非他能未卜先知。"

"可是……这么巧,我刚刚进入王府,他随后就到。"

"那是因为几个小时前,我派人去请他回王府议事。否则,他会在家里守着儿媳妇住到夏末甚至深秋呢!"

"原来是这样……"业喜海顺拧眉沉吟道,心里却暗自思忖起来:难道丹赞尼玛竟真的不知道我的归期吗?显然不可能。否则,我在大和旅馆所作的推断便是错误的,刚才的场面也无法作出解释了。那么,丹赞尼玛为什么躲在家里而不在王府等待行刺成功的消息呢?为什么要等到博克拿多派人请他才返回王府呢?毫无疑问,他绝非仅仅为了和儿媳调情,真正的目的是有意造成他与行刺事件无关的假象。而且,丹赞尼玛做得天衣无缝,连明察秋毫的博克拿多也骗过去了。这说明,丹赞尼玛的精明和狡狯同博克拿多比,至少是毫不逊色的。这两只老狐狸,一个想永远控制和随心所欲地摆布我业喜海顺,一个想置我死地而后已!有这两个人在身边,我业喜海顺企望放开手脚,自作主张地去干我想干的事,又谈何容易?尤其令人担心的是,如果这两个人一旦化敌为友、结成同伙(从博克拿多对丹赞尼玛并非回护而是攻击的谈话中可以推测他们目前还没有串通一气,但这种潜在的可能是肯定存在的),那么,我业喜海顺就更加寸步难行,更加危机四伏了。要知道,博克拿多手眼通天,和增祺将军以及执掌哲盟盟长大印的达尔罕亲王都是莫逆之交,除非有回天之力,否则休想撼动这个上有靠山下有爪牙的官场宿老;丹赞尼玛同样不好对付,别说行刺一案尚无真凭实据,就算古斯克供出主使人,又能怎样?这人毕竟是祖父辈的三朝重臣,没有皇上降旨,我是无权擅作处置的。所以,想摆脱博克拿多和除掉丹赞尼玛,简直有如挟泰山以超北海一样难上加难了。难道我励精图治、振兴民族的想法只能是画饼充饥,科尔丹给我描绘的蓝图只能是纸上谈兵,而我本人只能提心吊胆陪着福晋做一个行尸走肉般的寓公吗?回答当然是否定的,但同时,这些刹那间袭进脑际的想法也使人不寒而栗。应该认识到,准确地说是更加清醒地认识到,自己面临着比出国前严重百倍的困境,前途愈加叵测。而自己,又必须硬着头皮、置生死于度外地走下去,走下去,直到末日的来临……

业喜海顺因想到未来的险恶而产生的内心纷扰,博克拿多是看不到的;但他此刻忽忽若有所失、期期似有所待的魂不守舍的样子,却是显而易见的,博克拿多不仅看到了,而且误以为这是被自己的一句话触发起的渴望女人肉体的骚动。毕竟是年轻王爷,更是新婚远别嘛,眼下又是余热犹盛的夏夜,骤然听到丹赞尼玛和儿媳勾搭成奸的话,如果不立即联想到与正大步走来的福晋之间销魂的一幕,反而是不合情理了。这一点,博克拿多能猜得出并且是能体谅的。但令他不自在甚至有点儿恼怒的是,业喜海顺准备亲近的是他所憎恶的女人。是的,这个女人有着过人的才智、明确的主见,待人威而不猛、柔而不媚,举止疏而不狂、孤而不傲,俨然一副庄严凝重、不因人热的女皇架势,让人难测其深,因敬生畏。由这样的女人做王爷的第一福晋,实在是王府乃至他博克拿多的不幸。他有充分理由推测,没有这个女人的鼓励,业喜海顺绝下不了出国的决心;没有这个女人的策划,业喜海顺也绝不可能神不知鬼不觉地离开王府。这个女人是个大祸害。在以后的日子里，说不定还会给业喜海顺出多少鬼点子，创造出多少叫人震惊的奇迹呢！可是，博克拿多心里清楚，这个女人大有来头，其兄乃当今权倾朝野的肃亲王，他就是有天大的胆子也不敢去招惹的，一句话送到京城，他博克拿多的身后有一百个增祺也是无济于事的。不过，可别小觑了博克拿多的灵性和老谋深算，他总能在厄运中寻找一条虽然迂回却肯定又安全又能转败为胜的道路。眼下，他就有了一个整治这个女人的妙策。

他是受了自己那句话的启发，又经业喜海顺心旌摇动的神情所催动，这个妙策便生长并随即成熟起来。而且，无须再推敲和进行具体安排，立刻便可揭开序幕。为此，他在心中还不能不感谢丹赞尼玛，因为恰恰是这个愚蠢而好色的老家伙无意中帮了他一个大忙。

那是在天黑不久，他的一个专司密探的亲信向他禀报说，丹赞尼玛的两名侍卫刚刚把一个年轻女人押进西协理的公事房。他立即猜出，这个刚刚勾引上儿媳的老色鬼又想换换口味了，不由得厌恶和讥诮地冷冷一笑。

"那么说，丹赞尼玛已经回来了？"

"可以肯定，还没有。"

"没回来就先准备下了，哼！"

"大人说……什么？"

"那个女人是从哪儿弄来的？"

"奴才问过了，但两名侍卫不肯说。"

"走，带我去看看。"

他们刚走到西协理公事房门外，便听到里面传出一个女人的强硬的声音："既然丹赞尼玛不在，就立刻让我去见王爷！"显然争论已持续了一会儿了。

博克拿多一边心想"好厉害的女人"，一边示意同来的亲信打起帘子，昂然走了进去。

房间里不仅有两个荷枪的侍卫，还有丹赞尼玛的两个留守人员。烛光下站着一个少女。少女以外的四个人见博克拿多突然驾到，都显得惊慌失措，并赶忙俯身道："给东协理大人请安！"

博克拿多随便说了一声"免"，径直走到满脸怒容的少女面前。在心里赞叹这个少女的美貌的同时，他开口问道："你要见王爷？想控告丹赞尼玛强抢民女吗？可惜王爷出远门了。"

少女满脸惊讶地问："你是说王爷还没有回来？"

"这没关系,你可以跟我说嘛。"

"你是——噢,看出来了,你是东协理博克拿多大人。"

"看出来了,什么意思？你还笑！我很可笑吗？"

"你少了一只耳朵,这是极少有的特征。"

"混账！……"

"而且,它让我记起了一个十分有趣的故事。"

"住口！"博克拿多怒喝道,脸涨得通红,"你是谁？你叫什么名字？"

"你该知道,正是我的妈妈拿去了大人一只耳朵。"

"巴兰森格的女儿！……乌日娜金,你是乌日娜金！"

"大人说对了。"

"好嘛。久闻芳名,无幸一见。今天可谓是机缘巧合了。而且,你也让我想起了一个十分有趣的故事,叫作螳螂捕蝉,黄雀在后。"

"想必大人就是那只黄雀了？"

"当然,算你聪明。这回……哼！亏得王爷不在家,否则他又要阻挠我去报那一刀之仇了。你还冷笑？是不信还是不怕？"

"小女没有理由不信,也没有理由害怕。"

"为什么？"

"大人权倾王府,无名亦可出师,何况处置一个自投罗网的仇人之女？至于是否害怕,小女已死了几次了,还会怕死吗？"

"真是有其母必有其女。——去,把她押进死牢。"他这后一句话是对他的亲信说的。

乌日娜金被带走后,博克拿多向两个连大气都不敢出的侍卫问道："丹赞尼玛现在何处？是否今天回王府？"

"回大人,"仍是第一个开口的侍卫说道,"我们确实是在霍林河边接受去捉拿乌日娜金的命令的。当时,他和少夫人嘎吉玛正让人拆帐幕和套马车。"

"嘎吉玛也知道要逮捕乌日娜金吗？"

"丹赞尼玛大人的每一句话她都听到了。"

"奇怪……"博克拿多沉吟着说,过了一会儿又问道,"他现在已经回家

了,对吗?"

"小人想,是的。"

"好了,你们没事了。"博克拿多说完,旁若无人地走了出去,并立即打发信使召回丹赞尼玛。

他原想找回丹赞尼玛问清缘由后,偷偷处死乌日娜金。可现在,他认为让乌日娜金活着比报那一只耳朵的仇恨更有意义。这么一想,心里一阵暗喜,他眯着眼盯住业喜海顺问道:"殿下不想问问我为什么请丹赞尼玛连夜赶回王府吗?"

业喜海顺在沉思中一惊,连忙说道:"不不。……当然,如果您认为有必要告诉我的话……"

"他没同任何人商量,擅自把乌日娜金抓进王府。"

"您是说——乌日娜金?"业喜海顺又是一惊,差点儿离座而起。

博克拿多暗笑一声,说道:"是的,我说的就是乌日娜金。"

"是科尔丹的……"业喜海顺说着,猝然停下来,心里为提到科尔丹的名字而后悔不迭。

"为什么不说下去?殿下说得很对嘛,乌日娜金原来确是科尔丹家的牧奴,后来成了造反首恶格力图尔的心上人。看来,殿下早就听说过这个姑娘?"

"是的,听说过。"

"见过吗?"

"不,没有。"

"这可太遗憾了。"

"是吗?"

"没见过乌日娜金,就不会知道什么才叫美女!"

"她……那么美?"业喜海顺心不在焉地问道。

"否则,就不会引起老色鬼丹赞尼玛的淫念!"

"丹赞尼玛?他……"

"他早就对乌日娜金垂涎三尺,又碍着儿媳,不敢把乌日娜金弄到家里,便派人抓来,想藏在王府供他受用。"

"那么,乌日娜金她……"业喜海顺流露出关切的神态,迟疑地说道,"她现在怎样?"

"殿下放心。如此美色,岂容耆耉染指?我已经把她放在一个绝对安全的所在,只等殿下品鉴了。"

业喜海顺听了博克拿多的话,先是心头火起,继而一阵恶心,终至于恍然大悟,明白这个老滑头居心何在了,不由暗自窃笑起来。

见业喜海顺怔怔地一言不发,博克拿多以为他一定是动心了。像业喜海顺这样血气方刚的年轻人,听说有绝色美女可以恣情享用,要不欲火熊熊恨不得立即成其好事,那才活见鬼,但还需吊吊他的胃口,火上再加一把油。

"殿下想知道她在什么地方吗?"

"她在什么地方?"

"其实,她和殿下相距只是咫尺之间。"

"究竟是哪里?"

"如果不是殿下非要堵死那扇暗门……"博克拿多指了指大殿右侧说道。那里原有一暗门,当年,色旺诺尔布桑保常常在酒后经过那扇门去死牢,欣赏死囚们的各种惨死的场面。业喜海顺登上王爷宝座后,执意要堵死那扇门,从此,想进入地牢便需从外面绕过去了。博克拿多指的正是原来是暗门现已砌死并彩绘了壁画的所在。"是啊,要是那暗门还在,殿下顷刻间就可以目睹乌日娜金无与伦比的姿容了。"

"可是,为什么关进死牢?"

"那里最安全,我说过。而且,她在那里很舒服,没有任何人敢去打搅,包括想把她弄到手的丹赞尼玛。"

"我能去……看看她吗?"

"什么时候?"

"现在。"

"恐怕不合适。"

"为什么?"

"福晋在眼巴巴等着殿下,怎能冷落她而去和另一个女人相会呢?殿下可是刚刚返驾啊!"

"我只是去看看,哪里就是什么相会呢?"

"还不是一样?只要殿下见到乌日娜金,别的女人可就全都相形见绌、索然无味了。我确信殿下甚至会把她立为二福晋呢!"

"这话还言之过早。我倒想先试试她能不能当个教师。"

"这也未始不可。——不过,福晋要是知道我在为殿下……"

"我不会供出您的,东协理大人。"

"那么好吧,"博克拿多说着站起来,从腰里摸出一把钥匙递给业喜海顺,"地牢外面的入口处有两个卫兵,殿下喝退他们便可开锁而进了。"

"您不陪我去吗?"

博克拿多忍不住笑道:"老朽可不想去充当讨厌的角色。"说完,陪业喜海顺走出大殿。

两个人在内庭的圆形门外分了手。

半个小时后,博克拿多站在熄掉全部灯火的公事房的玻璃窗前,看见业喜海顺和乌日娜金一边轻声交谈一边走进内庭的圆形门,心里冷笑道:"事情成功一大半了!"

12

第二天,有一位身着蒙古装的日本女郎只身来到图什业图王府,求见业喜海顺王爷。

她先被带进博克拿多的公事房。

博克拿多仰坐在靠椅上,审视着俯首而入的日本女郎,动也没动,一副冷冰冰的样子,显出对眼前的异国女子持警惕以及不欢迎的态度。

日本女郎略略仰起脖颈望了博克拿多一眼,然后优雅地深鞠一躬,操着十分标准的蒙古话,柔声说道:"给东协理大人请安。"显然,守门人已告知她博克拿多的官衔,她已确信威严地坐在靠椅上的不胖不瘦的小老头正是王府实权的持有者。

"免。请坐。"博克拿多说道,声音同样是冷冰冰的。

"大人在上,小女子不敢落座。"

"随你的便。你是——日本人?"

"是的,大人。"

"请教芳名?"

"贱名河原美惠子。"

"芳龄几何?"

博克拿多俨然是在审讯了。但河原美惠子毫不介意,照旧恭谨地答道:"虚掷二十五年。"

"结婚了吗?"

"不,没有。"河原美惠子有点儿不甘愿地说道,俏脸和粉颈全成玫瑰红了。

博克拿多丝毫不觉得自己的提问有失礼仪,继续不客气地穷追道:"何以如此年华尚云英未嫁?"

"大人……"

"而且,不结婚生孩子当好家庭主妇,却远涉重洋,一个人跑到我国来干什么?"

"小女子也不愿做异乡异客,但老师对河原说,中日文化交流源远流长,且为胞波近邻,我应该为中国教育事业献身。"

"我们的教育未必欢迎外国人染指。"

"可是,贵王府业喜海顺王爷……"

"你不说我也猜出来了,是业喜海顺王爷请你来当教师的,对吗?"

"是的,大人。但如果贵王府不欢迎或不需要……"

"那又怎样?"

"我会十分高兴离开这里。"

"回日本国吗?"

"回上海。"

"上海?"

"我在那里女子学堂任教席已四年。"

"是这样……上海,那是个很大的都市吧?"

"人也非常友善,对我能以礼相待。如果早知道这里如此荒凉清冷,我是不会应聘的。"

博克拿多一怔,心里暗自说道:"好厉害的一张小嘴,简直又是一个乌日娜金呢!"他原想刻薄地回敬两句,让这个异国女子懂得该怎样同王府中最重要的人物讲话,以及领教一下官场老将如丸走坂般的应对才干。但是,当河原美惠子和乌日娜金这两个名字刚碰到一起,便响起了一组虽然不甚清晰却足以令他为之振奋的音符。他突然想到,这两天发生的事情,是不是说明业喜海顺对女人有特殊的兴趣呢?这似乎无可怀疑。否则,为什么没等和福晋亲近,就匆匆忙忙去见乌日娜金?为什么回国之前便为自己订购了日本姑娘呢?而且,这日本姑娘来得好快,业喜海顺前脚踏进王府,她后脚就来叩响王府大门了!难道业喜海顺这次出访日本只是在品尝女人上有长进!这实在有点儿出人意料,虽然他博克拿多巴不得确实如此。他这样想着,暂且咽下已冲到喉咙的尖酸话,准备端详端详这个从上海来的日本女郎了。博克拿多虽说一生都不在女人身上留意,但在对女人的品鉴上,却比那些终日混迹温柔乡的色棍有高得多的水平。刚才河原美惠子走进来时,他

117

根本就没正眼瞧一下,待他的目光在河原美惠子身上游荡一遭之后,却不能不感到惊讶万分了。他发现这名日本女子异常俊俏,撩人的黑发披在双肩,梳理得异常整齐的刘海儿遮不住光洁的前额,俏皮的单眼皮上翘着弧形的长睫毛,眼皮下掩藏着一对明亮而不太安分的黑眸,颈部位露出的肌肤白如雪凝如脂,胸脯丰满,两只硬挺的乳峰随着呼吸起落,似要顶破薄薄的胸襟豁露而出,紧系的腰带显出身材的苗条,光可照人的皮靴里肯定藏着一双小巧的香足。论长相的秀美,绝不在乌日娜金之下;论对男人的诱惑力,乌日娜金可是望尘莫及了。这不正是那种一笑倾人城,再笑倾人国的美女吗?看来,业喜海顺很有眼力啊。博克拿多好像终于明白了,所谓办学,乃是个冠冕堂皇的招牌,实是为了使福晋不至生出疑心,可谓算尽机关,手段高明!

"妙极!"博克拿多不由得在心里叫道,"一个乌日娜金就足以令业喜海顺目眩神迷令福晋妒火熊熊了,再加上一个日本女郎推波助澜,这位年轻王爷的小后院燃起大火更是势所难免和指日可待了。所以,他不仅对业喜海顺聘用日本女郎没提出半句异议,还极力主张让两位女教师一起住进内庭西偏殿。

业喜海顺当然知道,让两名年轻貌美的女人如同王室眷属一样住进西偏殿并不相宜,不仅有诸多不便,还会引起物议。但这和暂时迷惑住博克拿多免得横生枝节相比,毕竟是微不足道的小事,应该故做痴呆状,使博克拿多自以为得计,他才能在更多的自由中干他想干的事情;再说,学堂尚未正式建立,两位女教师也没有更合适的住所,在西偏殿小住一段时间也是未始不可的从权办法。因此,他显得高兴并带着谢意地接受了博克拿多的提议。

博克拿多又一次暗笑道:"好嘛,再招收几个漂亮的女学生,可不就成了美女学堂了吗?那个肃亲王的小妹妹要不气死才怪!"他倒希望这个学堂尽快办起来。

不用说,业喜海顺是很高兴的。经过接触和谈话,河原美惠子像乌日娜金一样,给他的印象极好。他有理由相信,有这样两位出类拔萃的女性做教师,办好学堂是没有问题的。只是有一点,令业喜海顺深感纳罕。他觉得河原美惠子无论是身材、相貌还是声音,都酷似在大和旅馆制伏了刺客的那名美少年。难道这一男一女竟是同一个人吗?而且,哪一个才是庐山真面目呢?在日本国时,福岛安正少将明明白白地告诉他,将把在上海女子学堂任教的一位异常优秀的女教师派到科右中旗,这名才华横溢的少女系福岛安

正的好友河原忠恕的女儿,曾在日本国长野女子高等学校任职,后经福岛安正的鼓励,决心背井离乡,到中国为日中两国教育事业献身。到目前为止,在上海务本女子学堂教书已整整四年了。也就是说,河原美惠子是名女子应该是没有问题的。假如那名救了他又不留姓名的小壮士就是河原美惠子,那就显然是女扮男装,这样做的目的是什么呢?以真实面目出现,然后同来图什业图王府不是终南捷径和顺理成章并且因有救命之恩更会赢得他业喜海顺的好感和信赖吗?不过,又有一个难以解释的疑窦:那名小壮士矫捷如燕,可以无声无息地从外面飞进二楼窗口,一颗子弹便分毫不差地击中刺客的手腕,轻而易举地扭过了刺客粗壮的胳臂,如此的轻功,如此的枪法,如此的力量,可是一个女人具备的吗?据业喜海顺所知,在日本国,女子一般是不准习武的啊!而且眼前的河原美惠子,俨然是未脱柔弱和羞赧的大家闺秀,丝毫看不出行侠仗义的奇女子的迹象和男子汉的气概。那么,是他业喜海顺多疑,还是视觉的误差,把原本是不同民族、不同性别的两个人的形象加上自己的虚构,杜撰出合二为一的错误结论呢?他却又不肯承认。是呀,怎么会如此巧合,仅仅两天的时间,竟见到两个如双胞胎一样的一男一女呢?

业喜海顺反过来掉过去地想,也想不出个所以然来。当河原美惠子认为第一次谈话已经结束,准备退出去的时候,业喜海顺终于忍不住,自觉有点儿唐突地说道:"河原小姐,我们……好像见过面。"

河原美惠子嫣然一笑说道:"殿下一定记错了。我只在上海待了四年。殿下到过上海吗?"

"没有。"

"殿下在日本一定见过不少女子。在殿下眼里,日本女子有不少相像之处吧?"

"当然,小姐说得很有道理。"业喜海顺说道,显得很狼狈,"是我记错了……"

河原美惠子的几句话,说得很随便,没有一点儿矫揉造作的样子,看不出是在撒谎和有意掩盖什么。业喜海顺不好再问下去,但他仍旧感到不能释然,无法肯定洮南的美少年是不是河原美惠子女扮男装,也无法肯定眼前的漂亮姑娘是不是男扮女装。为了把握起见,他命令仆从把乌日娜金和河原美惠子安排到两个不相连属的房间。至于河原美惠子究竟是男是女,他迟早要弄个水落石出的。但此后很长的一段时间里,他几乎没有闲暇也没有精力去研究河原美惠子的性别问题了。因为实际办起学堂要比想象的困难千百倍。家资万贯的王公贵族们,对业喜海顺的"心血来潮"无不嗤之以鼻,以为是这个精力过剩的小王爷闲得无聊,才突发异想,要弄一帮少男少女来解闷,他们宁愿花大钱挖门子把自己的继承人送到京师或把塾师请到家里来,也不肯把孩子送到王府学堂。那些囊无孔方、生计窘迫的阿拉特们,则更觉得与学堂无缘,读书识字是富家子女的事,他们的孩子命中注定要在马背上度过一生,而且,能从书本里念出奶酪和牛肉干吗?结果,招生告示贴出一个多月,也没见有一位家长领子女来报名。为此,业喜海顺伤透了脑筋。最后,他孤注一掷:破产办学。他轻装简从,走遍了旗内各村落和游牧营地,挨门挨户去说服那些台吉和阿拉特,请他们把尚未成年的子女送到学堂,甚至要拿出足以弥补这个家庭损失的一大笔钱,才能换来一句勉强应允的话。他还要筹措更多的钱,想方设法把一些有才气有抱负的青年送到奉天等地去学习。同时,他还要私查暗访奈曼乌勒的下落,以便给予必要的保护,这是乌日娜金知道奈曼乌勒离开突泉后对他的请求。半年的时间过去了,他几乎用尽了他本人及两代福晋的积蓄,总算办起了一个十之八九是女孩子的不足五十人的学堂,奈曼乌勒却杳无踪影。他感到精疲力竭。

在此期间,河原美惠子一直像一个真正的女人,没有任何特异的迹象。所以,他探本溯源的兴趣也渐渐淡薄了。不过,他还不敢彻底放心,始终坚持两位女教师分别单住,以防不测,并几次对乌日娜金做出暗示。乌日娜金明白业喜海顺的意思,保持着高度警惕,夜里更是很少到河原美惠子的房间。

业喜海顺哪里想得到,他只注意到河原美惠子的性别,却忽略了远比性别严重得多的问题。原来河原美惠子是日本国陆军参谋本部情报署的重要人物,福岛安正给她的真正任务是,到图什业图王府以从事教学为掩护,联系和中转北京、赤峰与长春之间的密码电报,侦察洮昂、洮奉一带俄国间谍的活动情况,以及在战时向破坏俄军后方铁路运输的特别挺身队提供各种必要的情报。等业喜海顺了解到河原美惠子的真正身份时,日俄战争已经打响,图什业图王府完全卷入了日俄间谍战的旋涡。河原美惠子的卓有成效的谍报工作,使俄国人大为恼火,气冲斗牛的索拉吉辽夫差一点儿派兵把图什业图王府夷为平地,博克拿多则几乎要下决心帮助丹赞尼玛把业喜海

顺赶下王爷的宝座。业喜海顺也为自己上日本人大当悔恨得捶胸顿足,除了为自己头脑简单自怨自艾外,也不能不迁怒于科尔丹。他甚至怀疑科尔丹早已被日本人买通,所发生的一切全是这个亡命徒的"杰作",而当年不拒绝把库玛送给他以及后来向他推荐所谓貌冠群芳、博学多才的乌日娜金,也全是有意安插的内线,目的是搞乱王府并假手于外国人毁掉他业喜海顺本人。为什么不是呢?库玛的家世至今不明,但肯定有一番特殊的来历,乌日娜金和科尔丹可都与王府有深仇大恨。这些人为了报仇雪恨是一拍即合的。但科尔丹远在日本,业喜海顺鞭长莫及。又因索拉吉辽夫的蛮横的警告而不能对尚不知道已暴露身份的河原美惠子采取任何行动,因而,他的满腹怒气就不能不发泄到乌日娜金和库玛身上了。他以曾参加暴乱和继续图谋不轨的罪名,把乌日娜金投入死牢,拟于秋天处斩。对库玛,则因早已建立起的深厚感情还一时难以割舍,又没有参加过造反的前科,不便公开处理引起人们的种种猜测,便以殿内无事为由,打发到马厩当了一名低贱的马夫。

　　这时,已是公元一九〇四年五月了。

13

中日甲午战争十年后的公元一九〇四年二月八日（光绪三十年甲辰十二月二十三日），对中国无疑是个值得纪念的日子。这一天的夜很长，而且异常黑暗。大地在沉睡，人在梦乡中，只有永远不肯安静的海涛在喧嚣。突然间，停泊在旅顺口外的日本战舰的炮口喷吐出划破夜空的火光，紧接着，几乎毫不间断的如同滚雷般的钢铁爆炸的巨响便成为静夜中唯一的声音。从这一刻起，世界史上一场罕见的战争——日俄战争开始了。

说它罕见，并非指这场倾入了双方全部国力的战争规模，其规模虽说不小，但在人类战争史上还不能位居榜首。说它罕见，是指这场发生在日本国和俄国之间的战争的战场，竟设在既不是日本国也不是俄国更不是公海公地的第三个主权国家。说它罕见，更指这第三个主权国家——号称天朝的大清帝国，不仅允许了黄种的日本人和白种的俄国人在中国领土上厮杀，为他们划定了角斗场，而且居然在日俄正式宣战的第三天，即二月十二日，向全世界公开宣布"局外中立"，并晓喻臣民不得干预。

这场战争不够罕见，不够惊世骇俗吗？

笔者不想对这场战争做总体介绍和评说，不能回避的是这场战争中某些局部的某些细节。因为万分不幸的是，本书中所有的重要人物，几乎全被搅入这场战争，他们的生活乃至灵魂的新历程，恰恰是在日本人和俄国人投向中国大地的炮弹中进行的。至于他们中哪一个命有所归，哪一个误入迷津，哪一个豁然顿悟，我们只能让他们按着自己的选择走下去了……

我们还是从科尔丹讲起吧。

前文中曾说到，业喜海顺因为发现河原美惠子的间谍活动而对科尔丹产生了怀疑，并以历史原因为这种怀疑提供了佐证。从表面看，这种怀疑也尽情尽理，实际上却大大冤枉了科尔丹。

拿科尔丹自己的话说,他东渡日本国留学,是想寻找一条拯救民族、拯救国家的道路。这时,在日本留学的中国学生,已由最初的十三名猛增到四百名上下,除极少数人外,几乎都同科尔丹怀着同样的愿望和理想。但这些人来自中国各个不同的角落,文化背景本来就千差万别,加上家世不同、经历不同,让他们在日本国以相同的视角看到或学到相同的东西是不可能的,让他们以各自看到或学到的东西做出相同的结论更是不可能的。

那么,在日本国的科尔丹的视点在何处,又得出怎样的结论呢?

我们知道,科尔丹是因为受康梁变法失败的牵连被赶出京师蒙学馆的。康梁变法的内容他未必全懂,也从未想过要全部接受。但他对"变者,天下之公理也"的论断确信无疑,尤其认为"变法之本在育人才,人才之兴在开学校,学校之立在变科举,而一切要其大成者在变官制"的主张才是真正"立国之元气,致强之本原"。可惜的是,这些可能给愚昧的中国带来一缕曙光,连年轻的光绪皇帝都准备付诸实施的思想,被一个垂帘长者一夜之间打入十八层地狱,康梁逃亡国外,谭嗣同等"六君子"被戮于菜市口。横遭株连者不可胜数。他这个仅仅对康梁变法部分内容表示有限认同的蒙古贵族青年学生,要不是某王爷的庇护,也险些铁索加颈。命是保住了,北京却再也没有他的存身之地。他不得不中途辍学,带着满脑子的不平和疑问,在公元一八九八年严寒的冬季,郁郁返回自己死气沉沉的家乡。他当时还怀有一线希望,想把从康有为、梁启超那里接受的思想变成自己的抱负,在家乡实践起来。可是,草原虽然开阔,碧天虽然高远,迎接他的却是比市声喧嚣、人头攒动的北京还要令人感到压抑的氛围。这里比北京显得更古老,更愚昧,是一潭搅不起波澜的死水。在北京,他还能听到令他振奋的声音,他还可以说几句激昂的话。在家乡,他只能看到爸爸的如冰的面孔、阿拉特的呆滞的眼睛,只能听到马嘶牛叫和马头琴的哀鸣,看不到一副表情生动的面孔,找不到一个同声相应的人。他想说的话,只能一遍又一遍说给自己,在自己心里找到回声。人们让他干的都是他不想干的事,他想干的事却一样也干不成。谁也不理解他。而且,他究竟想干什么,自己也弄不清,究竟该怎么干,自己也不知道,到最后,他甚至连自己属于哪一类人,是好人还是坏人,也糊涂起来。他自己也不理解自己了。他的思想乃至他的行为全成了游移在他的肉体之外的东西,他自己也不满意,甚至和别人一样感到讨厌。他成了一个支离破碎而又茕茕孑立的可怜虫。如果不是乌日娜金重新触动了他即将停歇下来的脉搏,重新点燃了他胸膛中即将熄灭的火焰,他或许就要永远告别这令他闷得窒息的人世了。在他生命漆黑的夜里,近在眼前的乌日娜金的成长(或者说变化)陡然间使他看到了一丝亮光。这无疑是思想的燧石迸溅出的火花,按说是可以而且应该在他堆积得乱石一样的脑海里照出一条可行进的小径来。因为,和以前判若两人的乌日娜金,虽然是他的妈妈斯琴和他的叔父额勒瓦奇尔无心插柳的意外收获,却说明了知识在重塑人的灵魂上的伟力,是他在北京听到而没有看到的"兴教育"的必然结果的例证。如果他能认识到这一点,也就是说,只要兴教育,民智就能开发出来,民族振兴就有了希望,那么,他就可以把混乱的思想梳理清楚,走上一条不致继续彷徨的道路了。但可惜的是,他还没有认真总结一下他究竟接受了康梁思想的哪一部分,其中有何道理。他的所有想法都是很朦胧的。在他的诸多想法中,"兴教育,开民智"无疑是他想得最多的问题,远在北京读书时,他就曾认为这是他最易接受和已经接受了的主张,但同样也是朦胧的,因为他对如何去实践一无所知,而要他自己去实践更是连想也没想过。等他回到草原,终于需要他用具体行动去证明他的空泛思想时,他理所当然感到茫然无措,不知从何做起了。他的脑海比在北京时更趋混乱不清。而且,接二连三发生的事情,诸如王爷大兴土木,额勒瓦奇尔率众造反,平息暴乱,以及平息暴乱后的收拾残局、权力之争和妻死母亡,使他应接不暇,急需他做出行动和付出全部心血,这又迫使他只能暂且把原来就很朦胧的想法储存到连他自己都很容易遗忘的角落里去了。

　　是的,科尔丹需要一个机会,去梳理和总结自己的思想,重新认识自己,以便找到一个新起点,决定该做什么和怎么去做。乌日娜金无疑是为他提供了这样一个机会。事实上他对自己的过去也并非没做出任何总结,在同乌日娜金的谈话中,他认识到他缺少的是勇气和果断,这不能不说是一个进步,但这仅仅是性格上改变的开始,远远不是思想上的飞跃。而且,在这个机会到来的同时,他对乌日娜金骤然燃烧起的恋情,遭到拒绝后,心里又翻涌起痛苦的狂涛,这就把他思想上可贵的火花完全淹没了。结果,他的生命中又只剩下了悲哀、彷徨和绝望,思想几乎停滞下来。让他从乌日娜金的变化上领悟到什么道理,至少暂时已没有可能。

　　所幸的是,他毕竟没有忘记对乌日娜金说过的话,他要成为一个有勇气、有决断的人;他毕竟没有忘记,他曾下了拯救民族的决心。这次,恰恰是

未泯的决心和新增的勇气,使他采取了一个果断的步骤:到日本去。而且,恰恰是日本国这个新环境使他暂时忘却了痛苦,并给他的思想创造了重新搏动的契机。

科尔丹一踏上日本国土,就首先面临一个进入哪所学校的问题,可供他选择的学校实在太多了。这和在大清帝国治下他只能进入蒙学馆相比,真有天壤之别。继而他又发现,在日本国,不仅城市,几乎所有乡村都开办了学堂,富人和穷人的子女都在埋头读书。他还听说,那些不肯送子女入学的人家,不仅受众人耻笑,政府也要过问的。日本国整个社会到处是有知识的人,到处需要的也是有知识的人。这是一个用知识编织同时也创造知识的忙碌的世界。日本国强盛并敢于同欧美列强争锋,不正是这种遍及城乡的国民教育造就了千千万万民族之星的结果吗?难怪当年甲午一战,小小的日本国大获全胜,偌大的清帝国反而一败涂地了。当然,到日本国仅仅数月的科尔丹,还没有也不可能了解日本国国民教育的全部内容,尤其是其中最本质的东西,他只是从他所能看到的全民教育和举国奋发的表面现象,进行自己的分析。如果说家乡的乌日娜金只是他偶然发现的特殊例子,还不足以使他产生一个完整的思想的话,那么,在日本国举目可见的普遍现象,却完全可以使他得出不容置疑的明确结论了。他的结论是,要富国强民,就必须首先"兴教育,开民智",舍此则别无他途。他觉得自己这回算是真正开窍,终于弄明白了梁启超的主张的伟大意义了。

有一次,科尔丹带着兴奋和激情,向一位新结识的日本朋友倾吐了自己的想法。

这个日本青年叫井户川田,个头不高,但很粗壮,浓眉大眼,精神矍铄,语言简而要,动作大而硬,一副十足的军人派头。他确实是个军人,只是从不穿军装。他和我们前面说到的河原美惠子是同乡、同学,又同在东京外语学院进修过外语。当时,河原美惠子选修的是汉语和蒙古语,井户川田选修的是汉语和德语。后来,河原美惠子去了中国上海,井户川田则被陆军参谋本部告知必须尽快学会蒙古语,他便又重新走进东京外语学院。正是在这个时候,他听说在东京的中国留学生里有一位兼通蒙汉两种语言的蒙古贵族青年,便主动找上门来。他说,他想请科尔丹帮助他学习蒙古语和蒙古史,他则愿意做科尔丹在日本国的向导和日语辅导老师。科尔丹当然很高兴,两人当即商定了临时契约,并很快就成了无所不谈的密友。

井户川田听了科尔丹的陈述后,深表赞同地说:"阁下说得很对。我国明治维新后的长足进步,确实得力于普遍的国民教育。这种国民教育与贵国历史悠久的教育是不可同日而语的。"

"当然。内容和目的都截然不同。一为仕途准备取媚皇上的空洞八股,一为强国准备振兴百业的有用才干。"

"贵国的梁启超先生或许正是洞见到这一点,才提出废科举兴教育的主张吧。"

"是的。他是一位非凡的人,几年前就找到了一处根治国家愚昧的良方。可我,直到今天,才能说我明白了这个主张的真正价值。"

"是我们的国民教育启发了阁下?"

"这正是我到贵国来的最大收获。在中国,我看不到也想象不到如贵国这样的生机勃发的景象,因为康梁变法失败了……"

"你们的慈禧太后很顽固。"

"非常顽固。她不准任何人干我们祖先没有干过的事。以我们谈的教育为例,光绪帝下诏废止八股没几天,就被慈禧太后剥夺了自由,仍旧恢复科举之制。如果……如果慈禧太后能到日本国来看看就好了……"

"阁下不想重新倡导废科举办学堂吗?"

"我?天哪,我算个老儿?所谓身微言轻,谁会响应我的倡导?……不过,我在这里学成回国后,倒想在家乡试一试。"

"科尔沁右翼中旗?"

"那里天高皇帝远,少些风险。——井户君一定要说我胆小如鼠吧?"

"恰恰相反。这同样需要勇气。"

"谢谢。"

"你们那位年轻王爷叫……"

"业喜海顺。"

"他会支持阁下吗?"

"我确信这一点。"

"那么教师呢?在贵国能招聘得到吗?"

科尔丹叹了口气说:"这是一个很关键又很困难的问题。家乡可以充任教师的人几乎没有,又不能招聘那些老夫子为草原培育出只会摇头晃脑背诵'子曰诗云'的废人。……"

井户川田听到这里突然说道:"我赞赏阁下的忧国忧民之心。我希望能有机会为阁下效劳。再见!"说完便匆匆走了。

大约一个星期后,井户川田兴冲冲地跑到科尔丹的寓所。他说,他通过几个朋友辗转地把科尔丹的想法和困难讲给了日本国举足轻重的人物——陆军参谋本部次长福岛安正少将。福岛安正深表同情,并想和科尔丹面谈一次。科尔丹应邀前往。谈话时间不长,但很融洽。福岛安正最后说,在东京将举办万国劝业博览会,拟届时邀请业喜海顺王爷来日本国参观访问,并正式签署日本国协助科尔沁右翼中旗办学堂的议定书,其中将包括日本国无偿提供教师的内容。这样的谈话内容和结果,使科尔丹感到喜出望外,因为家乡的学堂可以很快名正言顺地办起来,他也可以安心完成在日本国的学业了。所以,当他拜辞福岛安正少将向自己的寓所走去的时候,真可谓心花怒放、大喜过望了。但他怎么也想不到,从这一刻起,他便同图什业图王府一起与日本间谍案结下了不解之缘,他的一片苦心反而又为他的人生增加了一桩难以解脱的罪过……

科尔丹开始觉察出福岛安正少将的"慷慨"中可能隐藏着一个阴谋的时候,是在日俄战争爆发后的第一个星期天。当时,他已是中国留日学生中一个抗俄组织的正式成员了。这些年龄在二十至三十之间的热血青年,无一不被发生在中国东北的战事刺激得怒火中烧,感情变得异常激动,思想也变得混乱不堪。过去,俄国兵占中国东北已使他们义愤填膺,但酝酿之中的拒强俄复国土的行动,还没有打乱他们的正常学业,而现在,被他们奉为尊敬的教师的日本国,竟也在夺去大清属国朝鲜半岛十年后,出人意外地向中国本土伸出了魔爪,这对中国以及他们这些留学生不是个绝大的讽刺吗?他们迷惑、悲愤、绝望,甚至疯狂了,如何还能捧着书本去听日本人的授业解惑呢?这一天,他们不约而同地聚到一起,一是为了悼念日俄开战的第二天蹈海自尽的一位同志,一是想共同讨论一下,面对时局,该采取什么行动。结果可想而知,前一项内容耗去了他们大半感情,后一个问题也难以取得一致意见。散后,心潮翻涌的科尔丹步行来到码头。这是他常来的地方,一段很少有人光顾的长满乱石的陡岸几乎为他独有,每当他感到苦闷或涌起思乡之情时,总要踽踽独行到这里,坐在乱石间动也不动地凝望大海,似乎眼前连天的波涛可以冲开他胸中的块垒和带给他力量。但今天,这里却早已被人占据了,而且是很多人,看看别处,也同样是比肩接踵的人群,好像全东京人一下子全跑到码头来了。乱哄哄的人声,隐约可闻的涛声,加上早已灿烂的星空以及越来越多的灯火,使科尔丹感到魇入噩梦般的焦躁气闷。他只好做出尽快避开另寻僻静处的决定。当他准备返身离开时,才突然发现,各处的人群中大都是身着军装挎着行囊的年轻人,尤其令他惊讶的是,他在那些被星光和灯光照射下的军人中看到了一张熟悉的面孔。他确信,那人正是井户川田。与此同时,井户川田也看到了他。两人无言对望了一会儿。井户川田显得很犹豫,但最后还是对身旁的人说了几句大约是解释之类的话,匆匆走了过来。

"科尔丹君,你好!"

科尔丹收回停在井户川田领章上的视线,毫不掩饰厌恶和痛恨地说道:"你好,大尉先生!"

井户川田垂下眼帘说:"我预料到你不会喜欢我这身装束。"

科尔丹面带悲怆地冷笑道:"岂敢!这身装束很威风,而且这威风将超出你的国界。我没说错吧?"

"我能理解你此刻的心情。正因为如此,加上事出突然,我才没向你辞行,希望你也能理解我。"

"你将去我们的国家,参加你们所谓的'圣战',你希望我理解的就是这个吧?"

"是的。"

"可惜,我不理解。我缺少阁下那样高深的理解力。"

"你可能认为这是不光彩的……"

"全世界会对你们的行动做出公正的评价的!"

"如果时间允许,我会对你详细解释的。"

"不劳阁下费心。我听到的看到的已经足够了!"

"那就让我们友好地告别吧!"

"而且,让我祝贺你荣升大尉,预祝你在中国土地上成为替日本国赢得荣誉的勇士!"

"科尔丹君,不管你说什么,我都不会介意。我不会忘记我们共同愉快度过的时光。我希望我们永远是朋友。"

"朋友?"

"我们不要争论了。我们的争论是没有意义的。我只想对你说,祖国养育了我,她需要我献身的时候,我没有理由拒绝。"

"即使让你替她的侵略去当炮灰?"

"我的祖国面临生死存亡的关头,我理所当然要去为她战斗。"

"到远隔重洋的中国!"

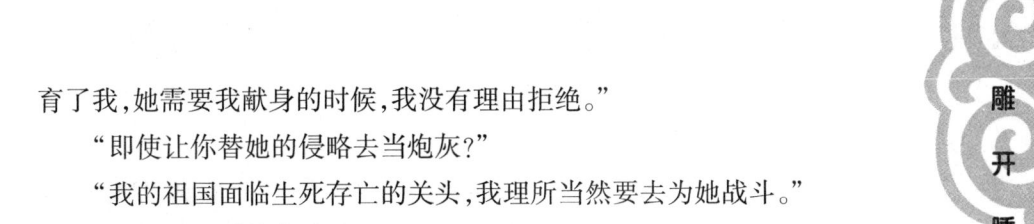

"满洲是我们日本国的生命线,我们不能眼睁睁看着它沦为'黄色俄罗斯'……"

"天哪,你竟能把这样一句话说得理直气壮!……"

"当然,我可能在炮火中粉身碎骨。我也未尝不想活,不想结婚,但此刻,不是我考虑个人安危苦乐的时候,我别无选择……"

"明白了……这就是你们的国民教育教给你的一切!"科尔丹说到这里突然停下来,望了一眼井户川田的领章,怀恨地咬了咬嘴唇又质问般说下去,"而且,你一直在欺骗我!你在认识我以前就是军人了,你和我交往是为了一个不可告人的目的,就连你的那位同学河原美惠子也是这个骗局的一分子,我没猜错吧?"

"科尔丹君,请原谅我不能对此做出解释。"

"这已经昭然若揭了,还用得着解释吗?"

"你在怨恨我……"

"我恨我自己太天真了!"

"科尔丹君……"

"不要说了。我……诅咒你,诅咒你的国家!"科尔丹说完,猛地转过身,头也不回地向前走去。但刚走几步,又站下了,稍一犹豫,便以同样的速度返回到井户川田的面前,生硬地问道:"轮船什么时候起碇?"

井户川田看了看手表说道:"还有整整一个小时。"

"足够了。"

"你是想……"

"听着,井户君,把我带到船上去。"

"为什么?"

"轮船不是开往中国吗?"

"我们将在朝鲜仁川登陆。"

"那也比取道上海要快。"

"你这么急于回国,而且又在这种时候?"

"正是因为这种时候,我的理由比你光明正大!"

"可你的学业和你的抱负……"

"我终于明白了,对中国,远水是解不了近渴的。——快说,究竟行不行?"

"很困难。再说,你的决定未免太仓促了。"

"你是有意搪塞和拖延时间吗?"

"你可真固执。看来,我只好答应了。乘坐这条船的人里,大概只有我能找理由带上你。不过,你必须向我保证,如果在船上有人查问,你只能说是我请来到科尔沁草原做向导的。"

"好吧,我保证。"

"我马上派个人帮你去取行李。为了免去麻烦,我要在这里先做一番安排。天哪,我真不知道这件事对我意味着什么!"

"意味着你将减少一分对中国人的罪过。"

井户川田悲哀地摇摇头,没再说什么。他很快找到一辆汽车并派一个年轻的中士随车去帮助科尔丹取行李。

科尔丹之所以逼迫井户川田答应他的要求而且确信能成功,是因为他知道大尉是军人中很高的职衔,同时也猜测出井户川田具有和一般军人不同的特殊身份。在航行中,他的猜测逐渐获得了证实。他和井户川田共用的是一间装饰豪华的包房,和那些兵是完全隔绝的。和井户川田接触的人也很有限,谈话也异常谨慎。但科尔丹还是从那些他能听到的只言片语中了解到,井户川田绝非是去领兵打仗,而是肩负着收罗科尔沁草原胡匪骚扰和破坏俄国人后方的重任。在轮船已经很接近仁川时,井户川田自己也不想再向科尔丹隐瞒什么,把秘密使命和盘托出了。科尔丹终于明白了,井户川田冒险帮助他,一多半原因竟在河原美惠子身上。

"科尔丹君,"井户川田从舷窗处收回视线,坐到铺位上,神情异样地凝视着对面一个劲儿吸烟的科尔丹,"你一定已经知道陆军参谋本部交给我的任务了,对吗?"

科尔丹拧熄烟蒂,挑起浮肿的眼皮,喷着满嘴的烟味,带着难以抑制的恶感和讥诮,冷笑道:"我能和日本国陆军参谋本部的宠儿结伴同行,真是荣幸之至!"

"我不是这个意思……"

"什么意思？"

"我是说，我并不直接参加战斗。"

"可你要去的地方是非战区，你要利用的是中国人，这就更加可恶！"

"我知道，你和你的同胞是非常憎恨俄国人的，特别是他们的护路哥萨克。"

"你们正是想利用我的同胞的抗俄情绪，去为你们的侵略目的服务。不错，我们憎恨俄国人，恨不得一脚把他们全踢进黑龙江。我有许多朋友一生都在和他们周旋。许多人，许许多多人，为此献出了生命。但这和你们砍杀俄国人是不可同日而语的。你们只是——是的，你们只是想取而代之！"

"我确信，在你的同胞中，和你有同样想法的人不会很多。"

"你估计错了。当然，你可能获得成功，特别是那些处于混沌状态的胡匪马贼，他们或许会被你的冠冕堂皇的许诺迷惑，甘心为你们卖命。但他们迟早会觉醒的。到那时——如果你们打赢了的话——你们从俄国人手里继承的绝不会仅仅是土地和铁路。"

"科尔丹君，我们为什么不能平心静气地谈一谈？而且，从码头不期而遇开始，我们的话总是扭劲儿，总是不能在同一角度同一平面……"

"同一角度同一平面？那我就该去赞美你！"

"你当然不会。我是说，我们没有必要总争论这场战争的是与非。这场战争该不该打，打不打，什么时候打，怎么打，都不是你我这样的普通人决定得了的。你们讨厌俄国人，但却不能阻挡他们旁若无人地跨进满洲的脚步，因为你们的慈禧太后欢迎他们；同样的，在我的国家，决定这场战争的是陆军参谋本部，国会，乃至天皇陛下，我只有服从的份儿。"

"你连这场战争的对与错都不想吗？"

"是的。即使想了也不能说。"

"你到底想没想呢？"

"我只想必须服从命令，义无反顾地为国捐躯。"

"真是大日本帝国出类拔萃的军人！"

"随你怎么说吧。总之，我们别再做那些无谓的争吵。我们在这里吵翻了天，满洲的战争还是照打不误。你和我只是两个人，两个普普通通的人。我们的航行就要结束，我们在仁川必须分手，留给我们共处的时间不多了。我们该利用这仅有的宝贵时间，谈谈我们个人之间以及和我们有关的……"

说到这里,井户川田的眼睛里渗入一丝悲凉和忧虑,他缓缓垂下眼帘,"是的,谈谈你我以及……"

"离开这场战争,你我个人之间已无话可谈。"

"你我毕竟是朋友。"

"曾经是。"

"至少现在还是。我甚至把我的身份、任务和去向都告诉了你。在我们国家,泄露机密是犯死罪的。"

"你后悔了?"

"不。我了解你,你可以和我面对面决斗,却不会背后出卖我。"

"你是不是还想说,你帮助我完成了这次偷渡?"

"我不想让你说一声感谢。——唔,天哪,笛声响了,码头已近在眼前。——科尔丹君,让我实话对你讲吧!"井户川田说着,倏然站起,伏在舷窗上望了一眼,然后转过身来,站在那里显得慌乱地说下去,"你知道,科尔丹君,搅进这场战争的人都可能死。而我死的机会绝不比战场上少,甚至更多,甚至……没有人知道我什么时候死的,死在哪里。……"

"看来,你是讨厌战争的。你为什么不逃避?你现在就有机会。"

"你误解了我的话。——求你别再打断我。……是的,我预见到我会死,我也做好了迎接死的准备,我死而无憾。但有一个人,我不愿意她死,希望她能活着回到祖国,享受活的快乐,这个人便是河原美惠子。——你一点儿也不惊讶,说明你已猜到我和河原小姐的关系了。"

"我却不明白你这话有什么实际意义。"

"有的,不过,请你听完我的陈述。我和河原小姐青梅竹马,又一起成长,直到大学以及成为情报署的成员,始终没有分离。四年前,河原小姐受命去贵国上海教书和受训,为了国家的利益,我们忍痛分手。我们约定,她完成四年任期,就回国和我结婚。福岛安正少将和河原小姐的父亲是生死之交,他们都知道而且支持我们的恋爱。我们的生活和事业都有着辉煌的前程。我们等待着,热切地等待着重逢的时刻,那是焦急的充满快乐和希望的等待。……后来,福岛安正少将指示我和你结交,我没料到会真的对你产生友情,更没料到被派到图什业图王府的竟是河原美惠子。我们的通信被严格禁止,我们重逢的日子遥遥无期,甚至永无可能……"

"真是又可怕又残酷……"科尔丹说道,因骤然忆起和乌日娜金告别的情景和爱情的渺茫,对井户川田的痛苦感同身受,语言中免不了带有同情,声音也不由得嘶哑起来,"但你这是咎由自取。你不后悔吗?"

"后悔过。"

"仅仅后悔过?"

"在国家利益面前,考虑个人得失是可耻的。"

"可怜而又可怕的忠诚!"

"而且,河原美惠子不会怨恨我的。——请听我说下去。我这次主动要求到非战区的科尔沁草原,就是希望能找个机会见她一面,最后拥抱她一次,握握她的手,哪怕只是看她一眼,然后再去死,我也甘心了。可我又不能不想到,也许在这样的机会到来之前,我就饮弹身亡甚至被你的同胞剁成肉酱了……"

"这太悲惨了!但……有可能,非常有可能。"

"所以,我必须在这一切发生之前,找到一个能帮助我,能代替我保护河原美惠子的人。她在敌后孤军作战,危机四伏,而战争的结局又是很难预料的。……"

"我——明白了。"

"科尔丹君,只有你,只有你能帮助我。只要你愿意,你就能保护她。"

"你对我的期望过高了,而且……"

"不要说下去。"井户川田恐怖地喊道,"不要回答我……我希望听到你的回答,却又害怕听到你的回答。"他的声音渐渐低下去,最后简直是呻吟了,"就这样,让我保存一点儿……希望吧。"说完,双手抱着头,跌坐到铺位上。

科尔丹怜悯地看着井户川田,欲言又止。

轮船又响起汽笛浑厚的鸣叫,宣告它就要靠岸。门外的走廊也传进杂沓的脚步声。有人在外面敲了敲门,提醒井户川田做好下船的准备。井户川田梦中惊醒一般抬起头。一刹那,他又变成另外一个人,木然的脸上带着怨恨和怒气,猝然跳起来,狰狞地望着科尔丹轻吼道:"我恨你,恨你,科尔丹!你为什么逼我带上你?你是唯一看到我还有软弱时候的人,你是唯一听到我厚颜无耻向别人祈求的人,你是唯一知道我对祖国的忠诚还有保留的人,我真想一枪毙了你,真想把你扔进大海……你还愣着干什么,等着我来替你收拾行李吗?"

133

科尔丹看着歇斯底里大发作的井户川田，开始时确实有点儿震惊和毛骨悚然，但随即平静下来，不以为意了。他看出，眼前这个日本情报署的大尉，和他一样，也是个内心充满矛盾和痛苦的可鄙而又可怜的人，心里不免发出一声哀叹……

睁开睡眼

14

抵达仁川的第二天,井户川田给科尔丹弄到一张通行证,亲自把他送到车站。

井户川田说,他要在仁川整休受训半个月,不能陪科尔丹同行了;准备到满洲参战的陆军官兵也要三五天后才会向鸭绿江南岸集结,科尔丹正好可以利用这个空当儿迅即北行。而且,眼下旅顺口和对马海峡的海战仍在继续,满洲土地上的陆战尚未开始,辽东战区的中国百姓正在北迁西撤,科尔丹会很容易混进老百姓队伍,很快回到图什业图王府的。他还告诉科尔丹,通行证只在朝鲜境内有效,万不可带到还是俄国人天下的鸭绿江北岸,否则,俄国人会把他科尔丹当作日本国奸细处决的。至于在朝鲜境内,科尔丹尽可以放心,有那张特别通行证,谁也不敢难为他的。

井户川田始终没有再提及河原美惠子的事。但科尔丹明显看出,他那样子就像正患一场大病,加上他对自己行程的周密安排和具体指点,说明他的心依然系在河原美惠子身上并且对科尔丹寄托着一线希望。此刻的科尔丹真想冒出一句"你放心,我会替你保护河原美惠子的",但不知是突然意识到自己的力量可能有所不逮呢,还是对这句保证产生怀疑,他终于没有说出来。

最后,两人无言地对望了一阵,便挥手告别了。

坐在北行列车上的科尔丹预料到他的行程不会太顺利,但他确信半个月的时间足够了。而实际遇到的困难却远远超过了他的设想,直到五月份,他还没有看到家乡的草原。

在朝鲜境内,凭着井户川田给他的特别通行证,的确没有碰到麻烦。车到新义州后,虽然被告知他的旅行已到了被允许的极限,要继续北行,则需办理新的证件;但当时正值早春二月,鸭绿江还未到解冻时间,寻找一段戒备比较松弛的冰面在夜里偷渡到江北,只要有点儿冒险精神,也并非绝对办不到的事。急于回到家乡的科尔丹,这点儿冒险精神还是有的。最终,他成功了。他很兴奋,并觉得为了怕累赘而把行李箱扔在了鸭绿江南岸纯粹是多此一举。要不是晨曦熹微,四周微明,他准会毫不犹豫地再往返一次。

然而,他没料到,就在他踏上辽东大地的残雪的一刻,他的旅行就变成了捉迷藏,且常常以鬼为邻了。

在岸边,他还能巧妙地躲过俄国巡逻兵,北行几里地之后,那情形可就大不一样了。举目所见,到处是俄国人开掘的堑壕、修砌的炮台、成排成列的大炮以及同堑壕、炮台和炮兵阵地相连的马道,一派紧张的临战场景。科尔丹不由得在心里悲哀和懊悔地叹息一声。他想,当初和井户川田同行,真是急中出错的非常愚蠢的决定。为什么不取道上海呢?那样虽说行程远一些,却怎么也不会陷入眼前万炮所指的窘境啊!怎么会把库玛说的"宁走十步坎,不走一步险"的至理名言忘得精光呢?可现在怎么办?退回去已无可能,大摇大摆通过俄国人防线更是异想天开,以他这身打扮和说不定哪一下疏忽就会冒出来的在东京沾染的日本气,要不被活活砍死才怪。那么,像几年前一样对俄国人说,他是索拉吉辽夫的朋友,还救过这个俄国要人的命,是否会被放行呢?在这里的俄国兵们有没有恰巧也认识索拉吉辽夫呢?没有怎么办?而且,他口袋里可再也掏不出一封索拉吉辽夫给他的信来。想来想去,科尔丹依然是进退维谷。而时间不容人,此刻,即将照亮整个世界的太阳已跳出地面。

科尔丹暂时必须找个隐蔽的地方,然后再仔细想想该怎么办。不远处正好有一个不久就要成为一片焦土而眼下还在苟延残喘的小村落,他连滚带爬地钻了进去。

说这是个村落是不确切的。这里不闻鸡鸣狗叫,死了一般阒无一人。到处是颓垣断壁,找不到一间囫囵房子。但是,从一些低矮的棚圈的围墙上,偶尔可见"猪羊满圈"的春条,依然红得鲜艳,说明这里曾生活着一群日子过得很红火和充满美好憧憬的百姓,只是好像几天前被一场突如其来的大地震摧毁了,这才呈现出眼前这般劫后惨状。

孤身一人在这里临时藏身倒是再好不过,但要找点儿吃的喝的可就有如托钵空谷,而科尔丹早已饥肠辘辘了。正所谓天无绝人之路,左拐右看的科尔丹终于发现有一个隐在断壁间用稻草马马虎虎搭起的棚子里似乎透出

离开睡眼

一丝活气。他走过去，想也没想便一头钻到里面，险些把瘫卧稻草上的病汉吓死。

"你……是谁?"病汉惊魂甫定后问道，声音十分微弱，显然病得不轻。

科尔丹强忍住令人作呕的恶臭味，有点儿愧疚地说道："对不起！我是过路人，请不要害怕。"

"你像个富人，哪个……村子的呀?"

"我的家在很远的地方，你不会知道的。"

"是呀，要不，我怎么不认识你呢……"

"这村子除了你好像再没有第二个人了。"

"我也就要死了，如果……如果你不来——唔，请帮我一下，我身下的草，还有……火……"

科尔丹犹豫了一下，蹲下去，把那病汉往侧面捆了捆，这才发现，被皮袄遮盖的下部肢体是半裸露的，裤子褪到膝盖，紫得发黑的臀部粘满了便秘物和一绺绺稻草。他这才明白"身下的草"是什么意思。他厌恶却又不得已地把黏结着的稻草一片片一根根扯下来，把原来压在下面同样又脏又臭的稻草撤换掉，再把那个僵硬的身体放平。在整个过程，他只回头略微吸一口气，等他站起来时，满脸已经憋青了。

"你真是善人，谢谢你……"那病汉喘息着说。

科尔丹满腹委屈，赌气地连声也不吱，便走过去把快熄灭的火弄旺，又加上几块木炭。这时，那病汉从脊背下的稻草里摸出几个冻土豆，扔到火堆旁边。

"烤一烤，吃了吧。"

科尔丹多少受点儿感动地问道："你还有很多?"

"就这些了。反正我也……不需要了。"

"可你总得……"

"我这样已经很满足了。身下这么舒服，旁边又有火，死前不会再遭罪了。这可亏了你呀！……"

"看样子你死不了呀！你为什么不离开这个地方?"

"你不知道。我背上有颗子弹，两条腿都废了。我走不了，也活不几天了。就是有两条好腿，我也……不能离开这里。我得陪着我的……陪着我的女儿……"

137

"女儿？她在哪儿？"

"草棚后面。"

科尔丹感到头皮一阵发炸，他猜出草棚后面一定是一具年轻的女尸。

"她……"

"她死了。吊死了。"

"为什么？"

"俄国兵把她……"

"明白了。你是为了保护她才受的伤吗？"

"不，不是。……十天前，俄国兵拆走了我们房子上的木头，抢去了我们的粮食，赶老人、孩子和女人去辽西和吉林，逼我们年轻力壮的男人去挖壕沟。他们说，这里是战区……后来，有人偷偷告诉我，我的女儿被俄国兵又拉回到村子里。我知道发生了……什么事。第二天夜里，我从挖壕沟的地方跑了出来，被俄国人从背后打了一枪。他们以为我死了。我是……我是醒过来后爬回村子的。我在这座房框里找到了女儿。她……她已经在墙上吊死了。我把她弄了下来，搭起这个草棚。原想把她抱进来，可我的腿再也不能动了，只好躺在这里等死。女儿却……留在外面受冻……"他说到这里，已是泣不成声了。

科尔丹百感交集，身体的冻馁和空气的污浊似乎全不存在了。他突然站起来说道："让我把你的女儿抱进来吧！"

那病汉感动得说不出话，一个劲儿地点头，热泪有如泉涌……

科尔丹攒足精神，钻出草棚，走到后面。

他一下怔住了，险些恐怖地叫起来。他见过死人，亲手向别人胸膛开过枪，目睹过色旺诺尔布桑保王爷悬梁自尽，可从未见过像眼前这具小小的女尸可怕和惨不忍睹的样子：浑身上下一丝不挂，皮肤全呈紫色，吐出唇外的半截发黑的舌头上和肿得滚圆的眼睛下都挂着断了的以及尚未断的冰凌……

科尔丹毛骨悚然又混杂着哀怜悲愤地站了一会儿，还是壮着胆子把僵硬冰凉的早已没有生命迹象的尸体抱起来，送进草棚放在那个病汉的身边，并脱下大衣盖到尸体上。他再也不想多看一眼屈死的少女，再也不想听一声那病汉有气无力又悲痛欲绝的哀号了。他猛然转过身，想一步冲出草棚，永生永世别再记起这个地方……

那病汉的神志比正常人还要清醒,在号哭中也没忘记这个从天而降并帮了他大忙的外乡人,也猜出这个外乡人在此情此景中势必唯恐避之不及,甚至知道自己该做出怎样的回报才有意义。他在抚摸女儿僵硬的尸体和号哭的间隙,抽咽着对科尔丹说:"把皮袄拿去……它对我已经……已经没有用了……"

科尔丹也突然意识到,他确实需要这件皮袄,一可御寒,二可作伪装。所以他又停下脚步,自己也弄不清是接受馈赠还是公平交换,回身扯过皮袄就失魂落魄地跑了出去。他闪入一个远离草棚的小院落,倚在一堵光墙上,站在那里,低头看着拎在手上的肮脏的皮袄,心里一阵恶心。并暗暗地问自己,该不该拿走它。直到很久以后,他回忆这段往事时,仍旧有一种"乘人之危"和夺人"身上暖"的负罪感……

当晚,科尔丹离开了这个可能连半个生命也没有了的村子。此后他途中所遇到的艰难险阻就可想而知了。他知道直接北上除非生出翅膀,西行更是凶多吉少,他只能朝东北方向跋涉,在到达吉林界后再寻找回家乡的路。所幸日俄陆战还没开始,一些僻静偏远的山村尚未遭到俄国马队的践踏,他们甚至不知道战火将起,和以往一样过着"不知有汉,无论魏晋"的世外生活。科尔丹恰恰要选择交通不便和俄国兵难以问津的地方艰难行进。这就使他偶尔有吹箫吴市的机会,不致饿死了。但他毕竟要走很长的路,又常常无法确定行进方向的准确性,企图完全避开俄国人是不可能的。他曾与啼饥号寒的逃难的人群为伍,曾在俄国人枪口下挖沟运石,也曾蹚着结着薄冰的泥泞推拉俄国人军车。比及他逃脱了这一切,终于有了安全感可以喘口气的时候,已是春暖花开的五月份了。而他的行囊早已羞涩,本来就孱弱的身体几乎彻底垮掉了。他忆起当年只身去奉天请增祺将军发兵"剿逆"的祸患连踵的行程,和这次经历相比,真可谓小巫见大巫,微不足道了。

迎在他面前的,是市井繁华的兴京城①。

科尔丹刚一踏入兴京城,便听到了一连串令他目瞪口呆的新闻。人们纷纷传说,在日俄海战中,日本陆军强渡鸭绿江成功②,而日军第二军也在金

---

① 今辽宁新宾,西距沈阳约三百华里。
② 时间是一九〇四年五月一日。

139

州附近登陆①,俄国数十万兵力全线向南集结,整个辽南瞬息就将是一片战火。科尔丹听到这些消息后,还一时品不出是什么滋味,或者说,他对此产生的感想是复杂的、混乱的,乃至互相交叉碰撞成一片芜杂,连他自己也理不出头绪。要说俄国人被打得丢盔卸甲,未必不是大快人心的事,他早就期待着俄国人成千上万地倒在血泊中了;但是与俄国人对阵的不是中国人,却是日本人,日本人如果获得最后胜利意味着什么呢?无疑意味着东三省易手,仍旧不是东三省人民的东三省,作为中国人还会为俄国的惨败快乐得起来吗?而且,小小的日本国竟能打败清廷连招惹一下都不敢的强大的俄国,不是从侧面说明,只要中国人敢干,是可以捍卫自己主权的吗?他想起了对井户川田说的话,"教育救国"确实是远水,救不了中国的近渴的。他真希望多出现几个王绍祖,众志成城,在日俄兵力消耗殆尽的时候,潮水般席卷过去,让他们两败俱伤地滚回自己的国家去。可是王绍祖早已销声匿迹,他科尔丹又成不了王绍祖,还会有新的王绍祖吗?

新的王绍祖果然有,而且被他找到了。这个人便是兴京城里头号新闻人物张榕。

张榕年仅二十,祖籍奉天府。其先世以农商起家,现下是海龙、兴京一带有名的豪富。一年前,他去北京入京师大学堂译学馆专攻俄语。日俄战争爆发后,痛于清廷"局外中立"的丧权辱国的立场,觉得这样的软弱政府如不推翻,中国就毫无希望,便联络素有抱负的比他年长十四岁的丁开璋等人,奔赴东北,丁开璋建立了抗俄铁血会,张榕建立了关东独立自卫军,另一志士朱锡麟则建立了东亚义勇军。各自招兵买马,相约扭转颓势后,合力倒清。在这三人中,张榕年龄最小,但因他家在当地无论经济上还是政治上都具有举足轻重的地位,兴京县正堂也不敢小觑,想阻止也没这个胆量,所以,他的自卫军建立得最快,也最顺利;他的父兄又都支持他,任他毁家纾难,变卖田产商号,以为枪支给养之需。科尔丹到兴京时,张榕的队伍已初具规模,并为了减少来自国内的阻力,以乡团之名义,将组织条文呈清政府备案,只待兵强马壮后挥戈上阵了。

科尔丹获悉张榕的事情当然很高兴,而且他知道,他现在急于返回家乡已失去了实际意义,无论对于业喜海顺、乌日娜金抑或是河原美惠子,该发

---

① 登陆地点是盐大澳村,时间是一九〇四年五月五日。

生的事情早已发生了,他现在想做什么都为时已晚,何况还有好长一段危机四伏的路要走呢?与其再到死神随身、可能毫无价值的不可知的命运中瞎闯,毋宁暂且寄身于关东独立自卫军,如果张榕确实是传说那样念同胞之疾苦、忧国土之沦丧而一呼百应、共举大业的豪杰,那么,这未必不是他略尽匹夫之责的机会;退一步讲,养精蓄锐后再走不迟。因此,他决定去见张榕。

找到张榕这样家喻户晓的风云人物并不困难。

科尔丹被领进一座垂柳依依、杏花飘香的有青砖围墙的院落里时,正值张榕从正厅走出踏下门前的台阶。

张榕一头披肩长发,两眼黑白分明,目光炯炯有神;鼻梁高矮适中,明堂熠熠生辉;双唇线条清晰,嘴角刚劲有力。身着短装,脚蹬马靴。周身透出威武不屈的神勇和平易近人的温柔。科尔丹只看了一眼,便确信这位年轻人是肝肠似火、胸无城府、可与之患难与共的侠义之士。这正是他渴望寻找的人。

"欢迎,欢迎。"张榕没等守门人介绍,就猜出科尔丹是来投奔他的,便略一抱拳,微笑地先打了招呼。

守门人赶紧向科尔丹示意,站在眼前的就是他要见的人。

科尔丹自惭形秽地俯首道:"漂萍人科尔丹仰慕帅座忧国忘家之英名,愿追随左右以尽绵薄之力,不知可容纳否?"

"阁下远来赐教,张榕理应扫榻以待之。未能门左迎候,尚祈鉴谅。但据我猜测,阁下绝非浪迹天涯之人,且如非贵胄,定为学子。……"

"帅座眼明如火,洞察幽微。在下确系出身小康,于京师求学,因戊戌而中辍;复东渡日本效颦,亦半途而废。"

"因日俄战事才弃学回国吗?"

"国势衰微,黎民涂炭,非学者可救,读书之心遂荡然无存矣!"

"阁下与张榕境遇相同也!"说完拊掌大笑。

科尔丹此刻还不知道张榕和他走过了一条大致相同的从读书到救国的道路。他刚想问问这笑的含意,却又见张榕猛可收住笑声,探询地盯着他,突然问道:"阁下的雅讳是……"

"科尔丹。"

"蒙古人?"

"是的。"

"蒙古人!"张榕露出惊喜,一把抓住科尔丹的手,"妙极、妙极!君之来,真天赐我臂膀也!"

科尔丹愈加莫名其妙,问道:"帅座很需要一个蒙古人?"

张榕以问作答道:"您一定会说蒙古话了?"

"当然,这还用说吗?"

"妥!您的汉话又说得如此纯熟优雅,这太合适了。你可真是我的及时雨呀!——您不必如此惊讶,我会详细讲给您听的。不过,您现在该去洗个澡换身衣服。我去准备酒菜,给您洗尘,而且……而且可能还是我们两人远行的发脚酒。"

等科尔丹洗浴换装后又被领进正厅时,张榕早就坐在餐桌旁虚席以待了。科尔丹虚应故事地小饮两口酒,他只想饱餐一顿。张榕看出科尔丹的饥饿,也不深让,一边独自浅斟慢酌,一边微笑地看着大嚼大咽的科尔丹。

科尔丹半饱后,不好意思地抬头说道:"请赐教。"

张榕这才说道:"事情紧迫,我也就不讲虚礼了。不过,我边喝边说,您边吃边听,都别耽误。"说完一笑。

科尔丹点点头,也忍不住笑了。

"如您所知,我是满怀御侮救国之心弃学返乡并组建自卫军的。您同样能猜出,这并非易事。虽响应者甚众,家资毕竟有限,筹款又极难,军火武器却要巨额银两,短期不可解决。而且,应募者中,非农即学,不堪一战,即乡团武夫,亦未有战阵对敌之经历,难供驱驰。日前偶闻东辽河白狐山一带有支千余骑的蒙古人队伍,系造反牧民和义和团残部,或可谓系这两部人马披沙拣金后的精华,各个凶悍骁勇,人人视死如归,其首领更是智勇双全、万夫莫当之豪杰。如能说其来归,与自卫军合璧,实为一桩美事,成就一番事业,当唾手可得。但我不谙蒙古语,难与接谈……"

科尔丹听到这里,似乎明白了,他放下筷子问道:"您是想让我去当翻译?"

"正是如此。他们那里可能也有蒙汉兼通的人,但我不敢深信会把我的原话如实讲给他们的首领,或把他们首领的话不变样地讲给我。而且,据说他们的首领根本不懂汉话,又是一个很固执很暴躁的人。有您同我去,就好多了,至少不会把谈判变成双方都不愉快的争吵。"

科尔丹说道:"我很高兴刚一到就能派上用场……"说到这里,他突然停

下了,好像想起了什么,"请问,您知道那位首领叫什么吗?"

"一个不太好记的名字,好像是格、格力……"

"格力图尔!"

"对,格力图尔。——不过,您怎么知道?"

"我们认识。"

"真的? 那就更巧了!"

"巧有时恰恰是坏事。"

"您是说……"

"如果是他,恐怕我就难以胜任了,或者不仅于事无补,还会坏了您的大事。"

"你们之间有什么仇隙吗?"

"是误会,很深的误会。"

"仅仅是误会就不要紧。人与人之间难免有误会,但没有化解不了的误会。"

"问题没那么简单。"

"不必担心。或许我会成为你们之间的和解人呢。那不同样是一桩'快哉也欤'的事吗?"

"只怕……"

"而且,我去哪里再找一个能当翻译又同格力图尔没有误会的人呢? 事情容不得我们再耽搁了。否则,我们就可能前功尽弃。"

科尔丹叹口气说道:"好吧,我答应了。……听您的话,好像自卫军不太顺利?"

张榕想了想说道:"实话对您讲吧,很不顺利。我原想以办乡团地方自保的名义建立自卫军,以期取得合法地位。我向朝廷呈文备了案。岂知弄巧成拙! 兴京县正堂已转给我两封增祺将军的急电,勒令我们即刻解散。我们现在还无力与官府对抗。有了格力图尔的队伍,就是另一种局面了。"

"勒令解散……这可是眼下最关键的问题。您为什么不去面见增祺将军,说不定他会认同您的义举呢?"

"几乎毫无可能。这个赌徒兵痞出身的流氓将军,除了身家性命和荣华富贵,脑子里是再无其他。"

"增祺将军的出身我一无所知。但我见过他,帮过他的忙。……"

143

"是吗？唔,请说下去。"张榕显得很感兴趣。

"据我所知,他心里也很讨厌俄国人,只是迫于朝廷的立场,无可奈何而已。"

"您确信这一点吗？"

"是的。而且,现在日军逼近辽阳,胜负难料,他的身家性命同样受到威胁。当此之时,或许会体谅您的一片忧国之心。我们只需他说一句模棱两可、故作糊涂的话,不算难为他,也不会因此开罪朝廷。哪怕只求他在解散日期上宽限一下或睁一只眼闭一只眼,自卫军也就有了回旋的余地。"

张榕沉思了一下说道:"您说的也很有道理。……俗话道,张口三分利,不给也够本。我们就试试运气吧。我看这样,我们先去白狐山,不论成败,第二站便是奉天。然后,我们再去辽阳。时间还来得及。"

"还要去辽阳？"

"是的。"张榕说道,略一犹豫,又接着说下去,"二十天后,通化、海龙、兴京以及海城的各路义军首领将在辽阳有一次聚会,共商御侮大计,或许会有一次联合行动,一试锋刃,求其必胜,以振人心。"

"如此关涉全局的大事,是不可轻与外人道的。"

"我知道走漏消息会带来怎样的严重后果。"

"可您却轻易地告诉了我？"

"我相信您。"

"我们素昧平生,而且刚刚见面。"

"是否值得信赖,不是由交往时间决定的。我一眼就能看出来,您可以成为我的生死之交。"

"谢谢！"科尔丹感动地说,"我还要告诉您,您没有看错。"

张榕不由得笑道:"您可真是个直率的人啊！"

"您即将见到比我更直率的人。"

"格力图尔吗？"

"是的。而且不仅仅是格力图尔,直率是我们蒙古人的共性。"

"值得赞美的民族。"

"但我们的直率常常被当成头脑简单甚至是愚昧。"

"我明白您的苦心。不过,请放心,对格力图尔的任何言语和举动,我都会给予充分的理解和包容。"

"果能如此，我就不会在途中犹豫甚至临阵逃脱了。"

"天哪，您的直率中蕴含着怎样深刻的机智啊！"

"我想，我们该起程了。看得出来，您给自己拟定的日程表，是需要争分夺秒才能完成的。"

"的确如此。只是您连略微休息都不能了，真对不起。"

"在车上睡觉顶好不过。"

半小时后，他们便乘上一辆双套快马车，直奔东辽河而去。他们的行程大约三百华里，如果不遇上特殊麻烦，第二天就能见到格力图尔了。

15

格力图尔既不像索伦扎鲁能在事前便知道在中国土地上必然会有一场日俄间的火并,也不像科尔丹在大连港响起炮声的第二天便可以从东京的报端闻到火药味。他和他事实上不足七百名的同伴,散居在以白狐山为核心的方圆百里之内的山林中,按照他与白音达赉的约定,起事前不能轻易暴露,即使粮草不继,必须派人出去打劫,也不能西出二龙山东逾大孤山,而且要以避开官军和护路哥萨克为前提。至于格力图尔本人,更要深居简出,甚至不得自作主张地到法库去,如果需要,白音达赉会派人或者亲自来见他。所以,格力图尔和他的同伴们几乎处于与世隔绝的隐居状态,甚至枪炮声已向辽阳逼近,他们对日俄在辽南的战事还一无所知。

对于这种受到种种限制几乎被封闭的生活,以格力图尔的性格,是难以忍受的。如果不是王世祺不久前曾让他练习了一次失掉自由的滋味,如果不是有他的好友巴音赛克图终日相伴,他早就闷死或者纵马冲出这个自制的牢笼了。有几次,他确实按捺不住暴躁的性子,想不顾一切地冲下白狐山,到广阔的草野上去狂奔,去尽情呼吸一下自由的空气。特别是想到远在家乡的乌日娜金,他就更加心乱如麻,坐卧不宁,真想一下子飞到突泉西郊,亲眼看看乌日娜金是否真的同科尔丹生活在一起。他后悔在离开王绍祖后竟没有直奔突泉,却到了法库把自己的自由轻易地交给了白音达赉。他甚至怀疑突泉西郊小四合院里的那一幕纯属王绍祖的幻觉或者是他杜撰出来的。乌日娜金怎么可能投入科尔丹的怀抱呢?不错,他和乌日娜金争吵过,产生过误会,第一次是因为王绍祖,第二次是因为奈曼乌勒,最后都证明是他格力图尔错了。他太过单纯,也太过骄傲,单纯使他的骄傲变成固执和蛮不讲理,骄傲又把他的单纯培养成愚蠢和一意孤行。结果给他自己,更给乌日娜金造成了一次又一次的心灵创伤,甚至使他们共同织成的同心结可悲地松动了。其间的罪责全是他格力图尔一人的,对乌日娜金却只有毫无来由的伤害和委屈。他尤其不能原谅自己在那条无名小河边的草棚前的行为,奈曼乌勒投河自尽后,他竟然把孤苦伶仃的乌日娜金狠心地丢给恐怖的黑夜,仅仅为了表明自己的骄傲和求得心理上的平衡。他对不起乌日娜金,永远无法赎回自己的罪过。这便是他在被王世祺禁锢的日子里,经过无数次地思索得出的结论。他曾下决心,只要获得自由,第一件事便是去寻找乌日娜金,跪在他永远爱恋的受尽折磨的少女脚下,做一次虔诚的忏悔,不是为了重新获得他没有资格获得的爱情,只是为了听一句谅解的话。乌日娜金能说一句"我原谅了你",他就心满意足和死而无憾了。可是,当他真的获得了自由和听到王绍祖的讲述之后,心情又变了。对乌日娜金委身科尔丹,他不仅感到震惊和难以理喻,而且骤然升起一股混杂着妒意和痛苦的怒火。他恨科尔丹乘虚而入夺去了他的心上人,也恨乌日娜金朝秦暮楚竟恋上屠杀了无数造反弟兄的罪魁。而且,他终于认识到,他渴望见到乌日娜金,绝不仅仅是为了获得谅解。他不但像以往一样深深爱着乌日娜金,而且,任何人夺走乌日娜金他都不能容忍。当此时也,他的怒火和不能容忍,理应变成果断的行动,那便是驱赶雪橇直奔突泉,夺回乌日娜金。他有理由而且有力量击败科尔丹。遗憾的是,他没有这样做,而是做出了一个给他带来无穷悔恨的抉择。他去法库找白音达赉,既不是因为听懂了王绍祖的暗示,也不是因为在群龙无首的弟兄们同乌日娜金之间做了一番权衡,恰恰是而且仅仅是他的骄傲在起作用。结果,他又失去了一次机会。这一点,他在见过白音达赉并在白狐山落脚之后不久便意识到了,但已追悔莫及。因为他同时明确意识到,他在白狐山,是白音达赉对他的不同于王世祺的另一种形式的禁锢。白音达赉花了不少精力去考验他究竟是不是真的格力图尔,说明这个狡猾的小老头以为他格力图尔早就做了刀下之鬼。后来,虽然勉强同意他不拆原帮人马的条件,却又提出了不少他必须接受的禁令,而且,肯定在他身边安插了一些眼线,在暗中窥测,以期抓住机会,最终夺去他的兵权。看明白这一点,格力图尔就不能不分外谨慎。所以,他虽然醒悟了,虽然比以往任何时候都急于见到乌日娜金,却不能付诸行动。如果他私自下山返回家乡,那么,白音达赉无疑会给他一个不守誓言和为了女人舍弃弟兄们的不讲义气的罪名,并且会大肆宣扬,使他失掉人心,失掉他的全部伙伴。而这七百人,他是无论如何也不能丢掉的,否则,他活下去的意义便全部丧失了。

这样,陷入矛盾和痛苦中的格力图尔,就只能在一半是白音达赉设置一半是他自结的藩篱中,烦躁不安地苦熬日月了。

不过,白狐山毕竟不是世外桃源,格力图尔和他的部下也毕竟不是真正地与世隔绝。即使外人无法探知他们在这里屯聚和养精蓄锐是等待着白音达赉的决心和命令,但至少这七百人的行踪会渐渐被一些人获知和引起他们的兴趣。要知道,这是七百人,照一般人的说法,各个都是将生死置之度外的"亡命徒"。那些想做乱世英雄的人,怎能不把这支人马看作可供驱使的力量而渴望收到自己的麾下呢?所以,在张榕准备说服格力图尔投身到御侮救国的行列之前,早就有人在打这七百人的主意了。其中,几年前便听说过格力图尔大名的陶克陶呼就是捷足先登的第一人。这个人不仅使格力图尔获悉了在辽南正进行一场举世瞩目的日俄战争,也给他带来了令他愈加震惊和难以理喻的有关乌日娜金的消息,而且,也正是这个人充满诱惑力的对天下大势的分析,终于使他决心不顾向白音达赉立下的誓言,大步走下白狐山,准备到广阔的天地里去痛快淋漓地驰骋一番!

陶克陶呼系郭尔罗斯前旗塔虎城人。此人年轻时便放浪形骸,挥金如土。他一生中干了许多令人难以忘却的事情,既有值得赞扬的,也有让人齿冷的。后人对他的评价也是针锋相对,有人说他好,是英雄;有人说他坏,是败类。至于他究竟是好是坏,笔者不想妄加论断。我们提到这个人,只是因为他与我们的主人公有过交往。我们只是如实地把这些交往讲述给读者,评语、结论之类,留给历史学家去做吧。

话说陶克陶呼只带两个随从来到白狐山。因为他说他认识格力图尔,也确实能毫无错误地讲述格力图尔的经历,便没人敢再为难他,顺利地被领到格力图尔的住处。

格力图尔审视着陶克陶呼,直截了当地问道:"你说我们认识,是编造出来的话吧?"

陶克陶呼笑了笑说道:"我不这样说,你手下的人就不会带我来见你。"

"也就是说,我们素不相识。"

"不过,我们神交已久。"

"恐怕未必。"

"你格力图尔的威名对我来说早就如雷贯耳,我陶克陶呼的名字你也并非今日才听说吧?"

"陶克陶呼？"

"或简单地说陶陶。"

"陶陶！"格力图尔惊讶地说道，"难道你就是那个骑射两绝并曾以数人数骑和几条长枪消灭了大队官军的陶陶？"

"人们在传说中把我的名字减去了两个字，又凭空把小股清军增加到大队官军，结果，世上便有了一个神乎其神的陶陶。"

"原来是你——大名鼎鼎的陶陶！"格力图尔叫道，眼里的不信任瞬间被惊喜和赞美所代替。

格力图尔听说过陶陶的名字和事迹，知道他反对朝廷对蒙古人赖以生存的草原进行放垦，知道他对纷至沓来的汉人深恶痛绝，甚至知道他曾不客气地赶走企图拉他入伙的胡匪头子张作霖。在格力图尔心目中，陶陶这样的人，才是蒙古人中响当当的男子汉，但恨没有机缘结交，只是心向往之而已。现在，陶陶亲自登门来会，且又表现得坦坦荡荡，毫无骄矜之态，格力图尔如何不喜出望外呢？所谓惺惺惜惺惺，格力图尔当即像对老朋友那样热情起来。不用说，接下来便是酒肉款待和无拘无束的畅谈了。谈话的内容无非是你夸我是英雄，我赞你是豪杰之类。

但格力图尔已经不是四年前的格力图尔了。他很快就猜出陶克陶呼费了不少周折来到白狐山，绝不是为了夸奖他几句，肯定身负着其他的更为重要的使命。特别是陶克陶呼大肆渲染了一遍辽南一片战火而且战火正向北推移之后，格力图尔已完全明白这位同乡此行的真正目的了。格力图尔觉得，陶克陶呼拉他下山入伙，实在无须做那么多没有意义的铺垫，只要告诉他日俄之间在辽南开战就足够了。想闯世界，还有比这更好的机会吗？想痛痛快快地砍杀可恶的俄国人，想一雪在家乡的败军之耻，还有比这更好的机会吗？而且，在白狐山的无所事事的囚徒一样的生活，他早就忍无可忍了。他之所以忍耐到如今，是因为他始终不相信自己能做好一支独立队伍的主帅，他需要一个更有头脑更有韬略的人驾驭和指挥，否则，就不知道该干什么和怎么干。或许班卡妈妈正是认识到这一点，也就是发现他乃至王绍祖都只是能跃马横刀、勇克强敌，却不具备运筹帷幄、决胜千里之外的帅才，因此才在临终前，预先就替他们这支队伍寻找并确定了新的统帅。但是，班卡妈妈只看对了一半，他格力图尔确实从未有过独立决策的记录，如果让他站在帅旗下，他甚至不晓得能否发出一个准确无误的命令；王绍祖单独行动过,却总是损兵折将,屡战屡败。这说明,他格力图尔也好,王绍祖也罢,都不是当统帅的料。可另一半,班卡妈妈看得就未必无懈可击。当然,班卡妈妈结交白音达赉的原因和过程,对这个人了解多深,何以非选定这个人做自己部下的首领,他格力图尔和王绍祖是无法知道也无从查询的。这个人肯定有许多过人之处也是无须怀疑的。比如,起事前的准备拖了这么久,却没露出马脚,没让官府抓着丝毫把柄,说明这个人做事周密和性格稳健,这倒是做统帅所必须具备的品格。但是,一个统帅光有稳健是远远不够的,更重要的还要有当机立断的决策能力。这一点,白音达赉有吗?如果有,眼下不是正该表现出来的时候吗?按说,白音达赉身居离奉天城仅一百多华里的法库,应该比陶克陶呼更先获知日俄在辽南的战事,更先明白无论是迎战强敌的俄国人,还是局外中立和企图靠屯兵辽西阻止战火蔓延的朝廷,都无暇顾及北方民众的动向,因而认识到,这是千载难逢的揭竿而起、大干一场的机遇。连这一点都看不出来,或看出来了却依然按兵不动,还算个合格的统帅吗?白音达赉究竟在等什么,究竟要等到何时呢?想到这里,格力图尔觉得,与其继续等待白音达赉不知多久才能下的决心,倒不如率领人马与陶克陶呼合伙,有陶克陶呼这样久负盛名的渠帅,有他手下渴望厮杀的七百勇士,还愁不能痛痛快快地干出一番事业吗?所以,酒至半酣、谈兴正浓时,他早已忍耐不住,单刀直入地把谈话引向正题。

"直说吧,陶克陶呼,你是来拉我合伙的,对不?"

陶克陶呼先是一怔,然后突然大笑起来,最后和笑声混合交叉着说出如下的话来:"真是百闻不如一见,你比人们传说的还要爽快!"

"这就是说,我猜对了。"

"不错。"陶克陶呼说道,收住笑声,"其实,我和你一样爽快。我并非有意绕弯子。但我发现,你对白狐山以外的事所知甚少……"

"是一无所知。"

"所以,我才要向你详细介绍一番。"

"为了让我得出'此时不干更待何时'的结论?"

"是的。"陶克陶呼说着推盏而起,一副慷慨激昂的样子,"古人云:'猛志逸四海,骞翮思远翥。'大丈夫处此乱世,正当雄飞天下,岂可雌伏深山?"

"说得对!"格力图尔说道,激动中免不了掺杂着对陶克陶呼的赞佩和心中的惭愧,"我何尝甘于老死白狐山?我也盼望着挥戈上阵,去发泄将要胀

破肚皮的怨气,去报仇雪恨。只是……"

"只是什么?"

"只是……"格力图尔说着又犹豫起来。他本想告诉陶克陶呼,他目前还受制于白音达赉,对手下七百人的行动,还不能擅自做主,即使决定同白音达赉分道扬镳,也要开诚布公地去当面交涉,否则,岂不是违背协议、言而无信吗?那就太不讲义气了。他格力图尔再着急,再有理由,也不能干出这种背信弃义的事情。但这话又不好说出口。白音达赉即使有天大的雄心,现在毕竟还是个毫无作为的无名之辈,陶克陶呼要是获悉他竟拜伏在这样一个不见经传的小人物脚下且唯命是听,准会对他格力图尔重新做出评价,甚至睨而视之,瞧不起他的。一开始就造成这种印象,日后是很难扭转的。而且,格力图尔还有另一层顾虑。据他所知,陶克陶呼和白音达赉都是交游甚广的人,上至王公贵族、官府要员,下至绿林好汉、兵痞娼妓,无不通款结纳。所谓同声相应,同气相求,这两个脾性如出一辙的人保不住早就有所来往了,甚而竟是过从很深的生死之交亦未可知。他一旦谈起同白音达赉的关系,难免要流露出不满、不服乃至愤然,那就反为不美了,至少,陶克陶呼会把他看作与人交而不忠、约而无信的屠头的。所以,与其袒露心声,如实交代出自己的处境,不如暂且隐而不发,认真权衡一下利弊再做道理。

陶克陶呼并不知道格力图尔有那么多顾虑,还以为是他自己没把话讲透,因而格力图尔才欲言又止陷入沉思呢。他略一思忖,便接着说道:"格力图尔,此事是不能迟疑的。有道是:'来而不可失者时也,蹈而不可失者机也。'日俄开战,官府避战,这是千载难逢的好天时;千里草野,正可供我辈驰骋,可谓地利在我;你手下七百壮士,我手下数百精骑,有谁不想在此战乱时期大干一场,上下同心,实不乏人和。天时、地利、人和俱备,建功立业当如探囊取物。你素有壮志,且养精蓄锐至今,又恰逢天赐良机,此时如不痛下决心,依然枯守山寨,定要遗恨终生的。"

"这些我全明白。我是想说……"

"还有。"陶克陶呼扬手止住要作一番解释的格力图尔,眼里透出感人的诚恳和隐忧,"我已年逾不惑,没什么踢打头了。多年来,我总想拉起一支大队伍,耀武扬威,称雄塞北。而至今壮志未酬,只能小打小闹。这是为什么呢?我所虑者,老之将至,后继乏人。我一旦命赴黄泉或疲惫息肩,定会群龙无首,弟兄们星离云散,血肉换来的基业将付之东流。所谓千军易得,一帅难求。而你,正当年少,勇足以克强敌,智足以造奇谋,久经战阵,名震遐迩,是我寻觅数载至今未获的储帅的最合适人选。虽然我今天请你下山,只能让你暂时屈就副座,但长则三年两载,短则一年半载,这支雄师之执牛耳者舍你其谁也?那时,你作为执掌帅印的不冠天子,该是何等荣耀!大丈夫生于天地间,还有比这更惬意的事吗?"

听了陶克陶呼未必不是真心的话,格力图尔感到惊讶,甚至如鲠在喉般的不痛快。他倒不是计较陶克陶呼俨然以长辈自居。论年龄,陶克陶呼年长十几岁,做兄长虽然更合适,非要充当长辈也是无关宏旨的小事一桩。他也不是因为陶克陶呼分明在开筹码生气。这毕竟是两军人马合伙的大题目,讨价还价是情理之中的事,更何况,他说话支吾搪塞,势必使陶克陶呼误以为他是在条件上打算盘。是的,这两个问题,他能理解,也不会往心里去。他之所以惊讶和不痛快,是因为陶克陶呼给他以及他手下的七百名弟兄指定了一个至少在目前还不能顺畅接受的前途。

实在说,他当初克服种种障碍,竭尽全力不拆帮地保存住班卡妈妈留下的人马,究竟要做什么,要达到怎样的目的,他自己心里也是不太清楚的。蜷缩在白狐山的难以排遣的日子里,他有充足的时间一次又一次地去考虑这个问题。但始终没能得出明确的结论,不知道自己应该有个什么样的未来,更不知道这七百弟兄最理想的归宿在哪里,他一直处于不知所归的彷徨之中。他恨自己太没头脑,缺少判断能力,甚至比以前还要糊涂。他记得,当年他和他的几位朋友,在图什业图王府鼓动起一场声势浩大的牧民起义,从下决心到付诸行动并没费多大周折。那时,他脑海里只有一个既简单又明了的想法:不造反就只有死路一条,不造反就报不了父母惨遭杀害的深仇大恨。他也记得,他曾主张和力劝额勒瓦奇尔为王。那时,他脑海里也是只有一个既简单又明了的想法:弟兄们自己捧起一个王爷,阿拉特们就会过上自由自在的生活。总之,正是那些既简单又明了的思想,指挥和决定了他的行动。而且,毫无挂碍,干得痛快淋漓,就是失败了也没造成大的不得了的苦恼。想干就去干,干起来就不再想。成也好,败也好,生也好,死也好,一切都无所谓。就这么简单,这么明了,心理上没有一丝负担。可是,他在经历了繁复的世事,历尽了人间磨难之后,脑海变得一片混乱,再也找不到简单明了的思想,成为遇事依违难决和不知所措的人了。为此,格力图尔常常陷入焦躁、苦恼和自怨之中。他极想寻找回原来的自我,却未能办到。

不过,我们无须替格力图尔感到遗憾。相反地,我们应该欣喜地发现,格力图尔正经历着他生命中最关键的时刻。任何人的一生都会经历这样的时刻,只是或长或短,或早或迟而已,谁都无法回避。如果说人的生命是从单纯走向成熟的过程,那么,我们说的这个时刻便是这一过程中的分野。从单纯到成熟,无疑是质的飞跃,但实现这个飞跃,也无疑需要先有量的积累。格力图尔的思想混乱也好,行为不知所措也罢,绝不说明他突然失去了灵性或神经出了毛病,变得浑浑噩噩、畏首畏尾了;恰恰相反,正是说明他脑海里塞了太多的东西:过去的,眼前的;正确的,谬误的;相容的,不相容的;应该保留恢宏的,应该埋葬摒弃的,等等,全都盘根错节地交织在一起,成为扑朔迷离的一团。当然,实现从单纯到成熟的飞跃,光有这些量的积累是不够的。还必须对头脑里头绪纷繁的芜杂的内容认真思考,彻底清理,权衡比较,筛选抉择。只有这样,才能真正告别过去,走向未来,脑海清晰起来,格力图尔又将是格力图尔了,但已绝不是过去的单纯的格力图尔,而是走向未来的成熟的格力图尔了。

毋庸置疑,幽居白狐山的格力图尔正在认真思考,否则,他就不会焦躁不安;同样毋庸置疑的是,格力图尔只是站在现在,思考过去,还没有得出结论和看到未来,否则,他就不会感到无所适从。尤其毋庸置疑的是,格力图尔的思考,是因为行动暂停、无所事事后对过去的必然的回顾和局限在往事的不自觉的无明确目的的心灵混战,他还意识不到,他正逡巡在过去的终点和未来的起点之间,举棋不定,一筹莫展,他必须做出明明白白而不是含混不清的选择,才能从朦胧混沌中冲决而出;也意识不到,照眼前这样将自己封闭起来的冥思苦索,头脑里的是是非非是无法泾渭分明的,能够确定和指挥自己行动的结论更是难以形成的。是的,格力图尔不是生而知之的圣人,也不是面壁数载便可以参透人生的智者,他同任何普通人一样,要想大彻大悟因而完成生命的转折,某种契机是必不可少的。这种契机,或者是面临一个足以改变生活道路又必须做出明确决定的事件,或者是接受一个比他清醒的明哲的点化,二者必居其一。

那么,突然来到白狐山的陶克陶呼是不是为格力图尔提供了这样的契机,上天派来专门点化他的呢?格力图尔虽然不能这么清醒地向自己发问,但早已习惯听命于人又渴望有新的作为的他,冥冥中未必不会产生一个朦胧的想法,以为这个人可能就是他长期等待的有足够能力指挥他的额勒瓦奇尔或班卡的化身。如果真是这样,他把弟兄们整个交出去就是,再也无须花费心血总结过去和绞尽脑汁考虑未来了。可是,陶克陶呼的不适时机的有关他以及七百名弟兄未来的宏论,使他的灵魂受到了一次巨大的震撼,对陶克陶呼的判断也随即动摇和改变了。对陶克陶呼这是不自觉的失策,对格力图尔则是思维的拨动。他即使以前没认真想过,现在也必然要尖锐地向自己发问,陶克陶呼给他和他手下七百人设计的未来,是他们所追求和可以接受的吗?他的回答是否定的。他相信他的同伴们谁也不想当一辈子强盗,更相信自己从未想过也不可能渴望执掌什么帅印,去做什么不冠天子!他们想获得的是他们曾经有过的安稳宁静的生活,是骏马套杆,是草原牧歌,是其乐融融的家庭。只是还不知道能不能重新获得以及什么时候和怎样重新获得。而陶克陶呼为他们准备的是和这一切永远诀别,是让他们把头脑里的这些概念统统抛弃,彻底埋葬,要么一生横行草野、吃喝玩乐,要么东躲西藏、填尸沟壑。难道他们除此再无别的归宿吗?不,格力图尔不相信,至少目前他不会甘心迎接这样的命运。

　　总之,格力图尔在听了陶克陶呼试图点燃他欲望烈火的话,非但没产生一丝兴奋,反而感到十分不快和强烈的厌恶。要不是考虑到初次会见,总得顾及面子,弄僵了徒增敌意反为不美,那么,他准会一如既往,毫不客气地回赠几句激烈的话了。而且,他用什么话去表达异议呢?他有充分的理由和准确的言辞证明自己的想法更合乎情理吗?他将来也许会有,也许永远没有,而眼前却确实没有。他能说的除非是,这七百人中一半是造反牧民,一半是义和团残部,都曾是好阿拉特好百姓,和杀人越货、打家劫舍的土匪是不可同日而语的。可这两者之间的真正区别在哪里,他本人也弄不清。要说他们从没有伤害穷苦人的记录,那么,陶克陶呼的人马就能到一贫如洗的家庭抢夺破铜烂铁吗?而且事实上,世人也一定像陶克陶呼一样,早把他的七百人同土匪视为一丘之貉了。他此刻能够说出的话,只怕是不仅驳斥不了陶克陶呼,连他自己也说服不了。是的,格力图尔还没有形成一个完整的无懈可击的思想,或者说,他还没有弄清他保存这七百人究竟要实现怎样的人生价值。他现在开始思索,但面对陶克陶呼,没有时间去仔细推敲,陶克陶呼紧紧盯着他,等待着他做出是与否的回答。他必须做出回答,说一句同意下山入伙或不同意下山入伙。这话极简单,嘴皮一动即可。但这句简单的回答却要决定七百人的前途命运,关系重大,又不能虚与委蛇和模棱两可,说出去就不能再收回来。他又感到极难回答。

　　我们在上面啰里啰唆写了这么多,其实,格力图尔脑海里浊浪翻天也只是陶克陶呼说完话的几秒钟。陶克陶呼当然不知道格力图尔对他的话有反感,还欣喜地以为这个英俊剽壮的青年已被他的许诺打动了,正在对他提出的条件进行斟酌。为了尽快完成此行的目的,使这难得的许多人垂涎的七百人连同英勇绝伦的格力图尔顺利地收为己有,在草原上大展雄威,他不惜做出恢宏、敬仰、喜爱和视同知己的姿态,拉过格力图尔的大手,优雅地一笑说道:"好兄弟,我因久仰你的神勇和果断,才亲叩山门,请你入伙。换个别人,找到我门上,我也未必结纳。你我之间是有缘分的,对不?命中注定你我双雄并辔,一展宏图。你就快下决心吧。至于我提出的条件……"

　　"条件?不,我绝没考虑……"

　　"可我得考虑。先小人后君子嘛。如果……如果你对这些条件不满意……"

　　"我请你不要再提什么条件。"格力图尔冷冷说道,想抽回自己被对方紧握的手,却没能做到。

　　陶克陶呼体谅并亲昵地拍了拍格力图尔的手,说道:"好,好。"然后松开手继续说下去,"我不再提什么条件就是。我们以诚相待,有一个'义'字足矣。以后,我们能勠力同心,什么事情不好商量?况且,以后,这支队伍还不是全归你吗?"

　　格力图尔的手从来未被别人这么亲昵地握过,更没被人这么亲昵地拍过,心里很不是滋味。也没有人向他说过这么肉麻的话,心里更是不舒服。在他的手终于恢复自由的一刹那,他心里的反感推向高潮,真想把心里的烦躁通过让陶克陶呼下不来台的方式发泄出去。但倏然间他又打消了这个念头。格力图尔自己也没料到,恰恰是陶克陶呼接连说出的"以后"这个词儿,使他的情绪迅即稳定下来。这真是怪事,"以后"这个没有关键意义的词儿,竟在一个决定性的当口起了一个异常关键的作用。"以后,以后,以后……"格力图尔在心里暗自念叨着这个词儿,眼睛突然一闪,豁然开朗了。是的,"以后",谁能料到以后是什么样?他竟要愚蠢地去反驳陶克陶呼关于七百人前途的话。就算他把这个问题思考得头头是道,同陶克陶呼争论出个子丑寅卯,又有什么意义?这毕竟是"以后"的事嘛!眼前最切实最要紧的还是尽快摆脱白音达贲,尽快结束白狐山囚徒般的生活。陶克陶呼虽然有许多令他讨厌的地方,但总算是一个有过辉煌战绩、远近闻名的人物,总算是一个说话痛快、办事也痛快的男子汉。白音达赉却从未亮过相,老鼠一样躲在洞穴里,至今也没有露一露头的迹象,哪里像个成就大事的人?一定是班卡妈妈糊涂了,否则,为什么替他的部下选定这样一个靠不住的靠山?格力图尔这样想着,与陶克陶呼下山这件事本身的巨大诱惑力很快统摄了他整个心灵。他在心里大声说道:"为什么不干呢?先答应下来再说。我们是去合伙,不是卖身当奴隶。不行就分道扬镳嘛。何况,他陶克陶呼能活到一百岁不成?"

格力图尔当即下了决心。他举起拳头挥动了一下,干脆地说道:"我同意了!"

"当真?"

"绝无戏言。但我也绝不是为了你给我的条件。"

"当然,我理解。那——我们就算说定了?"

"要发誓吗?"

"不。我相信你。你我都有一炷心香,不会熄灭的。"

"你没说错。我从没干过出尔反尔的事。不过,我也有个条件。"

"请说。"

"我的人马不能拆帮。"

"我还可以给你补充到一千。"

"那也不必。还有,我的人马枪支不够。"

"我预料到了。小事一桩,七百人的装备,我全部包揽了!"

"你有那么多枪支弹药?"

"俄国人手里有的是!"

"你是说……俄国人?"

"当然。……不过,我是用牛马同他们交换的。有时,这种交易会给我们带来不少好处。"

"是这样……"

"你还有别的……什么条件吗?"

"不。就这些。"

"时间呢,什么时候下山?"

"你说呢?"

"越快越好。七天怎么样？足够了吧？"

"肯定不够。七百人散居各处，聚拢到一起不是件容易事。十五天吧。"

陶克陶呼明明知道根本用不了十五天，但还是尽量表现出宽厚和干脆的样子，立即回答道："一言为定。从今天算起第十五天，我将亲自来把你们迎到郭前旗塔虎城。"

"我等着你。"

"到那时，"陶克陶呼犹豫片刻后说道，表情变得异常神秘，"我将送给你一件你意想不到的礼物，你能猜出是什么吗？"

"猜不出。"

"告诉你，是——乌日娜金。"

"乌日娜金！"格力图尔不胜惊疑地叫道，"你是说乌日娜金？"不用说，格力图尔刚刚明澈下来的心海又立即涌起气势汹汹的狂涛。

"是啊，"陶克陶呼声音悦耳地微笑道，"正是乌日娜金，她不是你朝思暮想的情侣吗？"

格力图尔不知怎样回答，只是无限悲哀、无限迷惘地叹了一口气。

"你不相信吗？"

"可是……她怎么会在你那里？"

"现在她还没在我那里，但很快就会的。"

"你刚才不是说……"

"我是说，你到塔虎城时，一定会见到她。"

"我不明白。不明白……这究竟是怎么回事？请你……请你全都告诉我。"

"你不问，我也要告诉你的。你和乌日娜金的恋情，我早有耳闻。但你和乌日娜金棒打鸳鸯两分离，我却一无所知。前不久，图什业图王府发生了一件间谍案，主犯是个日本籍女教师。业喜海顺王爷顾及日俄之战胜负难料，不便轻易处置这个日本女人，便没有动她，而是监禁了涉嫌此案的蒙古族女教师，拟于秋后处斩。"

"这个蒙古族女教师……"

"就是乌日娜金。"

"判了死刑？！"

"不必紧张。我发现，业喜海顺王爷也没有非置她于死地不可的意思，只碍于东协理博克拿多交俄排日，不便放出来。但即使维持原判，也还有充足时间救她。"

"你能救她？"

"我保证。"

"可是……"

"你不相信我的能力？"

"我是说……我是说，你在图什业图王府有没有见过科尔丹？——你认识这个人吧？"

"怎么会不认识？可他早已不在图什业图王府了。"

"这……可能吗？"

"这是事实。去年第一场大雪的时候，他找我借了一笔巨款，从此再没听到他的消息。或许他已经死了。想起来，我很后悔，那是一个不小的数目啊！"

"竟是这样……"格力图尔喃喃说道，如堕五里雾中，"竟是这样。"他又重复了一句，轻轻摇了摇一锅粥般的迷乱而沉重的头颅，"天哪，我这是怎么了？我怎么越来越糊涂了！……"

"你还没听明白吗？"

"不。"格力图尔突然抬起充血的眼睛，有点儿异样地凝视着陶克陶呼，"我谢谢你告诉了我这么重要的消息。"

陶克陶呼笑道："我希望十五天后，听到你和乌日娜金一起对我说声谢谢。"

"我会的。"

"现在，我先要向你道谢。你让我过了非常愉快的一天。而且，我也该告辞了。"

"我的朋友巴音赛克图会陪你下山。原谅我不能亲自送行。"

"我理解。十五天后再见。"

"是的……十五天以后……"

16

陶克陶呼离开白狐山，骑着健步如飞、平稳如舟的走马，一路上哼着淫荡的小曲，心花怒放地朝他的窠巢塔虎城驰去。

他没有理由不高兴。

在不到二十天的时间里，他经历了好几件事，每一件事都无疑是铺向他辉煌前程的一颗晶亮闪光的宝石。特别是这次白狐山之行，更使他称雄草原创造一个完全蒙古人的世界的野心，变成了可以触摸的切近的现实了。因为，他不仅看到了白音达赉偶然透露的格力图尔确实还活着，手下有一支数目不小的人马，还看出这条壮汉不像人们传说那样头脑简单，也不像人们传说那样脱缰野马般难以控制，当得起他陶克陶呼的左右手和成为他实现宏图的身外的巨大力量。尤其令他兴奋的是，他发现，真正能让格力图尔动心和痛下决心的不是他有关兵权之类的许诺，而是他最后提出来的乌日娜金。他相信自己的观察不会错。

亏得他有乌日娜金这张王牌！

说来也太巧了。

那是在他说服白音达赉合伙失败又回到塔虎城的时候，恰值取道长春返京的索拉吉辽夫途经塔虎城顺便来拜访他。谈话间，索拉吉辽夫讲起了刚刚在图什业图王府发现了日本女间谍一事。

"开战以来，"索拉吉辽夫说道，"东清铁路北段屡屡被炸，又大都集中在齐齐哈尔这个咽喉地带。破坏者是些什么人，从哪里冒出来的，我一直十分纳闷。我们也捕获过炸毁铁路的人，但他们宁可受刑吃枪子儿，也不留下一句口供。后来，我在收到的书面报告中注意到下面这句话：'他们虽一律身着蒙古装，却肯定是日本人。'我立刻想到了图什业图王府。我电令巴德马耶夫对业喜海顺请来的日本女教师河原美惠子日夜侦查。果然不出所料，炸毁齐齐哈尔铁路的日本人,正是从图什业图王府出发的。"

陶克陶呼问道:"阁下一定已经逮捕了那个日本女教师?"

"没有。"

"不需要她的口供?"

"那是指望不上的。"

"既然如此,就更该拔除这个日本人的据点。"

"那样干不聪明。至少目前不能这么干。"

"想通过河原美惠子摸到新的线索?"

"这比杀掉她更有价值。"

"有道理。可是……河原美惠子没觉察到已被阁下识破了?"

"我想不会。只要乌日娜金没被日本人收买。"

"乌日娜金?"

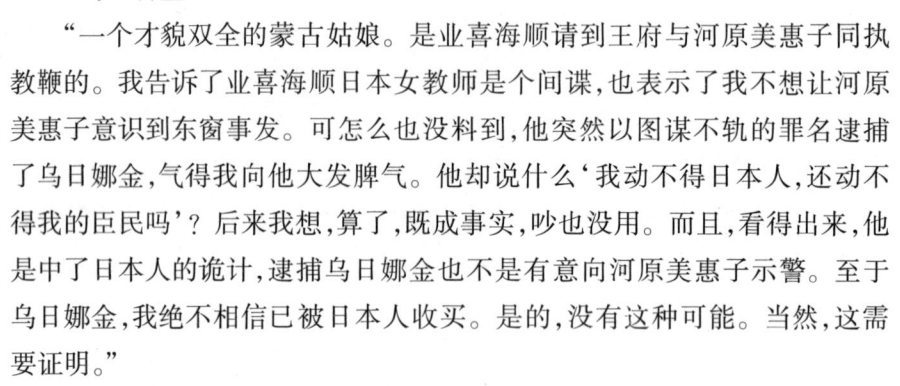

"一个才貌双全的蒙古姑娘。是业喜海顺请到王府与河原美惠子同执教鞭的。我告诉了业喜海顺日本女教师是个间谍,也表示了我不想让河原美惠子意识到东窗事发。可怎么也没料到,他突然以图谋不轨的罪名逮捕了乌日娜金,气得我向他大发脾气。他却说什么'我动不得日本人,还动不得我的臣民吗'?后来我想,算了,既成事实,吵也没用。而且,看得出来,他是中了日本人的诡计,逮捕乌日娜金也不是有意向河原美惠子示警。至于乌日娜金,我绝不相信已被日本人收买。是的,没有这种可能。当然,这需要证明。"

"看看河原美惠子是否继续活动,对吧?"

"对。我预料会的。还会有一批批日本人到河原美惠子那里接受任务,然后一批批落进我的手里。我不信我永远抓不到一个贪生怕死的日本人。"

"真是一个完美无缺的计划。不过,您为什么要讲给我呢?"

"说实话,实行这个计划,需要得到阁下的帮助。"

"我?……当然,如果我能……"

"我不会让阁下感到为难的。"

"请说得具体点。"

"我打算在贵处派驻一支规模不大的秘密小分队,十人左右,最多不超过十五人。他们将随时去堵截从图什业图王府出发的日本人。请阁下解决他们的食宿。我会派人送来足够数目的卢布和一批枪弹,对阁下聊表谢忧。"

"小事一桩,我答应了。"

"我就愿意和阁下这样的痛快人打交道。我今天很高兴。"

"那就喝两盅!"

"我何尝不想再叨扰一阵,只是今天不行了。我还有不少事要办,只能遗憾地说一声,我要告辞了。"

陶克陶呼知道留不住索拉吉辽夫,也就不再深留,起身送出门去。

送走索拉吉辽夫,陶克陶呼关起门自斟自饮起来,并在脑海里又再现了一遍和索拉吉辽夫交谈的过程。他感到乐不可支。因为索拉吉辽夫让他办的事确实太容易了。十几个人的食宿算得了什么?他因此却能得到一大笔卢布和一大批枪弹!他真巴不得天天有这样的便宜买卖送上门来,特别是附带着枪弹的买卖。至于那个所谓的秘密小分队能不能抓到炸毁铁路的日本人,与他毫无关系,他尽可以不管不问。这样一本万利又不承担风险的买卖到哪里去找?想到索拉吉辽夫不惜血本决心要实现的那个自认为天衣无缝的计划,他又差点儿笑出声来。索拉吉辽夫的聪明过度和自以为是真是达到了无以复加的程度。日本人不比你大鼻子精明?何况,与河原美惠子一起任教的乌日娜金在你索拉吉辽夫出现在王府之后突然被捕入狱,日本人要不产生和他们的间谍活动有关的疑心反而是咄咄怪事了!他们还会继续按着老办法进行活动吗?除非日本间谍全是笨蛋。可话说回来,那位滑稽可笑的业喜海顺王爷,为什么要逮捕乌日娜金呢?而且,又为什么用"图谋不轨"这个内容十分模糊的罪名呢?仅仅是和俄国人发现日本间谍据点一事的巧合吗?有一点,也许索拉吉辽夫说得对,河原美惠子不可能在王府的人里寻找进入日本间谍圈的对象,那对他们刺探俄国人的情报没有用,只会徒然增加暴露的危险而已。另外一点,索拉吉辽夫就未必看得对,业喜海顺逮捕乌日娜金就没有一点儿向河原美惠子示警的用意?这个年轻的王爷可毕竟是个亲日派啊!看来,索拉吉辽夫也有千虑一失的时候,而那个乌日娜金却是个无辜的牺牲品!乌日娜金也真够倒霉了!索拉吉辽夫还说她是个"才貌双全"的姑娘,又有多可惜。这个乌日娜金!……

历来对漂亮女人有浓厚兴趣的陶克陶呼在心里带着淫念叨咕了几遍乌日娜金的名字后,突然咝的一声抽了口气,拧眉沉思起来。瞬间,脑海里的日本女间谍、俄国人的小分队以及索拉吉辽夫、业喜海顺全都荡然无存,只剩下了乌日娜金这个名字。他觉得这个名字对他绝不生疏。可这个乌日娜金究竟是谁呢？在哪里见过还是听说过呢？

"乌日娜金，乌日娜金……"他轻轻念着这个名字，左右不停地摇摆着头颅。这样过了一会儿后，他猛地拍了一下桌角，兴奋地喊了起来："是她！天哪，一定是她！"

陶克陶呼确实记起来了。

虽然他肯定没见过乌日娜金，但这个名字是早就听说过的。在图什业图王府牧民造反的时候，这曾是个与格力图尔同样响亮的名字。他也听说过乌日娜金的美貌，并为之动心过。只是由于这已是很久远的事了，加上他日夜操劳，差不多全忘光了。要不是索拉吉辽夫对他的启发，他或许永远记不起世上存在着一个叫乌日娜金的姑娘！

但是，令陶克陶呼兴奋的不是终于记起了乌日娜金这个人以及这个人的美貌，而是乌日娜金同格力图尔的关系和由此萌生的一个能给他带来意外的巨大利益的念头。

是的，记得参加图什业图王府牧民造反的人，几乎都知道格力图尔和乌日娜金的恋情，可是，有谁能同时获悉这两个都该处死的造反首领在经过几年人间沧桑后依然活在世上？又有谁能同时获悉这对九死一生的爱侣竟分别彷徨在白狐山和图什业图王府这样两个不可能互通信息的地方呢？能同时知道这一切的人，在目前，除了他陶克陶呼不会再有第二个人了！

在他拜别了白音达赉后，不是没有产生把格力图尔罗致自己麾下的想法。但他知道那纯属痴人说梦，是实现不了的。格力图尔这样传说中也未必夸大的一诺千金的人，是不会干出朝秦暮楚的事来的。可现在就不同了。他手里如果掌握了乌日娜金，就不信他格力图尔不来望门投止。所谓英雄难过美人关嘛，何况，他们原本就是患难与共、生离死别多年的情侣呢？这可比书本上的美人计高妙多了！

至于把乌日娜金弄到手，也并非难事。业喜海顺在和博克拿多为争夺王爷宝座事四处游说时，和他有过一面之交，还接受过他的馈赠；在谈话间，对他反对朝廷"放垦蒙荒"和"移民实边"的态度，也倍加赞赏，有点儿同声相应的感觉。凭这些，还不至于不给面子，连一个在押的女犯都舍不得送给他。再说，他有的是钱，可以赎买嘛。在各旗王府，这样的先例多了。这也不行的话，最后还有一个以武力解决的办法呢！谁不知道，他陶克陶呼是连

朝廷正规军也敢碰一碰的。不过,他认为,是不会走到这一步的。

总之,乌日娜金是非弄到手不可,也有绝对把握弄到手的。

有绝对把握的事反而不急于去办。当务之急是要尽快见到格力图尔,看看能不能谈成。谈成了再去弄回乌日娜金也不迟,反正乌日娜金等于暂存图什业图王府,是丢不了也跑不了的。

他决定先去白狐山。

结果,如前所述,他获得了成功。

……

陶克陶呼想着这些巧到不能再巧的事,想着还有更大的成功在等着他,心情异常振奋,一路跑起来,如沐春风一般轻松顺畅。直到走进家门洗去一身汗污,才感到往返奔波的劳累早已超过了他所能承担的极限了。他要美美地睡上两天,然后就去图什业图王府见业喜海顺。他预料,四天后他就可以把乌日娜金领进塔虎城了。再然后,当然是迎接格力图尔了……

17

格力图尔送走满脸笑容的陶克陶呼,紧锁眉头地在门外伫立了足足有半个小时。后来,他摇了摇头,发出一声连他自己也猜不出是什么含意的轻叹,紧紧抿起嘴唇,步履沉重地走进房间。在门口处,他回头对外面的卫兵说,从此刻起,他谁也不见。随即关上门,把自己封闭起来。

天色大黑的时候,格力图尔终于打开房门,随着一股充满汗臭味的热气走了出来。他一边手握袖头猛擦脸上的汗水,一边向卫兵命令道:"快去把巴音赛克图和吴景瑞请来,告诉他们,有要紧的事相商。不能走漏消息。去吧!"

他又很快返回房间,三下五除二地换上了一套干爽的衣服,这样他觉得舒服多了。

大约过了一刻钟,巴音赛克图和吴景瑞匆匆跑来了。

格力图尔约略地讲述了一遍同陶克陶呼会面的经过,然后话题陡然一转说道:"吴大哥,从此刻起,这里的事情由你代劳。明天如果有人问起,你就说我和巴音赛克图去各营地巡视去了。"

吴景瑞问道:"你要下山?"

"是。"

"去塔虎城?"

"不,去法库。"

"那……"

"我回来会详细告诉你。"

"要几天?"

"两三天,五六天,说不准。但我会尽快赶回来。"

"关于陶克陶呼……"

"暂时不准向任何人透露,一个字也不能。"

"明白了。"

"就这些。还有问题吗?"

"有,你让我调查白音达赉的人……"

"看我这该死的脑袋,差点儿忘了。白音达赉安插的人查清了吗?"

"有嫌疑的共五十人,其中可以确定的有二十三人。为首的是巴义尔。"

"你真能干,吴大哥。还请你把这五十人严密监视起来。特别是巴义尔。至少要三倍的人监视。把好各路口。在我返回之前,一个也不能放下山去。吴大哥,你今晚就住在这里吧!有酒有肉,请自便。我和巴音赛克图立即下山。赶夜路,能凉快些。"

格力图尔说完,便带着巴音赛克图出发了。

从白狐山到法库的路很好走。下了白狐山,涉过南边一条注入东辽河的小溪,直奔西南即可。经过昌图,再越过通江口大桥便是辽西,离法库就不远了。整个路程仅二百多华里,如果放开坐骑,第二天便可到达了。对此,格力图尔和巴音赛克图都很清楚。

但令巴音赛克图纳闷的是,下山前格力图尔明明说他要去法库,可他们的实际方向却是正西。这不仅要多涉过好几条河流,而且要绕个大弯子。按说,格力图尔是不会记错路的,看他一脸严肃和毫不犹豫纵马奔驰的样子,似乎对选定的方向充满自信。巴音赛克图当然不会认为格力图尔说去法库是假话,实际却要去追赶陶克陶呼或直赴塔虎城。格力图尔是个不会说假话的人,而且,去追赶陶克陶呼或去塔虎城,应该向正北而不是正西。那么,格力图尔一定有什么特殊用意。这特殊用意是什么呢?巴音赛克图实在猜不出。他几次想问,却终于没敢问。还是在他们刚刚涉过注入东辽河的那条小溪时,他曾经问了一句:"我们要去法库,对吗?"结果得到一句几乎等于训斥的回答:"对。但别的什么也不要问,跟我走好了。该告诉你的,我会告诉你的!"巴音赛克图深知格力图尔的脾气,并且看出,这位火暴脾气的首领今天显然有很重的心思,比往常更暴躁,是万万不可招惹的。所以,他虽然极想解开谜团,却又缺少胆量,只能听之任之地紧跟其后,噤若寒蝉了。

天亮时,巴音塞克图惊讶地发现,他们已置身哲里木盟的土地上了。

这时,格力图尔才勒住坐骑,跳了下来。巴音赛克图亦步亦趋地随后也离鞍落地。

"巴音赛克图,"格力图尔说道,声音明显带着沙哑,"求你去替我办一件事。"

"求我?"巴音赛克图疑惑地问道。

"求你。"格力图尔的语气十分肯定。

"什么事?去哪儿?"

"去图什业图王府挽救乌日娜金的性命。"

"乌日娜金?"巴音赛克图越发惊讶了,"她在图什业图王府?"

"她被判了死刑,秋后处斩。"

"天哪!这是真的?"

"是真的。"

"你不是曾说她嫁给科尔丹了吗?"

"也许事实并非如此。"

"她为什么被判死刑?而且……你怎么知道的?"

"陶克陶呼告诉我的。"

格力图尔把陶克陶呼的话重述了一遍。

巴音赛克图听后想了想说道:"你是不相信陶克陶呼能救出乌日娜金?"

"他肯定能做到。但我猜测他有别的目的。"

"用乌日娜金坚定你同他合伙的决心,对吗?"

"准确地说,是做人质。他控制了乌日娜金,就不愁我不对他俯首帖耳。"

"所以你不想让陶克陶呼去救乌日娜金?"

"我们必须走在他的前面。"

"可是,你已经答应同他合伙了,你又犹豫了?"

"在成为事实之前,我必须对他知道的更多一些,我怀疑他跟俄国人有来往。这是七百人的事,我不能不慎重。如果我对陶克陶呼的保证会给七百弟兄带来灾难,我就宁可做个言而无信的人。"

巴音赛克图欣慰而赞赏地点头道:"说得再好不过。那么,快告诉我,要我去做些什么?"

"你必须只身闯进王府,面见业喜海顺王爷或博克拿多协理,告诉他们,如果把乌日娜金处死或交给任何别的人,格力图尔的数千人马顷刻间就会

杀回去,让图什业图王府从草原上彻底消失!"

"为什么不干脆……唔,我是说,我提出释放乌日娜金,他们也会乖乖答应的。"

"肯定不会。"

"格力图尔的威名和数千人马会吓死他们的!"

"除非让他们看到格力图尔和数千人马。你的大话他们只能半信半疑,他们既不敢把乌日娜金处死或交给陶克陶呼,也不会愚蠢地把她放出来。眼前这就足够了。"

"这仅能使乌日娜金不死而已。"

"要最后救出她,我们必须陈兵王府。短期内我做不到。但这样的机会,我们迟早会有的。"

"也许……你分析的有道理,而且又如此周密。你的脑袋可真不简单啊!我就按你说的去干吧。"

"最要紧的是第一步,必须见到王爷或协理。"

"我会有办法的。"

"当然。第一个让我看到使用计策的人,就是你。"

"一晃五年了……可你现在要比我精明多了。"

"你是我的第一任老师。"

"已经调过了。"

"不过……巴音赛克图,你想过没有,你此行会有危险的。"

"为朋友两肋插刀,死而何惧?况且,我相信,他们不敢杀我。最多把我也关起来,然后验证究竟有没有格力图尔和数千人马。"

"非常有可能。"

"但你会来救我。"

"毫无疑问。我不能没有你。"

"那么,完事后我去哪里找你?"

"快马加鞭赶回白狐山。"

"我们要有什么行动?"

"也许吧。"

"你现在去法库?"

"是的。第一,我要摸一摸白音达赉的打算,证明一下他能不能做我们的领袖;第二,陶克陶呼和白音达赉都交游极广,我估计他们不能不认识,我要从白音达赉口中套出这个人的底细,看他与俄国人究竟是什么关系。然后,我们共同商量对策,决定我们跟着谁一起干。"

"这非常重要。"

"但是,没有你这位好朋友,我真不知道今天该先去办哪件事。"

"我很高兴能分担你的忧虑。"

"而我让你分担的,只是我个人的事。"

"这和七百人的事同样重要。"

"谢谢你。"

"好了,格力图尔。我们要办的事又重要又紧迫,而且,都有很长的一段路要走,就此分手吧!"

"愿佛爷保佑你。"

"也保佑你。"

两个人深情地拥抱了一下,拍了拍对方的肩膀,然后,互相鼓励地点点头,便腾身上马,一向南,一向北,分道扬镳了。

作者的笔和读者的视线,对于背道而驰的两个人物是无法兼顾的。两头只能先放下一头。对于巴音赛克图的图什业图王府之行暂且挂欠,容后补缀。我们先追踪格力图尔南下法库,看看格力图尔如何对付白音达赉或者白音达赉如何对付格力图尔吧。

白音达赉没料到格力图尔会突然来到法库,更没料到这条满脸满身尘灰的壮汉竟不经通禀便闯进他常与道长会面的东郊神庙里最雅静的房间。他感到惊讶,且明显表示出内心十分不快。

"是你吗,格力图尔?"他说道,勉强露出点儿笑容,言辞很不客气,"我好像并没下达召请你的命令。"

要说世人的性情,那是很不一样的。特别是让一个人吐露真情,需要什么条件或机缘,更是千差万别。如果大致分一下,可有两种基本类型。一是在心平气和、精神松弛的环境中才可能透露心迹,一是在赫然而怒、精神紧张的情况下才可能直抒胸臆。而白音达赉则属于后者。他在从容不迫、神清气爽的时候,谈笑风生,机智诙谐,纵横捭阖,滴水不漏;要想掏出几句隐秘的真话,非激怒他不可。对此,格力图尔是很清楚的。

格力图尔本人也属于这种类型，这两个人到一起，脾气倒也对路。他无须酝酿，更无须预先准备几句刺伤对方的话，便可以和眼前这个人叮当二五争吵起来。但今天，他很快惹恼白音达赉却多少带点儿故意，张口说出的第一句话，就使白音达赉火起心头了：

"命令？我还没有决定，今后是不是还需要你的命令！"

"放肆！"白音达赉怒喝道，但他很快克制住自己的感情，扬手摩挲了一下亮晶晶的额头，然后慢慢站起来，走到格力图尔面前，轻叹了一声，"我今天情绪不好。……可是，格力图尔，你到底怎么了？你是不该轻易离开白狐山的。你既然来了，我想……你一定有什么急事吧？"他在说这番话的时候，一定在心里想如何尽快打发走格力图尔的主意，所以显得不够顺畅。

格力图尔仍旧语出伤人地说道："我当然不是找你来下棋的！"他的话，使正捻须关注棋盘的道长也不能不掉过头来，惊异地凝视起这个出言不逊的年轻人。

白音达赉忍住恼怒，略带讥诮地说道："我感到遗憾，替你。面对小小棋盘，不异于指挥千军万马啊！可惜你不是找我下棋。那你是有别的事，是什么事呢？"他说着，瞟了一眼墙角的落地钟，"有什么事就快说吧，我只有半小时时间陪你。"

格力图尔长期攒聚的和临时酝酿的怒火，被白音达赉居高临下的高傲态度煽得愈加炽烈。他针锋相对地说道："我却只有十分钟给你！"

"这就更好。如果再减去五分钟，我会佩服你的办事效率的。"

"那你就听好。——也许确实用不了五分钟，但你必须如实和干脆地回答我。"

"我历来讨厌拖泥带水。"

"那你首先该讨厌自己。"

"什么话？你是说我……"

"对，你就是办事拖泥带水的人！"

"胡说！——唔，我明白了。你是嫌我让你等待的时间过久了，是不？"

"你还打算让我继续等待下去吗？"

"你下山找我，就是想问这个？"

"这是第一件。"

"还有几件？"

"一共两件。"

"说说第二件是什么？"

"先回答我的第一个问题。"

"可以。你问的实质是，我们什么时候行动。我的回答是，快了。"

"'快了'算什么回答？这是搪塞。"

"不是搪塞。准确的日期还没有定，也不能定。"

"一百年以后再定？我看你永远定不下来！"

"当然不需要那么久。但我告诉你，就是定下来，也不能事先让你知道。"

"为什么？——我也告诉你，我必须知道！"

"你喊的再凶也没用，我是主宰。让你等待多久，让你干什么和怎么干，由我决定。你只有服从，而不能自作主张。这是我们有言在先的。"

"我有充分的理由和足够的力量挣脱这些束缚。"

"想摆脱我的控制？"

"如果你还不发布行动命令。"

"你做不到。"

"做得到。而且，我就要这样做了！"

"预料到了。对此，我早有防范。"

"防范？你分明在说并不信任我，分明在说你是个狡诈阴险的小人？你防范，你的防范又顶个屁？"

"你太粗野了。"

"对你这种人，骂祖宗也不过分！"

"住口！"白音达赍终于火冒三丈、忍无可忍了，"那我就明明白白告诉你，我让你回到那七百人中做首领，是因为看在巴兰森格的情面上。你是个只会蛮干的没有头脑的莽汉，我早有耳闻。一开始我就不信任你。你以为你手下有七百人就可以狂傲得不可一世，就可以为所欲为了？可惜你想错了。恐怕你不知道，我随时可以撤掉你。那七百人未必真的控制在你手里。从此刻起，你就别想回到白狐山了。我的不'顶个屁'的防范就要真正起作用了。"

格力图尔一直讥讽地盯着不惜泄露天机的白音达赍，听他以极高的频率说完上面的话，恨恨不已吐出一口气时，冷笑道：

"我也预料到了。"

"你也预料——你预料到了什么?"

"你对我的不信任和防范。感谢你亲自给我提供了摆脱你控制的理由。"

"我也同样感谢你亲自……"

"等一等。你暂且别高兴已罢免了我。高兴之前,你该先去问问巴义尔!"

"巴义尔!"白音达赉大惊失色道,"你是说巴义尔……"

"和以巴义尔为首的对你忠心耿耿的防范队伍。"

"天哪!"白音达赉悲愤地叫道,"你怎么知道?你把他们,把他们……"

"借你的话说,严密控制起来了。而且,从此以后,休想让你的走卒自由上下白狐山!"

"不!这……这不可能!"

"但事实如此。否则,你早该知道我私自下山了。因为到法库之前,我曾去过哲里木盟。"

"该死的,该死的……该死的巴义尔!"

"应当怪你自己用人不当。"

"不要再说了!"白音达赉呻吟般地咬牙切齿说道,"格力图尔,看来……看来我是……低估了你!"

"你是过高地估计了自己。"

"是大意失荆州。不过……也许你说得对,我太自信了。你比人们传说的要精明得多。"他说着,又扬手摩挲了一阵愈加亮晶晶的额头,无奈地叹了口气,慢慢恢复了常态,变得一脸冷漠,"说吧,格力图尔,你来找我,说明你还没做出和我分手的最后决定。你还要求什么条件?说吧。"

"你承认输了?"

"我承认输了。但我输得……输得很高兴。"

"这倒奇怪了。"

"我的确很高兴,为你的有勇有谋。我放心了。"

"不再派人监视我和随时撤掉我了?"

"我发誓。"

"那就回答我,什么时候行动?"

"我说'快了','没有确定',都是实话。从今以后,所有事情,都由你我共同决定。关于起事时间……我们一起商量商量吧。"

"现在就商量吗?"

"晚上吧。"

"我可以等到晚上。"

"你急于回白狐山吗?"

"当然不急。下山前,我已做了周密安排,他们甚至知道,我一旦出事,该干些什么!"

"你这小子鬼透了……我看,如果这样,你还是早些回去好。"

"是啊,免得生出新麻烦。"

"你好像还有第二个问题。"白音达赉一边说一边又瞟了一眼落地钟,有点儿急切的样子,"你快说吧,我尽量满足你。"

"第二个问题可以取消了。因为我决定还是和你一齐干,而不是与陶克陶呼合伙。"

"陶克陶呼?"白音达赉又吃了一惊,大声问道,"他去白狐山了?"

"他以副帅和七百人全新的武装为条件,请我去郭前旗树起旗帜。"

"你答应了?——唔,你说了,这个问题不存在了,对吗?"

"我刚刚做出了最后选择。"

"亏得你在最后选择前来见我,否则,你就落入陶克陶呼的圈套了。"

"你说是……圈套?"

"不久前他也来找过我,做出同样的许诺。我没有答应。我知道他几年前就通过一个叫森勒勒的人同俄国间谍头目索拉吉辽夫拉上了关系。索拉吉辽夫给他经费和提供武器,他则替俄国人卖命。"

"恰如所料。"

"说心里话,你就是决定和我分手,我也不会让你去同这种人同流合污。"

"所幸他以为我动心了,一高兴说漏了嘴,使我产生了怀疑,才有了法库之行。否则,我就铸成大错了!"

"万幸啊,真是万幸啊!"

正在这时,一个妖冶的女童进来禀告,说一个名叫巴布扎布的蒙古人陪着一个名叫井户川田的日本人应邀前来拜会白音达赉,正在庙门外恭候。

"请他们进来。"白音达赉说完,待女童退出,又转向格力图尔,"我和这两个人有个约会。你最好回避一下。"

"当然可以。"格力图尔刚走两步,一想不对,白音达赉要见的是日本人,眼下可是日俄交战时期,难道这里有什么秘密勾搭不成?别在摆脱了陶克陶呼的圈套后又落在白音达赉的陷阱中!所以,他随即又站住了,并回过身面对整衣正冠的白音达赉问道:"我为什么不可以在场?"

"没有必要。格力图尔,和你毫无关系。"

"既然没关系,就不该怕我听到。"

"听我的话,回避一下。"

"不。"

"格力图尔!……你在场,我们的谈话就不能进行。改期会面,你定会产生疑心和不必要的误解。你去洗洗脸,休息一下。会面结束后,我们一边喝酒,一边把谈话内容全部讲给你。我可以发誓。"

格力图尔思忖片刻,点头道:"好吧。"

格力图尔被白音达赉唤进来的庙内唯一的老男仆领走后,巴布扎布和井户川田便到了。

18

井户川田在仁川训练基地滞留的时间远远超过了他的预料,因为基地司令官看中了他,非让他留下做教官不可。五月一日,日军横渡鸭绿江成功,他们的训练基地便迁到了离平壤不远的一带山林中。这之后不久的一天,他突然被告知,因战事需要,他必须立即赴满洲接受新任务。他经过一条仅有几个人知道也不允许他记忆的秘密通道,被辗转送到柳河上游北侧大约五十华里的一个终日黄沙蔽日、几乎无人涉足的秘密所在。表面上看,这只是无边沙漠中几间破败的木板房,似乎被舍弃了上百年,早就无人居住了,谁也不会想到,几间木板房底下隐藏着一座设备齐全的足以容纳二三十人居住的石头建筑。被送到这里的,都是肩负敌后工作重任的年轻的日本人。他们在石头建筑里受训,内容是爆破学、收发报机以及满洲地理和蒙汉习俗等等。出发前,他们必须在木板房里和风沙中生活一星期,以便习惯满洲和东蒙的气候和使白皙的皮肤变得黑点儿。为了不暴露这个秘密据点,从这里出发的人的具体任务将分别在另外几个间谍点接受,其中包括图什业图王府。这里的总负责人是乔本三太郎,他是这个秘密据点的设计人和施工监督。但他不常住这里,而是由一个叫中村的相当严厉的上尉代理。他神出鬼没,谁也不知道他有几处住所,都在什么地方。井户川田在仁川起身前就知道,他未来的顶头上司便是乔本三太郎,他必须绝对服从。

井户川田在抵达秘密据点,被引进石头建筑中一间很雅致的小房间,洗漱就餐并休息两个小时以后,有人进来通知他,乔本三太郎先生想和他马上见面。他站起身,整理了一下衣装,轻咳一声,以期使陡然紧张起来的神经松弛下来,便随同那个人走出去。

乔本三太郎独占的房间,该是这座石头建筑中最精华的部分了。不仅宽敞舒适,而且凡生活所需,无一不备,甚至在酒柜中储存着不下十种名酒。

房间里有吊灯,还有壁灯,比井户川田休息的房间要亮上好几倍,看样子,小小柴油机发出的电,乔本三太郎就要耗去一小半。

井户川田走进这个明亮的房间时,恰值乔本三太郎腰缠浴巾从洗浴间出来。看得出,他是刚刚来到这里。

"是井户先生吗?请坐。"乔本三太郎一面用一块雪白的羊肚毛巾揩脸,一面不冷不热地说道。随后却突然换上了不知是讥讽还是赞扬的口气补充了一句风马牛不相及的话:"你不能不承认蒙古人了不起,对吗?"

"您说……什么?"

"唔,我是说这个鬼地方!——请坐。为什么不坐?"

井户川田不知该接一句什么话,显得有点儿狼狈地坐在一把椅子上,神情不安地凝视起眼前这个干瘪的小老头。他隐约知道乔本三太郎是少将衔,在中日甲午战争时立过大功。但他怎么也无法把心目中威武的将军同眼前这个瘦骨嶙峋的有些语无伦次的小老头联系到一起。

乔本三太郎毫不理会井户川田的目光,旁若无人地扯掉浴巾,坐在床上,一件件穿好衣服。动作竟像年轻人一样麻利,转眼间,他已经坐在写字台后边的转椅上了。

"大尉,你来得很快。我很高兴。这里非常需要你。"乔本三太郎依然不冷不热地说道,随手按熄了台灯。他这接连说出的三个短句,井户川田还是感到难以搭腔。他似乎也没想让井户川田搭腔,而是略一停顿,把视线骤然投向他召见的年轻军官的脸上,好像习惯于跳跃思维一样,提出了一个新问题:"你没想到在漠漠黄沙中会有这样一座地下建筑吧?"

"是的。"井户川田终于有了说话的机会,"没少投资吧?"

"还有将近一百名蒙汉劳工的生命。"

"您是说把他们……"

"你一定知道中国皇帝修建地下宫殿的故事。"

"他们为自己营造坟墓。"

"不同的是,中国皇帝在死后进入地下宫殿,我们这里的人却是活着走出去迎接死亡。"

"所有的人?"

"当然不包括我和你。"

"为什么?"

"价值和需要。——而且,我们这里的财宝,要超过任何一座地下宫殿。"

"您是指那些从这里走出去迎接死亡的人?"

"他们一个人的作用,有时能超过一个军团。——可福岛安正却直到今天才不再指责我浪费精力和金钱了。"

井户川田不愿把谈话引向评论福岛安正,便赶紧问道:"俄国人至今没发现这个地方?"

"对于哥萨克骑兵,沙漠无异于魔域。——我在营建这个窠巢时,是考虑到各种因素的。——至于我们自己,对大日本帝国的大陆政策三心二意的人,是一个也混不进来的。当然,我不排除这里成为我们真正坟墓的可能。我指的是这场战争的全局。"

"也就是最后的胜负?"

"你怎么看,大尉?"

"说实话?"

"当然。你我都不是冲锋陷阵需要精神鼓励的士兵。"

"我看不出我们必胜的迹象。虽然……"

"不必'虽然'就足够了。——我同意你的看法,大尉。日俄旗鼓相当,这次都是倾国力而战,又都务求必胜,务求速胜,正所谓棋逢对手,难决雌雄。目前,海战难分难解,旅顺久攻未克,陆战相持不下。我们是进攻一方,理所当然要比俄国人付出更多的代价。我们是在用国民的肉体一寸寸地铺设着进入满洲的道路。我们的海运线太长,后援难乎为继;而俄国人靠着东清铁路的畅通无阻,增加兵力和武器可以朝发夕至。……基本形势就是如此。"

"您的意思好像说我们的前途很不乐观!"

"我说到前途了吗?"

"您刚才……"

"我刚才是说我们明显地处于劣势。"

"这和对前途的估计……"

"不是一个概念,大尉。"

"但同样说明您对前途丧失了信心。您作为这里的首脑,是不该产生这种悲观情绪的。请不要丢掉我们的国民精神,少将阁下!"

看到井户川田激动和掩饰不住的愤然表情,乔本三太郎只是微微一笑,继续不动声色地说道:"您忘了我们谈话的前提了。而且,我已是中将衔了,大尉先生。"

"那么,中将阁下,您说的前提是……"

"你我都不是指挥战斗的军官和冲锋陷阵的士兵。他们是需要而且只需要视死如归。但国民精神不仅仅是一往无前的冲杀和一败涂地后的剖腹,还有面对现实和在劣势中求胜的勇气与智慧。而这,恰恰是需要你我去体现的。"

"但是,这首先还要有信心。"

"准确地说,是清醒和明确的目的性。"

"最关键的是行动,中将阁下。我希望尽快知道我的任务。"

"我可以告诉你了,大尉。你的任务是组建一支日蒙混成的队伍。它的名字应该叫'永洽挺身队'。'永洽'是日蒙永远谐洽的意思。"

"请说得具体些。"

"这支队伍的使命是,根据我的吩咐去炸毁东清铁路的某一部分。"

"如此简单!"

"却非你不行。"

"不。我看不出来。"

"第一,这种事单靠我们自己人是不行的。化装也不行。这里的人,无论蒙汉,对我们持友好态度的是极少数。不用说哥萨克,只要这里的中国人识破我们的假面具,也会将我们毫不留情地碎尸万段。我们中的人掌握不了几句熟练的蒙汉语言。我可以举出好多例证。所以,我才要求派来一位像你这样通晓蒙古语的精干的军官。我的蒙古话并不比你差,但我一直等着你而没有自己去干,是因为这种事毕竟有生命危险,而我必须安全,我活着比你活着更有价值。我这样说,你感到恼火吗?"

"当然不。请继续说下去。"

"第二,日俄的最后胜负要靠陆战来决定。俄国人已放弃了第一道防线,重兵正向第二道防线——辽阳一带集结,第三道防线——奉天到兴京一线——也在加紧备战。他们集结军队的速度比我们想象的快得多。因为他们有数万名护路哥萨克严加防守因而畅行无阻的东清铁路。我们要取得胜利,光靠前线将士捐躯是绝对不够的。成功地破坏俄国人的运输线,将对我们赢得这场战争发挥超过千军万马的甚至决定性作用。没有这种必须成功不能失败的行动,我们就不能在劣势中获胜。所以,我必须有一位像你这样可以装扮得同蒙古人毫无差异又不讨厌蒙古人而且有胆量有决断的军官。这些正是我向陆军参谋本部提出的条件。我确信,他们不会给我派来一个不符合条件的人。"

井户川田用心地听着乔本三太郎的话,渐渐安静下来。他终于明白了乔本三太郎强调"清醒"和"明确目的性"的用意,明白了他即将承担的使命对整个战局乃至大日本帝国生死存亡的伟大意义,明白了他本人要用实际行动证明其生命价值。他甚至骤然发现了这个其貌不扬的老人从第一句话开始,没有一句废话,而且充满了内在的强大的逻辑关系,使聆听者不能不在感情骤升骤降中一步步就范,并最后变得绝对信服。同时,他也从乔本三太郎的处事稳健、思路清晰和语言机智,照见了自己的躁动、蒙昧和不成熟,心里好一阵不安和惭愧。

这时,乔本三太郎又问道:"我没有说错吧?"

井户川田站起身,深深鞠了一躬道:"我全懂了,中将阁下。请千万原谅晚辈方才的莽撞。"

乔本三太郎一笑道:"没关系。敢于顶撞我,说明你很有自信。我对你充满信心。请坐。"

"谢谢,中将阁下。"井户川田坐下去,已是毕恭毕敬了。

"井户君,"乔本三太郎说道,态度恳切多了,"你的任务并不轻松。我们遇到了一个很强的对手。应该说不是一个,除索拉吉辽夫以外,还有一个巴德玛耶夫,或许还有第三个、第四个,我还不知道。他们在这里很有基础,是不可小觑的。他们摧毁了我们几次行动。连我们付出巨大代价设在图什业图王府的据点,也被他们发现了。"

"图什业图王府?!"井户川田大惊失色道。

"是的。具体地说,是你的未婚妻河原美惠子。"

"她现在……"

"坚守在岗位上。"

"她知道自己暴露了吗?"

"也许知道,也许不知道。"

"可您知道,中将阁下!"

"但我却不能告诉她,也不想撤回她。"

"为什么？俄国人会要她的命！"

"会的。"

"会的？您说得这么轻松！"

"并不轻松。从她那里受命去执行任务的人,已有两批全军覆没了。"

"您在让他们做着无谓的牺牲！"

"恰恰相反。没有这种牺牲,索拉吉辽夫会知道我们已获悉河原小姐暴露了。河原小姐不仅必死无疑,索拉吉辽夫还会把投入在图什业图王府的精力全部收回,对付我们尚未暴露的据点甚至你将进行的行动。"

"可是……"

"没有什么可是,你活到胜利的可能性也极小。"

"我明白……能给我见她一面的机会吗？"

"绝对不行。——今晚你就要出发。你的合伙人是彰武的巴布扎布。这个人很有野心。我已派代表同他见了一面。他同意合作,提出必须有一个有相当身价的日本人与他形影不离,其他条件你可以和他讨价还价,你答应的,我全兑现。我目前还不打算和他见面。我将把你亲自送到辽宁省边界,由等在那里的一个叫索伦扎鲁的蒙古人带你去彰武见他。至于你什么时候炸毁哪一座铁路桥梁,会有人通知你。"乔本三太郎说着,显得胸有成竹并有点儿动情地站了起来,"如果有一个人对你说,'乔本三太郎向你保证,河原小姐不会死',那么,这个人的话就是我的指示。"

井户川田感动得热泪盈眶,跳起来鞠躬道:"记住了。谢谢您,中将阁下。"

"你现在还有时间去睡一觉。在你的房间有一套蒙古人服装。从此以后,你可不能再洗澡了。"

"是,中将阁下。"

两天后的上午,井户川田在索伦扎鲁的陪同下,进入柳河中游东岸的彰武城。这时的索伦扎鲁已经被牢牢掌握在乔本三太郎的手里。他的全部家当叫乔本三太郎转移到他不知道的地方封存了起来,并告诉他,如不死心塌地为日本国效劳,不要说这些家当和芳子,他的性命也难保。索伦扎鲁只能乖乖服从,再不能脚踩两只船了。乔本三太郎给他的任务倒也不难,他只需把将经由图什业图王府去齐齐哈尔执行必死任务的日本人,导引到图什业图王府附近即可。后来,他听说他送去的两批日本人都落到俄国人手中,他

179

吓得半死。乔本三太郎却没惩罚他,他当然感激涕零,更加卖力了。这次让他护送井户川田去见巴布扎布,显然比以前的任务有分量得多。他感到光荣。井户川田是乔本三太郎亲自交到他手里的,他猜出这个年轻的日本人肯定非同寻常。所以,一路上,他尽其所能去讨好井户川田。但他记得乔本三太郎曾告诫他,他的责任是把井户川田带到巴布扎布的寓所,不得介入这两个人的谈话。他当然要做得分毫不差。否则,就难以回报乔本三太郎对他的宽容。他也确实做得分毫不差。当井户川田说,他可以走了,并真诚道谢的时候,他高兴得像什么似的。他当即拜辞了井户川田和巴布扎布,如驾祥云般离开彰武,到被指定的地方向乔本三太郎报告去了。他相信,他将接受更重要的任务,而且会干得更加出色。不过,此后再也没人见到他。他死了,还是活着,没人知道。如果死了,究竟死在乔本三太郎之手还是死在索拉吉辽夫之手？如果活着,究竟在哪里？这些都无从查考了。也曾有人传说,日俄战后,他以一个日本人的名字成了南满洲铁道株式会社的重要投资人之一,并曾坐着豪华轿车在图什业图王府露过面。但因笔者资料所限,没有找到确证。对他此后的经历只能略作阙如了。索伦扎鲁这个人物,出现得虚无缥缈,消失得同样虚无缥缈,实在是一个缺憾。但事实如此,笔者毫无办法。——这是闲话,姑置不论。

索伦扎鲁走后,井户川田与巴布扎布开始了谈判。井户川田见巴布扎布气宇轩昂、举止不凡,而且思维敏捷、谈吐风雅,先就有几分喜欢。他甚至突然想起科尔丹。他觉得有科尔丹和巴布扎布这样杰出人物的蒙古族,居然听命于几同行尸走肉的满族人,实在是这个民族的悲哀,竟又产生了几分同情。加上巴布扎布提出的条件并不苛刻,只是眼下的资金、装备、蒙日人员十对一的比例以及战后的数千支步枪和一定数量的弹药,这些都是井户川田可以独立拍板的。他们用了不长时间便谈妥了。井户川田问巴布扎布,如果他在任何时候提出去炸毁公主岭或范家屯的铁路桥梁,有没有一定成功的把握？巴布扎布回答说,没有一点儿问题,可以绝对放心。但巴布扎布最后提出,他认识一个叫白音达赉的人,素有雄心,多年韬光养晦,待机而动。这个人对铁路沿线十分熟悉,且研究过爆破术,把这个人拉进来,就如虎添翼了。

"他会有什么要求？"井户川田问道。

"无非是武器而已。他说过,他想夺取法库的俄国军火库,但一直不敢下手。此人同我有很深的交情。"

"巧极了！我们可以将炸毁铁路桥梁和炸毁俄国人军火库同时进行。——我什么时候能见他？"

"他在法库,离彰武仅百里之遥。我今天就去探听一下他的意思。如有可能,最迟三天后,您就能同他见面。"

"愿阁下此行成功。"

第二天,巴布扎布回来了。他说,白音达赉很动心,要和井户川田面洽。时间和地点也定了。

就这样,井户川田和巴布扎布来到了法库东郊的神庙,在格力图尔回避的情况下,与白音达赉进行了谈判。

谈判进行得也很顺利。白音达赉同意出五十人,全是懂爆破技术的。他的条件是,把五十人交给井户川田时,他应该同时收到三百支步枪,对俄国军火库不采取爆破手段,而是武装三百人后去夺取,成功与否和他人无关。井户川田看出白音达赉是只老狐狸,狡猾难缠,不如巴布扎布那么真诚痛快。但这毕竟是意外收获,他还是愉快地同意了。

对于井户川田来说,他这几天的成绩已远远超过了计划。他兴奋极了。大约在和乔本三太郎告别的第七天,有一个同乡到巴布扎布寓所来找他,说出了那句暗语,然后命他把活动情况作了详细的口头报告,便走了。第二天,这个人又来了,交给他一张标有"阅后付丙"的信纸,上面写道："干得好。谢谢。所允枪弹,我定如数备齐。交接时间、地点,七日后奉告。大任所寄,慎之慎之！"

井户川田着实惊佩乔本三太郎神通广大,那么多枪支弹药,七天就能弄来,好像有无数枪支弹药早已准备在那里,伸手便可以拿到似的。但七天的时间又似乎太长,巴布扎布去召集人马,白音达赉也已着手对部下进行最后的爆破训练了,这些他插不上手,也无须他插手。那这七天时间怎么打发呢？他突然想到河原美惠子。他知道从彰武到图什业图王府,来回是用不了七天的。他说不定哪一天会丧命,也许再无机会见河原美惠子一面了。如果不利用这宝贵的七天时间去和心上人见一面,定会留下终生遗恨。乔本三太郎不会知道的。这么一想,井户川田便下了决心,跟巴布扎布要了两匹壮马,说是去办点儿要紧的事,七天后准回来,就轻装上路了。

19

格力图尔到法库是为了解决究竟跟着谁干的问题,即要在白音达赉和陶克陶呼之间做出选择,确定一个他的领导者或称为当家人。但在他返回白狐山时,这个问题已不复存在了。因为对白音达赉和陶克陶呼,再也无须对比权衡,这两个人,他全否掉了。

对白音达赉的最后否掉,是格力图尔自己也没料到的。在同白音达赉那场暴风雨式的争吵之后,他曾想,在互相更深认识的基础上,建起公平和融洽的关系,继续合作下去,是可能的,也是可取的。白音达赉毕竟足智多谋、通权达变,是个能统筹全局的帅才,且显然不敢再小看他格力图尔,他又能保持七百人的一定的独立性,没有什么后顾之忧,何乐而不为呢?他们的见面如果到此为止,再无别的内容,格力图尔肯定会当场再一次也是最后一次确认白音达赉和他的主从关系,死心塌地做白音达赉的副将了。可巧的是,恰恰在他们谈话中间,插入白音达赉与日本人的会见,使格力图尔陡起疑心,并做出了最后决定:把准备心甘情愿加到白音达赉头上的统帅桂冠,永远彻底地收回来!

格力图尔曾试图使白音达赉取消同日本人的协议,但未能奏效。他预料到了会是这样的结果,便也不去用那些会引起争吵的激烈言辞。

"你就那么需要这三百支步枪?"

在白音达赉如约原原本本讲述了一遍同井户川田谈判内容和结果后,格力图尔问了上面那样一句话。这句话,听不出他是极力反对,还是十分赞同,可以说恰到好处。他甚至自己也不明白怎么突然说出一句这么有分寸的话来!

"这叫三百支呀,而且现付呀,格力图尔!"白音达赉说道,为格力图尔没表示出强硬态度而暗自庆幸,"三百支新式步枪连同足够的子弹!你山上有几支枪？我费劲巴力到如今也才攒到三十支,我们加到一起,恐怕也凑不齐一百支老套筒。这,你我都心如明镜。我为什么迟迟不行动,就是考虑到,不搞到三千两千支步枪,干不出什么名堂。靠你手下人那些大刀片？白扯！白送死！所以,我的第一步就是夺取俄国军火库！军火库有几百人把守,还有铁丝网、炮台、机关枪……仅凭我们的老套筒和钩竿铁尺,还想攻取军火库？那是以卵击石,自取灭亡！但是,我们要有了这三百支新式步枪,就完全可以试一试了！你说对不？"

"因为这个就和日本人搅到一起？"

"没搅到一起。我是和井户川田做买卖。"

"做买卖？"

"是做买卖。而且一把一利索。难道我会像陶克陶呼投靠俄国人那样,把自己拴在日本人的战车上？我还没那么傻。况且,谁能说准他们哪个胜哪个败！当然,以后再有这种事,要由你我共同商定。这一回,你就别计较了。"

格力图尔确实觉得对陶克陶呼和白音达赉不能等量齐观。陶克陶呼显然是卖身投靠,心甘情愿做俄国人的奴仆;白音达赉则不同,仅仅是为了获得一批步枪,做一次双方受益的买卖。但格力图尔又不能不预测到,有了第一次成功的买卖,紧接着会有第二次、第三次,买卖愈做愈大,关系愈搞愈密,迟早会陷进去再也拔不出腿的。所以,他还是下了与白音达赉分道扬镳的决心。他知道,他此刻宣布自己的决定也是不聪明的,白音达赉一旦恼羞成怒,一不做二不休,说不定会对他下毒手的。他这可是在白音达赉的巢穴中啊。是的,他须斟酌话语,不使白音达赉生出疑心。他想了想,说道:"好吧,我不计较。但是,只此一回……"

"下不为例。"白音达赉果然被迷惑住了,高兴地紧接着说道,"下不为例。我保证。"

"那我就……唔,我们起事的时间大概是这三百支步枪到手以后吧？"

"这不会是个很长的时间。"

"我在山上可是度日如年啊！"

"再忍耐几天吧,格力图尔。有你大展雄风的时候！"

格力图尔不再说什么,他心里却有点儿可怜起白音达赉,并暗自骂着自己:"格力图尔,你快学会欺骗人了！"

他准备告辞,尽快离开神庙。

白音达赉却坚持要格力图尔在庙里住一夜。碍着情面,他住下了。第二天,白音达赉又要带他去法库城里逛一天,并领他到有四堵高墙的私寓。第三天晚上,一个风尘仆仆的人把白音达赉喊出去耳语了一阵,白音达赉返回房间后对格力图尔说:"铁岭一个朋友家来报丧。我看你也急于回去,明早一起动身,我们还能同行一段。"格力图尔却憬然有悟,终于明白了,这几天他事实上是在被软禁中,刚才所谓"报丧"的人,无疑是白音达赉派到白狐山去打探情况的,而且显然证明了格力图尔没说大话。如果证明的正好相反,也就是他安插进白狐山的人依然能控制那七百人,那么,他准会对格力图尔下手,演一出杯酒释兵权的。格力图尔对白音达赉的反感这下子升到极点了。嘴上不说,心里却在替白音达赉感到惋惜:"白音达赉呀,你奸得过头了!你要不是最后又玩了这么一次鬼把戏,我的心肠也许会软下来,真把七百人再交给你呢!其实,和日本人只做一次买卖,保证下不为例,也算不了什么。何况要去炸的是俄国人的铁路桥梁呢?……可现在,全完了。白音达赉哟,你这回是得不偿失啊!"

就这样,格力图尔回到白狐山。为白音达赉聪明反被聪明误,下错了最后一盘棋,他感到遗憾;为自己没有了可供选择做领袖的对象,他更感到一种被遗弃般的孤独。当他获悉巴音赛克图还没有返回白狐山,他则悔恨交加,担心他最要好的朋友会因为他的私事而送掉性命。

"你和巴音赛克图是去两个地方、办不同的两件事吗?"吴景瑞见格力图尔焦急的样子,这样问道。

"是两个地方,不同的两件事。"格力图尔说道,心事重重地叹口气,"我让他干的事,是不该让他干的……我没有……我没有权利让他去为我冒险!"

吴景瑞不好深问,便安慰道:"巴音赛克图是个非常机灵的人。也许……也许误了点儿时间,但危险,是不会有的。"

"但愿如此。而且——担心又顶什么用?……吴大哥,谈谈这几天山上的事吧。"

"好的。按照你的命令,我派人把巴义尔等人监视了起来,但巴义尔觉察到了,想偷偷下山。我只好当机立断,下令把巴义尔和涉嫌的五十人全抓了起来。没同你商量,又不知这样做对不对?"

"再对不过!"格力图尔拍手赞道,"干得漂亮,漂亮极了!"

"但是,怎么处置他们呢?五十人要耗去我们许多精力的。"

"我一会儿就让他们从这里滚蛋!还有别的事吗?"

"你下山的那天,兴京城独立自卫军的首领张榕曾来山上,想面见你。"

"独立自卫军?名号倒蛮响亮!他找我干什么?"

"他找你洽谈……"

"下山入伙!对不对?"

"是的。"

"都看我这七百人是一块肉,谁都想来咬一口!哼,这张榕准和陶克陶呼一样。可惜,我不会再上当了!"

"你是说陶克陶呼……"

"他是俄国人的狗腿子。"

"你下山就是为了查清他的来龙去脉?"

格力图尔点点头说道:"我同时还发现白音达赉和日本人有来往。"

"竟是这样!"

"能信得过的人是太少了!"

"你是不是决定摆脱白音达赉,也不与陶克陶呼合伙?"

"倘若去替外国人卖命,我宁可解散这支队伍!"

"解散!你这是一句气话吧?"

"我确实是这样想的。"

"没有白音达赉牵制,我们自己干不是更好吗?"

"统帅呢?总得有个知道怎样下命令的人啊!"

"你为什么不能试一试,我看你……"

"我行不行,自己心里明白。也许我生来就是个执行命令的料。统帅却要更有头脑,更精明,更有心眼儿……至少像王绍祖那样……"说到这里,他突然停了下来,刹那后,他眼睛一亮,跳起来喊道,"我真是木头脑袋,怎么没想到他?"然后倏地又转向吴景瑞,"吴大哥,这白狐山的事,还要你代劳几天。"

"你还要下山?我想,你去找王绍祖,对不?"

"这是最好的办法。这就叫情急生智吧?"

"不过,有关张榕的事,我还没说完啊!"

"张榕是谁？——唔，你还没把他打发走？"

"他说，不出半月，还要来见你。"

"那时，这白狐山就送给他了。"

"我们要离开这里？"

"必须尽快搬家。不能让陶克陶呼和张榕这样的人知道我们的去向。"

"张榕还给你留下一封信。"

"内容猜得出来。"

"我断定你猜不出。"

"你是想念给我听吧？"

"你很有必要听一听。依我看，张榕和陶克陶呼大不一样。"

"是吗？那一定是个更狡猾的人了。——不过，好吧，你快念，我遵命洗耳恭听就是。"

吴景瑞展开信笺，从头至尾读了一遍。

信是这样写的：

白狐山主格力图尔将军麾下：

某张榕久仰山斗，期接神宇；奈将军天马行空，仙踪难觅。不揣冒昧，先留书于案侧；当面聆教，当不出于三五。

时下，日俄争食满洲，交衅辽南；祖国倾危，同胞惨苦；将军必有所闻见也。

窃以为，俄人者，虎狼也；俄国者，虎狼国也。自咸丰易界碑、据江左，蚕食我国土；终至修铁路、派重兵，夺我东三省。遍设衙门，奴隶我官府、鱼肉我人民；纵容兵痞，剥蚀我钱粮、淫掠我姊妹。桩桩禽兽之行，人神之所共愤，种种野蛮之状，天地之所不容。此等丑类如不剪除，东三省几无一寸干净土地，万千同胞亦不能一日为太平民也。

又曰人者，亦虎狼也；日国者，亦虎狼国也。与罗刹较之，或且更有过之而无不及也。甲午一逞，据朝鲜、夺台澎，恍如昨日；仅十年，窥满洲、战俄人，猖獗目前。势在必获东三省而后已也。此等丑类如不拒之国门之外，国土同胞则更暗无天日矣！

故曰俄之争，虎狼之争也。俄胜则牢固制华之权，依然豺狼作牧；日胜则夺握宰华之刀，愈加狐鼠成群。是以无论俄胜日胜，我均为奴，势必灭尽我身家，殄绝我种族。此必为将军所不欲闻见者也！

然则，俄日火并，亦我热血男儿报仇雪耻、救国救民之良机也。何以言者？俄日两强，旗鼓相当，皆求务胜，耗损必巨。今战方酣，俄败日败尚难预料；海陆鏖兵，攻守两伤势所必然。我合仇俄之众攻俄之背，假日人攻俄之腹作我外援，俄败无日矣！古人云："两虎争人而斗，小者必死，大者必伤。待伤虎而刺之，则是一举而兼两虎也。"俄既败死，日成伤虎之势，刺杀之乃举手劳也。此必亦早在将军腹箧之中矣。

某一介书生，受业京师。所以弃学毁家，招兵买马者，欲刺俄日两虎，以挽回主权，救民于水火也。然某自知德薄能鲜，不堪帅位；且绠短汲深，力有不逮。所谓"蜀中无大将"也，孤掌难为鸣也。夙闻将军雄才大略，人中骐骥；威名震于宝城，仁风播于草野。吾之数百虎贲，正待将军拗军布阵耳，将军其有意否？若得将军不弃，你我勠力同心，何愁枭杰云集、万方辐辏耶；逐长蛇、驱封豕、复国土、保种族，树我中华完全独立之旗帜，又有何难哉！想将军定能三思而有以教我者也。

兴京　张榕　顿首拜
年　月　日

格力图尔听完张榕留给他的信，显然受到了极大震动。他至少有二十分钟没说一句话，只是紧收眉峰在地上走过来走过去，令人想见他心海里的巨大狂涛。后来，他站到吴景瑞面前，声音沙哑地说道："请再读一遍。"

这一遍，他是有意识地认真听，更认真琢磨了。

又静默了几分钟后，格力图尔眼睛一闪，说道："我明白了，我懂了！"他的声音不大，似乎混合着长长的叹息。但这句话无疑是他灵魂的高声呼喊，把他的身体震动得颤抖不止。

"你听明白了？"吴景瑞问道，以为格力图尔指的是信中文绉绉的词句。

"是的。我明白了。也许我今天才算真正开窍了！吴大哥，我想见见这个张榕，越快越好！"

"他留给你的信中不是说……"

"我等不了半个月!"

"恐怕只能等这半个月了。"

"为什么?兴京离这里没多远。"

"他们没回兴京,他们去奉天城了。"

"他们?除张榕还有谁?"

"还有……科尔丹。"

"科尔丹?"格力图尔不胜惊讶地问道,以为一定是自己听错了,要么就是另外一个科尔丹,"你说的是科尔丹?哪一个科尔丹?"

"你的同乡啊,那个……那个……你认识的。"

"他还没死?!"

"好像……是这样。"

"可他,怎么会和张榕在一起?"

"他说,他一直在日本留学,刚刚参加张榕的自卫军。这次是专做翻译的。"

"他知道我是这里的首领?"

"知道。"

"竟敢来见我!——你为什么不把他扣下?"

"他是张榕的随行人员。"

"这……是啊,不能怪你。那么,他们去奉天做什么?"

"面见增祺将军。"

"具体目的呢?"

"希望增祺将军理解和支持自卫军的爱国行动。"

"要他支持什么?"

"因为朝廷几次下旨要增祺解散自卫军。"

"是这样。——那他张榕可真是异想天开了!"

"你了解增祺将军?"

"他不会答应的。甚至……唔,张榕很年轻吧?"

"刚满二十岁。"

"天啊,这么年轻!他,一定上了科尔丹的当了!"

"科尔丹会……会出卖张榕?"

"不行,我必须去救他!"

"你估计增祺将军会对他下毒手?"

"这样的豪杰是不该死的!"

"如果真如你预料的那样,你能救得了他吗?"

"只要他还没有人头落地,就有办法。事不宜迟,我这就下山。倒也巧了,我一次可以办两件事。"

"那么这里的事,比如巴义尔……"

"想法让他说出同伙,核实那五十个人,尽量别冤枉了自己弟兄。然后,把他们押下山去,让他们滚回法库。你还要通知弟兄,全部向白狐山下集合,随时准备行动……就这些。"

格力图尔说完,让吴景瑞找人去替他鞴两匹快马,他则从床下摸出短枪,检查并装满子弹后,揣入怀里。不大一会儿,他就出发了。他在心里不住地说道:"但愿增祺别这么快就接见他们。"可他哪里知道,张榕和科尔丹抵奉当天就获得增祺将军的接见,并在半小时后被投入监牢,只待开刀问斩了!

20

张榕和科尔丹进入奉天城,比他们想象的容易得多。因为这时的俄国人已预感到辽南保不住了,正全力加强辽阳、沙河防线,以期遏住日本人北上的步伐。这条防线左近的近千个富饶的村庄被宣布为战地,房屋被拆掉或烧毁,居民被赶走。死也不肯离去的创业者,有的和房屋同归于"烬",有的被恼怒的俄国兵枪杀。当然,还是逃难求生的人居多。这些人或西去,或北行。北行的人中大都以为,既然正打仗的是日本和俄国,朝廷且已宣布局外中立,那么,这战火是无论如何也不该烧进"龙兴重地"陪都的。这样,便有成千上万的难民潮水般涌入奉天城。增祺将军和王世祺提法使阻挡不了,也不能阻挡,毕竟是同胞,毕竟是朝廷子民嘛。城防于是松弛多了。

张榕和科尔丹混迹于难民中进入奉天城,首先夺目的也是街道两旁横躺竖卧的难民。看不出这些难民有饥馑之状,好像从未断过吃喝。科尔丹一问才知道,增祺将军几乎每天都坐车来到难民间,布施钱粮,使他们不仅可以吃饱,还能买一些急用的物品。

"荫华兄,"科尔丹说道。"荫华"是张榕的字,除同乡、同窗和朋友,外人很少知道。为了安全,他们约定,在奉天期间,科尔丹就这么叫他。"看来,我们是大有希望啊!"他的语气很兴奋,还带点儿赞美。这赞美,无疑是对增祺将军了。

张榕知道科尔丹指的是增祺将军的仁爱,也猜出科尔丹根据什么说大有希望。他不同意科尔丹的看法。

"我看不出来这和我们的事有什么联系。"他说道,同时轻轻摇摇头。

"一个爱民如子的人,必定也会有一颗拳拳爱国之心。"

"向难民布施点儿钱粮就是爱民如子?"

"这毕竟是施以仁爱嘛。"

"日以钱粮行小惠,这只是妇人之仁。"

"妇人之仁?那么君子之仁……"

"治世以大德,不以小惠。这些难民需要的不是三天两天的干粮和几吊小钱!"

"当然,他们失去了房屋、土地。但这不是一天两天能解决的。就算增祺将军是行小惠,也总比让他们在荒郊野外啼饥号寒强得多。"

"说的也是。他就是连小惠也不行,也丢不了乌纱帽。"张榕说着,笑了笑。

"你对他成见很深。"

"但愿我的看法能改变。——我们眼下更应该商量的是先找客栈住下还是直赴将军衙门。"

科尔丹见张榕不想继续争论增祺将军的品行优劣了,他也意识到在这种时候、这种场合争论不合适。因而,他很愿意改变话题。他略一思索,回答道:"时间还早,我们就先去将军衙门吧。"

"就这么步行吗?"

"那时间可就不充裕了,我们得找一辆出租马车。"

马车是找到了,但车夫说,去将军衙门要绕弯子走,因为几条主要马路都有俄国兵,有时故意找麻烦。他们俩当然不愿意去和俄国兵纠缠,便只好听任车夫拐来拐去,一刻钟的路,足足走了五十分钟,而且在离将军衙门很远的地方就停了下来。车夫说,剩下这段路,是严禁马车快行的,他们最好下车自己走过去,不仅两便,甚至还能快一些。他们也只有听从,准备安步当车了。

恰在他们付车费时,一辆马车辚辚驰过,和他们同一个方向来,又向同一个方向去,却一点儿也没有要减缓速度的迹象。科尔丹以为是他们雇用的马车夫耍滑,想说几句不满的话。这时却见刚驰过去的马车骤然停了下来,车门打开后,跳出一个身穿官服的大人物——王世祺。

分别站在两辆马车车门处的科尔丹和王世祺互相对视了一会儿。当他们终于确信没认错人之后,同时缓缓向前走近了几步。他们都显得有点儿犹豫,甚至怀疑即将与对方见礼纯粹是仓促中做出的错误决定。不用说,在这缓缓的几步中,他们同时回忆起几年前两人联手镇压图什业图王府牧民造反的那段经历。他们第一次见面就互相反感,合作得也十分不愉快。但

191

这是增祺将军的安排,只能服从。后来,他们取得了胜利,彻底击溃了造反队伍,王世祺不仅赢得了荣誉,也大发了一次横财。王世祺心里明白,在"剿逆"的整个过程中,他虽然不能说无尺寸之功,但所起的作用毕竟是微不足道的,与科尔丹的功劳简直不成比例,更不要说相提并论了。然而,这次胜利给他们带来的结局却又那么不公平。王世祺成了朝廷的功臣,从几乎被湮没的宦海中重新浮了上来;科尔丹却被逐出图什业图王府,变成一无所有的穷光蛋!也许正是这个原因吧,王世祺对科尔丹的讨厌中总是带着几分羞愧;同样的原因,科尔丹对王世祺的讨厌中也总是带着几分鄙视。两个人谁也不想再见到谁,却是毫无二致的。

按说,眼前这种邂逅是完全可以避免的。特别是对于王世祺,他肯定能知道,科尔丹是看不到也猜不出正是他王世祺坐在这辆飞驰而过的马车里。但他却叫停了马车,打开了车门,跳了下来,并向科尔丹走过去。是什么原因促使他主动去见他不想见的科尔丹呢?我们暂时还猜不出个所以然。只怕连他自己也说不清。我们就叫它是鬼使神差吧。

对于科尔丹,这次见面同样可以避免。甚至在向前走了几步之后,也可以倏然转回身来,大步走开。王世祺是不会追赶他的。但他绝非被动地向王世祺走过去。在略一迟疑后,继续把脚步迈过去。他这样做的原因却是很明确的。他知道王世祺马车的终点肯定是将军衙门,求这个可以随意进出将军衙门的人把他和张榕拜见将军的愿望带进去,不仅比让门子通禀快得多,而且被拒绝的可能性小得多。这是王世祺唯一的可利用价值。

两个人终于在相距一米远的地方站住了。

同时抱拳俯首。

"久违了,科尔丹梅伦。"王世祺看出非自己先寒暄不可,便开了口。

"久违了,提法使王大人。"科尔丹的语气同样不冷不热,像在刻板地重复对方的话。

"至少两年没听到你的消息了。这两年……"

"萍踪浪迹,沿门托钵而已。"

王世祺愧疚地垂下眼帘。

科尔丹接着问道:"王大人依然官场得意、仕途畅达吧?"

王世祺摇头叹息道:"真如一场春梦耳!"

"梦吗?您得到的好像都是实实在在的东西:官职、夫人、财宝……"

"今日始知昨日之非。这些财宝已成了我灵魂的巨大负担。"

"是吗?"科尔丹冷笑道,"那就拿出来赈济满城的难民啊!"

"我正在这样做。"

"我倒是听说增祺将军在这么做。"

"钱粮却全是我的,我发誓。"

"是为了买好增祺将军还是为了掩盖自己曾窃取了不义之财?"

"都不是……也许……都是。我说不清,是的,我说不清……"

科尔丹憎恶而怜悯地盯着王世祺,半天没说话。为了快点儿结束这次不愉快的见面,他不打算再去揭王世祺的短了,还是让这个人尽快发挥点儿作用吧。

"王大人,您是准备去将军衙门吧?"

"是的。"

"我和我这位朋友也想见一见增祺将军。"

"看得出来,但今天恐怕不行。"

"所以要烦您去代为疏通,不想帮这个忙吗?"

"求之不得的机会。只是……"

"您还像当年那样罗唆。"

"你们有什么事非今天见不可呢?"

"如果……如果明天呢,您能保证他接见我们吗?"

"不,不敢保证。增祺将军近来心绪不佳……"

"因为俄国人吗?"

"俄国人欺人太甚!他们的远东总督阿列克赛耶夫专横跋扈。日俄刚一交战,他便照会增祺将军,声称增祺将军须承担各处铁路的保护之责,并说,铁路如有损坏,增祺将军乃至中国不但要承担全部经济损失,而且要承担因此贻误军机之责任。……"

"增祺将军答应了?"

"俄国人可不管你答应不答应,他说什么就是什么。……近来铁路屡有被炸事件。阿列克赛耶夫怒不可遏,便派索拉吉辽夫——你和这个人挺熟,对吧?"

"是的,挺熟。"

"这个人是间谍头子,这你知道吗?"

193

"我曾经怀疑过。"

"阿列克赛耶夫命他为俄国总督府军事交涉局全权代表来查办铁路被炸事件我们也进行了调查。虽然有足够的理由确认,多次铁路被炸事件都是从东蒙潜入东三省的日本挺身队所为,被捕的日本人也供认不讳,但索拉吉辽夫硬说我们没尽到保护责任,还说,有几次毁路炸桥事件系仇俄的华人组织所为。他知道我是负责治安的官员,还兼任三营管带,昨天便闯到我家,让我带兵去保护铁路和剿除仇俄的华人组织。"

"有这样的组织吗?"

"索拉吉辽夫一说,我才知道不仅有,而且不少。比如夹皮沟的韩登举、凤凰城的杨二虎、海城的冯鳞阁、通化的张占元、怀德的冯孤雁、兴京的张榕,等等。"

"还有张榕?"

"索拉吉辽夫特别强调了张榕和他的同党丁开嶂,说他们是学者,有大野心,非寻常土匪可比。"

"他怎么知道?——唔,对了,他是间谍头子……"

"他知道的多得很,他下边有很多人……"

"那么……你刚才说索拉吉辽夫让你干的事,你答应了吗?"

"我要答应就没有今天的事了。"

"今天?今天什么事?"

"增祺将军让我速来见他,我就知道,一定是索拉吉辽夫来过,并把我告下了。"

"你估计增祺将军会做出怎样的决定呢?"

"不好说。他对俄国人很反感,但俄国人掌握着他的……总之,难以预料。特别是近来,他喜怒无常……不过,你还没告诉我为什么非要今天见将军不可?"

"事情非常重要。"

"只能当将军面讲?"

"但你可以在场。"

王世祺想了想说道:"好吧,我试试看。我可以把你和你的朋友——唔,对了,我还没有请教你这位朋友的尊讳。"

"他叫荫华。"

"荫华？我还以为是张榕呢。"

科尔丹掩饰着惊讶地问道："你怎么会这样想呢？"

"我刚才提到张榕,你表示出非同寻常的关心。"

"是这样,你还像当年那样敏感而且多疑。"

"荫华……记住了。我答应把你们带进大门,至于将军见不见……"

"我和我的朋友今天必须见到他！"

"让我打保票？"

"……我想,你至少是能让将军想起我这个人的。"

"也许能。你是那种让人想忘掉却又无法忘掉的人。走,我们一起步行过去吧,我也好利用这段路想想怎么才能不让你和你的朋友失望……"

几分钟后,王世祺已把科尔丹和张榕带进将军衙门的庭院里了。他告诉科尔丹,在院里等候,他要先去见增祺将军,用不了多久,定会有人来传唤的。说完,他穿过甬道,踏上正厅门前的台阶,门旁侍立的仆人见是他,早已毕恭毕敬地打起了帘子,并高呼一声:"王大人到——"

王世祺提起衣襟,迈着碎步踏过门槛,深鞠一躬道:"参见将军大人。"

"免。"

王世祺听到增祺含笑的声音,这才抬起头来。这一抬头不打紧,他险些惊异地喊起来。原来,增祺将军穿着紧身便服坐在案后,正搂着美姬饮酒呢！案侧还有两个人在清理案卷。

增祺将军毕竟是增祺将军,到底有他不同凡俗之处。他不管怎样心绪不佳,怎样喜怒无常,不管公务怎样繁忙,夫人怎样聒噪,也永远不会忘记他应该去尽情享受生活和命运为他准备下的一切。这一切来得很不容易。要知道,他的祖上并没给他留下可供他承袭的爵位,也没给他积攒下可以买顶乌纱帽的家业。《满清稗史》为他立的小传中写道:"增祺。密云驻防人。幼孤。家贫。落魄为博徒。稍长。以有膂力。习弓马。兼攻举子业。得倖进。旋为副都统。后又任奉天将军职。"寥寥数语中,隐含着增祺几多孤苦的泪水、几多挣扎的艰辛啊！他由一介寒士而到将军,几乎是从社会最底层浮到了最上层,正所谓功成名就了。自幼便渴望获得的东西,全有了,这是他奋斗得来的,可以当之无愧地去享受;现在临时产生一个欲望,说出来就能得到满足,理所当然不能拒绝。否则,不等于白折腾了一辈子,不等于和自己过不去吗？比如此刻,他一边指导手下人怎样分辨日本人和俄国人的函件,以便泾渭分明地放在两处;一边等着王世祺,却还能鼻闻美女的体香、口尝美酒的醇香,就说明增祺将军如何精于忙里偷闲抓紧时间去享受了。

王世祺惊定后问道:"将军唤小人来,不知有何指教?"

"过来。"增祺说道,努嘴指了指案侧的一把空椅子。

"将军是让小人……"

"当然是喝酒。"

"可是……"

"先喝酒！一会儿再可是。"

"遵命,将军大人。"

王世祺只好走过去。落座前,他满腹狐疑地看了看那两个人正在清理的案卷,似乎都是平时的照会、书信、便笺之类。这种极简单的事,男女仆人都干得了,增祺何以让他最亲信两个人施忠和黄冯来做呢?

"看明白了吗?"增祺将军笑了笑问道。

王世祺刚坐下,又惶悚地站起来说道:"小人不敢。"

"坐下。"增祺说道,没有恼怒的样子,"你没看明白,我可以告诉你。我让施忠、黄冯把日俄的信函分开,存放两处,这事不能让别人知道,而且我劝你也这样做一做。"

"可这……为什么?"

"为了随时可以销毁其中任何一部分。"

"将军的意思是……不,小人还是不懂。"

"你真笨！我问你,日俄之战谁能胜?"

"难以预料……唔,我明白了！"

"这就叫两手准备！"

"不让胜利的一方知道您同失败的一方曾有过密切交往?"

"是啊,我们要同胜利者而不是失败者合作。"

王世祺看着有点儿骄矜之态的增祺,什么也说不出来,心里却在悲哀地叫道:"合作？还不如直说是当奴隶！……"

停了一会儿,增祺又说道:"还有,我要在院子里挖一个大坑,至少一丈深。你也挖一个吧。"

"这大坑……又有什么用场呢?"

"躲炮弹嘛！你没听说日本人的大炮射程很远,万一飞过来一颗……"

"怎么会那么巧？再说……"

"所谓有备无患嘛。"增祺说完，推开怀里的美姬，"先下去。你在这儿，王大人总是心神不定呢！"接着是一阵大笑。

王世祺满脸通红。

"我们谈正事。你知道我为什么叫你来吗？"

"一定是索拉吉辽夫……"

"对，就是他。你把他惹恼了，何必呢？"

"我只是没答应带兵去保护铁路和清剿仇俄组织。"

"你应该答应。"

"什么！应该答应？"

"其实，俄国人不难对付。比如你可以说保护铁路有诸多不便，只会给护路哥萨克造成麻烦；但可以去剿灭那些仇俄组织，像兴京的独立自卫军啊，还有什么抗俄铁血会啊。这些军啊、会的，全是乌合之众，瞎闹腾一阵而已，对你这个三营管带还不是小菜一碟？何况，朝廷屡次电令，要我们尽快取缔这些组织，我们有推卸不了的责任嘛。"

"将军是否已这样对索拉吉辽夫许诺了？"

"这并不难为你吧？"

"只怕是……这三营新军一旦离开盛京，我们就更难控制城里的局面了，俄国人会更加肆无忌惮的；再说，这三营新军早已人心不稳了，设使……"

"好了，提法使兼三营管带王大人，这都是你的猜度之词，事实未必如此。"

"将军大人是命令我去剿匪吗？"

"最迟两天……三天吧，最迟三天出发。你可以回去准备了。"

"是，将军大人。"王世祺站起身来，刚想退出去，突然记起了科尔丹，"天啊，我差点儿忘个精光！"

"你好像还有事？"

"原图什业图王府梅伦科尔丹有事求见大人，正在外面恭候传召。"

"我谁也不见！"

"是。"

"等一等。"增祺扬手止住要退出去的王世祺，思忖了一会儿，"科尔丹……他这是从哪儿冒出来的？半个月前,博克拿多还跟我说,科尔丹失踪了,可能死了。你说的不就是那个科尔丹吗？"

"是的,将军。"

"如果是他……我倒有几句话要问问,你去把他叫进来。"

"他还带着一个朋友,年龄不大。"

"真啰唆！一起来吧。"

"是。"

王世祺答应一声,快步退了出去。不大一会儿,就把科尔丹和张榕领到增祺面前了。

雕开睡眼

21

见过礼之后,科尔丹说道:"小人今日拜见将军,有一事恳求……"

"等一会儿再说你的事。"增祺将军不容置辩地说道,"先如实回答我的问话。"

"是,将军大人。"科尔丹俯首道,心里不由得一阵紧缩。看增祺将军的表情是冷若冰霜的,听其言辞也差不多就是审讯的开头语。为什么会这样呢?是王世祺认定和他在一起的年轻人就是张榕,并把自己的怀疑报告了增祺将军?还是增祺将军已经获知,业喜海顺私自出国访问是他科尔丹怂恿和安排的?抑或是河原美惠子败露,供出他科尔丹是事实上的牵线人?似乎都不大可能。那还有什么呢?科尔丹脑子里一片混乱,一时是捉摸不透的。但他却异常明确地感到,正有一股不祥的氛围向他袭来,一个新的或许更大的打击在等着他。

"施忠,做好记录。"增祺命令道。

施忠赶忙展纸执笔——的确是审讯的架势。

张榕感到莫名其妙。王世祺显得惊诧莫名。

科尔丹抬头问道:"让小人站着回话吗?"

"我没让你跪下。"

"是,请将军大人问吧,小人一定如实回答。"

"色旺诺尔布桑保亲王身死何处?"

"锡呼格图莫勒根格根庙。"

"怎样死的?"

"引带自决。"

"为什么要引带自决?"

"数千造反阿拉特围困格根庙,逼王爷自裁。王爷无路可走,便引带自决了。"

"当时,王府官员只有你和王爷在一起,对吗?"

"对。"

"你当年跑来求我发兵'剿逆'时也是这样说的,对吗?"

"对。"

"你现在改口还来得及。"

"为什么要改口?"科尔丹惊讶地反问道。

"要回答我,而不是质问我。"

"是,我不改口。"

"你敢和博克拿多对质吗?"

"敢。——可他……他根本没在场。"

"他查访到,是你帮助'逆首'格力图尔勒死王爷,然后悬尸梁上,造成王爷自缢的假象,是这样吗?"

"不!"科尔丹大喊道。

"喊有什么用?"

"有人可以为我做证。"

"住持喇嘛吗?"

"是的。他一直和我在一起陪伴王爷,又是和我一起走进王爷自尽的房间的。他也知道王爷自尽的决心。而且,王爷有遗嘱,将军大人是见过的。"

"遗嘱能真能假,不足为凭。至于住持喇嘛,他已经驾返莲台了。"

"天哪!"科尔丹悲惨地叫道,"我这是梦吗?这究竟是怎么回事?对我折磨得还不够吗?"

"听着!"增祺大声说道,"我就对你实说了吧,是丹赞尼玛控告的你……"

"丹赞尼玛?我在王府供职时,他一直养病在家,我们连面也没见过。"

"别插嘴,听我说完。"增祺说道,清了清嗓子,"丹赞尼玛告你和博克拿多实为逆臣,与业喜海顺早有预谋,假借'暴民'之手而已。皇上派人到哲盟查办此事。博克拿多已证明自己清白,但写下了你帮助'逆首'勒死王爷,后又畏罪潜逃了的证词。"

"博克拿多!"科尔丹咬牙切齿地说道,"我恨不得一口咬下他只会编造谎言的舌头!"

"你不承认?"

"不,这不是事实。"

"可你确实逃出王府了。"

"是博克拿多把我赶出王府的。他还杀了我的母亲和妻子。"

"他没有权力这样做。"

"可他做了。"

"你有证据吗?"

"证据……"

"看来,你是拿不出证据的。当然,我不打算今天处置这件事。关于色旺诺尔布桑保的死以及爵位承袭一案,还没完结。况且,博克拿多说,你失踪了,甚至多半是死了。……"

"他当然盼望我已经死了!"

"这倒看不出。但你还活着,这很好。有你去和博克拿多对质一番,结案或许能快些,也更能准确些。所以,我遗憾地告诉你,从今天起,你将过一段监狱生活,直到把问题弄个水落石出。"

科尔丹悲哀、委屈和无可奈何地看了张榕一眼。张榕未动声色。

"科尔丹,"增祺说道,"现在你可以谈谈求我帮什么忙了,我会尽量满足你。"

说实话,有了上面一段对答,科尔丹已是心乱如麻、晕头转向了。他原来准备了好多激昂和感人的话语,斟酌推敲了无数遍,自信是足以打动增祺将军的,现在已然忘得一干二净;即使能想起这些话语,恐怕也无法表现出设计得丝丝入扣的情绪来。但他必须说,说好也得说,说坏也得说,这是他带领张榕来见增祺将军的真正目的,而且,他一入狱,就再也没有说这话的机会了。他在极短的时间内,调整了一下乱七八糟的思绪,尽量不再想丹赞尼玛和博克拿多。至于选择哪个词语,造成怎样的句子,他不能细想了,只能随口说去。说来也怪,这样的情势下,没有了负担,反而说得很精彩、很动人。这却是他事先没估计到的。

他是这样向增祺将军提出要求的:"小人时运不济、命途多舛,这我认命了。我也愿意服从将军大人的命令,在狱中等待与博克拿多对质。我虽问心无愧,却也拿不出证据替自己分辩,注定是饮恨受死。但我绝不怪罪将军大人。恰恰相反,我还要感谢将军大人。将军大人毕竟给了我与博克拿多对质的机会。在法律上我无疑会输,在精神上我注定要赢。这正是将军大人赏赐给我的最后的欢乐时刻……"他说到这里停顿了一下,深吸一口气,说明他的第一段落已完结,下面要说的是另一项内容了,"将军大人,古语道,人之将亡,其言也善。我希望我这个已踏入死亡门槛的人下面的请求能得将军大人的慨允,则小人虽死犹生,则庶民万幸、国家万幸了……"

"这一定是很大的事了?"

"在万千小民,事关生死存亡,不可谓不大;在将军则一言可定,实乃区区小事耳。"

"为民请命!"

"将军大人,不久前小人旅经兴京,得见一位当代翘楚——张榕壮士。此人为国权为民生弃学毁家,组建民团。内可自保,外可御敌。国家财力不足,兵力不足,此正不费国家一分一文而财力自足、不用国家一兵一卒而兵力无穷也。使天下皆为张榕,使域内皆为兴京,则民生保矣,国权固矣,大清独立强盛行有望也。此非将军大人收民心树政绩之良机乎?如张榕辈,奖掖尚恐不及,将军大人何为乎屡令其解散耶?窃为将军所不取,亦深感困惑不解!"

增祺将军冷笑一声道:"我明白了,你是来给张榕当说客的。"

"将军大人……"

"听着,科尔丹,你对张榕也算尽心了。只是他的大限已到,不是你的几句话可以挽救得了的。"

"大限?将军大人是说,已不仅仅是电令解散……"

"我已下令清剿张榕的民团——或者叫关东独立自卫军更确切吧?"

"将军大人这么恨他?"

"我恨不得把这个不知天高地厚的兔崽子碎尸万段!"

"为什么,将军大人?"

"这还用问吗?"一直默立一旁的张榕忍耐不住突然讥诮地说道,"当然是因为张榕爱国了。"

"放肆!"增祺喝道,"你是谁?"

科尔丹一惊,连忙丢给张榕一个眼色,然后向增祺将军一拱手,解释道:"他叫荫华,是我的随行人员。"随后又转向张榕厉声道:"不得再无礼,这里没你插嘴的份儿!难道你也想和我一起蹲监狱吗?"

张榕知道科尔丹在警告他,只好垂下头,紧紧闭拢了嘴巴。

"哼!"增祺怒气未消地瞪了张榕一眼,又转向科尔丹,"我就明明白白告诉你吧,那个张榕给朝廷给我造成不少麻烦,即使没有俄国方面几次提出照会,强烈要求我们解散张榕的自卫军,我也非置他于死地不可。"

"俄国人,他们不是管得太宽了吗?"

"这怪不得人家。连朝廷都认为无力招惹日俄间任何一方而宣布'局外中立',他小小张榕是三头还是六臂?竟异想天开地要在后边打俄国人的冷枪!"

"俄国人怎么会知道这些?是他们凭空虚构出来的吧?"

"俄国人有许多能干的密探。总头子还是你的朋友呢。"

"我的朋友?"

"你还救过他的命啊,在北京闹拳匪的时候。"

"是他——索拉吉辽夫!"

恰在此时,门外传进来喊声:"索拉吉辽夫大人到——"这喊声和科尔丹的惊叫声几乎是同一时刻发出来的,只是腔调不同,俨然二重唱,而且唱出来一个相貌堂堂的俄国大人物。

其实,索拉吉辽夫在二重唱一开始便大步迈进门来,二重唱尚未结束,他早已冲到增祺将军案前了。他的旁若无人、目不斜视的高傲态度,令科尔丹和张榕大为吃惊,而增祺和王世祺因司空见惯、习以为常,反倒有点儿不以为意了。

增祺将军慢慢站起身,微蹙的眉宇显出有点儿疑惑。

"阁下今天第二次辱临敝衙,不知又有何见教?"

"将军阁下,"索拉吉辽夫几同质问般说道,"对张榕、丁开嶂等人的弹压,是否已做出安排?"

"不敢怠慢。三日后,提法使王世祺将亲率三营新军直赴兴京,区区乌合,定会一举荡平的。"

科尔丹和张榕不由得看了王世祺一眼,后者有点儿惭愧地垂下头去。而索拉吉辽夫似乎依然没注意到这三个人的存在。

"很好。"索拉吉辽夫冷冷赞道,"我代表阿列克赛耶夫总督对将军阁下的行为表示欣赏。"

"阁下不单单为此事而来吧?"

"当然。"索拉吉辽夫说着,从公文包里取出一份文件,递给增祺,"这是我国外交部给贵国政府照会的抄本,请阁下过目。"

增祺接过文件,开始细细阅读。索拉吉辽夫这才得空朝两边扫了两眼,看到王世祺也在场,他只是点头而已,看到科尔丹,却有点儿诧异了,对张榕,素未谋面,并不去注意,独独走到科尔丹面前。

"你好,科尔丹梅伦。"

"你好,索拉吉辽夫先生。"

"听说你一直不在国内……"

"你还会听说我刚从月球回来。"

"是啊,传闻有时很不可靠,而我们却常常甘心受骗。"

"是吗?"

"不是吗?"

"比如说,传闻说贵国在对马海峡海战中败北,大连亦即将失守,这阁下就肯定不会相信。"

"当然不信,而且也不可能有这样的传闻。"

"看来还是阁下说对了。"

"什么?"

"因为确实有无数人甘心受骗。"

"科尔丹!……"索拉吉辽夫真想朝科尔丹发一通火,不知怎么,还是忍住了。他冷笑一下。"阁下的这张嘴比以前更厉害了。"说完,转向张榕,"这位先生好像是日本人。"

"阁下看错了,我是汉人。"

"尊姓大名?"

"荫华。"

"我们好像见过。"

"绝无可能。"

"也许是我记忆有误……"

这时,人们听到增祺将军咬牙切齿地喊了一声"欺人太甚",都转过身去。见增祺气得满脸煞白,双手颤抖。

索拉吉辽夫皱了皱眉,问道:"将军阁下对照会内容如此反感吗?"

"反感?天哪!"增祺举起手中的文件抖了几下,"你们都来听听,听听。

反感？仅仅反感够吗？你们听听吧：'奉天为军务重地，贵国将军大员及将弁兵丁等，人众繁杂，殊多不便，应亟令将军带同全城官弁等，暂避辽河以西。'……这，这不是要把我们全赶出奉天城吗？"

"这对将军阁下和全城百姓只有好处。"

"好处？"

"阁下是否以为，让几万远离家乡，见到女人就要眼红的俄国士兵，与阁下的百姓混处一城更为合适呢？"

"这是……讹诈！"

"这不是……"

"而且，日俄战火一起，我国政府就提出，东三省所有城池、官衙、民众、财产，均属局外中立内容，两国均不得稍有损伤。"

"但我国并未接受，并明确提出'铁路所经，为运兵用兵要地，势难认为局外。'"

"我们也同样没有接受。"

"那么，我怎样回复阿列克赛耶夫总督呢？说将军阁下誓不撤离奉天城？"

"对，就这样对他说好了。"

"如果朝廷答应了呢？"

"不会的。"

"没有绝对不可能的事。"

"那就让朝廷、让皇上给我降旨吧。"

"那样，就等于是阁下自己拉开了同敝国的感情距离。而据我估计，贵国政府是会满足我们的。将军阁下又何必从中作梗呢？"

"作梗？……你们为什么不等到朝廷答复那一天？"

"不能等。这才为将军阁下提供了表示同敝国友好的机会。"

"你们……你们要逼得我挂冠而去的。"

"不会。我确信不疑。"

"阿列克赛耶夫总督是让我……立即答复吗？"

"最迟不能超过三天。"

"没别的事您就请回吧。——你们都出去，让我清静一会儿。"

"请等一等，"索拉吉辽夫扬手说道，"我好像想起来了！"

205

"怎么？还没完？！"

索拉吉辽夫没搭理增祺，而是径直走到张榕面前，仔细端详一阵后，说道："有人向我描述过这副面孔，太像了。对，就是这副面孔，错不了！……啊哈，真是妙极了！踏破铁鞋无觅处，得来全不费功夫嘛。你就是赫赫有名的关东独立自卫军的帅座嘛！你就是张榕，张榕！对吧？"

张榕不动声色地凝视着索拉吉辽夫。

科尔丹大惊失色，企图掩护张榕，赶紧说道："他叫荫华，我说过的。"

"不错，他当然叫荫华。——张榕者，奉天抚顺人也，字荫华，号辽鹤，曾用名焕榕，现年二十岁。——张大帅，我没记错吧？"

张榕情知掩盖不住也逃不了，便冷笑一下凛然道："算你好记性，我便是张榕。你要怎样？"

"我替阁下感到遗憾。荫华，荫华，连自己也保不了；辽鹤，辽鹤，有翅也飞不掉了！至于说，具体要对你怎样，好像应该由增祺将军和王世祺提法使回答你。"索拉吉辽夫说完，挑衅地看了看半惊半恼中的增祺将军和目瞪口呆的王世祺提法使。

增祺下意识地拍了一下桌面，喝道："张榕！还……还不跪下？！"

张榕讥诮地看了增祺一眼，轻"哼"了一声说道："张榕历来不跪奴颜媚骨之人。"

"大胆！我要处死你！"

张榕冷笑道："将军当然不会放过对俄国尽忠尽孝的机会。"

"你……你说什么？！"

"将军希望我做一番解释吗？"

"我希望……"增祺咬牙切齿地说道，"我希望你永远闭上那张嘴！"说完拽出枪来。

"且慢！"索拉吉辽夫制止道，"如果就这样打死他，贵国百姓怎么能知道阁下处决了一名反抗朝廷、仇视俄国的要犯呢？"

增祺将军收起枪，喊道："来人！"

几个剽悍的武夫跑了进来。

"把这两个人锁起来。"

转眼间，科尔丹和张榕已经铁链加身了。

索拉吉辽夫问道："将军阁下，对这两个人准备做何处置？"

"科尔丹投监候审。这张榕嘛,腰斩——对,腰斩立决。"

"将军不认为科尔丹是张榕的死党吗?"

"还没有充分的证据。"

"没有吗?"

"当然,也可以说有。但该人还牵涉到另外一件大案,需要他对质。索拉吉辽夫先生以为……"

"这是贵国的内部事务,鄙人不便干预。不过,我倒很想知道这张榕何时正法?"

"立案审讯,判决,布告……五天吧,五天差不多。"

"如此重犯,死党又未必甘心,五天可不算短啊!"

"程序总还不能缺。但,这两个人是跑不掉的,我保证。——提法使大人,这两个人犯带到你的官邸吧。"

王世祺大惊道:"这……这怎么行?"

"这本就是你的分内事。"

"为什么不投入死牢?"

"据我所知,你有一间比死牢还牢靠的私牢,对吧?"

"这……"

"不得推脱。如有差池,唯你是问。"

"小人遵命就是。"王世祺无可奈何地说道,"我只是担心这段路上……"

"这好办。"增祺说道,又转向那几名武夫,"你们再带上二十人,把这两个人犯押到提法使官邸。"

"这样最好……而且,我们……我们马上走。"

看着王世祺担心又焦急的样子,增祺和索拉吉辽夫都忍不住笑了……

22

格力图尔一进入奉天城,便听人们沸沸扬扬传说关东独立自卫军总首领张榕自投罗网、身陷囹圄,而且被判腰斩,明天就是行刑的日期了。张榕被捕,这是格力图尔在白狐山就预料到的,但被判早就废止不用的惨绝人寰的腰斩,他就感到太意外太震惊了,尤其出乎预料的,行刑的日期就在明天。即使张榕在抵达奉天城当天就被捕,到明天也仅仅是五个昼夜。五天的时间,就判定并且实施对一个人的死刑,实在有点儿不合情理。格力图尔曾在王世祺管辖的新兵营里当过一阵小头目,对朝廷的刑法不是一无所知,至少还能记得,凡涉死刑,无论立决,还是监候,都必须呈报大理院复判才行,这个过程再快,也不是五天时间能完成得了的。但他继而又想,眼下毕竟是非常时期,增祺将军只要给张榕定个"谋叛大逆"之罪,从严从速处置和先斩后奏,也不是不可以。这又由不得他不信了。

总之,张榕被捕了,这是无须怀疑的事实。明天就要处以腰斩,这也是必须相信的消息。也就是说,格力图尔要搭救这个从未谋面的少年英雄,只有不到一天的时间。

时间是太紧迫了。指望在这么短的时间内救出一个被判极刑的重犯,几乎是绝无可能的。组织一次成功的劫狱也已经来不及,不要说还不知道张榕被关押在哪间牢房,就连能否在看牢者中找到过去的熟人,以及这样的熟人能否甘冒杀身之祸做他的内应,心里也没有一点儿把握。劫法场则更是异想天开,他就是把手下七百人全弄来,在整队荷枪实弹的官军面前,恐怕也只能望洋兴叹,何况,他再想救出张榕,也绝不肯拿七百弟兄去冒险啊!

其实,格力图尔在离开白狐山之前,就开始思索救张榕的办法了。他想过劫狱,也想过劫法场,但认为行不通,很快都否定了。

他认为,救张榕的人只能是王绍祖。

王绍祖的爸爸王世祺是提法使,对张榕这样的死囚关押在何处是不会不知道的,甚至是他亲自安排的牢房也未可知。王绍祖要探出底细是不太困难的。当年,王绍祖就是利用这样的条件,以探监为名,救出被囚禁的班卡妈妈,只是换了换服装而已。这次,他同样会想出办法的。

进入奉天城的格力图尔,认为要救张榕舍此别无他途。

他必须立即去见王绍祖。

要见到王绍祖,肯定会费一番周折,这是他能预料得到的。但他却怎么也没料到,在离提法使官邸大门很远的地方,便被拦住了,并被告知,提法使大人今天乃至明天都不见客,任何人来访也不通报。

"我是王绍祖的朋友。"

"谁也不行。"

"我可是从很远的地方来呀。"

"从天上来的也不行。"

"请通融一下……"

"少啰唆!想要命就快走。两天后再来。"

格力图尔听得出,他再央告也没有用,也就不去徒费唇舌了。离开前,他仔细观察了一遍提法使官邸附近的情况,见虎座门楼外以及围墙左近,都站满了剽壮的卫兵,戒备之森严,非昔日可比,甚至有一种如临大敌的氛围。他感到奇怪,提法使官邸虽说非寻常百姓随意进出之地,但却从未出现过眼前这样紧张而肃杀的情景。王世祺作为提法使和家资万贯的富翁,如果是为了家人和财产的安全,加强保卫,似乎也没必要三步一哨、五步一岗。而且,为什么不见客呢?又为什么两天后可以见客呢?

"两天后!"格力图尔心里突然一亮,想道,"这不正是处决张榕后可以静下来恢复正常生活的日子吗?"他似乎明白了,王世祺杜门谢客和增派卫兵只能有两个原因,一是不给那些想给张榕说情的人留下任何机会,一是担心有人劫狱而把张榕关押在他提法使官邸里。格力图尔认为后一种可能性较大。提法使官邸里有一间异常坚固的黑牢,被关在里边的人是休想逃出去的,格力图尔就曾在这间黑牢里苦熬了好长一段时间。而且,外界有谁会想到,管辖奉天全部监狱的提法使会在自己的邸宅暗建一间私牢呢?又有谁会想到,眼下正有一个非同一般的死刑犯寄押在这间私牢里呢?是的,精明盖世的王世祺是会这么干的。果真如此的话,对格力图尔倒是求之不得的事。第一,他熟悉那间黑牢;第二,王绍祖也住在这座院子里,等于有了内应和帮手,况且,他来奉天要办的另一件事便是请王绍祖去白狐山,两件事正可毕其功于一役嘛。至于在夜里找个机会逾墙而进也并非难事。

但是,首先得证实他推测的准确性。如果他的分析是错的,张榕根本不在提法使官邸,那么,他夜里的行动不仅毫无价值,而且白白浪费了宝贵的时间,再也不会有救张榕的机会了。

那么,怎样去证实他的推测呢?看来,在提法使官邸门前寻找答案是没有可能的。那些卫兵未必知道详情,知道了也不会告诉他。他又不能多问,不能滞留太久,否则,会引起怀疑,造成不必要的麻烦。他猛然记起将军衙门,如果将军衙门一切依旧,既没挂免见牌,也没增加一兵一卒的话,那么,提法使官邸的反常情形,除了他推测的原因,别的理由是解释不通的。

他很快来到将军衙门。

果然不出所料。这里和格力图尔推测的情景一样,看不到任何异常的迹象。卫兵照旧懒懒散散,办事的人照旧进进出出。那样子,好像他走过去说求见增祺将军,也会被通禀进去似的。他当然没这么干,只是不惹人注意地在将军衙门外来回走了两遭。

一开始,格力图尔以为自己的推测算是获得了证实。心想,剩下来的便是吃饭、休息,等待夜幕落下和寻找机会潜入提法使官邸了。但是,这种想法以及这种想法引起的兴奋,没在他的头脑里停留多久,很快又陷入新的疑问、矛盾和困扰之中了。他暗问自己,将军衙门的一如既往,是否理所当然地证实戒备森严的提法使官邸肯定是关押着张榕呢?这样的推理,有多大的准确性?算不算作牵强附会呢?而且,即使机缘巧合,让他侥幸猜中了,可怎能保证夜里的行动不被发觉呢?找不到王绍祖怎么办,他一个人去劫狱吗?那是注定要失败的。

想到这些细节,格力图尔失去了信心。他终于认识到,救张榕不是一件容易事,单凭一股义气以及他一个人的智慧和力量是远远不够的。想到行动的结果,他更感到信心不足。他一旦以劫狱嫌疑被捕,王世祺还会给他一条活路吗?肯定不会,而且,对王绍祖的看管会更加紧了。这不等于没请回王绍祖,把自己也搭上了吗?那样,白狐山的七百弟兄可真就陷入群龙无首的境地了。

总之,救张榕的可能性是极其微小的,一旦失败,他和王绍祖谁也休想

再去白狐山,可以说一下子损失了三个人,来奉天的两个目的全成了泡影。而约见王绍祖虽然也不容易,但既不必去冒险,也不受时间限制,两天后,是能找到机会的。

他需要在这两者之间作一番权衡,决定取舍。

如果不是恰在此时,将军衙门门口演出一幕始而令格力图尔惊诧终至令格力图尔喜出望外的活剧,那么,他肯定会放弃救张榕之举,而且,两天后,他又肯定在提法使门前死于非命了。

事情说来也巧了——

在格力图尔焦躁不安、举棋未定的时候,将军衙门门口出现了一辆马车,从那银光闪闪的车顶和门窗上豪华的流苏,就能猜出这马车的主人必有不同寻常的高贵身份。格力图尔没留意这辆马车是从哪个方向赶过来,何时停在那里的。当他的眼睛感受到一阵珠光宝气的刺激猛然抬起时,才看到,正有一位贵夫人匆匆跨出将军衙门的大门,径直朝马车走去。这位贵夫人年龄五十左右,身材适中,相貌平平,却周身透出一种高贵。她走到车跟前,车夫恭敬地打开车门,然后趴在地上,让那位高贵的夫人踏肩而上。车子很快启动,刹那间已到了离格力图尔不远的地方。

将军衙门门口又有两名年轻的女侍拼命追出,并高喊着:"老夫人——"

老夫人听到了喊声而且从窗口看到了焦急追赶而来的女侍,便命马车停了下来,她则打开车窗,微微探出头来,说道:"跑慢些,要摔着的!"语调平和。

两个女侍跑到车门处,气喘吁吁地垂手恭立。其中一个说道:"将军大人请老夫人息怒……请老夫人回府。"

"他改变主意了?"老夫人问道。

"这……将军大人没说……"

老夫人轻哼了一声说道:"那你们就回去吧。"

"老夫人……"

"告诉增祺,皇上命他在这里守住龙兴重地,是对他的恩宠和信任。他理应尽力报效,可死而不可弃。怎能听命外夷,弃城而走?我不齿和这样的人相伴。除非他改变主意,与奉天共存亡。"

"老夫人……"

"别说废话。回去告诉他,他弃城之日,便是我绝命之时!"说完,啪的关上车窗。

马车毫不犹豫地重新启动。

格力图尔并未听到这位老夫人后面的几句话。即使听到了,他也分析不出这几句话的含意。因为他不知道俄国人企图靠奉天城作为最后的堡垒,挡住日本人北进的脚步,而威逼增祺将军带领全城军民撤到辽西;他也不知道,增祺将军经过激烈的思想斗争,已决定妥协,满足俄国人的无理要求,并且,已着手做离城的准备了;他更不知道,出身皇族的将军夫人竟大义凛然地指斥卖身求荣的丈夫,甚至闹到离家出走的地步。如果他能知道这些内情,也就是说,如果他知道将军夫人决然而去的原因,知道这位老夫人是个节义足以固其有守的令人敬佩的女子,那么,他绝对不会做出以这位老夫人当人质去交换命在旦夕的张榕的决定的。

他的这个想法,是在他获知登上马车的老太太是增祺将军夫人的一刹那,突然闯进脑际的。不用说,面对这样一个自己送上门来而且又是千载难逢的机会,他兴奋得浑身颤抖,真想狂喜地高喊一声"天助我也"!然后一个箭步冲上去,夺过近在咫尺的马车。干这种事,他有绝对成功的把握。但他刚想举步,却随即犹豫起来。他自问道,拿一个女人特别是一个头发斑白、满脸皱纹的女人做人质,能算是光彩的行为吗?他格力图尔安身立命之本是什么?他又是靠什么赢得兄弟们尊敬和信赖呢?不正是不愧不怍的光明磊落和利不亏义的浩然正气吗?这是他做人恪守不渝的信条。在他二十几年的生命中,从未有过恃强凌弱的记录啊!要是他瞬间把陡然产生的念头付诸行动,真的劫持了将军夫人,固然可能达到挽救张榕的目的,但人们将怎样评价他的行为呢?无疑地,人们会讥笑他,说他竟下作到在一个毫无反抗能力的老太太身上做文章,实在不配做个顶天立地的大丈夫!那样,他还有何脸面立于天地之间呢?想到这一点,他心里一阵狂跳,浑身也骤然起火一样燥热起来。那么,是否必须放弃眼前这个机会另想办法呢?他似乎又不太甘心。要知道,形势异常紧迫,可谓间不容发,那马车转瞬间就要消失得无影无踪,而这样的机会他不可能再碰到了。也就是说,他要放弃这个机会,几乎就等于放弃救张榕!

他必须当机立断。

说来也怪,有时人的思想感情的骤然间的改弦更张,是既不需要准备,也不需要过渡的;甚至前一种思想感情还没稳住阵脚,便被后一种思想感情

取而代之了,没有斗争,更没有阻力。而且,后一种思想感情一旦产生,便立即成熟而成为左右行动的统治力量,至少在短期内是不会被取代的。比如此刻的格力图尔,他因突然意识到五尺男儿竟要挟持一个老妪而犹豫和愧疚,但几乎在同一刹那,他的犹豫和愧疚嬗变为羞愧和自责。他感到他太看重自己的声誉了。他要救的是张榕。这个人他没见过,但那封字字千斤重的信早已在他心中塑造起一个高不可攀的伟大形象了。在他蜷缩白狐山时,这个人便开始为御外侮、复国土而奔波了。这才是国家的栋梁,这才是他敬仰的豪杰。一个张榕不是抵得上几个甚至几十个格力图尔吗?他当时匆匆下山,不正是看到张榕的价值,担心这个人遭到不测吗?不正是准备哪怕献出生命也要救出这个未曾谋面的少年英雄吗?可事到临头,却考虑起自己的声誉!和救张榕比,他格力图尔的声誉算得了什么?想到这里,他如何不羞愧,又如何不自责呢?

格力图尔不再犹豫了。

一切都还来得及。那马车启动后也只是驶出几丈远,因为格力图尔思想波动的过程仅仅是几秒钟的事。

格力图尔朝正要加速的马车飞奔而去。眨眼间,他已飞身跳上驭手的座位。

双手紧握缰绳的驭手见身边飞上来一条壮汉,惊得目瞪口呆,还没做出是否反抗的决定,手腕已牢牢握在格力图尔的掌中,想动也动不得了。

"你……你要干什么?"

"这你应该明白。"

"胆大包天,这车里坐的是将军夫人!"

"谢谢你帮我证实了这一点。不过,我劝你别大声喊叫,否则,我会捏碎你的手腕。"

驭手感受到了格力图尔的力量,确信他没说大话。

"好,我不喊。快说吧,你究竟想干什么?"

"听好,你立即去告诉增祺将军,他的夫人被一个叫格力图尔的人绑架了。他如果还想要夫人,就用被判死刑的兴京张榕来交换,时间是今天午夜,地点是东门外邓大人庙。我的话你听清了吗?"

"听清了。可是……"

"你别无选择。"

格力图尔不管路两边的行人向他们这辆马车投来怎样惊疑的目光,大大方方勒住马缰,停了下来。

"下去,退到路边,做出和我拜别的样子。等我的车跑起来,你去将军衙门报信还是追赶我或者大声喊叫,就随你的便了。可我要告诉你,我身上带着短枪,我的枪法是靠人头练出来的。"

"明白,明白。我回将军衙门报信就是。"

格力图尔这才松开手,驭手跳下马车。

格力图尔回身扫了一眼坐在车里依然未动的将军夫人,猛地抖起缰绳,马车像离弦之箭一样飞奔而去。

但是,那个驭手到底还是没能守约,格力图尔分明听到他的狂喊声:"抓住强盗啊——!强盗绑架了将军夫人——"

格力图尔当然不会向那个驭手开枪。不过,他为了摆脱起哄追赶的人群,必须绕过来绕过去地乱闯一通了。比及到了东大门,天已大黑。他发现,城门处守兵林立,杀气腾腾,显然已接到拦截将军夫人马车的命令。同时,身后也传来杂乱的马蹄声,似有追兵赶来。

格力图尔进退维谷,预感到失败正大步走来。他叫停马车,哀叹一声,只待束手就擒了。

"这位壮士……"

格力图尔一惊,这轻柔的喊声分明是背后传来的。他猛地回过头去,看到了一双慈祥的眼睛。

"是您喊我吗,将军夫人?"

"是的。"将军夫人不动声色地说道,"城门有守兵,后面有追兵,你很为难,对吗?"

"您得救了,将军夫人。我承认我失败了。"

"你会成功的。"

"您这话……"

"听着,把马车慢慢赶过去,你一句话都不要讲,我来对付他们。"

"将军夫人!"格力图尔惊叫道。他实在弄不清是自己听错了还是将军夫人在诱骗他走进罗网。他有一种进入梦境的感觉。

"照我的话去做,如果你还想救出张榕。"

格力图尔愈加感到难以理喻了。他劫持将军夫人当然是为了救张榕,可是,这个被强行劫持的人在肯定已经获救的情况下,反而要来帮助他!这可能吗?

但是,连他自己也不明白,究竟是出于自己决心冒险一试呢,还是受了将军夫人眼光和话语中透露出的母爱的鼓励,他真的照办了。

马车缓缓走进兵阵。迎头站着一位军官。

"停下!"那位军官握着短枪命令道。

将军夫人在车厢里缓声问道:"是谁挡住了我的马车?"

那位军官听到将军夫人不带一点儿惊恐的问话,怪异地歪了歪头,示意两边兵丁严加防范,他则紧趋几步,来到车门处,俯首恭立。突然推开的车门险些碰着他的鼻子。

"给将军夫人请安。"

"免了。让你的人让开,我要出城。"

"这……"

"怎么?不准吗?好像没到戒严的时间吧?"

"将军夫人,即使到了戒严时间,也挡不住您出城啊。"

"那你对自己的无礼行为做何解释?"

"小人接到命令,说夫人被强盗绑架……"

"是吗?你看像吗?强盗在哪儿?"

那位军官下意识地斜视了格力图尔一眼。

将军夫人冷笑一声说道:"真是滑天下之大稽!这是谁编出来的故事?你们都是瞎子吗?除了我和驭手,还有第三个人吗?"

"这个驭手……"

"什么!你怀疑他是强盗?"

"小人是说……"

"废话!这是我用了多年的驭手。如果他是强盗,现在正落入你们的包围之中,我还会……天啊,你们可真是一群蠢货!"

"是,夫人,小人该骂。可是夫人,将军命令小人……"

"鬼命令!我就不怕家丑外扬,实话对你说吧,我只是跟他争吵了几句,想到东陵清静几天。我确实派人告诉他,我被绑架了,吓吓他而已,没想到他真的兴师动众地让你们不得消停。而你们,竟然相信了,如临大敌般守住了城门。这回,你该明白了吧?"

"是,小人明白了。"

"那就让开路,别误了我的行程。"

"小人还是斗胆请夫人暂且回府……"

"放肆!看来,你倒真想充当个劫持者了?"

"小人不敢。"

"谅你也不敢。你大概不会不知道,别说你这么个小芝麻官,就是增祺的头衔,我也只需一句话就能拿掉,只要我下了这个决心。"

"小人知道,知道。只是将军那里……"

"我会替你解释的。好了,我再没精神听你啰唆了。让不让开路,你自己决定吧。"将军夫人说完,仰靠到车座上,微微闭上了眼睛。

这位军官对增祺将军和将军夫人的出身早有所闻,知道将军夫人较之增祺将军更不好惹。他艰难地权衡的结果,还是决定放夫人出城,只是提出派十名荷枪的战士做夫人的扈从。将军夫人理解这位军官确实担心她途中出事,而不是怀疑她与劫持者在配合,不便拒绝,便点头表示接受了这位军官的忠诚。

"这样也好。"将军夫人说道,"你会更安心些。记住,两天后到将军衙门见我,我会重重赏赐你的。"

"谢将军夫人。"

不大一会儿,马车已缓缓驶出东大门。马车后面,紧紧跟随着十名步卒。

走了一段路之后,将军夫人在车里对坐在驭手位置上的格力图尔说道:"壮士,这十名步卒,你能摆脱掉吧?"

"没问题。"

"离城门远一些才好。"

"我明白。但我想问夫人一句,您为什么要……"

"我知道张榕的价值。我赞赏你的举动。别的暂时不要问,免得那些兵痞听到。我很累,需要休息。下一步就靠你自己了,孩子。"

格力图尔喉头热辣辣地哽咽了一下,什么也没有说。但他的心海却掀起阵阵狂涛。他的心深深受到了感动。他觉得,他碰到了一位同班卡妈妈一样令人崇敬的女人,而这个女人竟是卖身求荣的增祺的夫人。世上难以理喻的事情实在太多了!

格力图尔一面异常激动地想着,一面观察着四周的地形。走出两三里地的样子,两侧的人家已明显稀少,他觉得可以纵马狂奔摆脱后面的十名步卒了。他记得前面不远便是邓大人庙,他可以拐向别处,彻底摆脱十名步卒后,再偷偷返回邓大人庙,时间不会超过午夜的。

格力图尔回身大声说道:"请夫人坐好!"同时猛抖缰绳,大喊一声"驾——",马车骤然向前狂奔起来。

十名步卒先是一愣,随即明白大事不好,一蜂窝地追赶过去,一面喊一面朝天鸣放空枪。

格力图尔让马车一口气跑出五六里地,他确信那十名步卒早已累垮了。而且,路很不平,他担心将军夫人受不了长时间颠簸,便放慢了速度,并回头朝后望去。

不看则已,这一看,格力图尔不由得大惊失色。因为他分明看到一群骑马的人奋力追来,离他的马车仅有咫尺之遥了。他感到迷惑不解,明明是十名步卒,怎么会突然变成了骑兵?难道是那名军官意识到上了当,随后又派骑兵赶来吗?

万分紧迫的形势已容不得格力图尔多想。他赶忙坐正,抖缰催马,力争夺一条生路。他心里明白,他是难逃一死了。

更加不幸的是,将军夫人的马车论华丽舒适有余,论坚固耐用则实在不足。是呀,将军夫人的马车并非战车,哪里经得起坎坷不平的道路的考验呢?正在格力图尔恨不得让驭马飞起来的时候,只听"咣当"一声,他明显感到身体倾斜,车身在往后拉他了。他明白,有一只车轮飞离了车轴。他也知道,他逃不脱了。他只剩下了一件事,就是保证将军夫人的安全。他叫停了马车,跳到地上,打开倾斜的车门,扶出将军夫人。

将军夫人早已被颠簸得晕头转向,但当她听到震天价响的马蹄狂奔而来的声音,猛然清醒过来,知道发生了什么事。她一手扶住车门,一手推着格力图尔:"你真不幸,孩子。看来我对你已经没有用了。你逃命去吧。"

"我逃不掉了。"

"快去解下一匹马。"

"来不及了。"

确实来不及了。转眼间,十数匹坐骑已围住了瘫痪的马车。

将军夫人突然说道:"我们真傻!你有枪吗?"

"他们人太多,有枪也不顶用。"

"你不是绑架我吗?"

"天哪,我忘了!"格力图尔说着,拿出手枪,抵在将军夫人太阳穴上,"对不起了,夫人。"

"这没什么……"

格力图尔见骑手们朝他围过来,大声喊道:"站下!有谁再向前走一步,将军夫人就要脑浆迸流!"

听到他的威胁的喊声,所有骑手都不约而同地原地停下了。那些骑手中,有一个人惊讶地叫道:"格力图尔!"因为声音嘈杂,格力图尔分辨不出是哪一个相识人的声音。

"格力图尔,不要开枪!"这个人边说边跳下马背。

格力图尔这回不仅听出来了,而且依稀认出来了,这人正是提法使王世祺。他见王世祺向他走来,又发现有几个身影从马背上闪下来尾随其后,便喊道:"只准王世祺一人过来,而且把枪扔掉!"

王世祺这才记起手里确实握着枪。他连忙扔掉,并扬手止住身后的人。然后向前走了几步,朝将军夫人躬身施礼道:"小人救护来迟,死罪死罪。"

将军夫人道:"你真是来救我,就把张榕交给这位壮士,让他走。"

"请夫人放心。"王世祺说道,又把视线移到格力图尔脸上,"真没想到是你,格力图尔!"

"我却预料到一定是你,王大人。"

"你为什么要救张榕?"

"这是我的事,无须向你说明。"

"格力图尔……"

"少废话!快说,是不是增祺派你来的?"

"当然不是。"

"明白了。你是想拍增祺马屁,救回他的夫人,休想!你要是聪明,就留下两匹坐骑,带人滚回去。否则,我这一枪打出去,你是吃罪不起的。"格力图尔说着,做出要扣动扳机的架势。

王世祺大惊道:"且慢!……"

我们有充分的理由肯定,格力图尔不论在什么情况下,哪怕追击者不计后果一哄而上,逼使他接受劫持失败和命丧当途双重悲剧的结局,他也不会

把枪膛里的子弹射进将军夫人的头颅。在他看来,把枪口抵在义薄云天的将军夫人的太阳穴上,这本身就是对人性的亵渎,对母性的戕害,对神明的不恭,是天理难容的卑鄙行径。他后悔竟接受了将军夫人的建议,甚至想立即放下在此刻重如千斤的短枪,束手就擒,使自己从良心的巨大谴责中解脱出来。所以,当他对王世祺说"我这一枪打出去,你是吃罪不起"的时候,无论是声音还是身体都在颤抖。如果不是将军夫人明确感到抖动的枪口正与她的太阳穴拉开距离,低声警告说"你要坚强些",那么,格力图尔的精神准会彻底崩溃,手中的枪准会脱落,铁塔般的身体也准会颓然垮下来的。

对于王世祺,由于身后不断聚拢的马匹的踢踏声和呼哧声,不可能听到将军夫人对格力图尔的低语,也不可能注意到格力图尔枪口的抖动所表现出的内心的惶惑。同时,他也不知道张榕到奉天前曾有过白狐山之行,不知道张榕的一封信唤醒了格力图尔潜在的爱国心并决定冒死来救张榕这位抗俄勇士,他更无法猜测出,将军夫人是主动地、心甘情愿地充当格力图尔的人质的。

不过,即使王世祺对这一切全然不知,在眼前夜色笼罩下的肃杀气氛中也来不及把各种疑点联系起来仔细琢磨一番,但至少应该确信,将军夫人是不会有生命之虞的。格力图尔劫持将军夫人,是为了交换张榕,在达到目的之前,不到万不得已的时候,是不会伤害人质的,何况,张榕就在身后,可以随时站出来。而且,王世祺对格力图尔有更深一层的了解,知道这个胆大包天什么事都干得出来的莽汉在性格上有一个难以克服的弱点,就是从不向弱者特别是女人施加暴力,就算丢掉性命,也不大可能朝无辜的将军夫人开枪的。那么,当格力图尔说出恫吓之词时,他为什么大惊失色地扬手高呼"且慢"呢?这不是别的,只是他对将军夫人的安危太关切了,是心中真情实感的自然流露。他在增祺将军手下供事多年,两个家庭过从很密,他不能看不出,增祺将军和夫人之间论品行是有天渊之别的,增祺寡廉鲜耻、心狠手辣,夫人则深明大义、宽厚爱人,他对增祺只有畏惧,对夫人却充满敬意。如果格力图尔劫持的是增祺,他或许会幸灾乐祸,但事实上恰恰是他敬重的夫人,又骤然听到格力图尔的威胁,他如何不惊慌失措呢?

王世祺几乎在高呼"且慢"的同时便意识到自己实在有些失态,因为他根本无须替将军夫人担心,更无须为不可能出现的结局而恐惧。即使抛开一切因素,即使格力图尔变得穷凶极恶,只要把张榕交出来,将军夫人也就安全了。但他转念一想，又犹豫起来。立即推出张榕是否是个可行的明智的办法呢？当增祺将军告知他夫人被绑架的时候，他以为那绑架者一定是张榕的部下，怎么也没想到会是格力图尔，他也因而确信，追上这个绑架者，将军夫人便会获得自由。可是格力图尔能是张榕的部下或同伙吗？这显然不可能。他看得出，张榕和科尔丹的关系异常亲密，堪称同声相应的莫逆之交，而格力图尔和科尔丹却是不共戴天的仇人，所谓物以类聚、人以群分，这样的三个人怎么能成为志同道合、同舟共济的生死朋友呢？说到绍祖，虽说与格力图尔互有救命之恩，但自从回到提法使官邸后，可以说足不出户，与他再没有往来和联系的迹象，肯定不会预知格力图尔这次行动的。那么，格力图尔的行动究竟是谁在幕后策划的呢？是张榕的敌人抑或是张榕的朋友呢？设使恰好是前者，他交出张榕岂不等于前功尽弃甚至投食馁虎吗？

一时间，王世祺着实有点儿茫然不知所措了。

格力图尔较之王世祺更难以忍受眼前的场面，似乎每一秒钟都是对他心灵承受力的严峻考验。他觉得自己在犯罪，在对一位伟大母亲犯罪！他盼望这个场面尽快结束，希望这仅仅是一个梦。他希望王世祺乃至他自己都是缥缈的幻影，盼望这些幻影顷刻间化为乌有。然而，眼前的场面是个无可怀疑的切实的存在，而且在无情地继续着；他和王世祺也同样是切实的存在，而且在残酷地对峙着。尤有甚者，王世祺不仅显现出愈来愈清晰的轮廓，而且还沉吟不语地把探究的目光投射过来，好像在戏谑和欣赏他此刻的痛苦和愧怍。他恨透了这个人。他也恨透了自己，为什么竟允许自己干出了这件如凌迟般折磨自己同时无疑也如凌迟般折磨一位令人钦敬的老妇人的蠢事？为什么在意识到自己的卑鄙之后，又不能痛下决心，抛下短枪，迎上前去，任凭那大队人马的枪弹朝他的胸脯攒射呢？这种对王世祺以及自己的恨，经过短暂的酝酿，突然变成了一股怒火，烧得他的胸膛燥热，烧得他的两眼通红。连他自己也弄不明白为什么如困兽一般狂吼起来："你滚开！要不就快朝我开枪！"亏得他在这一刹那已全然失去了理智，脑海中除了凝聚和膨胀的狂怒之外已一无所有，对自己行动的支配力荡然无存，否则，他准会丢下短枪，挺身而出的。

毫无思想准备的将军夫人险些被格力图尔的吼声吓昏。她理解这个被叫作格力图尔的壮士何以变得如此狂暴，心里很受感动，喜爱之情又增加了几分。但她更知道，她此刻不能昏倒下去，否则，那些人会一拥而上，格力图

尔势必被乱枪射杀。那样,她对格力图尔的帮助就要功败垂成,她本人渴望为抗俄出点儿力的念头也要化为泡影。正是这种想法成了她身体的支撑力,使她总算没有倒下去。但她毕竟感觉到身体的支撑力太有限了,坚持不了太久的时间,所以,她一边竭力镇定和鼓励着自己,一边向格力图尔靠去,紧紧搂住格力图尔的在剧烈颤抖的左臂,同时轻柔地低语道:"要坚持住,孩子。"

将军夫人温软的手以及轻柔的声音,使格力图尔猛地一震,陡然想起了自己的母亲。黑夜退去了,母亲站在和煦的日光下,童年的他正依偎在母亲的怀里。多美好的过去!但愿这重现的过去永远永远别再消失吧!是的,格力图尔在理智恢复的瞬间,重温着母爱,重温着母子之情,重温着童年的快乐。他忘掉了正置身于充满险恶的夜晚,忘掉了可能置他于死地的王世祺和王世祺身后隐在夜色中的无数枪口,他甚至忘掉了要干什么和正在干什么,忘掉了他自己。他只感觉到他正化为清爽的无忧无虑的温馨而柔软的一团,在向同样温馨而柔软的母体靠近、融合。他似乎终于找到了无所不在的母爱,从此,他将为母亲而活,为母亲而战,任何伤害母亲的人都将是他誓不两立的仇敌。

此刻的格力图尔确实把将军夫人当作母亲的化身了。那么,他的行为算不算在伤害母亲呢?他以为是,也同样不能容忍。他手中的枪成了刺猬,刺着他的手,刺着他的心,刺着他的灵魂。他迅即扔掉枪,像儿子扶持母亲一样,扶持着将军夫人。

"你错了,孩子。"将军夫人盯着格力图尔的眼睛埋怨道,"你放弃了成功,也等于我的失败。"

"我宁可失败……我宁可去死……"格力图尔说道,然后凛然地转向王世祺,"动手吧,王世祺!但不准你伤害将军夫人!"

还是在将军夫人搂住格力图尔的胳臂时,王世祺就感到怪异,待听到这两个人的对话后,就更加大感不解了。这哪里像是一场劫持事件,简直是合作者嘛!他不由得回望了一眼部下,然后向将军夫人问道:"夫人,您刚才的话,好像……希望格力图尔成功?"

王世祺和格力图尔都没预料到,将军夫人猛然甩起头来,并更紧更牢地搂住格力图尔的胳臂,毫不含混地高声说道:"我确实希望格力图尔成功,而且,你可以把我当作他的同谋。"

221

"奴才不敢。奴才不敢。"

"事实就是如此。"

"但奴才不明白……"

"你不会明白的。我只想告诉你,我不会离开格力图尔,除非你把张榕交给他,并保证他安全离开。"

格力图尔热泪盈眶地说道:"夫人,您可以不这样做,我不会怨恨您的。"

"可我会怨恨自己的。——王世祺,张榕就在你手中,对不?"

"是的,夫人。"

"你刚才说来救护——你是这么说的吧?"

"是的,夫人。"

"你把张榕带来了吗?"

"他在后边,一会儿就到。"

"你在说谎!"

"奴才不敢。"

"那我问你,为什么不按指定地点和时间交换?为什么提前来追赶?而且,为什么来这么多人?"

"这……"

"不敢实说,对不?"

"夫人!……"

"你是个才能低劣的骗子!——格力图尔,我们走。来,先把枪捡起来。——王世祺,如果你有胆量,就命令手下人朝我们开枪吧!"

"夫人,请等一等。"

"有话就快说!"

王世祺思索了一下说道:"夫人决定帮助格力图尔,显然是希望张榕得脱樊笼后不再踏入陷阱。可是夫人能否确知把张榕交给格力图尔,对张榕是祸是福呢?"

"我相信格力图尔。"

"夫人……"

"而且,叫我奇怪的是,你倒像很关心张榕的命运!"

"我不能不关心,夫人。格力图尔是图什业图王府牧民造反时的枭雄,心怀叵测。没有任何理由相信抗俄义士张榕会把他引为盟友。张榕也从未谈及与格力图尔有过来往。"王世祺说着,看到将军夫人现出疑惑神色,便略微停顿一下,又接着说下去,"实话说吧,我今晚和夫人干着同一件事,只是采取了不同方式。而夫人被绑架恰恰为我获得成功创造了条件。"

将军夫人沉吟了一下道:"怎么才能证明你说的是真话呢?"

"事实,夫人就会看到的。"

23

　　王世祺说的确实是真话。

　　四天前,王世祺离开将军衙门,返回自己的官邸,在把张榕和科尔丹关进私牢之后,心情一直无法安宁。这倒不是因为他官邸中设有私牢一事被增祺将军获悉,因而感到震惊和恐惧。私设牢房和私设公堂一样,固然为朝廷所不准,只要有人举报,是会受到惩处的,轻则夺俸,重则罢官。但眼下的大清国,已不再是令行禁止的清平盛世了,此类违法行径实属平常,而且,何止他王世祺一人设有私牢呢?他确信,增祺将军不会用这件事要挟他或惩处他,他手中握有更多的足以置增祺于死地的把柄。比如光绪二十六年(公元1900年),八国联军陷京师,慈禧携光绪西狩,增祺以为大势已去,在俄国军队距奉天城尚有数百里之遥的情况下,窃取内库财宝,弃城而走,后又恐俄军不至,尤恐其至而不入,乃派死党回奉天纵兵焚掠,造成俄军入城肆虐之假象,以弥缝其监守自盗之罪。此事王世祺知之甚详,已决和在押的重刑犯中,至少有五六人在供词中涉及曾参与当年的焚掠。只此一件,就可以使增祺将军在一个早上就成为阶下囚。虽然他曾向增祺保证守口如瓶,但增祺未必放心,但至少是不敢轻易把他王世祺逼向绝路的。当然,增祺当众强令王世祺暂把张榕和科尔丹寄押私牢,不能否认也是一种要挟,但目的只是以此增加他的利害感和责任感,保证在目前社会秩序混乱的形势下,两名要犯特别是张榕在行刑前的一段时间不出现差池而已。王世祺对增祺的武断和强硬态度是能理解,也能谅解的,因为这两个犯人实在太重要了,张榕行刑前出事势必要开罪俄国人;科尔丹如果出事,罪责同样不轻,皇上派下的钦差肃亲王决心要查清色旺诺尔布桑保被害和争袭一案,几次说,定案前一定要找到科尔丹这个关键人物,现在,科尔丹自投罗网,索拉吉辽夫又是科尔丹被捕的目击者,消息很快会传到图什业图王府,那些担心甚至害怕科尔

离开睡眼

丹出场对质的人,势必要想出种种对策甚至派人除掉科尔丹。所以,这两个人是不能关押在屡屡出事的大牢的。寄押在王世祺的私牢,几乎等于提法使本人充当看守,可说万无一失。这也正是增祺将军精明过人之处。

王世祺的无法安宁是不是由于他带回官邸的是两个必死无疑的人呢?当然更不是。王世祺作为地方保安官,关押和处决人犯早就习以为常和处之泰然了。事实上,他几乎每天都在处理那些关系到一个人的生死甚或一个家庭命运的案件,要是每个案件都入于心而动乎情,一百个王世祺的心血也被耗干了。是的,由于他曾在镇压图什业图王府牧民造反中杀了无数人,又在提法使的官位上亲手判决了无数人的死刑,在对待某个人或某些人的死上,早已冷漠到掀不起一丝感情波澜了。

那么,究竟是什么促使王世祺凝脂般的心海重又波翻浪涌起来了呢?这是因为科尔丹和张榕这两个对他不同寻常意义的人以及这两个人面临的灾难,从不同角度敲响了他几乎要泯灭的良知,让他陷入了难以解脱的矛盾和巨大的苦恼之中。

还是在将军衙门附近的路上突然认出科尔丹时,早已被他有意埋葬的往事,就一下子以异常清晰的面目从他记忆中复活了:借尸还魂的丑剧,戴罪出征,图什业图王府的激战,成车的财宝,加官晋爵,等等。好像这一幕幕生活的戏剧就发生在昨天,远远没到能够忘却的时候。但这一切的确过去很久了,他也极力要忘却的。因为他无法否认,平息图什业图王府牧民暴乱的胜利,是他获得成车财宝以及加官晋爵的前提,而赢得平乱胜利的全部功劳几乎都应归于科尔丹。他对此心知肚明。他班师前,曾向科尔丹保证,一定向增祺将军乃至朝廷为其请功,以确保其柄政王府的牢固地位。而他回到盛京后,却只顾为自己的好运庆幸和为自己的官运忙碌,把对科尔丹的许诺束之高阁,忘得精光了。等他猛然记起时,已时过境迁,科尔丹早被博克拿多排挤出图什业图王府不知去向了。他曾感到良心不安。他强迫自己不再回忆这段往事。渐渐的,似乎真的忘却了。可今天,当销声匿迹了许久连他都以为不在人世的科尔丹奇迹般出现在眼前时,骤然把他推回历史,按原来的样子,重新经历了一次他曾经历过的一切。他这才意识到,过去是无法忘却的,事实上也从未忘却;同时他也明白了,正是包括失信于科尔丹在内的生活历程中不光彩的记录,在不断折磨他,啮食着他的灵魂,因而才使他这几年来愈来愈远离了人生的快乐,甚至面对娇妻和一双可爱的儿女,他也不能真正开怀笑一笑。他是带着精神的沉重负担苦度岁月。尤有甚者,他这次与科尔丹街头邂逅,原以为可在见过增祺将军后重续友情,如果科尔丹需要,他可以毫不犹豫地献出一半家产,这或许是向科尔丹赎罪的唯一办法和唯一机会了。然而,他哪里想得到,科尔丹踏进将军衙门,就等于踏进了死亡的门槛,并且,他竟充当了引路人。他更没想到,科尔丹将在他的私牢度过生命旅途的最后一段,并且,他又将充当把科尔丹送上刑场的角色。

这世上的事情就是如此的不公道。当年,在刚愎自用的曼都拉将军失败并丢了脑袋之后,是科尔丹独撑局面,力挽狂澜,终于平息了牧民暴乱;他王世祺除了聚敛金银珠宝外,几乎什么也没干。而结局却是,他王世祺收获了胜利的果实,不仅从宦海中又升起来,成为将军以外权势超过五部侍郎的军界要员,而且令人瞠目地成了奉天城里的巨富之一;勋劳卓著的科尔丹则厄运连踵,甚至就要成为刀下之鬼了。

王世祺怎能不感到愧疚,他的灵魂又如何能安宁啊!

张榕的出现对他的灵魂则是另外一种意义的触动。

王世祺见到张榕纯属偶然,对这样一个素不相识的人的命运,他其实完全可以漠不关心。但他对张榕又绝非闻所未闻和一无所知。他不仅知道张榕的身世和正在从事的事业,而且我们有理由推测,他心里一定很赞赏和很钦佩这个不平凡的年轻人。从这个角度讲,他又不能无动于衷。我们在前面讲过,王世祺对俄国人的反感由来已久,而且愈来愈反感。他既然知道,因朝廷的态度,因他的官职和年龄,已不能像当年那样与义和团并肩砍杀哥萨克,那么,他就不能不希望有人拉起队伍抗击乃至消灭俄国人,替他出一口恶气了。张榕不正是这样一位少年英雄吗?可是,十分不幸,偏偏撞见了索拉吉辽夫,这个精明过人的俄国佬又偏偏认出了张榕,给俄国人创造了一个考验增祺或给增祺创造了一个献媚俄国人的机会。张榕哪里还有一丝逃生的希望啊!而且,这位可以有一番大作为的少年英雄,要比科尔丹更早地走向另一个世界,又同科尔丹一样,事实上由他王世祺做送行人。

王世祺怎能不感到焦躁,他的灵魂又如何能安宁啊!

总之,他不愿这两人中的任何一人被处死。但他又明白,这两个人他一个也救不了。如果关进大牢,他或许还能冒险制造一起劫狱的假象。寄押在他的私牢,这样的计划他连想也不敢想了。因为,无论是增祺还是索拉吉辽夫,一下子就能断定是他王世祺搞的鬼。那样,不仅他本人,妻子和儿女

也全要送命的。

看来,这两个人是死定了。

他想,为了日后少些悔恨,他应该也只能为这两个将死的人做点儿有价值的事。做什么才有价值呢?却一时想不出个所以然来,也下不了最后的决心。

时间在一分一秒过去,一晃到了第四天,明天就是张榕告别人间的日子了。再拖下去,对张榕就永远失去了机会。他决定去见见张榕。想了想,又命人叫来王绍祖。

王绍祖走进来,不声不响地坐了下去,神志恍恍惚惚,好像昼寝乍起,一时还没有醒透。

"绍祖,我想让你同我去见一个人……"

王绍祖没有说话,只是脸上的肌肉微微一动,表明他对见客异乎寻常的反感和无可奈何的顺从。

"这个人明天就要开刀问斩了……"

王绍祖显然没料到让他见的是即将赴死的人,不由得身体一震,但很快又恢复常态,依然是一脸冷漠的表情,看不出他此刻的心里是恐惧还是惊讶。

"他叫张榕,是一个令人钦敬的青年。可惜,谁也救不了他。他和科尔丹都押在咱家的私牢里……"

王绍祖看了爸爸一眼,又很快垂下眼帘,似乎对爸爸这些话毫无兴趣,或者只是不想做出任何反应而已。

王世祺惊讶地说道:"我以为你一定会对科尔丹的命运表示关注并问问他为什么被捕以及为什么关押在咱家的私牢……"

王绍祖冷冷一笑说道:"爸爸想告诉我,我不问,爸爸也会说的。"

王世祺摇摇头,轻叹一声说道:"你还是那样……好吧,我来告诉你。"接着他简略讲述一遍张榕和科尔丹被捕的原因,然后说道,"科尔丹还能活一阵,可张榕的生命只剩最后一天了。我想问问他,他身后有什么事需要帮助。我救不了他,替他做点儿什么也好嘛。但我担心他不信任我。科尔丹对你有极好的印象,如果你去见张榕,科尔丹会告诉他,你是可以信赖的。张榕是关东自卫军主帅,肯定会有非常重要的话转告部下——你愿意……你愿意帮这个忙吗?"

王绍祖表面显得心不在焉,但对爸爸的话,每一句都听得很仔细,而且在用心琢磨。爸爸说完后,他没能立刻回话,微睁的两眼里,带着某种迷惑不解,似相信,又似怀疑。过了一会儿,他变得犀利的目光投向爸爸,以平静中隐隐带着激动和讥诮的声调说道:"爸爸,您说了一些同情张榕的话,我希望这是真的。"

"当然是真的,难道你认为……"

"爸爸,恐怕朝廷和增祺将军是恨不得把张榕的关东自卫军一网打尽吧?"

"这是无可怀疑的。不过,朝廷是朝廷,增祺是增祺,我是我。"

"这分得开吗?爸爸可是朝廷命官、将军属下啊!看押逆首不使逃逸、诱骗情报追剿余孽,不正是爸爸对朝廷对将军效忠的良机吗?"

"绍祖!"王世祺委屈而又酸楚地叫道,"要我怎样做,你才能相信我和增祺并非一丘之貉呢?"

"的确需要证明。是的,爸爸,您需要拿出切实的证明。"

"证明我确实想帮助张榕而不是刺探情报?"

"这样我才能确信,我帮助了张榕而不是帮助了增祺和朝廷。您说您钦敬张榕,渴望替他做点儿什么,您是这样说的吧?"

"是这样说的,这是我发自肺腑的话。"

"我也钦敬爸爸刚刚向我介绍的张榕。我不希望我的行动在事实上被想置关东自卫军于死地的人所利用。我成不了砍杀俄国人的勇士,至少要保留一颗中国人的良心!"

"我明白,绍祖,我理解你。你没有做过对不起国人和对不起朋友的事情,你也没做过任何违心的事情。你在堂堂正正做人上比爸爸强。爸爸又怎能忍心把你推进自我谴责的深渊呢?"

"那么,爸爸是真心想帮助张榕了?"

"此心此情,天地共鉴。要我发誓吗?"

"不,只需答应我一个条件。"

"说吧。"

"让我自己去见张榕,而且,不能询问我们谈了什么。"

"你还是不相信我。不过……我答应了。"

"您真答应了?"

"但是,下一步呢?"

"下一步?我还没有想。"

"我却早就想到了。我原来计划,你同我一起去见张榕,有你在,他不会怀疑我在耍阴谋骗他,可能接受我的帮助,然后,由你把他的话转给他的部下……"

"由我?爸爸真是这样计划的吗?"王绍祖从椅子上倏然站起,这回,他可真激动起来了。

"可是,你说得对,我不在场更好些,免去张榕的不必要的戒心。看来,我是太虚荣了,总想让人家知道我有一片好心。你来替我,还不是一样吗?人只要做到问心无愧就行了,何必非要人家感恩戴德呢?而且,由于我的私心和犹豫,耽误了将近四天的时间。要是把张榕带回来的当天就下了决心,你这会儿该把兴京方面的消息带回来了,那样,张榕不是会死得很安心吗?——好了,我又啰唆个没完没了。时间不多,你去吧。"

王绍祖没有立刻离去,反而陷入沉思,似乎有什么事情一时委决不下。

王世祺问道:"绍祖,还有什么事使你犹豫?"

王绍祖咬了咬嘴唇,似乎下了决心,突然走到王世祺面前,双眼放着火一样的光。他说道:"我终于相信了,您和当年一样,对俄国强盗深恶痛绝,同情和赞赏张榕这样的抗俄英雄……"

"所以我才决定略尽绵薄,帮他办点儿事。不过,你为什么要重复刚才的话呢?"

"可是,爸爸,您为什么不再向前走一步呢?"

"你是说……"

"放了他。"

"放了他?!"王世祺骇然道。

"对,连科尔丹一起放了。"

"你疯了,绍祖!"

"没有,爸爸,我没有疯。"

"你要把这个家庭推进灾难。"

"我是希望这个家庭获得新生。"

"你——这话是什么意思?获得新生?"

"是的,获得新生。如果您愿意,我可以讲几个具体例子进行说明,比如玉蝉妈妈……"

"绍祖!"王世祺气愤混合着悲哀地叫道,"你为什么要提到这个名字?为什么……为什么要唤醒我早已埋葬的记忆?"

"埋葬?不。事实上,您对自己的历史,无论是光彩的,还是耻辱的,全都记忆犹新。所谓埋葬,乃是掩耳盗铃、自欺欺人而已。即使您自己以为确实埋葬了,那么世人呢?他们也会因此忘却吗?"

"天哪,你是有意让我重新陷入痛苦的深渊……而且、而且……这和我们今天的谈话有什么关系?"

"的确没有直接关系。——对不起,爸爸。我只是想用这件事,作为一个时间界限。玉蝉妈妈死以前,您的历史还有过几次光彩的记录,比如和义和团并肩抗击俄国人,释放了班卡妈妈,等等。可在那以后呢?爸爸,您有过敢于自己公之于世的光明磊落的行为吗?至少在我的记忆里这是空白。可是,在哲里木盟的草原上,无数惨死的冤魂,还有那些从血泊中爬出来的幸存者,永远不会忘记您这位屠伯王大人的!……"

"绍祖!……"

"还有,在公主岭附近的二龙山下,是您派出的官军和哥萨克合伙消灭了义和团的残部!不是您和增祺的命令,卢士杰的部队也不会在车站被俄国人缴械和惨遭杀戮……"

"不要说了!"王世祺恐惧地叫道,"不要说了!"他又重复了一遍,怨恨中带着乞求;而当他重复第三遍时,只剩下哀告了,"不要……不要说了……"

王绍祖见爸爸脸色惨白、目光呆滞、精神几乎要崩溃的样子,油然升起一股父子间的怜悯之情,意识到刚才的话太过分了。他知道,这些年来,爸爸从未有过舒心的时候;他换出格力图尔,重又回到这个家庭后,也未见爸爸高兴过,即使在逗小妹妹时偶尔笑笑,也带着太多的苦涩。是的,爸爸永远失去了欢乐。他也猜得出,爸爸是深深陷入对过去的悔恨和自责中而难以自拔。他不是没有机会同爸爸推心置腹地交谈,帮助爸爸总结过去和寻找一条能从痛苦中解脱的道路。但由于他固执地不肯放弃对爸爸的敌意,不愿主动缩小和爸爸之间的感情距离,他一直没能这样做,恰恰相反,在爸爸受着灵魂的折磨而长吁短叹时,他还幸灾乐祸地冷言相激。甚至在今天,当爸爸真心想为张榕做点儿什么,希望用行动弥补以往的过错时,他竟然不留情面地揭开爸爸的老底,使爸爸差点儿昏眩过去。他因而又产生一种负

罪之感,觉得自己太残忍了。

沉默片刻后,王绍祖朝爸爸走了两步,垂手柔声道:"原谅我的放肆,爸爸……"

王世祺从痛苦的思绪中抬起头来,望着王绍祖的眼睛,先是悲怆地摇摇头,接着深叹一口气,颤抖着声音说道:"不,绍祖,我必须承认,你说得对。爸爸这些年确实做了不少错事,给我,给你,也给这个家庭带来了耻辱。这些年,也许正是良心上的自责,使我不得宁帖,快乐也远离开了我……"

受了爸爸态度巨大变化的鼓励,王绍祖哽咽地说道:"那么,爸爸为什么不利用眼前的机会赎罪和洗刷耻辱呢?"

"绍祖,"王世祺握住王绍祖的手,掩饰不住恐慌地说道,"我又何尝不希望洗刷耻辱和获得灵魂的安宁呢?可是……可是,我必须以牺牲家庭为代价吗?"

"爸爸,没有谁让您牺牲家庭。"

"放了张榕和科尔丹,我们……我们全家都别想活了。"

"您一生最大的错误,就是只注意到了自己的家庭。……爸爸,谁没有自己的家庭?谁不热爱自己的家庭呢?您为什么看不到想不到您以外的更多的家庭呢?如果……如果一个家庭的灾难会使更多的家庭避免灾难,那么,这种牺牲不是很值得的吗?何况……"

"绍祖!为什么要由我……由我来承担这种灾难呢?"

"您以为这对您不公平,对吗?"

"如果我必须赎罪,可以采取另一种方式……"

"您完全可以不去赎罪,而心安理得地活到天年,因为许多犯有更大罪过的人,对赎罪连想也不曾想。但您是否知道,有的人根本无罪可赎,却毅然决然牺牲了家庭?"

"谁?谁会这样?"

"张榕。"

"你是说……"

"他一家三代人,穆穆棣棣,和乐且康,为兴京一代的首富。张榕为长门长孙,前途自是无限;金银任其挥霍,声名何愁闻达?但他为了御侮复国,拯救万民于水火,卖尽家产,建立起关东自卫军……"

"这你怎么知道?"

"听过张榕名字的人,就不会不知道他毁家纾难的壮举。爸爸,难道他希望自己被腰斩而且给全家人带来灾难吗?不,他也希望自己的亲人永远生活在平安和快乐之中啊!……"

"好了,好了,别再说下去了。"

"而且,爸爸,我求您放了张榕和科尔丹,您的家庭未必就会因此而毁灭。"

"这……可能吗?"

"当然,需要您做出一些牺牲。"

"我的生命吗?"

"您的顶戴。"

"这……"

"您舍不得?"

"不,我对官场早已厌倦。如果不是担心各种可能的意外,我一年前就挂冠而去了。……我预料,仅仅舍弃一顶官帽是远远不够的。"

"还有财产吗?"

"这些身外之物更不值得留恋,它们带给我的只是精神负担。"

"那事情就好办了。爸爸,我们一起走。"

"这也不一定就好办,增祺将军一直在暗中监视我。"

"放心,爸爸,我会安排得万无一失的。"

"我们以后怎么办,如果我们成功了的话?"

"我会把您、妈妈、小妹送到一个绝对安全的地方,您和妈妈肯定会有一个快乐的晚年。我……也许我应该去找格力图尔。"

"这样最好,你和张榕毕竟素昧平生。——唔,对了,西三营里有我几个心腹,我叫人给他们送去一封信,告诉他们暗中联络好人马,随时接受你的指挥。他们和你一样,是渴望做抗俄英雄的。——唔,天哪,我今天这是怎么了?"

"爸爸!"王绍祖感动得热泪盈眶,他扑通一声地跪下去,带着忏悔的哽咽,说道,"您今天让我看到了,您是我的好爸爸。宽恕我过去的不孝吧!"

王世祺也泪流满面,他抚摸着儿子的头发,反而显得异常轻松和从未有过的舒心,说道:"谢谢你,绍祖。听到你这句话,我死也甘心了。……不过,我真感到奇怪,这么容易便决定了如此重大的事情,这么容易便下了如此大的决心……"

恰在此时,门人慌里慌张跑了进来报告说,增祺将军驾到。

王世祺父子吃了一惊,匆匆站起来。

"绍祖,"王世祺说道,"你回避一下。"说完,快步迎了出去,顺便拭了拭眼睛,整了整衣帽。

他与增祺将军在甬道中间相遇。

"不知将军驾到,有失远迎,死罪死罪。"

"进去说话。"增祺挥了挥手说道,紧张中带着不耐烦。

"请!"

进入大厅后,增祺昂然上坐,紧张的神态反而一扫而空。

王世祺命人上茶,自己也坐了下去。

"将军亲临敝舍,想必有什么指教吧?"

"那个张榕和科尔丹……"

"将军不放心吗?"

"你在院外好像增加了不少卫兵。"

"下官自知干系重大,怎敢疏忽!"

"这很好。日俄交战正酣,胜负难料。俄国人又在我们身边,实在惹不起呀。"

"下官明白。"王世祺说道,心里在为增祺愈加唠叨而慨叹。

"我这次来,是告诉你一件事——我的夫人被绑架了。"

"什么?"王世祺惊道,"将军夫人被绑架了?"他心里却觉得十分纳闷,这么严重的事不一进门就说,却先问什么张榕和科尔丹,而且语气又那么平淡。……

"是的,她被绑架了。"

"哪一位夫人?"

"当然是那位最尊贵的夫人。"语气中流露着讥诮和怨恨。

"什么时候?"

"该有两个小时了。"

"绑架者是什么人?目的是什么?"

"目的是交换张榕。无疑是张榕的同伙了。被赶回来传信的驭手八成吓蒙了,没记住那人的名字,只记住那人说今晚午夜在东门外邓大人庙交换。"

"时间还来得及。"王世祺似乎明白增祺为什么先问张榕了。他不由得在内心产生一阵庆幸之感,因为他完全可以不必采取合家出走的隐藏着诸多危险甚至可能造成悲惨结局的方式去救张榕了。

"你认为该拿张榕去交换吗?"

"这还用说!"

"这怎么行?用朝廷要犯去交换我的妻子,亏你想得出来!"

王世祺不胜惊诧地看着一脸正气的增祺,不知这个精于出卖国权的将军何以突然变得大义凛然,竟然摆正了国与家的主从关系。但他很快恍然大悟了。因为他听说这位夫人对增祺的卖身求荣十分不满,几次当面斥责,增祺早已恨之入骨。这次夫人被绑架,他或许暗自高兴呢。王世祺这样胡乱想着,心里乱糟糟一团。他略一迟疑后问道:"依将军的意思该怎么办呢?"

"张榕不能放,绑匪也要抓,夫人更要救。"

"将军是在开玩笑吧?"王世祺问道。他听得出,增祺将军的"更"字是用得太牵强了。

"我哪有闲心开玩笑?"

"可是这三者怎能兼得呢?"

"你听我说。夫人是在我的家门口遭绑架的,我闻讯后当即派人追赶和通告各门守兵,也许他们今天夜里根本出不了城。明天张榕一正法,这绑匪把夫人留在手里也没用了。这是第一种可能。当然,绑匪也可能混出城去,那么,邓大人庙离城不远,又是在夜里,我们可以轻易包抄过去,谅他小小绑匪插翅也休想逃脱,这是第二种可能。"

"将军,这两种可能都会要了夫人的命啊!"

"我想不至于。即使果真如此,夫人也是死于国事,死得其所嘛!"

"将军大人,我……下官恳求将军救救夫人吧!暂时舍弃张榕,日后还可追捕,可夫人一旦……"

"你是统领数千兵勇的武将,怎么竟如此婆婆妈妈?听着,不准打张榕的主意,否则,你会后悔的。今夜你要亲自看守牢房,听清没有?"

"听清了,将军大人。"王世祺俯首道,心里却着实不明白。

"还有,天黑后,你派一百名新军官兵,去包围邓大人庙,一定要抓住绑匪,不管死活。"

"如果绑匪自知不免一死而对夫人……"

"所以我不让你亲自去——你还不明白吗?"

"下官……明白了……"

增祺没再说什么,起身大步走出去了。

送走了增祺,王世祺回到大厅,王绍祖从侧厅走出来。

"你都听到了?"王世祺问道,疲惫不堪地坐了下去。

"是的。"

"增祺将军竟如此薄情!我还以为……可是……"

"爸爸又陷入了困境?"

"还不如没发生这件事。偏偏在这种时候,我们的计划全被打乱了!"

"爸爸,增祺将军会不会怀疑您可能违抗他的命令呢?"

"那倒不会,他知道我素来无此胆量。不过,我们这个老弱妇孺的队伍混出城门可就不容易了。"

"这节外生枝恰恰帮了我们大忙。"

"是吗?我怎么看不出来?"

"增祺将军不是命令您派一百人出城包围邓大人庙吗?"

"唔,你是说……"

"守门的官兵会仔细查看每一个人的相貌吗?"

"有道理……"王世祺点头道,沉思片刻后,下决心地挥挥手,"我们这回就孤注一掷了!"

"我们会成功的,爸爸。"

"绍祖,我觉得很累,想略略休息一下。你去告诉妈妈和妹妹,做好远行的准备。带一些金银首饰和值钱的珠宝,日后总还是需要的。过一会儿,我领你去牢房,你也该和张榕认识认识。"

"我们已经认识两天了。"

"你们见过面?"

"我们详细交谈过,还商定了今天夜里……"

"原来是这样,我明白了……"

"请原谅我,爸爸。我保证那是最后一次对爸爸不信任的忤逆行动。"

王世祺半悲哀半庆幸地叹口气说道:"一切都出乎我的预料,一切又都好像顺理成章……真有如未醒的春梦。"

"爸爸,您和这个家庭都有了新的开始,这是值得高兴的!"

"是啊,新的开始……天快黑了,去准备吧。但愿……这个夜晚平安过去……"

天大黑之后,提法使官邸照例灯火通明,大门内外戒备森严。而王世祺一家四口与换了装束的张榕和科尔丹正从后门相继走出,混杂到王世祺调集准备出城包围邓大人庙的百人队伍中。

这支队伍在东大门受了点儿阻隔。守门军官说,将军夫人告诉他,只是同增祺将军怄气,想去东陵清静几天,派人送去自己遭绑架的假消息,是为了吓唬吓唬老东西。事实上,夫人身边只有一名驭手,一主一仆,也确实没有被绑架的迹象。所以,他已放行,并派去十名步卒护送夫人去东陵。这名军官还说,他已派人去向增祺将军报告了,这会儿,去报告的人就要回来了,增祺将军也肯定安心睡觉了。虚惊一场而已。

守门军官最后说:"增祺将军取消包围邓大人庙的命令马上就到了,戒严时间也快到了,你们何必到城外遭一宿罪呢?"

带队的人是王世祺的亲信,十分不善言辞,听了守门军官的话,一时无言以对,不知所措。

骑马站在队伍当中的王世祺此刻心里很紧张。他想,将军夫人被绑架确实有许多难以置信的疑点,或许真是这位有恃无恐的老夫人搞的恶作剧也未可知。而且,这名守门军官很精明,不会粗心到连驭手和绑架者的区别以及将军夫人是否恐慌都看不出来,更不会不知道将军夫人的安危干系甚大而虚构情节欺骗准备去救夫人的队伍,后果不堪设想。总之,将军夫人被绑架这个事,很可能是不存在的。如果真是这样,增祺将军定会取消包围邓大人庙的命令,那他这支队伍还想出城吗?等着他的,仅仅是前功尽弃吗?

"爸爸,您必须出面了。"

王世祺突然听到王绍祖的声音响在耳畔,吓了一跳。

"这……怎么行?"

"您是提法使,还不能对一个守门官下命令吗?"

"可我这身装束……这人很机警,会起疑心的。"

"去抓绑匪还要穿官服吗?"

"这……好吧。"

王世祺轻咳一声镇定了一下,轻抖缰绳驱马走到队伍前面。

"提法使大人!"守门官一惊,连忙打千道:"给提法使大人请安!"

"免,免了。"王世祺尽量平和地说道,"你刚才说的都是真话吗?"

"小人怎敢说谎?"

"不过,事关重大,万一出了差错,恐怕你吃罪不起,我看还是把邓大人庙包围起来更好。"

"当然,当然,还是提法使大人想得周到。小人没想到提法使大人亲自出城,方才……方才我也是劝说而不是阻拦,请大人宽恕。"

"这不怪你,起来吧。"王世祺没想到事情会如此容易解决。

"谢大人。"

正在此时,城外跑进一个筋疲力尽的步卒,见了守门官后,呼哧带喘地说道:"马车跑……跑了!"

守门官大惊道:"什么?! 跑了?"

"是的,马车甩下我们,就……一溜烟跑了!"

"天哪,难道那驭手是绑架者? 还是这家伙故意开玩笑?"

"不……不是开玩笑。飞一样,路也不平,哪里是开玩笑?"

王世祺纳闷地摇摇头,突然指着守门官说:"你误了大事了!"

"大人! ……"

"你能不能得救,就看我能不能追上马车了。看好城门!"说着朝身后的队伍挥挥手,"跟着我,全速前进!"

一百人的队伍就这样出城了,真是想不到的容易。

为了尽快赶上将军夫人的马车,王世祺让长期荒废了马背生活的王绍祖和骑术不甚精湛的张榕以及体力欠佳的科尔丹带领十名骑手殿后,并负责保护春兰夫人和女儿,他则鼓起残存的勇气率大队人马充当先锋,挥鞭猛追而去。

不到一个小时,一马当先的王世祺和紧随其后的部分骑手终于追上了将军夫人业已散架的马车。

24

王世祺约略地讲了一遍舍弃官职、抛却家业救助张榕的过程,紧接着说道:"所以,将军夫人,奴才既然为救张榕做出了如此巨大的牺牲,又怎能在即将获得最后成功的时刻,轻易把他交给一个究竟是敌是友尚无法判定的人呢?"

将军夫人不动声色地说道:"能舍命救抗俄义士张榕的人,都应该是朋友。因为他们肯定都有一副侠肠义胆。格力图尔的行为已向我证明,他就有这样一副侠肠义胆。你刚才也试图向我证明这一点,但首先,你讲述的内容,我要在见到春兰夫人以及令郎、令爱后才能相信;其次,你救张榕要是事实,何以又对另一个同样在救张榕的人抱着敌意呢?这很矛盾,对照你平日的言行,我如何能不做出相反的推测呢?"

"夫人!……"

"好了。你不是说张榕和你的全家全都出城了吗?"

"是的,夫人。"

"他们再慢也该到了吧?"

"我想是的。"

"我可以再等一会儿。"

"我请求夫人离开格力图尔。"

"不。"

"他已表示放弃对夫人的挟持。当着这些人的面,他还不至出尔反尔。我可以保证,绝不伤害他。"

"在见到春兰夫人和张榕他们之前,只能保持现在这样的局面。"

"等夫人在事实面前对我表示相信的时候,他还会继续挟持夫人的。"

"只要格力图尔认为有必要。——唔,年轻人,你怎么看?我是说王世祺刚才讲的故事。"

"他在说谎!"

"我也有同感。所以,借用王世祺的一句话,你可不能在即将获得最后成功的时候,粗心大意地走进别人的圈套。"

"我是绝不会相信他的话的。救张榕?哼!他巴不得有更多的张榕做升官发财的垫脚石呢!"

"真是一针见血,再精彩不过了。格力图尔,我看我们别在这里浪费时间和精力了,我们走吧。"

格力图尔犹豫了一下说道:"将军夫人,您就同王世祺回去吧,我再想别的办法救张榕。"

"这怎么行?你剩下的时间不多了。"

"让夫人在经历了马车的颠簸之后再遭受夜行之苦,我如何能忍心啊?"

"我受得了。想到今天这件事的意义,我的体力会成倍增加的。古语道,'成大事者,不恤小耻;立大功者,不拘小谅',和救张榕比,我受点儿苦算不得什么事。何况我是心甘情愿和感到光荣呢?真的,孩子,我从来没这么兴奋过。你也没有理由让我放弃眼前这个难得的实现生命价值的机会。"

"可是夫人……"

"听我的,就当是我劫持你吧。"将军夫人说完,不容反抗地挽着格力图尔的胳臂回身向前迈出脚步。

王世祺无奈而焦虑万分地喊道:"夫人,您会后悔的。"

"不会。"将军夫人回首微微一笑道,"听着,王世祺,你如果不想让将军夫人被绑架的丑闻闹得满城风雨,就立即返回城去,在指定的时间和地点把张榕交给格力图尔。"

将军夫人继续朝前走去,步子异乎寻常地坚定有力。

王世祺身后有拉动枪栓的声音。他猛地回过头,狂暴地喝道:"混蛋!不准开枪!"

正在这时,从后边驰过两匹马,停在王世祺身边,从马背上跳下两个人来——正是王绍祖和张榕。

王绍祖扫了一眼毁弃的马车和两个向前走动的模糊人影,问道:"爸爸,这不是将军夫人的马车吗?"

王世祺怒气未消地说道:"你骑的是马还是乌龟?"

"怎么了,爸爸？劫持者不放将军夫人？"

"将军夫人在帮助格力图尔！"

王绍祖惊问道："是格力图尔？是格力图尔绑架了将军夫人？"

"是,是！正是这么回事！需要你的时候,你偏在后边慢慢腾腾。还不追上去,除了你,没人能和格力图尔谈成功！"

王绍祖急切地对张榕说道："快,和我一起过去！"

"不行！"王世祺大声道,"现在还没弄清格力图尔救张榕是何目的,我是宁可愧对将军夫人也不能轻易交出张榕的。"

张榕一笑道："请王大人放心,格力图尔肯定是真心救我。"

"你不了解这个人。"

"他了解我。——我一会儿详细向您解释。"张榕说完,扯过王绍祖的手,向即将被夜色吞没的人影追过去,两个人同时喊着格力图尔的名字。

事实上,格力图尔搀着将军夫人只走出几十米的路,身后的呼喊声足以清晰地传进他的耳朵,并立即分辨出其中有一个令他倍感亲切、异常熟悉的声音。他身体一震,停下脚步,回过身来,惊喜地回应道："绍祖,绍祖！你是绍祖吗？"

"是我,格力图尔。"王绍祖拉着张榕几步跑到格力图尔面前,累得气喘吁吁,"你好吗,我的好兄弟？"他松开张榕,用力地握住格力图尔的手,"我可怎么也没想到是你绑架了将军夫人！——将军夫人,让您受惊了。"

将军夫人迷惘地看着忙乱得不知说什么才好的王绍祖,扫了一眼张榕问道："绍祖,这个年轻人是……"

"唔,看我,真是激动得忘乎所以了。这位年轻人便是你们要救的张榕。"

张榕面带感激和崇敬的表情,先向将军夫人深鞠一躬,说道："感谢将军夫人的垂爱,您的义举对晚生将是永远的鞭策。"然后又对格力图尔抱拳道,"久仰了,格力图尔。感谢命运的安排,使我得以提前见到您的英姿和豪气。"

格力图尔并非如人们传说那样对汉语一窍不通,只是从不愿用蒙古语以外的语言同人交谈。他从吴景瑞口中获知,张榕是不懂一句蒙古语的。他眼下也不想让王绍祖充当翻译去浪费时间,便直接用略显生硬的汉语问道："你就是张榕？"

"我正是留书白狐山的张榕。"张榕说道,脸上微露惊讶之色。

"可你这身打扮……"

王绍祖斜睨了一眼张榕身上不太合体的士兵服装,解释道:"爸爸说,不换上士兵服装就很难混出城来。"

"等一等。"将军夫人突然说道,"格力图尔,听你们的话,你好像并不认识张榕。"

"是的,将军夫人。"

"那你为什么舍命救他?"

"我认为应该救他。而且,夫人不是也不认识他吗?"

"那是为了你……唔,这、这大概就是所谓的良知吧?不过……格力图尔,你能确信他就是我们要救的张榕吗?"

格力图尔肯定道:"绍祖不会欺骗我。"

"那么说……"将军夫人沉吟道,"王世祺也是真的在救张榕?"

"尽管我不愿意相信,但必须承认,这是事实。"

王绍祖慨然道:"我原也没料到爸爸会顿然醒悟,下了如此巨大和彻底的决心。"

"你的母亲和妹妹也来了吗?"将军夫人问道。

"是的,将军夫人。如果我和张榕不是在后面陪着妈妈和妹妹,您就不会同爸爸产生误会了。"

"误会……是呀,今天夜晚真是不同寻常,发生了这么多意料之外的事情,连这误会都令人感到振奋。绍祖,我们还是快过去吧,我得向你爸爸道歉呢。"

"爸爸非常尊敬您,将军夫人。我们也一样。"

"谢谢。"

"我来搀扶您,可以吗?"

"当然……我的体力也真是消耗殆尽了。"

王绍祖搀扶将军夫人在前,格力图尔和张榕并肩在后,朝着王世祺伫立等待的地方走去。

走了几步之后,张榕问道:"格力图尔,我们一直是用汉语交谈,可我听说阁下是不懂我们的语言呀!"

"所以你才决定让科尔丹做你我之间的翻译?"

"是的。"

"结果你中了他的圈套,落入增祺手中!"

"圈套？不，科尔丹哪里是这种人？"

"你被他的花言巧语迷惑住了，到现在还没识破他的骗局！"

"不，格力图尔，科尔丹恰恰是为了帮助我才入狱的。我们被关在同一间牢房。不是王大人父子出手援救，他同我一样会被处死的。"

"张榕，你对他的赞扬会成为你我之间感情的障碍。"

"但是，我不能不说真话。科尔丹是听说日俄在辽南开战弃学回国的，他渴望能为抗俄日、保国土出力。他不否认曾做了许多错事，特别是对你和你的朋友。我劝你——我崇敬的首领和朋友，冲他的真诚和对国家的一腔热血，捐弃前嫌，和我以及绍祖一样，相信他和接受他。——我太直接了，格力图尔，请原谅。"

格力图尔紧闭嘴唇，毫不掩饰地让反感和愤怒充分显示在脸上和眼睛里。片刻后，他大声问道："绍祖，你也相信科尔丹吗？"

王绍祖回过头来说道："格力图尔，我知道你和科尔丹之间误解太深，积怨太……"

"误解？你也在为他开脱！"

"但至少你得相信，科尔丹这次进城见增祺将军是为了帮助张榕，而绝不是圈套。"

"绍祖，你是不是在说，你们救的不仅是张榕，还有科尔丹？他现在是不是也和你们在一起？"

说话间，他们已来到毁坏的马车跟前，将军夫人早就被迎上来的春兰夫人扶过去走到一边，两个女人自有她们自己的话要说，暂且不表。站在王世祺身后的科尔丹，显然已听到格力图尔和王绍祖的对话，便走了两步，站到格力图尔面前了。

"格力图尔，我确实在这里。"科尔丹略一领首说道，他和张榕穿着相同的衣服，而且显得更加不合体，"我赞赏你的这次壮举。而且，我理解你何以如此不相信我。我不怪罪你。"

格力图尔不屑一顾地用鼻子哼了一声，转脸对王绍祖说道："绍祖，我明白了，我今天真是多此一举！"

"你没有明白，格力图尔。我觉得，恰恰是今天，我们找到了一个共同的新起点。"

"是你们共同的新起点。"

"应该而且必须包括你,我的好朋友。"

"可惜,我却要走开。"

"为什么?"

"我寻找的是朋友而绝不是敌人!"

"科尔丹会成为你的朋友的。"

"永远不会。除非我忘掉了过去。"

"格力图尔,"张榕说道,"古人云:'往者不可谏,来者犹可追。'以阁下的豁达大度,当不会让自己的眼睛永远盯住科尔丹的过去。"

"你这样说,是因为你根本不了解科尔丹的过去。"

"我和科尔丹在牢房中做过几次长谈。"

"他的巧舌如簧是很能迷惑人的。"

"要知道,我们是在以为必死无疑的情况下反省自己的过去,没必要虚构情节和文过饰非。"

"你因此便认为过去的科尔丹深可谅解,现在的科尔丹是可以做朋友的,是这样吧?"

"当真人不说假话,的确是这样。"

"我欣赏并且感谢你的直率,特别是在事实上我们还没有成为伙伴的时候。"

"格力图尔,你这话……"

"这可能是你我之间最后的谈话。我很遗憾,张榕先生。我面对的不是我一个人的生死去留,而是七百个弟兄的前途命运。我的错误曾给我的朋友造成不幸,我不能也不敢再轻率了,特别是在他们苦苦等待了这么久之后。请你理解我。"

"我理解,我们都能理解。但是,格力图尔,你为什么不给科尔丹一个剖白的机会呢?我确信,你们经过坦诚的交谈后,你同样会理解科尔丹的。"

"靠谈话达到的理解是不可靠的。它需要更多的条件。好了,张榕先生,我们不必徒费唇舌了。——我只想再问问绍祖。"格力图尔说着,把灼灼如火的眼睛投向王绍祖,"绍祖,我这次下山有两个目的,一是救张榕,二是请你去做总首领。现在请你回答我,你是和张榕、科尔丹去兴京,还是和我去白狐山?"

"格力图尔,"王绍祖面有难色且充满焦虑地说道,"请你不要这么匆忙做出决定。你对科尔丹……对科尔丹……我是说,天哪,叫我怎么说啊?"

"既然这么难说,就不必说了。而且,我也算听明白了你的回答。我很失望,非常失望。是的,绍祖,我非常痛苦……"格力图尔闭了闭变得黯然神伤的眼睛,准备转身走开了。

"格力图尔,请稍候片刻。"科尔丹扬手喊住格力图尔,然后面对张榕和王绍祖说下去,"我预料到格力图尔不会谅解我。他有这个权利,也有充分的理由。你们不必怪他,让他消除对我的仇恨,是不公平的。我欠他,欠他的朋友们的太多了。这沉重的欠债常常压得我喘不过气来,常常想一死了之……"

格力图尔不胜鄙夷和愤恨地盯着科尔丹,轻哼一声,咬着牙说道:"你早该去死!而且……而且你是死有余辜的。"

"所以我没有去死。"科尔丹平静地说道,并迎着格力图尔的目光,惨然一笑,"世上没有比死更容易的事情。但是,如果我死了,也就失去了赎罪的机会。我必须活着去赎罪,必须保留住供你以及你的朋友们复仇的形体。"

格力图尔讥诮地咧嘴道:"你讲这些,是为了打动我和软化我吧?"

"我绝无此意。当然,我并非对未来不抱丝毫幻想。或许会有那么一天,我的行动和作为能换来你以及你的朋友们新的评价,或许……那时我能面对面和你站在一起而不带愧赧之心。但现在,你即使出于气度恢宏对我做出宽宏或怜悯之举,我也不会心安理得地接受。"

"可惜的是,我们活着的人不会饶恕你,那些惨死的人更不会宽谅你。实话说吧,科尔丹,我今天所以没动手,是碍着张榕和绍祖的面子。以后我们再见面,我是不会放过你的。我们和你之间只存在着永远化解不了的仇恨!"

"尤其是你我之间,对吗?"

"对,尤其是你我之间!"格力图尔咬牙说完这句话,倏然停下了。他的心也不由得怦然一动。他暗问自己,他与科尔丹之间确实有比其他人更深的仇恨吗?如果有,那么为什么不利用这难得的天赐良机去复仇呢?要知道,科尔丹就面对面站在眼前,相距不过咫尺之间。他只要向前猛跨一步,埋藏在心里的仇恨便可轻易地通过铁钳般的一双大手,毫无遮拦地发泄出来。他与科尔丹之间一桩久拖未决的公案就可最后了结。站在一旁的王绍祖、张榕以及王世祺即使想阻挠也来不及。何况,王绍祖也好,张榕也罢,还没有充分的时间和理由与科尔丹成为莫逆之交,在既成事实后,也未必会同他格力图尔反目成仇或刀枪相见。所谓碍着王绍祖和张榕的面子,固然是一个原因,但肯定不是唯一的原因,更不是最主要的原因。这一点,格力图尔的心里无疑是很清楚的。过去,他曾两次决心刺杀科尔丹,结果留下了两次临阵怯手的记录。第一次是在雪橇上,由于他的骄傲而不愿对一个连反抗能力都没有的孱弱身体施加暴力;第二次是在马车上,由于他的怜悯而不忍心把匕首刺进眼角残留痛苦泪珠的人的胸口。今天,他是否依然被单纯的骄傲和天真的怜悯心所左右,因而又一次退却呢?显然也不是。他在生活的浪涛中浮沉了那么久,经过那么多苦难的磨砺、那么多错误的鞭笞,已不再是过去单纯和天真的格力图尔。准确地说,单纯和天真,骄傲和怜悯,虽然仍旧是他本性中永远不会改变的基调,但经过火与血的洗礼,单纯和天真已获得升华,骄傲和怜悯也不可能再成为束缚他的思想和控制他的行动的难以挣脱的羁绊了。对此,格力图尔即使未做过认真反省和总结,至少也应该在自己的为人处世的实际行动中有所察觉。

这就是说,格力图尔没有当机立断地向前跨出这一步,既不是碍着王绍祖和张榕的面子,也不是因为他性格中业已摒弃的弱点,而是别的什么原因。究竟是什么原因呢?格力图尔一时间还找不到答案。

继而他又追问自己,如果在此后的某一天,和科尔丹狭路相逢,他会不会利用上天恩赐的机会,当真把科尔丹置于死地呢?他对自己给出的回答同样是很模糊的。不错,他恨科尔丹,有时恨得咬牙切齿。但他的这种恨,从来没像奈曼乌勒那样刻骨铭心和坚如磐石。在奈曼乌勒看来,科尔丹就是个彻头彻尾口蜜腹剑、心狠手辣的恶棍,连那些看似善良的行为,也只是魔鬼的微笑,是另一种形式的比分尸凌迟、凿骨捣髓更加恶毒的行径。所以,当奈曼乌勒这个一生悲惨的硬汉,每一次忆及曾无意间接受了科尔丹的救助,便感到受了奇耻大辱一般疯狂地大发雷霆,对科尔丹的恨同时陡增一分。格力图尔的恨,却不像这样彻底。这或许同他对科尔丹最初形成的印象有关。一般来说,一个人给另一个人的最初印象通常都是很单一的,即充分暴露的部分掩盖了本性中其他内容。科尔丹则不然。他是在一个无暇权衡利弊的形势下,同时展现出本性中完全不相容的品格的。读者诸君想必还记得科尔丹京师被逐后返回草原的那个暴风雪之夜吧。他当着格力图尔的面,不仅展现了作为扎萨克继承人的专横跋扈,而且,勇敢而果断地把一对孤苦无告的可怜的父女从额勒吉卡的淫威下拯救了出来。这其中的少女

245

乌日娜金恰恰是格力图尔的被迫逃亡而不知去向的情侣。因此,科尔丹一露面便给格力图尔造成了一个并非单一的而且是充满矛盾的印象。一方面,作为仇人的儿子,作为居高临下的未来的扎萨克,格力图尔理所当然地憎恶和痛恨;另一方面,作为见义勇为、救危扶困的热血青年,格力图尔又不能不赞赏和感恩。此后,这两方面的内容,在科尔丹的身上不断获得延续,在格力图尔的心里,也始终交织着一个奇特的形象。总之,让格力图尔不恨科尔丹是不可能的,不要说父辈的深仇大恨,单单是科尔丹请兵镇压造反牧民一事,便是不共戴天;让格力图尔对科尔丹仅仅有恨,似乎也没有理由,科尔丹救过他,救过他的情侣,救过他的朋友,作为一个有血有肉有良心的人,这些都是不可以一笔勾销的。以眼还眼,以牙还牙,固然是大丈夫;滴水之恩当涌泉相报,同样是大丈夫。问题是,报仇的对象和报恩的对象竟是同一个人!这就难倒格力图尔了。在他心里,无疑曾千百次地扼死过科尔丹;在同一个心里,也肯定千百次地让这个人起死回生。为此,他常常陷入痛苦的矛盾中不能自拔。他恨自己太软弱,骂自己缺少决断。但不管怎么恨,也恨不出最后的决心;不管怎么骂,也骂不出一个干脆的行动。在他感情的波涛中,曾涌动出一个朦胧的想法,那就是,如果有人挥刀向科尔丹砍去,他也许能让自己视而不见,但要他亲手弄死科尔丹,他大概是做不到的。如此说来,有朝一日,鬼使神差,他当真同科尔丹单独相向,也未必会发生你死我活的流血悲剧。

但是,即使格力图尔冥冥中已接受了科尔丹的一些侠义之举可以抵消其一部分罪恶这一事实,也回避不了这一事实对他心理的骚扰,因而无论是过去还是将来,都没有也不可能把他同科尔丹的关系做一次简单明确和达到心理平衡的清算。那么,他刚才说"以后再见面,我是不会放过你的"时候,语气为什么那么干脆?当他承认他和科尔丹之间比其他人有更深的仇恨时,态度又为什么那么切齿愤恨呢?对此,无论作为局外人的笔者,还是同样作为局外人的读者,都能轻易地猜出,那是因为他和科尔丹之间无形地站着一个乌日娜金。

这一点,格力图尔本人也在刹那间回顾了他同科尔丹的恩恩怨怨之后,很快意识到了。而且,他不得不承认,在王绍祖向他讲述科尔丹和乌日娜金曾在突泉西郊那间房子里哭抱到一起时,他只是在极短的时间里怨恨过乌日娜金,很快地,他的恨便完全集聚到科尔丹身上了。从那时开始,科尔丹

不仅仅作为仇人的儿子和镇压造反牧民的罪魁,更主要的是作为情敌存在于格力图尔的记忆中,甚至随着时光的流逝,情敌以外的内容淡化到似有若无的程度了。是的,父母以及玳玛的惨死,他可以不记到科尔丹的头上,而且,已经在扎布曼都、罕都烈和色旺诺尔布桑保身上获得了补偿;对造反牧民的屠杀,也因有王世祺擅下命令和科尔丹的一系列赎罪行为特别是令人怜悯的家破人亡,可以冲淡心里对科尔丹的仇恨。但是,这种夺妻之恨,他是无法容忍的。虽说乌日娜金还没有成为他的妻子,但早已确定的婚姻关系,却是尽人皆知的。乌日娜金是他心里唯一的女人,这也早就不是他个人的秘密。他不否认,在乌日娜金面前,他常有一种自卑感。这种自卑感加上他本性中的骄傲,又常常促成未经深思熟虑的狂暴言行,因而无数次刺伤过乌日娜金。同样的原因,他甚至在完全可以和乌日娜金鸾凤和鸣、从此形影相随的情况下,狠心地把这个孤苦无告的少女扔在危机四伏的草棚里,错误地去寻找什么自我解脱。尽管如此,他深爱乌日娜金的初衷始终没有一丝变化,相反地,思念乌日娜金之情与日俱增。而且他确信,只有他才有权利做乌日娜金的丈夫,别的什么人想插足其间,他是绝对不会允许的,至于他的那些异乎寻常的行动,只是为了有一天能不带任何愧赧地重新握住乌日娜金的双手。然而,偏偏有人——这个人又偏偏是他一直不知如何对付的科尔丹——乘虚而入!王绍祖亲眼看见科尔丹搂抱着乌日娜金。在格力图尔的想象中,这两个人可绝不会仅仅停留在拥抱的场面啊!作为一个自认为顶天立地的大丈夫,竟有另一个男人同自己的情人和理所当然的未来的妻子拥抱甚至颠鸾倒凤,岂不是奇耻大辱吗?这口气,格力图尔如何能咽得下!如果不是为了他一身所系的七百弟兄,他早就纵马飞驰到突泉西郊把科尔丹剁成肉酱了。不久前,他从陶克陶呼口中获知,科尔丹早就离开突泉镇,而乌日娜金则被请到科尔丹不会踏入半步的图什业图王府当了教员。这其中的内幕,格力图尔不得而知,也猜测不出,但有一点他似乎可以告慰自己,那就是,科尔丹和乌日娜金并未成为夫妻,否则,为什么不双宿双飞呢?不过,这种爱情纠葛,一旦牵扯进两个男人和一个女人,就谁也休想再过上心神恬然的日子,除非有了最后的确定无疑的结局。格力图尔还不敢相信自己的推断准确无误,他需要获得切实的证明,他盼望尽快知晓这件事的最后结局,而这一切,在见到乌日娜金和科尔丹之前是做不到的。所以,格力图尔一方面凭着良好的愿望不断编织着有利于自己的过去的情节和未来的美梦;另一方面又怀着忐忑的心理不断接受着异常可怕的场面的袭扰。总之,陶克陶呼的话,给他带来一丝希望,却没给他带来宁帖,相反,倒使他原本不平静的心海更加波翻浪涌,作为情敌的科尔丹依然在他心里顽固地保持着清晰而可憎的形象。

突然间,这个心里的情敌的形象变成一个实实在在的形体,突然呈现在面前。格力图尔哪里还需要酝酿,久蓄心中的对情敌的恨早已按捺不住,势必要通过刻毒的语言一泄为快了。

意识到这一点,格力图尔丝毫没感到心安理得。因为他唇舌间喷出的如火的刻毒语言,听起来大义凛然,而究其原动力,却主要来自对情敌的恨。而他刚才同科尔丹对答的最后一句话,恰恰对此做了确切的说明。

看透别人不容易,看透自己更不容易。格力图尔能在这么短的时间,又是此情此景中看透自己,就尤其难能可贵了。

格力图尔在刹那间对自己进行了一次冷酷的剖析,心里着实不自在,甚至深感羞愧。怎么竟允许自己如此放纵感情,当着这些人的面,赤裸裸地暴露他对科尔丹因情争而产生的私仇呢?他发狠地咬住嘴唇,不想再说一句话,只盼望即刻就从这些紧紧盯着他的人的面前逃开。

其实,格力图尔的担心和自责是多余的。在场的紧紧盯着他的人,只看到他倏然收住嘴唇,只看到他眼帘落下又抬起,眼光愈加恶狠狠,根本无法洞见他此刻的心理状态,更不能从那句极简单又极自然的话中,发掘出深藏的他们无从知道的内涵。即使是了解事情底细的王绍祖,也因为必须在极有限的时间里对格力图尔的何去何从的追问做出毫不含糊的回答,根本无暇去考虑千里之外的乌日娜金对眼前场面可能产生的影响。

唯一能听明白格力图尔的潜台词的,大概只有科尔丹了。事实上,当他和张榕离开兴京的时刻,便准备迎接与格力图尔之间的艰难而激烈的唇枪舌剑的交锋了,并预料到,不管这次交锋的起点在哪儿,势必在涉及乌日娜金的时候达到高潮。果然不出所料。他刚才最后一句问话,无疑指的是这方面的内容,格力图尔的回答,也无疑是对他的弦外之音的心照不宣的应和。科尔丹这样想不是没有道理的。在他的心里,早就把格力图尔当成自己的情敌了。同时,他也自愿地帮助格力图尔树立起自己这个情敌。他还时常忘我地在眼前虚构出格力图尔和自己决斗的场面,而且,总是自己获胜。他这样设想同样不是没有道理的。他确信,在对乌日娜金的争夺战中,

他占了上风。如果不是这样,乌日娜金为什么不上白狐山投奔格力图尔,却接受他在信中的请求,去图什业图王府学堂任教呢?他认为这标志着乌日娜金已在他和格力图尔之间做出了选择。为此,他心里充满了幸福感,并有生以来第一次体会了胜利的喜悦。而且,他不再觉得这样做有什么可鄙之处。不错,他曾真诚而不是虚假地赞赏过格力图尔和乌日娜金的恋情,即使在他发现自己也很喜欢乌日娜金甚至有时萌生与其结为伉俪的念头,也还是认为格力图尔和乌日娜金才是天造地设的一对,他若鹊巢鸠占不仅有愧于格力图尔也有辱自己的高贵身份,因而几次努力,希望能促成这对有情人得偿夙愿结为眷属。但是,当他突然发现,乌日娜金在他的妈妈和叔父的熏陶下,已变成了一个全新的才女,特别是在突泉西郊的那座房子里救活了他的肉体又救活了他的精神之后,他的想法就彻底改变了。从那时起,乌日娜金成了他生活的太阳,成了他生命的一部分了。他毫不犹豫地爱上了乌日娜金,也下定决心要赢得乌日娜金的爱。他自信有这个权利,也有这个资格。任何别的人都不具备这个权利和这个资格。虽然因为他操之过急不得不暂时离开陷入心理矛盾的乌日娜金,但他对于乌日娜金终究会完成感情的转变是充满信心的。这一点,在后来获得了证实。在他去日本寻找生命的新起点同时等待乌日娜金无所顾忌地投入他的怀抱的漫长岁月里,他从未感到对不住格力图尔。在他看来,他和格力图尔爱的是完全不同的两个人,原来的乌日娜金已不复存在了。不过,科尔丹还不敢盲目乐观。格力图尔肯定不甘心失去乌日娜金,更不会不动声色地眼睁睁看着心上人被另一个男人夺走。一场殊死的决斗是在所难免的。科尔丹准备应战,绝不让步。他觉得自己已是生活的强者了。也许正是基于这样的想法,他才在和格力图尔刚一见面时,便主动出击,敲响了两人间感情搏击的战鼓。

然而,出乎他预料的是,挑战给他带来的快乐太短暂了,甚至他的心还没有完成一次颤动,便消逝得无影无踪了。与此同时,他和应战的格力图尔一样,也陷入无地自容的羞愧之中。因为他骤然省悟到,在他准备和格力图尔展开一场肯定互不相让的正面冲突时,远在图什业图王府的乌日娜金也许正在新的灾难中挣扎。这是非常有可能的。他毅然弃学回国,原因之一不就是担心乌日娜金会受河原美惠子的牵连吗?他本想尽快赶回图什业图王府,一方面纠正因被福岛安正欺骗而对业喜海顺王爷犯下的错误;另一方面把乌日娜金从危如累卵的险境中拯救出来。他由于种种值得的和不值得的原因,已经失去了许多宝贵时间,眼下,日俄辽南战事正紧,双方间谍战同样趋于白热化,乌日娜金的处境会愈加险恶,他实在不能再失去更多的时间了。可他,竟让自己的思想完全被乌日娜金的归属问题所控制,忘了其他的一切,这真是太自私、太可鄙了。他如何能原谅自己呢?这回,科尔丹的心可当真颤动起来了。但绝不是快乐的颤动。他意识到,当务之急是迅速调整自己的感情,结束眼前的场面,并对下一步行动做出新的决定。

格力图尔倏然收住话头后,科尔丹还没有完成这个对自己和对别人都很重要的思考。

结果,两个人异常激烈的谈话表面上出现了短暂的停顿。在其他人看来,他们一定在为下一个回合酝酿更加刻毒的语言。

站在一旁的王世祺早就想打断这两个年轻人不合时宜的争吵了,见两人往复中终于出现了空当儿,便一扬手,不客气地喝道:"你们好不懂道理!我们是在游山逛景吗?等我们到了安全的地方,你们喜欢斗嘴再斗好了,想翻陈年旧账就翻好了。可现在,我们必须尽快离开这里。"

王绍祖也乘机应和道:"爸爸说得对。我们心里都有许多话,许多一时难以说清的话。要想争论出是非曲直,需要一个比眼前更合适的场合和更充裕的时间。既然上帝有意通过张榕把我们连接到一起,我们万不可错过这个难得的机缘。我希望格力图尔至少听我一句话,关于我们是分是合,谁去谁留,待我们安顿下来再作商量吧。"

格力图尔明显地听出,王绍祖的批评是针对他而来的。他感到不舒服,也不理解。但在他此刻的心海里,拥挤着对自己、对科尔丹的恨以及对乌日娜金朦胧的幽怨和难以抑制的思念,既理不清头绪,也倒不出一角空地去调动与别人舌战的兴趣。与其在这里白白浪费时间和精力,不如找个无人的地方静静思索一番,然后再作打算。他这样想着,挑了挑疲惫的眼帘,舐了舐干燥的嘴唇,有意提高声音说道:"我看这大可不必了。既然你们携手在先,我插足在后,那么我抽身引退才是两便的办法。请你们赶路,到你们要去的地方好了。将军夫人是我劫持的,我的任务理所当然是把她护送回奉天城。"

"等一等!"科尔丹又一次制止道,并向格力图尔迈近一步,"我还有话说。"

格力图尔怒视着近在咫尺的科尔丹的眼睛,没好气地说道:"你真够啰唆了!"

"我知道现在哪怕多说一句话,都会使在场的所有人感到讨厌。但我下边的话,是必须要说的。"科尔丹说话时,表情很严肃,语气也很坚定。看得出,他的思考已有了结果,并自信找到了结束眼前局面的最佳方案。他略显紧张地喘口气,侧过身面对王绍祖和张榕,尽量让这两个人看懂他眼睛里的一股凛然正气,又继续说下去:"让我们暂且抛开别的话题,只谈我和格力图尔应该谁去谁留。我首先想告诉你们二位,不应把格力图尔对我的不容看成是他的心胸狭隘,恰恰相反,它在证明格力图尔是一条心口如一和疾恶如仇的好汉。因此,我希望你们万不可为了我这个多余的人而舍弃格力图尔这个可贵的朋友。眼下国难当头,正有一番肯定会彪炳史册的宏伟事业等着你们。只要你们三位一体、文武合璧,是能够成就这番事业的……"

"科尔丹!"王绍祖和张榕同时叫道。

"你们别无选择。"科尔丹异常固执地说道。

王绍祖飞快地扫了格力图尔一眼,欲言又止地垂下眼帘。他心里多少有点儿愧对格力图尔的感觉。因为,他虽然只是喊叫一声科尔丹的名字,却在不自觉中流露出明显的感情倾向,这无疑会又一次刺伤格力图尔的自尊心。

张榕与格力图尔的正式交往可以说还没有真正开始,留书白狐山也仅仅是一种试探,并不存在绝对把握,今晚的初次见面的过程也没有得出肯定能合兵的结论,所以,他无须和王绍祖一样存在那么多戒心。不过,他同样不能不顾虑到,他和王绍祖不约而同的喊声,正是对格力图尔的态度的否定,势必会影响到同格力图尔的进一步接近。所以,他也随即把视线转移到格力图尔,想看看造成了怎样的反应。令他惊讶的是,他没从格力图尔脸上读到反感和愤然的内容,却从那双微蹙的眼睛里发现了跃动着的思索的光亮。难道是科尔丹那几句慷慨陈词引起了格力图尔心灵的震动,因而考虑是否要重新认识今天的科尔丹和斟酌自己原来的决定吗?如果确是如此,那么,打破眼前的僵局还是有希望的。

科尔丹在此刻是既不想也无暇去揣摩自己那几句发自肺腑的话产生了怎样的心理效果。但从王绍祖和张榕的急切的喊声中,他分明听出,这两个人是想挽留住他的。他既然已在深思熟虑后决心离去,就不愿意看到这两个人因挽留他而同格力图尔产生隔阂。所以,他没等这两个人中任何一个人说出挽留的话,便不容分辩地说道:"不要再说什么了。你们是别无选择的。"

"不!"张榕高声说道,眼睛依然盯着格力图尔,"最好的选择是我们所有人为了你说的事业和衷共济!"

格力图尔竟然没有说出反驳的话来,使张榕以外的人都感到非常惊讶。然而,更加出乎人们预料的是科尔丹随后说出来的话:

"即使格力图尔表示接受,我也不能留下。"

张榕大感不解地问道:"为什么?"

"因为对于我同样别无选择。"

"科尔丹!你今天是怎么了?而且……而且,你根本没有对我的问题做出具体的回答。"

科尔丹想了一下说道:"我在家乡还有些未了的事情,必须在我还活在世上时亲自去处理完。否则,会留下终生遗恨的。"

"是为了业喜海顺王爷和那位叫乌日娜金的姑娘吗?"

正陷入艰难思索中的格力图尔,对自身外的对话完全可以充耳不闻,但乌日娜金的名字几乎跃动在他的每条神经线上,不管谁说出这几个字,也不管声音多么微弱,都会当即撞击出一声惊雷般的轰鸣。何况张榕只听科尔丹讲过乌日娜金是一个怎样才貌双全的姑娘,根本想不到和格力图尔之间有什么爱情纠葛,说出这个名字时并没有有意压低声音呢?因而,格力图尔当下倏然一惊,脱口问道:"乌日娜金?她怎样?"但他随即住口,紧紧咬住嘴唇,把如火的视线射向科尔丹,刚刚准备暂且隐伏下去的仇恨,瞬间又全部复苏了。

科尔丹则在扫了格力图尔一眼之后垂下眼帘,满脸涨得通红。

张榕见状,心头为之一震,他一下子全明白了。他后悔不迭地轻叫了一声"天哪",便什么也说不出来了。

尴尬的几秒钟过去之后,科尔丹鼓足勇气看着格力图尔说道:"既已如此,我就实说了吧。在博克拿多害得我濒于死亡的时候,乌日娜金救活了我。我们之间产生了感情。准确地说,是我如醉如痴地爱上了她。……"

"不用说了,我全知道!"格力图尔怒吼道。

"这不可能。——请听我说完,但那时,她的心里还保留着你的位置。一颗心不能分成两半,爱情是不能分享的。我不想放弃对她的爱,也不想逼她立刻做出选择,所以,我决定暂时离开她。我去了日本。后来,为了医治家乡和民众的愚昧,我把业喜海顺请到日本,鼓动他兴办教育,并推荐乌日娜金做教师……"

"也就是说,是你叫乌日娜金进入王府的?!"

"我知道我又犯了一个严重错误。但当初,我怎么也想不到日本人的险恶用心,更想不到他们派的女教师竟是个间谍!最叫我无法安心的是,我怕乌日娜金受到牵连。"

"科尔丹!"格力图尔一把抓住科尔丹的衣襟,咬牙说道,"原来是你给乌日娜金带来的灾难!你又一次成了不可饶恕的罪魁祸首!"

"你说……什么?"科尔丹恐惧地低声叫道,脸色一片惨白。

"听着,如果乌日娜金有个三长两短,我就把你碎尸万段!"

"格力图尔,你是说她……请快、快告诉我,乌日娜金……你是说她……出事了?"

格力图尔把松开对方衣襟的大手紧紧握成拳头,似乎要把眼前的那个在此刻异常厌恶的头颅一拳砸个粉碎地猛烈晃了晃,大声喊道:"为了你那个活该见鬼的兴教育,她被投入了监牢,被判了死刑!"

"天哪!最可怕的事情还是发生了……"科尔丹呻吟般地自语道,努力使自己的身体不至瘫倒下去。那种悲痛欲绝的样子,任何铁石心肠的人也不忍再看第二眼。过了一会儿,他突然发疯一样惨叫起来,"不!我绝不允许!我不允许任何人伤害她!"

"你这种假惺惺的狂吼乱叫不值一文钱!"

"格力图尔!"科尔丹毫不示弱地说道,"你迟早会知道我究竟是不是假惺惺!而且我还要明明白白告诉你,为了乌日娜金,我可以向你挑战!"

"你不配!"

"那么,你也不配!"科尔丹说着转向王绍祖和张榕,"我不能再耽搁一分一秒了,乌日娜金在召唤我。"说完,毅然决然地向自己的坐骑走去。

"听着,科尔丹!"格力图尔说道,"乌日娜金的安危无须你来操心!"

"我的行动也无须你来指挥!"科尔丹不客气地回答道,并没停下脚步。

格力图尔又气又悔。他气的是,科尔丹最后竟如此狂傲和暴躁,过去可从没这样对待过他;他悔的是,自己的狂傲和暴躁恰恰把科尔丹向乌日娜金推近了一步,他现在还无法断定巴音赛克图的图什业图王府之行是否已取得了预期的结果,如果确实已解除了乌日娜金的生命之虞,那岂不是等于自己帮助科尔丹挽救乌日娜金做了铺垫吗?而对于乌日娜金,感情的天平势必倒向亲自舍命相救的科尔丹一方,他格力图尔则要落得个"赔了夫人又折兵"!那么,是否应该冲上前去一拳打昏科尔丹或者抢过一匹马在科尔丹之前赶到图什业图王府呢?他觉得这样做也不合适。他想不出什么主意。他只能扬着惨白的脸,眼睁睁看着科尔丹向坐骑走去。

科尔丹同张榕共处的日子里,并没有忘记远在图什业图王府的乌日娜金,只是由于他明知在辗转流徙中已荒废了太多的时间,注定要发生的悲剧早已发生,急也没用,因而,他的心绪反而不像在日本启程前那样焦躁不安了。但是,今天夜里奉天脱险后与格力图尔不期而遇,并不期然而然地围绕乌日娜金爆发一场舌战,那情况可就大不相同了。从格力图尔口中获悉,乌日娜金恰如他所料卷进河原美惠子的间谍案,身陷囹圄甚至危在旦夕了。他丝毫不怀疑格力图尔的消息的准确性。而且他不能否认,乌日娜金的厄运是他科尔丹一手造成的。在这样的时刻,他对乌日娜金的负罪感以及压抑了许久的思念和担心,如何能不骤然在胸膛搅起一股排山倒海般的巨浪,冲击得他失去理性呢?

所以,他对所处的时间和场合是否合适连想也没想,便夺过缰绳,飞身上马,朝着深不可测的黑夜发疯地狂奔而去。

王世祺见科尔丹真的走了,生气地瞪了格力图尔一眼,对王绍祖埋怨道:"你为什么不拦住他?"

"爸爸,"王绍祖耸耸肩,冷幽幽地说道,"这是谁也拦不住的。"

"可他这一去凶多吉少。就算他能活着跑到图什业图王府,博克拿多也绝不会放过他的。"

"您为什么不提醒他?"

王世祺怔了一下,然后悲叹一声道:"咳,他这个人,提醒也没用。……"

"是啊,没有用……"

"只求上帝保佑他躲过博克拿多。"

这对父子互相注视了一眼,又同时垂下眼帘,心里充满了对科尔丹的同情和担心。

的确,图什业图王府对于科尔丹,是充满危险的……

25

图什业图王府不仅对科尔丹潜藏着危险,对企图探望河原美惠子的井户川田也恰似虎尾春冰。而且,井户川田和科尔丹一样,都是明知山有虎,却偏向虎山行。更如出一辙的是,他们的图什业图王府之行,都是为了自己的心上人,为了一个陷入危若累卵、朝不保夕的绝境的可爱姑娘。

这两人唯一不同的一点是,他们行动的时间一在前一在后。也就是说,当科尔丹在奉天郊外飞身上马的时候,井户川田已身在王府大门外的正在疯长的茂草之中了。

所以,我们暂且放下在路上狂奔的科尔丹,先来看看刚刚跳下马背的井户川田吧。

井户川田自从离开沙漠中的秘密训练基地后,仅仅过去了不到十天的时间,加上忙于同巴布扎布、白音达赉等人交涉谈判,还来不及对沙漠以外的绿色世界进行一番身临其境的体察。对图什业图王府的认识,也只是各种比例的军用地图上的一个小小的圆圈。行前,他用尺子在地图上量了一次又一次,计算出彰武到图什业图王府的直线距离是六百二十九华里,就算实际的道路有如蛇行般曲曲折折,跑完单程最多三天也足够了。如果日夜兼程则所需时间会更少。因此,至少有一整天的时间可供他和河原美惠子共同消受。在眼前所有人的生命节奏都无限制加快的形势下,这已经足以使和情侣久别的井户川田喜出望外和心潮澎湃了。在他看来,在同巴布扎布和白音达赉的合作项目实施前,竟出现七天的空当儿,肯定是上帝对他的眷顾,他不应该也没有理由拒绝这种恩赐。

兴奋得浑身战栗的井户川田从突然做出借机探望河原美惠子的决定开始,便没有再去考虑他的此举有多少合理成分,是否有悖于一个军人对祖国的忠诚以及对乔本三太郎所做出的保证,更没有冷静而认真地根据他的身份和面临的生疏环境分析一下可能遇到的各种麻烦甚至危及生命危及事业的可怕局面。是的,此刻的井户川田是冷静不下来的。在他的脑海里,除了翻涌着对河原美惠子的愈来愈强烈的渴念外,再无其他内容的存身之地了。他只想尽量缩短行动前的准备时间,迫不及待地想早一分钟踏上征途,他的眼睛再也看不见别的东西,只耀动着图什业图王府宫殿的金碧辉煌和河原美惠子的夺目光彩。

井户川田的第一段行程正是在宏伟的王府宫殿和可爱的河原美惠子的倩影陪伴下完成的,而且异常顺畅。无论是彰武附近的绿油油的庄稼,和庄稼毗连的一望无际的草原,还是庄稼和草原中的平坦的道路,似乎对他这个异国青年并无恶感,甚至很赞赏他在人类共有的伟大感情的驱使下所采取的一切不在话下的果断行为,因而都仰起温柔和悦的笑脸,热情地迎送着他,祝他好运。不用说,井户川田对自己的第一段行程是又高兴又满意的。当他第一次在一条小溪边下马投鞍,并和马一齐饮水就餐的时候,竟能兴致盎然地欣赏起大自然来。他发现,科尔沁草原并不像人们传说的那样荒凉可怖。还没有长高的青草一碧万顷,微风踏过,细浪如鳞,向世界炫耀着它的娇嫩可爱。草原上的羊群、牛群以及牵马缓步的牧人,显得悠闲而宁静,好像根本不知道离他们不远的辽南正进行着一场炮火连天、死伤无数的战争。如果整个世界都如此和平静谧该是何等之好啊!井户川田在心里这样慨叹着,呼出一口浊气,慢慢收回远眺的视线。这时他才突然看到,小溪两岸竟是繁花似锦。虽说黄灿灿的金针菜花事已了,但点缀在万绿丛中的一株株山丹花依然红得火焰一般,那一簇簇一片片初放的或洁白或粉红的芍药花,更是清新素雅、绰约多姿,好似对他含笑招手的纯情少女。他想起了家乡的樱花,想起了河原美惠子。他常说,河原美惠子娇艳明丽、清秀可人,简直是樱花的化身,而眼前的芍药花又何等酷似樱花啊!

然而刹那间他眼前的世界整个变了——这哪里是低矮的芍药?这不正是同样开着白色花和粉红色花的樱树吗?在摇曳的花枝下穿着白色衣裙的少女不正是河原美惠子!

井户川田还来不及对这难以理喻的骤变做一番思考,便听到河原美惠子略带幽怨的轻柔的喊声:"井户君,你把我忘了吗?"

"忘了?天哪!"井户川田喊道,"我就是忘了整个世界,也不会忘了心爱的河原小姐啊!"说完,他忘情地朝河原美惠子扑去。

河原美惠子微微闭上含泪的眼睛,却又伸开双臂。

井户川田感觉到或者说意识到,他终于把河原美惠子的温软的身体紧紧搂在自己剧烈起伏的胸前了。他大口喘息着,知道自己疲惫不堪。至于他在这之前跑了多久、跑了多远,是再也记不起来了。

"你的身体在颤抖,"河原美惠子说道,"你害怕了?"

"是的,我害怕了。我怕这是一场梦……"

"梦?怎么会呢?"

"我们……真的是在东京吗?"

"当然。当然是在东京。"

"看来,我真的曾做了一场噩梦。"

"梦见了什么?"

"梦见我们是在中国,在荒凉的塞北……"

"不!不要再说了!"

"你的身体在颤抖,你害怕了?"

"是的,我害怕了。我怕分离,怕失掉你……"

"小傻瓜,我这不是在你身边吗?会永远这样,会永远这样美好的。"

"这也是我的希望啊!"

"怎么,你哭了?你为什么要哭?"

"井户君,让我告诉你吧,你担心的事情对我已不仅仅是一场噩梦……"

"什么?难道你……"

"是的,是的!福岛安正将军让爸爸通知我,明天启程去中国。"

"这是真的吗?"井户川田恐怖地叫道,双手紧紧抓住河原美惠子的肩膀。

"我的行李已搬到船上了。"

"可是——难道他们不知道我们在恋爱而且就要结婚了吗?"

"爸爸说,我们都属于祖国,爱情必须让位给祖国的需要。"

"因而你就同意了吗?"

"我必须服从。"

"可我不允许!我这就去找福岛安正。"

"这,我也不允许!"

"为什么?美惠子,为什么阻拦我?"

"那是可耻的。井户君,我不允许你因个人感情去玷污自己的名誉。你的名誉和我紧紧相连。你失掉它,就同时失掉了我。"

井户川田无言以对,感情复杂地咬起嘴唇。

河原美惠子苦笑了一下说道:"井户君,别难过。福岛安正让我去上海,还答应很快调我回来。那时,我们就结婚,再也不分开了。现在,请你祝贺我。让我们高高兴兴告别。来,拥抱我吧! 紧紧地紧紧地拥抱我一次吧!"

他们紧紧地拥抱在一起,伴随着难以压抑的痛哭……

井户川田扬臂揩掉了不断奔涌的泪水。刚刚幻化出来的难以分辨哪些是过去真实发生过的哪些是眼下随意虚构的一幕,顿然消散了。他面前依然是潺潺流水的小溪,小溪两岸的绿草地,绿草地上红的山丹和白的粉红的芍药。他下意识地摸了摸空荡荡却仍在激烈迸跳的胸口,抬头看了看他要继续前行的正北方天际静止不动的白云,心头涌起一阵爽然若失的怅惘之情。他不明白为什么此时此景中会重现和河原美惠子缠绵悱恻的充满苦涩的离别场面,难道仅仅是因为和樱树同样开着白色和粉红色花的芍药触动了他的情愫吗? 会不会是命运之神在向他昭示,即将实现的和河原美惠子的会面也只有苦涩味甚至更糟糕呢?

兴奋了整整半天的井户川田,又一下子被不祥的预感笼罩住了。他再也吞咽不下摊在脚前的点心和罐头,再也没有情绪去欣赏草原的美景了。他阴沉着脸,三下五除二地紧好坐骑的肚带,爬上马背,涉过不及尺深的溪水,急切地向前奔去了。

如果说,他的第一段行程是因为就要见到河原美惠子的兴奋而快马加鞭,那么,剩下的路程就完全是由于对河原美惠子的担心而纵马狂奔了。他希望比预料的时间更早些到达图什业图王府,希望扑向他的是河原美惠子而不是令他疯狂的噩耗。

随着与图什业图王府的距离不断缩短,井户川田越是被自造的恐怖压得透不过气来。他的肉体早已麻木,不再有感知筋断骨碎的功能,好像他不再是物质的存在,而只是一团无形的轻飘飘的灵魂向着未知的世界悠悠飞去。如果说这轻飘飘的一团还有思考的能力,那么思考的内容也只有一点,这就是:让坐骑跑得快些再快些,让道路直些再直些。

可是,急如星火的井户川田不知道中国一句古训:欲速则不达。当然,两点间的距离以直线为最短,这是尽人皆知的道理。但这只是课本上的理

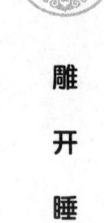

论。作为实际生活中的长途跋涉者，按着这个理论选择行进的路线，却常常成为倒霉的角色。井户川田就因此白白浪费了许多非常宝贵的时间。他几次走入绝境，诸如又深又急的河流，又高又陡的山崖。并非总是车到山前必有路，他不得不常常回过头来寻找新的路径。而且，自从他离开两岸开着山丹花和芍药花的小溪后，科尔沁草原完全换了另一副面孔，对他越来越不友好了。道路不再坦荡如砥，不仅曲折，而且崎岖。有时他面前出现几条甚至十几条岔道，使他成为歧路亡羊，一筹莫展，最后只能赌博一样贸然选择其中的一条，结果又常常选错。天气也是变幻莫测，忽而黄沙蔽日，忽而大雨倾盆，扑面的风沙使他焦躁，横扫的暴雨令他窒息，他几次绝望，几次想到死。

等到井户川田终于确信赫然出现在眼前的被绿树掩映的高大建筑群就是图什业图王府时，天气才算平和起来，变得晴空万里了。可是，计算一下时间，已是第四天的傍晚了。

他必须在从启程算起的第七天返回彰武，剩下的时间显然并不充裕。而且，他能马上见到河原美惠子吗？他观察了一下王府周围的环境，确信掩盖河原美惠子活动的学校肯定不在大墙外面，他想实现此行的目的非进入王府大门不可。他能获准进去吗？他需要编造一通怎样的谎话才能骗过王府的卫兵？要多少时间进行这种他还不太熟练的周旋呢？如果王府规定晚上不准外人进入又怎么办？要等到明天吗？那他就甭想按时回到彰武了，后果必然是被铁面无私的乔本三太郎怒骂一通后赏给一颗子弹……

井户川田犹豫了。

他曾想跳上马背绕王府走一圈，看看能否找到一个逾墙而入的地方，但随即又否定了这个想法。就算碰巧有这样的地方，他跳进去就能很快找到河原美惠子的住处吗？偌大的王府不要说巡逻的人不会少，左一个雕梁右一个画栋也肯定迷宫一样叫他举步维艰。设使被王府的人发现，那麻烦就大了，他不仅见不到河原美惠子，甚至可能被关进大牢。这一墙内外，真是如隔万重山啊！

他原以为，只要到了图什业图王府，就等于实现了和河原美惠子的相会。他哪里想得到，在经历了四昼夜的艰难旅程，人困马乏抵达终点后，身在王府围墙里的心上人与他竟是咫尺天涯。

井户川田灰心丧气，大失所望。

下一步该如何迈出呢？总不能就这样呆立在原地胡思乱想和望洋兴叹。这不仅于事无补，还很危险。也许王府大门的卫兵早就注意并且怀疑他这个形迹怪异的不速之客了。是的，他极需冷静下来，迅速而慎重地做出究竟是进还是退的决定，以便摆脱眼前举棋不定和左右两难的窘境。对于智力超群、善于自我克制并经日本国陆军总部悉心培养的优秀青年，做到这一点并不困难。他很快调动起自己的理性，强行压抑住汹涌的感情波涛，在极短的时间内，进行了一次严肃的思索。他根据河原美惠子和他本人的此时此刻的处境，并考虑到王府内外的各种看得见和看不见的因素，经过分析终于认识到，除非上天怜悯和眷顾，有意安排河原美惠子现在就走出王府大门——但是，出现这种奇迹的可能性极其微小，它带有太大的偶然性，是靠不住的——那么，他只有两条路可走：要么不计后果，冒险求进王府，用可能放弃来中国的使命甚至生命换取和河原美惠子的一次亲近；要么默默留给河原美惠子一炷心香，然后掉头而去，在完成炸毁范家屯附近铁路桥梁的任务后，另找来王府的机会。

井户川田选择了后者。

时不我待，他必须立即把决定付诸行动。

他怅怅然地凝视了一眼含岚浴晖的远山，又恋恋不舍并掺杂着不得已、不甘心地看了看王府殿顶和树冠上的一抹微红，心里说道："保重啊，河原美惠子。我去了，但我还会来的，等着我。"最后，他凄婉地轻叹一声，紧紧咬住沾满沙土的嘴唇，伸手扶鞍，准备引镫上马了。

就在他的视线即将全部收回的瞬间，突然发现从王府大门走出几个人来，一律的蒙古人装束，好像都在看着他。

井户川田一惊，心里想道："坏了，这一定是来盘查我的。"他不由得怨恨起自己来，为什么在这里站了这么久？为什么没有尽快离去？现在跳上马背逃走还来得及吗？那样，说不定会有几颗子弹同时追上他的脊背。难道命运之神一定要他为这次错误的行动付出惨重的代价吗？他一时间惊心吊胆、手足无措，预感到自己的末日到了。

但是，井户川田的担心是多余的。因为那几个人看了他一眼之后，并没有再理睬他，却朝着远离他的方向走去了。

他几乎是经历了一次死里逃生的考验。

他感到庆幸。他不再犹豫，在稳住坐骑的同时稳住自己的情绪，腾身跳上马背。他恨不得一下子飞离王府一百里。他甚至觉得,虽然此次行动往返徒劳,但能活着已是最好的结局了。

如果不是在他抖动缰绳的同时,又心有余悸地斜睨了一眼那几个曾叫他虚惊一场的蒙古人的话,他肯定不会改变决心,而是一口气跑回彰武,准时会见他的合伙人巴布扎布的。不过,他也因此不会让感情重新战胜理智,不顾一切地闯进图什业图王府这个可能夺去他性命的所在了。

因为他从那几个"蒙古人"当中看到了一个异常熟悉和倍感亲切的身影。这个人不要说身着蒙古人的紧裹身躯的夏装,即使穿戴的是臃肿的皮袍,他也不会认错,那走路的优雅飘逸,那手势的温柔自信,是任何别的人都不具备的。

井户川田同自己赌咒发誓地说道:"这个人要不是河原美惠子,我就抠去自己的双眼!"

他一经确信看到的是河原美惠子,便再也无法控制自己的感情了。霎时,他的眼睛潮湿了,喉咙肿胀了,四肢颤抖了。他哽咽着咽了口唾沫,扯转马头,朝河原美惠子冲去。

等他跑到那些人跟前跳下马背时,其中几个男人早把河原美惠子挡在后面保护起来了,那样子好像在说:"休想碰一碰我们身后的少女。否则,我们会蜂拥而上,可有你好瞧的。"

令井户川田愈感惊讶的是,他在几个男人当中发现了一张熟识的面孔。他刚想喊出这个人的名字,却又赶紧闭上了嘴唇。他们的纪律是不能在中国土地上随便呼叫同乡人的真实姓名。他还不敢确信面前这些人是否全是日本人。如果全是日本人,定会有人主动同他打招呼的。但这些人谁也不说话,似乎谁也不认识他。

僵持了片刻后,只听一个女人的声音说道:"你们可以走了。这里的事情我会应付的。祝你们好运。"井户川田听出,这正是河原美惠子的声音。

说也怪,那几个男人竟像士兵听到将军的命令一样,顺从地退开,并迅速地头也不回地走了。

只剩下了面对面站着的井户川田和河原美惠子。

"河原……"井户川田激动中带着凄楚地轻声叫道,哽咽得说不出下面的话来。他伸出腕子上系着缰绳的胳臂,期待着对方扑到他的怀里。他相信会这样的。这是他千辛万苦理应获得的报偿。

然而,他听到的确定无疑是河原美惠子的声音做出的回答却是:"我不认识你,先生。"

"你怎么了,河原美惠子?"井户川田惊讶地说道,突然抱歉地一笑,举起平伸的双臂,用力揩了一下面颊,"该死的风沙!我一定变成土人了,难怪你看不出来。"语气中还多少带着点儿炫耀,"你该听出我的声音了吧?"

"不,我没有听过你的声音。"

"天哪,难道我的声音也变了吗?我是井户川田,井户川田啊!"

河原美惠子一脸冷漠:"我从未听说过这个名字。真的,先生,我们之间没有过任何交往。"

"河原美惠子!"井户川田恐怖地喊道,"究竟发生了什么事?你为什么不愿认我?"

"你说错了,先生。你不认识我,我也不认识你。你快走吧,图什业图王府的大门外不是可以轻易开玩笑的地方。"

"你在说什么?开玩笑?我步你的后尘来到中国,第一件事就是想见到你。为了眼前这个时刻,我整整跑了四天,不避风沙,不避暴雨,忍饥挨饿……可你却说不认识我,不认识井户川田,不认识和你山盟海誓的未婚夫!"

"你越说越离谱了,先生。"

"离谱的是你,河原美惠子。你明明在打发那几个同胞去送死之前就认出了我。"

"我听不懂你的话,先生。请听好,自报门户的先生。我可以原谅你的行为鲁莽和言语失据,但请你适可而止。我们都不是无所事事的人。我们都在为自己的神圣使命活着,没有权利也没有理由拿自己开玩笑。我相信,你的时间和我的时间同样宝贵,同样有限。让我们都给对方方便,各自回到应该去的地方,去干应该干的事情吧。"

"我听出你是在责备我,我也意识到我擅自来找你是个大大的错误。但我毕竟已站到了你的面前,又没人偷听我们谈话,你总该给我几分温情。而你,我日夜思念的人,却有意向我的心里施放迷雾。"

"先生,你还缠住我不放吗?你胡说八道的够多了。你非要自寻麻烦不可吗?"

"河原!……"

"你再啰唆,我可要喊卫兵告你对我非礼了!你……求你快走吧,先生!……"

河原美惠子说完,倏然转过身,朝王府大门疾步走去。虽然她眼里突现的泪光转瞬即逝,但还是让井户川田看到了。

井户川田不由得一怔,心头陡然掀起一阵兴奋却又排遣不掉悲哀和抱怨的浪花。那泪光无疑说明,河原美惠子不仅认出了他,而且在心底封存着对他的爱。难道会是别的什么内容吗?肯定不会。那么河原美惠子又为什么不让这次情侣间难得的巧遇多点儿喜悦而热烈的气氛,要用那些语出双关的话拒他于千里之外呢?河原美惠子为什么要这样?按说,井户川田能稍稍理智些,定会立即弄明白对图什业图王府内外了如指掌的河原美惠子不敢和他相认的原因。可惜的是,他的理智在此刻已挂冠而去,使他的思考只停留在初始阶段无法再前进一步,虽然他几次问过"为什么",但也不是引动思考的追问,而是只能抑制思考的责备而已。

结果,井户川田在错误的道路上越走越远。

"不!请你等一等!"他声音嘶哑地喊道,用力牵动巴不得永远站下去的疲惫的坐骑,紧跟在河原美惠子的身后,他把下面的话说得很简短,尽量压低声音,却无法掩饰内心的怨恨和焦急,"河原美惠子,让我告诉你,你的处境很危险。而且,我们越是打胜仗,对你就越不利!我回去就找乔本三太郎,让他结束这场游戏,把你从这里解脱出来。在这之前,你一定要保护好自己。你,听明白了吗?"

河原美惠子停下脚步,头也不回地轻声怒道:"你是个傻瓜!"然后改用蒙古语有意提高声音说下去,"你敢再追我一步,我就向卫兵呼救了!"说完,拔腿跑向王府大门,对卫兵说了两句什么,便很快消失在庭院中了。

井户川田呆呆地站在那里,追也不敢追,喊也不敢喊,走也不是,留也不是,真是手足无措了。

王府的卫兵径直朝他走来。不用说,这一定是在河原美惠子的授意下来驱逐他的。这是为了解救他吗?有必要如此谨小慎微和动用心机吗?

此时,王府又闪出一个人来,喊住了卫兵。这个人是何许人?从哪里突然冒出来的?井户川田的眼睛一直盯着王府大门,通到王府庭院深处的笔直的甬道尽收眼底,根本没出现过人影。可以断定,此人是从城楼上刚刚下来的。也就是说,城楼上有人监视着河原美惠子。他的心立时紧缩起来,似乎明白河原美惠子骂他傻瓜的道理了。

现在逃跑当然来不及了。

卫兵又向他走来，速度比刚才快多了。他像被捆着手脚即将受刑的死囚，一动不动地站在那里，脑袋里已是一片空白。

"老乡，"卫兵习惯地这样叫道，"我们协理大人请你过去。"说完，伸出手，示意井户川田把缰绳递给他。

井户川田躲了一下，纯粹出于本能。

"你这就不懂规矩了，老乡。你是不能把马牵进王府大门的。这是现如今，要是老王爷在世，你和你的马越过了那块石头，就要倒大霉了。"卫兵朝井户川田身后指了指，那里确实埋着一根大约三尺高的石柱。

井户川田这时才记起手里正牵着两匹马。他赶紧解下腕上的缰绳，递给卫兵，木然的脸上多少露出点儿抱歉和自责的神情。

"过去吧，协理大人在等着你。"卫兵一边说，一边牵马走向路右侧的一排拴马桩。

既然找不到任何借口拒绝去见协理大人，井户川田就只好硬着头皮向大门处走去。他尽量让自己的脚步沉着平稳，以表明心里没鬼，并不害怕。同时，不露声色地默默考虑着如何应付面临突然出现的变故。他在东京时听科尔丹约略讲过，图什业图王府的东协理名叫博克拿多，曾被一个女强盗没收了一只耳朵，此人阴险毒辣、诡计多端，和俄国人的关系相当密切，且握着王府实权。如果王府大门处那个人正是博克拿多，事情就糟了。像科尔丹那样精明的自幼混迹官场的人在提到博克拿多时都有点儿谈虎色变，他井户川田还属初出茅庐，能对付得了吗？和这样的人交锋，恐怕是防不胜防，凭他的经验，是无法预料会出现怎样的内容和场面的。也就是说，事先想出什么对策都是没有意义的。只能临场发挥、随机应变和最后听天由命了。但有一点他心里十分清楚，那就是，他必须表现得毫无纰漏，让博克拿多相信他是一个并非伪装的蒙古人。

井户川田走过来，恰如他所料，等在那里的人正是一只耳朵的博克拿多。

井户川田本想以请安来开始这场谈话，这在蒙古人中，下层百姓见贵族官宦是必不可少的。但他随即改变了这个主意。他想，在礼仪上太符合蒙古人的传统，反而令人生疑，不如静候对方询问为宜。反正和河原美惠子吵架的场面,博克拿多看得一清二楚。在胸中燃着怒火的人失礼甚至失态才是正常的。

博克拿多对请安不请安似乎毫不介意。他只是微微一笑,依然保持着侧歪头颅、倒背双手的姿势,像研究一个新奇物件那样凝视着井户川田。这样过了片刻后,他突然问道:"怎么称呼你,阁下?"

"巴雅尔。"

开始得平平常常。井户川田回答得也很随便,看不出临时编造的痕迹。

"巴雅尔,"博克拿多说道,"河原美惠子小姐指责你行为有失检点,让卫兵把你赶走。但我目睹了你们的争论,没发现你对河原美惠子小姐非礼。我想,你们之间一定有什么瓜葛,对吗?"

"是的,我们有一笔旧债。大人要我说得具体些吗?"

"不必,我相信。哪怕河原美惠子小姐矢口否认,我也相信。再说,河原美惠子小姐是王爷亲自聘用的日本教员,对她的私事我是从不过问的。——唔,对了,你穿的衣服质地很好,你的皮肤也不粗糙,说明你生活优裕,出身不错;你面带污垢,一身风尘,说明你赶了很长的路;你神色疲倦,还带着备用马,说明你急于见到河原美惠子小姐。我看的不错吧?"

"大人很有眼力。"

"不过,我劝你,以后再出远门,不要穿这么华贵的新衣,让风雨糟蹋成这个模样,怪可惜的。"

"是的,大人的建议很好。"井户川田平静地答道,心里却已不那么轻松了。

"你的蒙古话说得相当流畅。"

"这有什么不正常吗?我和大人一样,也是蒙古人嘛。"

"那还用说!但是,恕我直言,你的发音可并非无可挑剔。比如卷舌音和平舌音,就有点儿像汉人或日本人说蒙古话那样显得僵硬。你也觉得很别扭,是吗?"

"不。——请问大人,唤我过来就是为了纠正我的发音吗?"

"哪里,当然不是。发音准确与否,是无关紧要的。河原美惠子小姐这个日本名字,我就常常咬不清,但也没有因此失掉官位。我想……你一直没提到欠债人的名字,也是因为这个名字很拗口吧?"

"除此之外,我还很憎恶这个名字。"

"可以理解。——你看我这个人真够啰唆了,干吗耽误你的时间?你不是急于去向河原美惠子小姐讨债吗?"

"我当然不想空手而回。但我想,这会儿对王府和对那个外国小姐都不大合适,我可以耐着性子等到明天太阳出来。只请您允许我在王府外的一个地方过夜。"

"恰恰相反,太阳刚刚落山,这是最合适的讨债时间,可以说是黄金时刻。我也很愿意为你这个蒙古老乡效劳。有我陪伴,河原美惠子小姐是不好拒而不见的。"

"些微小事,不敢劳您大驾。而且,我也太累了。"

"见到河原美惠子小姐,你就会忘掉疲劳了。请随我来。"

井户川田意识到博克拿多对他已产生怀疑,确信不会让他和河原美惠子见面,而是带他到王府大殿详加审讯。但他也知道,这是绝无摆脱的可能的,只好跟着博克拿多走进王府庭院。他心里不免产生一种被绑赴刑场的感觉。

然而,出乎他预料的是,当他们在甬道上走了二十米的样子,拐到右侧围墙里的一带平房,博克拿多敲响其中一间的房门时,门开处出现的竟真的是河原美惠子!井户川田可有点儿不胜惊疑了。

河原美惠子在转瞬间盯了井户川田一眼,然后平静中略显不满地对博克拿多说道:"东协理大人,您不该把这个疯子带到我这里来。"

博克拿多一笑,说道:"他不疯。他和我一样是很正常的蒙古人。"

"来找我的正常蒙古人都是商谈有关学生的事,可这位先生……"

"这位先生说小姐欠他的债。"

"胡说!"

井户川田说道:"小姐在来图什业图王府途中曾向我借过一匹马,小姐是不该忘记的。"

河原美惠子当然知道井户川田是在暗示她,事已如此,也只好借题发挥、顺水推舟了。她做出蹙额思考的样子,说道:"一匹马?……是的,我是借过一匹马。"心里却在骂道:"笨蛋!蒙古人可不会为讨还一匹马去长途跋涉!"

"我叫巴雅尔,小姐再想想看。"

"名字也对,也许你是那个巴雅尔。"

"我确实是那个巴雅尔。"

"我记起来了。但你是个蠢货！你为什么一开始不谈马的事，却说些不三不四的话？"

"开开玩笑嘛，哪里想到就惹恼了小姐？"

博克拿多又是一笑，说道："我还以为巴雅尔企图敲诈我们高贵的客人呢。看来，巴雅尔没有说谎，河原美惠子小姐也不否认一匹马的事，这就好办了。相信你们会很友好地了结这笔微不足道的旧账的。我呢，也就无须奉陪了。巴雅尔，你随河原美惠子小姐进去商谈吧，完事后，去留请便，我会关照卫兵准你随时离开王府大院的。"说完，踅过身，轻咳一声，若无其事地走了。

门口剩下了一对感情复杂、神态尴尬的情侣。

他们对望了片刻后，河原美惠子苦笑中带着无奈和讥诮地说道："请进来吧，巴雅尔先生。"

井户川田跟着河原美惠子走进房门。那又紧张又惶惑的手足无措的样子，犹如做了错事的顽童，自知不免会有一场严厉的训斥在等着他。

河原美惠子没有斥责他，也没有准备斥责他的迹象。只是轻叹一声，指着桌旁的椅子让他坐下，随后走进和这间显然是办公室相连的卧室。

井户川田没有坐下，而是迅速观察了一下房间的设施，又朝窗外看了看。这是东厢房，他可以看到西边天空正在收束的晚霞和逐渐暗淡的天光。他想，在这个房间里暂时还无须点灯，看外面很清楚，从外往里是什么也看不到的。在这一瞬间，他竟突然产生同河原美惠子亲近的欲望。

河原美惠子从卧室走出来，把一些现成的吃食放在桌子上。

"吃吧，尽量多吃。——你为什么不坐下？"

"我还有心思吃饭吗？河原……"

"这是需要。别犟了。"

此刻的河原美惠子俨然又是樱树下的温柔少女了。

井户川田一把拉过河原美惠子的手，河原美惠子没有拒绝。他把河原美惠子拥进怀里，河原美惠子也没有拒绝。他去亲吻河原美惠子的嘴唇，河原美惠子照样没有拒绝。但河原美惠子对这一切只是无动于衷地接受或者说是忍受，根本没做出一丝一毫的应和。

井户川田泄气地松开河原美惠子，早已是兴味索然了。

"为什么,你的手你的嘴唇简直冰一样凉?你为什么对我如此冷淡?"

"这样的地点,这种时候……井户君,你该想想比这更重要的事情。"

"我知道,我知道我今天犯了个大错误……"

"你是闯了大祸!"

"因此你痛恨我,对吗?"

"是为你难过,替你担心。"

"担心我会像狗一样死在博克拿多的手上?"

"你到中国来就是为了死吗?而且,你到现在还不明白,你面临的局面比死要严重得多!"

"你喊什么?!怕别人听不到?"

"谁来听?博克拿多?哼,他对我的住处早就不感兴趣了!"

井户川田一惊,问道:"你早已知道自己暴露了?"

河原美惠子咬了咬嘴唇,异常凄恻地说道:"我不是傻瓜。……从我这里接受炸毁任务出发的人,不是被捕,就是被杀。那里有我的同乡,有我的同学……"

"在你今天送走的人里,我看到了一张熟悉的面孔。"

"那一定是胁光三。是我的恩师浅冈先生的幼子,我们像亲姐弟一样……"

"而你明明知道……"

"是的,是的!"河原美惠子痛苦地呼喊道,身体似在挣扎中抽搐,"我明明知道是让他们去送死!一批又一批……年轻、可爱……天哪!我真想给自己创造个死的机会……"

"你应该创造个离开这里的机会。"

"可惜,我无权决定自己的行动。"

"你对自己的处境十分清楚。"

"是的,我是在生和死的交接处,朝不保夕。"

"乔本三太郎也知道你暴露了。"

"比我知道得还早。"

"可是……"

"可是他没有撤掉这个据点,没有惩罚我的疏忽,说明我还有存在的价值。"

"是利用的价值。"

"这不应该吗？我看得出来，索拉吉辽夫和巴德玛耶夫的确被迷惑住了，说明乔本三太郎比我们都精明。"

"可他，是拿你的生命做赌注！这代价不是太昂贵了吗？"

"乔本三太郎认为必须这样做，我就确信这种牺牲是值得的。"

"你太迷信他了！"

"这会使我的服从更坚定。而且……而且你刚才的话仅仅出于对我的关心，你忘了胁光三他们那些青年。我至少眼下还活着，而他们，却是为了保证我继续活下去，不明不白地去死。你的感情为什么不分点儿给他们？"

井户川田被问得无言以对，面有愧色地垂下眼帘。片刻后，他摇头叹息一声，有气无力地说道："是的，你是对的。我……太自私了。"

"井户君，"河原美惠子的声音变得柔和多了，"我不想责备你，你也不必自责。你冒险来看我，我能理解，也很感动。说实话，我也非常想念你，盼望能见你一面。但是……但是你真不该来中国——当然，这由不得你——我会从此日夜为你担心的……"

井户川田感动得热泪盈眶，忍不住拉过河原美惠子的双手。河原美惠子趁势扑到井户川田怀里，抑制不住地抽泣起来。接着，两个人和着眼泪做了一次长吻。似乎是在做着诀别，使这震颤心灵的热吻带有太多的苦涩。

时间在一分一秒地飞逝。

窗子内外几乎一般黑了。他们这才恋恋不舍地松开对方，各自擦去眼角的泪水。

"井户君，你该走了。"

"我该走了……可是，博克拿多真会放我走吗？"

"这是用不着怀疑的。"

"你是不是说，我会像胁光三他们那样，在途中……"

"恐怕不会那么简单。博克拿多能看出，你不是来接受炸毁任务的。"

"明白了。他一定会派人暗中跟踪，企图发现更多的秘密。放长线，钓大鱼！"

"毫无疑问是这样……但愿你别把祸事惹得越来越大。"

"我知道我这次错误可能造成的严重后果，我会尽力补救。如果需要，我……"

"不要说下去了！……只求你万分谨慎就是……"

"我会的,你放心好了。"

"你带着防身的武器吗?"

"我怀里藏有一支手枪。大门处的卫兵不会搜我身的,对不?"

"博克拿多既然是欲擒故纵,就不会轻易打草惊蛇。——你的麻烦不在王府大门口。"

"有道理。那么,我就走了。"

"走吧。"河原美惠子说着,拿出一把银圆塞入井户川田怀里,"送给卫兵和博克拿多,以示你对他们的感谢。"

"这种弄虚作假有什么特殊意义吗?"

"他们越是相信我还不知道自己已经暴露,我就会越安全。"

"可不是！我怎么就没想到？不过……你可千万保重啊!"

"放心吧,井户君。我们一样,还都想为国家多做点儿事。你……走吧,我送你到院门。"河原美惠子说着,随手点燃了保险灯。

他们走出房间,经过做操场用的院子,到了离王府庭院石板甬道距离十几米远的院门。

"我只能送到这里了。"

"你回去吧,剩下的事我能应付得了。"

"等一等!"河原美惠子一把拉过井户川田,隐在围墙后面,"你看,王府大门处走进两个人!"

井户川田伏在围墙的十字花洞向已经掌灯的王府大门望去,确实刚刚走进两个人。其中一个踏着碎步,显然是博克拿多。另一个是谁呢?

河原美惠子好像回答井户川田心中的疑问,压低声音说道:"那人一定是索拉吉辽夫。"

"那个……俄国间谍头子?"

"可他来干什么？他好长时间没在王府露面了。"

"会不会要对你……"

"不,那是用不着他出面的。他一定有更重要的事。"

"那么,我怎么办？还能从大门出去吗?"

"当然。索拉吉辽夫肯定已经知道我们接头的事。不过,你还是不跟他打照面的好。他比博克拿多更了解日本人,会从你的气质上发现许多东西,那对你就越发糟了！"

"好吧，等他们走远了我就出去。"

后来，确如河原美惠子说的那样，井户川田非常顺利地离开了王府大门，顺利地骑上自己的马，顺利地上路了。

至于井户川田能否按期赶回彰武，途中有哪些遭遇，暂时还不得而知。但是，我们用不了多久，就会追上他的踪迹的。

26

索拉吉辽夫在日俄战争期间究竟扮演着怎样的角色,最后连他自己也说不清了。在北京,他的公开身份是俄国驻华使馆的商务参赞,以风仪秀整、博闻强记和能言善辩闻名外交界,而且没谁不知道在实际上他的作用远远超过商务参赞。在东三省,他有时身着笔挺的将军服,作为俄国远东总督阿列克塞耶夫的全权代表,向俄国驻奉天军务委员古金斯基下达命令或直接向中国各级官府乃至增祺将军本人提出令人瞠目结舌的要求和令人惊诧莫名的斥责;有时又是西装革履的文人打扮,活跃在商界和金融界,维连斯基奉调回国后,他更成了华俄道胜银行事实上的决策人。此外,索拉吉辽夫还掌握着一个庞大的卓有建树的间谍网,甚至连赫赫有名的老牌间谍巴德玛耶夫也得按他的指令行事。

总之,索拉吉辽夫是一个身兼数职的非凡人物,在沙皇尼古拉二世的"黄色俄罗斯"的宏伟计划中,发挥着任何其他俄国人都无法替代的作用。我们由此也可以看出,他是深受阿列克塞耶夫乃至尼古拉二世的信任和重用的。索拉吉辽夫没有辜负这种超常的恩宠,他以对俄罗斯帝国的绝对忠诚和赢得广泛赞誉的辉煌业绩表达着他的感激之情。可以毫不夸张地说,在尼古拉二世派往中国的数以百计的高级文武官员中,索拉吉辽夫是真正呱呱叫的最优秀的分子之一。

的确,索拉吉辽夫的才干是出类拔萃的,他的办事效率是无与伦比的,他的超人精力则更令人叹为观止。昨天他可能还在北京的谈判桌上指手画脚,今天却已坐在旅顺的总督府里与阿列克塞耶夫密商军务了。他常常在一个极短的时间内同时处理几件相当棘手的事务,在其他人看来,其中任何一件都难以实现,而他却能把每件事都处理得异乎寻常的漂亮。比如说,我们在前面曾讲到,六月二日那一天,索拉吉辽夫风风火火闯进奉天将军衙门,三言两语就迫使增祺将军在事实上接受了清廷皇帝尚未应允的俄国外交部照会的内容,即携带官民让出奉天城给俄军作为抵抗日军进攻的最后堡垒,还获得了增祺将军派兵"清剿"抗俄武装的保证;同时,又巧妙地假增祺之手逮捕了抗俄义士张榕以及据说和日本人有勾搭的科尔丹,几乎等于不费吹灰之力便消灭了两个十分危险的敌人。而仅仅两天之后,他便已置身哲里木盟,并在各蒙旗间穿梭往来,展开了一场公开和秘密兼而有之的外交活动。他的公开使命是,因为东清铁路遭到日本人和中国人几乎不间断的破坏,运输受阻,给养不继,急需他利用和各蒙旗王公的老关系,搞到几千头肉食牛,以解战区俄军的燃眉之急。因为索拉吉辽夫不仅有取之不尽的羌帖[①]和大批淘汰的枪支弹药可以和牛的主人论价交易,还有像科右前旗扎萨克乌泰那样俄国人的老朋友从中斡旋,使这场交易更加顺畅。所以,从他到达哲里木盟的第三天开始,便有成群成群的牛陆续向战区赶去了。

那么,索拉吉辽夫的秘密使命是什么呢?这话说来就长了,我们只能长话短说。还是在很久很久以前,沙俄政府便确定了策动蒙藏独立的战略目标,并为此投入了大量的人力和财力。他们并没有天真地以为可以很快实现这一目标,但却相信,总有一天会水到渠成。不过,眼下的局势又不能不使他们焦虑万分,辽南战事对俄国很不利,失掉南满大概是不可避免的了;而英国又乘机进兵西藏,俄国同样处于劣势。因此,策动蒙藏独立以保证俄国在这两个地区的利益已成当务之急,否则,俄国的损失就太惨重了。俄国政府清醒地意识到了这一点。尼古拉二世对此心知肚明,并把他的想法急电告知了阿列克塞耶夫总督。阿列克塞耶夫总督又对索拉吉辽夫面授机宜,指示他奉天之行后,火速赶到哲里木盟,在解决俄军给养的同时,协助巴德玛耶夫尽快鼓动哲里木盟各旗王公参与蒙藏独立活动。阿列克塞耶夫还告诉他,俄国派驻西藏的间谍德尔智为避英军锋芒撤离拉萨的同时,挟持达赖十三世出逃投俄,目前正滞留库伦,库伦可不像拉萨那么遥远,虽不能说朝发夕至,但也用不了几天的行期。又说,蒙古人历来将达赖喇嘛奉为神明,失势的达赖十三世也无疑渴望早一天恢复往日的荣耀,只要双方见面,俄国再从中疏通和做出诸如提供武器、资金等保证,势必会一拍即合。总

---

① 系沙俄在日俄战争期间发行的军用票,数额甚巨。战后全变成废纸。据马寅初先生估算,东北商民因羌帖所受的经济损失达 2—3 亿元。

之，这是不能丢掉的绝好机会，而且可一而不可再，能否实现尼古拉二世的夙愿，很可能就在此一举了。索拉吉辽夫心领神会，表示一定竭尽全力为沙皇效命。但是，索拉吉辽夫心里明白，这件事可不像搞几千头牛那么好办。过去，他曾和东蒙各旗王公有过长期而广泛的接触，深知这些王公中虽然贪赃枉法者有之，骄奢淫逸者有之，浑浑噩噩、尸位素餐者亦有之，但守正不挠、忧国忧民、励精图治的优秀人物也绝非科尔丹一人而已，那个始终不愿意同俄国人交朋友的业喜海顺，不正是宁可削减冗员、压缩王府开支也要兴办教育并通过妻兄肃亲王派人进京学什么林矿产管理和皮毛经营吗？而且，据他所知，目前已有几个年轻的扎萨克准备效法业喜海顺了。是的，期望把这些良莠不齐、各自为政的蒙古王公一下子全部纳入俄国设计的政治轨道，显然是不现实的。何况，这是让他们背叛朝廷，让他们从国家分裂出去。他们世代吃着清廷俸禄，世代接受清廷封赏，在政治上对清廷的依赖早就习与性成；而且，他们大都与皇帝保持姻亲关系，和皇帝之间绾结着血缘交流形成的感情纽带。如果不经过长期而严密的策划，把他们逼到非反叛无以为生的绝路上去，他们怎么能舍弃和摆脱原有的一切呢？恐怕连那些声色犬马之徒，面对改换门庭的严重问题，也会心颤股栗，也要思前想后，而不肯轻易就范的。算起来，在哲里木盟十旗扎萨克中，唯一可能接受这条道路的，只有科右前旗的乌泰。此人几次受朝廷惩罚，连副盟长的职务都免去了，对皇上早就怀有二心，并且，刚刚从华俄道胜银行拿去二十万卢布贷款，还接受了巴德玛耶夫赠送的几百支快枪，已被俄国牢牢掌握在手中了。也就是说，为了发泄对朝廷对皇上的不满，为了摆脱政治上的窘境和经济上的压力，乌泰也许会孤注一掷，铤而走险。但是，其他九个旗的扎萨克呢？只要不傻不痴，就不会参与这种蠢事。要知道，他们只要稍稍动脑，就会认识到，搞蒙藏独立不仅是大逆不道的勾当，而且，未必有什么切实的好处，成功了依然是王是公，失败了呢，则不是祸灭九族也要革职削爵！

一句话，索拉吉辽夫对他的秘密使命并没抱多大希望。既然如此，索拉吉辽夫又为什么在阿列克塞耶夫总督面前毫不犹豫地接受了这个任务呢？说起来，这也正是索拉吉辽夫的过人之处。首先，他必须保持自己千辛万苦赢得的荣誉，决不能让总督这个沙皇的红人看出他索拉吉辽夫也有江郎才尽、力不从心的时候。其次，他也确实想出了一个应急的办法，那就是，游说失败后，随便收罗几个蒙古族的贵胄，有职无职都无所谓，让他们谎称系哲

里木盟十旗扎萨克的代表,去库伦拜见达赖喇嘛。其中只要有那么一两个善于表演能说会道就可以,反正有巴德玛耶夫充当他们的全权代言人。至于阿列克塞耶夫总督,对日本的战事已经穷于应付了,哪有闲心去调查他索拉吉辽夫是否弄虚作假呢?而且,有那么一个代表团到了库伦,就算他圆满完成了使命,谈判结果和他是毫无关系的。

果然不出所料,索拉吉辽夫磨破了嘴皮子,甚至以俄国政府无偿提供二十万杆枪、一百五十尊大炮和必要的经费为诱饵,最后也还是只有乌泰一人表示决心一试。

看来,他必须采取应急的措施了。

他把他的想法讲给了乌泰和巴德玛耶夫。

比索拉吉辽夫更热衷于蒙藏独立的乌泰郡王除了焦急也实在拿不出一个好主意,只好同意临时凑足十个人,尽快赶赴库伦,以哲里木盟十旗扎萨克代表的名义,拜见达赖喇嘛。

巴德玛耶夫似乎考虑得更远些,他提出了疑问。

"这虽说是不得已而为之,却也是个聪明办法。可是……下一步怎么办?我们毕竟不是为了演一出戏,最后拍板总得扎萨克们在场才行啊。"

"当然,有些事是不能越俎代庖的。"索拉吉辽夫说道,又转向乌泰,"郡王殿下,如果达赖喇嘛到贵王府讲经,那九位扎萨克是否会亲自去顶礼膜拜?"

"他们会争先恐后、趋之若鹜的。"乌泰说得很肯定。

"您是说……"巴德玛耶夫似有所悟地对索拉吉辽夫说道,"签字画押在扎萨克图王府①进行?"

索拉吉辽夫一笑道:"那样不是对我们更加方便,而且,乌泰王爷更加游刃有余吗?当然,这是说,如果达赖喇嘛非要和扎萨克们当面拍板的话。"

乌泰这回也听明白了,他点头道:"的确是个好主意。走到那一步,签字不签字就由不得他们了。就这么办吧。"

剩下来,当然是确定"代表团"的人选了。这虽说不像游说各旗扎萨克那么困难,却也是一件马虎不得的事。首先,入选的人必须可靠和值得信赖才行;其次,这十个人都应该是贵族,而且,最好是任职的台吉。这样才能保证不出现节外生枝和礼仪上的疏漏。符合这两个起码条件的人,也并非随

---

① 科尔沁右翼前旗又称扎萨克图王旗。

口就能点出十个的。

乌泰说,他只能保证一半的数目,其中包括他的协理色楞旺宝和王爷庙住持喇嘛布和巴彦。另一半他就无能为力了。

索拉吉辽夫迟疑了一下说道:"博克拿多倒是具备我们确定的条件,他见过世面,又能言善辩。"

"他?"乌泰说道,满脸的鄙夷和怨恨,"这只老狐狸,我恨不得剥了他的皮!"

"殿下对五年前那件事依然还耿耿于怀?"

"除非我死了。"

"但我觉得,殿下冤枉了他。殿下被革去副盟长职务,完全是色旺诺尔布桑保的罪责。"

"有谁不知道色旺诺尔布桑保是他手中的傀儡?"

"而且,眼下不是翻旧账的时候。为了蒙藏独立大业,殿下应该以博大胸怀,团结更多的人和衷共济。事成之后,许多人的命运还不是握在殿下手中吗?"

乌泰紧咬嘴唇思索片刻,然后强忍愤怒地挥了挥手说道:

"阁下认为可以,我也不反对。但是,我决不去请他。"

"当然,当然。这事由我去办,虽然我原打算这次不去图什业图王府。——事不宜迟,我们就开始行动吧。——请殿下把确定去库伦的人尽快带到图什业图王府正南方的霍林河边。您——巴德玛耶夫先生,立即去调来二十名哥萨克,与乌泰殿下会齐,作为代表团的警卫队同去库伦。我呢,则赶往图什业图王府拜会博克拿多。我估计,从现在算起第三天后,我们的代表团将顺利登程。"

就这样,索拉吉辽夫于我们前面提到的那个时刻,抵达了图什业图王府,并在王府大门外,碰巧遇见了博克拿多。

"巧了,巧了。幸会,幸会。"博克拿多快步迎过去,一面搓着手,一面仰起脸看着索拉吉辽夫没有表情的面孔,"真是出乎预料啊,怎么也没想到阁下能在今晚这个时刻大驾光临。"

索拉吉辽夫把马拴在一根拴马桩上,瞥了一眼旁边的两匹正打瞌睡的马,很随便地问道:"贵王府正接待两位远来的客人?"

"是一位。"博克拿多说道,故作神秘地一笑,"准确地说,是河原美惠子小姐的客人。"

"日本人?"索拉吉辽夫的态度开始变得关切了。

"那还用说。虽然他穿着蒙古袍,但我还是一眼就看出是个日本人。"

"一个人,还带着备用马……难道是……"索拉吉辽夫说着,沉吟了片刻,"你看这人有多大年龄?"

"二十一二,顶多不超过二十五岁。"

"是啊,当然不会是他。"

"您这个'他',是指……乔本三太郎吗?"

"是的。开战后,再也不见他的踪影,但我却处处感到他的存在。他给我制造了一个又一个麻烦。我恨不得立刻找到他,哪怕面对面展开一场决斗,我也在所不辞。"

"他对您的威胁如此之大吗?"

"他威胁着我们整个运输线。——好了,先不谈他。——你说的那个人正在和河原美惠子接头?"

"是的。"

"他不会留住王府吧?"

"肯定不会。他是以讨债为名来见河原美惠子的。"

"是这样……唔,等一等,你刚才好像说亲眼看到了这个人,你和他直接接触过吗?"

"何止如此,还是我把他送到河原美惠子的房间的。"

"你?天哪!你在打草惊蛇嘛!"

"您不该埋怨我。要不是为了您,我完全可以眼睁睁看着他溜之大吉。而且,您看我是那种粗心大意的人吗?"

"对不起,请原谅我的急躁。"

"我不生气。因为您的急躁恰恰说明,您也认为这个人物非同一般。"

"的确如此。这个人即使不是乔本三太郎的代表,也准是带着特殊使命。"

"您打算截获他吗?"

"不,那样做不聪明。"

"所见略同。所以,我已安排好跟踪的人。"

"是你的……手下人吗?"

"难道您希望我派一位英国人吗?"

"什么,英国人?"

"这里正好有一位英国商人。我相信他会像俄国人一样愿意帮助您甚至效忠于您。"

"你这话……"

"算了吧,索拉吉辽夫先生。并非所有人都看不出英国人和俄国人之间的差别。可是,您连我都想欺骗,我是不满意的。"

"天哪,什么事情也瞒不过你。看来,他们一定露出了马脚……"

"所幸的是,除了我,还没有别人能看出破绽。"

"但愿如此。——其实,我原也不想这样做,但形势太复杂了。他们要不化装成英国人或法国人,到贵王府来是多有不便的。"

"敝王府这回可真要热闹起来了!您和乔本三太郎要把这里变成间谍战的旋涡了。"

"我代表俄国政府对此表示歉意,并保证在适当机会进行补偿。"

"这需要贵国战败日本为前提。"

"你担心俄国会失败吗?"

"我只知道俄日实力相当,胜负难料。而且,贵国一旦失利,业喜海顺可就有理由罢免我了。"

"这个嘛……当然,就目前局势看,谁也不敢说稳操胜券。但我可以保证,不管我们是胜是败,你都会有一个比现在辉煌百倍的前程。"

"天方夜谭!"

"等一会儿你就知道是不是天方夜谭了。我们还是先商量一下如何对付那个日本人吧。我对他很感兴趣,或许能从他身上发现新的线索。所以,我们暂时对他放放长线,绝不能在跟踪中失去目标。"

"您对我派的人不放心?"

"我只想更把握一些,让我的人跟你的人一起去。"

"可以,甚至最好是只派您的人,那样我就免去麻烦了。我当然求之不得。"

"你误解了我的意思。"

"恐怕是您误解了我的意思。请问,您打算让您的人化装成英国人还是蒙古人呢?"

"这……"

"我猜想,您一定掌握了更高的化装术,可以把眼珠弄黑,把鼻子弄矮。

因为以阁下的精明谨慎,是不会让一个鹞眼鹰鼻的人跟在日本人后面满世界乱跑的。"

"好了,好了,别再说了。我算服了你了,一切按你说的办吧。你可真是只老狐狸呀!"

"阁下谬奖了。不过,我真多余操这份心!"

"我不会让你白操心的。"

"我可不是这个意思。"

"这是我的意思。而且理所当然嘛。我希望……能很快得到你手下人提供的有价值的情报。"

"我确信这一点。我想,我们该进去谈了。您此行一定另有目的。"

"是的。其内容的重要性,对于阁下来说,远在跟踪日本间谍之上。"

对博克拿多来说,听懂索拉吉辽夫的话并不难。至少有两点,他是不会理解错的。其一是,索拉吉辽夫肯定有一件异常重要的事情跟他商谈,又肯定涉及俄国眼前的利益,否则,在战事不利、铁路屡屡被炸的情况下,他是不会单枪匹马来到图什业图王府的;其二是,对他博克拿多插手日俄间谍战耿耿于怀,十分不满,担心跟踪失败只是一个次要原因,不想让他博克拿多发现日本间谍的重要线索才是其本意。

但博克拿多什么也没说,只是一笑置之。他心想,随你怎么说吧,我是不会放弃这个难得的机会的。等我确信派出的人带回的情报的重要价值,我再折冲樽俎,狮口大开,到那时,看你索拉吉辽夫还敢不敢拿我的欠债继续引而不发地要挟我。

索拉吉辽夫同样能明白博克拿多那微微一笑的内涵,心里不由得又骂了一声"老狐狸"。他不想再说什么,准确地说,是不敢挑明博克拿多的用心而引起一场肯定得不偿失的争吵。他十分了解博克拿多,这个图什业图王府的不倒翁,不仅老谋深算、贪得无厌,而且翻脸不认人。几年来,他们打了无数次交道,没有过一个让他感到轻松的记录。特别是把俄国人尊为上宾的色旺诺尔布桑保死后,继承爵位的业喜海顺怎么也不肯对俄国人做出友好的姿态,图什业图王府对于索拉吉辽夫不再是一个如履平地的所在,博克拿多更觉得奇货可居,常常表示出高不可攀的傲然之气,试图让索拉吉辽夫重新估算他比以往高得多的身价。索拉吉辽夫虽切齿痛恨,却又需委曲求全,甚至忍气吞声,因为他不得不承认,在图什业图王府,确实找不到第二个合作者了。总之，他对博克拿多是又恨又怕，又鄙夷又舍不得抛弃的，在目前，他尤其不能和博克拿多把关系弄僵。因为俄国独霸东三省的局面已开始动摇是尽人皆知的事实，在这种情况下，一场小小的争执甚至一句不谨慎的话，都可能把博克拿多推向日本人的怀抱。博克拿多这种看风使舵、见利忘义的市侩，背叛朋友乃至改换门庭，是连脸也不会红一下的。所谓小不忍则乱大谋，那损失可就太大了。索拉吉辽夫是宁可承受唾面自干的羞辱，也不允许自己干那种蠢事的。更何况，他这次来图什业图王府，说穿了是求助于博克拿多，而且又必须取得"引君入瓮"的效果。

总之，两个人都没再说话，而是各自做着内心独白，并肩走进王府大门，到了博克拿多的房间。

送脸盆、递毛巾和呼坐奉茶一应事物结束之后，两个各怀心腹事的精明人便相对默坐起来。后发制人历来是博克拿多的拿手好戏，他又明明看出，许久没露面的索拉吉辽夫突然来访，肯定为了一件非同寻常的急事，他更无须先开口。对于索拉吉辽夫，想办的固然是一件急事，但他至少还有两天的时间，似乎也没必要显得太急切，而且他知道，博克拿多虽然欲壑难填，却从来不干那种虎口拔牙的险事。因此，他必须仔细斟酌好自己的每一句话，使这次谈判能按自己的愿望发展并取得预期的效果。也就是说，他得使即将开始的对答能煽起博克拿多不再满足眼前一人之下、万人之上的地位的野心，同时还要保证自己从始至终不陷入被动局面。

事实上，他们沉默的时间仅仅有几分钟，索拉吉辽夫便把谈话的步骤和细节都已设计妥当。他以为，从科尔丹谈起，先让博克拿多产生一种危机感和摆脱危机的紧迫感，再以实现蒙藏独立才能使其一劳永逸的前景相诱惑，肯定是一个可以达到目的的聪明办法。他决定打破沉默，来个先发制人。他啜了一口热茶，缓缓抬起头来，看着博克拿多有意低垂的眼帘，冷不丁说道："我在奉天将军衙门见到了科尔丹。"

"什么？您说的是……科尔丹？"

"我是在说科尔丹。"

看到博克拿多震惊的表情，索拉吉辽夫内心一阵高兴，因为他的话达到了预期的效果。

但老于世故的博克拿多随即意识到，索拉吉辽夫急匆匆跑到图什业图王府，绝不是专程来向他通报科尔丹的最新消息的。这无疑只是个引子，真

正的主题还隐藏在后头呢。他必须竭力稳住自己的情绪,既不能表现出对科尔丹的消息过分关切,更不能让自己的心理被这件事干扰而变得混乱起来。和索拉吉辽夫周旋,是需要绝对清醒的。他这样告诫自己之后,不再追问下去,而是轻吹了两口茶碗里的浮茶,淡然一笑,然后眨了眨眼睛,像是谈论与己无关的事情,甚至带着点儿戏谑的样子,慢声说道:"这鬼东西还挺能活呢。"

这回该轮到索拉吉辽夫震惊了。

"你以为我在开玩笑吗?"

"当然不是。"

"你曾说过他已经死了。"

"我说过他可能死了。这话也同时包含了他可能没死。"

"事实上他确实活着,而且要来和你算账!"

"意料之中。"

"这对你难道是区区小事吗?"

"阁下怎么看?"

"科尔丹会卷土重来,要给你带来不小麻烦。"

"卷土重来? 不,没有这个可能。至于麻烦,或许有一些,但不碍事的。"

"你过于乐观了。"

"这点儿自信我还是有的。"

"可据我所知,肃亲王正在调查当年色旺诺尔布桑保王爷的死因。"

"准确地说,是已经调查完毕。肃亲王也返驾京城了。"

"可惜的是,你还不知道尚有下文,肃亲王绝非等闲之辈。他既然已受理此案,是非要弄个水落石出不可的。"

"阁下的意思……"博克拿多蹙眉道,脸上分明露出疑惑的神色,"您是不是在说肃亲王仍在调查?"

"以为肃亲王对你的辩解和证词深信不疑,就太天真了。"

"可他曾明确说过,此案业已奏结,不容他变。"

"他却又暗中吩咐增祺将军查访到科尔丹的下落。"

"有这等事?!"博克拿多惊疑地说道,"不过,阁下的话……我是说,这消息确切吗?"

"你顶好亲自去奉天问问,增祺将军已决定让科尔丹和你当着肃亲王的

281

面对质。"

"对质?"博克拿多反问道,放下手中的茶碗,急切之中带着掩饰不住的骇然。

"是的。"索拉吉辽夫回答道,"而且,科尔丹已毫不犹豫地表示愿意和你对质。"

"阁下知道得如此清楚!"

"因为我恰巧在场。"

"是这样……"博克拿多喃喃说道。他不再怀疑索拉吉辽夫的话的真实性。但这问题来得太突然了,他连想也没有想过。他原以为,科尔丹在经历了妻死母亡和被逐出王府的一连串打击后,精神已经崩溃,即使不死不疯,也肯定一蹶不振,不再对他构成威胁。他从此可以高枕无忧,放心大胆地享用科尔丹的胜利果实了。甚至当他获悉丹赞尼玛状告他和科尔丹系暴民逼死王爷的帮凶并在指挥弑逆过程中蒙蔽内外时,他也没有感到害怕。因为丹赞尼玛对牧民造反、王爷出逃乃至自缢于格根庙的内情一无所知,后来知道一些,也是道听途说,不足为凭。至于王府内的其他官员,还有哪一个敢与他为敌呢?况且,受理此案的肃亲王也不会看不出,丹赞尼玛的真正用心,一旦查出不利于业喜海顺的情节,王爷宝座的归属势必再次提交朝廷重议。肃亲王当然不希望业喜海顺的王爷宝座得而复失,更不希望自己的妹妹跟着遭殃,又怎么会铁面无私地深究下去呢?因而,他博克拿多可以随心所欲地编造一通,把罪责一股脑儿地栽到已从草原消失的科尔丹头上。可他哪里料得到,身体和精神都异常脆弱的科尔丹,不仅顽强地活到如今,而且要来和他对质。科尔丹的廉正自守、博通古今他是知道的;科尔丹的如丸走坂般的口辩他也是领教过的;在色旺诺尔布桑保危难之时,他和科尔丹各自都干了些什么,他更是心知肚明。这些,正是他害怕科尔丹的地方,也是他最终向科尔丹下毒手的真正原因。今天,恰恰又是这个他最害怕的人要来和他作对。他心里十分清楚,他呈递的答辩词和证词,根本没考虑到科尔丹这个因素,在科尔丹面前肯定捉襟见肘。如果真的当庭对质,且当着肃亲王的面,他十有八九要败在科尔丹手下。肃亲王又是个精明到家的人,无疑会轻而易举地听出对质双方哪个讲的是实情哪个说的是谎言。那样,他博克拿多真要完蛋了。可是,话说回来,肃亲王为什么出乎预料地非要明察暗访、追根究底呢?丹赞尼玛和科尔丹是他博克拿多誓不两立的敌人,这一点是明确的,这两个人采取怎样的报复手段都不奇怪。那么肃亲王呢,他的用心何在？博克拿多对此着实有点儿大惑不解了。

博克拿多这样胡乱想着,抬起迷惘的眼睛,看着不动声色的索拉吉辽夫,像自语又像询问地说道:"对质……肃亲王要科尔丹和我对质……他、他为什么要这样做呢？"

"这还用问吗？为了查出事情的真相嘛。"

"可我曾暗示过他,业喜海顺继承爵位并非绝对名正言顺。而且——不瞒您说,在色旺诺尔布桑保王爷被困格根庙时,业喜海顺正和我带着盟长印信……总而言之,查下去就可能威胁到业喜海顺的王爷宝座。"

"其实,你替业喜海顺担心是多余的。"

"肃亲王担心也是多余的吗？"

"他根本用不着担心。业喜海顺也肯定相信,肃亲王不会伤害他一根毫毛,事情的结果甚至能使他成为真正独立自主的王爷。"

"阁下的意思是……"

"你应当比我更清楚,丹赞尼玛是想达到一石三鸟的目的。可恰巧受理此案的是肃亲王,业喜海顺为什么不利用这个难得的机会,来个一箭双雕呢？"

"这双雕……阁下说的双雕,一定指的是丹赞尼玛和……"

"但是丹赞尼玛已经不足齿数。"

"也就是说,这是冲我一个人来的！"

"而且,你必定一败涂地。"

"明白了。……阁下说的有道理。"博克拿多说着离座而起,焦躁地踱了几步,然后恨恨不已地说下去,"看来,是我低估了业喜海顺。这小子,想一脚踢开我了。"

"你也可以踢开他。"

"不可能,也来不及了。而且……而且就算来得及,就算时间能倒流,我也只能把丹赞尼玛的龟儿子扶上王爷宝座,结果也许更糟。"

索拉吉辽夫认为时机已经成熟,可以顺畅地过渡到主题内容了。他手握茶桌的边棱,微微欠身,直视着博克拿多说道:

"你为什么没想到自己当扎萨克,自己当王爷呢？"

"天哪,阁下还有闲心和我开玩笑。"

"这说明你也低估了自己。"

"指才能吗？那不是当王爷的必备条件。"

"换一种情形，出身也不是当王爷的必备条件。"

"除非是……除非是改朝换代。"

"你认为这是不可能的吗？"索拉吉辽夫说着，站起身来。

"可惜，我不是成吉思汗，手握数十万雄兵；也不是盘古，可以开出个新天地。——唔，等一等，等一等。"博克拿多举手示意对方别打搅他，侧着头思索了片刻，然后紧紧盯住索拉吉辽夫，询问中带着不悦地接着说下去，"阁下的话中好像隐藏着什么内容。我能断定，阁下此行，不会是仅仅为了告诉我科尔丹要和我对质这件事。究竟是什么意思？想让我做什么？请干脆照直说吧。我想，阁下该不是要鼓动我造反吧？"

"不，当然不是。我只想说，如果阁下有机会自己当王爷……"

"别说了，这是没有意义的假设。"

"那我就换上肯定的语气好了。"

"阁下这玩笑开得出格了。"

"我再说一遍，眼下确实有这样一个千载难逢的机会。——按你的话，干脆照直说吧。俄国已决定帮助达赖十三世和内外蒙古实现蒙藏独立。此事不仅势在必成，而且刻不容缓。达赖喇嘛已先期抵达库伦，正急待东蒙各旗派人前去共商大计。阁下如能背着业喜海顺以科右中旗全权代表的身份前往，便可跻身首倡者之列。事成后，势必论功行赏、裂土封王。阁下王袍加身的荣耀不是垂手而得吗？阁下以为如何？这算不算一个千载难逢的机会呢？"

博克拿多不再认为索拉吉辽夫在开玩笑了。但索拉吉辽夫这番话，令他比听到科尔丹要同他对质的消息震惊百倍。刹那间，他的脑海里已空无所有，他瞪着眼睛，张着嘴巴，一句话也说不出来了。

看着他呆若木鸡的样子，索拉吉辽夫乘胜追击道："业喜海顺早就和你离心离德。他身后有肃亲王做靠山，再加上科尔丹的助力，你是斗不过他的。只有实现蒙藏独立才能使你摆脱目前岌岌可危的困境，又能封妻荫子，世世代代享受荣华富贵。所谓机不可失，失不再来，天予不取，是要悔恨终生的。"

"我明白。可是……"

"我再说一遍，机不可失，失不再来。干还是不干，阁下要当机立断。"

"唔,别急。让我想一想,想一想……"博克拿多说着,缓缓落座,双手捧着茶碗,凝神思索起来。

实在说,博克拿多在震惊稍许减退之后,并非没有感到索拉吉辽夫描绘的前景的巨大诱惑力对他心灵的猛烈冲击。他甚至认为,即使没有肃亲王,没有科尔丹,他根本无须担忧在王府高位的稳固性,这诱惑力也不会有丝毫的减弱。如果有机会,有可能,哪一个不想当王爷呢?连丹赞尼玛那样土埋半截的人,又明知几乎没有可能,还在为儿子奋力争取呢。但博克拿多不是丹赞尼玛,更不是少不更事的黄口小儿,大半生的宦海生涯,使他深知,越有诱惑力的事情,就越充满凶险,因而越要三思而行。不错,站在个人的感情和利益的角度,他愿意看到俄国在战争中获胜,一旦出现相反的结果,他也希望俄国人搞成蒙藏独立。但是,要他参与并成为首倡者,就是另外一码事了。要知道,这种实质上属于谋叛的事是要拿身家性命做赌注的。成功了固然再好不过,失败了呢?那结局是自不待言的。所谓成者王侯败者寇。那么,俄国人策划的蒙藏独立究竟有没有绝对成功的把握呢?索拉吉辽夫说"势在必成",似乎充满信心,俄国政府会不惜人力物力的投入也不容怀疑,但又说"刻不容缓",这恰恰又暴露了俄国求成心切,免不了带有率尔操觚之嫌。面对如此复杂并且势必震动中外的事情,却仓促上阵,是很难保证稳操胜券。设使干起来之后因横生枝节而陷入骑虎之势,索拉吉辽夫们好说,一闪身躲到旁边去了,他博克拿多可有半步退路吗?到那时,只怕除了后悔别无他途了。是的,这种事,没有百分之二百成功的把握,是不能贸然参与的,除非他确信自己已经走投无路,必须拼死一搏。

那么,博克拿多是否已经走投无路了呢?

他不能否认,听到科尔丹要来同他对质,他十分震惊,也十分担心;索拉吉辽夫进一步分析说,他将迎接肃亲王、业喜海顺、科尔丹三人联手围攻的局面,他就更觉得自己的末日来临了。单单是业喜海顺和科尔丹,他不会害怕,和这两个年轻人较量,他是游刃有余的,也从未有过败绩。可肃亲王就不同了,一个肃亲王可以不费吹灰之力就能斗倒一百个博克拿多!不用说人们就会明白,肃亲王的追查也好,找科尔丹对质也好,只是做给别人看的,其目的还不是为了使业喜海顺避嫌和最后消灭他博克拿多不致引起訾议吗?这一点,博克拿多细细咀嚼一番,是会品出其中的味道的。看得出,为了妹夫,肃亲王也是煞费苦心了。至于科尔丹突然出现并同意和他博克拿多对质,恐怕连肃亲王本人也没预料到。一句话,只要肃亲王要他死,他就是有天大本事也活不成。也就是说,如果索拉吉辽夫透露的消息准确无误,那他博克拿多就真的山穷水尽、命在旦夕了。

但是,他想,如果索拉吉辽夫的话并不可靠呢?比如说,肃亲王要追查到底,科尔丹出现在将军衙门等等,这一切是否全部真实可信?有没有言过其实或编造的情节?这都是需要证实的。要知道,索拉吉辽夫为了达到目的,也是不择手段的,在弄虚作假方面,其水平绝不亚于他博克拿多。从刚才谈话的前前后后看,博克拿多是有理由这样怀疑的。

我们发现,在博克拿多激烈翻腾的思潮里,接连出现两个"如果"。前一个"如果",无疑是在威胁的重压下做出的恐惧和绝望的假设,其结论是:除了跟俄国人去冒险别无他路了;后一个"如果",则显然是突然产生的侥幸心理做出的带着渺茫希望的假设,其结论是:他在图什业图王府的政治生命还没有走到终点,至少还有回旋的余地,无须舍弃既得利益去追逐可能纯属海市蜃楼的幻影。

令博克拿多异常焦躁的是,做出这样的分析后,他仍然没感到踏实。因为紧跟着又出现了第三个和第四个"如果"——如果索拉吉辽夫的话并无虚构的成分呢?如果蒙藏独立真能搞成呢?天哪,博克拿多着实招架不了这接二连三出现的"如果"了!他的思想被搅得混乱不堪,要他在这种情况下,对索拉吉辽夫的问题做出完全肯定或完全否定的回答,都是不可能的。他必须绝对静下心来,不受任何干扰地从头到尾做一次认真而冷静的思考。

他抬起迷惘的眼睛,看着依然没有落座的索拉吉辽夫,多少带点儿歉意地说道:"索拉吉辽夫先生,原谅我不能马上回答您。这事非同小可,请千万别逼我做出匆忙的决定。"

"当然,我能理解。"索拉吉辽夫说道,没有一点儿怪罪的样子,"而且,两天后做出决定也不迟。"

"两天?"

"是的,我等着你。"

"两天……足够了。可是,这两天里阁下准备在这里度过吗?"

"我明白你的意思。我会在一个适当时候,对业喜海顺做一次礼节性拜访的。而且,你尽可放心,我是不会露出马脚的。"

"需要这样,业喜海顺是非常敏感的。"

27

业喜海顺确实是个异常敏感的人。否则,他就不会在一个多月前从索拉吉辽夫嘴里获知河原美惠子系日本间谍时,当即断定科尔丹已卖身投靠了日本人,猜测乌日娜金和库玛准是科尔丹的同党,因而对科尔丹的友情骤然转化为仇恨,并通过对乌日娜金和库玛的处置,把这种仇恨顺畅地发泄出来了。

但业喜海顺同时又是个感情细腻、谨言慎行和不欺暗室、宽大为怀的人。凡是由他经手的案件,事前总要周密考虑,避免偏颇,事后也总要反复推敲,对失当之处尽力补救。那么,他既然明明知道,把乌日娜金投入死牢,把库玛赶到马厩,是在满腔怒火的驱使下匆匆做出的决定,又怎能不在静下心来之后,做一番深刻而细致的反省呢?这毕竟是件涉及一个人的前途命运甚至生死存亡的大事嘛。一开始,他还找不出失之草率和罚不当罪的地方。科尔丹勾结并趋附日本人是件无可怀疑的事实。从乔本三太郎化装送请柬,到福岛安正东京会见订约,直到河原美惠子的出现,这一系列事件连到一起,便可清晰地勾勒出图什业图王府成为日本间谍据点的整个过程。而这一过程的每一点,都有科尔丹的影子。没有科尔丹的为虎作伥,日本人想独自做到这一切是绝对不可能的。也就是说,对科尔丹里通外国的论断是有充分的理由和推翻不了的。有了上面这样的前提,乌日娜金和库玛又如何能脱离干系呢?要知道,这两个人一是科尔丹现在的情人,一是科尔丹旧时的驭手,他们要不串通一气反而不合情理了。搅进这样的案子里,即使是胁从,也是罪不容诛的,怎么可以从轻发落和姑息纵容呢?所以,在一段时间里,他自信并不存在失误,感到心安理得,还因为这件事能让属下们看到他不因人热的公正而沾沾自喜。但这种心理平衡没有持续太久。终于有一天,他突然感到有一丝不安侵入心海。而且,随着时间的推移和一次又一次对河原美惠子间谍案的回顾,这种不安也越来越明显,越来越令他难以宁帖了。这当然不是因为有了可以证明科尔丹无罪的事实,在他看来,这样的事实目前还没有,将来也永远不会有;也不是因为他对日本人的反感还不像对俄国人那么强烈或者看出日本人的间谍活动完全针对俄国人,而对与间谍案有牵连的乌日娜金和库玛产生了某种同情和宽宏,无论怎么说,这种有悖于朝廷"局外中立"的行为都是大逆不道的。那么,究竟是什么原因使业喜海顺不安呢?不是别的,恰恰是他对自诩的公正产生了怀疑。虽然他为了不使自己的处境更加难堪,对他的日本之行乃至科尔丹的安排一直守口如瓶,对科尔丹在日本间谍案中充当着怎样的角色更是始终秘而不宣,但他心里确信,科尔丹才是真正的罪魁和祸根;虽然为了掩盖自己对日本间谍的来龙去脉知之甚详和碍于索拉吉辽夫不准惊动河原美惠子的警告,处置乌日娜金和库玛的公开理由是图谋不轨和裁减冗员,但他心里同样明白,惩罚这两个人的唯一根据是他们同科尔丹有着非同寻常的密切关系。

问题就出在这里。

科尔丹已沦为日本人的走狗可以说是铁证如山。乌日娜金和库玛同科尔丹关系密切也是毋庸置疑的。那么,能否因而就说乌日娜金和库玛理所当然地成了科尔丹的同党呢?固然,关系密切是成为同党的感情基础,但要真正成为同党,光有感情基础是远远不够的。如果说,有了感情基础便有了结党营私的必然性,似乎有点儿太牵强也太武断了。是的,要证明这两个人是科尔丹的同案犯,必须找到更多的依据,特别是参与间谍活动的具体事实。有没有这样的事实呢?哪怕能找出一件也好,那样就可以使他业喜海顺解除因为怀疑谈判而造成的内心纷扰了。然而,他绞尽脑汁也没能回忆起有过这样的事实。乌日娜金也好,库玛也罢,在王府做事从来都是奉命唯谨,那历历在目的一言一行统统无可挑剔,更没有同河原美惠子私下接触的任何迹象。不错,乌日娜金是应科尔丹的请求到王府任教的,库玛也在促成他业喜海顺东渡日本一事上起过不小的作用,但这同样不能证明这两个人同科尔丹有过勾搭;乌日娜金在收到科尔丹在日本写给她那唯一的信函之前,即科尔丹离开突泉以来的一段时间,他们根本没有见面的可能,而库玛在日本逗留时,和他业喜海顺形影相随,根本没有单独接触科尔丹的机会。

如果这一切——感情的因素、日常的言行、与科尔丹密谋和呼应的可能——都可以排除掉的话,还有别的什么东西可以怀疑和判定乌日娜金和库玛是科尔丹的爪牙呢？业喜海顺无论怎么苦思冥想，也找不到一条可以顺藤摸瓜的线索了。

业喜海顺进而想到，科尔丹是个相当聪明的人，应该知道从事间谍活动充满风险，谨慎是头等重要的事。他既然可以巧妙而顺利地使河原美惠子隐蔽到图什业图王府，河原美惠子的活动似乎也不需要助手，那么，又为什么非要拉进两个蒙古人徒增暴露的因素呢？科尔丹哪里会干出这样的蠢事！

总之，业喜海顺想来想去，没能发掘出一件能够证明乌日娜金和库玛有罪的事实，反倒积累了一大堆足以证明自己失误的佐证。

当然，他也可以不顾虑这些。以公开宣布的罪名处决了乌日娜金，就算人们能看出有些牵强，也不会有人为了这个曾有过造反经历的少女鸣冤叫屈而造成訾议四起的局面；罚库玛做苦役，更不会有人说三道四，王府内的上下人等对这个受宠的美男子早就因妒生恨，巴不得看到更悲惨的下场呢！他业喜海顺照样还是威仪赫赫的王爷。可是，心灵上的负疚如影随形一样，到死也休想摆脱掉了。因为他无法否认也永远不会忘记，实质上，他是以不便公布而后来又证明是虚妄的间谍罪才使一个品貌超群的少女蒙冤受死、一个忠心耿耿的青年无罪受罚的。

当初，业喜海顺恼怒而匆忙做出决定时，不是没有意识到他的理由是经不起推敲的。但他又想，他可以在一个适当的时候，把真正罚当其罪的原因讲出来，至少对王府官员们做一个交代，以免那些谙熟法律看出破绽的人，把他同暴戾恣睢的前王爷相提并论。他把处决乌日娜金的时间定在秋后，也正是考虑到那时日俄之战可能结束，他有理由把外国人全清出王府，可以无所顾忌地当众开读列有"充当间谍，肆意违抗'局外中立'圣旨"罪的判决书，同时为自己塑造一个公正无私、执法如山的形象。

然而，以眼前条分缕析的结果，他还能做出那样理直气壮的宣判，还能做出让属下们心服口服的解释吗？

这显然是不可能的。

想到这些，业喜海顺真有点儿悔不当初和左右为难了。后悔当然也毫无意义，他必须对现在该怎么做拿出主意。

是呀，究竟怎么办才是恰当的呢？

他面前只有两条路可供选择。

一是对自己的忙中出错不露声色,维持原判。可这就得冤枉了无辜。他在登上王爷宝座那一天,便发誓做一个清如水、明如镜、爱民如子的好王爷,决不允许自己哪怕有一次乱施刑罚和草菅人命的荒唐行为,即使任何别人都毫无觉察,只有他自己意识到的荒唐行为也不允许出现。

这条路他不能走。

第二条路是承认自己误判,乌日娜金无罪开释。可他对逮捕乌日娜金时宣布的罪名如何撤销?"曾参加暴乱"毕竟是众所周知的事实嘛。又不敢说出一句涉及日本间谍的话来自圆其说。人们会说他什么呢?无疑会说他是个浑浑噩噩、稀里糊涂、随心所欲、反复无常的孱头!从此以后,他的话乃至他这个王府至尊的王爷,在人们心目中还有多重分量呢?

这条路得不偿失,他也不能走。

那么,还有没有既能解救乌日娜金和库玛又无损于他业喜海顺的形象的第三条道路呢?

他希望有,希望自己能找到。但是,能找到吗?

我们也愿意看到他能想出这样两全其美的办法,我们也同样没有多大信心。这是个太难太难的问题,几乎是让黑夜变成白昼、令江河倒流一样不可能。

业喜海顺自信头脑还算聪明,不至进入冥顽不灵者之列。但这回他却深深感到他的那点儿智慧实在不敷支用了。他苦思冥想了几个昼夜,眼前的一团混沌中也没能闪现出一点点令他兴奋的亮光。

他失望、焦躁、自怨自艾又无可奈何。

他不愿再见人,想把自己隔绝起来,却总有没完没了的"这个请安"、"那个求见"找上头来。

他不愿再说话,想忘掉身外的万物,却又天天都有多如牛毛的琐事要他处理。

他常常火冒三丈。有时干脆称病不出了。

昨天,那个令他讨厌透了的索拉吉辽夫又突然来访,他不得不虚应故事地见了见,敷衍几句后,好不容易才把这个看似闲暇的俄国佬打发到博克拿多那里去了。

见过索拉吉辽夫后,业喜海顺的情绪愈加糟糕。他下决心,从明天起,至少两天内不见任何人。

然而,他越想清静,越是清静不了。

今天,仆人偏偏又进来通禀说,郭前旗陶克陶呼台吉求见。

业喜海顺没好气地说道:"告诉他我病了,不见客!"

仆人应了一声刚要退出去,却听业喜海顺又喊道"等一等",随即停下脚步,垂手恭立待命。

业喜海顺为什么又犹豫了呢?我们在前面曾约略讲到,业喜海顺和陶克陶呼有过一日之雅,还收受了他一笔数目不算太小的馈赠。虽说陶克陶呼主要是看博克拿多的面子,他业喜海顺毕竟也是受益者。在困窘时有人解囊相助,这份盛情是不能忘却的。况且,他登上王爷宝座后,陶克陶呼从未找过他,可见是个施惠而不望报的义士,突然来访,也肯定有要紧事。对一个有恩于已又第一次到图什业图王府登门求见的人,给人家吃闭门羹,似乎于情理上说不过去。

他想,还是耐着性子见一见对。如果陶克陶呼有求而来,就尽量让他满意而归;如果只是礼节性的拜访,应付几句就尽快结束这次会见。

看得出,业喜海顺做出接见陶克陶呼的决定是很勉强的,甚至有点儿不得已。但业喜海顺怎么也没想到,正是这次勉强的甚至不得已的接见,使他终于找到了几日来绞尽脑汁也未能找到的解除心理重压的办法,他更没想到,他为此做出的悉心安排,恰恰又被他想救出的乌日娜金本人弄得乱成一团!

陶克陶呼荣幸地获准拜见业喜海顺王爷后,高高兴兴地跟着仆人进入正殿。

业喜海顺点头示意并说了一句"免礼"之后,转向仆人说道:"去请东协理博克拿多到大殿见客。"

"不必了。"陶克陶呼说道,"我已经见过他了。"

"是吗?那就请坐吧。"

"谢王爷。"

"你我不必拘礼,随便点儿好了。"

"明知殿下贵体违和,却又冒昧叨扰,已是很失礼了,尚乞宽宥是幸。"

"偶染小疾,不足挂齿。"

陶克陶呼来拜见业喜海顺的目的是为了索要乌日娜金。但这并非是一个容易启齿的问题。在一连串虚假却热情洋溢的问候结束之后,陶克陶呼依然觉得没到开门见山说明来意的时候。他需要先创造个谈话的和谐气氛,便临时想出个话题,痛骂起科尔丹来。

"殿下当初把科尔丹赶出王府真是太对了。这小子不讲信用,欠债不还,面也不露,实在不是个东西。有一天我见到这个无赖,非批其颊、唾其面、骂他个底朝天不可。"

业喜海顺一怔,猛然记起在东京时对科尔丹的许诺。科尔丹讲过这笔欠债,他答应回来后代为偿还,不知怎么竟给忘个精光。现在,他和科尔丹之间虽再无友谊可言,但说出的话,泼出的水,是收不回来的,也不该不算数。业喜海顺可不是出尔反尔的人。

"看我这记性,差点儿忘了。"

"殿下说什么?忘了?难道这笔账……"

"唔,我是说,你不提,我都忘了科尔丹这个人了。"

"是呀,应该忘了他。要不是欠我的债,我也会……"

"不过,科尔丹的欠债,由我代偿好了。"

"那怎么行?我可绝无此意。"

"可你到哪儿去找他?世上还有没有这个人都很难说了。"

"我只是说说气话而已。而且,殿下说得对,科尔丹这小子也许早就变成鬼了。"

"所以,我不能让你亏着。科尔丹毕竟曾在王府供职,我理所当然应该……"

"不不。要是科尔丹确实已不在人世,那不等于我来敲殿下竹杠吗?"

"我不会这样想。"

"有道是人死账烂。我宁可自认倒霉了。再者说,钱数不大,无所谓的事。不谈它了。"陶克陶呼大大方方挥了挥手,迟疑了片刻,认为可以慢慢进入正题了,这才接着说下去,"听说殿下请来的日本女教师是个间谍,这是真的吗?"

"是真的。"业喜海顺毫不犹豫地说道。他对陶克陶呼突然提到对外尚属秘密的日本间谍案一事一点儿也不感到奇怪。陶克陶呼和索拉吉辽夫以及博克拿多的密切交往由来已久,他们之间无话不谈。对此,业喜海顺是清楚的。何况他又刚刚见过博克拿多。陶克陶呼要是至今还不知道这件事反而奇怪了。因而,既无须隐瞒,也无须嘱咐一句"勿为外人道"的话。

"日本人蒙骗了殿下？"

"是的。"

"这些可恶的矮鬼！"

"很可恶。"

"还有……殿下把和日本女教师共事的乌日娜金投入死牢了？"

"你的消息很灵通。"

"听人讲，这个乌日娜金就是当年领头造反的格力图尔的情人，长得相当漂亮。"

"一点儿不错。"业喜海顺随随便便地回答道，心想，陶克陶呼来见他，可能和这两个女人有关。但陶克陶呼究竟在这两个女人身上打的什么主意，一时还摸不透。

陶克陶呼又问道："殿下一定要处死她吗？"

"谁？"

"乌日娜金啊。"

"这是我公开宣布的判决。"

"该不是和河原美惠子有牵连吧？"

"当然不是。——不过，你刚刚见过博克拿多，他怎么看？"

"我没问。但索拉吉辽夫却对我说过，乌日娜金不可能……唔，他是说，日本人不会干出那样的蠢事。"

"他真是这样说的吗？"

"他在一个月前和现在都这么看。"

"是这样……唔，你好像对乌日娜金的事很关心……"

"殿下说对了。"

"你有什么指教吗？"

"不敢，我只是有个请求。"

"请求？"

"我是说……既然殿下不是因为乌日娜金受雇日本才逮捕她的，索拉吉辽夫也不认为她是为日本人服务，那么，殿下尽可以不杀她，而让她发挥……发挥更大的作用。"

"比如……"

"卖个大价钱。"

"买主呢？是谁？"

"我。"

"抵偿科尔丹的欠债？"

"不。我们都忘掉他吧。"

"我也欠你的情，当初在府上……"

"殿下说远了。些微小事，何须再提起？是的，我是要另外付钱的。殿下自己廉正自守，亦可补王府经费之不足嘛。"

"如此慷慨解囊是因为……乌日娜金非常漂亮？"

"殿下误会了。"

"那我就不好理解了，能说说原因吗？"

"这……"

"不好讲？那就到能讲的时候再商量吧。"

"其实，殿下何必非问个明白不可呢？"

"我好像明白了，你要做人口买卖！"

"我发誓不是，我发誓。但是……有一点我可以肯定，事成之后，殿下不仅能获得一大笔钱，还会因此避免一场灾难。"

"是吗？看来，这是一笔很合算的买卖。"

"我敢保证。"

"只是……恐怕我不能答应你。"

"为什么？"

"乌日娜金不是奴隶，而是囚犯。否则，我可以白白奉送。"

"判她死刑还是逐出旗界，不是殿下一句话吗？"

"朝令夕改？不，这叫我怎么解释？王爷出卖个囚犯，也须向属下做个交代啊。"

"可是……可是……我要说出原因，怕殿下一怒之下回绝了我，虽说这个原因无损于殿下却于殿下有好处……"

"这样的原因还不好明说吗？"

"好吧，既然话说到这份儿上了，我也就没必要遮遮掩掩了。先请问殿下，殿下现在是不是仍然痛恨格力图尔？"

"那还用说，作乱造反的首恶嘛。"

"乌日娜金是他的未婚妻……"

"曾经是……"业喜海顺说道,差点儿没接着说出"可她现在心里的男人只有科尔丹"的话来。这样的话是无论如何不能说的。所以,说出那三个字之后,猝然停下,并随即改口说下去:"可格力图尔早已杳无音信,生死不明。所谓未婚妻也只是一个空头衔……"

"我恰恰是想让他们成为真正的夫妻。"

"你在开玩笑!格力图尔……"

"格力图尔还活着,手下有上千人马!"

"什么?你说,格力图尔还活着?"

"千真万确。"

"天哪,竟真有这种事!"业喜海顺低声叫道,蓦地记起前几天发生的一件事:有一个口称有机密事的年轻人被带到他面前。这个人自报的姓名是巴音赛克图,是格力图尔的朋友、副将和特使,专来警告王府的。说什么如果业喜海顺王爷胆敢处死乌日娜金,或者把乌日娜金送给格力图尔以外的任何人,格力图尔就会带领手下几千人马来把图什业图王府一举荡平!当时,无论是他业喜海顺还是博克拿多,都确信这口出狂言的家伙要不是垂涎乌日娜金美貌的好色之徒,就一定是个疯子。因为,第一,业喜海顺和博克拿多谁也没想要把乌日娜金送人;第二,听说格力图尔早被王世祺捕获,即使跑了或放了,也不会有人把发生在王府的事去通报给这个刀斧余生的朝廷要犯的。所以,当即把巴音赛克图关进了牢房。今天看来,巴音赛克图既不是虚声恫吓、胡说八道,也不是企图蒙住王府把乌日娜金带回自己的毡帐取乐。虽然"几千人"和"上千人"有太大的差距,但最根本的内容,即格力图尔还活着,而且掌握着一支人数不少的队伍。陶克陶呼刚才的话不是证实了这个事实吗?陶克陶呼不论想达到怎样的目的,也不会虚构和打出格力图尔的旗号的!

业喜海顺想到这里,蹙额问道:"陶克陶呼,你怎么知道格力图尔的事呢?"

"我刚从他的山寨回来不久。格力图尔还是光棍一条,而且日夜思念着乌日娜金。"

"因此……你就想成全他们,甚至不惜重金赎买乌日娜金?恕我直言,你的目的不会仅仅是做一件善举吧?"

"殿下说得对。目的……当然不在于此。我想,我开头差不多已经说出了我的目的。干脆,我索性和盘托出吧!如果……如果我把乌日娜金掌握在手里,格力图尔和他的人马就统统归我了。从此,我不会让格力图尔再来贵王府找麻烦的,我也可以多干点儿为蒙古人争光的事。"

"是这样!我……全明白了。"业喜海顺冷幽幽地说道。但他说全明白了是不确切的。比如陶克陶呼和格力图尔怎么谈判的,格力图尔何以先派人赶在陶克陶呼之前来警告他业喜海顺而且无疑是宁可让乌日娜金暂留狱中也不想让陶克陶呼实现计划,格力图尔是不是随后要率大队人马亲自来索要乌日娜金,等等,他还一时捉摸不透。或许正是因为有这诸多一时捉摸不透的细节,才使他陡然产生出一个模糊的想法。这个模糊想法在不久之后曾变成再也无愧于乌日娜金的明确行动。但眼下他还没想好,也不愿在陶克陶呼面前陷入沉思。他希望尽快结束这场谈话,以便独自一人去设计和推敲自己的计划。在结束这场谈话之前,他还有一件事必须办。

这时,陶克陶呼又说道:"殿下,该说的我全说了,我可够坦率了吧?"

"我们之间应该这样开诚布公。"

"那么,殿下是否能答应我呢?"

"其实,按你陈述的理由,我就是把乌日娜金白白送给你,也不会在王府引起异议,连博克拿多也不会。"

"殿下说得对,肯定不会。"

"如果你能早来几天……"

"殿下……"

"唔,请等一等。"业喜海顺扬手道,并站起身来直趋殿门外,对恭候在那里的仆人说了一句什么,又返回到他的专用靠椅上,"陶克陶呼,请不要着急。我们先谈点儿别的。等你见过一个人后,再继续我们原来的话题。"

陶克陶呼有点儿纳闷,忍不住问道:"殿下要我见的人是谁?这很必要吗?"

"一会儿,只要过一会儿就有答案了。"

陶克陶呼不好再问下去,也没有兴趣谈什么"别的"话题,只好满腹狐疑地枯坐静等,感到时间有点儿难挨。

其实他们默然相对的时间并不长,正如业喜海顺说的,只是过了一会儿,就听外面喊道:"启禀王爷,犯人带到!"

业喜海顺朝门外喊道:"带进来。"

只见两个卫兵押进一个年轻的男犯。

这年轻的男犯大大方方走到业喜海顺面前,目不斜视的眼睛里没有丝毫恐惧,而是一种对一切都无所谓的近乎玩世不恭的神态。他没有跪下去。

业喜海顺没有对这个人的狂傲表示出震怒和怪罪的意思,只是微微皱了一下眉头,便把询问的目光投向陶克陶呼。

陶克陶呼一开始对业喜海顺让他见一个男犯很不理解也很不满意,心里说:"这是演的哪出戏呢?"可是,当他从侧面不甚经意地看了看那站而不跪的男犯的相貌后,却猛可一怔,随即跳了起来。他此刻的表情,与其说是惊讶,不如说是懵懂。他相信自己不会记错更不会看错。几天前,不正是这个长着几根稀疏的胡子一脸滑稽相的人代替格力图尔把他送下白狐山的吗?名字也想起来了,叫巴音赛克图。

"巴音赛克图!你……你怎么会在这里?"

巴音赛克图循声看了看侧座上刚刚跳起来的人,略显吃惊后,却咧嘴笑道:"原来是陶克陶呼大人,我料到您该来了。"

"什么意思?"

"意思嘛,就是说,大人您来迟了一步,小人我捷足先登了。"

陶克陶呼是个绝顶聪明的人,即使没有业喜海顺那句"如果你能早来几天"的话作铺垫,也能立刻领悟出"捷足先登"究竟是什么意思。他被耍了!耍他的人竟是格力图尔这个不识之无的乳臭小儿。他如何受得了这股恶气?顿时恼羞成怒,脸色一片煞白。他举起拳头晃了好一会儿,才咬牙切齿地说出下面的话来:

"好啊,格力图尔!……"

"是格力图尔。"巴音赛克图抢过话头说道,戏谑地眨了眨眼睛,"大人猜对了。正是格力图尔命小人赶在大人之前来图什业图王府的。"

"他为什么要这样做?"

"他说,这种事怎好劳动陶克陶呼大人的尊驾?还说,连自己的未婚妻都救不了的人,如何立于天地之间?"

"那他就该自己来!"

"如果需要,他会的。但他来,就绝不会是单枪匹马。"巴音赛克图说着,朝业喜海顺看了一眼,"而且,我来和大人来是不一样的。我是格力图尔的副将,理应为主帅效劳。对大人您就不一样。他会因您救出乌日娜金而欠一笔一辈子都偿还不清的债务的。"

"他以为这样就能得偿夙愿吗？"

"也就是迟一天早一天的事。"

"痴心妄想！我问你，格力图尔究竟打的什么主意？是不是想撕毁协议？"

"这你得去问他本人。"

"我不敢吗？"

"但我听他讲，你们并没有签订协议之类的东西。"

"他连誓都发了！"

"这我可不知道。在大人离开白狐山以后，我倒听他发过绝不与俄国人的奴才携手并肩的誓言。"

"住口！你……"陶克陶呼喊道，气得嘴唇直发抖，"你这个油腔滑调的小丑，和格力图尔一样可恶！你们欺骗了我，又利用我提供的消息来戏弄我……我发誓要清算这笔账。格力图尔，你这个言而无信的青皮流氓，你那七八百乌合之众是不堪一击的，我要让你赔了夫人又折兵。"

"大人非要这么干的话，第一得豁出毁掉远近皆知的不伤害蒙古人的清誉；第二，您得打出一个比现在的理由光彩一点儿的旗号。"

"巴音赛克图，要不是可怜你就要做了替死鬼，要不是在王府大殿，我非揪下你的舌头不可。——殿下，我可不想再听他胡说八道了。"

一直坐在那里冷眼旁观的业喜海顺也觉得这场戏该收场了，他想知道的全知道了，还额外听到了一些他原来曾预料到的东西，再听下去意义不大，便扬手命令卫兵道："带下去吧。"

巴音赛克图似乎意犹未尽，还感到不过瘾，在两名卫兵自两侧架起他的胳臂后，又开口说道："差点儿忘了，格力图尔一定要我转达他对大人盛情的衷心感谢。"

"滚！滚！"

"我也得感谢大人，因为大人证实了我的身份。——王爷殿下，不会再说我是个疯子了吧？"

"你不是疯子。但是年轻人，把七八百人说成几千人可不算诚实啊！"

"兵不厌诈嘛。再说，这七八百人可各个都是不怕死的啊！"

"知道了。我会因此担惊受怕、日夜不宁的。这回你该满意了吧？下去

离开睡眼

吧。——快带走,送回原处。"

巴音赛克图被带走以后,陶克陶呼心绪烦乱地来回走了几步,才坐回到原来的座位上。

"你这回该明白了吧,我有我的难处。"

"殿下真的被格力图尔吓住了吗?"

"本旗刚刚宁静了几年,离繁荣昌盛还有很大距离,我可不敢再惹一次事,王府和阿拉特们都经不起一次折腾了!"

"殿下可以把乌日娜金和巴音赛克图一起交给我带到塔虎城。"

"我明白你的意思。但我同样避不了祸,格力图尔迟早要来报复我的。"

"我保证招之即来。我的队伍也是兵强马壮的。而且未必出现这种局面,除非格力图尔忍心舍弃乌日娜金。"

"到时,你有千军万马也只能是远水,救不了近渴的。你的队伍能日夜驻守在我的王府附近吗?再说,你根本没有必要花这个心血和力量。既然格力图尔从心里不想同你合伙,靠一个女人勉强拽到一起,不仅长不了,还会埋下不少隐患,更是得不偿失。"

陶克陶呼沉思片刻后点点头说道:"殿下说得也对。只是格力图尔这小子给我的这口窝囊气……"

"大人有大量嘛。为这么个山野村夫气坏了身体甚至干出傻事是不值得的。"

陶克陶呼毕竟也是英雄大度,听了业喜海顺的劝慰后,心里的怒气消去了一些。而且,又恢复甚至增加了一丝对格力图尔的喜爱。他想,连他陶克陶呼都敢欺骗又欺骗得天衣无缝,那是需要很大的胆量和很高的智慧的,这样的年轻豪杰不弄到手下着实可惜。他从巴音赛克图的话里听出来了,格力图尔变卦的原因是他和俄国人有来往。也怪他自己在谈到武器来源时不慎走了嘴。这不是绝对扫除不了的障碍。他可以想办法让格力图尔相信,他陶克陶呼不得不在眼下利用俄国人,减少支敌对力量,弄点儿武器和经费而已,等建立起蒙古人的独立世界后,就让俄国人滚开。那样,格力图尔准会消除疑虑,死心塌地在副帅的旗帜下为他打天下了。两个神勇无双的武将兼善于用谋的高手珠联璧合,还愁大业难成吗?如此看来,这次围绕乌日娜金发生的不愉快,只能算作一个小小的插曲而已。

陶克陶呼这么一想,剩余的那部分气也烟消云散了。他叹了口气说:

"殿下的话很有道理。能忍者自安,权且咽下这口气吧。再说,我也不能为了这点儿小事难为殿下。可是……殿下是不是打算放走这两个人?"

业喜海顺思索了一会儿说道:"就这么放走也不是个办法,他们途中出了事,我怎么给自己开脱?据说格力图尔是个相当暴躁的人。"

"殿下所虑甚是。还是等着格力图尔亲自出面时,再放出他们为好。不过……那时请殿下给我个信儿,我会带人马来贵王府。当然不是和格力图尔交锋,而是有话对他讲。"

"这倒是个好主意。"

"那就一言为定。"

恰在此时,外面传进来仆人的喊声:"东协理博克拿多大人到——索拉吉辽夫大人到——"

雕开睡眼

28

博克拿多和索拉吉辽夫向业喜海顺行礼请安后,退坐一旁,然后分别欠身对陶克陶呼微笑额首,算是打了招呼。

陶克陶呼略一迟疑,起身说道:"王爷有外客,我这个闲散人在这里恐有不便,请准我告退吧。"

业喜海顺说道:"你也是客人。你坐你的,有什么不便?"

一脸倦容的博克拿多溜了索拉吉辽夫一眼,对陶克陶呼说道:"如果你跟王爷的话已经谈完,倒也没必要陪我们干坐,就先到鄙人公事房随便歇息一会儿吧。"

陶克陶呼微微一笑,说道:"协理大人说的是。——殿下,我就告退了。"说完,朝业喜海顺打了一恭,转身走出大殿。

对于博克拿多的居高临下的姿态和肆意僭越的狂傲,业喜海顺虽然满心不快,也不能说什么,反倒培养了他的忍耐和克制精神。当下,他平静地看着陶克陶呼走出殿门,把毫无表情的脸转向索拉吉辽夫,不冷不热地说道:"索拉吉辽夫先生,昨天我们已经见过面了,今天还有别的事吗?是不是又要为河原美惠子的事来责问我呢?"

"哪里,"索拉吉辽夫说道,"对于当初我向殿下发脾气,我是该负荆请罪的。直到今天,河原美惠子也没察觉到她已露底。这不正是与殿下通力合作的结果吗?为此,我更要向殿下表示感谢的。"

"那我可担当不起,你不派哥萨克来踏平图什业图王府,我就阿弥陀佛了。"

"殿下!……"

"你还有什么话,就直说好了。"

"我……我是专来向殿下辞行的。"

"你这就太多礼了。我今天身体不适,又很累,没有别的指教的话,就请东协理代我恭送大驾吧。"

"等一等。"博克拿多见业喜海顺准备起身,便扬手说道,"请殿下稍坐片刻。"说着,略显疲惫地站了起来。

业喜海顺遂又坐好,难以掩饰不耐烦地说道:"还有事吗?请说。其实,有什么事,你尽可以做主。"

"如此重大的事情,微臣不敢擅作主张,是必须由殿下定夺的。"

"竟有这样的事情?"业喜海顺冷笑道,心里却为博克拿多突然说出谦恭的话深深纳罕。

博克拿多对业喜海顺的讥诮态度和讥诮语言毫不在意,轻咳了一声说道:"近来,哲盟各旗拟成立一个代表团,去库伦迎请达赖十三世来我盟讲经,殿下是否认为我旗也必须派出个代表?"

"那还用说?"

"那么……派谁合适呢?"

"当然是非君莫属了。"

"殿下是说我……"

"还有第二个人能代表王爷吗?"

"我……我原来还担心殿下要说王府里有许多重要的事情要臣下去做呢。"

"和迎请达赖喇嘛比,再重要的事情也都微不足道了。"

"也就是说,殿下决定派臣下去库伦了?"

"除非你自己不愿意去……我知道你担心什么。你对你这几年擢用的官员信不过吗?你多次对我夸奖他们的才干和忠心。他们不会背叛你的,也……不会背叛我的。"

"那是,那是。我和众臣僚都是殿下的奴仆。"

"不过,去还是不去,你自己决定。可别说我逼你去的。"

"怎么能那么说?我去,我愿意去。"

"库伦往返要一个月吧?"

"最多十五天。"

"越早返回越好,王府的重大决策没有你还是不行的。——启程时间定了吗?"

"明天一早。"

"天阴了,又这么闷热,要下雨吧?"

"下雨也走。日夜兼程,或许十天就回来了。"

"这样最好。我和全旗官民是不会忘记你的辛苦的。"

"我这就去准备,我必须在启程时间之前赶到代表团集合地点。"

"不能给你送行,回来接风洗尘吧。"

博克拿多和索拉吉辽夫退出大殿后,业喜海顺一下子跳了起来,他感到少有的兴奋和轻松——只有在他顺利踏上东渡日本的行程时才有过这种兴奋,只有他终于办起了全旗第一所学校,看见昔日马背上的少男少女坐在课堂高声朗读"人、口、刀、手"和列队在操场练习空手道时,才有过这种轻松。

是的,这接连的两次接见,每一次接见的过程都叫他拍手叫绝。先是陶克陶呼突然来访,使他获知还活在世上的格力图尔做了山大王,巴音赛克图确实是格力图尔的特使;还意外地证实了乌日娜金果然无辜,连索拉吉辽夫都那么肯定乌日娜金与日本间谍案无关,他还会有什么疑问吗?他解救乌日娜金同时也解救自己的计划正是此刻开始在脑海里酝酿,只是太朦胧,他自己也没看清这是一个怎样的计划。更妙的是,在这次接见进入尾声时,他的几句并非虚假的情理交融的话,轻而易举地使陶克陶呼放弃了继续在乌日娜金身上打主意的决心。这就使他的计划在瞬间形成了清晰可见的轮廓。但他知道,实行这个计划要冒很大的风险,别人都好对付,只怕逃不过博克拿多比狐狸还灵敏的嗅觉和比猎人还锐利的眼睛。设使让这个想把他永远当作掌上玩偶的权臣在这个问题上抓住把柄,他以后的处境会更加艰难,甚至连现在的分庭抗礼都休想维持下去了。然而,出乎意料的是,恰恰在这个节骨眼儿上,博克拿多主动跑来替他扫除了障碍。他的计划有了实行和成功的可能了。试想,他的计划即使达不到十全十美,实行起来即使出现些疏漏,在博克拿多从库伦返回前的至少半个月的时间里,还怕弥缝不好吗?

这真可谓无巧不成书了。

天阴了,风起了。要是来一场暴风雨,那才叫天公作美呢。

业喜海顺想到这些,心跳得像擂鼓一样,大概有激动也有紧张甚或更有恐惧吧。他突然问自己,去年东渡日本潜出王府前,也产生过这种心理重负。后来虽然出现了河原美惠子的事,给他造成了不小的麻烦和压力,但他没有后悔。因为学校毕竟办起来了,还在照常维持着,而且,他会寻找到属于自己的教师,会办出点儿名堂来的。那么这次呢?他仅仅为了一个曾参加造反的现在又是山大王未婚妻的乌日娜金承受同等分量的心理重负,是否值得呢?令他自己都感到奇怪的是,他给自己的回答是肯定的,他的决心一点儿都没变,虽然他还一时说不清原因。

总之,业喜海顺是非冒一次险不可了。

他竭尽全力平复着内心的激动、紧张和恐惧,快步离开正殿,返回寝宫。他要好好想想自己的计划。在经过寝宫门外的厅堂时,他命令仆人立刻给他送来酒菜。

业喜海顺不到异常兴奋的时候,是从不喝酒的。福晋对此当然很清楚。

"殿下,"福晋一边斟酒一边凝视着业喜海顺,"有什么开心的事吗?"

业喜海顺点点头说道:"也许……可以这么说。"

"想办还没有办吧?"

"你怎么知道?"

"你在思索,而且有点儿不安。"

"不安……说得对,我非常紧张……"业喜海顺说着猛喝了一口酒,突然目光炯炯地盯住福晋,"如果我要去办一件你预料不到的事,你会……你会支持我吗?"

"我永远和殿下一条心。可是……殿下已经好久没这么问我了。"福晋说着,眼圈儿一红。

"怪我不好。不过……"

"我明白殿下为什么和我疏远。"

"你真不该仍然和河原美惠子来往。"

"恕奴婢直言,殿下,你有时过于偏颇。你甚至对我的哥哥隆勤①也有些不满……"

"这……"

"哥哥确实和川岛浪速相交甚深,但这是私交,与日本国进兵辽南毫无关系。我和河原美惠子同样是个人之间的交往,你更不该把这种交往与间谍案搅到一起。"

---

① 即肃亲王。

此时的福晋当然还无法预见溥仪逊位后川岛浪速的活动,所以才肯拿她哥哥肃亲王和川岛浪速的交情与自己和河原美惠子的来往比较。多年后,当川岛芳子和甘珠尔扎布来到图什业图王府动员业喜海顺参与蒙古独立运动,并获知肃亲王和川岛浪速是真正后台时,一怒之下把侄女连同侄女婿全骂跑了。——这是闲话。

　　当下业喜海顺听了福晋的辩解后,也觉得尽情尽理,便点头说道:"看来,我是有点儿偏颇了。"

　　"而且,"福晋又说道,"殿下不也去过日本国吗?说到家,这河原美惠子……"

　　"别说了,别说了。"业喜海顺说着跳了起来,一把抓住福晋的双手,"我这回才算真的明白了,你为什么不早些指点我,让我……让我慢待你这么久!"

　　"奴婢不会怨恨殿下的。"福晋说道,眼圈儿又红了,但绝不是因为委屈。

　　"可我……我会怨恨我自己的。"

　　"这……奴婢也不允许。"

　　业喜海顺感动地说道:"你真好……"随即把福晋紧紧搂在怀里。两个人的感情隔阂烟消云散了。

　　"殿下,你可别忘了使你紧张不安的开心事呀。"

　　"最开心的事是我又不是形单影只了。来,你坐下。我需要你的睿智,需要你的支持。我真后悔没早和你商量。"

　　接着,业喜海顺把这些天来的苦恼、思索和今天的突发异想,一五一十地讲给了福晋。

　　福晋听完后想了一会儿说道:"殿下想把自由还给乌日娜金和使自己从愧疚中解脱出来,奴婢是不反对的,但为什么非要制造个劫狱的假象呢?难道不可以……比如说宣布无罪释放或者……或者以格力图尔的威胁为理由送出王府呢?这毕竟是事实啊!而且……"

　　"而且是两条捷径,没有曲折,不用冒险。——这我都想过,但不行。"

　　"殿下能说说理由吗?"

　　"乌日娜金一走出王府大门,就会有人跟踪,垂涎她美貌的人可不少啊。一旦出事,等于我没放她。假劫狱就不同,没人猜得出她是什么时候跑的,跑到哪个方向去了。格力图尔也会因此对我感恩戴德,不好在以后来骚扰王府了。而且,而且,我也得保存个面子啊!朝令夕改,让一个山大王吓破了胆,那我还能抬起头吗?"

"奴婢想,这后面的原因才是最重要的吧。"

"我……我是个王爷啊!"

"殿下顾虑得也对。王爷想办点儿事,有时……比百姓还难啊!"

"特别像我这样一多半不是真正王爷的王爷!"

"殿下会成为真正的王爷的,哥哥不是说……"

"他远在京城,又日理万机,顾得上这里的事吗?再说,科尔丹未必敢再进王府,就算来了,也未必能在对质中赢了博克拿多。我……我也不齿于借助他的力量。……"

"殿下仍然认为科尔丹和日本……"

"这无可怀疑。"

福晋思忖了一下说道:"不谈这些了,奴婢不该在这个时候提起这些事。"

"没什么,你不提,他们也在我脑海里盘旋。……"

"还是谈谈殿下的计划吧。那些没出场的劫狱者是谁呢?"

"格力图尔,他对王府了如指掌。"

"他为什么不率领人马攻打?"

"避免伤亡和失败。"

"殿下考虑得够详尽了,殿下会成功的。"

"你又一次给了我信心。"

"殿下早点儿休息吧,暴风雨停后,还有很多事要安排呢。"

"暴风雨!你说暴风雨?"业喜海顺喊道,一步跨到窗前。外面果然是风雨交加,刚才思绪万千,竟没听见。

天公真个要作美了!

业喜海顺转过身来道:"万事俱备,东风也不缺了!"

福晋惊问道:"殿下想在今天夜里……"

"是匆促了点儿,但几时再遇到这样的暴风雨之夜!"

"殿下,现在已时近午夜……"

"只要暴风雨在天亮前不停下来,我就来得及安排一切。"

"那么,殿下有需要我的地方吗?"

"现在还不知道。"

"我就一边祈祷所有神灵都来保佑殿下,一边等着殿下的命令吧。"

"就这样。谢谢你。"

业喜海顺说完,疾步走出门去,命仆人立刻去把扎木苏喊来,到后殿见他。然后坐在厅堂间的椅子上静等,心里设计起行动的每一个步骤。

过了一会儿,浑身湿漉漉的扎木苏跑进后殿。

"免礼!"业喜海顺举手道,并站了起来。

扎木苏年龄和业喜海顺相仿。两人少年时就是好朋友,至今仍保持着旧时友谊。业喜海顺信得过扎木苏,扎木苏对业喜海顺忠心耿耿。扎木苏是军职骁骑校,任旗卫队副队长。他在这样暴风雨之夜被业喜海顺叫来,而且在后殿接见,猜得出一定有重要事差遣。

"扎木苏,"业喜海顺开门见山地说道,"我要你去办一件事。一辈子都要守口如瓶。这事很辛苦,甚至会有危险。我找不到比你更叫我放心的人。"

"感谢殿下对奴才的信任。请下命令吧,殿下的任何差遣,奴才都万死不辞。"

"在旗卫队里,你有几个忠诚的朋友吗?"

"至少有十个。如果……"

"十个足够了。扎木苏,你听好我下面的话。午夜一过,你就带着你的十个朋友,避开所有人的耳目,摸到牢房。你们要把看守牢房的卫兵蒙上眼睛、堵上嘴巴、捆上手脚,让他们不能跑,也不能喊,但不要弄死。当然,你们也要遮上脸,更不能说话。这事办完后,你立即来通知我。然后,你再和你的朋友们,去把当年被炸塌、后来临时修补的那段城墙推倒,我知道那段城墙不怎么坚固,加上这场暴风雨,你们推倒它不会费太大的劲儿。你认为十个人怎样,能推得倒吗?"

"没有一点儿问题。这之后呢?"

"你们就完事了,尽快回到你们的住处睡觉,不能露出一点儿痕迹。"

"这很简单。有这场暴风雨,就更容易了。"

"要万分谨慎,绝对保守秘密。事成后,都有重赏。"

"奴才这就告退,秘密集合这十个人还是需要一段时间的。"

"走,我送你出大殿。"

扎木苏消失在横扫的雨幕中后,业喜海顺在殿门外的漆红的廊柱旁伫立了好一会儿。他的心似乎平静了下来,甚至有一种在刚才根本什么也没有做的感觉。这事情太简单了,简单得令他感觉有点儿怪异。不就是捆绑两个牢房卫兵和推倒一段早就摇摇欲坠的城墙吗?苦苦思索这么久的计划,实行起来却只需三言两语。他怀疑或许没有这个计划,怀疑自己是梦境中的人物,正依着梦中的廊柱看着梦中的暴风雨。要不,为什么周围这般静谧,既无风声又无雨声?

直到福晋走出来,给他披上足以御寒和防雨的披风,他才惊醒过来,确信一切都是真实的,而且还有需要他紧张的时刻在前面等着他。因为扎木苏再出现在面前时,该轮到他本人出场了。

好漫长的时间啊!又好飞快的时间啊!

大约午夜过后一个小时,扎木苏终于从雨幕中钻了出来,告诉他第一步已顺利完成。

业喜海顺觉得扎木苏干得太慢了,又觉得太快了。但究竟是快还是慢,他已不能细加权衡。因为他必须行动了。需要他干的不多也肯定不难,他只要告诉乌日娜金和巴音赛克图自由了,再对设计这场假劫狱稍加说明,让这两个人从城墙破损处逃之夭夭就可以了。

他命令扎木苏立刻去进行第二步。扎木苏走后半分钟左右,他估计不会在牢房处碰上那十个人,便回望了一眼一声不响的福晋,裹了裹披风,步下台阶,顶着瓢泼大雨,向牢房走去。一个雪亮的闪电加上一声响雷后,雨更大了。

他走进了牢门。

他先打开巴音赛克图的牢房,简单解释几句后,两人一同走到里边关押死囚的牢房,放出乌日娜金。烛光虽然很暗,乌日娜金还是一眼就认出了业喜海顺旁边的人是格力图尔的好友巴音赛克图。

"巴音赛克图!"乌日娜金叫了一声,冲过去紧紧握住巴音赛克图的胳臂,"怎么是你?你怎么在这儿?今天这是发生了什么事?"

业喜海顺抢着说道:"乌日娜金,有些问题巴音赛克图会慢慢对你讲,但眼下,你们的时间并不多。你们必须先听我说几句话,首先我要告诉你们,你们自由了。"

"自由了?!"乌日娜金松开巴音赛克图,仇恨而讥诮地盯着业喜海顺,撤嘴说道,"今天殿下给了我自由,明天又会找个莫须有的罪名把我投入死牢的!"

"不会了。我就是想再做那样糊涂事,也力有不逮。因为你要走得很远很远。"

"可殿下知道,我是不会离开本旗的。"

"因为科尔丹?"

"是的。"乌日娜金回答道,扫了巴音赛克图一眼。

"那我就告诉你,你没必要等待他,他已成了十恶不赦的罪人。"

"一个远在日本国的人也触犯了殿下的刑律?"

"就是因为他在日本国。他被日本人收买,成了蒙奸,还帮助日本人把女间谍河原美惠子安插到王府。"

"不,我不信!"

"不信也是事实。他欺骗了我,也欺骗了你……"

"我绝不信!科尔丹不是那种人,不是那种人的!……"

"我也曾这样想。——而且,他违犯了皇上关于'局外中立'条规的有关条款,即使我宽恕了他,朝廷也会治他重罪的。"

"殿下,你在说谎!"

"铁证如山!所以,你不能再爱也没必要再等待这个欺骗了你同时肆意违抗圣旨的双重罪人。"

"殿下在污辱一个蒙古人中最完美的人。没谁比科尔丹更关心草原的兴旺和民族的昌盛。我了解他!"

"但你和我一样,并不真正了解他。我现在终于认清了他,而你,却仍然这样执迷不悟。"

"告诉你,殿下,我不听科尔丹亲口讲出这些事,别人怎么说我也不信。"

"你固执得过格了!"业喜海顺怒道,在这一瞬间,他真恨不得把乌日娜金一拳打进死牢,然后咔嚓一下锁上。但他还是忍耐住了。事已如此,再也不能改变计划了。他猛吸一口气,使自己的态度和语气尽量变得平和:"乌日娜金,你迟早会明白的。请你听我一句话,先把科尔丹放一放,以后再下结论。今天,我设计了一个劫狱的假象,能使你和巴音赛克图同时获得自由。格力图尔还活着,手下有一支人马,他仍然日夜思念着你。巴音赛克图就是格力图尔派来救你才被捕入狱的。我想,与其让你受冤而死或继续等待不值得你爱的科尔丹,不如还给你自由之身去和格力图尔重续旧情。尽管他是个山大王。"

乌日娜金咬了咬突然苍白起来的嘴唇,说道:"我明白了。殿下制造假劫狱和巴音赛克图冒死进王府,都是为了让我和格力图尔重续什么旧情!"

"我们这样甘冒风险,都是为你好。"

"我很感动,殿下。但感情是不能勉强的,更不能屈从某个人的命令。我和格力图尔之间早就只剩下友谊了。我对不起他,但没有重温旧梦的可能。所以,你们的好意我不能接受。"

"连自由也不要?"

"这种带着条件的自由不是真正的自由。"

"我刚才说过,你先去投奔格力图尔,找个落脚的地方,也不是要你非和他结婚不可。等你获得科尔丹的准确消息,证实了我的话,然后……"

"然后再和格力图尔结婚?不!我不是在选择衣服或者坐骑。我宁可在牢房里等着。如果我确信科尔丹是你所说的那种人,不用殿下动手,我将自己结束生命。"

"乌日娜金,我的话已经说得够多了。这暴风雨不会等着我们把话谈透再结束,巡逻兵也不会永远躲在背雨处不出来。现在是你逃避死亡的唯一机会。失掉这个机会,我想救你,也是无能为力了。你最后决定吧,是走还是不走。"

这时,巴音赛克图知道他必须说话了,便没等乌日娜金做出可能令人愤怒和寒心的回答,赶紧说道:"乌日娜金,这最后的决定由我来说吧。第一,你必须立刻跟我逃出王府,否则,王爷殿下的一片苦心势必付之东流,你留下来更是凶多吉少,为什么舍弃获得自由的机会呢?第二,格力图尔要救你,是因为怕你落到陶克陶呼手里,你是否和他重续旧情,还不是你说了算吗?你甚至可以在离开王府后随便投奔哪里。只要格力图尔知道你安全了,他也就放心了。"

"可是……"乌日娜金说道,沉吟了一下又转向业喜海顺说下去,"殿下,我不是不通情理,也不是留恋监牢的孤寂,但我不能为了自由而欺骗殿下。殿下虽然把我投入牢房,我心里仍是不能忘记殿下的好处。我或许永无报答殿下的机会了,这就更不允许自己对殿下说出一句谎话。否则,我的灵魂会一辈子不安的。不错,我曾是格力图尔的未婚妻,他也确实是一个出类拔萃的男子汉。不知为什么,也忘了什么时候,他在我的心里突然变成了一个兄长,一个朋友,甚至是虚无缥缈的一团。我痛苦、自责、挣扎,却毫无用处……我知道,现在不是说这些话的时候,但我必须让殿下明白,我不能……不能再去找格力图尔;而殿下,似乎把这作为给我自由的交换条件……"

巴音赛克图略带乞求地看着业喜海顺问道:"殿下刚才的话不是这个意思吧?"

"可是……"业喜海顺说道,显得犹犹豫豫,心烦意乱。

"我明白了……"巴音赛克图说道,"请殿下放心,我会把殿下做的一切和今天发生的一切如实讲给格力图尔的。我敢向殿下保证,格力图尔将一辈子都和图什业图王府相安无事。"

"如果这样……你、你发誓?"

"是的,我发誓。"

"也只好如此了。乌日娜金,我真恨不得……不过,你走吧,随你到哪儿去……"

"谢谢殿下。我……我也恨我自己呀!"乌日娜金说着,眼里涌出热泪。

"去吧,你自由了。而我,也许要后悔的。"

"殿下,我最后还想说一句话,科尔丹绝不可能是坏人,他的心全在振兴民族、振兴草原上。他受的苦够多了,殿下万不可再冤枉他了。我求您了,殿下!……"乌日娜金满脸泪水,生平第一次跪在一个男人的脚下。

业喜海顺满脸怒气地说道:"走吧,走吧!你再提一句科尔丹,我保不住会改变主意的!"

"我走,殿下。可我说的是真心话,是错不了的呀!"

"巴音赛克图,记得前王爷出奔前炸毁的那段城墙吗?"

"记得。"

"现在又坍倒了,你们就从那里走。"

"谢谢殿下的悉心安排。"

"唔,天哪!"

"怎么,殿下?"

"这该死的脑袋,我忘了给你们准备坐骑了。"

"没关系。我们步行,会找到马的。"

311

"那就走吧,越快越好。乌日娜金已经误去了太多的时间。"

"乌日娜金,快走吧。离开王府后,你尽可以和我分手。"

业已站起身却仍恍如梦中的乌日娜金一边擦着眼泪,一边跟在巴音赛克图后面向外走去。

外面依然狂风骤雨,电闪雷鸣。

乌日娜金努力喘过一口气,转过雨水飞溅的脸,对业喜海顺又说道:"殿下!千万不能失掉科尔丹啊!殿下找不到……找不到比他更好的帮手了!"

业喜海顺什么也没说,暴躁地挥了挥手,顶着扫来扫去肆虐的暴雨,大步走去。

业喜海顺返回寝宫,在一直等着他的福晋帮助下,换上干爽的衣服,依然打着冷战。喝了福晋亲手烹制的一碗热热的姜汤后,才总算不再感到冷冰冰了。

"殿下,"福晋凝视着一声不响的业喜海顺说道,"这么快就完事了,我可真没想到。"

"快?天哪,我好像过了整整一年!"

"我能理解,这是很不寻常的半个小时。"

"才半个小时?"

"可不!我也感到这半小时太过漫长。不过,一切还都顺利吧?"

"顺利?哼!我现在才算回味过来,我办了一件多么愚蠢的事!"

"殿下……"

"我恨透了这个女人!"

"乌日娜金?"

"还会是别人吗?"

"该不是她不肯走吧?"

"要不是巴音赛克图保证把我的苦心原原本本转告给格力图尔,她就是想走我也会不计后果把她再关进死牢的。"

"殿下,这究竟是怎么回事?"

"这个女人,不见棺材不掉泪,简直是一块敲不开缝的顽石!"

"是呀,这个姑娘很有主意。"

"是固执,愚蠢,死心眼!逼得我只好答应,她可以不去找格力图尔,随她躲到什么地方去。"

"也难怪,她现在的心里,只有科尔丹。"

"我再三对她讲了,她却不信。"

"她不信也有不信的道理。"

"你也怀疑我对科尔丹所下结论的正确性吗?"

"说实话,我确实觉得殿下的结论下得早了点儿。"

"你竟是这么想的吗?"

"先别急,殿下。我绝不是因为交过日本朋友而有意回护科尔丹。我也希望殿下的看法正确而不存在失误。但这件事不那么简单。有时,一些巧合的事会蒙蔽我们的眼睛,却再也不愿去探究真相。"

"一件事情有那么多巧合接二连三地发生,你还会相信那真是巧合吗?"

"也许殿下和科尔丹一样,在这件事的起点上让日本人欺骗了,在那之后一系列看似顺理成章的事情上,不可能怀疑日本人别有企图,直到河原美惠子败露。"

"我是被欺骗,科尔丹是被收买,这怎么能相提并论呢?"

"请殿下息怒。我也不是想让殿下轻易改变看法,殿下还有的是时间仔细推敲。"

"这事再无讨论的必要。而且,我也太累了。"

"我又惹殿下不愉快了。我保证下不为例。从此以后,只要殿下不问,我绝不乱开口。"

业喜海顺沉默了好半天,才慢慢站起来,走到福晋面前,重重叹口气,有点儿自责地说道:"原谅我吧。我总是在信念开始动摇的时候变得急躁,甚至发火。……我随时需要你的提醒。你今天的话,我也要再好好琢磨琢磨的。"

"谢谢殿下。殿下也确实该休息了。"

"休息吧,我们一同休息。你也陪我熬到了两点。可是,只怕躺到床上也难以成眠呢。"

不过,他们即使疲惫得昏沉欲睡,也难以进入梦乡了。因为他们刚刚并排躺到床上,门外的厅堂间便传来纷乱的脚步声。接着,便听到有人喊道:

"殿下!请恕臣下冒昧,有急事,不得不请殿下暂离床榻,当面禀告。"

业喜海顺一骨碌爬起来,不胜惊疑地说道:"博克拿多!怎么会是他?"

福晋也坐了起来,免不了有点儿担心地问道:"发生了什么事?会不会是乌日娜金……"

"谁知道？我脑袋里全空了,你不要起来,我出去看看。"

业喜海顺匆匆穿好衣服,走了出去。

博克拿多微微俯了俯身说道:"给殿下请安。"

"免。博克拿多,你不是去了霍林河吗,为什么又冒雨而回？"业喜海顺边说边走到椅子处坐下,以掩盖心里的紧张。

"殿下,臣下是来追捕逃犯的。"

"逃犯？"

"是逃犯,而且是朝廷要犯。"

"可你……怎么追捕到我的寝宫来了？"

"我怀疑这个逃犯会来找殿下或者藏在这里的什么地方。"

"你要搜查吗？"

"正在搜查。"

"你太过分了吧,东协理大人？"

"事关重大,不得不冒犯殿下虎威,尚乞宽宥。"

"而且,你会误了去库伦的行期的。"

"这值得,殿下。"

"逃犯是什么人,又非要你亲自追捕？"

正在这时,通到大殿的圆门处跑进一个同样水淋淋的人,把博克拿多喊过去,耳语了一番。

"什么？!"博克拿多怒道,声音很大,"他乌泰跟着捣什么乱？去吧,我知道了。"他说完又对身边一个十夫长一类的小头目命令道:"撤出后殿,回去喝酒吧。"然后,走回到业喜海顺面前,"殿下,科尔丹从奉天死牢中逃出,又纠集了一伙暴徒刚刚搞了一次成功的劫狱。但他和乌日娜金已双双被抓获。"

业喜海顺听后目瞪口呆,不知是惊是疑……

29

科尔丹在六月五日夜离开奉天郊区后,一路上风餐露宿、忍饥挨饿自不必说,比及他到了霍林河南岸离图什业图王府仅有数十里之遥时,已是第三天中午了。

天气热得出奇。他连热带饿,早已晕头转向。他的坐骑更是呼哧带喘,汗毛流水。他顾不得这些,只擦了一把汗水,便驱马涉入河道。他知道这里的河水不太深,骑马走过去是没问题的。但他没想到,那可怜的坐骑早已渴透,一旦踏入沁凉的河水,哪里肯再多走一步?站在那里好一阵饱饮。他知道自己的急切坏了事,连忙滑下马背,跳入流畅的水中,使足吃奶的劲儿,好不容易把坐骑牵到对岸,就再也牵不动了,眼睁睁看着喝炸了肺的坐骑瘫倒在河边的绿草中。

让科尔丹拖着疲惫不堪的身体顶着炎阳步行到图什业图王府,他是难以做到的。他泄气地躺了下去,期望在他小憩之后那坐骑会缓过气来。他刚一合眼,便进入黑甜一觉一发不可收拾了。要不是几声马嘶把他惊醒,他准会睡到下一个白昼。

他猛地跳起来,看到天已大黑,且乌云密布,风声阵阵。更令他泄气的是,刚才梦中听到的马嘶声并不是他的坐骑发出的,他的坐骑再也叫不出声了。

风声又送来一阵马嘶。

他循声看去,在离他约莫有半里远的地方有马灯的光在晃动,那一定是个蒙古人家。他决定去讨借一匹马。

他踉踉跄跄走过去。

但马灯模模糊糊给他照出来的,显然不是一座毡帐,而是临时搭起的很大的帆布帐篷。帐篷外的一排木桩上齐刷刷拴着至少二十几匹未鞴鞍的坐骑,全是好马。

他刚想要不要贸然闯进帐篷试试运气,却被里面传出来的说话声和笑声吓趴下了。他绝不会听错,帐篷里是一群哥萨克!

还想和哥萨克借马吗? 真是做梦!

然而,他太需要一匹马了。

他决定冒一次险:不告而取。

他小心翼翼地爬过去,选定靠中间的一根木桩,惴惴不安地慢慢站起,伸出抖动不停的手去解缰绳。

突然传来一声猛喝。刹那间传来众人跑出帐篷的马靴啪啪声和拉动枪栓的咔嚓声。

科尔丹不由得一抖,魂飞魄散地回过头去。他看见几个衣着华丽的蒙古人向他走来,后面跟着一群持枪的哥萨克。

"好大胆的窃马贼!"蒙古人中无疑具有最高身份的人大声喝道,"竟偷到本王爷头上来了! 你可不怕被剁去手脚?"

这话听着骇人听闻。然而就在这一刻,他将被当成偷儿惨遭哥萨克毒打致死的恐惧顿然消逝,眼前却似乎涌起一团迷雾。他只感到惊诧莫名,懵懂得好像魔入梦中。因为他分明认出,这大声说话并大步朝他走来的人竟是他父亲的至交乌泰郡王!

科尔丹不自觉地喃喃说道:"乌泰郡王,怎么会……"

"你认识我? 你是谁?"

"我是科尔丹,殿下。"

"天哪! 这可不是科尔丹! 你竟然还活着! 可你怎么要偷马,又穿着旗兵的衣服?"

"一言难尽。"

乌泰回身说道:"是我的朋友,你们回去吧。"然后又对科尔丹说道,"科尔丹,你来得正好,来,到帐篷里好好谈谈。"

"殿下,请恕我不能从命。请殿下开恩,把这匹马送给我吧。"

"一群马我也舍得,可你这么急吗?"

"我必须争分夺秒赶到图什业图王府。"

"你根本没必要再进入那个鬼王府。庆父不死,鲁难未已。有博克拿多那个老贼在,还有你科尔丹的立足之地吗? 如果你雄心犹在,就干脆跟着我吧。凭令尊大人在世时和我的交情,我是不会亏待你的。"

"谢谢殿下。但不行,或者说暂时不行。请不要问我为什么。"科尔丹说着,笨拙地爬上没加鞍的空马背,"我会报答殿下的。但此刻,我先要去办一件比我的生命更重要的事情,并恳请殿下不要让那些哥萨克朝我开枪。"

"科尔丹,你没看暴风雨就要来了吗?"

"管不了这些了。再见,殿下!"科尔丹说完,驱马向北驰去。

"可你总得鞴上鞍子啊!"乌泰喊道。

"这已经超过期望了。谢谢您,乌泰殿下!"科尔丹的喊声和马蹄的狂奔声渐渐远去,终于被风声吞没了。

乌泰摇头自语道:"真是个怪人!……"过了一会儿,他发现身后还有几个准备去库伦的蒙古人没走,便朝他们挥了挥手,"你们进去吧,我想自己待一会儿。"

人们全都不声不响退回到帐篷里以后,乌泰顶着越刮越大的风,踽踽独行到不远处一棵孤树旁,依着摇动不止的树干,拧眉沉思起来。

实在说,他虽然在蒙藏独立问题上是个最热心最坚定的倡导者,也自信能成为此举的中流砥柱和核心人物,但他也看得出来,这不是一件探囊取物的容易事,其难度不下于成吉思汗西征南讨和努尔哈赤开基创业;他同样看得出来,此事不是有了他这个核心人物就能完成得了的,他需要更多的支持者、合作者以及有能力的左膀右臂。可直到现在,支持者不多,合作者更少,可以信赖的左膀右臂几乎没有。索拉吉辽夫欣赏的博克拿多固然能言善辩、机警过人,但又是一个奸猾无比和只想坐收渔利的市侩,只可同富贵,不可同患难。陶克陶呼当然要比博克拿多强得多,却又是马贼渠帅,作为外围力量有较大利用价值,推到政治舞台上在王公贵族中显然也是通不过的。此外的那些身无要职、手无兵马的人就更不值得一提了。

乌泰郡王急需网罗更多有用的人才。

突然露面的科尔丹便是这样的人才。

他了解科尔丹并不是在扎布曼都府上。他和扎布曼都密切来往时,科尔丹还小。他在北京值年班①时,和在蒙学馆读书的科尔丹有过几次接触,看出这个年轻人的远大抱负;他在副盟长职务被革、政治上最不得意的时

---

① 乌泰自光绪十年(公元 1885 年)被赏戴三眼花翎,每三年到朝值"年班"一次。

候,又听到科尔丹平息牧民暴乱、整顿科右中旗的不少传闻,更惊叹于科尔丹的非凡才干。后来,他听说科尔丹失踪了,感到非常可惜。他想,科尔丹如果投奔他,他肯定会委以重任的,甚至可以帮助科尔丹除去可恶的博克拿多。不过,时间一长,他也就淡忘了。

刚才的巧遇无疑触动了他的神经,并萌发了更强烈的招揽和重用科尔丹的念头。

他决计从库伦返回后的第一件事就是去图什业图王府找科尔丹。可是,他又想,科尔丹有什么事那么急于去图什业图王府呢?又是从什么地方跑回来的呢?他从库伦返回时,科尔丹还会在那里吗?

乌泰很后悔没骑马追上科尔丹问个明白!要是就这样失之交臂可就太遗憾了。

科尔丹走后半小时左右,天空亮起了闪电,随后又有大颗大颗的雨点飞落下来。

乌泰离开孤树,大步向帐篷走去。有人迎过来,向他递过披风。他挥挥手,表示不用了,他就要躲进帐篷。

一阵马蹄声使他又停下脚步。

狂奔而来的是索拉吉辽夫和博克拿多,他们后边还跟着十几个旗卫队的士兵。

博克拿多勒住马缰,滑下马背,哼哼唧唧地说道:"这一路神跑,我都快散架子了。"

"还说呢,"索拉吉辽夫瞪了博克拿多一眼,抱怨地说道,"你再磨蹭一会儿,我们准被浇成落汤鸡了。"

两人把缰绳扔给士兵。

乌泰没搭理博克拿多,只是对索拉吉辽夫摆了一下手,算是打了招呼,然后说道:"帐篷里的酒肉已经备好,快进去吧。——唔,请问,你们在路上没碰见科尔丹吗?"

"科尔丹?!"索拉吉辽夫和博克拿多同时惊叫道。

"是呀,我也没想到,都说他……"

"等一等!"索拉吉辽夫急切而又疑惑地叫道,"你是说科尔丹?那个……那个……"

"哪个?还有几个科尔丹?"

"你见到他了？"

"我们还谈了几句话。"

"你一定认错人了。"

"笑话！他几岁时我就认识。"

"他说没说从什么地方来到什么地方去？"

"他说有急事去图什业图王府。"

"好哇，索拉吉辽夫先生！"博克拿多突然朝索拉吉辽夫怒吼道，"原来你是个骗子！"

"博克拿多！……"

"你还想编个什么故事？"

"我一点儿也没编！"

"你怎么对我说的？'博克拿多，放心去库伦吧，我可以保证科尔丹不来找你的麻烦。他关在王世祺的死牢。我很快会想办法除掉你这个心头之患的。'你是这么说的吧？"

"这是千真万确的呀！"

"千真万确，现在却又出来个千真万确的科尔丹？"

"可是……"

"算了吧，我没时间跟你磨牙。"博克拿多说着，倏然转向那些士兵，"不要卸鞍子，把我的马也鞴上，回王府！"说完大步向他的坐骑走去。

乌泰疑惑不解地看着索拉吉辽夫问道："这究竟怎么了？"

"殿下，博克拿多要打退堂鼓了，为了您提到的科尔丹……"

"这个老混蛋好像很害怕科尔丹。"

"怕得要死。可我也奇怪，科尔丹怎么会逃出死牢？"

"死牢！逃出……死牢？你说得越发奇怪了！"

"一会儿我详细对殿下解释吧。"索拉吉辽夫说完，几步走到博克拿多跟前，"东协理大人，科尔丹的事我来办，你没必要耽搁去库伦的行期。"

"去你的库伦，去你的达赖喇嘛吧！我宁可继续当我的协理。"

"我保证不让科尔丹活到和你对质的那一天！"

"告诉你，我只相信我自己。我必须亲手弄死他！"博克拿多飞身跳上马背，向十几个士兵挥了挥手，"出发！全速赶回王府！"

索拉吉辽夫愤然而又无奈地看着飞奔而去的马队。

稀疏的雨骤然变成瓢泼大雨。

"殿下，"索拉吉辽夫快步走回来说道，"也许我们的代表团只好缺额启程了。——天哪，这雨！我们进去商量吧。"

"等一等！"乌泰说道，伸手夺过身旁那个人手里的披风，迅速系上脖颈。

"殿下，你这是……"

"我要借用你的哥萨克,请命令他们鞴马跟我走一趟。"

"殿下要干什么？追博克拿多？"

"我绝不能让科尔丹落到博克拿多手里！"

"要救科尔丹，可这……为什么？"

"回来再解释。快说,让不让我用你的哥萨克？"

"殿下！"索拉吉辽夫焦躁地喊道，可他知道，对此刻的乌泰毫无办法，只好耸了耸肩，轻叹一口气，"好吧，殿下全带去好了。"然后就令哥萨克们着装、鞴马去执行紧急任务，并告诫他们一切行动听从乌泰郡王的指挥，违者重惩不贷！

那些即将上前线冲锋陷阵而被索拉吉辽夫调来保护代表团的哥萨克们，对冒雨去执行任务没有一丁点儿畏难情绪，很快已纷纷挺身坐在高大的顿河马背上了。

乌泰带领五名随员和十五名哥萨克向图什业图王府驰去之后，索拉吉辽夫在暴风雨中站了好半天。此刻他自己也弄不清，究竟是希望科尔丹落入博克拿多手中呢，还是希望被乌泰搭救出来。他只觉得，这些蒙古人今夜全疯了，他自己也要疯了……

这确实是一个令人发疯的暴风雨之夜！

最发疯的也最令人担心的，莫过于科尔丹。而且，他越是接近图什业图王府，越是疯得紧。他失去了感知暴风雨的能力。当他猛然停在王府大门外时，甚至连刚刚经历的纵马狂奔都忘得一干二净了。

他跳下马背，挥拳用力砸起大门。

没人来开门，他继续砸。

过了一会儿，他听到有人喊道："什么人如此造次？"

声音是从头上传来的。

科尔丹退后几步，扬头对箭楼上的人影喊道："快开门！"

"滚开！天亮以前是不开门的。"

"我有要紧事见王爷！"

"王爷正在睡觉。——这是什么时候？哪有半夜三更见王爷的！"

"我是科尔丹！"

"天王老子也不行，这是王府的规矩。你再不滚开我可不客气了！"说完，啪的一声关上窗子。

"混蛋！"科尔丹挥拳吼道。

他决定逾墙而过。

但王府高大的表面平滑的青砖围墙是不容易攀越的。

他猛然记起，当年和色旺诺尔布桑保出奔前，他曾命令炸倒一段城墙。重返王府后，也是他经手做了临时性修补，有点儿凸凹不平，两边接口也不是严丝合缝。后来，有人提议重修，被业喜海顺制止了，说是保持原状更好，可以让人们别忘了那段历史。如果至今仍未重修，或许那是唯一能爬上去的地方。

他又跳上马背，向那段城墙跑去。

他一步冤枉路也没多跑，便找到了那段城墙。他摸了一把已很破败的墙面，没有时间更没有心思去抚今追昔，只是哀叹一声，便贴墙在马鞍上站起，准备向上攀登。但他马上又滑坐在马鞍上，因为他在雷鸣的间隙中分明听到墙的里侧有杂乱的脚步声和压低的说话声。

脚步声和说话声就在他寄予希望的那段破败的城墙里面停下了。他听到有人轻声说："站成一排，听我号令，一齐用力。"

随着"一、二，一、二"的轻喊声，他明显感到手按的城墙在晃动。

"天哪！"他暗自叫道，"有人在里面推城墙！"

他还来不及去推敲一下这太过意外的事对他是福是祸，有什么意义，便已感觉到城墙开始向他这里倾斜了。

他赶忙抖动缰绳想躲开这突如其来的灾难。

但晚了，随着一声沉闷的轰响，他连人带马全被砸在墙下了。

所幸的是，他没被砸昏，头脑依然还能活动。他预料会有人跑出来，也准会发现他。至于推倒城墙的是些什么人，目的何在，他是怎么也猜不出来的。

令他诧异的是，没有一个人跑出来，反而依稀听到脚步声渐渐远去。要不是他刚刚去过城门,知道门外绝无人影,准会怀疑阿拉特又掀起暴乱,当今王爷又要毁墙出奔了。他百思不得其解,但还是不敢稍稍动一动被埋小半截的身体。

过了好一阵,周围依然只有风声雨声,却无人声。

他这才费劲儿地从土石和烂泥中爬出来,挣扎着站起。一阵剧痛险些使他昏眩过去。他意识到自己的腿被砸伤了。他看了看只露出头部正在哮喘的坐骑,显然跟他一样倒霉,也受了伤,而且比他重得多。

如果在这个时候,他被旗卫队的巡逻兵看到,只能束手就擒,是一步也跑不了的。他悲哀地叹口气。

但是,就这样在狂风暴雨中站下去吗?既然推倒城墙的人已经走开——鬼知道他们到哪里去了!——那么,在这些人重又返回之前的一段间隙,不正是潜入王府去见业喜海顺的机会吗?如果这些毁墙的人是准备在王府窃宝或杀人后从豁口逃跑,他的夜闯后殿还没准使业喜海顺避免一场灾难呢!

他决定冒险进去。凭他对王府的了解,躲过巡逻兵溜进后殿是不困难的。

他刚要举步,还不敢断定那只伤腿能不能顺利迈出去,却陡然看见两个人影伴着急匆匆的奔跑声从豁口处闪出来。他连趴下去也来不及了。

那两个人没有看到他,或者说根本没有朝他这里看上一眼。因为他们一经踏上碎砖乱石,低头探路尚感眼神不够,哪有剩余精力去观察脚下以外的漆黑世界呢?他们深一脚浅一脚,趔趔趄趄,直朝科尔丹走来。科尔丹想躲躲不开,想跑跑不了,又一声不敢出。在这一瞬间,他的思想整个凝固了,肉体的知觉也消失殆尽。而那两个人仍在向他接近,似乎对他们自己选定的方向毫不犹豫。

突然亮起了闪电。

科尔丹看清了已近在咫尺的两个人是一男一女。他真不敢相信自己的眼睛,甚至不敢相信这夜、这雨、这倒塌的城墙以及他本人都是切实的存在。因为,虽然这闪电极短暂,虽然那两个人没有抬起头来,他但还是一眼就认出,那女人不是别人,正是他痴心迷恋、日夜思念而今天专程跑来搭救的乌日娜金!要不是掠来掠去的雨帘灌得他喘不过气来,他准会喊叫起来。

科尔丹没看错,那女的确实是乌日娜金。那男的当然是巴音赛克图。

乌日娜金和巴音赛克图继续探索前进,寻找着碎砖乱石的尽头,就要撞到科尔丹身上了。

科尔丹缓过一口气来,哽咽一声,呻吟般叫道:"乌日娜金!……"

乌日娜金和巴音赛克图吓了一跳,猛然站下,准备转身逃开。

"乌日娜金!"科尔丹又叫了一声,凄凄惨惨,且含着泪水。

乌日娜金熟悉这个声音,可这会是真的吗?

"你是……科尔丹!"乌日娜金颤声喊道,惊疑中带着狂喜。

"是的,我是……我是科尔丹。"

"科尔丹——"乌日娜金喊叫一声,扑了过去。

"乌日娜金!"科尔丹狂呼道,用力抱住水淋淋的乌日娜金。

两个人紧紧搂在一起,叫着对方的名字,泪如泉涌。

又是一场暴风雨!

这场暴风雨不属于大自然,而属于人类神圣的却又最难理喻、最难洞悉其奥妙、最难讲清的感情!

但在此刻,对乌日娜金和科尔丹这对意外相逢的情侣来说,连大自然的暴风雨也不复存在了。在他们周围,只有光风霁月。不断向他们泼下来的雨,和他们自己不断流下来的泪,汇合在一起,在他们紧贴的肩膀上和紧贴的胸间畅流、蒸腾,在那蒸腾的雾气中,似乎幻化出一个满是鲜花的神奇世界。是的,他们看不到雨,感知不到风,他们忘记了是在雨夜,忘了站在倒塌的王府城墙外,忘了他们在这雨夜站在倒塌的城墙外正在干什么和准备接下去要干什么?

对眼前这两场暴风雨,巴音赛克图全看到了。而且,只有他清醒地认识到,他无法喝退自然界的暴风雨,却必须制止住乌日娜金和科尔丹共同创造的暴风雨。他们不能在这里继续站下去了,每一分,每一秒,都隐藏着失去自由、丧失生命的危险。

"乌日娜金!"巴音赛克图抹了一把脸上的雨水,大声喊道,"我必须提醒你,这里不能久留!"

乌日娜金和科尔丹被唤回到冷酷的现实,他们同时松开对方。

"你是谁?"科尔丹问道。

乌日娜金连忙答道:"他叫巴音赛克图,格力图尔的朋友。"

"你们怎么在一起?"

"他来救我,被关进监狱。今天,业喜海顺王爷帮助我们逃了出来。"

"业喜海顺?"

"我一时半会儿讲不清……"

巴音赛克图说道:"我们快走吧!科尔丹,乌日娜金有的是时间对你讲述今天的故事,可现在……"

"等一等!"科尔丹说道,"业喜海顺既然帮助你逃跑,说明他知道不该逮捕你。"

"这是两码事,科尔丹。这里别有原因。"

"可我要去见见业喜海顺。"

"你不能去!他断定你被日本人收买了。"

"那我更得向他解释。"

"我不信你会那样,但业喜海顺……他非常固执,他会以破坏'局外中立'罪逮捕你的。我们先离开这里吧!"

"今天是个难得的机会,我明天就得走正门!"

"听我的,科尔丹,另找机会吧!"

"可是我的马……"

"你的马?我和巴音赛克图也没有马。"

"我的腿……"

"你的腿怎么了?"

"砸伤了,只怕走不了。"

"天哪!"乌日娜金叫道,乞求地看了看巴音赛克图。

巴音赛克图说道:"科尔丹,我原是受格力图尔之托来救乌日娜金的。今天我才知道,格力图尔多余操这份心,乌日娜金不会跟我走。不过……好吧,我背你一段,然后随你们滚到哪里去!我这是看在上帝的份儿上!"

可是已经来不及了。

在他们两侧和城墙里边同时传来人和马的奔跑声。

巴音赛克图焦急而气愤地喊道:"快趴到我背上,我可不愿意做你们的殉葬品!"

"不。"科尔丹说道,"我不能成为你们的累赘。"

乌日娜金叫道:"科尔丹!……"

"乌日娜金,快跟巴音赛克图走吧!"

"不。我不离开你!"

"可你们被抓住都会死。我不怕,他们不会把我怎么样的。我以后会去找你。"

"乌日娜金,科尔丹说得对。"

"巴音赛克图,你自己走吧。快走吧!"

"那你……"

"发生什么事我也不会后悔。"

"好吧,我走。但我最后还要说一句,你不该抛弃格力图尔!你不该!"

巴音赛克图说完,一躬身,朝密织的雨幕钻进去,眨眼间就不见了踪影。

再一眨眼,科尔丹和乌日娜金已在旗卫队兵勇的包围之中了。

博克拿多从王府内外撒下的人马,不仅抓住了博克拿多急于抓住的科尔丹,还意外地抓住了从监狱逃出来的乌日娜金。

他们正想进入王府找博克拿多请功时,乌泰郡王率领一队哥萨克赶到了。

30

乌泰郡王是在博克拿多闯进后殿时驰抵图什业图王府大门的。这时的王府大门已经打开,门洞两侧站着两排旗卫队的兵勇,如临大敌一样端着步枪。

把守大门的旗卫队的小头目获知乌泰也是一位王爷,并看到这位王爷的身后是一队哥萨克骑兵,虽然不得不把冷面换成笑脸,却也不敢放进大门。他解释说,一个朝廷要犯逃到这里,旗卫队兵正沿城墙内外追捕,东协理大人则带人到大殿搜查,尊贵的客人在这个时候进入王府是多有不便的。他请乌泰郡王暂到门外不远处的馆舍歇息一阵。

乌泰根据这个小头目讲述的情况,估计科尔丹尚未进入王府,否则,博克拿多绝不会在城墙内外派出搜捕的人马。而且,即使科尔丹已经藏身在大殿的某个地方,一时半会儿也不会被发现。他在城墙外搜索一遍再进入王府大门也不迟。所以他对那个小头目说道:"不用了。"然后,拨转马头,朝哥萨克们挥了挥手,便沿城墙跑开了。

就这样,乌泰在倒塌的那段城墙外,找到了被旗卫队捕获的科尔丹。

"我是乌泰郡王!"乌泰跳下马背,自报家门地大声喊道。他疑惑地扫了一眼科尔丹旁边的乌日娜金,然后转向旗卫队的兵勇们,指着面无表情的科尔丹,"把这个人交给我吧。"

旗卫队队长上前挡住乌泰。

"那可不行,郡王殿下。他是朝廷要犯,我们是奉……"

"他当然是朝廷要犯!"乌泰厉声地打断旗卫队队长的话,"我正是来追捕这个朝廷要犯的。"

"我们是奉博克拿多大人的命令逮捕科尔丹的。"

"我是郡王,他博克拿多算个老几?!"

"那我们也得先把科尔丹交给东协理大人。"

"你是不是逼我动武?"

"殿下为什么要那样做呢,我们只是些奴仆?殿下不好直接和东协理大人交涉吗?"

"你以为我不敢吗?博克拿多在哪里?"

"殿下随我们进入王府就能见到他了。"

"去把他找来,我就在这里和他交涉。"

"可是殿下,这雨……"

"快去!"

"好吧,殿下。"旗卫队队长无奈地耸耸肩,只好派一个人从墙豁进去把博克拿多请来。

几分钟后,博克拿多就怒气冲冲地跑来了。

"郡王殿下,"博克拿多抹着脸上的雨水,气咻咻地说道,"你为什么处处与我作对?你又何必跑来凑这个热闹!"

"听着,博克拿多,我要这个人!"

"科尔丹是……"

"科尔丹是朝廷要犯,可不是你的要犯!"

"他是本旗人,曾在王府任职。"

"他被你赶出图什业图王府,就不再是你们王爷的臣民。"

"他今天触犯的是本旗的刑律。"

"胡说!"

"殿下请看,他刚刚搞了一次劫狱,这推倒的城墙是物证,他身边的女人和监狱里被捆绑的看守是人证,人证物证俱在!"

"他只是孤身一人!"

"也许他有同谋,有一支人马,但跑了。"

"他却留下来等着你抓他,简直是无稽之谈。"

"不管怎么说,这女人可是王府监牢里的死囚,她现在就站在科尔丹身边,这怎么解释?——乌日娜金,你向乌泰郡王解释解释,你是自己飞到这里来的吗?"

"是我自己逃出来的。"乌日娜金说道,"和科尔丹毫无关系!"

"不说实话,是要罪加一等的。"

"那你是在逼着我说谎话,你很需要我的谎话,对不?"

"少跟我要贫嘴,我饶不过你的,乌日娜金。"

"预料到了。我还知道,你想残害你所恨的人,是根本用不着寻找理由的。"

"处置你我有一百条理由。你先说说看,你怎么会在这里碰上科尔丹的?"

"偶然碰上的。"

"多奇妙的巧合!"

"这是巧合。"乌泰说道,"劫狱肯定另有其人。"

"这可真是巧合事件荟萃的暴风雨之夜!——科尔丹,我知道你是不会说实话的,但我奇怪,你来这里仅仅是为了救乌日娜金?而且,更叫我奇怪的是,你为什么要救她?"

科尔丹说道:"乌日娜金是无罪的,你们不该判她死刑。"

"这事你得同业喜海顺王爷去辩论。"

"我正是为此来见业喜海顺的。"

"还没有见到吧?"

"你应当给我这个机会。"

"可惜我不能,永远不能。——唔,等一等,你好像已经承认是来救乌日娜金的,对不?"

"但我绝不会采取劫狱的方式。"

"这样的狡辩没有一点儿说服力。"

"我相信科尔丹不是狡辩。"乌泰说道,"他想劫狱也没有实施的可能。别忘了,博克拿多,你在科尔丹后面不到半小时路程,他在半小时的时间内,能干出那么多事?换了你,你能吗?你编造的谎言只有傻瓜才能相信。"

"这……也许……也许他早就安排好了,只是跑来接应的。"

"他几天前还关在奉天牢房里。——听着,博克拿多,我没有时间听你胡说。科尔丹我是要定了。你是不是还想跟我比个高下?"

"郡王殿下!……你这样做不合适,科尔丹劫的是我们的监狱。"

"我说过了,科尔丹是做不到的。"

"那也得审讯后才能清楚啊!"

乌日娜金挺身说道:"用不着审讯,博克拿多,我就把实话告诉你吧,这次劫狱是格力图尔搞的……"

"格力图尔?"博克拿多惊讶地叫道。

"你不会忘记巴音赛克图吧？他就是格力图尔派来做内应的。今天是个难得的劫狱的好机会,我们成功了。当我跑出城墙的这段豁口,发现砖石下压着一个人,我以为是我们的同伴,便打算把他救出来,结果耽搁了逃跑的时间。但我没想到,我把他扶起后,竟发现我救的是我们不共戴天的仇人……"

"乌日娜金!"科尔丹一下子明白了乌日娜金的用意,"你……你不能这样……"

"科尔丹!我们不会忘掉过去。尤其是……尤其是我。——所以,博克拿多,要救我的人是格力图尔。他科尔丹想救我,我也不会接受的,他是我们的仇人!我虽然可以证明他和劫狱无关,但却希望亲眼看到博克拿多把科尔丹剁成肉酱!"

乌泰说道:"博克拿多,你还有什么话说?"

"可是……"

"还有,"乌日娜金继续说道,"格力图尔手下有一千多人马,他是回来报仇的。他先救我,是为了不让你们拿我做筹码。你要是聪明,就把我放了。否则——我明明白白告诉你——格力图尔的一千人马,也许再过一会儿就杀过来了。"

博克拿多猛然记起巴音赛克图和陶克陶呼的话,确信乌日娜金绝不仅仅是对他进行恐吓,不由得心惊肉跳起来。他略一思忖,回身对旗卫队队长命令道:"立刻派人在倒塌的城墙处打上木桩,把王府内所有能喘气的人全叫起来,配备武器,昼夜巡逻。——等一等,先把乌日娜金押回监狱!"

科尔丹急切中带着哀求地说道:"博克拿多,你就把乌日娜金交给我吧!我可以发誓不和你对质,发誓后半生不踏入王府一步!"

"哼!没门儿!"博克拿多撇嘴说道,"想拿乌日娜金去向格力图尔买好吗？没门儿,没门儿!亏着我手里还没有丢了这张王牌。带走!"说着,他又转向乌泰,"把科尔丹带去吧,你这个多事的郡王!但我要告诉你,乌泰郡王,我不会让科尔丹活得太久的。"说完,一转身朝墙里跑走了。

科尔丹眼睁睁看着被挟持着押进墙内消失在雨中的乌日娜金,心如刀绞,差点儿晕倒在地。他喃喃地说道:"乌日娜金,乌日娜金……"

乌泰似乎明白了其中的奥秘,他微皱眉头地问道:"科尔丹,你和这个姑娘……"

科尔丹梦呓般地说道:"她比我的生命宝贵得多。可是……"他说着,突然半悲哀半自责地叫起来,"天哪!恰恰又是我把她害了!我为什么偏偏这个时候赶来?上帝还在惩罚我吗?——格力图尔!格力图尔!"他向着暴雨疯狂地呼叫道,"我真希望你打回来,把这里的一切,把这里包括我在内的一切全都毁灭吧!……"

离开睡眼

31

格力图尔会不会或者说想不想去毁灭图什业图王府的一切,我们暂时还不得而知,也无从预料。但有一点,我们是清楚的,他目前肯定不能返回科尔沁草原。因为他认识到,他在新的起点正准备做的,远比挥师家乡报仇雪恨重要得多,甚至比搭救乌日娜金重要得多。

这话得回溯到六月五日奉天郊区的那个令人荡气回肠的黑夜,回溯到科尔丹夺马而去的那个令人思绪万千的时刻。

那时,无论是王绍祖、张榕还是王世祺,都看得出来,企图追回因急于纠正错误、急于去赎罪而变得疯狂的科尔丹,是毫无意义的。他们心里同样明白,和他们都曾有过一段特殊交往经历的科尔丹在有可能成为生命新里程的莫逆之交时,突然一个人孤零零离去,他们在感情上是难以接受和一时半会儿踏实不了的;但科尔丹毕竟是一个人,对他们将要从事的事业还不能说是一个惨重损失,和骁勇无双且代表七百人力量的格力图尔比,这后者的价值要大得多,是更不能得而复失的。所以,他们有一个共同的想法,就是竭力稳住格力图尔,别让他再夺马而去。

他们的共同想法经过无声的交流,产生心照不宣的大致相同的目光。这三束目光汇合后,王绍祖和王世祺略显为难地将目光又收束回去了。张榕明白了,他们想到了一处,而这话由他来说最为得体,也责无旁贷。他便向格力图尔接近了一步,说出三个人都想说的话。

"格力图尔,我们之间合作的唯一障碍业已消失,我相信你不会再说出各奔前程的话了。提法使王大人手下的新军中将有至少二三百官兵于三日内分别绕道到兴京会合,加上你的七百勇士,我们会有一支一千五百人马的队伍。你愿意做这支队伍的总首领吗?"

格力图尔没像张榕他们在心里掂量掂量他和科尔丹各自的分量,更没想过真的与张榕合伙后要当什么总首领,他的脑海中,在此时此刻,除了愧悔交加,已别无其他了。当然,让他忘记曾决心和张榕合伙这个想法是不可能的,让他否认除了科尔丹横在当中再无别的障碍这个事实也是不可能的。但是,让他在围绕科尔丹的去留和眼前这些人发生的激烈、互不相让的争吵后,特别是,在为了乌日娜金的归属他不自觉地表现出缺少男子汉气概后,去正面回答张榕提出的实质性问题,又是相当困难的。所以,他费力地思索片刻后,有意顾左右而言他地说道:"我必须先把将军夫人护送回去。"

张榕体谅地点点头,并放心地舒了口气。

这时,将军夫人走过来说道:"孩子,你们眼下的危险处境和以后要干的事业,比我的安全重要千百倍。再说,我返回奉天城的途中是不会出事的,我也没老朽到连马都骑不了的程度。不过……为了你对我的这份不便拒绝的好意,我答应让你陪我走一段,小小的一段。我也确实想背着这些人亲亲你……"

在场的人都善意地笑了。格力图尔则感动得热泪盈眶。

王世祺对手下人说:"把我的坐骑给将军夫人牵过来,它是一匹走马,很稳。再去五个人,等格力图尔返回后,你们一定要把将军夫人护送到城门,然后回头追我们。或者,你们就直接去兴京吧!"

格力图尔把将军夫人扶上马背。王绍祖牵过自己的坐骑交给格力图尔。

格力图尔问道:"你和提法使大人怎么办?"

王绍祖指指马车说道:"那也是两匹好马。"

格力图尔跳上马背,他觉得他的心轻松多了。

王世祺在将军夫人坐骑旁跪了下去,说道:"卑职告罪了……"

"你没有罪。有罪的是我,是增祺!——你快起来吧。你们往后有用得着我的地方,或者遇到什么难处,可以派人来找我,我会尽我所能帮助你们的。"

"罪将没齿不忘将军夫人的大德!"

"别啰唆了。我们都得抓紧离开这里。——格力图尔,我们走吧。"

将军夫人和格力图尔并辔朝着奉天城的方向缓缓而行。走了不到半里路,将军夫人便强行把格力图尔赶了回来,并真的亲了亲格力图尔的额头……

到了第三天夜里,这一行逃出奉天城的人马才艰难地渡过辽河,在西岸新民附近的一个幽静的小山村落下脚来。仅一百余里的路程,走了这么久,其实并不奇怪。首先,他们是一支名副其实的老弱妇孺的队伍,准确地说,老弱妇孺是这支队伍中不可轻忽甚至是至高无上的成员,行进的速度要完全取决于这些人的体力;其次,他们必须考虑到增祺将军肯定要派人追捕堵截,不能走大路,不能过桥梁,只能躲躲藏藏,迤逦前行;再者,对从奉天城到他们选定的落脚点之间这段路,只有王世祺一人走过,又因他精神紧张、思维混乱以及主要靠夜间行路,常常搞错本来就记忆模糊的参照物,需要花费许多时间去纠正。他们如何能顺畅得了?

对这种缓慢的行进,格力图尔并不着急。他倒希望再缓慢些,以便有充足的时间去梳理乱成一团麻的思绪,去认真想想他该想的事情,特别是需要他做出决定的问题。他的心里从未像眼前这样,一下子堆积那么多似乎互不相干又紧紧交织到一起的繁杂的问题,而这些问题又无不与他息息相关。比如,乌日娜金是否转危为安,究竟中意何人?巴音赛克图处境如何,会不会有生命之忧?这两个人虽说与他关山阻隔,他又鞭长莫及,但让他弃掷一旁,不放在心上,是不可能的。还有更切近的七百名弟兄,这些人一定已被吴景瑞集结到白狐山下了。他们的命运正等着他去安排。与张榕合兵一处是不是唯一正确的抉择?张榕这个人,他了解多少?是不是真的可靠可信和可以合作呢?这些问题他不考虑不行,没有充足的时间去考虑也不行。

对这种缓慢的行进,王世祺和王绍祖同样也不着急。前者刚刚从高官厚禄骤然变成平民百姓,从负责治安的提法使骤然变成通匪当斩的朝廷要犯;后者则刚刚从幽禁封闭的生活重新走进大千世界,置身在生命史潦倒的或者说空白阶段的终点,隐约看到过去的辉煌和未来的辉煌碰撞的火花。对于他们,这一切都是瞬间发生的事,是连想也未曾想过的。他们需要一个过渡,需要由他们自己努力来完成这个过渡。而这个过渡却不是瞬间就完成得了的。

对这种缓慢的行进,唯一感到心急火燎的,恐怕只有张榕了。他和科尔丹离开兴京时,已计算好了全部日程。他要在拜见增祺将军后,尽快赶到辽阳。在那里,他将见到好友丁开嶂、朱锡麟以及另外几支抗俄队伍的首领,共同商讨和制订一体遵守的抗俄宗旨;然后,如果达成协议,就要迅即把各自的主力人马会聚到辽阳,搞一次一鸣惊人、振奋士气的联合行动。他们秘密相约的时间是,六月七日各路首领聚会,六月十日调集人马,六月十五日联合行动。可他没有料到,在奉天城,他不仅误了去辽阳的时间,而且险些丢了性命。当然,他要是在逃出奉天城的当天夜里便辞别众人直赴辽阳,时间还是足够的,只要他陈述了必须按期赶到辽阳的理由,谁也不会挽留他。但是,能够替他讲出这番话的科尔丹已经离去,他自己又怎好开口呢?人总要讲义气的。他的命是王家父子救的,而且是丢却官职、舍弃家业、冒着全家被戮的危险。眼下,王家老幼四口尚未脱离险境、安顿妥当,他怎能拂袖而去呢?

七日夜,他们总算疲惫不堪地抵达了王世祺确定的暂时安身的地方。这个小山村叫四家子屯,其中最富裕的一家是王世祺的远房亲戚,对王世祺一家很有感情,可供他们居住的房舍也绰绰有余。这里三面环山,一面临水,所谓天高皇帝远,也十分安全。

张榕觉得他可以毫不愧疚地告辞了。

"我陪你一起去辽阳。"格力图尔说道,语气不容回绝。

张榕明白格力图尔的用意,便微笑地点点头。略一思忖后又问道:"你的那些人马怎么办,我们不是三天五天就能回来的?"

"没关系,我会安排好的。"

"那我们就准备启程吧。"

"我没什么好准备。但我要和绍祖单独说几句话。"

"请便。我等着你。"

王绍祖看了一眼默坐一旁的父亲,又朝张榕点点头,便随格力图尔走到门外。

他们来到石砌围墙外的小溪边,面对面站住了。

"绍祖,"格力图尔开口说道,"我看得出来,你的父母和小妹在这里会很安全。"

"是这样的。而且,这里河流交错、山高林密,有回旋的余地。"

"你离开他们是可以放心的,对不?"

"爸爸也希望我重新振作和有所作为。"

"那你就立刻去白狐山,这七百弟兄没有你不行。我信得过吴景瑞,他又是你的好友和老部下,会把这七百弟兄交给你的。"

"格力图尔,你这话我不能接受。"

"你必须接受。"

"我要去是毫无疑问的,但我只能做你的一员部将,最多做你的参谋。"

"这话该我说。你比我更有资格做这七百人的首领。你有这个能力,可我没有。"

"格力图尔!……"

"这事就这么定了,你再和我争论也没有用。"

"但我还要说!你不是不知道,我这么久连家门都没有出过。"

"你只要找回以往的王绍祖,就比现在的格力图尔强得多!"

"这话没有道理,这可不是说着玩的事。"

"我非常认真。而且,绝不更改。除非你另有打算,决心抛弃我。"

"天哪,你还是那么固执!"

"我这次的固执,是有充分理由的固执。"

"好吧,我先不跟你争。可我问你,你为什么不和我一起去白狐山?为什么非要陪张榕去辽阳?等他回来,我们再商量合伙的事不也来得及吗?"

格力图尔迟疑了一下说道:"合伙事关重大。而你和我对张榕还不能说已经真正了解。"

"你是想再观察他一段时间?"

"不多接触就无法认识他。既然在做出最后决定前有这个机会,我为什么要放过呢?当然,你去也许比我去更合适,但你最需要的是去熟悉那七百弟兄。所以,我还是决定我陪张榕去辽阳。"

"你……怀疑他有诈?"

"我们只是听他说,还没有看他做。"

"我明白了,所谓'察其言,观其行,而善恶彰焉'。格力图尔,你做事比我成熟多了,也慎重多了!"

"绍祖,我的生命允许我再犯错误的机会不多了。"

"我服从你的安排。你放心去吧。我会尽快赶往白狐山。等你回来,我再权归旧主。我发现,我现在做你的助手也羞愧难当了。"

"这是两件风马牛不相及的事。你我谁当首领的事已不容再议,你如再提起,我就不回白狐山。"

"好好,我不说就是,我真拿你没办法……"

"我这就走。你安顿好父母和小妹也要快走。"

"我遵命就是。"

"这是最后一次,以后我就遵你的命了。"

两个人相视一笑。王绍祖纯粹是一种苦笑。

离开小溪往回走的时候,王绍祖犹豫了一会儿,突然仰脸问道:"格力图尔,你怎么不去找乌日娜金?"

格力图尔咬起嘴唇没有回答,眼光却暗淡下去。

王绍祖又说道:"我从科尔丹的话中隐约听出,他和乌日娜金还没有发生……"

"不要说了。"格力图尔说道,似命令,又似哀求,更似一声叹息,"不该发生的也可能发生,该发生的更回避不了。该做的,我已经做了。现在……我只盼她能安全……"

王绍祖自怨自艾地叹口气,不再说什么。

十分钟后,格力图尔和张榕已驰行在去辽阳的路上了。

六月九日,他们到了辽阳城。

这时,准时在辽阳聚会的各路首领,经过两三天磋商后,早已达成协议,并通过了丁开嶂草拟的讨俄檄文,各派助手回去拣选精锐,分头向辽河中游一个叫兴隆店的地方集结,定于六月十五日散发檄文的同时,发动一次袭击俄军运输线的联合行动。各首领仍未散去,正对檄文细加推敲,准备即日定稿付梓后同去兴隆店做战前部署。人们都知道张榕与丁开嶂、朱锡麟是好友,又素闻张榕为人诚信,没有极特殊原因是不会爽约的,因此没谁对他的姗姗来迟横加指责,反而争抢上前嘘寒问暖,表示出同袍同裳的情谊。张榕也因这段经历太复杂,不便公之于众,一时半会儿也讲不清,便打消了解释的念头。他只是向众人介绍了一番他的同伴格力图尔,免不了又有一场握手拍肩的热闹。

稍后,丁开嶂代表各路豪杰向张榕和格力图尔简单讲述了一遍聚会的情况和具体安排,并说已庖代张榕在盟约上签了名。最后又拿出檄文草稿让张榕过目,请他斧正和补苴罅漏。

张榕更不谦让,接过檄文细加研读起来。他读过二遍,又拧眉琢磨了半响,先对檄文作了"大义凛然,气势磅礴"的八字评语,然后推盏而起,拱手说道:"小弟不才,又未遵时限,误了会期,本无资格对各位年兄兼文章巨擘的神品信口雌黄。然我等既为同志,理应披肝沥胆,开诚布公。故不揣鄙陋,

略陈一孔之拙见,以就教于各位台端。"

丁开嶂微笑道:"我就料到荫华定有高见。而且我能猜出,你首先要批评这篇文章太过八股气,对不?"

"小川尊师,恕我冒昧,您没有猜中。以晚生之见,八股乃文章之形,内容乃文章之意;形为仆,意为主;只要形能载意而不害意,便是可借之形,可役之仆;且尊师之佳构八股气并不浓厚。学生想说的是,檄文之要义在声讨仇敌,在招引同类。我等声讨者俄人,故须罗列俄人罪状,以明挞伐俄人之理;我等招引者民众,故须缕陈民众灾患,以动民众仇俄之情。所谓民众,近则各路豪杰,远则四万万同胞,其间文人学子寥若晨星,故应以情取胜,理副之,情宜真宜切,理宜浅宜显。尊师文章素以理见长,该檄文亦以理胜情。对书生足以振聋发聩,对黎庶则无异于鼓簧牛耳。……"

张榕还没有说完,丁开嶂便拍手叫道:"妙!荫华确有卓见,且快人快语,一语中的。你年少气盛,血气方刚,理可服人,情能感人,正是最合适的做檄文之捉刀人!你就大胆朱笔删削吧,即重起炉灶,丁某也不会介意的。"

"文章气势已足,神人也不敢大动。小子不知轻重,斗胆添加几句俚语,尚恐有续貂之嫌。"

"你我至交,何须谦让?"

"尊师如此宽宏大量,小子更要斗胆,再进一言。"

"请讲。"

"俄筑路东清,日开衅辽南,其意均在独霸东三省,蹂躏我国土,鱼肉我同胞。故俄日皆虎狼国也。我辈奋起而争者,亦在国土民生;碍此宗旨之外夷,皆为我之寇仇;故俄日皆在抗击驱逐之列。捧读尊师墨宝,见'东联日本为外援'之语,显有仇俄友日之意,窃以为不妥。"

"对此,我们也斟酌再三,最后还是决定保留这一句。理由有三。其一,俄久据东北,国民之目共睹;日远来战俄,侵我之心未彰,一概而论为时尚早。其二,我等初举义旗,羽毛未丰,而俄日皆强国,以一弱旅而自树两强敌,败局已定,乃智者所不为。其三,设日人确意在侵华,则待日人取胜锐气大杀之际再击之不迟,此亦足下常言之'伤虎之势'也,恰合古人连横之策。总此三思,方有'联日为外援'之语。"

"尊师鞭辟入里,学生叹服。但这作为策略则可,写入檄文则不可。"

"为什么?"

"策略秘在我手,伸缩由我,弃留由我。檄文则必公诸当世,入乎民众之耳目,传乎民众之口舌,收不得,毁不得,违不得。而民众苦于俄亦苦于日,仇俄亦仇日,如闻见'东联日本'之句,必目我以前门拒狼为名而行后门揖盗之实,避之犹恐不远,又怎能箪食壶浆乃至相率来归呢?此其一。俄日交战,正如鹬蚌相争,我击俄则日为我事实之外援,我击日则俄为我事实之外援。言亦犹是,不言亦犹是。实不必以联日之公开宣言,邀日之廉价同情而令俄以倍仇倍力加我也。此其二。固然,击俄击日在我有缓急先后之分,但檄文中暂不提击日足矣,又何必有此添足之笔呢?"

"不然,"丁开嶂说道,"以我等观之,民众均以日为倡义之师,至少目前如此;又以我等为乌合弱旅,事实亦非无因。我等抗俄以号召民众为先,民众投我则以我之强弱成败为虑,如不言明有日之强援,何以固民心,何以聚民众?且俄之视我,犹霸主之对山泽草寇,了不为意,精神上先胜我一招;而知我有强日之外援,其气焰则先短一截。古人云'心怖可击',此之谓也。荫华兄所说民心疑而俄力倍者,恐为执偏之论也。"

"此虽一句之辩,但事关重大。敢请小川尊师和列位兄台再加详参。"

"荫华兄,"丁开嶂说道,态度没有一丝不耐烦,但举起的手掌在告诉张榕,不能继续辩论了,"你说的也许有道理,但'联日'之语,乃众豪杰共同刊定,耐难更动,眼下只能存异了。你前项针砭,恰中要害,所谓'妙语精言,不以多为贵',你的情与理的高论,正是'谈言微中',价值连城。你就倚马挥毫吧。我们的时间很紧,定稿,付梓,散发,登报,都要在数天之内完成。当然,如果荫华兄……"

"不,"张榕抢过话头说道,"学生只是出于至诚,略陈胸臆而已,又未必正确。既然尊师和列位兄台以为'联日'之语不能更动,小子又怎敢以一己之言而拂众人之意呢?"

张榕这样说,并非已服膺丁开嶂的论断。在他看来,在檄文上出现"东联日本为外援"和"天令日倡义"等句,是很失策的,甚至会弄巧成拙。但搞一次联合行动是他盼望已久的事,不能因为檄文词句上的错误便掉头而去,那样会孤立自己和叫众豪杰所不齿的。而且,他不能看不出,丁开嶂和其他首领不可能接受他的意见,争论下去会伤了和气,得不偿失。共举大事,还是以和为贵。再说,这次联合行动之后,还是各自为战,待他和格力图尔兵合一体时,完全可以按自己的宗旨独立行事的。所以,当丁开嶂将说出令他难堪的话时,赶忙表达了少数服从多数的态度。至于檄文的情与理,虽说和"联日"比较并不是非改不可的毛病,但一席争论后如若不改几笔,又显出自己的心胸不宽,因此,他还得高高兴兴提起笔来,表示自己没有心存芥蒂。

张榕修改后的檄文,今录于次:

抗联铁血会首领丁开山①,为局外中立,恐难终守,大征同志,协力抗俄事:

俄人者,自咸丰年,私易界碑,窃我黑龙江以北,乌苏里以东,已为万国所不取,公法所不题。近年又狼虎蓄心,蛇蝎肆虐,据东三省全地,俨为己有。任意奴隶我官府,牛马我人民,侵蚀我资财,淫掠我妇女。种种禽兽之行,神人共怒;色色野蛮之状,宇宙难容。故天令日人倡义,外控其凶顽;民党奋兴,内溃其脏腑。丹麦、瑞典,现举同盟,影响愈激而愈远;犹太、波斯、土国,共图报复,风潮愈涌而愈高。此为我国报深仇,雪大耻,树我完全独立之旗,定我民族帝国主义之一大机会也。倘再不振吾精神,剪除丑类,维吾团体,扫荡腥闻,将来必至灭尽我自家,殄绝我种族,较英制澳洲而更痛,美毒黑人而倍残。

窃有鉴于斯,故创立本会,纠合当时爱国英雄,热心壮士,除海内外将弁及学生而外,又有直、奉、吉、黑四省绿林领袖②,枭杰数十人,其部下人数,各小伙数百,大伙数千,最大伙数万,均痛心疾首,透爪裂目,必立食俄人之肉,寝俄人之皮而始快者。以此同化之师,和亲之众,一朝齐发,电疾风驰,遍地合攻,澜翻水涌。再东联日本为外援,西接波兰为内应,何难逐长蛇于兴安岭以北,驱封豕于雷纳河以西,使我东三省锦绣山河,与日星而并寿,四百兆圣贤子弟,享幸福于无穷也。

凡我同志,素愤同胞之惨苦,忧祖国之倾危,皆打破生死之快男儿,愿作牺牲之大豪杰。现今中立将破,大战有期,唯余马首是瞻,以期和衷共济,务使二十世纪之万国记载,大书特书曰:中国抗

---

① 丁开嶂的化名。
② 以下列四省绿林领袖名号二十余人,此处从略。

俄铁血会大败俄罗斯于东而后止。檄到望表同情。切切。①

张榕辍笔后,将檄文呈给丁开嶂。丁开嶂又当众高声朗读一遍,对修正和添加之处,免不了击节叫好。众人也随声赞许了几句。"联日"与否的争论,从此没谁再提起。

作为辽阳聚会发起人和联合行动总指挥的丁开嶂,在宣布散会之前,犹豫片刻后,又盯着张榕说道:"我素知荫华兄为人诚信。这次误了会期,我猜测一定是率众行迟所致。那么请问,你带来多少精悍?他们驻扎在何处?十五日能否参与联合行动呢?"

张榕心里明白,丁开嶂问到的问题迟早要有人提出来;即使谁都不提,他自己也得主动讲给在座的二十几位首领。他又意识到,他应该在读檄文前就做出解释,现在照实讲出来,了解他的丁开嶂、朱锡麟倒不会不信,但那些与他素不相识的绿林渠帅不生出疑心才怪!特别是他刚刚对檄文做了一通尖锐的批评,那些早就面有不忿的好汉,准会说他根本没同舟共济、肝胆相照的诚意的。但事已至此,他又非说不可,而且只能实话实说。

"列位兄台,"张榕又一次起身拱手道,"辽阳聚会和联合行动的日期,小川尊师早已知会于我。我原是可以准时到会,可以准时拣选青壮与列位虎贲会师辽阳的。但中途遇险受阻,虽得存性命,却耽搁了行程。且十五日会战,仅余五六日之期,往返又必经俄人防线,小弟恐难如期践约。设若会战日期推迟三五日,我张榕定亲率自卫军兵勇驰驱疆场,效命于列位马前。"

丁开嶂说道:"据探马报告,因东清铁路多处被炸,俄军粮草不继,已暂时改由马车道运输。其辎重队将于十五日前后抵铁岭集散。这是我们一试锋刃的绝好机会。'智者贵于乘时,时不可失'。如果推迟行动,一时半会儿就很难遇到这种肯定旗开得胜的机会了。你能明白,我们的第一次行动是败不得的。再说,各路首领已派人回去调集人马,不好收回成命了。所以,会战日期不容改变。依我之见,你还是尽快赶回兴京,或许还来得及。"

"学生当然可以谨遵师命,也保证能不浪费一分一秒的时间。但行旅之事,逆顺难料。古人云'言而不信,言无信'。我拖期赴会,已开罪于列位,即蒙列位海涵,张榕也要以失信自责。如再因阻隔误了参战时日,我还有何面

---

① 全文引自《中华民国史资料丛稿》之《抗俄运动》一书。

目与列位比肩并辔？"

"荫华兄所虑也有道理。我也并未让你做出克期参战的保证。其他各路人马，又怎能预知全能顺利准时到达铁岭呢？你的自卫军也好，其他各路人马也罢，如因故迟到，我们都不能苛责甚至疑有二心，照样还是和衷共济的同志。"

"尊师既然这样说，我张榕……"

"等一等！"座中一个人拍案而起地叫道。此人名叫刘弹子，是个仪表堂堂的壮汉。在二十几位豪杰中，他的人马数量排在前几位，所谓人多势众，说话也气壮。他对张榕很反感，对丁开嶂格外宽容张榕也不满意。其他各路首领似有同感，却自认身微言轻，不便一泄为快。刘弹子便当仁不让，主动做了这些同伴的代言人了。"小川兄对这位张榕先生也太过迁就了！"

"刘兄……"

"听我说完。"刘弹子说道，转向张榕，"张榕先生，我们是在联手干大事，不是小孩过家家，想怎么着就怎么着，那行吗？我们要不都是诚信君子，说得到做得到，能走到一起来吗？如果都像你这样，想晚赴会就晚赴会，想不参战就不参战，那我们说的联合行动就等于放了个响屁！"

"刘兄，"丁开嶂连忙打断了刘弹子的粗话，并给过去一个抱歉和抚慰的微笑，"我赞成你的话。我们都应该有纪律，都应该执行命令。但荫华兄的情况与诸位有所不同，他的队伍远在兴京，又是俄军防线的东端，途中受阻的可能性相当大。我深知荫华兄与诸位豪杰一样，也是一诺千金的人。他刚才说一定争分夺秒赶赴铁岭，其实也未必能晚。他只是担心万一出点儿差错，误了时间，会引起诸位的误会，因而不敢做出保证而已。"

"小川兄，我尊重你。但我不同意你一味为张榕先生开脱。不敢做出保证的人，就没有诚心，就不值得信任。而且，还有——张榕先生，你一走进这屋，就摆出一副狂傲的嘴脸，我看不惯，我们都看不惯。你不按期赴会，不管什么原因，你来晚了，失信了，对不对？我们看在小川兄面子上，没说什么，你该见好就收才是。可你不思悔改，对我们指手画脚，这也不合你的意，那也不对你的心，这也不对，那也不好，好像这满天下就你是个明白人，我们都是白吃饱。你要真行，就拿出本事来，去和俄国人交交手，光说自己是骡子是马行吗？得牵出来遛遛看。可你说什么怕途中受阻，不敢保证准时参战！骗得别人，骗不了我，说穿了，叫起真章，你害怕了，你要打退堂鼓！"

张榕不急不躁地说道:"刘兄怎么骂,我也不生气。我的确违约迟到了,理应受责。但我绝不是害怕参战,更不是要打退堂鼓。我和诸位一样,是立志以身救国的。我组建自卫军,也正是要杀出来对付俄国人……"

"那就杀到铁岭,让我们见识见识。"

"我正要这样做。"

"却不敢保证做到,那还不是一句空话?"

"我不敢保证的是时间,我没能力让时间放慢脚步。保证就是誓言,受各种因素的制约。我随便做出没有绝对把握实现的保证,不仅可能使我陷入难以自拔的窘境,也等于是对诸位的欺骗。但是,我肯定会竭尽全力争取获得与众位豪杰并驾齐驱的机会的。"

"你这些冠冕堂皇的话,掩盖不了你的心虚和奸诈。"

"张榕此心,天地可鉴。"

"那你就做出保证。否则,你就从我们面前永远走开。"

从打坐下就一言没发的格力图尔,早已气得脸色发青,这时,他忍无可忍,倏然站起,立即吸引过去所有视线。他本想回敬刘弹子几句粗话,但狠狠咬了咬嘴唇后,终于没有使自己效仿刘弹子,让人们去看看不单单是姓刘的不可一世和气壮如牛。他缓了一口气,瓮声瓮气地说道:"张榕先生可以保证有七百人马准时到铁岭参战。"

格力图尔的话犹如一声憋了许久骤然间炸响的闷雷,震得刘弹子一群人目瞪口呆,随即发出一阵唏嘘之声和交头接耳的议论。就连张榕也感到意外,惊讶得一时不知说什么才好。但他很快就明白了,格力图尔是为了保全他的面子,为他打抱不平,才决定动用自己的人马的。这怎么能行,他和格力图尔毕竟还没真正合伙?他再不讲义气,再看重自己的名声,也不能拿格力图尔做挡箭牌和让格力图尔的人马做出牺牲呀!

"不,格力图尔,"张榕不容置辩地说道,"今天的争吵和你无关。我自信有能力维护自己的声誉,我的行动会做出证明的。"

"你的声誉就是我的声誉,我不准任何人去诋毁它!"

"而且,据我所知,你的人马散住白狐山各处,集合他们比我往返兴京需要更多的时间。"

"我会让我的人马最早到达铁岭。"

"我不允许。"

"我一定要这么做。"

"请等一等!"刘弹子举手喊道,向格力图尔走近了几步,歪头蹙额似在研究什么,"我怎么忘了你是张榕先生的同伴呢?我以为你是他的助手或随行人员,看来并不是。你是什么人?和张榕什么关系?"

"我当然要说。但不是对你,而是对在座所有的人。在下是一支七百人队伍的首领,经历过数十次大小战斗。因仰慕张榕壮士尽人皆知的毁家纾难的高风亮节和虚怀若谷、肝肠似火的为人,决定率众投奔他的麾下。已蒙张榕壮士不弃,收我为部将。但张榕壮士还不知道我的队伍已集中到清河岸边。从清河到铁岭是可以朝发夕至的。丁先生,你还有什么要问吗?"

"我?不。刘兄是不是还想知道什么?"

"他知道的已经太多了!"格力图尔看也不看刘弹子,回身向张榕抱拳道,"张榕张大帅,从即刻起,我和我的七百弟兄全属于你了。唯你之命是听。你不必担心这七百人的战斗力,他们各个都是以一当十的勇士。你更不必为了调兵遣将的时间不足说什么软话和做那些人家听也不听的解释,我会拼力为你杀出个任何人不敢小觑的威名的。"

"格力图尔!……"张榕十分感动又十分不安地叫道,下面该说什么,他自己也不知道了,只好上前紧紧握住格力图尔的双手,算是表达了此刻的心情。

丁开嶂盯着格力图尔,赞许地说道:"这位蒙古族兄弟,真是烈火般的性格!"

显得很尴尬的刘弹子,望望众人,自我解嘲地应和道:"的确是一团烈火,烧得我脚跟都打哆嗦了!但我喜欢这种嘎嘣脆的脾气。我想……格力图尔,你这个半路杀出来的程咬金,是会成为我的好朋友的。"

格力图尔说道:"那你得首先向张榕先生道歉。"

丁开嶂笑道:"那却不必了,格力图尔。刘兄的话也在理,只是言辞过激了点儿。他和荫华兄也是初交,总要有个了解过程嘛。……"

"所以,"张榕正色说道,"虽说格力图尔的人马肯定能准期参战,我还是要返回兴京,哪怕一步一个坎,哪怕途中损兵折将,也要把自卫军带到铁岭,否则我无以自明!"

"我料到你会这样做,而且谁也阻挡不了。"

格力图尔说道:"你这又是何必呢?我的人马不同样是你的部下吗?"

"格力图尔，好兄弟，我张榕不是意气用事。但有的事，有的时候，我们是不能互相代替的。再说，你是沙场老将，我是初出茅庐。你我合兵后，该我做你的部下才合情合理。"

"胡说！……"

"好了。"丁开嶂制止道，"这是你们内部的事，慢慢去商量吧。我们该争吵的已经争吵过了。不过，争吵归争吵，到头来还是一家人。今天我们都应该高兴，我们又多了一员骁将，多了一分力量。对荫华兄，则尤其可喜可贺。今晚我们要痛饮一场，热闹热闹，明天就分头上路，准备迎接十五日的会战吧！"

离开睡眼

32

格力图尔和张榕的心情同样着急,他们没有等到第二天,而是在参加聚会后略事休息,便拜辞丁开嶂,上马登程了。

张榕如果在离开辽阳后,径直朝兴京驰去,四百里左右的路程有两天时间足够了。但他不能选择这条直线道路。因为在这条道路上,要经过俄军两道防线,不安全。他必须先往北走,在奉天和铁岭之间再折向东南,时间是要花费得多些,却没有危险。

这样,他和格力图尔便要同行很长一段路。

他们也都高兴能有这次同行的机会。投鞍饮马或必须缓辔而行的时候,他们可以尽情交谈。他们希望而且需要交谈,想听也想说。

我们不必去详细描述他们一路行来涉过几条河,爬过几座山,饮过几次马,投了几次鞍。我们只想把他们零星的谈话,择出切要者,汇集在一起,据实抄录在下面。

"格力图尔,"第一次交谈的第一句话是由张榕开头的,"你真没必要卷入铁岭会战。"

格力图尔不解地问道:"你认为是决策错误,还是没有获胜的可能?"

"都不是。会战的想法是丁开嶂、朱锡麟和我在联络各地绿林好汉之前就形成了的,只是没料到绿林好汉们响应得这么快!这一仗一定要打,一定要赢,现在更有绝对把握大获全胜。打这一仗和打赢这一仗,本身就是向社会的宣言,对民众的号召。这是很需要的。"

"那你说,我为什么不该参加这次会战呢?"

"因为你是为了我……是为了我才做出这个决定的。"

"不应该吗?我可忍受不了别人对我的朋友恶语中伤。"

"我赞赏更感谢你的仗义。但是,参战就免不了有伤亡。对我们这些在盟约上签了名的人,履行誓言是理所当然的。但对于你的七百弟兄,在他们还没有接受你我合伙这个事实以前,就为我做出牺牲,是不公平的。他们会怎么说?他们会说,张榕这小子靠一张嘴,我们却要付出生命的代价!"

"这也是你非要回兴京调集人马的一个原因吧?"

"是的。我不想被同盟人骂了不诚不信后,在你的弟兄中再落个不仁不义的恶名。"

"你的顾虑是多余的。我决定参战,不全是为了你。当时的场面只不过逼我提前宣布了这个决定。是的,我恨俄国人。他们夺取过我家乡的森林、矿产,索拉吉辽夫就是坐着我赶的雪橇去勘查森林的;他的同伴调戏过我的朋友巴音赛克图的妹妹;他们差一点儿把我的朋友王绍祖推上绞架;他们也曾经想弄死我……是的,是的,我恨他们!我和我的朋友巴音赛克图合伙烧过他们的帐篷;我在王世祺的新兵营时和哥萨克交过锋,我砍杀过他们的收尸队……回忆这些,我并不痛快,更不自豪。那太不惬意,太小家子气了。而如今,我终于有了亲自率领人马大大方方、痛痛快快去和俄国人拼杀的机会,又怎能轻易放过呢?我确信,我的弟兄们和我一样,也渴望有这样的机会。也许你还不知道,我的七百人中,少说也有一半是义和团的战士,王绍祖就是他们的首领,他们砍杀过俄国人,也被俄国人砍杀,他们的失败,一半在朝廷,一半在俄国人。他们对俄国人的恨,远远超过我。他们巴不得多杀死几个哥萨克,哪怕战死!又怎能说是为你去送命呢?而且,我在宣布参战的同时,也宣布了你我合并。我的部下也就是你的部下,不该再有白狐山和兴京之分了。"

"天哪,"张榕慨叹道,"我真不知道你有过这些经历,更想不到你的人马中有一半是过去义和团的战士!听你这么一讲,我倒有点儿安心了。不过……"他说到这里,沉吟了片刻,"不过,说到你我合并,似乎还是未必然的事情。"

"你说什么?"格力图尔惊问道,"是你先找的我,我已经做出决定,怎么你又……"

"不,我是希望合并能实现的。但是,我先问你,格力图尔,你对檄文中'东联日本为外援'这句话怎么看?"

"那还用问?不同意。实话说,我的七百弟兄原非一支独立人马,而是白音达赉即将起义的储备力量。正是因为我发现白音达赉和日本人做交

易,才下决心分离出来的。我们干我们的,联合日本人干屁!"

"我估计你会这么想。"

"你不是也这么说吗?"

"我最后又收回了我的话。"

"你心里并没收回。"

"那顶什么用!檄文一发,就是同盟者的共同宣言,我也有份儿。"

"所以,我们和他们共同干一次,就这一次,以后我们自己干,让什么檄文哪,联合行动啊,统统见鬼去!"

张榕大吃一惊。

"你说……什么?你不赞成联合行动?"

"铁岭会战,你已答应,我无话可说。下一次我就不会赞成。"

"为什么?所谓人多势众,你总不会认为人少比人多还好吧?"

"那要看怎么个多法。你我这样的,一万个也嫌少;刘弹子那种人,有一个就太多了!"

"刘弹子确实盛气凌人,说了不少不中听的话。但追根究底,问题还是出在我身上。如果换上你……"

"换上我,我就不会难为你。"

"那是因为你知道我为什么误了行期。"

"原因不在这儿!你们是结了同盟的,又称兄道弟,理应是生死之交,还应该对你产生疑心吗?连互相信任都做不到,算是什么同盟兄弟?"

"我们刚刚结盟,互相之间还不太了解。"

"互相不了解就随便结盟,就要搞联合行动?"

"这……"

"我在了解你之前,就不会决定和你合伙。"

"格力图尔,我们不能以一件事的正误就评定一个人的好坏。"

"不问前因后果,不管青红皂白,就逼着同盟兄弟做出没有把握实现的保证,这种事一件就足够了!何况又不仅仅是这一件!你难道看不出来,他连丁开嶂先生都没放在眼里吗?这个目中无人的家伙,根本不懂什么叫义气。今天跟你称兄道弟,明天就会横眉竖眼一脚踢开你;今天尊你为盟主统帅,明天就会撕破脸皮来争夺第一把交椅!照我看,在那二十几个首领中,像刘弹子这样的人绝不是一个!这种人越多越糟。你趁早离他们远点儿,和他们搅到一起,有百害而无一利。"

"格力图尔,你有点儿言过其实了,他们还不至于此。当然,他们大都是绿林豪杰,免不了带点儿匪气,但这无关大局;我们互相之间,也免不了生出一些纠纷,但那毕竟是'兄弟阋于墙'而已。我们是本着抗俄宗旨汇集一起的,也是本着抗俄宗旨同赴战阵的,正是'御侮于外',是会同心协力、守望相助。我们汉人有一句俗语,叫'人心齐,泰山移',贵民族的先祖成吉思汗也曾受过母亲折箭的教训……"

"那是指兄弟要捆到一起,要团结,要一条心,要把力量用到一处。你和刘弹子那些人能捆到一起吗?能一个心眼吗?联合行动还没开始,他就撸胳膊挽袖子,差点儿掀起一场内讧。等他立下比别人大一点儿的功劳,他的气焰会增加百倍的,还有别人说话的份儿吗?你也好,丁开嶂先生也罢,能受得了这个?还抗俄呢,你们互相抗吧?'人心齐,泰山移',一句空话而已!"

"互相抗?……"张榕沉吟着说道,"出现这种局面有多大可能呢?我想……"

"还想什么?"格力图尔说道,显得很自信,"这不是明摆着吗?二十几个首领,都当惯了说一不二的山大王,让他们听一个人的号令,他们干吗?就算丁开嶂先生宰相肚里能撑船,他们之间又谁服谁?到头来,还是一盘散沙!要就精诚团结,像一人一身,可这些人又做不到;要就各干各的,谁也别为那些闲乱事分心。不都说抗俄吗?你也抗,我也抗,你在这儿抗,我在那儿抗,反倒更热闹,干吗乱哄哄堆到一起?"

张榕忍不住笑了。

"我的话可笑吗?"

"恰恰相反,我已经快被你说服了。"

"真的?"

"真的。其实,我在修改檄文特别是刘弹子向我发难的时候,曾突然想到,只求人数众多是不够的。二十几家人马汇集一起,必然群龙无首、难以成聚。联合行动,偶一为之可也,长了就免不了发生尺布斗粟之争乃至出现同室操戈的局面。"

"我就是这个意思。至于铁岭会战,我们当然要干。也算你没有失信于他们。"

"以后呢?"

"他们联他们的日,我们抗我们的俄。"

"我们?"

"你和我,还有王绍祖。"

"明白了。我还担心,铁岭会战后,你同我也要分道扬镳呢。"

"你为什么会这么想?"

"我屈服于保留檄文中'东联日本'的句子。"

"那不是你做的文章,更不是你的意思。檄文上的话管不住你,管不住我们。"

"你这么说,我就放心了。看来,我们全想到了一起!"

"放心? 想到了一起? 唔,等一等,我好像也明白了,你刚才那些话是为了试探我,对不对?"

"我是想验证一下我的想法是对还是错。当然,我也必须听听你怎么说,这对我是至关重要的。你不也在不断试探我吗?"

"好小子!"格力图尔朝张榕举起拳头,威胁地晃了两晃,但在他眼角和嘴角无法掩饰的不断颤抖的微笑,说明他的拳头是理解、赞赏和喜爱的表示,"小小年纪,就这么能动心眼!"

"天哪,"张榕叫道,忍不住笑了起来,"你才比我大几岁呀?"

"大一天也是兄长!"

"多不幸,可又无可奈何。我只好服从了。那么——兄长在上,小弟告罪了!"

"只此一回……"

"下不为例。这次,就请兄长收回铁拳吧。"

两个人哈哈大笑起来……

他们走到奉天西北的横道河,俄国兵开始稀少起来,张榕从这里东去兴京,途中不会有什么阻碍,可以分手了。

张榕想了想说道:"从这里到清河不太远,我倒想先去见见绍祖和你的部下,顺便带几个经历过战阵的弟兄去帮助我统领自卫军,你意下如何?"

"遗憾的是,我的人马远在白狐山下,要爬好几道岭,涉好几条河。"

"你不是说他们在清河吗?"

"那是说给刘弹子他们听的。否则,他们又会说,去白狐山比去兴京还远,还难走,你怎么回答?"

"原来如此！——好嘛,格力图尔,还说我能动心眼呢,你的心眼比我多一百倍！"

"不过是初学乍练。"

"却出手不凡,连我都信了！"

"也是迫不得已。"

"而且……全为了我。"

"我们单独在一起,我是不会有一句谎话的。"

"那还用说,我绝对相信。"

"还是那句话,要就精诚团结,要就各奔东西。"

"我发誓永生永世与兄长同心同德、休戚与共！"

"我也发誓！"

两个人紧紧握手后,挥泪告别。张榕纵马东南,格力图尔飞骑东北。这两个已亲如兄弟的朋友,从分手这一刻起,将热切地盼望铁岭战场并驾齐驱的那一天！

他们谁都没料到,他们重逢的时间大大提前了。

格力图尔到达白狐山下自己人马的营地的第二天,将要整队奔赴铁岭的时候,在营地外围巡逻的战士把满身灰尘的张榕领进他的帐中。格力图尔以及王绍祖、吴景瑞等首领惊诧莫名,纷纷跳起迎上前来。

格力图尔抓过张榕不住颤抖的双手,问道:"发生了什么事,把你急成这样?"

"一言……难尽啊！"张榕说着,泪如雨下,下面的话再也说不出来了。

"先坐下,缓口气,再慢慢说。"

张榕在格力图尔扶持下坐在王绍祖搬过的凳子上,并接过吴景瑞递过来的水喝了几口之后,愤然开口道:"可恨的增祺！可恶的哥萨克！"

格力图尔问道:"你碰上官军、碰上哥萨克了?"

"不。"张榕说道,已经平静不少,"是他们攻到了兴京。他们捣毁了我的总部,烧毁自卫军营房,屠杀自卫军战士！他们到处搜捕我和我的家小……"

"你的亲人……"

"他们被转移了。可为此,我又失掉了几十位好乡亲！……格力图尔,我的自卫军完蛋了！我花费了那么多苦心,付出那么多代价,一下子全毁

了！我恨不得亲手宰了增祺！恨不得把哥萨克全砍成肉酱！"

"会的,张榕,我们会的！不过……你见到你的亲人了吗？"

"没有。我哪有心思去找他们？又有何颜面去见他们？我们在横道河分手不久,便遇到幸免于难逃出兴京的弟兄们。听他们讲述了兴京城里的横祸,我差点儿疯了！可我知道我不能疯。我必须去收拢逃出兴京的弟兄。他们只能往北逃,我们便分头在兴京北方四处寻找,最后总算找到二百多人。兴京城里肯定还有我们的人,但又不能进城,城里全是俄国人,街道都挖成了战壕……格力图尔,我只剩下二百多人了,已无法单独对敌。我把他们带来了,就编入你的队伍吧。不能再说合伙,就算我们投奔你吧。"

"不,我们还是合伙。你和绍祖还是当正副统帅。我带兵去冲锋陷阵。你放心,我们的人马会多起来的。你们远来疲惫,今天休息。明天,我们就去铁岭,砍杀可恶的俄国人,给你死难的弟兄报仇！"

"格力图尔,这统帅我不能当。"

"我也不能当。"王绍祖说道,"就让我和张榕当个参谋吧。"

格力图尔挥手道:"没有时间再争论这件事了！出谋划策我不如你们,战场杀敌你们不如我。就这么定了！从现在起,我们这支队伍就叫白狐军。张榕是统帅,王绍祖是副统帅。我和吴景瑞各统领四百人马,剩下的一百人做统帅的卫队。可惜巴音赛克图没回来,否则,我们就是三员战将,可成上中下三军了！现在,就请张榕统帅把你的二百弟兄领进营寨,饱餐后去睡觉。走,我们都去。"

格力图尔说完,举臂一挥,就往外走,似有"来,吾导夫先路"的味道；张榕、王绍祖、吴景瑞互相看了一眼,依次紧随其后,亦有唯唯诺诺、降心相从的架势。

格力图尔对自己刚才的一系列言行,诸如确定队伍名号、分配职务、率众人出帐等等,并不觉得有失分寸,反而认为极自然,是天经地义和无可非议的。他没意识到,在进行这一切的时候,他事实上正行使一个真正统帅的权力。张榕、王绍祖、吴景瑞,作为旁观者和受命者,当然不会看不出格力图尔不自觉地主宰着众人和整个队伍,但他们站在各自的角度,不仅没产生一丝一毫的反感和不服,都对这种局面的合理性给予了心悦诚服的认可。

格力图尔骤然爆发的自信无形地征服了自己,有形地征服了周围的人。

他的自信将在铁岭会战中以及此后的日子里,征服更多的人。

33

白狐军在到达各路人马会合地点之前,曾在柴河岸边离铁岭约五十里的地方做短暂停留。格力图尔把这里作为临时大本营和粮草屯聚处,把自己的人马又拨出一百人与统帅卫队组成留守队伍,一旦需要时,这支留守队伍可变为接应的后备军,由留守大本营的王绍祖直接统辖。安排妥当后,格力图尔就和张榕飞身上马在前,他的三百勇士和吴景瑞的四百骑手列队在后,向联军会合点驰去。

到了会合点,由吴景瑞留下暂统全部七百人马,格力图尔和张榕并辔驰到丁开嶂的营帐,去参加会战前最后一次首领会议。这时已是六月十五日上午十时许。

白狐军是最后到达会合点的,但没有超过时限,各路首领也就无话可说。加上白狐军成为联合行动中最大一支人马,且兵强马壮、行伍严整,使各路首领对格力图尔更加刮目相看了。对于张榕,人们获悉是在独立自卫军惨遭官军和哥萨克围剿后赶来参战的,又都在震惊、激怒之后,油然而生同情、敬意乃至愧疚,在刘弹子带动下,纷纷走上前来,对张榕好言劝慰和表示歉意。

这和辽阳聚会时的气氛真是不可同日而语了。

会议很快进入正式议题:战前部署。

按说,这调兵遣将理所当然是丁开嶂的事。因为他不仅是会战发起者,也是被众人接受和推崇的核心人物;他的营帐便是帅帐,他本人便是统帅。而且,他幼年饱学各家兵书,几年前便为排满倒清组织过革命军,运筹帷幄亦当如谈笑封侯般轻松自如。但他所学毕竟是纸上谈兵,至今还没有过一次实战的经历,让他坐而论道,无人可与之匹敌,面对二十几家三千余人的具体的战斗部署,他反而感到乱马人花,无下手处了。他又不能看不出,二十几位首领中自以为智勇兼备、用兵如神者不止三五个,对他这个只有书本知识的儒生的谋划未必心服口服。所以他不准备先公布自己的安排,而是在讲了一通"知己知彼"、"出奇制胜"、"兵贵神速"、"号令如山"的大道理之后,便把临战的具体计划交给大家去各抒己见、集思广益了。

二十几家人马中,没经过实战锻炼的只有丁开嶂的抗俄铁血会、朱锡麟的东亚义勇军和张榕的关东独立自卫军残部。其他各路人马又都是绿林草泽之属,仗是没少打,却是打一枪换个地方,好打就打,不好打就走,避免和正规军交锋;首领们只要义薄云天、胆勇过人就行,并不需要太多的布阵设伏、围城打援等军事才干。他们虽然都想借此机会表现自己的足智多谋和深通兵法,沸沸扬扬地你说前后夹击,他说四面合围;你要穷追猛打,他要以逸待劳;你指斥他挂一漏万,他讥诮你腹笥空虚。吵来吵去,也没能吵出一个大家都能接受的主张。

丁开嶂请大家静下来,对张榕说道:"荫华兄,你已是白狐军首领,白狐军又是我们当中最大一支人马,我们大家该听听你的高见。"

张榕说道:"我估计,小川兄早已成竹在胸了。不过……"他说着,试探中带着鼓励地看了看格力图尔,"如果格力图尔……"

"当然,"丁开嶂说道,"格力图尔,你是身经百战的骁将,肯定比我们有更多经验,你说说我们该怎么个打法吧。"

格力图尔站起来说道:"既然张榕先生和丁开嶂先生都要我说,我就说说。"

"说吧,说吧。"丁开嶂微笑道,"我们洗耳恭听。"

格力图尔仍未置一句谦辞,开门见山地讲道:"俄军辎重队有马车百余辆,押运的哥萨克骑兵近千人,现已过了昌图往开原进发,如果这些情报都是确切的……"

"这是毫无疑问的。"丁开嶂证实道,说得异常肯定。

"那么,"格力图尔接着说道,"他们将在今天夜里到达铁岭。这么大一支辎重队,又急于向奉天南边去,是不可能到城里过夜的。他们最合适的扎营地点应该是城东柴河岸边。……"

"有道理。——请说下去。"

"我们三千人马,分属二十几位首领,第一次联合作战,与一千哥萨克比较,我们未必算是强者。我们又一要务求全胜,二要尽量减少牺牲,因此,我们必须采取夜间袭击的办法。"

丁开嶂点了点头,又说道:"三千人马怎样部署呢?"

"我想,各位对铁岭周围地形都很清楚。"格力图尔说着,把自己随身佩带的大刀解下来插到青草尚未踩平的地上,指手画脚地讲解起来。

他说,铁岭西北是辽河,水宽流急,是天然屏障,不必设伏。三千人马可分成三队:一队隐藏在城东柴河岸边的树丛里,作为发起进攻的人马;一队埋伏在城南八里庄一带的庄稼地里,即他们现在会合处附近;一队绕到铁岭东北三五十里的地方,埋伏在马车道两侧的隐蔽处。俄军辎重队在受到从东面陡然而至的袭击后,绝不会奔向辽河自寻死亡,只能掉头东北顺来路溃逃或夺路西南朝奉天突围,埋伏的两千人马便可分别展开围歼。发起进攻的一千人马,无须去追击向上述两个方向败逃的哥萨克,而是要彻底扫荡俄国人营地,确保不留一个活口,然后带上缴获的辎重,迅即往东撤离,将有王绍祖率领的二百名白狐军战士把他们接应到柴河堡北边的密林里。埋伏的两千人马,也一定要在天亮前结束战斗,并以最快速度聚拢人马向柴河堡集中。在那里,各路首领再共同清点缴获的武器、弹药和其他物品,共同商讨如何分配。

在格力图尔对上述想法刚刚进行陈述的时候,除了丁开嶂、张榕等少数几个人,大都不以为然,甚至不相信这条蒙古族汉子能为三千人马的联合行动设计出值得参考的蓝图,都似听非听地坐在那里,好像不得已才去听一通废话。但格力图尔不紧不慢、头头是道的讲述,一句比一句更有说服力地吸引住他们,纷纷站起,津津有味地听着,最后,二十几个人竟在格力图尔周围形成了一个小小包围圈,且都在频频点头。

格力图尔继续说道:"如果我们把发起进攻的时间定在午夜后的两点钟——那该是哥萨克们睡得正香的时候,那么,正面进攻的一千人和埋伏堵截的两千人将分别在三点钟和五点钟左右结束战斗。八点钟左右可在柴河堡取齐。俄国人进行报复的时间最早也要在十二点钟以后,那时,我们早就分头转移了,俄国人连我们影子也抓不着。"

格力图尔觉得已经说完而且说得太多了,便收住话头,抬起头来。这才注意到,人们全聚拢在他的四周了。他有点儿不好意思地收起大刀,扫了众人一眼,又朝站在对面手握下颏似在沉思的丁开嶂抱歉地微微一笑,心里突然想到,那些啸聚数十人乃至数百人的山大王,对正要进行的大战斗固然一

雕开睡眼

时半会儿摸不到门路,说不出个子丑寅卯,但丁开嶂、朱锡麟和张榕呢,可都是有学问的人,又深通兵法,又早就酝酿打一场成功的围歼战了,对面临的联合行动一定作过细致的通盘考虑,也一定在反复推敲后形成了一个成熟的无懈可击的计划。他格力图尔干吗突发异想、自作聪明地指手画脚,讲起什么地形啊、敌我实力啊、怎么进攻怎么埋伏啊以及如何善后啊等等纯属常识性的东西呢?刘弹子要说他不自量力、目中无人,而丁开嶂也要认为他天真可笑、班门弄斧了!

那些眼睛依然在各个方向上盯着他,真有点儿如芒在背了。

如果不是这时有人带着讥讽地向他提出质问,他准会向众人说一声"对不起",并宣布收回自己浅薄的意见了;他也准会从此依然故我,不去想什么作战计划,而甘心继续当一个听命于人的只会冲锋陷阵的战将了。

"格力图尔,"提出质问的人开口说道,"你说夜袭我赞成,也不是你一个人才想到这一点。但你说东面进攻,西南、东北设伏,我就不知道是哪家兵书上的高论了。依我之见,俄人远来新至、劳累不堪,我以三倍于敌的兵力齐至合围,一鼓可下,正不必化整为零,先把自家砍成三截。"

格力图尔看了看说话的人,叫不出名字,却记得此人在辽阳时就像跟屁虫一样总是不离刘弹子左右,心里早有反感。而且,这人提出的质疑是极好回答的,他不免又有点儿兴奋,极想驳斥他个哑口无言。所以,瞬间,刚才的局促不安即消失殆尽。他连丁开嶂也没有征询地看上一眼,就冷然一笑,朗声说道:"可惜你只知道以逸待劳和以多胜少,却不晓得根据实际情况进行变通。铁岭城外,柴河岸边,打起仗来只是弹丸之地,比不得开阔的科尔沁草原。试想,以三千人马铁箍一样包围住俄军辎重队,那一千名身经百战的哥萨克自知必死无疑,必然奋力突围,死中求活,其战斗力正非三千联军可比,这是一。诸位也都知道,我们二十几家人马,几乎互不相识,黑夜混战,更难分敌友,近者刀砍,远者枪击,四千人搅到一个弹丸之地,又如何避免误伤自家人?这是二。——但是,如果我们以一千人马从东面进攻且又不忙于合围,哥萨克们势必舍弃辎重,顺大路朝东北和西南逃窜。进攻的一千人便可轻易扫荡残敌和夺得全部辎重。而两部埋伏的人马,待溃敌出现,突起迎击,肯定是事半功倍,甚至不伤一人一骑便可全歼敌人。请问,是化整为零好呢,还是你的全军合围好呢?"

"我还要问问你,"那个人又说道,"你是不是钻到俄国人肚子里看过了?

要不,怎么敢那么肯定地说,他们不会往城里或者辽河逃跑呢?难道你是怕他们全部被歼才让我们网开一面吗?"

"俄国人除非忘了是在中国,才会离开铁路沿线瞎跑一通;除非都是蠢驴,才会把自己圈进小小城池或者跳进辽河。我看你根本不知道什么叫网开一面,更不懂什么是兵家所忌。"

谁也没想到,竟是刘弹子赶忙拉了那个愤然作色的人一把,并制止道:"别说了!你争不过他。而且……而且,他说得很有道理。"

丁开嶂略显惊讶地问道:"刘兄也认为格力图尔说得有道理?"

"小川兄是否有更高明的谋略?"

"实话说,没有了。"丁开嶂说着,把激动和赞赏的目光投向格力图尔,"格力图尔,真没料到,你竟是个帅才!你为我们的联合行动提供了一个稳操胜券的作战方案。"

格力图尔又有点儿惶悚了。

"不,我是随便说说自己的想法,供大家做个参考。作战方案还是该由先生制订。"

"我的确拟定了一个方案,叫我兴奋的是,你我不谋而合。而且,我想到的你全说了,你说的却有我未曾想到的。我们两人的方案合到一起,才真叫天衣无缝了。我们就这么干。诸位意下如何?"

刘弹子说道:"我看再也找不出比这更好的打法了。没说的,就这,我刘弹子举双手赞成。"

大家七嘴八舌,纷纷表示了和刘弹子相同的态度。

格力图尔见状,反而感到手足无措了。张榕偷偷握了握他的手,他才平静下来。

丁开嶂让大家落座。他又重头讲了一遍和格力图尔互为补充的作战方案,便以统帅身份,开始做战前部署。他先根据各家人马数量,分成大致相等的三支队伍。第一支队伍以白狐军为主体,任务是从东面进攻和夺取押运辎重,统领为格力图尔,张榕则返回白狐军大本营和王绍祖一起做接应;第二支队伍以刘弹子为统领,绕道去铁岭东北埋伏,不得阻击南行的辎重队,只准截杀北逃的哥萨克,不论是否接战,都要在早晨五点钟直接撤向柴河堡;第三支队伍由朱锡麟统领,埋伏在八里庄附近待敌,一旦需要,就去支援格力图尔。丁开嶂则要在夜里十点钟前这段时间内,对三处人马做一次

巡视,然后去白狐军临时大本营,准备迎接凯旋的英雄们。

一切安排停当,丁开嶂宣布会议结束。众人各饮了一碗丁开嶂备下的壮行酒,便一个个抖擞精神、威风凛凛地去执行命令了。

在三支队伍的三位统领中,心里最不宁帖的当然是格力图尔。他倒不是担心白狐军会比其他各家人马遭受更大的损失,凭经验他知道,搞夜袭的进攻和埋伏的人马都不可能有大的伤亡。他担心的是这次战斗的结局。因为这次战斗的成败势必影响到白狐军从此以后的士气,也势必影响到他本人的声誉。二十几家人马的首领和白狐军的全体战士,都知道丁开嶂是按着他格力图尔的谋划部署的,这对他不能不是个太大的精神负担。不出差错还好,出了差错怎么办?再好的作战方案,有时也会被意外情况弄得一团糟的。比如,俄军辎重队天亮后到达铁岭怎么办?白天攻击哥萨克有把握吗?俄军辎重队进城怎么办?白狐军攻进城里还能退出来吗?还有,俄军辎重队不在铁岭停留怎么办?临时改变命令让大家一起尾追过去还是干脆放弃这次联合行动?……想到这些,格力图尔觉得,他在首领会议上锋芒毕露,实在是自找麻烦的逞能。

让格力图尔在战前睡上一觉,养足精神,他是无论如何也做不到了。他只能独自一人踱到河边,依柳而坐,默默等待命运对他的宣判了。

直到时近午夜,疲惫而又兴奋的丁开嶂经过这里,告诉格力图尔,俄军辎重队恰如所料地在过了铁岭城东柴河大桥后便安营下寨了,他才如释重负地跳起来,一点儿也不去掩饰自己的欢欣鼓舞,猛挥了一下胳臂,大声喊道:"我们成功了!"

他们确实成功了。

从后半夜两点钟准时打响的袭击战,到两路伏兵全歼溃逃的哥萨克,总共不到三个小时。整个战斗过程,几乎是格力图尔导演的一出戏,每一步都按着他的预料分毫不差地实现了。到了早晨八点钟,大获全胜的联军已经在柴河堡北边的树林里举行庆功会了。

这一仗打出了抗俄联军的威风,打出了白狐军的士气,也打出了格力图尔的自信。

格力图尔一下子成了人们心目中真正的英雄。

这一仗也打出了格力图尔和刘弹子的交情。刘弹子说格力图尔治军有方、料事如神,他佩服得五体投地,非要义结金兰不可;格力图尔也看出,刘弹子很讲义气,且快人快语、胸无城府,是交得住和无须提防的男子汉,便高高兴兴地表示了同样的愿望。两人避开众人,偷偷焚香盟誓,从此成了生死之交。

二十几家人马公平分得一份战利品之后,就要分头散去了。首领们互道惜别时,丁开嶂说,今后要保持联系,铁岭会战只是一个开头,待躲过俄军报复的锋芒,还要把大家聚到一起,搞更大的联合行动。各首领都表示一定招之即来。格力图尔和张榕也心照不宣地不再去计较檄文上的词句了。大家都同意,以后的行动均打出抗俄铁血会的旗号。

时隔不久,他们真的又组织了几次成功的联合行动。

在不到两个月的时间里,他们几次袭击俄军粮道;在本溪东边的碱厂一带,打得俄军骑兵丢盔弃甲;在兴京城里,几乎摧毁了俄国人在街道修筑的全部阵地。在以奉天为中心方圆数百里的地面上,到处都留下了他们的足迹。

抗俄铁血会的威名不翼而飞,震惊中外。

格力图尔、刘弹子的名字和丁开嶂、朱锡麟、张榕的名字一起,响遍了辽河两岸和东蒙各旗。

他们神出鬼没的行动和辉煌战绩,使坐镇旅顺口阻挡日本海军陆战队登陆的俄国远东总督兼总司令阿列克塞耶夫恼羞成怒。他虽然明知旅顺口即将不保,辽阳防线亦岌岌可危,海战陆战均告吃紧,但还是硬着头皮电令奉天防线司令官抽调一支劲旅,去对付那些"乌合之众",并指示滞留奉天的索拉吉辽夫召集那些花了大批卢布收买的土匪、马贼,协助俄国骑兵进行围剿。总之,他下决心要把抗俄铁血会和其他抗俄组织一举荡平。

抗俄铁血会人马的处境,骤然变得艰难起来。

在一次无法回避的与俄国骑兵的遭遇战中,他们受了重创,损失近千人,要不是刘弹子乘着黑夜把人们带进平顶山一带密林,他们的伤亡会更惨重。这时,几乎所有人都认识到,他们搞偷袭还可以,和俄军正面交锋就力不从心了。丁开嶂决定让各家人马分路撤退,或藏匿草泽,或暂避辽西。他则要把自己的残部带到热河。他说,等他找到可以训练人马的地方,便派人召集大家。至于他为什么要去热河建立根据地,人们没问,他也没说。

格力图尔和刘弹子的人马是最后离开平顶山的。由于大量减员,他们已决定合兵一处,仍叫白狐军。刘弹子虽比格力图尔年长,却执意当副将。

他们仍尊张榕和王绍祖为正副统帅。吴景瑞因身负重伤,暂不任职。一千二三百人的队伍,上下一心。

当时,俄军辽阳防线尚未被日本摧毁,与奉天——兴京防线当中百余里的地方还没有战火。白狐军就准备从这个中间地带,避开追击堵截的俄国骑兵,缓缓向辽河转移。一路上晓行夜宿、跋山涉水,苦则苦矣,却也安然无恙。

第三天拂晓,他们走到一个已空无一人的叫十里河的小村庄。西边不远便是布满护路哥萨克的东清路和与东清路平行的主粮道。格力图尔命大家解鞍休息,待入夜后将强行通过东清路,也许有一场小仗要打。过了东清路,离辽河就只有百里之遥了。最多还有两天时间,他们就能置身非战区的辽西了。

格力图尔一觉醒来,太阳已经偏西。他睁开眼睛,见张榕、王绍祖和刘弹子早已坐在身边,正等他醒来商量晚上穿越东清路的事呢。张榕说,这可能是在辽东的最后一仗,也是避免不了的一仗;东清路和马车道都有俄国重兵把守,白狐军又携带大量伤员,所以,虽是一场小仗,却马虎不得,轻视不得,应做出悉心安排,确保不丢下一人一骑。

大家都点头称是。

正当他们要详细讨论一下具体的细节时,突然从村子西边传来一声枪响。

四个人腾地全跳起来。他们几乎同时在心里喊道:"坏了,我们被包围了!"他们虽然没喊出声,却又似乎全都听到了。

"是西边吗?"格力图尔问道。

"是西边。"三个人同时回答。

"我们没被包围。——走,去看看。"

四个人一起跑到村西,隐在一堵破败的土墙后朝村外看去。见正有一个身穿汉人衣服的人纵马向他们这里狂奔,其后紧随两匹高大的顿河马,马上是两个哥萨克。

格力图尔摸出盒子枪,并用肘子碰了碰身边的刘弹子,轻声说道:"左边的归你,右边的归我。来,一——二!"

两个人举枪一甩,只听一声枪响,便见两个哥萨克已仰身落马。获救的汉人惊讶地在离土墙不远的地方勒住马缰。

格力图尔等人跳出土墙。

那个人又是一怔,但随即大喊一声:"格力图尔!"便滚鞍下马,三步并作两步地跑了过来。

"你是谁?"格力图尔问道。

"您不会记得我,可我一辈子忘不了您的英姿!"

张榕问道:"你是朱锡麟的传令兵吧?"

"小的正是。"

"你们该到辽西了,可你为什么还在这里跟哥萨克捉迷藏呢?"

"是这么回事。"这人说道,又转向格力图尔,"我们在途中救了一个半死的人。过了浑河他才能说出话。他说,他是被俄国人抓到奉天城南修筑土垒的上千名华工当中的一个。他们有的被饿死,有的被打死,白天用绳索连到一起抬土运石,晚上像犯人一样被押进土垒睡觉,苦不堪言。近来听说出了个抗俄铁血会,出了丁开嶂、格力图尔这样的大英雄,便有一个人偷偷说,他认识格力图尔,如果逃出一个人来找您格力图尔,您一定会带人马把他们搭救出来。朱锡麟首领说,既然是您的朋友捎出来的信,是无论如何也要转告给您的。但他又说,奉天城南有成千上万的俄国兵,您最好不去。如果您一定要去,就让我给您带路。朱锡麟首领根据那个逃出来的人的讲述,画了一张地图,我带来了。"

格力图尔接过地图,问道:"那个认识我的人叫什么名字?逃出来的人说没说?"

"说了,叫巴音……"

"巴音赛克图!"

"对,巴音赛克图。"

格力图尔和王绍祖都大吃一惊。

"天哪!"格力图尔呻吟般叫了一声,别的话再也说不出来了。

"格力图尔,怎么办?"王绍祖试探地问道。

刘弹子义气凛然地说道:"是格力图尔的朋友,我们就该去救。没说的,就这!"

格力图尔咬着嘴唇,一时拿不定主意了。

张榕看出格力图尔的矛盾心理,想了想说道:"格力图尔,就让我们接受这次挑战吧。不单单为了你的朋友,更为了上千名苦难的同胞。我们有充分理由为此做出牺牲。"

格力图尔眼睛一亮,异常激动地抓过张榕的双手,嘴唇颤抖了半天,才合着涌流的泪水说道:"谢谢你,谢谢……"

张榕掂量得出格力图尔这简单几个字的千斤分量,王绍祖同样明白张榕刚才那两句话对眼前的格力图尔的千斤分量。刘弹子暂时还不懂,只要大家都同意干,他就高兴。为了格力图尔,让他赴汤蹈火也心甘情愿。但他迟早会明白,朋友之间最需要的不仅是两肋插刀,更要互相理解、互相释疑和互相引导。

张榕为了坚定格力图尔的决心,又进一步说道:"我们刚刚打死两名哥萨克,这里已不能再做久留之地,也不能朝西突破了。我们正可在奉天南向辽河撤退。"

"就这么办!"格力图尔说道,又是一个指挥若定的首领了,"让弟兄们抓紧时间饱餐一顿,然后就整队出发。六十里地的路程,正好去搞一次夜袭!"

34

以巴音赛克图的机智和矫健,在黑夜寻找俄国看守的空隙只身逃出去,应该不是件难事。他毕竟不是被关在四堵围墙的监牢里,而是和数百名华工露宿在土垒后边的乱草中。事实上,他从白狐山脚下循踪追寻格力图尔,在奉天附近不慎落入俄国人手中而被送到城南土垒的当天,他就开始设计逃跑的计划了。

但巴音赛克图没有实行这个计划,却是帮助另外一个劳工成功逃出土垒,去找格力图尔带领人马来搭救他。

这里肯定另有原因。

在讲这个原因之前,我们该先来简单介绍一下俄国人紧急修筑的在后来的战斗中确实发挥了不小作用的土垒。

如前所述,俄国人在对日战争中已是黔驴技穷。他们企图在辽阳防线崩溃后,集中兵力,固守奉天—兴京防线,并把奉天城作为阻挡日军北进的最后堡垒。为此,他们在城南修筑了五座相当牢固的炮台,调进最有威力的远程大炮。为了保卫这五座炮台,又准备在每座炮台前再修一道半月形土垒,一可做步兵迎敌的工事,二可挡住日本战车的推进。修筑土垒需要大量土石,工程堪称浩大。他们以各种理由,抓来上千名劳工,让他们在枪口下挖运土石,在枪口下睡在露天地里。

一天,巴音赛克图无意间发现,双目失明的奈曼乌勒也在这支华工队伍里,正牵着另外一个人的衣襟背运土石!

夜里,他冒险爬出睡觉的地方,在另外一个土垒的后边找到了奈曼乌勒。

"你是谁?"

"我是巴音赛克图。"

"你怎么在这儿?"

"被抓来的。"

"我们也是。"

"你们？还有谁？"

"菊花和包斯尔。"

"菊花？这里还有女人？"

"有几个，都是被他们糟蹋够了的，所幸菊花还没有……"

"这些杂种！——可包斯尔是谁？"

"一个非常好的小伙子。他救了菊花，又陪我们来找格力图尔，和我们一起落在俄国人手里。因为有包斯尔保证我能和别人干得一样多，俄国人才没杀我。"

"我也在找格力图尔。"

"这几天听几个刚被抓来的人说，抗俄铁血会的一个叫格力图尔的人袭击了碱厂的俄国骑兵。但不知是不是他？"

"没错，准是他。"

"他干得好。"

"我们逃出去，一起去找他。"

"我想过了，不行。"

"为什么？"

"不过，你可以把菊花和包斯尔带出去。"

"把你扔下？"

"没有别的办法。"

"不行，绝对不行。"

"那我们只有一起死在这里！"

"不，你别着急，我们会得救的。……"

两天后，巴音赛克图费了不少唇舌，总算联络了十几个人。他们在吃晚饭时，有意喝了过多的凉水。半夜里，都爬起来捂着肚子嚷着要拉稀。看守他们的俄国兵无奈，只好一边叽里呱啦地喝骂，一边端着枪把他们押到用破席头围起来的临时厕所。十几个人拉得厕所内外臭气熏天。等他们出来往睡觉的地方走去时，那几个捂着鼻子的俄国兵根本不耐烦去厕所里看一看有没有人躲在角落。

厕所里剩下一个人。

这个人逃了出来。他喝进肚子里的凉水骗过了俄国人的同时，也使他遭了大罪。连续两天的跑肚拉稀，差点儿要了他的命。要不是他恰巧被朱锡麟的队伍发现和救起，巴音赛克图的妙计也只能成为泡影了。

从那天夜里以后，巴音赛克图让人们暗地里互相转告，说几天内将有抗俄铁血会的人马攻打土垒，到时不要慌乱，要按照抗俄铁血会战士们的指挥，集合到一起逃出去，如果到处乱跑，就会被流弹射中。人们当然希望逃出苦海，但对这些不知是何许人最先说出来的话并不深信，白天照旧汗流浃背，夜里照旧睡得死人一样。

直到一天深夜突然响起惊天震地的马蹄声、枪声和喊杀声，人们从梦中惊醒，才相信果真有一支天兵天将来救他们了。

这支天兵天将便是格力图尔的白狐军。

一千多名骁勇善战且满怀仇恨的白狐军战士，袭击毫无精神准备匆忙应战的俄国兵，那场面是可想而知的。等那五座炮台上的炮兵反应过来，以为日本军队已攻到了门口，连忙调整炮口的方位和角度胡乱射出炮弹时，守卫土垒的俄国兵们几乎全成了白狐军的刀下之鬼。

白狐军的战士们把那些纷乱无序的劳工先引到半月形土垒的南侧，以便避开俄国兵的射击。然后告诉他们已经自由了，要尽快找到各自的熟人，结伴向西逃生。

炮弹开始密集起来。有的就在半月形土垒附近爆炸。

火光照亮了夜空。大地在颤抖。

俄国步兵即将展开反击。

格力图尔在一个半月形土垒的南侧找到了巴音赛克图。叫他大吃一惊的是，在巴音赛克图的肘间躺着奄奄一息的奈曼乌勒，旁边跪坐着抽泣不止的菊花和手足无措的包斯尔。他立刻明白了巴音赛克图为什么不自己逃出去而是派人出去求救。

"奈曼乌勒！"格力图尔凄惨地大叫一声，飞身跳下马背，扑到奈曼乌勒身边，"奈曼乌勒大哥，你怎么也在这儿？你这是怎么了？我是格力图尔，格力图尔呀！"

巴音赛克图愧疚地说道："怪我没保护好他，让他中了弹片……"

菊花哭道："他是……他是为了救我呀！"

格力图尔说道："巴音赛克图，你并没说奈曼乌勒大哥跟你在一起呀？"

"你说他已经死了,你总是感到自责,我怕你……怕你知道他还活着,并且也在这儿受苦,在打仗时会分神的。我这样做要是不对,你就骂我吧!"

"该骂的是我。你们的灾难全是我造成的。我的罪一辈子也赎不清!"

格力图尔说完上面的话,倏然跳起,对身后的几个战士命令道:"你们过来。这三个人,"他指着巴音赛克图、菊花、包斯尔,"你们一人带一个,马上往西撤。要用你们的生命保证他们的安全。稍有差池,我绝不轻饶!"然后,飞身上马,向巴音赛克图伸出双臂,"把奈曼乌勒大哥递给我,快!"

巴音赛克图只好遵命。

这时,张榕和王绍祖也都纵马奔了过来。

这两个人都不认识巴音赛克图,更不认识奈曼乌勒,他们对眼前的场面感到莫名其妙。

格力图尔也不多作解释,只是说了一句:"我们撤。立刻撤!"

白狐军很快撤出炮火连天的半月形土垒。俄国兵竟没有追击他们。大炮却足足打了两个小时。

天明后,奉天守军司令部接到炮兵的战报。战报说日本的一支先遣部队袭击了半月形土垒,天明前被击退。

此时,白狐军已在奉天西南大约五六十里的地方安营下寨了。虽然一部分有病的和受伤的人落在后面,但他们已被告知了会合地点,对这一带的山山水水又大都比较熟悉,也都陆续跟了上来。

张榕和王绍祖清点了一下人马,少了四十多名弟兄。实际伤亡数字肯定更少些,因为有的人可能是跑散而暂时失踪。

格力图尔已无心过问军队的事。在他的眼前,在他的脑海里,除了濒于死亡的奈曼乌勒,别的事情都不存在了。

他的心灵正经受着前所未有的残酷的折磨。

在他刚刚发现躺在巴音赛克图肘间的奈曼乌勒时,他的心灵的折磨便骤然复苏了,和奈曼乌勒之间的一幕幕往事如此清晰地而且似乎伴着一阵紧似一阵的雷鸣一发涌到他的眼前,闯进他的心里,令他昏眩,令他疯狂。他们同在扎布曼都府上当奴隶时,格力图尔为了搭救因在暴风雪中丢了几百只羊即将遭到惩罚的乌日娜金,去求助科尔丹;乌日娜金被放了,而仅仅因为使情人菊花怀孕同时被关押的奈曼乌勒却被打断了一条腿。格力图尔一直认为,这是科尔丹放了乌日娜金的代价。他们的造反义军遭到官军围剿时,格力图尔为了找到可能身陷敌阵的乌日娜金,在已经冲出重围的情况下,抛下群龙无首的弟兄,又冲入敌阵,奈曼乌勒不得不尾随而去,格力图尔本人被俘,奈曼乌勒则被刺瞎了双眼,永远失去了光明。这也是为了他格力图尔。尤有甚者,当他获悉奈曼乌勒和乌日娜金以夫妻名义同住在一间草棚里时,多疑和心胸狭隘使他顿生妒意,竟逼迫早已割掉生殖器的奈曼乌勒以投河自尽明志!

格力图尔无法否认,奈曼乌勒的不幸的祸源,全在他身上。断腿,失明,自杀,他全推卸不了罪责。他为此深深内疚过,深深地自责过,甚至曾想以死赎罪。

随着时间的流逝,这些往事已渐渐淡忘,七百人的命运和不断的冲杀、逃跑,也没有多少空闲供他回忆过去。有时偶然想起,也只是悲叹一声而已。他再痛苦,再自责,也无法使死去的朋友活转来了。

然而,奈曼乌勒竟没有死!而且,现在正躺在他的怀里,呻吟着,流着血……他觉得那不是奈曼乌勒的血,而是他的心脏涌流出的血。

此刻,他不仅看到了过去,也看到了现在,看到了奈曼乌勒离开草棚后的足迹。这个刚强的、满脑子智慧的、幽默健谈的、义薄云天的,他格力图尔最尊敬、最爱戴的好兄长、好朋友、好老师,又为了他格力图尔的错误受了多少苦、遭了多少罪呀!

他的眼睛模糊了。他的心里也许正在流血!

当他驱马走到河边,小心翼翼地擎着奈曼乌勒轻飘飘、绵软无力的身体滑下马鞍,并把这个比他的生命还要珍贵百倍的身体平放在柔软的沙滩上时,早已泣不成声了。

跟过来的王绍祖、包斯尔和菊花,看到格力图尔悲痛欲绝的样子,谁也不敢出声,谁也不敢去触摸一下奈曼乌勒的身体,连最有权利搂抱奈曼乌勒恸哭的菊花,也目瞪口呆地伫立一旁,流不出一滴眼泪了。

格力图尔没去看一眼这三个人,也看不到他们。他的眼,他的心,全被锁住了,全被锁在身前的圣洁而神圣不可侵犯的身体上了。

他慢慢站起来,撕下自己的衣襟,慢慢走到河边,洗了又洗,然后又慢慢走回来,跪在奈曼乌勒身边,轻轻拉开已露出伤口的破烂得着手即碎的上衣,小心谨慎地去擦拭嵌入俄国人弹片的伤口,好像在擦拭镶满宝石的纯金铸就的无价之宝。

离开睡眼

"大哥,"格力图尔抽咽着说道,似在央求奈曼乌勒,似在哀告上苍,"大哥,你不能死!千万别死!给我个机会吧!……"

他这话除他自己,大概只有奈曼乌勒本人明白了。

奈曼乌勒浑身抽搐了一阵,不知是他真的听到了格力图尔的央求,还是被清水擦拭的伤口感知了疼痛。

"大哥!"格力图尔又喊道,"你睁开眼睛说话呀!你看看,我是……格力图尔。骂我吧!"他说这话时,已经忘记奈曼乌勒早就双目失明了。

奈曼乌勒果然缓缓撩起眼皮。他听出了格力图尔的声音,也好像真的看见了格力图尔。因为格力图尔分明看到,在他那深陷的眼窝里有一丝惊喜的亮光在闪动。

"格力图尔……"奈曼乌勒费劲儿地喃喃说道,伸手准确地抓住格力图尔的腕子,嘴角处拉出一个宽慰和痛苦混合的微笑,"我到底……找到你了……"

奈曼乌勒的声音很微弱,加上流水声的干扰,在场的其他几个人根本分辨不出他说了一句什么话;格力图尔却听得十分真切,一半凭耳朵,一半凭心灵。

"大哥!"格力图尔的词汇里好像只剩下这两个字了。

"我一直在找你呀,找你呀……你可真难找……现在找到你了,我却真的……真的要死了……"

"不,你不能死。我不会让你死!"

"傻弟弟,死神可不听你指挥呀。……唔,你听,是菊花在哭!是她吗?"

"是她。"

"包斯尔……"

"包斯尔也在。"

"真好,都活着。真好……"

"你也必须活下去!大哥,答应我吧!"

"我要说了算,可以答应你……一百次。可格力图尔,这是命呀!……再说,我的生命已经没有任何价值了……"

"我需要你,我们都需要你!"

"听着,格力图尔,我没有多少时间了。我有两件事,只有两件……我拼死拼活找你,就为了……为了这两件事……唔,天哪,让我歇一歇,歇一歇……"

格力图尔见奈曼乌勒额头发亮和说话愈来愈艰难的样子,心如刀绞,意识到,眼前这个从头到脚遍布伤痕的可敬、可怜、可悲的身体中,生命的力量就要耗尽了。他也知道,他哭也好,喊也好,祈求佛爷也好,怒斥死神也好,都没有任何用处。他甚至在向那找不到边缘的伤口擦拭第一下的时候,就陡然感到,他正在开始为死去的朋友擦洗尸体,因为他不能看不到,那伤口的中间部位正对着心脏!如果奈曼乌勒永远不再苏醒过来,不再伸手抓他的腕子,不再张口说话,他或许只有有限的悲哀和有限的遗憾。而现在,他却要眼睁睁看着奈曼乌勒在痛苦地抽搐中和极力要说出最后嘱托的情况下,一步步向另一个世界走去,他则回天乏术、束手无策,他的悲哀的分量怎能不无限增大,他的深深的自责又怎能不无限膨胀呢?但奈曼乌勒肯定有重要话想说,他也必须听完,不能让奈曼乌勒带着遗恨离去。所以,他使足力量,抑制着胸膛里就要爆炸开来的悲痛,抑制着就要喷涌而出的眼泪,轻轻握着奈曼乌勒又开始凉下去的枯瘦如干柴的大手,安静地等着那张紧咬痛苦的嘴重新张开。

奈曼乌勒终于缓过气来。

"格力图尔,"他说道,发音已经含混不清了,"乌日娜金中了魔,你要去……要去救救她,把她从科尔丹的魔道里救出来……你听清了吗?"

"我……听清了。"

"你是个男子汉,不能……不能容忍别人抢去你的……妻子。你一定……一定要把乌日娜金从科尔丹手里……夺回来,夺回来……听到了吗?"

"听到了,大哥……"

"你要发誓……发誓夺回来。"

"大哥!……可是……"

"你发誓!"

"好,我……发誓。"

"这才是个男子汉。……还有,我已经……已经不能做丈夫,而且……就要死了。包斯尔是个……好青年。菊花……需要有人保护。你替我……替我成全了他们。"

"我答应。"

"你发誓。"

"我发誓。"

"谢谢你。谢谢……我好累呀！……唔,格力图尔,我曾……曾做过跳河自尽的……假象。这里……这里好像又有一条河……是吗?"

"我们就在河边。"

"真巧!……又是一条河,一条河……真巧,一条河,多巧,多巧啊!……"

半个小时以后,奈曼乌勒逝去了。他嘴唇吐出的最后一个字是"河"。

格力图尔和菊花都哭得死去活来。王绍祖和包斯尔也泪湿衣衫。

他们在晚霞映红半边天的时候,把洗得干干净净穿得整整齐齐的奈曼乌勒葬入抽泣不止的河水中……

格力图尔陪着菊花在岸边默立到深夜。

一天以后,白狐军渡过辽河,到了辽西。

格力图尔从几个交情较深的部下手中索来一堆珠宝。这些珠宝足以买一座毡帐、几百头牛羊和一辈子穿不完的四季服装,也就是说,足以建起一个家庭。他把这些珠宝送给了菊花和包斯尔,让他们到一个远远的地方去过日子。

菊花说,她要留在白狐军。

"这不行。"格力图尔说道,"白狐军不要女人。就是要,我也不准你留下。你要和包斯尔去过安宁的日子,我也……我也渴望安宁的日子,可是我不能。你们——你和包斯尔,万不可再卷入打来打去越打越糊涂的队伍里了。你和包斯尔安宁快乐,对我对奈曼乌勒都是一种安慰。听我的话,去吧,找一个僻静的地方,越偏僻越好,去放羊放牛,生儿育女。这是奈曼乌勒死前最后一个愿望。我向他发过誓,我必须实现对他发下的最后一个誓言。"

菊花知道格力图尔是个异常固执的人,她争论也没有用,只有洒下一串眼泪,和包斯尔走了。他们走了多远,在什么地方落脚,过得是否快乐,我们不得而知。但我们知道,两年以后,当格力图尔的白狐军不得不加入被张作霖赶到突泉镇的白音达赖和陶克陶呼的联合队伍时,偶然遇到了抱着不满周岁的儿子与包斯尔一起流浪的菊花,格力图尔收留了他们。从那以后,直到格力图尔率领白狐军残部去寻找张榕和丁开嶂,他们再也没分离过。这是后话,暂且按下。

35

　　白狐军在辽西扎营的地方离新民不远。这里很隐蔽,也很平静,左近的百姓又愿意为他们提供粮草,他们在这里做一段休整是没有问题的。张榕和格力图尔都力劝王绍祖借此机会去探望一下避祸亲戚家的父母和妹妹,并说,可以多住几天,如果出现紧急情况,就派人去找他。

　　王绍祖也有这个想法。他特别想去看看爸爸。他和爸爸之间,以救张榕和科尔丹为契机,终于结束了形同路人的尴尬而痛苦的局面,长期压抑中的父子深情骤然爆发出来之后,由于紧张的逃跑和匆匆离别,还没有来得及互相倾吐、互相交流。和他比较,已近暮年且一夜间丢了官职、丢了财产甚至无以为家的爸爸,就更需要这种至爱真情的慰藉。他有责任做到这一点。在他的责任感中,还免不了带有解脱不掉的内疚和对爸爸的怜悯。这就更使他想扑到爸爸怀中的心情变得急不可待了。所以他欣然接受了张榕和格力图尔的建议,骑上快马,顺着辽河西岸向北飞奔而去。

　　出乎预料的是,他中午离开营地,第二天深夜便心急火燎地跑了回来。

　　"发生了什么事?"从睡梦中惊醒的张榕不安地问道,"令尊他们……"

　　"不。他们都很好。"

　　"可你好像在家里连脚也没歇一下。"

　　"爸爸赶我走。我也恨不得立刻飞回来。"

　　"为什么?"

　　"我担心你们会出事。"

　　"我们?"

　　"我们的处境非常危险。"

　　此刻,挤在同一座帐幕里睡觉的格力图尔和刘弹子也都醒了。

　　格力图尔一边穿衣服,一边焦急地问道:"你快说,怎么回事?"

"爸爸告诉我,增祺将军带着家眷和一批官员就躲在新民附近一个出过两名举人的村子里,离爸爸避祸的地方不远。"

格力图尔说道:"那就赶快换个地方嘛。"

"爸爸正准备这样做。这还不是问题的关键所在。爸爸还说,新民一带驻扎着一支庞大的俄国军队。"

张榕惊问道:"他们怎么在非战区驻军?"

"俄国佬还管这些?"格力图尔说道,又转向王绍祖,"接着说下去!"

"据说,这是一支混合部队。其中就有围剿过我们的骑兵。还有一部分是从公主岭一带撤回来的,原是搜捕巴布扎布和井户川田组织的'永治挺身队'的。"

"你说是井户川田?"格力图尔似乎听说过这个名字。

"是的,一个日本少佐。他们专门炸毁长春至铁岭的铁路桥梁。他们已被俄军击溃。这支俄国军队在前不久,还追剿过白音达赖的队伍。——就是那个白音达赖,他拉起队伍,劫夺了法库的俄国军火库。"

"天哪,他没有骗我们,真的干起来了!"

"他已败退到北边去了。俄国军队最后放弃了对他们的追剿,也集结到新民。爸爸说,他估计这支俄国混合部队可能有两个任务,一是打我们,一是一旦需要去增援奉天守军。爸爸说,我们一千多人驻扎在俄国人眼皮底下,很快会暴露目标。所以,让我马不停蹄地赶回来,以便及早作好打算,避免在毫无精神准备的情况下遭到袭击。"

格力图尔叹口气说道:"现在已没有战区和非战区之分了。可我们一小半弟兄都带有枪伤,没有力量去迎接一次大战斗了。看来,我们只有撤,往西、往北,或者干脆去科右中旗恢复元气……"

"而且事不宜迟。"张榕说道,"我们驻扎在这里的消息会很快传出去的。"

刘弹子说道:"格力图尔,对东蒙的情况,我们都不太熟悉。去哪里,何时动身,你就拿主意吧!"

"我也没个准主意。再说,统帅、副统帅都在,咱们大家商量吧。"

"别统帅、副统帅了,我们是一条船上的人,都是弟兄,又是到你的家乡,不正好由你说话吗?"

"唔,等一等。"王绍祖打断刘弹子的话,说道,"爸爸在我临行前曾提出一个建议,我想,我们可以作为参考。他说,在我们南边不远,驻扎一支预防战火蔓延而备战辽西的朝廷大军,统帅是马玉昆将军。荫华兄知道这个人吧?"

"是的。他很有名气,据说也很有骨气。"

"此人甲午战争时曾在平壤同日军血战,并曾和义和团一起抵抗过进攻北京的八国联军。其爱国热情和赫赫战功尽人皆知、声震朝野。爸爸说,由马玉昆率领大军驻守辽西,或许对我们是一件幸事。爸爸和马玉昆有过一面之交。爸爸说,马玉昆的帅帐设在锦州,我们可以去见见他。前不久,俄国军队把驻扎在新民厅的一部朝廷人马赶走,他不可能不衔恨在心。所以,他即使不肯和我们协力抗俄,也会出于同情而尽一点儿暗中保护之责的。这样,我们至少能得到一个喘息的机会,待养精蓄锐后再展宏图。我带来了爸爸写给马玉昆的亲笔信。"他说着掏出信来递给张榕,"不知诸位是否认为可以一试?"

刘弹子叹道:"没想到朝廷还有马玉昆这样的将领!"

张榕粗略地看完信后,沉吟着说道:"马玉昆确实有过光荣历史,可是世事难料。他如今又被加封太子少保衔,正是志得意满,也更加奉命唯谨。只怕是……重演一出将军衙门的悲剧。"

王绍祖说道:"马玉昆毕竟不是增祺。这两个人的操守是有天壤之别的。"

格力图尔说道:"我看,我们就去试一试。反正……"他说到这里,猛地收住话头。他下面原拟脱口而出的话是:"反正我是不甘心带着残兵败将返回科右中旗的。那样,家乡父老会怎么说?肯定会说,瞧这没出息没志气的格力图尔,在外面闯荡了两年多,结果又被人赶回老家做起缩头乌龟来了!我格力图尔的脸面往哪儿放?"可这话怎能说出口呢?如果说出来,眼前这几个人乃至更多的弟兄会认为他把自己的声誉看得比一千多人的命运都重要,大家还能尊敬他信任他吗?这话想一想都不应该,又如何能说出口来呢?在这一瞬间,他同时对自己同意去找马玉昆试一试的想法做了一次说服自己的解释。他想,只是试一试而已。成了皆大欢喜,不成再走不迟。有王世祺的面子,马玉昆还不至于对白狐军下毒手。所以,他停顿片刻后,接下来说出的是下面的话:"反正我们眼下没有现成的路可走,碰一碰运气也没什么不可以。顶不好,听他几句喝骂到头。他总不会像俄国人那样非置

雕开睡眼

我们于死地不可吧?"

"荫华兄,"王绍祖说道,"你意下如何?马玉昆有可能像增祺那样对待我们吗?"

张榕笑了笑说:"我们很难对结果做出准确的判断。我也是投鼠忌器,猜测而已。不过,格力图尔说的也有道理,我们就试试运气吧。最要紧的是,一定要保证白狐军一千多弟兄的安全。"

"当然。"王绍祖说道,"我们几个还在其次。弟兄们跟我们一场,出生入死,不容易。刚刚逃出虎口,再不能把他们送进狼窝了。为了把握起见,我先去见马玉昆,你们带领弟兄缓缓南下,一可避开俄国人耳目,二可等待我的消息。这样,我们就有回旋的余地了。"

刘弹子赞道:"妙计!没说的,就这。我同意。"

张榕也点头道:"绍祖想得很周密。所谓'防人之心不可无',也恰合'有备则制人,无备则制于人'的古训。"

格力图尔说道:"我们意见一致,就算定了。不过,我们得先确定一下路线,要不,绍祖返回时怎么找到我们的行踪?"

"我顺官道直奔锦州,你们就沿绕阳河东岸行进吧。"

"绕阳河?"

"我们西边那条小河就是绕阳河上源。这条河在官道和辽河之间,与辽东战场和沿官道驻扎的朝廷守军都有一段距离,比较安全。至于我,因为去拜见父亲的朋友马玉昆将军,官军是不会难为我的。"

"好,就这么办。你明天一早启程。我们明晚整队出发。你就按每天五十里来计算我们的行程吧。"

"那我就更容易找到你们了。"

第二天晚上,白狐军准时开拔了。他们以百人为一队,每队相隔一二里,顺着清澈见底的绕阳河,迤逦向南前进。每走五十里左右,便埋锅造饭,安营下寨。一路上倒也消闲轻松。他们走完第三个五十里的时候,王绍祖便赶了回来。

王绍祖这么快就赶回来,像他去探望亲人提前返回营地一样出人意料。但这回,王绍祖可不是心急火燎、惊慌失措,而是兴致勃勃、如沐春风了。

人们都看得出来,他此行获得了满意的结果。

只是太快了,快得令人难以置信。

"我要不是跑了不少冤枉道,昨天就该把好消息带给你们了。"他好似听到了人们心里的疑问,这样开始了他的汇报。他接着说,他驰到一个叫青堆子的地方休息打尖的时候,才听说马玉昆将军正在大虎山巡查朝廷驻军的营地。他迅即飞马折回大虎山,顺利地见到了马玉昆将军。马玉昆虽已年逾半百,但精神矍铄,举止风雅。在看过他呈上的信并询问了白狐军一些情况后,大义凛然且毫不犹豫地对白狐军的"义举"倍加称许,并当即表示,既然白狐军陷入困境,他马玉昆怎能冷眼旁观、置之不顾呢?

王绍祖喝了一大口凉水后,又继续讲道:"马玉昆将军说,他一生爱国如爱家,也同情那些爱国的热血青年。他对外国人恨入骨髓,早就盼望有为的青年们群起御侮,为国人争口气了。遗憾的是,他作为朝廷命官,只能遵照圣旨严守中立,不能与抗俄的弟兄一起挥戈上阵。他最后说,他愿为白狐军提供休整的营地和一切必需的装备。具体事宜,待见到各位首领后共同商定。"

"完了?"格力图尔问道。

"对,就这些。"

"可真够容易了!"

张榕说道:"有点儿过于容易了。"

"怎么,你觉得不可信?"

"过于容易的事总难以叫人踏实。"

"换上增祺,我也不会相信。但他是马玉昆,他说得又那么恳切,我认为都是肺腑之言。如果他……"

"绍祖,"格力图尔打断王绍祖的话说道,"你刚才说马玉昆将军要接见全部首领?"

"是的。"

"在什么地方?"

"大虎山。"

"我们的队伍呢?"

"他说,现在走到哪里就在哪里暂时扎营,由他和我们共同商定个合适的地方。"

"你回来的路上有没有发现有人跟踪?"

"跟踪?怎么会?……我是说,我急于见到你们,没注意到这一点。"

"你太兴奋了。"

"你是不是怀疑马玉昆有诈？"

"冲他说的那么恳切，又没让我们率领人马同去大虎山，倒不像有诈。不过，我们还是谨慎些才好。——巴音赛克图，立即派出一百名精细的弟兄，在营地十里范围内严密巡哨，如有异常情况飞马来报！"

"明白了。"

巴音赛克图归队后，执意不肯担任一部人马的统领，格力图尔也觉得身边需要他这样一个聪明洒脱的伴当，便也不去勉强他，依然让他做自己的副将。

当下，巴音赛克图接受了巡哨任务，答应一声准备去执行命令。

"等一等。"格力图尔又喊住他，"让弟兄们都带上火把和火柴，谁发现了紧急情况又来不及回来报告，就点燃火把向我们示警。营地也要安排好下夜的人，彻夜密切巡查。"

巴音赛克图钻出帐幕后，王绍祖笑了笑说道："这也好。……那么，我们还去不去见马玉昆将军？"

"当然要去。你答应的事，代表咱们大家，我们不能失信。……绍祖，我不是不相信你。我们相交多年，深知你有一双善于识人的眼睛，更佩服你判断事物的能力。这件事成功之后，等于你为这一千多弟兄立下了奇功，大家会一辈子感谢你。但张榕说得对，我们不能单往好里想……"

"说来说去，你们对我这次交涉还是疑信参半！"

"我绝对相信你，可我……"

"可我相信马玉昆。"

"你就允许我怀疑他一次吧。等证明我错了时，我一定向你道歉。"

"你还像以前一样多疑。"

"奈曼乌勒大哥也这样批评过我，为了你，为了乌日娜金……"

"格力图尔，"王绍祖知道自己失言了，便连忙抱歉地说道，"原谅我，我不该勾起你对往事的回忆。"

"过去的事是忘不了的。也许……这次又是我的多疑伤害了你，破坏了你的情绪？"

"不，我应该理解。怀疑有时也是谨慎的表现。我不该对你的谨慎也不满。"

"我可没生你的气。"

"我也是。或者说,我的气已经消了。"

格力图尔笑了笑,迅速平复下心海里涌起的浊浪,诚恳地说道:"绍祖,你知道我现在最希望的是什么？我最希望的就是我们的防范是多此一举!"

"我相信会这样。要知道,我们的队伍可能在哪一带扎营,马玉昆连问都没问!"

"那就让这一百名弟兄白白辛苦一宿吧。"

"可你得好好慰劳他们一顿,用你自己的钱。"

王绍祖说完,自己先笑了。格力图尔也笑了。

张榕和刘弹子知道眼前这两个争一阵笑一阵的人是多年至交,而他们和这两个人相处时间还不长,总有疏密之分,不便介入争论,但可以介入笑,所以,他们也跟着笑了。……

一夜无话。

直到第二天凌晨,派出巡哨的人也没有在任何方向上发现可疑迹象,大家都觉得安心了。王绍祖又恢复了兴奋和高昂的情绪。

格力图尔、王绍祖、张榕和刘弹子准备赶早动身去大虎山。

天还没大亮,营寨里一片沉寂,人们大约都在酣梦中。

为他们送行的,只有巴音赛克图和吴景瑞。

四位首领翻身上马,缓行了一段之后,格力图尔似乎猛然想起什么。略一犹豫后,他拉住马缰,让另外三位继续缓行,说他要回去嘱咐巴音赛克图几句。

十分钟后,他追上了同伴。

王绍祖问道:"你还是不放心?"

"恰恰相反,我回去是让巴音赛克图撤回巡哨的弟兄。"

"留下慰劳他们的酒钱了吗?"

"当然。那还用说？言而有信嘛!"

四个人免不了又是一阵大笑……

白狐军扎营的地方离大虎山只有六十七里的路程,要不是得涉过两条河、爬越几座陡峭的山,他们在中午前就能到达,不会是下午三点钟了。

他们在哨卡处下了马。守兵们似乎早就知道这四个人是谁,是来干什么的,也不盘查,更没搜身,而是十分客气地把他们带进军营。

离开睡眼

大虎山是朝廷常年派兵驻守的要塞,军营不是帐幕,是青砖瓦房。其中最高大的带有飞檐和风铃的戒备森严的一座,当是驻军统帅的住处。马玉昆就在这座房子的一间可以容纳二三十人的大厅里接见了白狐军的四位首领。

大厅门口鹄立着两个荷枪的彪形大汉。

四个人从这两个彪形大汉中间步入大厅时,都感到自己矮了半头。

大厅里,正面是一张条几,条几后面的虎皮椅上昂然坐着马玉昆将军。条几前面左右各设有两把椅子,显然是为这四位客人备下的。

"请坐下。"马玉昆说道,指了指那四把椅子,"我已等候多时了。唔,我们是两军谈判,先不必见礼。"说完笑了笑。

四个人也就略略打了一拱,分别坐在四把椅子上,心里觉得不那么紧张了。

马玉昆拍了一掌,随即一笑说道:"别害怕。我拍一下掌是唤茶,马上会有人递上茶碗。他们都是大个头,也不必害怕。我喜欢大个头。我拍两下掌是唤酒。不过,先喝点茶,一会儿再上酒菜。"

马玉昆刚说完,果然有四个高大的汉子各擎一个茶盘从侧门走了出来,分别单膝跪在四个客人脚前。

四个人只好取过茶碗,飞快地喝完。

"看来,四位首领一定是又渴又饿,那我们就先吃点儿喝点儿。"

王绍祖面有急色地说道:"大人,还是先……"

"不。不忙。我们的事好商量,我会叫你们满意的。还信不过我吗?"说着,伸手拍了两下,"我们就边喝边谈吧。"

四个送茶的人退了下去。

八个同样剽悍的大个头,每两人抬着一张摆满酒菜的长方形矮桌走了出来,放在每个客人前面一张,然后分别垂手恭立两旁。又有一个人擎着菜盘放在马玉昆的条几上。

"给客人斟酒。"马玉昆命令道。

每一组的两条大汉便一人持壶,一人拿盅,满上酒后递给客人。

四个人似乎都有点儿犹豫。

"接过去喝吧,别客气。还不动手?!"

马玉昆这后面的话说得声色俱厉。四个人还以为是自己的客套使主人生气了呢,便同时伸出双手去接酒盅。岂知,这正是马玉昆的暗号!

说时迟,那时快。马玉昆的话音刚落,四个身强力壮的白狐军首领,早被斟酒的手扭过了胳臂,动弹不得。随即又有人跑了进来,把他们的胳臂用牛皮软索牢牢捆住了,然后都被从椅子上拽起,被搜去怀里的短枪。

王绍祖气得脸色煞白,破口大骂道:"老贼!你骗了我!你真卑鄙!"

马玉昆哈哈大笑。笑毕朗声说道:"所谓兵不厌诈,我马某只是略施小计而已。"

格力图尔冷笑道:"马大人,你想抓我们,杀我们,实在没必要费这么多手脚!"

"非常必要,每一个步骤都是必不可少的。"

"我要是你,就不会这么小题大做!"

"派人跟踪王绍祖,然后把你们一网打尽?"

"那你就会立下更大的功劳!"

"更可能是劳而无功!我当然不会忘了跟踪以便确知你们扎营何处。但说到一网打尽,又谈何容易!而且,你们那些喽啰,死多少跑多少算得了什么?我要在把你们几位请到我这里之前就去围攻你们,你们四位突围一位,我都不上算。你们都战死,我更不上算。你们能中计前来,我就更不能给你们反抗的机会,不能让你们在反抗中被打死,哪怕一个。你们知道为什么吗?因为你们都是朝廷挂名的重犯。我少生擒一个,就少一份奖赏;多生擒一个,就多一份功劳!"

"马玉昆!"刘弹子喊道,"我早知道你们这些当官的没一个好种!有能耐算计我们,怎没能耐去算计洋人?"

"算计洋人?哼,你们在算计洋人!可你们给朝廷算计出多少麻烦?俄国人早就因为你们向朝廷提出抗议了!"

张榕说道:"因此你就对付我们,向俄国人讨好?"

"尤其是你,张榕!你是张榕,我没猜错吧?"

"算你有眼力。"

"你是朝廷悬重赏捉拿的要犯!"

"张某深感荣幸。"

"你会更加荣幸呢!俄国人同时悬重赏要你,还有丁开嶂、朱锡麟的人头!"

"你可以同时捞到两份赏金了,马大人。你这个皇上的爪牙,俄国人的狗!"

"骂得好!"刘弹子叫道,"骂得痛快!好好一个国家,全让你们的皇上老子加上你们这群吃里爬外的乱臣贼子给糟蹋了!

"住口!"马玉昆喝道,"要不是还需要录你们的口供,我非割掉你们的舌头!"

"割吧,割吧!"从半昏迷状态苏醒过来,依然如身陷噩梦的王绍祖咬牙切齿地说道,"你就先割掉我的舌头吧!不是我愚蠢地劝说他们,他们就不会落入你的陷阱!"

"王绍祖,你就闭上嘴待在那里吧!不管你怎么说,你在你这几个朋友的心里都是个不仁不义、出卖白狐军的形象了。但对朝廷,对我,你还是有功劳的。"

"卑鄙!"

"因为你的功劳,我可以减轻对你的处罚。"

"卑鄙!卑鄙!……马玉昆,你知道你在干什么吗?你要杀的是国家的精英、国家的栋梁啊!他们舍命抗俄,是为了中国,为了中国人啊!你身为朝廷军官,手下带着重兵;却眼睁睁看着国土沦丧、生灵涂炭,不仅按兵不动,还要帮助俄国人屠杀爱国志士,你会败坏前半生的英名而遭到万世唾骂的!"

"你懂个屁!小小年纪,不学无术,信口雌黄!你懂什么叫爱国?好像就你们几位大英雄痛恨俄国人!这不是小孩打群架,是日本和俄国在打仗!是国家和国家之间的战争!皇上明智,宣布局外中立。可你们,这些不知分寸的黄口小儿,却胡捅猫蛋,惹得俄国人屡次找我的麻烦,找朝廷的麻烦。俄国人就是以此为由进驻辽西并拒不撤兵的!你们还想继续惹乱子把中国也搅入这场战争吗?这个罪责你们承当得起吗?——我没必要跟你们讲这些大道理,讲了你们也不明白,反正你们的行动已构成违抗局外中立条规的重罪,离死期不远了!"

"马玉昆!……"

"住口!我不想再听你满嘴胡言乱语!"

"那我就求求马大人成全我,先给我一刀吧!"

"也许我恰恰要对你网开一面。"

"不！"王绍祖疯狂地喊道，"我不接受你的恩典！你是想让我在痛苦的自责中煎熬，你真卑鄙，真残忍！不！不！我要死。我要死在朋友们面前。是我给他们，给白狐军带来的灾难！——格力图尔，张榕，刘弹子，我对不起你们，恨我吧，恨我吧！到阴间也别饶恕我！我是死有余辜的呀！格力图尔，我好悔呀！我好恨呀！都是我的罪过！我好悔、好恨呀！……"王绍祖说着，放声大哭起来。

沉默了好半天的格力图尔对王绍祖说道："我不恨你，绍祖，我们都不恨你。这不是你的罪过。但你太傻了，我们都太傻了。我们是一群不可救药的傻瓜！我们都以为在朝廷的官吏里，还能找到几个好人，找到几个值得信赖、可以依靠和能同我们一起并肩救国的人。我们错了。这样的官吏没有！即使有那么一两个，也只能弃官逃亡，落个和我们一样的下场。我们错了。我们太傻了。我现在才算明白，可已经晚了……"

"你们是够傻了。"马玉昆说道，冷冷一笑，"可你们傻的不是别个，是你们如此顺畅地落入法网。靠这点儿极有限的头脑，还想干什么惊天动地的大事吗？难怪你们都去做了草寇！"

格力图尔痛恨中带着讥诮地说道："马玉昆马大人，你不要自鸣得意！你骗了我们，再也骗不了别人。你抓住我们四个，别想抓住更多！还会有人抗俄找你的麻烦。我们的一千多弟兄，也会替我们报仇，迟早取去你的头颅的！"

"哈哈哈哈……"马玉昆大笑道，"只怕这会儿你那一千名弟兄的营地上，早已血流成河了！"

"刽子手！"王绍祖喊道，又险些晕过去。

格力图尔看了一眼同样骇然的张榕和刘弹子，对王绍祖说道："他马大人的精明程度并不在我们之上。"

"你说什么？"马玉昆惊问道。

格力图尔戏谑地挤了挤眼睛，说道："我替马大人感到惋惜，一准到手的一件大功，突然飞了！告诉你吧，马大人，昨天半夜，那里便是一座空营了！"

马玉昆还没说出话来，王绍祖先问道："真的？"

"原谅我，我没有告诉你，也没有告诉张榕和刘弹子。我怕我又是多此一举，也不愿意因此让你不痛快。"

"谢谢你，格力图尔，谢谢你！"

王绍祖这话的意思,在场的人都能明白。

马玉昆已气得浑身乱抖,不顾身份地一把抓住格力图尔已被撕破的衣襟,满口喷着唾沫星子地骂道:"好个臭小子!说实话,那真是一座空营吗?"

"大人,这会儿你派出去的人马也该扛着白狐军的空帐幕来向你请功了!"

"我要亲手一刀刀割了你!"

"我的人会以同样的方式对你进行报复!"

"做梦!"

"听着,马大人,我那安然无恙的一千人里,有足智多谋的吴景瑞,有剽悍无双的巴音赛克图。还有那么几个能穿房越脊、弹无虚发的杀手。不算太多,但对付你一个人就绰绰有余了。"

"我要把他们赶尽杀绝!"

"大人净说大话。那个地方只有我知道。我临行前告诉他们,两天内我不去找他们,他们就开始对大人你采取行动。所以,大人眼前最要紧的是想出个保护自己的主意。在这里不安全,去锦州路上更不安全。马大人这么大的官,死于非命,怪可惜,也叫人笑话。"

恰在此刻,有人进来报告。

马玉昆狠狠瞪了格力图尔一眼,一甩胳臂,松开手,转向进来的统领模样的人,问道:"一座空营,对吗?"

"大人英明,的确是一座空营。"

"滚!滚下去!"

统领怔了一下,不知因为什么挨骂,赶快退了下去。

马玉昆恼羞成怒地冲着格力图尔骂道:"臭小子!我会让你知道要我的人是怎样的下场!——把他们全押下去,严加看守!"

这回,他连王绍祖也不想放了。

36

　　四个人虽然被关押在一间牢房,但除三面坚固的木栅外,日夜总有十几个荷枪的看守,他们不好交谈。其中三个满腹疑问的人,都想问问格力图尔的葫芦里卖的什么药,却又怕问漏了让看守听到,只能你看看我,我看看你,在心里同自己嘀咕。而格力图尔则像没事一样,来饭照样大吃大嚼,然后什么也不说,转身向壁而卧,齁齁大睡。

　　刘弹子实在忍不住了,便在吃饭时悄声问道:"格力图尔,看你那样子,好像知道我们不会死。"

　　"当然。别再问了!"格力图尔在牢房里只说了这么一句话。

　　刘弹子不再问,张榕和王绍祖也不好去问。他们心里还是纳闷,也难以踏实。

　　第四天,马玉昆果然来到牢房放出他们。

　　"滚!别让我再见到你们!"马玉昆颤抖着气得发紫的嘴唇,咬牙喝道,然后转向身后的一群兵勇,"把他们轰出营寨,越快越好!"

　　四个人中连格力图尔也没来得及说出一句话,便被兵勇们挟持着趔趔趄趄出了牢房。不到半小时,他们便被推搡到上山时第一道哨卡的外面了。

　　不远处,停着一辆马车,驭手位置上竟是巴音赛克图!

　　格力图尔忘情地丢下三个莫名其妙的同伴,几步跑到马车车门前,扑通一声跪下去,热泪涌流地叫道:"将军夫人!好妈妈!谢谢您救了我们!谢谢您!我们一辈子忘不了您的大恩大德……"说到这里,早已泣不成声了。

　　车窗开处,将军夫人露出慈祥的脸。

　　"别哭,孩子。快起来。"

　　后面的三个人中,只有刘弹子没见过将军夫人。但他看到张榕和王绍祖也双双流泪地跪在车前,便也跪了下去,以为那车里的老妇人肯定是救命

菩萨。"

王绍祖哭得最伤心。

"起来,起来,都起来！我已答应马玉昆,让你们尽快离开这里。你们的坐骑都在路边,快骑上,我们上路。"

跳下马车的巴音赛克图依次扶起长跪不起的四个人,又跑到路边牵过拴在树干上的坐骑交给他们。然后,什么也没说,跳上马车。

将军夫人摆了摆手,马车便飞驰而去。四位获救的首领赶忙追上去,一侧两人,陪着马车顺大路向北奔跑。

至少跑出二十里地,到了岔路口,马车才停下来。

巴音赛克图跳下来,打开车门,并小心翼翼扶下将军夫人。

格力图尔等四人也滚鞍下马。

"我们就在这里分手吧。"将军夫人掠掠散乱的头发说道。

"将军夫人……"

"叫我妈妈吧,我愿意听你这么称呼我。"

"妈妈,亏您救了我们。我知道,我们去见马玉昆一旦遇险,就只有您能救我们。只是,又让妈妈受苦了……"

"我答应过帮助你们。"

"马玉昆没有难为妈妈?"

"我以大义责他,他也无话可说。他又知道,我虽不是皇族,但我的几个至亲在朝廷的地位比他高。这或许也是个原因吧。说起来,马玉昆也不是太坏的人,他很讨厌俄国人,还在朝鲜打过日本人。俄国人和日本人都恨他。他又是朝廷重臣,不敢违旨行事,身不由己。他的日子并不好过。他毕竟不像增祺那样惧怕洋人,仰洋人鼻息,连奉天都让出去了。眼下国运衰微,马玉昆这样略有骨气的人也算凤毛麟角了。你们还得体谅他才是。不说这些了。你们这次脱险,也是万幸,恰好我还力所能及。但是,马玉昆放你们也是有条件的,我已代替你们答应了下来。"

"什么条件？只要妈妈答应的,我们全遵守。"

"第一,你们至死也不得向外界透露马玉昆曾逮捕过你们;第二,两天内必须离开他的官兵所在辽西的防区,日俄战争结束前,也不得再踏入这个防区半步。就这两条,你们感到为难吗?"

"我们保证做到,妈妈放心。"

"唔,对了,他说你还有几位武功卓绝的杀手?"

"我只是吓唬吓唬他。"

"我猜也是。但马玉昆有点儿害怕,又不愿把这也作为条件丢自己的面子。我答应不让你对他下黑手。他要不停地到处巡查呢,总是日夜不安、提心吊胆怎么行?"

"要不要派人给他送个信?"

"那倒不必了。我已经向他做出保证,以我的名义要求你们不派杀手,他会放心的。你们还需要我做什么吗?"

"不。您为我们做的已经太多了!"

"我真希望像你们一样年轻。……好了,我也没别的话了。巴音赛克图说你知道白狐军隐藏的地方,就再让巴音赛克图把我送回去吧。"

"您千万保重啊,妈妈……"

"我会的。"将军夫人说着,在巴音赛克图扶持下踏上车子。

格力图尔对巴音赛克图说道:"你一定要把将军夫人安全送到家。你不必回来,直接去半拉山吧。"

巴音赛克图点了点头说:"知道了。"

格力图尔等四人伫立在大路边,直到将军夫人的马车消失在大路尽头,才投鞍上马。

刘弹子问道:"格力图尔,我们往哪边走?"

"回原来扎营的地方。"

"你不是让人马转移到别处去了吗?"

"他们就藏在营寨东边二十里的林子里。"

"天哪!那么近!"

"我们走后他们才离开营寨,哪敢让他们往远处躲?一千匹马的烟尘是很惹眼的。"

"可你说是半夜……"

"说早晨马玉昆就能确定他们就在空营附近。"

"你可真狡猾,难怪马玉昆都骂你这臭小子耍人!"刘弹子说完,大笑起来。他满腹疑团顿然冰释了。

张榕和王绍祖也全明白了。……

当天夜里,白狐军便向千里外的半拉山开拔了。

在他们行进到新民和彰武之间的小梁山时，偶然与俄国南调的哥萨克骑兵遭遇，不得不勉强应战。这一仗，打死哥萨克一百人，白狐军也损失了大约同样数量的弟兄。刘弹子受了重伤，不得不留在小梁山一户农家调养。此后，又有伤病者不断死去，刘弹子原来的部下也因首领生死难测和不习惯草原、沙漠的气候而纷纷离队。等到他们终于在半拉山北侧的黑牛河岸边扎下营寨时，只剩下八百多人马了，而且大多数带伤患病。

这时，已经是九月的最后一天了。

37

九月底已是深秋天气。

碧野变成满目衰草,枯叶飘零而落,令人悲从中来。水清澈了,天高远了,却让人寒意入心。阵阵肃杀的秋风,隐约可闻的严冬的脚步,又有谁不为之愀愀然动容、瑟瑟然战栗呢?

当此时也,不独蜷缩在黑牛河边的格力图尔迎接着自然寒冷和心理寒冷的联合袭击,居住在科右前旗豪华王府的科尔丹,也同样陷入自然寒冷和心理寒冷的双重煎熬。

还是在那个难忘的暴风雨之夜。科尔丹眼睁睁看着乌日娜金为了他而又被博克拿多押进王府,他本人则被乌泰强行带到霍林河边。当时,他表示坚决不肯代表业喜海顺去库伦拜请达赖喇嘛,乌泰无可奈何,只好把他带回王爷庙①。他的腿伤痊愈后,便在乌泰郡王王府的一间客房里,过起寓公生活来。

这种无所事事、只能靠回忆往事排遣时光的生活,在穷困潦倒、无处投奔的情况下,对付个十天半月还可以,时间一久,就让人难以忍耐了。何况,在科尔丹的胸膛里堆积了比常人多得多的既放不下又无法开解的事情呢?更何况,在这些既放不下又无法开解的诸多事情里,还有一件是对唯一爱恋的姑娘的充满内疚的思念呢?仅此一件,就足以让科尔丹发疯了。

科尔丹寝不安席、食不甘味和常常魂不守舍、焦灼不安的样子,乌泰是看得出来的,也能猜出其中的因由。可以说,他在图什业图王府城墙外找到狼狈不堪的科尔丹,冲出来的博克拿多咬牙切齿、骂骂咧咧押走乌日娜金时,他便觉察出科尔丹和乌日娜金一定有着不同寻常的关系,也看出,科尔

---

① 今乌兰浩特。

丹的心至少有一部分被乌日娜金带进图什业图王府的监牢里去了。现在他明白了,科尔丹的心不是一部分,而是全部被乌日娜金带走了。

乌泰原来是想把科尔丹招揽到自己门下,为他暗中进行的蒙藏独立运动效力。他知道并且确信,一个科尔丹可以抵上十个协理,既然不见用于业喜海顺,为什么不能拿来为己所用呢?彼弃之,我用之,正好能向世人表明他乌泰礼贤下士和求贤若渴,天下有为之士还不望风而来、辐辏云集吗?他的宏图顺利实现当不是难事。

但他很快发现,科尔丹不仅挣脱不开儿女私情的羁绊,而且,在那异常混乱又异常奇崛的思想里,有很多叫他惊骇和难以理喻的东西。比如,科尔丹赞成民族自强,却不同意蒙藏独立;主张开发旗地资源,却反对放垦蒙荒;反对蒙汉杂居,却又主张接受汉人文化,等等。他们之间几乎没有过一次谈得很融洽和忘情的时候。恐怕以后也很难改变这种话不投机的气氛,甚至会争吵起来形成敌对的局面。而眼下,去库伦的"代表团"返回后,他又曾四处游说,十旗的十个王爷中,竟有七个不同意把达赖喇嘛讲经的地方定在科右前旗!仅仅因为他乌泰不是亲王的爵位还是猜出了他的用心,他还捉摸不透。原来的计划是难于实现了,他的蒙藏独立依然还得停留在设想阶段,至少一两年内不会有大的进展。这种情况,继续把科尔丹勉强留在郡王府,就更没有意义了。

所以,乌泰决定甩掉科尔丹这个包袱。

一天,他来到科尔丹的住处。

"科尔丹,"乌泰开门见山地说道,"你近来心神不安,是不是因为那个叫乌日娜金的姑娘?"

科尔丹也不掩饰,叹口气说道:"我很没出息。殿下会笑话我的,是不是?"

"人非草木,孰能无情?年轻人都有这种时候,这是不该受到耻笑的。"

"谢谢殿下。"

"不过,那个姑娘出身怎样?怎么会被投入监牢呢?"

"说来话长,真是一言难尽啊!"

"那就不必细说了。说多了,你会更加痛苦。"

"的确如此。这件事给我的折磨太大了!"

"按说,我应该帮助你。这也是成人之美嘛。这个姑娘如果在别人手里,我也肯定能帮上忙。但你知道,我和图什业图王府的关系不怎么好。特别是东协理博克拿多,和我就像不共戴天的仇人。我想去替你说话也说不上,或许我的努力还会帮你倒忙。"

"我知道,我理解。"

"但有一个人对你可能有价值。"

"是谁?"

"陶克陶呼。他帮助过业喜海顺和博克拿多,他们关系一直不错。我可以把你引见给陶克陶呼。"

"我们认识,只是……"

"只是什么?有难处你尽管说。"

"我去日本前借了他一笔款子,至今没还。"

"这好说,连本带利我全包了。"

"又要让殿下破费,我真是受之有愧。"

"你我是至交,不说这些客套话。你打算什么时候去找他?"

"当然是……越快越好。"

"你下午动身吧。一会儿我就派人把款子送过来。但你得听我一句劝告,别跟陶克陶呼讲你的政见。他也是极赞成民族独立的,和索拉吉辽夫有很密切的关系。"

"明白了,殿下。我一定谨遵教诲。"

"以后,如果你没有别的更好的去处,可随时回到这里来,什么时候我都欢迎。"

"谢谢殿下的关照。"科尔丹说道,他心里却如同明镜,乌泰这是婉转地向他下逐客令。他正想走,也不打算再回来,倒也减轻了不少精神上的负担。……

第二天,他到了塔虎城,在记忆犹新的那座有围墙和炮台的院落的大门前跳下马来。他向守门人报出了自己的姓名,说有急事求见陶克陶呼。守门人告诉他,陶克陶呼带人到南山打靶,要很晚才回来,请他进去在客厅等候。科尔丹想,与其在客厅里枯坐苦等,不如直接去南山见陶克陶呼,或许能抢点儿时间出来,便向守门人说了一声"我去南山找他",跳上马背,疾驰而去。

他很容易就找到了靶场。

此时,远处的一排被子弹打得零零碎碎的靶标已被一些人扛回,另有一些人扛着谷草扎在木桩上的人形靶跑到山坡按圆圈牢牢插进地里,随着一声号角长鸣,便见一队骑士挥刀从斜刺里冲上山坡,沿圆圈往复驰骋劈砍,只见刀光闪处,碎草乱飞,那些可怜的草人转眼间各个肢体破碎,形容凄惨。

科尔丹一阵心悸。

有人过来盘问他。他说明了来意后,被带到簇拥在一群人当中的陶克陶呼面前。

"噢,我的天!"陶克陶呼一下子从椅子上跳起来,不胜惊讶地抓住科尔丹的手,"你这是打哪儿冒出来的?我还以为……"

"以为我已经死了,对吗?"

陶克陶呼摇头慨叹道:"说实话,我确实这么想过。"

"可我还活着!但越活越苦恼,越活越没劲儿……"

"我说你是自讨苦吃。留什么学?救什么国?顶不了个屁用!要不我说你得跟我学呢。我就不去辅佐什么亲王什么郡王。他们各个是草包。人要活,就活得痛痛快快,我行我素,像我这样,老天第一,老子第二,谁也甭想管我!要就金口玉言,说啥算啥;要就吃喝玩乐,逍遥自在。嘿,你看我光顾瞎嘞嘞,来来,坐下唠。"说着回身向座椅走去,并朝坐在另一把椅子上的人挥挥手,"起开起开!真没眼力见儿!"

科尔丹见那人慌忙离椅让座,感到不怎么自在。

"没关系。"陶克陶呼拍了拍空椅子说,"我的一个把兄弟,都让我宠坏了。快,坐下,坐下。你来得正好,能看到一出好戏呢?"

"我找你有急事。"

"是不是手头又紧了?"

"我是来还债的。"

"那就更不用着急,请等一等。"陶克陶呼见打着小红旗指挥打靶的人跑过来,扬手制止住又要说话的科尔丹。

还没等那人报告和请示,陶克陶呼便命令道:"把草人撤回,把活人拉过去。那口井放在当中,给我留下。"

"是。"那人答应一声,跑到高处挥动了一阵小旗。

但见驰骋劈杀的骑士们有次序地撤离靶场,同时带走了所有草人的残骸。又有一些人扛着带有三角支架的木桩,牵着十几个五花大绑的人迅速向远处走去。

陶克陶呼对科尔丹眨了眨眼睛说道:"你见过用活人做靶子吗?"

"活人?"

"你没看到,那十几个人正要到靶位上充当靶子吗?"

"为什么要这样?"

"他们活腻了,自己找死。"

科尔丹骇然又有些不解地向远处看去。大约百十米远的地方,十几个带有三角支架的木桩已一字摆开,和木桩同样数量的充当活靶子的人,正被连踢带踹的跪在木桩前,并很快被绳索牢牢捆在身后的木桩上。

小红旗又闪动几下。

押解活靶子的汉子们飞快跑回队伍。

射击即将开始。

科尔丹咽了口唾沫,问道:"陶克陶呼,你为什么要杀死他们?"

"我不是说了吗?他们自己找死。我这也叫废物利用嘛。"

"他们犯了什么罪?"

"你听说过永洽挺进队吗?"

"好像听说过,是日本人的组织?"

"也不光是日本人,还有彰武名门望族的后代巴布扎布呢。他们炸了好几处铁路桥梁。索拉吉辽夫费了九牛二虎的力量,才算摸到他们的踪迹。俄国人还能放过他们?可是巴布扎布很鬼,见势不妙,带着自己人躲起来。剩下这些日本人,还不是没头的苍蝇,瞎跑一气?可巧,就落到我的手里了。"

"所以你就替索拉吉辽夫处决他们?"

"也算帮他点儿小忙吧,毕竟是朋友嘛。人家给我枪弹,给我钱,总该礼尚往来嘛。我陶克陶呼可是讲义气的人啊!这回,他很高兴,答应给我二百支步枪,还同意我拿这些日本人当活靶子。你还不知道,这十几个日本人里有一个大家伙,是少佐呢。听说,他从索拉吉辽夫眼皮底下逃跑过一次呢。一个十分机灵又视死如归的家伙,倒也是条汉子。就是我刚才让他们给我留下的人,我叫他那口井。"

"井?那口井?"

"他姓他妈什么井户,我看倒不如姓他妈阴户!"

离开睡眼

390

科尔丹惊问道："井户？你说他姓井户？"

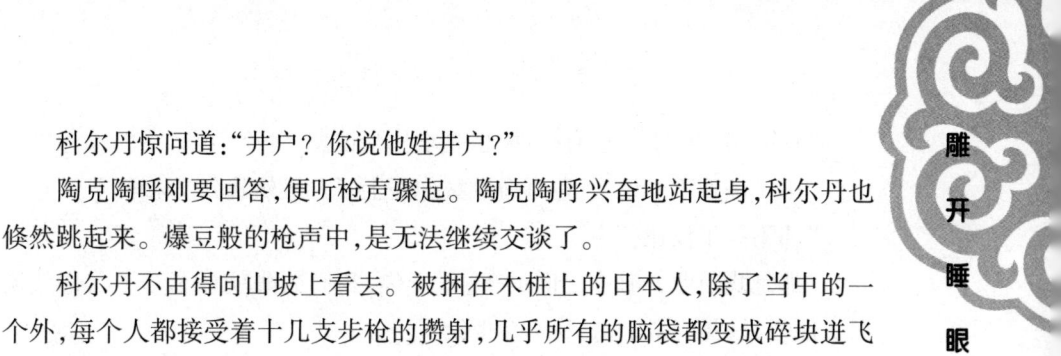

陶克陶呼刚要回答，便听枪声骤起。陶克陶呼兴奋地站起身，科尔丹也倏然跳起来。爆豆般的枪声中，是无法继续交谈了。

科尔丹不由得向山坡上看去。被捆在木桩上的日本人，除了当中的一个外，每个人都接受着十几支步枪的攒射，几乎所有的脑袋都变成碎块迸飞离开了肢体，刹那间纷纷倒到地上，好像每人身上插着一个十字架。

科尔丹的脸色像白纸一样。

枪击声停了下来。

靶位上只剩下了一个人，那人无疑是井户川田。

陶克陶呼从腰间抽出盒子枪。

科尔丹下意识地喊道："请等一等！"

但是，他的大脑反应的速度，远远跟不上陶克陶呼用人头练就的飞枪射击的速度。只见那乌黑的枪体随着手腕一抖，索命的子弹早就抵达井户川田的头颅了。那木桩晃了一晃，也倒了下去。山坡上又多了一个十字架。

陶克陶呼顺手把枪插入腰间，在人们齐声叫好的声浪里微微一笑，对科尔丹说道："怎么样，这样打靶多过瘾！"说完哈哈大笑。

科尔丹自己也弄不清在此情此景中该想些什么和说些什么，他什么也说不出来，只在他充满哀叹的心里又多了一次哀叹。但有一点，他似乎很清楚，那就是很为井户川田感到庆幸，和别人比，井户川田毕竟只吃了一颗子弹，毕竟留下个全尸。

陶克陶呼对走过来的持旗指挥打靶的人命令道："整队回屯！"

"是。"

科尔丹迷茫地看着陶克陶呼，问道："那些日本人……全死了吗？"

"怎么，你听说我陶克陶呼有过失手的时候吗？"

"不。我是说，就把他们扔在那里不管了？"

"还发送他们一下不成？就让他们躺在那儿吧。至少两三天内不会有狼进屯子里叼羊吃了，我这也是为老乡们做了一件好事嘛。你说，啊？"他说着，又是一阵大笑。

科尔丹觉得身上一定起满了鸡皮疙瘩。

"来，我们先坐一会儿，在这里说说话倒也别具情趣。你刚才说什么？来还债？对吗？"

"这是第一件事。还有一件,也是求你帮忙。"

"第一件就不必说了,业喜海顺替你还上了。虽然我分文未取。"

"那不等于没还?"

"那是我跟业喜海顺之间的事,对于你,我们的账就算了结了。你就说第二件吧,只要能帮上忙,我不会拒绝。"

"好吧,我想……想求你替我向业喜海顺要个人……"

"谁?"

"业喜海顺王爷……只有你能说上话。"

"我问的是你要谁?"

"一个姑娘,叫乌日娜金。"

"乌日娜金?格力图尔的未婚妻!"

"她现在是我的……"

"你的?你是说你和乌日娜金……"

"你觉得奇怪吗?"

"听说她非常漂亮,可你怎么能……"

"不知道,我也不知道……"

"你陷入情网了?"

"是的,我已经不能自拔。"

"这可真叫我惊讶!但是……恐怕我不能去给你把她要出来。"

"你不愿意帮这个忙?"

"你有所不知,不久前,我也曾想把乌日娜金弄到手。"

"你说什么?!"

"坐下,坐下。你误会了,好像我在跟你争风吃醋!天下美女可不是她一个。我又不缺。"

"对于我……这世上就只有乌日娜金一个姑娘。"

"死心眼。"

"也许是吧……你还没告诉我你为什么不能去。"

"我们回去慢慢谈吧。"

"不,我现在就想知道。"

"好吧。"陶克陶呼无奈地说道,转向身边手下的人,"留下两个人,其他人都回去吧。我和科尔丹随后去追你们。"

人们走后,陶克陶呼说道:"我听说格力图尔在白狐山保存着一支人马,想把他收编到我的队伍里。怕他不能死心塌地跟着我,便准备把被业喜海顺关进监牢的乌日娜金赎出来带到我这里。岂知,格力图尔这小子派人比我早一步到了图什业图王府,警告业喜海顺如果把乌日娜金杀了或送给任何人,他就带领人马把王府夷为平地。你想,只有二三百人旗卫队的业喜海顺能不害怕?他不敢把乌日娜金给我,我也不好难为他。你说,我还能去为了你的痴情再碰一次软钉子吗?"

"原来是这样……"

"对了,最近人们风传格力图尔率领人马在黑牛河一带扎下营盘寨,是不是也为了乌日娜金?如果是,业喜海顺更不敢把乌日娜金送人了,你呢,也算碰到了一个强大的情敌。我看你就死了这条心吧。除非格力图尔肯帮你的忙,可那不是让太阳从西边出来吗?"

"明白了,看来只有……"

"只有什么?"

"不,没什么。我不勉强你了。"

"实在抱歉。"

"这是我的命,不能怪你。我欠你的债……"

"我说过了,不要再提了。"

"那我就告辞了。"

"说什么傻话!天都快黑了,你到哪儿去?今晚就住在我家吧。"

"只能谢谢你的好意了。但告别前我还要求你一件事,这件事你是很容易做到的。"

"请说吧。"

"你刚才打死的那个日本人叫……"

"井户,这是他的姓。"

"他的全名是井户川田?"

"是这么个名字,你怎么知道?"

"我在东京就认识他。"

"他是间谍,你该不会是……"

"当然不是。"

"可他已经死了。"

"我料到他会死。如你所说,他是自己找死。但我和他毕竟有过一段交往。他客死他乡,我又正好看到,总不能让他死后再遭狼咬,你就给点儿面子,允许我把他葬到某一个地方吧。"

"你也多余……不过,好吧。"

"还请你派个人帮我把他的尸体抬到马背上。"

"不就地掩埋?"

"我要把他葬到别处。"

"随你的便吧。"陶克陶呼摆手道,又转向身边的一个人,"去帮个手。——再见,科尔丹。"

"再见。"

天光渐渐暗淡下来,大地一片模糊。

科尔丹牵着马,在薄暮中向西踽踽独行,就如同一个轻飘飘、无声息的幽灵。马背上横卧着井户川田的尸体。

科尔丹向西走去,似乎还算个有意识的选择。图什业图王府在西边,乌日娜金就被关押在图什业图王府。但他为什么也要把井户川田驮向西方,就很难说有明了的用意。而且,他要驮出多远,葬在什么地方,以及为什么要驮他、要葬他,心里全都不清楚。

后来,他问自己,马背上的这个人,值得他操这份心吗?如果值得,又该如何对自己做出评价呢?他的行为,仅仅是出于友谊和同情吗?井户川田是他的朋友还是敌人,抑或是朋友和敌人的混合体?这些问题他同样回答不出。在他聚集人马平复牧民暴乱时,也曾碰到过这个问题。他曾对乌日娜金说,敌对的营垒里并不都是敌人。那时,他把格力图尔引为朋友,心里是很明确的。但今天,面对井户川田,他就糊涂了。

然而,无论怎么说,他为井户川田感到庆幸——没有遭到子弹的攒射而留下了完整的尸体,又恰巧被他科尔丹撞见,免去了死后被饿狼撕咬的惨剧,说不定还会在中国大地上占据一块坟地,这还不够幸运吗?和别的日本人比,还不够幸运吗?甚至——他比来比去,比到自己头上——比他科尔丹也要幸运得多!他突然想到,假如有一天,他也横尸山野,会不会也有人驮上他葬到一个山水秀丽的地方呢?谁会这样为他操心,谁会有这份情义呢?他遍寻一切熟悉的人,找不到一个!想到这里,他感到委屈,更感到不公平。他在心里喊道:"我为什么如此不幸?为什么没有一个人向我伸出友谊之

手？上帝为什么不把善心分给我一点点,却对井户川田这般眷顾,连他的死后也预先安排下一连串的幸事？这太不公平,太不公平了!"

科尔丹在心里呐喊了一阵,忍不住恨恨不已地朝身后横陈马背的井户川田看了一眼,想骂出声来,以期发泄心中的愤懑。

这一看不打紧,他险些吓得昏过去。因为马背上的井户川田正瞪着眼睛看他。他悚然站下,他的头发全竖了起来。他立刻想到了诈尸,想到了鬼。

井户川田不仅睁着眼睛,还在动,而且,轻轻地飞快地顺马背滑落到地上,手扶马鞍,朝科尔丹微微一笑。

"井户君！你……"

虽然夜幕已经垂落下来,井户川田毕竟还能看清科尔丹脸颊的颤抖和眼睛里的恐惧。他轻声说道:"别害怕,科尔丹。我没有死,真的。我真没有死。陶克陶呼没击中我的要害。"他的发音不如以往那么准确,好似忍着疼痛。

"你不是……"

"不是鬼。我是鬼也不会来吓唬你呀！"

"难道……难道你一开始就没死？"

"我也许昏了一会儿。但很快就明白,我没死。"

"你早该让我知道。"

"天哪,我敢睁眼吗？我敢看看是谁把我抬到马背上吗？你向那个帮你的人道谢时,我隐约听出了你的声音,但不敢确信,也不敢动。你刚才要不是回过头来,我还是不敢相信你就是科尔丹。"

"还会有别人这么做吗？"

"是啊是啊,我早该想到是你。不过,你想把我弄到哪儿去？"

"别问这些了。先处理你的伤吧,你满脸都是血。你的伤在头部吧？"

"是脸,好像斜穿了两个洞。"

科尔丹撕下一块衣襟,替井户川田擦了擦脸上的血污。血还在流。

"可惜,这里没有水给你洗一洗。"

"这就不错了。我靴筒里有绷带和胶布,劳驾你替我掏出来。……对,就是它。把绷带拉开,叠起来,按在伤口上,用胶布按牢……就这样。谢谢你。这会儿好多了……"

"我感到纳闷,我此刻还难以相信你竟没有死。"

"我也没想到。"

"陶克陶呼的枪法可以说弹无虚发。"

"我也许就占了他过分自信的便宜。但是,我的同乡们吃的都是炸子儿……"

"炸子儿?"

"陶克陶呼要是把弹头在靴底上蹭一蹭,我就不是在脸上留下两个弹孔,而是炸飞半个脑袋了。"

"他太粗心了!"

"什么!你希望他打死我?"

"遗憾的是,只有我下不了这个决心。"

"有一天,你也会下这个决心的,对不?"

"谁知道,也许会的。"

"我有这种预感。"

"那你为什么不赶快回日本去?"

"假如我属于我自己……再说,至少目前我不能走。河原美惠子还在图什业图王府,处境比我险恶。"

"你们的仗不是打得很顺利吗?"

"对国家越顺利,对河原美惠子越不利。"

"你想去救她?"

"是的,留给我的时间不多了。"

"这……我不明白。"

"现在,俄军的辽阳防线已崩溃近一个月。我们的陆军迅速向奉天集结,奉天指日可待。旅顺口俄军阵地也正在瓦解。俄国人知道,奉天和旅顺口一丢,就算彻底失败,他们的末日到了。这种情况下,间谍活动已经失去意义,索拉吉辽夫必然要对已掌握的日本间谍下毒手。"

"有道理。我听说,索拉吉辽夫不久前来过这里。"

"他没有走远。我在陶克陶呼家见过他。"

"他有可能去图什业图王府!"

"肯定去。他恨乔本三太郎,又抓不住这个人,非拿河原美惠子出口气不可。"

"但是,你一个人是救不了河原美惠子的。"

"我见过乔本三太郎,他不准许我去救河原。他说,他已做了万无一失的安排。我不信,决定带领永洽挺身队的人去拼一下。不想又只剩下我一个人了。一个人也得去,救不了她,我就先死,我不能死在河原的后边。"

"那又何必呢?知其不可为而为之,不是太蠢了吗?"

"你处在我的位置,也会这么干的。你能眼睁睁看着自己心上人被哥萨克糟蹋吗?"

"你说什么?"

"索拉吉辽夫当我的面对陶克陶呼说,绝不会让河原美惠子吃个子弹完事,那太便宜她了。他说,他要把河原美惠子送给一连哥萨克去轮……轮流奸污……"

"天哪!……"

"如果你是我,能不发疯吗?"

"这群畜生!陶克陶呼为什么不制止这种禽兽行为?"

"制止?哼!他还添油加醋地说:'一连哥萨克一个姑娘太少了,不等轮到头就会一命呜呼的。'索拉吉辽夫说:'一个不够,我再弄一个。正好图什业图王府监狱里关押着一个蒙古族姑娘,和河原美惠子一样漂亮,博克拿多会白白赠送的。'"

科尔丹一把抓住井户川田的衣襟,掩饰不住慌恐地问道:"这个蒙古族姑娘叫什么?"

"我没听清。索拉吉辽夫说,博克拿多非常恨这个姑娘,当年这个姑娘的妈妈割去了他的一只耳朵。"

"乌日娜金!"

"好像是……对,是这个名字。——噢,天哪!我真该死,忘了你的女友也在图什业图王府!那肯定是她,还会是别人吗?"

科尔丹猛然把井户川田甩到一边,咬牙切齿地说道:"你……你真该吃个炸子儿!"然后飞身上马,用力抖起缰绳。

"科尔丹,别扔下我!我们在一起或许能想出办法。等等我,等等我呀!我会碰到狼群的!科尔丹……"

不管井户川田怎么喊,科尔丹也不停下,更不答话。转眼间,连人带马,裹着一团烟尘,消失在夜幕中……

38

井户川田的话没有虚构成分。索拉吉辽夫确实当着他的面说过把河原美惠子和乌日娜金送给哥萨克们的话。

当时,索拉吉辽夫是专程赶到塔虎城审问井户川田的。他企图用尽一切办法,从这个日本少佐嘴里掏出乔本三太郎的藏身所在。为了洗刷他在间谍战中已在事实上输给了日本人的奇耻大辱,他需要这样做。

但索拉吉辽夫碰上的是一个异常顽固的对手。井户川田已准备一死。他为了索拉吉辽夫日后在报告中写上他的名字甚至将来被写进间谍史,他讲出他的军衔是少佐,名叫井户川田。此外,任凭你软硬兼施,就是一个字也不说。

索拉吉辽夫气得打了井户川田两个耳光,冷笑一声说道:"你会后悔的,井户先生!河原美惠子是你的情人,对不对?她的命运就握在我的手心。我能让她活,也能让她遭殃。你帮助我找到乔本三太郎,我就把河原美惠子完好无缺地还给你。否则,我就把她送给一连哥萨克去轮奸!想让我一枪打死她,没那么便宜的事!听到没有?我说话算数。要么和我们合作,我放你们一条生路;要么顽固到底,我叫你亲眼看看河原美惠子怎么被一连哥萨克轮奸!……"

井户川田差点儿昏过去。他紧紧咬住嘴唇,殷红的血顺着嘴角流下来,滴到地上,但就是不肯再说一句话。

接着便有陶克陶呼的添油加醋和索拉吉辽夫关于乌日娜金的话。

索拉吉辽夫见井户川田不可能开口了,留下来也没用,便同意陶克陶呼把他和另外的日本人一起当活靶子了。

其实,索拉吉辽夫那番话,只是想吓唬吓唬井户川田,希望这个死硬的日本青年在情侣将遭受惨剧的威胁下吓破了胆,失去理智和主张,而为了挽救情侣,出卖自己的上司。他并不想真的这么做。他从来不在女人身上动心思打主意,且对俄国兵奸淫中国妇女从来持反对态度,他怎能把两个妙龄少女扔给一连如狼似虎的哥萨克呢?

但是,当他赶回奉天当众挨了阿列克塞耶夫一顿臭骂后,心情就不一样了。阿列克赛耶夫说他是绣花枕头,徒有其表,除了夸夸其谈,一无所能;不仅蒙藏独立搞得不了了之,竟连活动在俄国占领区的乔本三太郎也抓不住,活下去还有什么劲儿?最后责令他把已经掌握的日本间谍全部解决,尽快找到乔本三太郎。

阿列克塞耶夫也是在面临失败的恐慌中说出的气话。索拉吉辽夫没少为他出力,也是卓有建树的。再说,杀死那么几个日本间谍,甚至抓住乔本三太郎,在眼下对整个战局不可逆转的急转直下又有什么意义呢?

对索拉吉辽夫,却不能把这当作总督兼总司令的气话。他是个好强的人。到中国这么些年,他夙兴夜寐,勤勤恳恳,发挥了全部才智,替沙皇的"黄色俄罗斯"的计划卖命,建立了不朽的功绩,指望有一天奉调回国时,会被当成英雄,他的大名会被写进俄罗斯疆土开拓史。可这下,阿列克塞耶夫的几句话,把他的功绩一笔勾销了!他连一个只会冲杀的战士都不如了!"活着还有什么劲?"这叫什么话,还不如痛痛快快射过来一颗子弹!

索拉吉辽夫的自尊心受到了严重损害,他怎能不恼火?

他的火向谁发呢?首当其冲的当然是河原美惠子。

他真的准备把河原美惠子送给哥萨克了!

他最后一次来到图什业图王府,而且真的带来了一连哥萨克。

事实上,在这个时候,辽阳陷落,日本陆军大举北进,奉天俄国守军惶惶不可终日,索拉吉辽夫回北京使馆已绝无可能,北逃又觉得可耻,留在奉天也只是等死。他无路可走了。他准备把手里掌握的包括河原美惠子在内的日本间谍以各种能想到的残酷方式处死后,自己也结束生命。再活下去还有什么劲呢?

他把一连等着日本女人的哥萨克留在王府南边一二里的地方,便只身进入图什业图王府。

依然是博克拿多接待他。

"你脸色不好,形势很不妙?"

"非常不妙,能保住北满就是最好的结局了。"

"日本人这么厉害?"

"我们看轻了它。它突兀而起。我们发觉它已经强大得令人生畏时,它早就挥起了拳头,朝我们头上击来。"

"俄国决定放弃南满?"

"不是放弃,是被夺去了。为此,我们几乎耗尽了国力。"

"也就是说,我们以后……"

"将成为日本人的奴隶。你们的国家永远主宰不了自己。"

"您看得很透彻。……索拉吉辽夫先生此次来敝王府……"

"我要带走河原美惠子。"

"她没有用了,对不?"

"是的。她没有用了,至少对我如此。"

"枪毙她?"

"我带来一连哥萨克,他们等女人都快等疯了!"

"我的天!你可净是些妙得出奇的点子!"

"她该补偿我为她耗去的精力了。"

"一连哥萨克有二三十人,一个女人行吗?"博克拿多提出了和陶克陶呼相同的问题。陶克陶呼是插科打诨,添添油凑凑趣而已,博克拿多却是打着一个实实在在的鬼点子。

索拉吉辽夫说道:"我正想请你帮忙,送我几个姑娘。"

"几个有困难。一个嘛,现成倒有一个,还相当漂亮。"

"乌日娜金?"

"反正她是要被处死的。"

"你也算报了割耳之仇。"

"为这,我大可不必假您之手。"

"一句笑话嘛。好,就这么定了。"

"你先别急,我先去见见王爷。"

"为什么要见他?"

"这乌日娜金的事,不那么简单。业喜海顺……他毕竟是王爷嘛。不过,我能说服他。"

"要很久吗?"

"放心,误不了你逮捕河原美惠子。一个女人……"

"她当然跑不掉。去吧,我等着你。唔,给我派两个人来,我总不能亲自去捆绑河原美惠子。"

"那还用说!"

博克拿多觉得他同业喜海顺即将开始的一场十分关键的谈话,不能让福晋听到,便没有直趋后殿的厅堂,而是等在正殿,让仆人去请出王爷。

不大一会儿,业喜海顺面无表情地走了出来。

自从那个暴风雨之夜,乌日娜金又被气势汹汹、怒不可遏的博克拿多抓回王府投进死牢后,业喜海顺更加感到心神不宁了。他并不担心乌日娜金会供出是他这个王爷制造的劫狱假象,乌日娜金是个坚强而重情义的女子,绝不会屈服于威胁和毒打而出卖真心想救她的人,虽然他业喜海顺仅仅是为了赎过。是的,对乌日娜金,他是放心的。他担心的是,他设计的假劫狱是否真的天衣无缝?扎木苏找的那些参与推倒城墙的人是否各个可靠?设使博克拿多发现劫狱的可疑之处,或者扎木苏找的人中有那么一个讲出了那天夜里的行动,那他业喜海顺可就陷入众人非议甚至被人耻笑的窘境了。而且,那天夜里,博克拿多为什么冒雨返回王府?说是抓一个重要逃犯,这个逃犯显然是科尔丹,为什么后来又只字不提了?和劫狱事件有联系还是风马牛不相及?等等。这一切都还找不到答案。正因为找不到答案,他的心才更加高高悬起,总是放不下来。他无法宁帖,较之私放乌日娜金和巴音赛克图以前更是有过之无不及。所以,刚才仆人说,东协理博克拿多有要事在正殿候见时,他首先想到的就是假劫狱可能露出蛛丝马迹了。

"给殿下请安。"博克拿多依然不忘礼仪。

"免礼,请坐。"业喜海顺一边落座,一边平淡地说道,"有什么事,就请说吧。"

"索拉吉辽夫先生来了。"

"他又有什么事?"

"也许他这是最后一次来咱们王府了。"

"这倒是个好消息。"

"他这次要把河原美惠子带走。"

"带走好了,也去一块心病。"

"他还想跟我们要个女人。"

"要个女人?干什么?"

"他带来一连想玩玩女人的哥萨克,一个河原美惠子怎么够用?"

"什么什么!玩玩女人?你去告诉索拉吉辽夫,我业喜海顺可没有女人供他的那群野兽消遣!"

"有一个,殿下。"

"谁?"

"乌日娜金。"

"不行!"业喜海顺从靠椅上跳起来大声说道,"绝对不行!他们抓走河原美惠子,或杀或砍还说得过去,让哥萨克去糟蹋就已经太过分了。这是他们的事,我可以不管。但是,让乌日娜金也受此奇耻大辱,我不会答应。是的,我绝不会答应!"

"殿下何以对乌日娜金如此关心呢?"

"不应该吗?她也是你的同胞。而且,她不是被抢去的,是我们送给哥萨克的,你同样不光彩!"

"殿下不该忘记,她是个死刑犯。越狱被捕,罪加一等。殿下总不会对这样的重犯给予赦免吧?她没几天活头了!"

"这是两码事。我宁可现在就签署布告,提前处决乌日娜金!"

"我可以制造一起假劫法场,照样能把活着的乌日娜金送给索拉吉辽夫。"

"假劫法场?"业喜海顺反问道,脸色顿时一片苍白,"你……博克拿多,你有什么话就照直说好了。"

"那就请殿下安坐,在我把话说透之前别忙着激动。"

业喜海顺欲言又止,满腹狐疑地坐了下去。

"殿下,"博克拿多不紧不慢地说道,"我知道殿下不能处决乌日娜金,我也不会制造一出假劫法场的闹剧。那样做是不聪明的。我和殿下一样,都已经确信巴音赛克图没有说假话。"

"这倒提醒了我。"

"如果处决了乌日娜金,格力图尔不会善罢甘休,图什业图王府免不了又受一次战乱的洗劫。"

"可你却要把乌日娜金送给哥萨克!"业喜海顺说道,心里却十分纳罕,不知道眼前这只老狐狸要从这听似矛盾的话里翻出什么新花样。

"殿下还记得乌日娜金的越狱事件吧?"

402

"越狱？……唔，记得，当然记得。"

"那是一次计划周密的里应外合的行动……"

"你是说……里应外合？"

"我发现那墙是从里倒向外边的。难道他们会先劫狱后推墙？这种可能性有，但不大。我计算了一下时间，从看守被捆住手脚、蒙上眼睛堵住嘴，到乌日娜金在墙外被捕获，也就是半个多小时。这么短的时间，干了这么大一件事，没有内线是绝对办不到的。据旗卫队队长讲，他们发现乌日娜金时，只有她和……"

"和谁？"

"和科尔丹，殿下是知道的。不过也可能与本案无关。也就是说，假如是格力图尔来劫的狱，人数也不会太多。否则他不会看着乌日娜金又被带进王府。由此，我推断，王府里有人做内应。我花费了不少心血和时间进行了调查，终于查出了头绪……"

"是谁？"

"扎木苏。"

"是他？"业喜海顺声音嘶哑地低叫道，他的心像闯进了一只小鹿，被撞得七上八下，早把科尔丹这个名字忘得精光了。

"但我不能再追查下去了。扎木苏和殿下关系很密切，把他折腾出来，于殿下面子上也不好看。扎木苏还不知道，殿下得便时关照他一下，以后可不能再干这种事了。"

业喜海顺如坐针毡，他一句话也说不出来了。

"看看，我说说就跑题了。"博克拿多笑了笑说道，"我的意思是说，格力图尔有一支人马，把王府围住索取乌日娜金，我们还不得乖乖送出去吗？但他没这么干，而是费尽心机搞了一次劫狱，这说明，他只要救出乌日娜金就行，未必想对王府采取什么行动。"

"这只是你的……猜测吧？"

"是我的猜测。殿下知道黑牛河一带驻扎着一支千余人的队伍吗？"

"不知道。"

"猜得出那支队伍的首领是谁吗？"

"是……格力图尔？"

"正是，殿下。"

"到我们大门口了!"

"是的。"

"天哪!他有一千多人,对吗?"

"也许还要多。"

"你把我搞糊涂了,博克拿多!"

"我明白殿下的意思是,为什么不把乌日娜金给格力图尔送去,却要交给索拉吉辽夫?"

"是呀,为什么不这样?"

"殿下方才说过,格力图尔未必会对王府采取什么行动,是我的猜测之词,的确如此。格力图尔或许还想一雪当年败军之耻,或许得到乌日娜金后再对王府采取行动。因此,更不能把乌日娜金交给他,而是利用乌日娜金把格力图尔的全部仇恨一股脑儿转嫁到俄国人身上。"

"转嫁?什么意思?"

"殿下试想,如果格力图尔获悉殿下格外开恩放了乌日娜金,乌日娜金在获得自由后不幸落入俄国人手里,并且被哥萨克轮奸致死,他会怎样?他和乌日娜金可是青梅竹马、情深意厚的未婚夫妻呀!他能咽下这口恶气吗?他会和俄国人拼得红眼,拼得天昏地暗,还会记得同王府的旧时的仇恨吗?况且,又是我们派人给他送的信。"

"不!这对乌日娜金太残忍了!"

"什么叫残忍?牺牲乌日娜金一个,和引来一场战乱造成生灵涂炭比较,哪个更残忍?"

"我知道你恨乌日娜金的妈妈。"

"不错,我早就想报仇,但唯独这次不是。"

"而且,你在否定你自己标榜的忠诚。你口口声声说和索拉吉辽夫是朋友……"

"交友之道和政治是截然不同的两码事!殿下。眼下,日俄战争的胜负已成定局,俄国人完蛋了,此时不利用他们一次更待何时?索拉吉辽夫已是敝屣一双,弃之毫不足惜。不瞒殿下,我已派人去和日本人通款,代表殿下欢迎他们随时来王府做客。"

"什么!如此重大的事也不同我商量,我还算是你眼里的王爷吗?"

"殿下和日本人关系不错,不会反对我越俎代庖的。况且,当今强权世界,我们不依靠俄国人,就得依靠日本人,不依靠日本人,就得依靠英国人、法国人、美国人。这个道理,殿下是应该懂的。"

"不,我不懂。"

"殿下慢慢会懂的。把话说回来,我做的一切,包括利用乌日娜金,利用俄国人,全是为了殿下。"

"如果真为了我,就别让我对乌日娜金做那种残忍的事!我不同意你那样做!"

"殿下错就错在该残忍的时候不残忍。比如,对丹赞尼玛,就早该把他置于死地!"

"你把话题扯远了。"

"不远,这话题正该今天同殿下谈。殿下不对丹赞尼玛下手,他却先对殿下你下手了。他控告的是我和科尔丹,实质上是要夺你的王爷宝座!你还支持肃亲王让科尔丹和我对质?对质的结果可能对我不利,对殿下就更不利!我已同先王爷福晋商量好,拟就了一个揭露丹赞尼玛妄控的诉状,由两位福晋陪着你一同进京到理藩院投诉。请殿下准备好,不日就要启程了。"

"博克拿多!你……"

"殿下能回过味来的,这都为你好。世事繁杂,云谲波诡,殿下年轻,阅历有限,殿下想不到的事情,我作为两朝老臣再想不到还行吗?"

"我还是……我还算是个王爷吗?"

"有我在,殿下的王座稳如泰山。好了,殿下,我说的不少了。我说这些,无非想让殿下明白,凡事不能被感情左右,要以大局为重;无非想让殿下明白,我博克拿多对先王爷对殿下,都是忠心耿耿、死而后已。——臣下告退了。"

"等一等。我不是以王爷身份,而是以一个普通蒙古人的身份,求求你,别把乌日娜金……"

"殿下,我在拜见殿下之前,就派人把乌日娜金送出王府了。我奉劝殿下多想想大事吧!"

博克拿多说完,退出大殿。

业喜海顺失魂落魄地坐了半晌,最后咬牙切齿地说:"博克拿多,我迟早要除掉你的!"

39

业喜海顺独自一人坐在王爷宝座上。

大殿很大,也很高。他坐在那里,感到了渺小和孤独。

大殿是座囚笼,他冲不出一步。这里是他的全部天地,他又感到压抑和气闷。

他曾有过许多奇思妙想,以为即使实施一半,也能使他治下的科右中旗人丁兴旺、欣欣向荣。但他几乎什么也干不成,他又如何不感到愤懑和焦躁呢?

王府的大事要由博克拿多决策,他的行动要由博克拿多安排。他究竟是个王爷还是个囚徒,他自己也弄不清了。

如果说他不是王爷,又为什么坐在王爷宝座上?

如果说他不是囚徒,又为什么没有行动自由?

这个问题,他向自己提出过无数遍。而今天,这个问题更加尖锐地提到眼前。他应该明确地做出回答了。

他是王爷,这是无可怀疑的。他没有行动自由,也是无可怀疑的。这不正常,同样是无可怀疑的。

这种不正常的局面是怎么造成的呢?是因为博克拿多咄咄逼人,还是他自己软弱无能?或许这二者兼而有之。可是,究竟是博克拿多的咄咄逼人造成自己的软弱无能呢,还是自己的软弱无能导致博克拿多的咄咄逼人呢?这二者哪个在先哪个在后、哪个是主哪个是客?抑或是在他随博克拿多进入王府那天便由上帝设计好了他们之间这种奇特的组合?

那么,他当真软弱无能吗?他不承认。他既不软弱,也不无能。他冲破种种障碍,去日本参观劝业博览会,这是软弱吗?他顺利地在科右中旗办起了有史以来第一所学校,这是无能吗?他干了这些事,博克拿多也没奈何得了他,怎么能说他软弱无能呢?

可是后来呢?后来怎么了?他好像把自己弄丢了。不是好像,是真的失去了自我。

他明白了,由于他一心扑在办教育上,忽略了其他更为重要的事情。结果,他在独立自主上刚刚迈出脚步,就停在那里不动了,而博克拿多则乘机一大步一大步地把王府可能抓到手的权力全都揽到怀里去了。

想到这里,业喜海顺在心里吼道:"不!我必须重新开始!如果像现在这样,连一个同族少女的贞操都保护不了,我还当哪门子王爷?!"

现在就应该开始。为什么不呢?再过一会儿,那群饿狼一样的哥萨克就要撕碎乌日娜金的衣服了!这是少女的贞操,也是民族的尊严!他必须从这件事做起,当一个独立自主的被同胞信赖的王爷。

是的,他一定要去。他要谴责索拉吉辽夫,让这个俄国佬知道,把两个少女——不管她们有罪没罪——丢给一群哥萨克去糟蹋,是不人道的,是要受到上帝惩罚的!他还要告诉索拉吉辽夫,博克拿多把乌日娜金送给他是为了把格力图尔的仇恨转移到俄国人身上。索拉吉辽夫即使不打死博克拿多,也会把乌日娜金放回来。

他一定要这样做!

他瞬间恢复了出访日本前的勇气,从靠椅上跳了起来,几个箭步冲出殿门。

看来时间还来得及。他刚跨出内庭的圆形门,便看到索拉吉辽夫和两名旗卫队战士正押着一个人走到通道尽头的大门处。被押解的人无疑是河原美惠子。

可是等他再仔细看一眼时,一下子惊呆了。

那被押解的人穿着一身黑色紧身服,脚上是一双轻便马靴,头上戴着一顶鸭舌帽。这哪里是河原美惠子,不正是在洮南旅馆里飞进窗口救他的那个俊秀的青年吗?!业喜海顺一下子全明白了,河原美惠子就是他的救命恩人。

一个同族少女,一个救命恩人,难到可以让这两个人横遭哥萨克的蹂躏而悲惨地死去吗?

业喜海顺的决心更加坚定了。

此时,索拉吉辽夫和博克拿多已在城门外跳上马背,捆着手、堵住嘴的河原美惠子和乌日娜金也被七手八脚拥到另外两匹坐骑上,挟持在两名旗卫队士兵的胸前,并很快向南驰去了。

业喜海顺不敢怠慢,急趋马厩,命令库玛立即给他鞴一匹快马,并说:"库玛,委屈你了。从即刻起,你仍是我的贴身侍从。不过,这次你不必跟随。"说完,引镫上马,抖缰向城门外飞奔而去。

一二里的路程,要不了多大一会儿,他便赶到了。

呈现在他眼前的是,一群欣喜若狂的哥萨克正围着四匹马欢呼着,似要把马背上的两个漂亮女人立时分食净尽。

博克拿多好像对索拉吉辽夫说了一句什么。

索拉吉辽夫便举手喝道:"听着!你们这群色狼!在这里不行,你们忍耐一下,我领你们去一个背风的地方,让你们玩个痛快!还不退开?"

哥萨克们虽然不太情愿,也只好暂忍兽欲,退到一边,舔着舌头、咽着唾沫,眼巴巴看着不能马上扑到身下的两个不能再美的美女了。

博克拿多一转身,看见了业喜海顺,惊讶地问道:"殿下怎么来了?"

业喜海顺没搭理他,径直驱马走到索拉吉辽夫身边。

"殿下有什么指教?"

"我有几句话。"

"对谁,对我还是对她们?"

"对你也对她们。但我先同河原小姐说几句。"

"请便,殿下。"索拉吉辽夫伸手扯下河原美惠子口中的毛巾。

"河原小姐,"业喜海顺略显激动地说道,"你就是在洮南救我的人,你为什么不早告诉我?"

"那样对殿下不利。"

"为什么?"

"我们日本国给贵王府添了不少麻烦,殿下如果知道我就是在洮南出手相救的人,会对我格外亲近,俄国人更要怀疑殿下和我们谍报工作有关系的。"

"这是在我家,我还怕那个吗?"

"我可不能这么想,殿下。"

"但是,凭你的身手,逃出王府并不困难,怎么竟被他们抓住了呢?"

"我正在给殿下写一封信。"

"信？什么信？想告诉我什么？"

"我猜出殿下逮捕乌日娜金是受我的牵连。我想,我已经接到撤离贵王府的命令,走前一定要替乌日娜金澄清,她和我的工作是毫无牵涉的。"

"我已经意识到了。那么,你知道科尔丹……"

"为了这场战争,我们也欺骗了他。"

"原来是这样……河原小姐,你知道你面临的灾难吗?"

"我做好了死的准备。"

"这比死要可怕得多!——索拉吉辽夫,"业喜海顺又转向索拉吉辽夫,"你也听到了,她救过我的命。如果我求你看我的面上放了她,你会答应吗?"

"这是做不到的,殿下,我不能答应。"

"我预料到了,也能理解。但我希望你不要采取那种有伤风化的不人道的方式。"

"敌我之间没有人道可言,在战争中,这种事是层出不穷的,殿下。"

"战争也要讲人道,你不能再败坏你们哥萨克的声誉了!"

"殿下所说的那种声誉,无论是对战败国还是战胜国,都是小事一桩!"

"俄国要战败了,对吗?"

"非常有可能。我的这些哥萨克也许明天全部战死,我让他们在战死之前快乐快乐,有什么不应该?这才叫人道呢,殿下。"

"索拉吉辽夫!你……"

"别再徒费唇舌了,殿下。我们和日本之间的事,你何必操这份心?"

"那么,乌日娜金呢,她也是你们的敌人吗?"

"乌日娜金不是殿下慰劳哥萨克的吗?"

"胡说!我根本就没答应博克拿多。——博克拿多,你说说是怎么回事?"

索拉吉辽夫说道:"殿下,你和你的协理大人争吵吧,我们可不奉陪了。"说着,朝哥萨克们挥了挥手,"走!"

恰在此时,南边骤然传来惊天动地的马蹄声。

人们不约而同地看去。

南边烟尘滚动,恰似千军万马奔腾而来。

博克拿多还没来得及回答业喜海顺的喝问,便掉了魂一样地说道:"怎么回事?"

河原美惠子说道:"告诉你们吧,乔本三太郎答应今天来接应我的!"

索拉吉辽夫不能不信。他狠狠瞪了河原美惠子一眼,掏出手枪,对哥萨克们命令道:"还不上马迎战!"

哥萨克们慌忙上马,边向南冲,边胡乱开起枪。等他们意识到枪已经没有用武之地,必须抽出大刀时,早已被淹没在人海里了。这群没能玩上漂亮女人的哥萨克,统统尝到了大刀削头的冷飕飕的滋味。

索拉吉辽夫见势不妙,准备挟持河原美惠子逃走。但他怎么也没想到,正当他向河原美惠子伸出手时,另一只手上握的手枪倏然被人夺走。

夺枪的人竟是博克拿多!

"你要干什么?"索拉吉辽夫问道。

博克拿多没回答,却举枪朝河原美惠子的胸口连开两枪。河原美惠子一头栽倒马下,再也动不了了。

"你为什么要这么干?"索拉吉辽夫和业喜海顺几乎同时带着愤怒和不解地问道。

"不能让她活着见到乔本三太郎!"博克拿多一边说,一边把手枪抛到远处的草丛中。

索拉吉辽夫骂道:"老狐狸,你是个双料的混蛋!"

"我不得不这样做,索拉吉辽夫先生。你就要落到日本人手里了,如果河原美惠子活着,会向乔本三太郎抖搂出你我之间许多勾当的,我还怎么和日本人交朋友?"

早已跳下马背并轻轻托起河原美惠子上身的业喜海顺,抬起愤怒的眼睛,咬牙说道:"博克拿多,我会让日本人知道,是你打死了河原美惠子!"

"没有用,殿下。"博克拿多冷笑道,"我五天前就已和乔本兰太郎通款,所谓先入为主,他不会相信殿下的话。"

"我不会再容忍你的!"

"等着瞧吧,殿下。"博克拿多说完,抬眼向南边战斗似已结束的地方望了一眼,突然一怔,什么也没说,扯转马头朝王府一溜烟逃跑了。

他看到了从烟尘中冲决而出的格力图尔!

一马当先奔驰而来的,确实是格力图尔。他身后还远远跟着十几个人,其中就有科尔丹。在这些人的后边,随着烟尘的消散,可见数百勇士立马而

待,显然已结束砍杀,被命令在原地不动。

格力图尔一眼看到尚坐在马背上的乌日娜金,长舒了一口气,驱马跑过去,跳到地上,抱下乌日娜金,抽掉她嘴里的毛巾,解开她手上的绳索。

乌日娜金热泪涌流,一下扑到格力图尔怀里,哭喊道:"格力图尔!……"

格力图尔轻轻推开乌日娜金,冷幽幽地说道:"我是应科尔丹的请求来救你的,他就在后边。"

这时,科尔丹一边喊着乌日娜金,一边纵马飞奔而来。

格力图尔走到索拉吉辽夫的马前,问道:"索拉吉辽夫先生,你怎么不逃走?"

"男子汉只能勇敢地迎接死亡,为什么要逃?"

"男子汉?那你正该朝你的敌人冲过去,又为什么站在这里等死呢?"

"冲过去就冲过去!"索拉吉辽夫说完,一抖缰绳,朝南边的大队人马直冲过去,嘴里还不住地吼叫,"打吧!打吧!我索拉吉辽夫等待的就是这个时刻!打吧——"

一声枪响后,紧接着是一阵爆豆般的枪声。

索拉吉辽夫在马上究竟抖了多少次,没人看清。当他终于从马上跌落草地后,人们发现,他的周身已没有一块囫囵地方了。

目睹这个场面的格力图尔喃喃自语道:"你恶贯满盈,活该如此!"

业喜海顺走过来说道:"你就是格力图尔?"

"是的。"

"我是业喜海顺。"

"看出来了。"

业喜海顺不再说话,那样子分明在向格力图尔表明,你想对我怎样,就请随便吧。

格力图尔说道:"冲你帮助过乌日娜金和巴音赛克图,这次我就不难为你了。以后嘛,我现在还不敢保证。这不取决于我们。"

"我明白。"

科尔丹走了过来。

"殿下……"

"免礼吧,科尔丹。这种场合……"

"我也没想到这种情况下见到殿下。"

411

"我误解了你,你大概已经知道了吧?"

"是的,我不会怨恨殿下。"

"你总是这句话,我反而感到更内疚。"

"我说的是实话。"

"我已经下决心要做个独立自主的王爷了。"

"我替殿下高兴。"

"留下吧,和我一起斗博克拿多。"

"你和我斗不过他。"

"我需要你,科尔丹。"

"我留下会使王府的局面更复杂。而且……殿下,恕我不能答应。"

"科尔丹!……"

"殿下请回吧,我们不能在这里久留。"

业喜海顺知道挽留不住科尔丹,只好叹口气,爬上马背,独自一人朝王府大门缓缓走去……

格力图尔整队向南驰去,他们准备在霍林河边宿营。

苍茫的草原上,留下了一个日本少女和二三十个哥萨克的尸体。

据说,格力图尔率队离去后,井户川田和带领一队日本骑兵的乔本三太郎相继来到河原美惠子丧命的地方。乔本三太郎深为自己来迟一步感到后悔不迭,他劝井户川田勇敢地活下去,为日本国的前程承担更重要的责任。井户川田说,河原美惠子已经死去,他还为谁活下去,为什么活下去?他说,他恨这场战争。最后,他从河原美惠子的靴筒里摸出一把匕首,让自己死在了情人的身边……

40

霍林河照旧奔流不息。

白狐军的人马在霍林河北岸临时扎营,拟于第二天黎明涉过南岸,依然屯驻到黑牛河岸边。

人马经过数百里的奔波和一场不算激烈却同样紧张的战斗,都已疲惫不堪。夜幕刚一落下,人们便相继倒下,很快进入梦乡了。

但是,有几个人是无法入睡的。

他们是格力图尔、科尔丹和乌日娜金。

他们躺在不同的地方,却在想着同一件事。他们的心灵在交流,在撞击,组成了一曲别人听不到,对他们则轰然震响的杂乱无序的乐章。这乐章使他们烦躁,使他们苦恼,使他们茫然不知所措。

对于这三个人,人生真是太复杂了!

如果他们像过去一样,各在天一涯,情况或许会简单得多。他们可以随意胡思乱想,随意同自己进行完全可以没有结果的对话,甚至在情敌之间,任凭自己的手去把对方的幻影击得粉碎。在那种时候,无须考虑道德的约束,也不必担心过火行为。

现在就不同了。由于命运的拨弄,他们会聚到一起,会聚到他们出生的草原上,会聚到足有一千人的群体里。他们之间的对话,将不是自己心灵里的声音,而是面对实实在在的对象,他们如果需要争斗,也不再是心灵中的幻影,而是实实在在的形体。并且,他们的对话,他们的争斗,全要在一千双眼睛的注视下进行!这又是避免不了的,因为,必须有个结果了。

怎么办?

科尔丹感到很为难。格力图尔也感到很为难。

最为难的是乌日娜金。

她和格力图尔有婚约,也爱过格力图尔;她现在爱的是科尔丹,却缺少一个不受非议的婚约。她站在这两个人中间,使这两个人成了情敌。

当她爱着格力图尔时,并没想到以后会爱上科尔丹;她爱上科尔丹后,也没想到要和格力图尔破镜重圆。但那时只是两个人,甚至是她一个人,现在却是三个人全在!

而且,何止三个人?在那一千人里,有格力图尔当年造反时的战友。这些人和奈曼乌勒一样,和科尔丹有仇恨。这些人也和奈曼乌勒一样,知道她和格力图尔有婚约。

她猛然记起奈曼乌勒在突泉西郊的那座四合院里讲的那番话,那些话使她战战兢兢。

她不想放弃对科尔丹的爱,也异常害怕可畏的人言。

如果说这是感情和道德的交锋,那么,乌日娜金感情的天平无疑倾向于科尔丹,道德的天平又无疑倾向于格力图尔。两者势均力敌。

这两种力量都大得出奇。乌日娜金就夹在这两种力量中间挣扎,无所适从。她的身心被挤扁了,被拉长了,被整个扭曲了。

世上如果根本没有科尔丹多好!永远别再见到格力图尔多好!可偏偏这两个人全都来到身边,一边一个!

她需要做出最后的抉择,这又太难太难。

黎明就要到来时,科尔丹觉得不能再等待了。他走到同样瞪着眼睛的格力图尔跟前。格力图尔知道他们之间将有一场对话,也许是最后的对话,便会意地站起来。

两个人保持着一定距离,缓缓走到河边,面对面站下来。

"格力图尔,"科尔丹先开口说道,声音很干巴,"你就娶了乌日娜金吧。"

格力图尔说道:"我看得出来,她爱的是你。"

对方的第一句话,是谁也没料到的。

科尔丹叹口气道:"不错,她很爱我,我也很爱她。但我不能娶她。我两次把她推到死亡的边缘,你两次把她从死亡中救出来。是的,我没有资格……"

"我和乌日娜金有婚约,我爱她,只爱她一个。我有资格娶她,但资格有什么用?她早就不爱我了!"

"你们会和好如初的。"

"没有指望。我了解她。"

"可她对我也没有以往那样热情了。"

格力图尔大声道:"你让她当着这些人的面和你亲热吗?听着,科尔丹,我恨你!但我不想再为了乌日娜金同你争吵,我这是为了不伤害乌日娜金。你爱她,她爱你,我又情愿退出,你干吗不痛痛快快把她带走,去到我永远看不到的地方,却来跟我啰唆这么一堆假情假义的话?"

"我说的全是发自内心的话。"

"算了!我也不想听,快把乌日娜金带走,免得她再遭到大家的议论。她受的苦还不够多吗?"

"格力图尔,你让我看到了你的一颗金子般的心。你爱她,而且不甘心放弃她……"

"胡说!我答应放弃了,你就带着她快走吧,趁着大家还没醒来。"

"是的,我这就走。我就是这么决定的。格力图尔,我劝你一句话,趁早结束流寇的生涯。昨天张榕对我说,丁开嶂在热河建起了根据地,要组建一支军队,推翻清廷。这个国家气运将尽,非改朝换代不可了。去跟丁开嶂一起干吧。"

"你说得也许对,是的,也许……是对的。但这是以后的事,我的事,你就不必操心了。现在,我只请你赶快走,带着乌日娜金……"

"好吧,我走。"

"快去叫醒乌日娜金,鞴上两匹马,立即走开!"

科尔丹回身去鞴马。他一个人牵着一匹马走回到格力图尔身边。

"为什么是你自己,乌日娜金呢?"

"我只能一个人走。我走了,一切又会平静的。"

"你知道你留给乌日娜金的是什么吗?你在害她,混蛋!"

"我没有别的选择。再见吧,格力图尔。"科尔丹跃上马背,涉入河水中。

"科尔丹,你不该走啊!……"这显然是一个少女的悲切痛楚的带着啜泣的声音。

格力图尔倏然回过头去,见乌日娜金正伏在一棵柳树后面尽情地挥洒着泪水。她显然听到了科尔丹和格力图尔的全部谈话。

科尔丹没有听到乌日娜金的声音。他已涉入河水的最深处,只能把双腿翘到马背上了。

刹那后,乌日娜金狂喊一声:"等等我——"飞身跑回去牵过一匹马,也不鞴鞍,便跳上马背,朝河边驰来。

她在格力图尔面前略停片刻,撕肝裂肺地说道:"格力图尔,我真想把自己分成两半啊!……"

格力图尔眼睛一热,流下泪来。他勉强发出声音地说道:"去吧,乌日娜金。你就完整地跟他去吧!"

乌日娜金抹了一把泪水,驱马入水,向南岸涉过去。

科尔丹在南岸驻马北望,一眼看见河水中的乌日娜金。他翻身跳下马背,立在岸边摇了摇头。

但乌日娜金毕竟看到了那双明亮的眼睛突然闪起的光芒。

北岸边,已经站着许多人了。他们都是被乌日娜金的呼喊声惊醒的。现在,都惊疑地看着一个在水中两个在岸上的人,不知道发生了什么事。

乌日娜金已经涉到河水的中心。她忍不住又回头看了一眼,她吓了一跳,岸上有那么多双眼睛针刺一样看着她。她不由得勒住马缰,侧过身来。

她先是看到格力图尔的手臂一动,似要伸出,似要向她伸出,接着,又见格力图尔那双深邃的眼睛里,猛然燃起了灼灼烈火。她感到那双铁臂已牢牢搂在肩头,她感到那灼灼烈火烧得她周身战栗……

她再一次回身南望。

科尔丹的身体前倾,似要向她扑来。科尔丹眼睛里的光芒仍在奋力闪烁。她感到那孱弱的身体贴着她的胸脯抽搐,她感到她正整个被笼罩在那投射过来的光芒里……

她不敢再看——无论南岸、北岸。

她停在那里不动了。她的脸色苍白一片。她垂下眼帘好像在想什么,嘴唇咬得紧紧的。

过了好一会儿,她鼓起残存的或者说积蓄了一生的全部勇气,缓缓抬起头,朝南岸和北岸各看了一眼。然后,嘴唇一抖,双手捂住脸,异常凄惨地哭起来。哭得那么揪心,哭得那么委屈,哭得那么毫无遮拦。那奔流的河水也应和着她,在一起哭,在一起凄惨地恸哭。突然,只见她身体一歪,掉入河水中……

她显然是昏过去了。

"快救人!"不知谁大喊了一声。

大惊失色的格力图尔最先跳入水中。

大惊失色的科尔丹几乎同时跳入水中。

他们奋力向乌日娜金落水的地方游去。

接着,会水的人纷纷扔掉衣服跳入水中……

水深湍急,乌日娜金早就不知被裹挟到哪里去了。他们顺流足足搜寻了十几里地,也没找到乌日娜金。

人们失望了。他们知道,再也见不到乌日娜金了。

白狐军的人马已全部到了南岸。

下水的人也纷纷上岸向队伍聚拢。

失魂落魄的科尔丹和失魂落魄的格力图尔垂着头,瞪着浑浊的眼睛,望着眼前的河水,都像在梦境之中。

突然,科尔丹眼里涌出一汪泪水,像对自己宣判地低声吼道:"是我,是我害了她呀!……"

格力图尔同样热泪飞溅地喊道:"还有我!我也有份儿呀……"

痛哭流涕的科尔丹,一把搂住格力图尔,令人荡气回肠地哭诉道:"是我们俩,是我们俩……是我们俩合谋害死了她呀!……"

泪如雨下的格力图尔也回抱着科尔丹,撕肝裂肺地应和道:"是的!是的!是我们俩,是我们俩合谋害死了乌日娜金呀!……"

两个泪人紧紧搂着,痛哭不止。他们的身体在一起抽搐,他们的心在一起抽搐……

霍林河照旧奔流不息。

它在秋天迎来了一个不平常的黎明。

这是一个悲惨的黎明……